～『アンの娘リラ』の風景～

プリンス・エドワード島とオンタリオ州

本作を捧げたフレデリカの実家、
プリンス・エドワード島パーク・コーナー

根の
戦

フレデリカの墓、パーク・コーナー近

ハリファクス(キングスポート)の第一次大戦記念碑
「最後の足跡」この港から35万人の兵士が出征

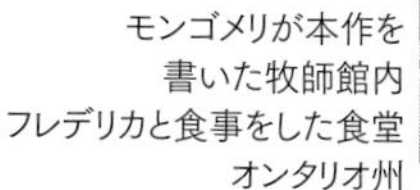

モンゴメリが本作を
書いた牧師館内
フレデリカと食事をした食堂
オンタリオ州

プリンス・オブ・
ウェールズ・カレッジ
(クィーン学院)の
学生出征記念碑

❖ドイツ、オーストリア VS ベルギー、英国、イタリア❖

オーストリア皇帝
フランツ・ヨーゼフの宮殿、ウィーン

ドイツ国会議事堂
帝国時代の1894年
完成、ベルリン

アントワープ市庁舎、ベルギー
第一次大戦中にドイツ軍が町を占領

イタリア北部アディジェ川
川はオーストリア戦線の一部となる

詩人ワーズワスと妹ドロシーが
暮らした屋敷、英国湖水地方

英国国会議事堂、ロンドン
大戦中にカナダ保守党の
ボーデン首相が二度訪問

撮影・松本侑子

文春文庫

アンの娘リラ

L・M・モンゴメリ
松本侑子訳

文藝春秋

Rilla of Ingleside

アンの娘リラ

「今もわれらの胸には、
彼らの若き姿が、永遠（とわ）にのこる
かくも輝かしく、青春の命を捧げし者たちの」
シアード（1）

一九一九年一月二十五日の夜明け、
私のもとから去った
……真実の友にして、
比類なき個性、誠実で勇気ある人
フレデリカ・キャンベル・マクファーレンの
思い出に捧げる（2）

目次

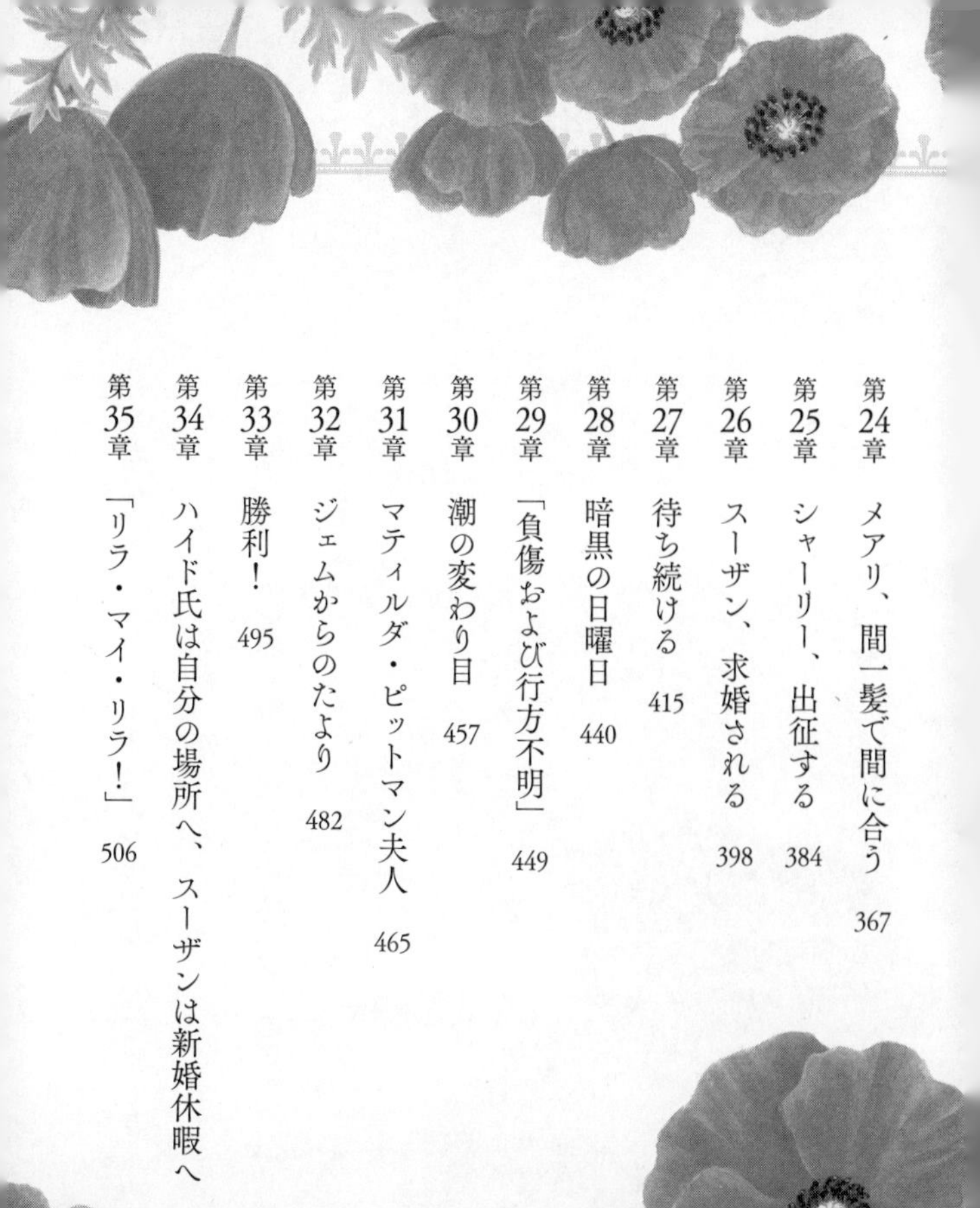

第一次大戦時のヨーロッパ

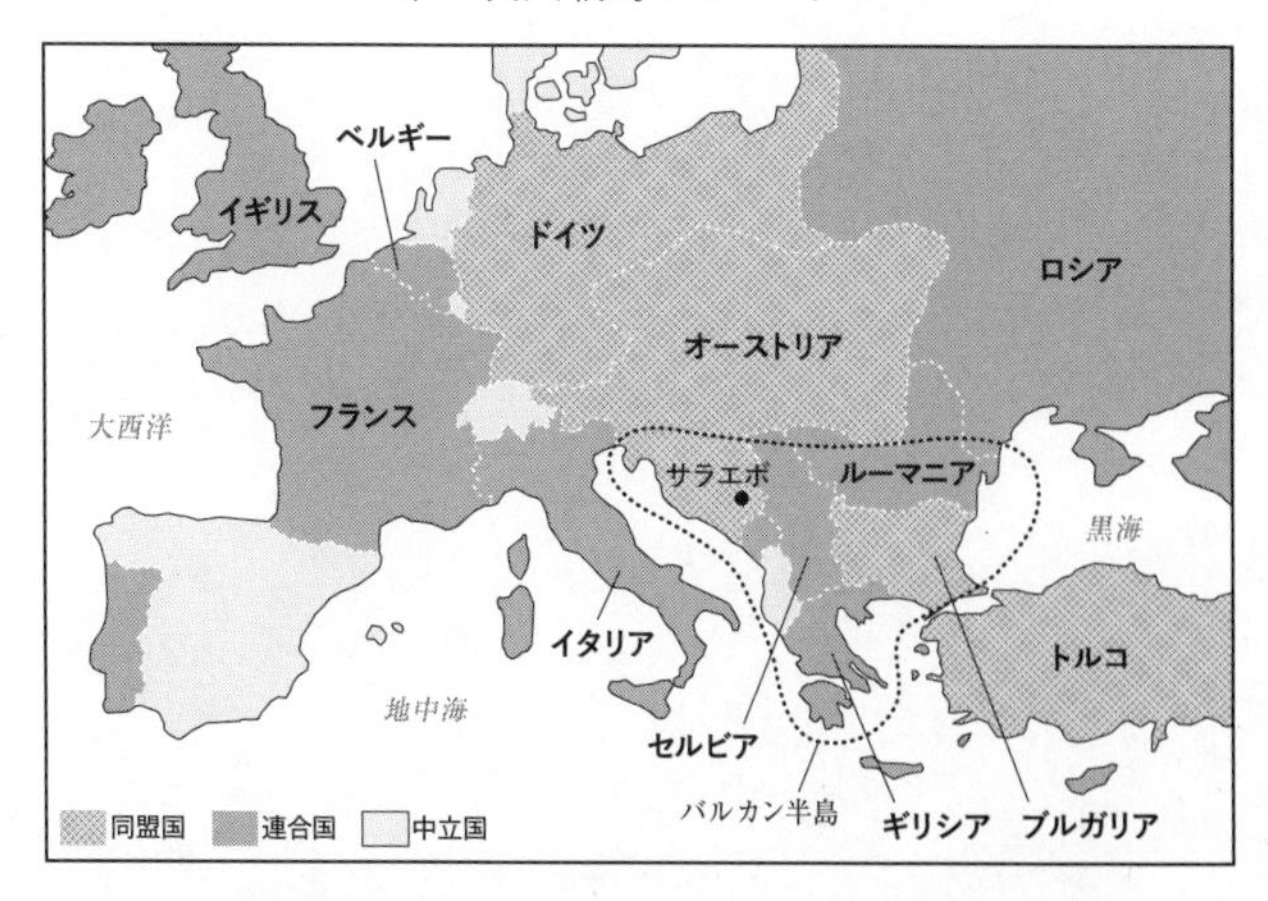

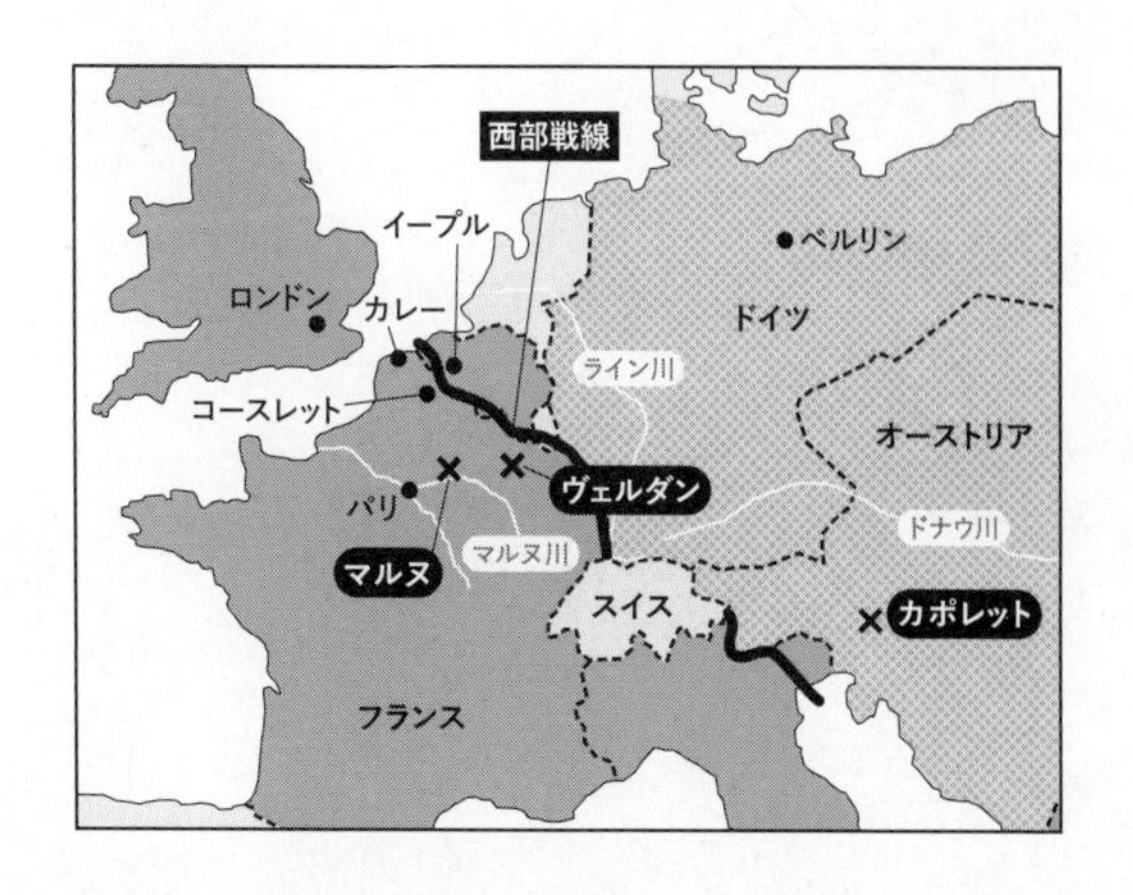

第1章　グレン村「通信」ほか

暖かな金色の雲がうかぶ愛(うつく)しい昼下がりだった。炉辺荘(ろへんそう)の広々とした居間ではスーザン・ベイカーが、ある種の厳(いか)めしい満足感を霊気(オーラ)のごとくあたりに漂わせつつ腰かけていた。午後の四時であった。朝六時から休まず家事に励(はげ)んだスーザンは、一時間ばかり休憩(きゅうけい)をして噂話を楽しんでもいいほど、しっかり働いた気分だった。このときのスーザンはすこぶる幸せであった。その日は、台所仕事が万事(ばんじ)、不思議なほどうまくいったのだ。猫のジーキル博士は、ハイド氏にならず（1）、彼女の神経に障(さわ)ることはなかった。スーザンがすわっているところからは、彼女のご自慢のものが見えていた——手ずから植えて育てた牡丹(ぼたん)の花壇である。真紅の牡丹、銀色味をおびた桃色の牡丹、冬の雪の吹きよせのような白い牡丹が咲きほこるさまは、グレン・セント・メアリ村のどんな牡丹の花壇にもなく、また咲かせることはできないものだった。

　スーザンは新調の黒い絹のブラウスを着こなしていた。それはマーシャル・エリオット夫人がいつも着ているものに劣らずたいそう手の込んだものであり、その上から糊をきかせた白いエプロンをかけていた。エプロンは、たっぷり五インチ幅（2）の凝ったていた。それゆえスーザンは、おしゃれな装いをしている女性のいい心持ちで「日刊エンタープライズ」を広げ、グレン村「通信」を読むことにした。炉辺荘のほぼ全員について通信の半分のコラムをつかって載っていると、ミス・コーネリアが今しがた教えてくれたのである。「エンタープライズ」の第一面には、大きく黒々とした見出しで、フエルディナント大公（4）とかいう人物が、サラエボという奇妙な名前の土地（5）で暗殺されたと報じていた。しかしスーザンは、こうした興味もない、ささいなことには、いつまでも目をとめず、もっと肝心なことを探していた。ああ、これだ――「グレン・セント・メアリ村通信」である。スーザンはきちんと腰を落ちつけてすわり直すと、記事からできる限りの喜びを得ようと、記事の一つ一つを声に出して読みあげた。

ブライス夫人と、来客のミス・コーネリア――またの名はマーシャル・エリオット夫人――は、ヴェランダに通じる開け放った扉のそばで、おしゃべりをしていた。涼しく気持ちのいいそよ風が扉から入り、幻のような馥郁たる香りを庭から運んでいた。リラとミス・オリヴァーとウォルターが笑いながら、語らっている蔦のさがる一角からは、快い楽しげな声のこだまが聞こえてきた。リラ・ブライスのいるところ、どこでも笑い声があがるのだった。

居間には、もう一人いた。寝椅子に丸くなっているこれを、見逃すわけにはいかない。

なぜなら彼は、非凡なる個性をそなえた生きものであり、かつスーザンに毛嫌いされる唯一の生きものという稀な特徴があるのだ。

　猫というものは大体において、謎めいたところがあるが、このジーキル博士とハイド氏は——略して「博士」——は、三倍も奇妙であった。二重人格の猫なのだ——スーザンが口をきわめて語る言葉を借りるなら、悪魔にとり憑かれているのだった。そもそも、この猫には、生まれからして、どことなく薄気味悪いものがあった。遡ること四年前、リラ・ブライスはきれいな子猫を可愛がっていた。雪のように白く、尻尾の先が小粋に黒い子猫で、リラは、霜の男（６）と呼んでいた。

　この霜の男を、スーザンは嫌っていた。しかし、なぜ嫌いなのか、その理由は本人もわからず、また言おうともしなかった。

「私を信じてくださいな、先生奥さんや」スーザンは、常々、不穏な口ぶりで言った。

「あの猫は、ろくなことになりませんよ」

「どうしてそう思うの？」ブライス夫人はたずねた。

「思うんじゃありません……わかるんです」というのが、スーザンが礼儀で返す唯一の答えであった。

　炉辺荘のほかの者たちは、霜の男をすこぶる気に入っていた。この猫は、たいそうきれい好きで、よく毛づくろいをして、白くて美しい毛並みには、一点のしみも汚れもなかった。人なつこい仕草（しぐさ）で、ごろごろ喉を鳴らして、すり寄ってくるのだ。また根っからの正直者であった。

ところがそのあと、炉辺荘の一家は悲劇に見舞われた。霜の男（ジャック・フロスト）が子猫を産んだのだ！　スーザンがどんなに勝ち誇ったか、思い浮かべようとしても無駄である。あの猫は、人を惑（まど）わすあやかしであり罠（わな）だ(7)って今にわかりますよって、言ったじゃありませんか？　これでやっとわかったでしょう！

リラは、子猫のなかでも、とりわけ可愛い一匹をとっておいた。すべすべして、つやのある濃い黄色の毛並みに、オレンジ色の縞があり(8)、金色の繻子（サテン）のような大きな耳をしていた。リラは、金色（ゴールディ）ちゃんと呼んだ。この名前は、じゃれ回るちびっ子に、似つかわしく思われた。子猫のころは、まだ邪悪な本性がそなわっている兆候（ちょうこう）をあらわさなかったのだ。もっともスーザンは、あの極悪非道の霜の男（ジャック・フロスト）の子どもですからね、ろくなことになりませんよと、一家に警告したものの、このカッサンドラさながらの不吉な言葉(9)が顧（かえり）みられることはなかった。

ブライス家では、霜の男（ジャック・フロスト）を男の家族とみなしており、その習慣（くせ）が抜けなかった。そこでこの猫には、いつも男の代名詞を使い、滑稽（おかし）なことになった。リラが何気なく、「霜の男（ジャック・フロスト）と彼が産んだ子猫」と言ったり、金色（ゴールディ）ちゃんにむかって「お母さんのところへ行って、彼に毛をきれいにしてもらいなさい」なぞと、はきはき命じると、来客は決まって目を丸くしたのだ。

「こんなことは、まともじゃありませんよ、先生奥さんや」困ったスーザンが苦り切って言った。スーザン自身は、この霜の男(ジャック・フロスト)をいつも「それ」とか、「あの白いの」と呼んで、心の折り合いをつけていた。そのため次の冬、「それ」が、たまたま毒にあたって死んだとき、少なくともこの一人だけは、胸を痛めなかった。

オレンジ色の子猫は、一年もたつと、「金色ちゃん(ゴールディ)」という呼び名が不釣り合いになり、ちょうどそのころウォルターが、スティーヴンソンの小説を読んでいたことから、ジーキル博士とハイド氏という名前に変わった。この猫は、ジーキル博士の気分のときは、うとうとして、眠たげで、人なつこくて、クッションが好きな家庭向きの猫ちゃんであり、可愛がってもらうことが大好きで、抱いてなでてもらうと大喜びした。とりわけ仰向(あおむ)けにひっくり返り、すべすべしたクリーム色の喉を優しくさすってもらうのを好み、眠くなって満足げに喉をごろごろ鳴らした。彼は喉をごろごろ鳴らすので有名だった。炉辺荘の猫で、かくも四六時中、かくも恍惚(こうこつ)として喉を鳴らす猫は、いなかったのである。

「ぼくが猫をうらやましいと思うのは、ただ一つ、喉をごろごろ鳴らすことだよ」ブライス医師が、いつだったか、博士(ドク)の朗々(ろうろう)と響く快い調べ(メロディ)を聞きながら言った。「この世でいちばん満足そうな声だね」

また博士(ドク)は、見目(みめ)麗しかった。あらゆる身のこなしが優雅であり、居ずまいが堂々としていた。濃い色の輪模様がついた長い尻尾を前脚にまきつけてヴェランダにすわり、長い間、じっと空(くう)を見つめているさまは、家の守護神(10)としてエジプトのスフィンクス(11)でさえ敵(かな)うまいと、ブライス家の人々は感じた。

一方、ハイド氏の気分になると——それは決まって雨ふりの前か、風が出る前だった——凶暴な生きものに変わり、目つきまで一変した。その変身は、いつも突然であった。いきなり獰猛(どうもう)なうなり声をあげて眠りから跳(と)び起き、手でおさえようとしても、なでようとしても、その手に嚙みついた。毛の色まで濃くなったかに見え、目は残忍な光を帯びて、ぎらぎらした。そんなハイド氏には、まさに、この世ならぬ美しさがあった。変身が黄昏どきに起きると、炉辺荘の人々はそろって、ある種の恐怖すらおぼえた。こうしたときのハイド氏には、おぞましい獣性が漂っていたのだ。リラだけが、「獲物(えもの)をもとめてうろうろする可愛い猫よ」とかばった。実際に、この猫は、獲物をもとめてうろつくのだった。

ジーキル博士は新鮮なミルクが大好物だったが、ハイド氏はミルクになぞは目もくれず、うなり声をあげて肉をむさぼり喰らった。ジーキル博士は音もなく階段をおりてきて誰にも聞こえなかったが、ハイド氏は男のような重い足音を立てた。日暮れのころ、スーザンが一人で家にいるとき、彼女の言葉を借りるならば、どしん、どしんと足音がするので「ぎょっとした」ことが幾度（いくど）もあった。ハイド氏は、台所の床の中央に居すわり、おぞましい目つきで瞬（まばた）きもせず、スーザンの目を一時間、ひたと見据（みす）えた。おかげでスーザンの神経はずたずたに痛めつけられたが、哀れなスーザンは、ハイド氏を畏（おそ）れるあまり、追い出すこともできなかった。一度、思い切って棒きれを投げつけたところ、この猫は、スーザンめがけて猛然と飛びかかってきたのだ。スーザンは慌ててドアから逃げだし、二度とちょっかいを出さなかった——もっとも、こうしたハイド氏の悪事の報（むく）いを、スーザンは、なんの罪もないジーキル博士になすりつけた。つまり、ジーキル博士がスーザンの領域である台所に鼻先をつっこむと、彼女は、小馬鹿にしたように追いはらい、欲しがっているご馳走をやらなかった。

『『フェイス・メレディス嬢(12)、ジェラルド・メレディス(13)、ならびにジェム・ブライス(14)は』』スーザンは、こうした名前を、口のなかで甘い糖蜜を転がすように読みあげた。『『レッドモンドから数週間前に帰省し、大勢の友人たちが歓迎した。ジェム・ブライスは、一九一三年に教養学部(15)を終え、目下（もっか）、医学部の一年目を修了したところである』』

「フェイス・メレディスは、あたしが知ってるなかで、間違いなく、一番の別嬪（べっぴん）さんだよ」ミス・コーネリアは、かぎ針で方眼（ほうがん）編み(16)をしながら言った。「ローズマリー・ウェスト(17)が牧師館に嫁いでから、あの子らが、なんとまあよくなったこと、びっくりだよ。前は、どんないたずら小僧だったか、世間はあらかた忘れてしまったね。アンや、あの子らがどんなことをしたか、忘れられるかい？　ローズマリーは、子どもらと仲良くやって、びっくりしたよ。継母（ままはは）というより、親友みたいだね。どの子もローズマリーが大好きだし、ウーナにいたっては、あがめてるよ。ウーナは、弟のブルース(18)坊やのことも、まるで奴隷になったみたいに世話を焼いてる。もちろん、あの坊やは、たしかに可愛いよ。だけど、伯母のエレン(19)に生き写しだね。あんなにおばさんにそっくりな子を、見たことあるかい？　髪は黒いし、顔立ちはくっきりしてるし。ローズマリーの目鼻立ちはないね。だからノーマン・ダグラスは、いつも声を大にして言うんだ。コウノトリは、あの子を、おれとエレンのとこに届けるつもりが、間違えて牧師館へ運んじまったって」

「ブルースは、ジェムを崇拝しているんですよ」ブライス夫人が言った。「家（うち）に来ると、まるで忠実な小犬みたいに、ジェムのあとを黙ってついてまわって、黒い眉毛の下から、じっと見上げているんです。ブルースは、ジェムのためなら何でもするでしょうね、きっとそうですわ」

「ジェムとフェイスは、いずれは、一緒になるつもりかい？」

　ブライス夫人は微笑した。かつては毒舌で、男嫌いだったミス・コーネリアが、寄る年波（としなみ）につれて、縁結びをするようになったことは有名だった。

「今はまだ、ただのいい友だちですわ、ミス・コーネリア」

「ものすごくいい友だちだね、ほんとに」ミス・コーネリアは力をこめた。「若い連中のすることは、全部あたしの耳に入るんだから」

「そうでしょうとも、メアリ・ヴァンスのおかげで、あんたは何でも知ってるんでしょ、マーシャル・エリオット夫人」スーザンが意味ありげに言った。「だけど、子どもたちの恋愛話をするなんて、恥ずかしいことだと、私は思いますよ」

「子どもだって！　ジェムは二十一で、フェイスは十九だよ」ミス・コーネリアは言い返した。「世のなかの大人は、年をとった自分たちだけじゃないって、忘れちゃいけないよ、スーザン」

　スーザンは気分を害した。年の話をされたくないのだ――見栄を張っているからではない、もう年だから働けないと思われやしないか案じているのだ――そこで「通信（ノート）」にまた目を戻した。

「『カール・メレディスとシャーリー・ブライスは、先週金曜日の夕方、クィーン学院から戻ってきた。カールは来年、内海岬（ハーバー・ヘッド）の学校を受けもつとのこと、さぞ評判のよい立派な教師になるであろう』」

「とにかくカールは、虫について知ってることを何でもかんでも教えるだろうね」ミス・コーネリアが言った。「カールは、クィーン学院を卒業したんだから、メレディス牧師とローズマリーは、この秋、まっすぐレッドモンドへ行かせたがってたけど、カールは独立心の強いとこがあって、大学の学費の一部を、自分で稼ぐつもりだそうな。そんなことを考えるとは、ますます立派になるね」

「『ウォルター・ブライスは、この二年、ローブリッジで教鞭をとり、辞職した』」スーザンが読みあげた。「『今秋、レッドモンドへ進学するとのことである』」

「ウォルターは、レッドモンドへ行けるくらい丈夫になったのかい?」ミス・コーネリアが心配げにたずねた。

「秋までには元気になるように願ってますわ」ブライス夫人が言った。「外で日に当たって、のんびり夏をすごせば、めきめき丈夫になるでしょう」

「腸チフスは治りにくい⒇んだよ」ミス・コーネリアが念を押した。「ウォルターみたいに危うく死にかけた者は、なおさらだ。進学は、もう一年見合わせたほうが、あの子のためだと思うが、本人が行く気なんだね。ナンとダイも、大学へ進むのかい?」

「ええ、二人とも、もう一年、教師をしたがっていますけど、ギルバートは、この秋、レッドモンドへ進むほうがいいと考えているんです」

「そうなりゃ、あたしも安心だ。ウォルターが勉強に根をつめすぎないように、あの娘ら二人が目を光らせてくれるよ、おそらく」ミス・コーネリアは、スーザンをちらっと横目で見てから言った。「さっき、ぴしゃりと釘をさされたばかりなのに、ジェリー・

メレディスは、ナンの気を引こうとしてる、なんて言ったら、またおっかない目に遭いそうだね」

スーザンは無視した。ブライス夫人はまた笑った。

「お優しいミス・コーネリア、私はもうお手上げですわ、そうでしょ？……男の子たちや女の子たちがみんな恋をしているんですもの。いちいち本気にしていたら、身が持ちませんわ。そもそも、まだぴんとこないんです……あの子たちが大人になったなんて、いまだに実感がわかなくて。すらりと背がのびた息子二人を見ていると、あの子たちが丸々として、可愛い、えくぼのよった赤ちゃんで、私がキスをして、抱っこして、歌をうたって寝かしつけたのは、ついこの間なのにって、不思議な気がするんです……ほんのついこの前ですよ、ミス・コーネリア。あの懐かしい夢の家で、ジェムは、最高に可愛い赤ちゃんでしたわね？　それが今では文学士で、求婚中だなんて言われて」

「私らが、年をとってくわけだ」ミス・コーネリアがため息をついた。

「一つだけ、私も年をとったと感じることが、あるんです」ブライス夫人が言った。「グリーン・ゲイブルズにいたころ、ジョージー・パイに挑まれて、バリー家の屋根のてっぺんを歩いて折った足首です(21)。東風が吹くと痛むんですよ。リウマチ(22)だと認めるつもりはありませんけど、本当に痛くて。子どもたちと言えば、うちの子も、メレディス家の子たちも、この秋、学校に戻る前に、夏を愉快にすごそうと計画をたてているんです。楽しいことが大好きな子どもたちですもの。おかげでこの家は、年がら年中、笑いの渦に包まれていますわ」

「シャーリーが、クィーン学院に戻るとき、リラもクィーンに進むのかい？」

「まだ決まっていませんの。私は、行かないほうがいいと思うんです。一つには、リラは、それほど丈夫じゃないと、あの子の父親は考えているんです……背が早く伸びすぎて、体力が伴っていないと……実際、まだ十五にもならない女の子にしては、やけに背が高いんですもの。それにリラの進学に、私も乗り気じゃないんです……だって、この冬、私の可愛い子どもが一人も家にいないなんて、たまりませんわ。あんまり退屈で、スーザンと二人で、取っ組みあいの喧嘩でも始めかねませんわ」

この冗談に、スーザンは片笑みを浮かべた。「先生奥さん」と取っ組みあいの喧嘩をするなんて！

「リラ本人は、行きたがってるのかい？」ミス・コーネリアがたずねた。

「いいえ。実のところ、うちの子で野心がないのは、リラだけなんです。もうちょっと野心があればいいんですが、真剣な理想なんて、ちっともなくて。あの子の望みは、ただ楽しくやりたいだけのようですわ」

「それが、どうしていけないんです、先生奥さんや？」スーザンが声をはりあげた。「炉辺荘の者を非難する言葉は、たとえ身内からでも、一言も我慢しなかった。「若い娘さんというものは、愉快にすごすべきですよ、それは確かです。ラテン語だのギリシア語だのを考える時間は、これからたっぷりありますよ」

「私は、あの子にもう少し責任感があればと思うのですよ、スーザン。それに、あの子はひどい自惚れ屋だと、あなたもわかっているでしょう」

「自惚れて当然のものをお持ちですからね」スーザンが言葉を返した。「あの子はグレン・セント・メアリで一番きれいなお嬢さんです。内海向こうのマカリスター家、クローフォード家、エリオット家の連中が四代かかっても、リラのような肌になれると思いますか？　無理ですよ。いいえ、先生奥さんや、私は身のほどをわきまえておりますけど、それでもリラをけなすことは許しません。よくお聞きなさいよ、マーシャル・エリオット夫人」

　子どもたちの恋愛話であてこすりを言われたスーザンは、こうしてミス・コーネリアに報復する機会を見つけたのだった。それからまた、さも満足げに記事を読み出した。

「『ミラー・ダグラスは西部へ行かないことに決めた。本人が言うには、ふるさとプリンス・エドワード島は十分にすばらしく、おばのアレック・デイヴィス夫人(23)のために農場を続けるという』」

　スーザンは、鋭い目を、ミス・コーネリアにむけた。

「マーシャル・エリオット夫人、聞くところによると、ミラーは、メアリ・ヴァンスに言い寄ってるそうですね」

この一弾は、ミス・コーネリアの鎧を突き破り、ミス・コーネリアは肉づきのいい顔をにわかに赤らめた。

「ミラー・ダグラスなんぞに、メアリのまわりをうろつかせませんよ」ミス・コーネリアはぴしゃりと言った。「あれは賤しい家の出だからね。父親はダグラス家の鼻つまみ者で……実際、一族は、あの男を身内として数えなかったし……母親は、内海岬のあの始末に負えないディロン家だ」

「メアリ・ヴァンスの両親も、貴族と呼べるような人たちじゃなかったって、聞いたように思いますけど、マーシャル・エリオット夫人」

「メアリ・ヴァンスは、いい躾をうけて育ちましたよ。メアリは気がきいて、利口で、何でもできる娘です」ミス・コーネリアが言い返した。「あの子が、ミラー・ダグラスなんかに自分を投げだすもんか、ほんとだよ！　このことについて、あたしがどう思ってるか、メアリは知ってるし、メアリは、あたしにそむいたことは一度もないよ」

「心配はご無用ですよ、マーシャル・エリオット夫人。アレック・デイヴィス夫人も、あんたと同じくらい反対で、あたくしの甥っ子たる者が、メアリ・ヴァンスのごとき名もない娘と結婚するなんて、認めるものですかって、言ってますから」

スーザンは、この論争でうまく言い負かしたと感じた。本題にもどり、また別の「通信」を読みあげた。

「『ミス・オリヴァーはさらに一年、教師として契約するとのこと。これは我々の幸いである。ミス・オリヴァーは立派な仕事ぶりにふさわしい夏休みをローブリッジですごす予定である』」

「ガートルード・オリヴァーがここに住んでくださることになって、とても喜んでいるんですよ」ブライス夫人が言った。「ミス・オリヴァーが居なくなったら、寂しくなりますもの。リラにいい影響を与えてくださるんです。リラは、ミス・オリヴァーを崇拝していますわ。二人は年が離れていても、大の仲良しなんです」

「ガートルードは、結婚すると聞いたと思うがね？」

「そういうお話がありましたけど、一年、延びたそうです」

「お相手は？」

「ロバート・グラント(24)といって、シャーロットタウンの若い弁護士さんですわ」ブライス夫人が答えた。「ガートルードには幸せになってもらいたいんです。つらいことがいろいろとあって、かわいそうな人生を送ってきたんです。だから物ごとを敏感に感じるんです。若い盛りはすぎましたし、天涯孤独といってもいい身の上なので、新しい恋愛が人生に訪れても、すばらしすぎて、長続きするとは、なかなか信じられないようなんです。結婚が延期になって、落ちこんでいましたわ……といっても、グラントさんのせいではないのです。お父さまの財産をどうするかで揉めて……お父さまがこの冬、亡くなって……そのごたごたが解決するまで、結婚できなくなったんです。でも、ガートルードは、これは悪いことの前ぶれだ、幸せがまた今も自分からすり抜けていくと感じたようですわ」

「一人の男にあんまり愛情を傾けるのは、よくありませんね、先生奥さんや」スーザンが重々しく語った。

「グラントさんも、彼女を深く愛しているのよ、ガートルードと同じくらい、スーザン。ガートルードが信用していないのは、彼のことではなくて……運命よ。ガートルードは少し神秘主義者みたいなところがあって……人によっては、迷信家と言うかもしれませんね。彼女はやけに夢を信じていて、でも私たちも笑い飛ばすことができないのです。それを私も認めなければならないわ……彼女が見た夢のなかには……まあ、でも、こんな異教めいたこと[25]を言って、ギルバートに聞かれてはいけないわね。スーザン、何がそんなに面白いの？」

スーザンが、突然、声をあげたのだ。

「これを聞いてくださいまし、先生奥さんや。『ソフィア・クローフォード夫人がローブリッジの家を手放して、近々、姪のアルバート・クローフォード夫人と暮らすことになった』ですと。ああ、これは私のいとこのソフィアですよ、先生奥さんや。私とソフィアは、子どものころ、『神は愛なり(26)』という句を薔薇のつぼみの輪でかこった日曜学校のカードを、どっちがもらうかで喧嘩をして以来、一言も口をきいてないんです。その人が今度、うちから道をわたったむこうに越してくるんですよ」

「昔の喧嘩の仲直りをすることになるわね、スーザン。ご近所さんと仲が悪いのは、よくないわ」

「いとこのソフィアが喧嘩を始めたんですから、仲直りも、あの人が始めればいいんです、先生奥さんや」スーザンは偉そうに言った。「そうしてくれれば、私も、よきキリスト教徒ですから、歩み寄りましょう。あのいとこは、楽しい人じゃないんです。生まれてからずっと人の楽しみにけちをつけてるんです。最後に会ったときは、顔にしわが千も寄ってましたよ……もっと多いかもしれないし、もっと少ないかもしれませんけど……心配ごとやら、悪い予感がするやらで。最初の夫の葬式で、あんなに泣きわめいたのに、一年もたたないうちに再婚したんです。ええと、次の通信は、私たちの教会で、先週の日曜の晩にやった特別礼拝のことが書いてあります。飾り付けがまことに美しかったとありますよ」

「それで思い出した、プライアーさんは、教会に花を飾ることに猛反対だよ」ミス・コーネリアが言った。「あの男がローブリッジからこの村に来たとき、面倒なことになると、いつも言ったろ。あの男を長老にするんじゃなかったのに……まずいことをしたと、後悔して暮らすことになるよ、ほんとだよ！　あの男は、これからも女連中が『説教壇を雑草で散らかすなら』、わしは教会へ行かん、と言ってるそうな」

「月に頰髭のお爺さんが、このグレンに来る前も、教会はうまくいってたんですから、私に言わせれば、あの人がいなくなっても、うまくいきますよ」スーザンが言った。

「いったい誰が、そんなおかしなあだ名をつけたんですの？」ブライス夫人がたずねた。

「ローブリッジの男の子たちですよ、私が物心ついたころから、ずっとそう呼ばれてますよ、先生奥さんや……おそらく、まん丸い赤ら顔のまわりに、うす茶色の頰髭が生えてるからでしょう。でも、あの人の聞こえるところで、そんなふうに呼ぶのは、よくありません、それは確かですよ。だけど、あの男は、頰髭よりも困ったことがあって、先生奥さんや、あれは分別のない男で、妙ちくりんなことを山ほど考えてるんです。今じゃ長老ですし、たいそう信心深いという話ですけど、私は、今でも憶えてます。先生奥さんや、二十年前、あの男は、自分の雌牛をローブリッジの墓場に放し飼いにして[27]、それを人に見られたんです。ええ、もちろん、忘れませんとも。だからあの人が祈禱会でお祈りをすると、それを必ず思い出すんです。さあ、これで通信は全部です。新聞には、ほかに大して大事なことはありません。外国のことには、あんまり興味がわきませんから。この殺された大公とかいう人は、誰なんですか？」

「そんなことが、あたしらに何の関係があるんだい？」この質問に、運命が恐ろしい答えを用意しているとも知らず、ミス・コーネリアがたずねた。「あのバルカン諸国[28]じゃ、いっつも殺したり殺されたりだ[29]。それがあの人たちの当たり前の状態なんだから、あたしらの新聞は、こんなぞっとするような事件を印刷しなくてもいいのに。『エンタープライズ』は、でかでかと見出しをつけて、センセーショナルにやりすぎだよ。じゃ、そろそろおいとまするよ。いいや、アンや、夕はんに誘ってくれても無駄だよ。マーシャルは、食事どきにあたしがいないと、食べてもしようがないって思うようになってね……男のやりそうなことですよ。だから失礼するよ。あれまあ、アンや、あの猫はどうしたんだい？　引きつけでも起こしてるのかい？」――博士（ドク）が、いきなり、ミス・コーネリアの足もとの敷物（ラグ）めがけて飛んできたかと思うと、耳を後ろに倒して、ミス・コーネリアにうなり声をあげ、荒々しくひとっ飛びして窓から姿を消したのだ。

「まあ、そうじゃないんです。ハイド氏に変わっただけですわ……ということは、朝が来る前に、雨ふりか、大風になりますよ。博士（ドク）は、晴雨計[30]と同じくらい正確ですの」

「やれやれ、今度は台所じゃなくて、外へ暴れに出てってくれて、助かりますよ」スーザンが言った。「さて、お食事のしたくに行きますよ。今の炉辺荘のような大所帯（おおじょたい）では、食事が遅くならないように考えるのが、私の務めですからね」

第2章　朝の露（1）

炉辺荘の外では、芝生に金色の陽ざしの日だまりがあふれ、心惹かれる日陰がそこかしこに落ちていた。リラ・ブライスは立派なスコットランド松（2）の下でハンモックに揺られ、その松の根もとにはガートルード・オリヴァーがすわっていた。ウォルターは草の上に長々と寝そべり、騎士道の物語に夢心地だった。はるか何世紀も昔に死んだ英雄と美女が、ウォルターの胸に鮮やかに生き返っていた。

リラは、ブライス家の「赤ちゃん」扱いされていた。リラが大人になったと誰も信じてくれないことが、秘かな不満となって、いつもくすぶっていた。本人は、もうじき十五歳になるから大人だと言うのである。実際にリラは、ダイやナンと並ぶほど背が高かった。またスーザンが美人だと言う通り、リラは美しかった。ぱっちりした夢見るような瞳ははしばみ色で、乳白色の肌に小さな金色のそばかすが点々とあり、優雅な弧を描く眉はおしとやかな、もの問いたげな表情をあたえ、人々は、とくに十代の青年たちは、その表情に応えたくなるのだった。髪はこっくりした赤茶色で、上唇の小さなくぼみは、洗礼式で、善良な妖精が指で押したようだった。リラがいささか自惚れ屋だということは、親友でさえ否定はできなかった、もっとも本人は、顔だちには大いに満足していたが、体つきには悩みがあり、母さんが自分にもっと長いドレスを着せてくれたらいいのにと思っていた。というのも、『虹の谷』のころのリラは、肉づきがよく丸々とした子どもだったが、今では信じられないほどほっそりして、腕と脚ばかり長くなる年頃だったのだ。そんなリラを、ジェムとシャーリーは「クモ」と呼ぶので、本人は胸を痛めていた。しかし、どうにか不恰好はまぬがれていた。リラの立居ふるまいには、歩いているのではなく、いつも踊っているように思わせる何かがあった。彼女はたいそう甘やかされて、少々、わがままだったが、ナンやダイほど聡明ではないにしても、リラ・ブライスはまことにきれいな娘だというのが、大方（おおかた）の見方だった。

　ミス・オリヴァーは、炉辺荘に一年間下宿しており、その夕方、夏休みで帰省することになっていた。ブライス家では、リラを喜ばせるためにミス・オリヴァーを置いていた。リラはこの先生を心から愛していた。ほかに使える部屋がないと、自分の部屋を進んで分け与えた。ガートルード・オリヴァーは二十八歳で、苦労の多い人生を歩んできた。印象的な顔だちの娘で、どこか哀しげなアーモンド形の鳶色（とびいろ）の目に、知的で、冷笑的な口もとをしていた。豊かな黒髪は、ねじり編んで頭に巻きつけていた（3）。美しくはなかったが、その面差し（おもざし）には興味をそそられる魅力と謎めいたところがあり、それがリラには魅惑的に映った。ミス・オリヴァーはときおり憂うつで皮肉な気分になるのだが、それさえリラは惹かれた。もっとも、こうした気分になるのは、ミス・オリヴァーが疲れているときだけだった。いつもは活気のある友であり、炉辺荘のほがらかな子どもたちは彼女がかなり年上だと忘れるほどだった。ミス・オリヴァーのお気に入りは、ウォルターとリラだった。この二人にとっても、ミス・オリヴァーは、胸にそっと秘めている願望と抱負を打ち明けられる親友だった。ミス・オリヴァーは、リラが「社交界へ出たがっている」ことを知っていた――ナンやダイのようにパーティに出かけて、優雅な夜会服(イヴニングドレス)でおめかしして、それから――そう、遠回しに言うことはない――恋人がほしい！　それも何人も！　ウォルターについては、彼が、「ロザモンドへ」――すなわちフェイス・メレディス――に捧げた一連のソネット(4)を書いたこと――また彼が、どこかの名門大学の英文学教授をめざしていることも知っていた。ウォルターが美によせる熱烈な愛情も、同じく醜悪なものへの激しい嫌悪も知っていた。すなわちウォルターの強みも弱みも理解していた。

ウォルターは今でも炉辺荘一の美男子だった。ミス・オリヴァーは彼の麗しい姿を眺めているだけで心楽しかった――もし息子がいれば、彼のようであってほしかった。艶やかな黒い髪に、暗灰色(ダークグレー)の輝く瞳、非の打ち所のない目鼻だち。しかも生粋(きっすい)の詩人なのだ！　例の一連のソネットは、二十歳の若者にしては特筆すべき作品だった。ミス・オリヴァーは心の狭い批評家ではないため、ウォルターには驚くべき天与の才能があると理解していた。

リラは、ウォルターに心からの愛情をよせていた。ウォルターは、ジェムやシャーリーのように彼女をからかわなかった。「クモ」とも呼ばなかった。ウォルターがリラにつけたあだ名は「リラ・マイ・リラ」（5）――本名のマリラをもじったものだ。この本名は、グリーン・ゲイブルズのマリラおばさんからつけられたのだ。しかしおばさんは、リラが幼いころに亡くなり、リラはおばさんをよく知らず、この古めかしくて堅苦しい名前が嫌だった。どうしてみんなは、ファースト・ネームのバーサで呼んでくれないのかしら？　つまらない「リラ」よりも、きれいで、威厳があるのに。ウォルターが呼ぶあだ名は嫌いではなかったけれど、ミス・オリヴァーがときどき使うほかは、誰にも言わせなかった。というのもウォルターが音楽のような声で呼んでくれる「リラ・マイ・リラ」は、たいそう美しく聞こえたのだ――小川のさざなみが銀色の鈴のようにうたう軽やかな歌声のようだった。リラは、ウォルターのためなら死んでもいいと、ミス・オリヴァーに語った。このようにリラは、十五歳の少女にありがちな一部の言葉を強調（6）する言い方が気に入っていた。リラの人生の盃においてもっとも苦い一滴（7）は、ウォルターが、自分よりもダイに秘密を打ち明けているのではないか、という疑念だった。

「私はまだ大人じゃないから、話してもわからないと思ってるのよ」と、悔しげにミス・オリヴァーに嘆いた。「でも私は大人よ！　それに、誰にも秘密を、絶対に、もらさないのに……オリヴァー先生にさえ言わないわ。もちろん私の秘密なら、先生に打ち明けるわよ……隠し事をしていたら、幸せな気持ちになれないもの……でも私は、絶対にウォルターを裏切らないのに。私のほうは、ウォルターに、何もかも話すの……日記だって見せてるわ。なのに私には、話してくれない。ものすごく傷つくわ。もっとも、ウォルターが書いた詩は、全部、見せてくれるわ……すばらしいのよ、オリヴァー先生。ああ、私はいつか、ウォルターにとっての私が、ワーズワスにとっての妹ドロシー(8)みたいになりたいという希望をもって生きてるの。ウォルターのような詩は、ワーズワスだって書いてないの……テニスン(9)だってそうよ」

「私なら、そんなことは言わないわ。ワーズワスもテニスンも、駄作を山ほど書いているもの」ミス・オリヴァーはそっけなく言った。それから後悔した。リラの目に傷ついた表情がうかんだのだ。慌てて言い添えた。

「でも、ウォルターは、きっと偉大な詩人になるわ……いつか……たぶん、カナダ初の真に偉大な詩人に……それに、あなたが大人になるにつれて、ウォルターは、もっと秘密を話してくれるようになるわ」

「去年、ウォルターが腸チフスで入院したときは、どうにかなりそうだった」リラは少々もったいつけて、ため息をついた。「どんなに病気が重いか、すっかりよくなるまで、まわりが教えてくれなかったの……父さんが誰にも言わせなかったの。私、知らなくてよかった……もし知ってたら、耐えられなかった。そうでなくても毎晩、泣きながら寝たもの。だけど、ときには」リラは悲しげな口ぶりで締めくくった――ミス・オリヴァーを真似て、ときどき、つらそうに語ってみるのが好きだったのだ――「ウォルターは、私よりも、犬のマンデイ(10)のほうが好きじゃないかって、思うことがあるの」

犬のマンデイは、炉辺荘の犬だった。月曜日にこの家にやって来たとき、ちょうどウォルターが『ロビンソン・クルーソー』(11)を読んでいたため、この名前がついたのだ。本当はジェムの犬だったが、ウォルターにもなついていた。今、この犬は、ウォルターのかたわらに寝そべり、鼻づらを彼の腕にすり寄せ、ウォルターが上の空でなでてやるたびに、嬉しげに尻尾をぱたんぱたんと打ちつけた。マンデイは、コリー(12)でも、セッター(13)でも、ハウンド犬(14)でも、ニューファンドランド犬(15)でもなかった。ジェムが言うように「ありふれた犬」だった――無慈悲な世間は、「ものすごくありふれた犬」とつけ加えた。たしかに、マンデイの見てくれに、取り柄はなかった。黄色い体に、黒い斑点がとんで、その一つは片方の目にかかっていた。耳はぼろきれのように裂けていた。というのもマンデイは、名誉の決闘に勝ったためしがないのだ。だがこの犬には一つ、不思議な力があった。彼は、必ずしもすべての犬が美しく、表情豊かで、喧嘩に強いわけではないが、どんな犬も人間を愛することができると知っていたのだ。

マンデイの不器量な毛皮の下には、どんな犬よりも愛情深く、忠実で、義理堅い心臓が脈打っていた。また神学者は認めないだろうが、マンデイの茶色の目には、人間の魂に近いものが見てとれた。炉辺荘の者はみな、スーザンでさえ、マンデイを好いていた。もっともマンデイは、客用寝室に忍びこんでベッドで眠る困った癖があり、スーザンの愛情は厳しく試されるのだった。

この特別な午後、リラにはさしあたって、現状に何の不満もなかった。

「六月は、楽しい月だったわね？」リラは、虹の谷にのどかに浮かんでいる小さくて穏やかな銀色の雲の群れを、遠く見晴らして言った。「なんて楽しかったでしょう……それに、いいお天気だったわ。なにもかも完璧だったわ」

「完璧だなんて、どうも気になるわ」ミス・オリヴァーはため息をもらした。「不吉ですもの……どことなく。完璧なことは、神さまからの贈り物なのよ……つまり、その後にやってくる不吉なことへのある種の償い(つぐな)よ。私はたびたびそういうケースを見てきたから、誰かが完璧に楽しかったなんて言うと、嬉しくないの。もちろん、六月はずっと楽しかったけれど」

「でも、はらはらどきどきするようなことは、なかったわね」リラが言った。「この一年、グレンではらはらしたことは、お年寄りのミス・ミードが、教会で気絶したことくらい。たまにはドラマチックなことがあればいいのに」

「そんなことを考えてはだめよ。ドラマチックなことは、ほかの誰かをつらい目にあわせるのよ。あなたたちはみんなで、これから楽しい夏をすごすのね！　それに引きかえ私は、ローブリッジで鬱々としているんだわ」

「しょっちゅう遊びに来てくださるでしょう？　この夏は、楽しいことが山ほどあるみたい。でも私は、その周りをうろうろするだけ、いつもみたいに、そうよ。私はもう小さな子どもじゃないのに、今でもそう思われてるなんて、たまらないわ、そうでしょ？」

「ゆっくり大人になればいいのですよ、リラ。若い季節が早く行ってしまえばいいなんて思ってはいけません。青春はあっという間にすぎてしまうのだから。あなたもじきに、人生を味わうようになるわ」

「人生を味わうだなんて！　私なら、人生を食べ尽くしたいわ」リラは笑いながら叫んだ。「私はすべてがほしいの……女の子が持てるものは全部。あとひと月で十五歳になるの。そうなれば、私が子どもだなんて、誰も言えないわ。前に誰かが話してたの。十五歳から十九歳が、女の子の人生でいちばんいい年月だって。だからこの四年間を、完璧にすばらしいものにするつもりよ……とにかく、楽しいことで一杯にするわ」

「この先、どうするつもりか、考えても無駄ですよ……だいたいそうはならないもの」

「まあ、でも、先々を思いうかべることに、たくさんの楽しみがあるわ」リラが叫んだ。

「楽しむことしか考えてないのね、どうしようもない子だこと」ミス・オリヴァーは甘やかすように言った、リラのあごの形は、まさに完璧だと思いながら。「そうね、十五歳だものね、楽しいことしか頭にないわね？　でも、この秋、大学（カレッジ）へ行くつもりはないの？」

「いいえ……どの秋だろうと、ありません。行きたくないの。ナンとダイは、なになに学とか、なになに主義に夢中だけど、興味がないの。それに、うちから五人も大学へ行くんだもの。それで十分よ。どんな家にも一人はお馬鹿さんがいるの。私はそのお馬鹿さんになるわ。可愛くて、人気者で、楽しいお馬鹿さんでいられるなら。喜んでそのお馬鹿さんになるわ。私は秀才にはなれないし、何の才能もないけど、それがどんなに気楽か、先生にはわからないでしょうね。誰にも期待されないと、うるさく言われることもないのよ。といって私は、奥さん向きの料理上手にもなれないし、お裁縫とお掃除も大嫌いだもの。スーザンだって、ビスケットの作り方を私に教えられなかったの、誰だって無理よ。私は、働きもせず紡ぎもせず(16)だって、父さんが言うの。ということはきっと、野の百合ね」リラは最後にまた明るく笑った。

「若いのだから、勉強をすっかりやめてはだめよ、リラ」

「ええ、この冬、母さんが、読本の課程（コース）を教えてくださるの。おかげで母さんの文学士号も、錆（さび）つかないわね。幸い、読書は好きよ。先生、そんなに悲しそうな、非難がましい目で、見ないでくださいな。私はまじめくさって、堅苦しくするなんて、できないの……私には、すべてが薔薇色に、虹色に、見えるわ。来月、十五になるのよ……次の年は十六……その次の年は十七。これ以上うっとりすることって、あるかしら？」

「その幸せが続きますように(17)」ガートルード・オリヴァーは、なかば笑いながら、しかしなかば本気で言った。「その幸せが続きますように、リラ・マイ・リラ」

第3章　月明かりの宴

リラは今でも寝るときは固く目をつむり、ぐっすり眠っていても、笑っているように見えた。そんな彼女があくびをして、伸びをしてから、ミス・オリヴァーに、にっこりほほ笑みかけた。ミス・オリヴァーは前の晩、ローブリッジから炉辺荘を訪れたところ、明日の夜はフォー・ウィンズの灯台（1）でダンスがあるので泊まっていくように勧められたのだ。

「新しい一日が、窓をノックしているわ。今日という日は、何をもってきてくれるのかしら」リラは言った。

ミス・オリヴァーはかすかに身ぶるいした。リラのような情熱にもえて一日を迎えたことはなかった。彼女ほどの年になれば、新しい一日が恐ろしいことをもたらす場合もあると知っているのだ。

「毎日の暮らしでいちばんすてきなことは、思いがけないことだって、私は思うの」リラは続けた。「金色に晴れた朝、こんなふうに目をさまして、今日という日は、どんな驚きに満ちた小包を届けてくれるのかしらって思うと、わくわくするわ。私は起きあがる前に、いつも十分間、空想をするのよ。今日の一日、夜がくるまでに起きるかもしれないすてきなことを、たくさん思い描くの」

「今日、思いがけないことが起きるといいわね」ガートルードが言った。「ドイツとフランスの戦闘⑵を避けることができた、というニュースでも、新聞⑶で届くといいけれど」

「ええ……そうね」リラは上の空で答えた。「避けられなかったら、大変でしょうね。でも、私たちには、あんまり関係ないでしょ？　戦争って、とてもはらはらするものでしょうね。ボーア戦争⑷のとき、そうだったって聞いたわ。もちろん私は、何も憶えてないけど。ミス・オリヴァー、今夜、私、白いドレスを着ようかしら、それとも、新しい緑色のドレスにしようかしら？　もちろん緑のほうが、断然、きれいだけど、海辺のダンスに着て行って、ドレスに何かあったら心配だもの。それから私の髪を、あの新しいスタイルにしてくださる？　グレンの女の子はまだ誰もしてないから、さぞかし評判になるわ」

「ダンスに行かせてもらえるように、どうやってお母さまを説得したの？」

「あら、ウォルターがうまく話してくれたの。行かせてもらえなかったら私の胸がはり裂けるって、ウォルターはわかってるの。私、本物の大人のパーティは、今夜が初めてよ、ミス・オリヴァー。この一週間、パーティのことを考えて、夜も眠れなかったわ。

今朝はお日さまが輝いてるから、嬉しくて、わっと叫びたいくらい。もし今夜、雨になったら、つらくて、たまらないもの。でもやっぱり危険は覚悟のうえで、緑色のドレスを着ていくわ。初めてのパーティですもの、いちばんきれいな私でいたいの。それに白いドレスより、一インチほど丈(たけ)が長いもの。銀色の上靴(5)もはくわ。フォードのおばさま(6)が、去年、クリスマスに送ってくだすったけど、はく機会がなかったの。最高にすてきな靴よ。ああ、ミス・オリヴァー、男の子にダンスを申し込まれたらいいな。誰も申し込んでくれなくて、一晩中、壁ぎわにすわってる羽目になったら……恥ずかしくて死んじゃうわ……ほんとよ。カールとジェリーは牧師の息子だから踊るわけにはいかないけど、そうでなきゃ、二人に頼んで、私がすごく恥ずかしい思いをしないように、助けてもらうんだけど」

「お相手はたくさんいるわよ……内海向こうから男子がみんな来るもの……女の子より、男の子がずっと多いわ」

「牧師の娘じゃなくてよかった」リラは笑った。「かわいそうに、フェイスは、今夜、踊れないから、ぷりぷり怒ってるの。もちろんウーナは気にしてないわ。ウーナはダンスに憧れていないもの。ダンスをしない人のために、台所でタフィー作り(7)があるって、誰かがフェイスに言ったの。そのときのフェイスの顔ったら、見せたかったわ。今夜のパーティの間、フェイスとジェムは二人で、ほとんど外で岩にすわってるでしょう、たぶん。私たちはみんな、元の夢の家の下の入り江（8）まで歩いて、そこから舟で灯台へ行くの。断然、すてきじゃない？」

「私も十五歳のころは、言葉を強調したり、大げさな物言いをしたものよ」ミス・オリヴァーが皮肉をまじえて言った。「若い人にとっては、パーティは、さぞ楽しいでしょうね。でも私は退屈でしょうよ。私のような若くもない独り者（オールドメイド）と、わざわざ踊る男の子はいないもの。ジェムとウォルターは、人助けのつもりで一度はダンスに誘ってくれるかもしれないけれど、話し相手はいないわ。だからあなたみたいにパーティが待ち遠しくて、若い人たちの浮き浮きするような喜びを感じてほしいだなんて、私に期待してもだめよ」

「先生ご自身の初めてのパーティは、楽しくなかったんですか、ミス・オリヴァー？」

「ええ、ひどかった。私はみすぼらしくて、不器量で、誰もダンスを申し込んでくれなかった。一人いたけど、その男の子は、私よりも不器量で、みすぼらしかったの。彼はびくびくしていて、私、とても嫌（いや）だったわ……でも、その彼ですら、二度と申し込んでくれなかった。私には本当の少女時代はなかったのよ、リラ。悲しいことに、なかった。だからあなたには、きらきらするような幸せな少女時代をすごしてほしいの。あなたの初めてのパーティが、生涯ずっと思い返すたびに楽しいものになるように、願っているわ」

「昨夜（ゆうべ）、夢を見たんです。ダンスをしていたら、その最中に、私がキモノのガウンと寝室の室内履き（ベッドルーム・シューズ）（9）のままだって気がついて」リラはため息をついた。「びっくりして息が止まりそうになって、目がさめたんです」

「夢といえば……妙な夢を見たわ」ミス・オリヴァーが考えこみながら言った。「私はときどき、ありありとした夢を見るの、これもそうだった……ふつうの夢みたいにぼんやりして、色んなことがごたまぜになった夢じゃないの……現実のことみたいに、くっきりして、リアルな夢よ」

「どんな夢？」

「私は、炉辺荘のヴェランダの階段に立っていて、グレン村のまき場や、畑を見おろしていたの。すると突然、ずっと遠くから、長くて一直線に伸びた銀色の波が押し寄せてくるのが見えたの。それはどんどん近づいてきて……小さな白い波が、後から後から、やってきたのよ、砂浜に白い波が打ち寄せてくるみたいに。今にもグレンがのみこまれそうだった。『でもまさか、炉辺荘のそばには来ないだろう』と思った……ところがますます近づいてきて……波はあんまり速くて……私は動くことも、人を呼ぶこともできないうちに、足もとまで押し寄せてきて……そうしたら、あるゆるものがなくなっていたの……グレンのあったところは、もう何もない、ただ、激しく荒れ狂う水が広がっているだけ。後ずさりしようとすると……服の裾（すそ）が、血で、濡れているのが見えて……そこで目がさめたのよ……ぶるぶる震えながら。後味の悪い夢だった。これには何か不吉な意味があるんだわ。こんなふうにはっきりした夢を見ると、決まって『正夢』になるもの」

「その夢の意味は、今夜、東から嵐が来て、パーティが台無しになる、ということじゃなきゃいいけど」リラが心配そうにつぶやいた。

「まあ、手に負えない十五歳だこと！」ミス・オリヴァーがあきれて言った。「大丈夫よ、リラ・マイ・リラ。この夢が予言するような恐ろしいことは起きないわ。そんなにひどいことは何も起きないと思うわ」

　実は、ここ何日か、炉辺荘の暮らしには、緊迫した気配があったが、花開き始めたばかりの人生に夢中のリラだけは、気づいていなかった。ブライス医師はむずかしい顔つきになり、新聞を見ても、ほとんど何も語らなくなった。ジェムとウォルターは、新聞が報じるニュースに強い関心をよせていた。その日の夕方、ジェムは、興奮の面持ちで、ウォルターを探して言った。

「おい、ドイツが、フランスに宣戦布告したぞ(10)。ということは、イギリスも参戦するだろう、おそらく……そうなれば……いいか、おまえが空想した笛吹き(11)が、ついにやってくるんだ」

「あれは空想じゃなかった」ウォルターはゆっくり言った。「予感だよ……未来像だ……ジェム、ずっと前のあの夕方、一瞬、本当に笛吹きが見えたんだ。もし、イギリスが戦争することになったら？」

「そりゃあ、ぼくらもみんな加わって、協力しなくてはならないさ」ジェムは快活そうに叫んだ。「『北の海の古き成熟した母』(12)を一人で戦わせるわけにはいかない、そうだろ？　でもおまえは行けないな……腸チフスにかかったんだから、除外されるよ。ある意味じゃ、不面目だな、そうだろ？」

ウォルターは、不面目だとも、そうでないとも言わなかった。口をつぐんだまま、グレン村と、その遠くで小波のよる青い内海を見晴らしていた。

「ぼくらは子獅子なんだ……一族が戦うとなれば、全力で、協力しなくてはならない」ジェムは元気に語りながら、日に焼けて、力強く、ほっそりした器用な手で──生まれながらの外科医の手だと、彼の父はしばしば思った──赤い巻き毛をくしゃくしゃにした。「大した冒険になるだろう！　だけど、グレイ(13)とか、そうした用心深い年寄り連中が、いよいよという土壇場に、ことをおさめるさ。でも、イギリスがフランスを見捨てたら、みっともない不名誉になる。イギリスがフランスに協力するなら、ぼくらも面白い目にあうだろう。さあ、灯台の浮かれ騒ぎへ、くり出す準備をするころあいだ」

ジェムは、「百人のバッグパイプ吹きと共に、皆々と」(14)を口笛で吹き吹き、立ち去った。ウォルターは長い間、その場に立ち尽くしていた。かすかに眉をひそめた面差しだった。すべてが雷雲のように、突然、黒く翳ってやって来たのだ。ほんの数日前までは、こんなことになろうとは、誰も思わなかった。今こうして考えても馬鹿げている。何かの解決策が見つかるだろう。戦争は、地獄のように、おぞましく、忌まわしいものだ――あまりにおぞましく、忌まわしく、二十世紀の文明国家の間で起きるはずがない。考えるだに恐ろしい。戦争は、人生の美を脅かすものだ。ウォルターは胸が苦しくなった。戦争のことなど、考えまい――きっぱり頭から締めだそう。この懐かしいグレンは、なんと美しいだろう。八月の実りの季節、緑陰ゆたかな古い家々、耕した牧草地、静かな庭。西の空は、大きな金色の真珠のように明るく輝き、遠くの内海は昇ったばかりの月明かりにほの白んでいた。あたりは妙なる調べに満たされていた――こまどりの眠たげなさえずり、夕焼けの木立をわたる風の不思議にして悲しく柔らかなつぶやき、優美なハートの形の葉をふるわせて、澄んだ銀色のささやきを交わすポプラ[15]のざわめき、娘たちがダンスへ出かける仕度をする部屋の窓から聞こえる歌うような若さあふれる笑い声。この世界は、狂おしいまでの美しい音色と色彩に包まれていた。ウォルターはこうしたものだけを、それが彼に与える深く名状しがたい喜びだけを、考えることにした。「とにかく、ぼくに出征しろとは、誰も考えないだろう。ジェムが言うように、腸チフスのおかげだ」

リラはダンスに行く仕度を終えると、部屋の窓から身を乗りだした。すると髪から黄色いパンジーが一輪こぼれ、金色の流れ星のように窓の敷居から落ちた。つかもうとしたが、できなかった――しかし花はまだいくらもある。ミス・オリヴァーは、可愛い教え子の髪を飾ろうと、小さな花輪を編んでくれた。

「なんてきれいで、穏やかな夕べでしょう……すばらしいわね？　最高の夜になるわ。耳を澄ましてくださいな、ミス・オリヴァー……虹の谷から、古い鈴の音が、はっきり聞こえるでしょ。あの鈴は、十年以上、あそこに下がってるんですよ(16)」

「風に吹かれるあのチャイムの音色を聞くと、ミルトンのエデンの園で、アダムとイヴが聞いた、あえかなる天上の音楽(17)を思い出すわ」ミス・オリヴァーが答えた。

「子どものころは、虹の谷で、とても楽しく遊んだのよ」リラは夢見るように言った。

しかし今、虹の谷で遊ぶ者はいなかった。夏の夕べというのに、谷は静まり返っていた。もっともウォルターは、この谷へ本を読みに行くのを好んだ。ジェムとフェイスは、しばしば逢い引きをした。ジェリーとナンは虹の谷へ出かけて、深遠なる問題について、誰にも邪魔されずに、終わりのない論争と議論をした。これが二人の好ましい恋の深め方のようだった。そしてリラは、自分だけの愛する小さな森の谷間があり、そこにすわって夢想にふけるのが好きだった。

「出かける前に、急いで台所へおりて、スーザンに私の姿を見せてあげなくちゃ。そうしなきゃ、許してくれないわ」

スーザンは、単調な靴下の繕いもの（ダーニング）をしていた。その薄暗い台所へ、リラが踊るように飛びこむと、彼女のあでやかさに、あたりがにわかに明るくなった。結局、リラは、桃色のひな菊の花輪が散った緑色のドレスをまとい、シルクの長靴下（ストッキング）に銀色の上靴をはいていた。髪となめらかなクリーム色の喉もとには、金色のパンジーを飾っていた。たいそう美しく、若々しく、輝くばかりで、いとこのソフィア・クローフォードでさえ思わず感嘆せずにいられなかった——いとこのソフィア・クローフォードが、世俗的で、つかの間のものをほめることは稀（まれ）だった。いとこのソフィアは、グレンに移り住んでより、スーザンとの昔の諍（いさか）いは丸くおさめ、というか無視して、ご近所さんよろしく、たびたび道の向かいから訪ねてきた。スーザンは、熱烈に歓迎したわけではなかった。いとこのソフィアは気分を引きたてる相手とは言えなかったのだ。「同じ来るにしても、訪問（ヴィジット）もあれば、災い（ヴィジテイション）の到来ということも、ありますからね、先生奥さんや」以前、スーザンはそう言って、いとこのソフィアは後者だと匂わせたのだ。

いとこのソフィアの顔は、細長くて青白く、皺（しわ）がよっていた。そこに長くて細い鼻、長くて薄い口があり、長くてやせた青白い両手を、黒っぽいキャラコ地(18)の膝に諦めたように組みあわせていることが多かった。どこをとっても、長くて、やせて、血色が悪かった。いとこのソフィアは、物憂げにリラ・ブライスを見ると、悲しげに言った。

「おまえさんの髪は、全部、自分のかえ？」

「もちろんですとも」リラはむっとして叫んだ。

「あんれ、まあ！」いとこのソフィアはため息をついた。「自分のでなきゃ、よかったのに！　そんなに髪が多いと、精力を奪われちまうんだよ。肺病病みになる兆候だって話も聞いたね。おまえさんは、そうはならなきゃ、いいがねえ。今夜はみんなして踊るんだね……牧師の息子も踊るよ、おそらく。牧師の娘っこは、そこまではやるまいがね。あんれ、まあ、ダンスなんぞ、あたしゃ感心したことは、ついぞない。踊ってる間にばったり倒れて、死んじまった娘が前にいたよ。そんな天罰が下ったというのに、どうしてまたダンスなんぞするのか、見当もつかないね」

「その娘さんは、また踊ったの？」リラは生意気そうにたずねた。

「ばったり倒れて、死んじまったって、今言ったじゃないか。その娘はもちろん、二度と踊れなかった、かわいそうに。あれはローブリッジから来た、カーク家の者だった。おまえさん、まさか、そのむき出しの首に、何にも巻かずに出かけるんじゃないだろね？」

「今夜は暑いもの。それに舟に乗ったら、スカーフ(19)をまくわ」

「四十年前、ちょうど今夜みたいな晩に……ほんとに今夜みたいな晩だった。内海に、若い衆を乗せたボートが出たはいいが」いとこのソフィアは陰々滅々たる声で言った。「ひっくり返って、溺れ死んだんだ……一人残らず。あんれ、まあ、そんなことが、今夜、おまえさんの身に起きなきゃいいがねえ。おまえさん、そばかすに、何ぞ、試したことはあるかい？　あたしにゃ、おおばこのジュースが、よく効いたよ」

「そばかすにかけちゃ、あんたは確かにベテランですよ、いとこのソフィア」スーザンが慌ててリラの肩をもった。「若い時分のあんたは、どんなヒキガエルよりも斑点だらけでしたから。リラのそばかすは夏しか出ないけど、あんたは年がら年中だった。おまけに、そばかすの下の肌にしたって、リラみたいな色じゃなかった。リラは本当にきれいですよ。髪の結い方もよく似合って。だけどこの靴で、内海まで歩いてくんじゃないでしょうね？」

「まあ、まさか。内海までは、はき慣れた靴で行って、これは持ってくの。私のドレスを気に入ったかしら、スーザン？」

「あたしが娘時代に着たドレスを、思い出すねえ」スーザンが答える前に、いとこのソフィアが口をはさみ、ため息をついた。「あれも緑色で、ピンクの花束が飛んでたねえ。ウエストから裾まで、ひだ飾りがついてたよ。あたしらは、近ごろの娘っこみたいな、けちけちしたもんは着なかった[20]んでね。あんれ、まあ、時代が変わったんだねえ、それも、いいふうに変わったんじゃないようだ。ところが、あたしのドレスは、あの晩、破けて、大きな穴があいちまったし、誰かがカップのお茶をぶちまけて、台無しになっちまった。おまえさんのドレスにゃ、何ごともなきゃいいが。丈は、もうちっと長いほうがいいと思うがね……おまえさんの脚ときたら、ひょろひょろ長くて、やせっぽちだこと」

「ブライス医師夫人は、小さな女の子が、大人のような服を着ることに、感心なさらないんです」スーザンは、いとこのソフィアをやり込めようと、断固として言った。ところがリラは、侮辱されたように感じた。もうスーザンなんかに見せに下りないわ――リラは腹をたて、足早に台所を出ていった。小さな女の子ですって！　リラは腹をたて、スーザンったら、六十歳になるまでは大人じゃないと思ってるのね！　いとこのソフィアもひどいわ。私のそばかすや、脚を、当てこすって！　あんなおばあさんが――あんなにひょろひょろして細長いおばあさんが、人のことを、ひょろ長いとか、やせっぽちだなんて、言えた義理じゃないでしょ？　リラは自分の気持ちにも、今夜の楽しみにも雲がかかって台無しになった気がした。不愉快で、気持ちが乱れて、できることなら座りこんで泣きたかった。

しかし、それからフォー・ウィンズの灯台めざして歩くにぎやかな一行に加わると、また気分も明るくなった。

ブライス家の若者たちは、犬のマンデイが悲しげに吠える音楽に見送られて炉辺荘を出発した。犬のマンデイが、灯台の招かれざる客にならないように、納屋に閉じこめたのだ。それから一同は、村でメレディス家を誘った。古い内海街道を歩くうちに、ほかの者たちも合流した。メアリ・ヴァンスは、青いクレープ地(21)に、レースのオーバードレス(22)を重ねて、まばゆいばかりの姿で、ミス・コーネリアの門から現れた。メアリは、リラとミス・オリヴァーと歩いたものの、リラは喜んで迎えたわけではなかった。リラは、メアリ・ヴァンスを好きではなかった。メアリが干し鱈を持って、村中、自分を追いかけまわし、恥をかかされた日を忘れていなかったのだ。実のところ、メアリ・ヴァンスは、仲間のみんなから好かれているわけではなかった。しかし人々は、彼女との交際は楽しんでいた――すこぶる毒舌家で、刺激的なのだ。「メアリ・ヴァンスは、私たちの習慣になっているのよ……腹がたっても、メアリなしでは、やっていけないもの」と、ナン・ブライスが言ったことがあった。

この小さな一行のほとんどは、いちおう二人ずつペアになっていた。ジェムは、もちろんフェイス・メレディスと、ジェリー・メレディスはナン・ブライスと歩いた。ダイとウォルターは、二人だけで打ちとけて秘密の話に没頭していた。リラは、ダイが羨ましかった。

カール・メレディスは、ミランダ・プライアーと歩いたが、それはジョー・ミルグレイヴを苦しませるためだった。ジョーがミランダに強い恋心をよせていることは知られていたが、内気なジョーは、どんなときも、その思いを満たせなかった。もし闇夜なら、ミランダへゆっくりと近づいていく勇気も奮い起こせようが、今夜のように月の明るい宵は無理だった。そこでジョーは行列の後ろを歩いたが、カール・メレディスに対しては、口に出すのも憚られるようなことを考えていた。ミランダは、月に頬髭の娘だった。ミランダは父親ほど不人気ではなかったが、追いかけ回されるような娘でもなかった。顔色の悪い、ぱっとしない小柄な娘で、神経質にくすくす笑う癖があった。髪は銀色がかった金髪、目は大きく見開いた明るい灰青色で、小さいころはひどくおびえているように見えた。それは今も変わらないようだった。ミランダは、カールではなく、ジョーと歩きたかった。カールといると少しもくつろげないのだ。しかし彼は大学生で、しかも牧師の息子であり、隣にいてくれると、なんとなく名誉でもあった。

シャーリー・ブライスは、ウーナ・メレディスと歩いた。二人とも口数は少なかった。生まれつきの性格である。シャーリーは十六歳の若者で、まじめで、分別があり、思慮深く、静かなユーモアにあふれていた。彼はいまなおスーザンの「可愛い鳶色の坊や」であり、鳶色の髪、鳶色の瞳、色つやのいい鳶色の肌をしていた。シャーリーにとってウーナ・メレディスと歩くことは好ましかった。ウーナは無理に話をさせたり、おしゃべりをせがんだりしないからだ。ウーナは虹の谷のころと変わらず優しく、内気で、大きな濃紺色の瞳は夢見がちで、叶わぬ夢にあこがれているようだった。ウーナが、ウォルター・ブライスに秘かな恋慕をよせながらも、注意深く隠していることは、リラのほかは勘づいてもいなかった。リラは、ウーナの気持ちを察して、それにウォルターがこたえてあげればいいのにと思っていた。リラは、フェイスよりも、ウーナが好きだった。フェイスの美貌と落ち着き払った態度は、ほかの娘の影を薄くするからだ——リラは、自分が見劣りするのは面白くなかった。

　しかし今のリラは、すこぶる幸せだった。かすかに暗く光る街道を友と足どりも軽（かろ）く歩いていくのは、なんと愉しいだろう。道ゆきには小さなえぞ松ともみが点在し、樹脂（バルサム）の芳香があたりにたちこめていた。西へ傾いている丘の陰に、夕日の名残りの光をうけたまき場が横たわっていた。一行の前には、ちらちら輝く内海が広がっていた。内海向こうの小さな教会で鐘が鳴っていた。その余韻が響く夢のような音は、夕闇に紫水晶の色にそまる岬のあたりで消えていった。そのむこうのセント・ローレンス湾はまだ青く、残照に銀色にまたたいていた。ああ、すべてが壮麗だ——磯の匂いのする澄んだ空気、もみの樹脂（バルサム）の香り、友の笑い声。リラは人生を愛していた——人生の花と輝かしさを。リラは、音楽のさざめきを、愉快な会話のざわめきを愛していた。白銀の月明かりと影に包まれたこの街道を、永遠に歩いていたかった。初めてのパーティなのだ。すばらしいひとときをすごすのだ。この世に憂（うれ）えるものは何一つなかった——そばかすも、長すぎる脚も——ただ一つ、ダンスを申し込まれなかったら、という淡い不安だけだった。ただ生きていること——十五歳であること——きれいであることが嬉しく、心満たされていた。リラは恍惚（こうこつ）の吐息をふかぶかとついた——しかし途中で、急に息をとめた。ジエムが、フェイスに話していた――バルカン戦争(23)のできごとだ。

「その医者は、両脚を失ったんだ……脚がずたずたに砕けてしまって……戦場に置き去りにされて死ぬばかりになった。それでもその医者は、兵隊から兵隊へ、這ってまわったんだ、まわりにいる負傷兵みんなのところへ、命がつづく限り。兵隊たちの苦しみを和らげようと、できることを全部したんだ……自分のことなど考えもせずに……その医者は、また別の兵隊の脚に、包帯を巻こうと奮闘していたとき、意識を失った。二人が戦場で発見されたとき、死んだ医者の両手は、まだ包帯を強く押し当てていて、兵隊の出血は止まっていた。そのおかげで、この兵隊は命が助かったんだ。この医者は、すばらしい英雄じゃないか、フェイス? これを読んで、ぼくは……」

ジェムとフェイスは先へ歩いていき、声は聞こえなくなった。ガートルード・オリヴァーが急に身をふるわせた。リラは思いやるように、ミス・オリヴァーの腕をとった。

「恐ろしいわね、ミス・オリヴァー? 先生がぞっとするのも当然よ。みんなで楽しいことにくり出すというのに、どうしてジェムは、こんなときに、そんなおぞましい話をしたのかしら」

「あなたは恐ろしいと思うの、リラ? 私は立派で……美しいと思うわ。こういう話を聞くと、人間性というものを疑う者は恥ずかしくなるわね。その医者がしたことは、神さまのようだわ。人間が、自己犠牲という理想に、こんなに応じるなんて! 私が身震いしたのは、なぜかしら。今夜はこんなに暖かいのに。たぶん、暗くて星が光っている私のお墓になる場所を、誰かが歩きまわっているのね。昔の迷信で説明がつくわ(24)。さあ、今日のような美しい晩に、こんなことを考えるのはよしましょう。ねえ、リラ、夜になると、田舎に住んでいてよかったと、いつも思うの。田舎では、どんな夜も美しいわ……嵐の夜でさえ。ここにいると、夜の本当の魅力というものがわかるわ。それは町に暮らす人には決してわからないの。この古い湾の岸辺に、波が荒れ狂う嵐の晩が大好きよ。今夜のような晩は、美しすぎるといってもいいわ……若さと夢の国に属しているのね、私には、なんだか恐ろしいくらいだわ」

「私は、自分がその一部のような気がするわ」リラが言った。

「ええ、そうよ。あなたは十分に若いから、完璧なものが怖くないのよ。さあ、夢の家に着いた。この夏は、ひっそりしているわね。フォードさん一家は、ここに来なかったの？」

「ええ……フォードのおじさんとおばさんとパーシスはね。ケネスは来たわ……でも、内海向こうのお母さんの親戚に泊まったの。この夏は、ケネスにほとんど会わなかった。あの人は少し足を引きずってるので、あまり出歩かなかったのよ」

「足を引きずっているの？」

「去年の秋、フットボール(25)の試合で、踝（くるぶし）を痛めて、冬はほとんど引きこもってたの。足を少し引きずってるけど、だんだん快方にむかってるから、そのうちよくなるわ。ケネスったら、炉辺荘に、二度しか来てくれなかったのよ」

「エセル・リースは、ケネスにぞっこんだよ」メアリ・ヴァンスが言った。「ケンのことになると、エセルは、生まれつきの分別も、どっかに行ってしまうんだ。こないだの祈禱会の晩、ケネスは、内海向こうの教会からエセルの家まで、あの子を送って歩いたんで、エセルの気取ったそぶりったら、うんざりするくらい。ケン・フォードみたいなトロントの男子が、エセルみたいな田舎娘を本気で思っているみたいにさ！」

リラは顔を赤らめた。ケネス・フォードがエセル・リースと何度、一緒に帰ろうと、かまわなかった——そんなことは問題ではない！ 彼が何をしようと、リラには何でもないのだ！ ケネスは、何歳も年上だ。彼は、ナンとダイ、フェイスとは仲がいいけれど、リラのことは子ども扱いして、からかうほかは気にも留めてくれない。それにリラは、エセル・リースが大嫌いだった。エセル・リースも、リラを憎んでいた——虹の谷のころ、ウォルターが、ダン・リースを打ちのめして評判になってより憎んでいるのだ(26)。でも、エセルが田舎娘だからといって、どうしてケネス・フォードに相手にされないと思われなければならないのだ。いったい、なぜ？ メアリ・ヴァンスったら、正真正銘の噂好きね、誰と誰が一緒に帰った、なんてことしか、頭にないんだから！

夢の家の下では、内海の岸辺に小さな桟橋があり、舟が二艘つながれていた。一艘はジェム・ブライスが船長をつとめ、もう一艘はジョー・ミルグレイヴが操った。ジョーは船のことなら何でもくわしく、ミランダ・プライアーにそれを披露するのは、まんざらでもなかった。二艘は内海を競走し、ジョーの舟が勝った。舟は内海岬から、また西側からも、内海をわたって来た。いたるところで笑い声があがっていた。フォー・ウィンズ岬の大きな白い灯台は光に満ちあふれ、人々の頭上に灯火が光り、旋回していた。パーティは、シャーロットタウンから夏をすごしに来た灯台守の親戚一家が催したもので、フォー・ウィンズ、グレン・セント・メアリ、内海向こうの若者全員が招かれていた。ジェムの舟が、揺れながら灯台の下に着くと、リラは、ミス・オリヴァーのかげで急いで靴を脱ぎ、銀の上靴をはいた。ちらと見上げると、岩肌に刻んだ階段を、男の子たちが列をなして灯台へ登っていき、そこに紙提灯が灯っていた。リラは、母さんが街道ではきなさいと言った重たい靴で、この段々を上がるのはよそうと決めた。銀の上靴で歩くと、足がひどく痛んだが、そんなことは誰も想像もしなかった。リラはほほ笑みを浮かべて軽々と階段を上がったのだ。柔らかな瞳はきらめいて物問いたげで、丸々としたクリーム色の頬は、豊かな濃い色に染まっていた。階段を上がりきるとすぐ、内海向こうの青年にダンスを申しこまれた。次の瞬間、二人は、灯台の海側にしつらえたダンスのなかにいた。そこは気持ちのいい場所だった。屋根はもみの枝でおおわれ、提灯がいくつもさがっていた。眼下の海は輝いて白く光り、ちらちら瞬いていた。

左手は月明かりに照らされた砂丘の頂きと窪(くぼ)みがつらなり、右手にはインク色に翳(かげ)る岩場の海岸と、水晶のごとき入り江があった(27)。リラとパートナーは、踊る人々のなかへ颯爽(さっそう)と加わった。リラは、喜びの吐息をながながとついた。上(かみ)グレンのネッド・バーは、なんと魔力的な音色をフィドル(28)から引き出すのだろう——聞く者はみな踊らずにはいられない昔話の魔法の笛のようだ。セント・ローレンス湾から吹く風はなんと涼しく、爽やかだろう。すべてを照らす月明かりは、なんと白々(しろじろ)と、美しいだろう！これが人生だ——魔法のような人生だ。リラは、足と魂に、翼がはえたような心地だった。

第4章　笛吹き、笛を吹く

　リラの初めてのパーティは大成功だった――最初はそう思われた。ダンスは大勢の男性から申し込まれ、順番をふり分けねばならないほどだった。銀色の上靴はひとりでに踊っているようだった。もっとも、つま先がきつくて痛み、かかとに水ぶくれができたものの、リラの楽しさは、いささかも損なわれなかった。しかしエセル・リースには、十分ばかり、嫌な思いをした。エセルは、いわくありげに手招きをして、リラを大テントからつれだすと、リース家特有の薄笑いをうかべて、リラのドレスの後ろが裂けている、ひだ飾りにはしみがついてる、と声をひそめて言ったのだ。リラはみじめな気持ちで臨時の婦人用化粧室にあてられた一室に駈けこんだ。すると、しみとは草の汁の小さなにじみにすぎず、裂けたところも同じようにささいなことで、フックが一つ外れただけだった。するとフックを、アイリーン・ハワードがリラのために留めてくれた。アイリーンは歯の浮くような甘ったるいお世辞も言ってくれた。アイリーンにおだてられて、リラは得意になった。アイリーンは十九歳になる上グレンの娘で、年下の女の子との交際を好むようだった――競争相手がいない上に、自分が女王様になれるからだと、口の悪い友人たちは言った。しかしリラは、アイリーンをすばらしい女性だと思い、保護者のようにかばってくれる彼女に好感をもった。アイリーンはきれいで、おしゃれだった。それに神々しい声でうたうのだ。毎年冬にシャーロットタウンに滞在して音楽のレッスンを受けているのだ。モントリオールにおばがいて、すてきなドレスも送ってもらっていた。また彼女は悲しい恋を経験したという噂だった――それがどんな恋なのか、誰も知らなかったが、かえって謎めいた魅力になっていた。そんなアイリーンにほめられたことは、すべてに勝(まさ)る栄誉のように思えた。リラは胸を弾ませて大テントに走ってもどると、しばし入口に足をとめ、提灯(ランタン)の輝きのもとで、踊る人々を眺めていた。するとぐるぐる回る人々が、一瞬、途切れたとき、むこうにケネス・フォードが立っているのが、ちらっと見えた。

　リラの心臓は、鼓動を一つ飛ばした――それが生理学的には不可能だとしても、リラにはそう感じられた。ということは、やっぱり、ケネスは来ていたのだ。来ないと思っていた――彼がいて困ることは何もないけれど。ケネスは私を見てくれるかしら？　私に目をとめてくれるかしら？　もちろんダンスは申し込んでくれないだろう――そんなことは望むべくもない。私をほんの子ども扱いしているのだから。夕方、炉辺荘に来て、私を「クモ」と呼んでから、まだ三週間もたたないのだ。そのあとでリラは二階に上がって泣きながら、ケネスを憎らしく思った。ところが、その彼が、今、大テントの縁(ふち)にそってリラのほうへ近づいて来るではないか。リラの心臓の鼓動が、また一つ飛んだ。私のところに来るつもりかしら――ケネスが？――私のところへ？――そうよ、私のところへやって来る！　ケネスは私を探していたのだ――今、ケネスは私のそばに来た――そしてリラをじっと見下ろした。彼の濃い灰色の瞳には、リラが一度も見たことのない、ある表情が浮かんでいた。ああ、もう、どうしよう、耐えられない！　それなのに、何もかも、さっきまでと変わらないなんて――今でも踊り手たちはぐるぐる回り、相手のいない男子は大テントのまわりをうろつき、恋人たちは外の岩に腰かけて抱き合っている――とてつもなくすてきなことが起きているのに、誰も気づいていなかった。

ケネスは背が高く、きわだった美貌の持ち主だった。何気ないふるまいにも、ある種の気品があり、そんな彼と比べると、ほかの男子はそろってぎこちなく、無様に見えた。しかもすばらしく頭が切れるという話で、遠くの都会育ちで、名門大学の学生らしい魅力が漂っていた。少々女たらしだという噂もあったが、それはおそらく、彼の声には、笑っているような深くて柔らかな響きがあって、どんな娘も胸ときめかせずに聞くことができないこと、またケネスが耳を傾けるときは、まるで彼が全生涯をかけて待ち望んでいた言葉を娘が語っているかのような危険な態度をとるからであろう。

「リラ・マイ・リラだね？」

「そうでしゅ」とリラは言ってしまい、とっさに思った。私ったら、もう、灯台の岩場から真っ逆さまに身を投げたい。さもなければ、人に笑われるこの世界から消えてしまいたい。

リラは幼いころは舌足らずだったが、成長するうちにほとんど抜けていた。ただストレスや緊張があると出ることもあったが、この一年ほどは舌が回っていた。それなのに、今という今に限って、とりわけ大人っぽくて洗練されていると思われたいときに、赤ちゃんみたいに舌足らずになるなんて！　恥ずかしい！　リラは目に涙が浮かんだ気がして、次の瞬間——泣き出しそうに——そう、泣きじゃくりそうになった——ケネスなんか、いなくなればいいのに——ケネスなんか、来なければよかったのに。パーティは台無しになってしまった。何もかもつまらなくなった。

ケネスが私を「リラ・マイ・リラ（ぼくの）」と呼んでくれたのに——「クモ」でも「ちびっ子」でも「猫ちゃん」でもなかったのに。以前の彼は、リラに気がつくと、いつもそう呼んだのだ。ウォルターがつけたこの愛称でケネスに呼ばれて、リラは少しも嫌（いや）ではなかった。ケネスの低くて愛撫するような声が、「ぼくの（マイ）」を強めるような意味合いをかすかにこめて呼ぶと、すてきに聞こえた。それなのに私ったら、馬鹿みたいな返事をしてしまった。笑っているケネスの目を見たくないばかりに、リラは顔を上げる勇気もなく、うつむいていた。そんなリラの睫毛（まつげ）はたいそう長く、濃く、まぶたはふっくらしてなめらかで、目を伏せた表情は実にチャーミングで心惹かれるものだった。リラ・ブライスは、いずれ炉辺荘の姉妹一の美人になるだろう、ケネスは思った。リラに顔を上げてほしかった――あの可愛らしい、しとやかな、もの問いたげなまなざしを見たい。リラはこのパーティで最も美しい人だ。それは疑いようもなかった。

ケネスは何を言っているのかしら？　リラは、自分の耳が信じられなかった。

「踊りませんか？」

「はいっ」リラは言った。舌足らずにならないよう語気を強めたせいで、出し抜けに言葉が出た。リラはまた胸のなかで身悶え（みもだえ）した。なんて大げさな返事かしら――がつがつして――まるで飛びつかんばかりみたい。私のことを、どう思ったかしら？　女の子がいちばんすてきに見られたいときに限って、どうしてこんなことになるの？

ケネスは、リラを、踊る人々のなかへ引き入れた。

「ぼくのこの不自由な足でも、一度くらいは、ぴょんと跳べると思うよ」

「足首の具合は、どうなの？」リラは言った。ああ、私ったら、どうしてほかの話を思いつかなかったのかしら？　足首のことばかり聞かれて、ケネスはうんざりしてると、わかっているのに。彼が炉辺荘でそう言うのを聞いたのだ――足首は快方にむかっています、という貼り紙（プラカード）でも胸につけて、誰彼かまわず発表するつもりだと、ダイに話していたのだ。それなのに今、またこんなつまらない質問をしてしまった。

実際、ケネスは、足首について聞かれることに飽き飽きしていた。とはいうものの、こんなに愛らしい、キスをしたくなるような窪みのある唇で問われることは滅多にない。おそらくはそのせいであろう。彼は、足首はよくなっているよ、長時間歩いたり立ったりしなければ問題はないと、辛抱強く答えたのだった。

「元通りによくなるそうだ。でも、この秋は、フットボールを休まなければならないね」

二人は一緒に踊った。リラの目にうつる娘たちが、一人残らず、彼女を羨んでいるのがわかった。ダンスの後、二人して岩の段々を下りていくと、小さな平底舟を見つけた。二人は舟に乗って、月明かりの海峡をわたり、砂浜へいった(1)。砂の上を歩くうちに、ケネスの足首が異議をとなえ、二人は砂の丘の間に腰をおろした。ケネスは、ナンやダイに話すように、リラにも話しかけてくれた。リラは自分でもわからない恥ずかしさに圧倒されて、ろくに口がきけなかった。私のことを、どうしようもない馬鹿だと思っているだろう。それでも、すべてがすばらしかった――こよなく美しい月明かりの夜、輝く海、砂浜で静かな音を立てているさざ波、砂丘の頂きにしげる固い草に吹きわたり小声で歌っている涼やかで気まぐれな夜風、海峡のむこうからかすかに甘く聞こえてくる音楽。

「『人魚の宴に、月明かりが奏でる朗らかで軽やかなる歌よ』」ケネスは、ウォルターの詩の一節を柔らかな声で語った。

私は、今、ケネスと二人きりで、この魅惑の音色と風景のなかにいるのだ！　でも、上靴がこんなに痛くなければいいのに！　ミス・オリヴァーのように頭の良さそうな話ができればいいのに！　いいえ、ほかの男子と話すように話せれば、いいのに！　ところが、言葉が出なかった。ケネスの話に耳を傾けて、ときおり、ありふれた言葉を少しつぶやくのが精一杯だった。それでもリラの夢見るような瞳、窪みのある唇、ほっそりした喉もとが、本人の代わりに雄弁に語ったのだろう。少なくともケネスに、急いで帰りたがる気配はなかった。二人で灯台に戻ると、夕食がふるまわれていた。ケネスは、リラのために灯台の台所で窓ぎわの席を見つけてくれた。彼女がアイスクリームとケーキを食べている間、ケネスは近くの窓の敷居（しきい）に腰かけていた。リラはあたりを見まわして、初めてのパーティはなんとすてきだろうと思った。絶対に忘れない。部屋中に笑い声と冗談がこだましていた。若者たちの澄んだ瞳がきらきら輝いていた。外の大テントからは、フィドルの浮き浮きするような音色が流れ、踊る人たちのリズミカルな足音が聞こえた。

　戸口のあたりに群がる青年たちから、ちょっとしたざわめきがあがった。一人の若者が人混みを押し分けて敷居に立つと、深刻な表情であたりを見わたした。それは内海向こうのジャック・エリオット（2）だった――マギル大学（3）の医学生だ。控えめな青年で、社交には熱心ではなかった。彼もパーティに招かれていたが、この日はシャーロットタウンへ行って帰りが遅くなるため、来ないと思われていた。ところが来たのだ――その手に、畳んだ新聞を持っていた。

ガートルード・オリヴァーは、部屋の隅からジャックを見ると、また身震いした。実のところ、ミス・オリヴァーも、パーティを楽しんでいた。シャーロットタウンの知り合いと一緒になったのだ。そのアラン・デイリー(4)も地元の人ではなく、大半の客より年上だったため、仲間はずれの気分だった。しかし男のような熱意と勢いで世界情勢や外部のできごとを語るこの聡明な女性とばったり会い、パーティを楽しんでいた。ミス・オリヴァーは、このアランと愉快に語らううちに、その日の最初に感じた不安はほとんど忘れていたが、今、急によみがえってきた。ジャック・エリオットは、何のニュースを持ってきたのだろう？　古い詩の一節が浮かんだ――『夜には歓楽の声あり』――『静まれ！　聞け！　弔いの鐘が鳴るがごとき深い音色を』(5)――どうして今、これを思い出したのだろう？　なぜジャック・エリオットは、黙っているのだろう？――何か話でもあるのだろうか？　どうしてあんなに重苦しい顔をして、仰々しく立っているのだろう？

「ジャックにきいて……きいてちょうだい」ミス・オリヴァーは、アラン・デイリーにせがんだ。しかしほかの者がたずねていた。部屋は、一瞬にして、静まりかえった。外のフィドルはひと休みして止まり、そちらも静かだった。遠くからセント・ローレンス湾の低い海鳴りが聞こえた——大西洋をこちらにむかってくる嵐の前ぶれだった。岩場から娘の笑い声が聞こえていたが、突然の静けさに、脅えたように止まった。

「イギリスが、今日、ドイツに宣戦布告した(6)」ジャック・エリオットはゆっくりと言った。「ぼくが町を出るとき、ちょうど、この報せが電報で届いたんだ」

「神よ、助けたまえ」ガートルード・オリヴァーが小声で言った。「私が見た夢！……あの夢よ！　最初の波が、打ち寄せてきた」彼女はアラン・デイリーを見て、笑みを浮かべようとした。

「世界的な戦争になるでしょうか？」ミス・オリヴァーがたずねた。

「残念ながら、そうなるだろう」アランは重々しく答えた。

叫び声が、次々とあがった——その多くは、軽い驚きと、気まぐれな興味からだった。この場で、このニュースの重要性を理解した者はわずかだった——自分たちに関わりがあると理解した者は、さらに少なかった。ほどなくまたダンスが始まり、歓談のにぎわいは前にも増して高くなった。しかしガートルードとアラン・デイリーは深刻な低い声で、この報せについて語りあった。ウォルター・ブライスは青い顔をして部屋を出ていった。外に出ると、慌てて岩の段々を登ってくるジェムにゆき会った。

「ニュースを聞いたかい、ジェム？」

「ああ、笛吹きが来たんだな。万歳だ！　ぼくはわかってたんだ、イギリスが窮地のフランスを見捨てるはずがないって。ジョサイア船長（7）に旗を揚げてもらおうと思ったんだが、夜が明けるまでは適当ではないと言うんだ。ジャックが言うには、明日、志願兵の募集があるらしい」

ジェムが走っていくと、メアリ・ヴァンスが見下げたように言った。「なんでもないことに、あんなに大騒ぎして」メアリは、ミラー・ダグラスと、外でロブスターの罠（8）にすわっていた。それはロマンチックではない上に座り心地も悪かったが、腰かけている二人はこよなく幸せであり、それが肝心だった。ミラー・ダグラスは、大柄で体格のいい無骨な青年だった。彼は、メアリ・ヴァンスのたくみな弁舌は類い稀なる才能であり、メアリ・ヴァンスの白い瞳の輝きは一等星（9）だと考えていた。二人とも、なぜジェム・ブライス（10）が灯台に旗を揚げたがっているのか、見当もつかなかった。

「海のむこうのヨーロッパで、戦争が起きたからって、その何が問題なの？　私たちには関係ないわ」

ウォルターが、メアリを見つめていると、また奇妙な予言が、彼の心に浮かんできた。

「この戦争が終わるまでに」ウォルターは言った——あるいは何かが、彼の唇を借りて語った——「カナダの男も、女も、子どもも、一人残らず、戦争を実感するだろう……きみ、メアリも感じるだろう……骨の髄まで戦争を感じるだろう。血の涙を流して、むせび泣くだろう。笛吹きは来た……笛吹きは、笛を吹き続けるだろう、不気味で抵抗できないその音色が、世界の隅々（すみずみ）に響きわたるまで。死の舞踏（ダンス）が終わるまでに何年もかかるだろう……何年もだ、メアリ。その年月（としつき）の間に、何百万もの人々の胸が、はり裂けるだろう」

「そう思ってればいいさ！」メアリは言った。返す言葉が思いつかないと、メアリは決まってそう言うのだった。しかしウォルターの話は、わけがわからないにしても、気になった。ウォルター・ブライスはいつも妙なことを言うのだ。ウォルターの笛吹きの話は、虹の谷で遊んだころを最後に聞いていなかった――それを今ごろになって急に持ちだすとは。メアリは気に入らなかった。こんな馬鹿げた話、聞くものかと思った。

「きみは、ちょっと大げさなんじゃないかな、ウォルター？」そこへハーヴェイ・クローフォードが現れて言った。「戦争は何年も続かないよ……ひと月かふた月で終わるだろう(11)。イギリスが、あっという間に、ドイツを地図から消してくれるさ」

「ドイツが二十年かけて準備してきた戦争(12)が、数週間で終わると、思っているのかい？」ウォルターはくってかかった。「これは、バルカン半島の一部で起きている、ささいな戦いじゃないんだ、ハーヴェイ。命がけの取っ組み合いだ。ドイツにとっては、征服するか、死ぬかだ。もしイギリスが征服されたら、どうなるか、わかっているのかい？　カナダがドイツの植民地になる(13)んだよ」

「いいや、そんなことになる前に、いろいろとあるさ」ハーヴェイは肩をすくめた。

「まず一つに、ドイツは大英帝国海軍を打ちのめさなくてはならない。それに、ここにいるミラー、それから、このおれ、つまりおれたちが、ひと暴れするさ。そうだろ、ミラー？　ドイツが古いイギリスをほしがる必要はない、そうだろ？」

ハーヴェイは笑いながら、段々を走っておりていった。

「まったく、あんたら男子ときたら、どいつもこいつも馬鹿なことを」メアリ・ヴァンスがうんざりして立ちあがり、ミラーを引っ張るようにして岩場の海岸へいった。二人きりで話ができる機会はそうないのだ。せっかくの機会を、ウォルターの笛吹きだの、ドイツ人だの、という戯言や馬鹿げた話でふいにするものか。メアリとミラーは、岩の段々に立つウォルターを一人残して行ってしまった。ウォルターは物思いに沈むまなざしを美しいフォー・ウィンズへむけたが、その瞳に、美しさはもはや映っていなかった。

リラにとっても、この夕べのもっとも楽しいひとときは過ぎていた。ジャック・エリオットが宣戦布告を発表してから、ケネスがもはや自分のことなど考えていないと気づいていた。リラは、にわかに寂しく、悲しくなった。ケネスが最初から自分に注意をむけないより、こちらのほうが残酷だった。人生とは、こうしたものなのかしら？——何か嬉しいことが起きて、その喜びを味わっていると、いつのまにか滑り去るように消えてしまう。リラは、この夕方に家を出てから何歳か年をとったような気がすると、感傷的につぶやいた。たぶん、そうなのだろう——おそらく、何歳か年をとったのだ。それを誰が、わかってくれるだろう？　若者の心の痛みを笑ってはならない。若者は、「これもまたいつか過ぎ去る」(14)ということをまだ学んでいないゆえ、苦しみが烈しいのだ。リラはため息をついた。家に帰ってベッドに入り、枕に顔をうずめて泣きたかった。

「疲れたのかい？」ケネスは優しい声をかけてくれたが、彼の心はここになかった——そう、明らかに上の空だった。私が疲れているかどうか、本当は少しも気にしていないのだ。リラはそう思った。

「ケネス」リラは思い切って、しかし遠慮がちにたずねた。「この戦争が、カナダにいる私たちに大きな関係があるなんて、思わないでしょう、そうでしょ？」

「関係？　戦争に参加できる幸運なやつらには、もちろん関係があるさ。でも、ぼくにはない……この忌々しい足首のおかげで。まったく、ついてないよ」

「イギリスの戦争なのに、どうして私たちが、戦わなくてはならないの、わからないわ」リラは声を高くした。「イギリスだけで充分に戦えるはずよ」

「それは問題じゃないんだ。われわれは大英帝国(15)の一部なんだ。これは同じ一族に起きた事件だから、たがいに助け合わなくてはならない。くやしいことに、ぼくが役に立てるようになる前に、戦争は終わるだろう」

「足首のことがなければ、本気で志願兵になって行くつもりなの？」リラは信じられない顔つきになった。そんなことを考えるなんて——どうかしている。

「もちろんだ。何千人もの人が行くのをきみは見るだろう。ジェムは行く、断言するよ。ウォルターはまだ、そこまで丈夫になってない。それからジェリー・メレディス……あいつも行く！　ああ、みんなが行くのに！　それなのにぼくは、今年はフットボールに出場できないことを悩んでいたなんて！」

リラは啞然（あぜん）として、二の句がつげなかった。ジェムと――ジェリーが行く！　馬鹿げている！　私の父さんとメレディス牧師が許すものか。二人ともまだ大学も終えていないのに。ああ、ジャック・エリオットはどうしてこんな恐ろしい報せ（ニュース）を自分の胸に納めておいてくれなかったのだろう？

マーク・ウォレン(16)が来て、リラにダンスを申し込んだ。リラは行った。自分が行こうが、ここに残ろうが、ケネスはもう気にも留めないとわかっていた。一時間前、ケネスは、砂浜で、私のことを世界で誰よりも大切なたった一人の人であるかのように見つめてくれた。それが今では、私なんか取るに足りない存在なのだ。彼の頭は、血に染まる戦場で帝国が大ばくちを打つ大勝負のことでいっぱいなのだ――勝負に、女の出る幕はない。女はただ家ですわって泣くしかない。リラはみじめに思った。それにしても、こんなことは何もかも正気の沙汰ではない。だけどケネスは行くことはできない――それは本人も認めている――ウォルターも行けない――ありがたいことに――そしてジェムとジェリーは、まともな分別がある。だから心配するのは、もうよそう――楽しむことにしよう。それにしても、マーク・ウォレンは、なんて不器用なの！　ステップをしくじってばかり！　ダンスの基本も知らない男子が、どうして踊ろうとするのかしら、ボートみたいに大きな足をして？　ほら、私を誰かにぶつけた！　彼とは二度と踊らないわ。

リラはしかしほかの男子とは踊った。彼女の身のこなしから、すでに沸きたつような喜びは消え失せていた。上靴がひどく痛みだした。ケネスは帰ったようだった——少なくとも姿は見えなかった。私の初めてのパーティは、いっときはすばらしかったけれど、台無しになったのだ。結局、頭が痛くなった——つま先も燃えるように痛かった。さらに、もっと悪いことが起きた。リラは内海向こうの友人と、岩場の海岸へおりていった。その岩場で、人々は上でダンスが続く間は残っていた。涼しくて気持ちがよかったが、みんな疲れていた。リラはにぎやかな会話には加わらず、黙って腰かけていた。誰かが、内海向こうへいくボートが出るぞ、と上から声をかけると、リラはほっとした。人々は列をなして笑いながら灯台の岩場を上がった。上の大テントではまだ数組が踊っていたが、人混みはまばらだった。リラはあたりを見まわして、グレンから来たグループを探した。一人もいなかった。灯台の中へ走って行ってみたが、やはり誰の姿もなかった。うろたえて岩の段々へ走っていくと、内海向こうへ帰る人たちが急いで段々をおりていた。下にボートが何艘か見えた——ジェムのボートはどこ？——ジョーのボートは？

「あら、リラ・ブライス、とっくに帰ったと思ってたのに」メアリ・ヴァンスが海峡を滑るように渡っていくボートに、スカーフをふりながら言った。ボートは、ミラー・ダグラスが操っているのだった。

「ほかの人たちは、どこ？」リラは息を切らせて言った。

「もう、帰ったよ……ジェムは一時間前に帰ったし……ウーナは頭痛がして。ほかの人たちも、十五分前に、ジョーと帰った。ほら……ちょうどボートが白樺岬(17)をまわってくとこよ。あたいは乗らなかった。波が高くなって、船酔いするってわかってたから。ここからうちまで歩くくらい、へっちゃらだよ。ほんの一マイル半だもん。あんたは帰ったと思ってたのに、どこにいたの？」

「下の岩場の浜よ、ジェンやモリー・クローフォードと。ああ、どうして私を探してくれなかったのかしら？」

「みんな探したんだよ……でも見つからなくて。だからあんたは別のボートで帰ったと思ったんだ。心配いらないよ。一晩、うちに泊まればいいし、あんたはうちにいるって、炉辺荘に電話をすればいい」

　そうするしかないとリラはわかった。唇が震え、涙が浮かんで来た。リラはしきりに瞬(まばた)きをした——泣いているところを、メアリ・ヴァンスに見せてなるものか。それにしても、こんなふうに忘れられるなんて！　私がどこにいるか、誰も確かめようと思ってくれなかった――ウォルターでさえ。突然、気が動転するようなことを思い出した。

「私の靴」リラは叫んだ。「ボートに置いたままだった」

「えっ、まさか」メアリが言った。「あんたみたいなうっかり屋、あたい、見たこともないよ。ヘイゼル・ルイソン(18)に、靴を貸してって、頼むしかないね」

「いやよ」リラは大きな声をあげた。ヘイゼルを好きではなかった。「じゃあ、裸足で歩くわ」

　メアリは肩をすくめた。

「ご自由に。プライドを持つと、痛い思いを我慢しなきゃならない(19)んだよ。これであんたも気をつけるようになるでしょ。じゃ、ハイキングをしよう」

　というわけで、二人は歩きだした。しかし深い轍のついた小石だらけの小道を、高いフレンチ・ヒール(20)の華奢な銀色の上靴で「ハイキングすること」は楽しい道ゆきではなかった。リラは足を引きずり、よろめきながら、内海街道に出るまでは、どうにか歩いた。しかしこのやっかいな上靴で、その先は進めなかった。もう痛みを我慢できなかった。リラは上靴と、大切な絹の長靴下を脱いで、裸足で歩きだした。これも快適ではなかった。リラの足はたいそう柔らかく、小石と轍で、傷がついた。靴ずれの踵もひりひりした。しかしその肉体的な苦痛も、自分がうけた屈辱の刺すような痛みを思えば、ないも同然だった。私はなんとひどい目にあっているのだろう！　ケネス・フォードが、今の私を見たら、石ころで怪我をした小さな女の子みたいに足を引きずってる私を見たら！　ああ、私のすてきなパーティが、なんとひどい終わり方！　もう泣かずにいられなかった――ひどすぎるわ。誰も私のことを気にかけてくれなかった――誰一人、気づかってくれなかった。いいわ、夜露のおりた濡れた道を裸足で歩いて、風邪をひいて肺炎になったら、申し訳ないと思ってくれるかもしれない。リラは涙をこっそりスカーフで拭いた――ハンカチも、靴と同じように、どこかに行ってしまった！――それでも鼻をすすらずにはいられなかった。なにもかも悪くなるばかりだ！

「風邪を引いたんだね、うん」メアリが言った。「風が吹きっさらしのあんな岩場にすわってりゃ、風邪を引くってわからなきゃ。あんたの母さんは、これでしばらく外出させてくれないよ、これは言っとくよ。確かに、パーティはちょっとよかったね。ルイソン家の人たちは、やり方を心得てるんだ。褒めてるんだよ。だけどヘイゼル・ルイソンは、気に入らないね。だって、あんたがケン・フォードと踊っているのを見て、むかついた顔をしてたよ。あのお転婆なエセル・リースも血相を変えてたよ。ケンは、女たらしなんだね！」

「女たらしだなんて、私は思わないわ」リラは、涙ぐんで鼻を二回すすりながらも、できるだけ挑戦的に言った。

「まっ、あんたも、私くらいの年になれば、もっと男がわかるようになるよ」メアリは年かさぶって言った。「いいかい、男の言うことを、何でもかんでも鵜呑みにしちゃいけないよ。あんたを思い通りにするには、ハンカチを落とせばいいだなんて、ケン・フォードに思わせるんじゃないよ。もっとガッツを持つんだ、リラや」

　こうしてメアリ・ヴァンスに威張られ、年かさぶられるなんて、うんざり！　石ころだらけの道を、靴ずれの踵の裸足で歩くのも、耐えられない！　おまけにハンカチもなしに泣くことも、泣くのを止められないことも、我慢できない！

「私は」――「ぐすん」――「ケネス」――「ぐすん」――「フォードのことなんか」――「ぐすん、ぐすん」――「なんとも、思ってないわ」苦しまぎれにリラは叫んだ。

「そんなにかっとなることはないよ、リラや。年上のアドバイスは喜んで聞くもんだ。あたいはちゃんと見てたよ。あんたたちはこっそり、むこうの砂浜へ行って、長いこと二人っきりでいた。あんたのお母さんが知ったら、気に入らないだろね」

「母さんには、包み隠さず話すつもりよ……ミス・オリヴァーにも……ウォルターにも」リラはすすり泣いて、息をつまらせて言った。「あなたこそ、ミラー・ダグラスと、ロブスターの罠の上に、何時間も、すわってたでしょ、メアリ・ヴァンス！　これを、エリオットのおばさんが知ったら、何て言うかしら？」

「まあまあ、あんたと口喧嘩をするつもりはないよ」メアリは急に退いて、高みに立って偉そうに言った。「あたいが言いたいことは、そういうことは、大きくなってからにしな、ということだよ」

リラはもう泣いていることを隠そうともしなかった。どうせ何もかも台無しになったのだ——ケネスと月明かりの砂浜で過ごしたあの麗しくて夢のようなロマンチックなひとときですら、俗っぽくて安っぽいものにされてしまった。メアリ・ヴァンスが憎らしかった。

「あれ、どうしたの?」メアリが当惑して叫んだ。「何を泣いてるの?」

「足が……ものすごく痛いの……」リラは泣いてはいたが、まだプライドの最後の切れ端にしがみついていた。足が痛いから泣いていると言うほうが——誰かに笑われたから、友だちに置き去りにされたから、人に横柄な態度をとられたから泣いていると言うより、まだ不面目ではなかった。

「痛いでしょうね」メアリは冷たくもない口ぶりで言った。「心配しないで。うちのコーネリアさんのきれいに片付いてる配膳室のどこに、鵞鳥(がちょう)の脂(21)の入れ物があるか、わかってるから。あれは、世界中のどんなしゃれたコールド・クリーム(22)よか効くんだよ。寝る前に、かかとに塗ってあげるからさ」

かかとに、鵞鳥の脂! これが私の初めてのパーティ、初めてのボーイフレンド、初めての月明かりのロマンスの結末なのだ!

リラは無駄な涙を流すことに嫌気がさして、泣きやんだ。絶望のあまり、かえって落ち着いてメアリ・ヴァンスのベッドで眠りについた。外では、灰色の夜明けが嵐の翼にのって訪れていた。ジョサイア船長は、約束を忠実に守り、フォー・ウィンズ灯台に、ユニオン・ジャック(23)を掲揚(けいよう)した。曇った空を背景に、激しい風にはためく旗は、消すことのできない勇敢な烽火(のろし)のようであった。

第5章「行軍の音」（1）

　リラは、炉辺荘のうしろに広がるかえでの森で、きらめく陽ざしのなかを駈けおりていった。虹の谷のお気に入りの一角へむかうのだ。羊歯（しだ）のしげるなか、緑に苔むした石にすわり、両手で頬杖をついて、八月の昼下がりのまばゆい青空を見るともなしにぼんやりと眺めていた――空はどこまでも青く、たいそう平和だった。リラが物心ついてより、晩夏（ばんか）の穏やかな日に、虹の谷の上で弧（アーチ）を描いてきた空と何も変わらなかった。

　彼女は一人になりたかった――よく考えたかった――できることなら、新しい世界に慣れたかった。自分が新しい世界に、いきなり根こそぎ移し替えられたようで、自分が何者なのか、なかば混乱していた。この私は、六日前に――ほんの六日前に、フォー・ウィンズ灯台でダンスをしたリラ・ブライスなのかしら――本当かしら？　この六日間で、それ以前の人生と同じだけの日数を生きたような気がした――もし、時は、胸の鼓動で数えるべきである（2）ということが正しいなら、リラはその通りだった。希望と不安、勝利と不面目を味わったあの夜は、今となっては、遠い昔の歴史のようだった。私はみんなに忘れられて、メアリ・ヴァンスと歩いて帰る羽目になったくらいで、本当に泣いたのかしら？　ああ、あんなことで涙を流したなんて、今思えば、くだらなくて馬鹿げている。リラは悲しくなった。今なら、ちゃんとした自制心をもって（3）泣くだろうに――いや、泣くものか――泣いてはならないのだ。母さんが、言ったではないか。リラが一度も見たことがない血の気の失せた唇で、打ちのめされた目で。

「『われわれ女が勇気を欠いて
　男が恐れ知らずでいられようか？』（4）」

　そう、そう言ったのだ。私も勇気を出さなくては――母さん――ナン――フェイスのように――フェイスは「ああ、あたしも男だったら、行くのに！」と目を光らせて叫んだではないか。でも、こんなふうに目がひりひりして喉が焼けつくようなときは、しばらく虹の谷で一人で身を隠していよう。よくよく考えて、私はもう子どもじゃないと思い出さなくては――私は大人なのだ、女の人もこうした事態に立ち向かわなくてはならないのだ。でも――ときには一人で抜け出して、誰にも見られないところへ、自然に涙がこぼれても臆病な子どもだと思われる心配のないところへ行くと――ほっとするのだ。
　羊歯の茂みはなんと芳（かぐわ）しい森の匂いがするのだろう！　頭上には大きな羽毛（うもう）のようなもみの枝が、なんと優しく揺れて、ささやいているだろう！「樹（き）の恋人たち」にかかる鈴は、なんと妖精のような音色だろう！——ときおりそよ風が吹くと、ちりんちりんと、かそけき音が鳴る。かすみはなんと紫色に、儚げに、たなびいているだろう、まるで丘々の祭壇一つ一つ(5)に香を焚いたようだ。かえでの葉は風に吹かれて、なんと白く見えるだろう。まるで森が白銀の花々におおわれているようだ！　何もかも、これまで何百回と見た通りなのに、世界の顔つきは、すっかり変わってしまった。

「ドラマチックなことが起きればいいと思っていたなんて、私はなんて馬鹿だったのだろう！　ああ、あの懐かしい、単調で、楽しい日々をとりもどせたら！　もう絶対に、絶対に不満なんかこぼさないのに」

　というのも、リラの世界は、パーティの翌日、粉々に砕けてしまったのだ。炉辺荘の昼食の後、食卓を囲んで戦争の話をしていると、電話が鳴った。シャーロットタウンからジェムへの長距離電話だった。ジェムが話を終えて受話器をかけ、ふり向くと、顔は赤々とほてり、瞳は燃えていた。ジェムが何も言わないうちに、母さんとナンとダイは青ざめた。リラは生まれて初めて、胸の鼓動がみんなに聞こえているだろうと思った。喉が、何かに、ぐいとつかまれたような気がした。

「町で、志願兵を募っているんです、父さん」ジェムが言った。「もう大勢が加わっています。ぼくも今夜行って、入隊してきます」

「まあ……ジェム坊や」ブライス夫人は叫んだが、そこで言葉がとぎれた。息子をこんなふうに呼んだことは何年もなかった——ジェムが嫌がった日から一度もなかった。

「まあ……だめですよ……よしなさい……ジェム坊や」

「行かなくてはならないんだ、母さん。ぼくの考えは正しいはずです……そうじゃありませんか、父さん？」ジェムが言った。

ブライス医師は立ち上がった。息子の父も、ひどく青ざめ、声がかすれていた。だが迷いはなかった。

「そうだな、ジェム、その通りだ……おまえがそんなふうに感じているなら、そうだとも……」

ブライス夫人は顔をおおった。ウォルターは不機嫌そうに自分の皿を見つめていた。ナンとダイはたがいに手を握りあった。シャーリーは平静を装おうとした。スーザンは体が麻痺したように、じっとすわっていた。スーザンの皿のパイは、食べかけだった。結局、食べずじまいだった——それは、スーザンの内面の女性的な部分が動揺していることを雄弁に伝える証拠だった。というのもスーザンは、手をつけたものを残すことは文明社会に対する重大な罪だと考えていた。雌鶏(めんどり)が残りものを食べてくれるにしても(6)、食べ物をわざと粗末にすることだからだ。

ジェムは再び電話に向いた。「牧師館に電話をしなくては。ジェリーも行きたいだろうからね」

するとナンは、ナイフで刺されでもしたように「ああ！」と叫んで、部屋から飛びだした。ダイが後を追った。リラは、慰めをもとめてウォルターをむいたが、彼は思案にふけり、何も言わなかった。

「わかった」ジェムはピクニックの細かい相談でもするように平然と話していた。「きみも行くだろうと思ってたんだ……そうだよ、今夜……七時……駅で会おう。じゃあな」

「先生奥さんや」かわいそうに、スーザンはパイの皿を押しやりながら言った。「どうか私の目をさまして頂けませんか。私は夢でも見てるんでしょうか……それとも目をさましてるんでしょうか？　この可愛いお坊ちゃまは、自分が何を言ってるのか、わかってるんですかね？　兵隊になって、入隊するというんですか？　まさか、国はあんな子どもが必要だなんて！　そんな無茶なことを。よもや奥さんも、先生も、お許しにならないでしょうね」

「私たちには引き止めることは、できないのよ」ブライス夫人は涙に声をつまらせた。「ああ、ギルバート！」

ブライス医師は妻の後ろに来て、いたわるようにアンの手をとり、彼女の優しい灰色の瞳を見つめた。苦悩してすがりつくような妻の瞳を、以前も、一度だけ見たことがあった。二人ともそのときのことを思い出していた――何年も前、夢の家で小さなジョイスが死んだ日のことを。

「ジェムを、ここに残らせるつもりかい、アン？……ほかの男の子たちは行くというのに……ジェムは、行くのが自分の義務だと思っているんだ……あの子にそんな利己的で、心の狭いことをさせるつもりかい？」

「いいえ……ちがうわ！　でも……ああ……私たちの最初の息子よ……まだほんの子どもなのに……ギルバート……もう少したったら、心を強く持つようにするけど……今は無理よ。あんまり急なことで。時間をください」

医師と妻は部屋を出ていった。ジェムはもういなかった——ウォルターもいなかった——シャーリーは席を立ち、出ていった。リラはスーザンと残り、誰もいなくなった食卓をはさんで顔を見合わせた。リラは泣いていなかった——茫然として、涙も出なかった。ふと見ると、スーザンが泣いていた——スーザンが涙をこぼしている姿を初めて見たのだ。

「ああ、スーザン、ジェムは本当に行くの？」リラはたずねた。

「そんな……そんなことは……まともじゃありませんよ、まったく」スーザンが言った。

スーザンは涙をぬぐった。そして決然として涙をこらえ、立ち上がった。

「私は皿を洗いますよ。みんなの頭がおかしくなっても、これはしなきゃなりませんから。さあさ、お嬢さん、泣くんじゃありません。ジェムは行くでしょう、おそらく……

でも、どこか戦場の近くへ行く前に、戦争は終わりますよ。気をとり直して、かわいそうなお母さんに、ご心配をかけないようにしましょう」

「でも、今日の『エンタープライズ』に、戦争は三年続くと、キッチナー卿が言っている(7)と書いてあったわ」リラは納得できずに言った。

「そのキッチナー卿という人のことは、よく知りませんけど」スーザンが気をしずめて言った。「その人だって、ほかの人と同じで、間違えることだって何度もありますよ、きっと。あんたのお父さんは、ほんの二、三か月で終わると言ってなさるし、そのなんとか卿にも考えはあるんでしょうが、私は、お父さんの意見を信用してますよ。だから気を落ちつけて、全能の神さまを信頼して、ここを片付けましょう。私も泣くのはよします、時間の無駄だし、みんなの勇気に水をさしますから」

その夜、ジェムとジェリーは、シャーロットタウンへ行った。そして二日後、カーキの軍服(8)を着て戻ってきた。グレンの村は興奮に沸き立った。炉辺荘の暮らしは、にわかに緊張して、神経のはりつめた、刺激的なものになった。ブライス夫人とナンは勇気をふるい、笑みをたやさず、気丈にふるまった。ブライス夫人とミス・コーネリアはすでに赤十字(9)の組織作りにかかっていた。ブライス医師とメレディス牧師は愛国協会を作ろうと、男たちを集めていた。リラは最初の衝撃がおさまると、気を揉みながらも、この出来事全体のロマンチックな一面に反応していた。軍服姿のジェムはたしかに凜々（りり）しかったのだ。カナダの青年たちが、祖国の呼びかけに、かくも迅速（すみやか）に、恐れも見せず、打算もなく応じたと思うと、感無量だった。国の求めに応じない兄弟がいる娘たちがいるなかで、リラは頭をそびやかしていた。彼女は日記に書いた。

「『私がダグラスの娘ではなく、ダグラスの息子であればしたであろうことをするために、彼は行くのです』(10)」

リラは本気でそのつもりだった。もし私が男だったら、もちろん行くだろう！　微塵（みじん）の疑いもなかった。

ウォルターが腸チフスで高熱を出したとき、みんなは早く元気になるように願った。しかし今のリラは、早く治らなくて、むしろよかったと思ったが、それは悪いことだろうか。

「ウォルターに行かれたら、耐えられない」リラは書いた。「ジェムのことは大好きだけど、ウォルターは、世界中の誰よりも大切な人だ。ウォルターが行くことになったら、私は死んでしまうだろう。近ごろのウォルターはすっかり変わってしまった。ほとんど私に話しかけてくれない。自分も出征したいのに行けないのが、つらいのだろう。ウォルターは、ジェムやジェリーと一緒に外出しないもの。それにジェムが軍服を着て帰ったときのスーザンの顔を、私は絶対に忘れないだろう。今にも泣き出しそうに歪んで、ひきつれていて、『それを着ると、大人みたいに見えますね、ジェム』とだけ言ったのだ。ジェムは笑った。スーザンにほんの子どもだと思われても、まるで気にしなかった。私のほかは、みんな忙しそうだ。私にもできることがあればいいのに、なさそうだ。母さんとナンとダイは、四六時中忙しくしているのに、私は孤独な幽霊みたいに、ただうろうろしてる。何よりつらいのは、母さんとナンの笑顔だ。顔に貼りつけたような笑顔なのだ。今では母さんの目は、ちっとも笑っていない。それを見ると、私も笑ってはいけない気がする……笑いたい気持ちになるのは悪いことだという気がする。でも、たとえジェムが兵隊になるとしても、この私が笑わずにいるのは骨が折れる。だけど笑っても、前ほど楽しくない。すべての笑いの裏側に何かがあって、それがずっと私を苦しめている……とくに夜、目がさめたときだ。それで私は泣いてしまう。ハルツームのキッチナー(11)の言うことが正しくて、戦争が何年も続くかもしれないと、怖くなる。そんなことになれば、ジェムは、もしかすると……いや、よそう、そんなことは書くまい。そんなことを書いたら本当になるような気がする。この前、ナンが、『私たちの誰にとっても、前と同じことは何もないのよ』と言った。私は反論したい気持ちになった。どうして前と同じにならないの?……全部終わって、ジェムとジェリーが帰ってきても、前と同じにならないの? みんなまた幸せになって、ほがらかになって、今のことはただの悪い夢だったと思うのではないの。

近ごろでは、郵便の到着が一日でいちばん興奮する出来事だ。父さんが新聞をひったくるようにしてとり……父さんが何かをひったくるなんて、見たことがなかったのに……私たちはとり囲んで、父さんの肩越しに新聞の見出しを見る。スーザンは、新聞に書いてあることなんか一言も信用しない、信じる気もない、と言うくせに、決まって台所の戸口まで出て来て、じっと聞いている。それから頭をふりながら台所に戻る。スーザンはいつも憤慨しているけれど、ジェムの大好物は全部こしらえる。昨日は、マンデイが客用寝室で、それもリンドのおばさんが編んだ林檎の葉模様のベッドカバーの上で寝ているところを見つけても、文句を言わなかった。『おまえのご主人さまが、もうじきどんなとこで寝る羽目になるか、全能の神さましかご存じないんだからね。おまえもかわいそうに、物の言えない動物だから』と言って、マンデイを優しく外に出したのだ。けれど『博士（ドク）』には、絶対にほだされない。この猫は、軍服姿のジェムを見たとたん、その場でハイド氏に変わった、それがこの猫の正体を示す証拠だ[12]と言うのだ。スーザンはおかしなところもあるけれど、愛すべきおばあさんだ。シャーリーに言わせると、スーザンは半分が天使で、半分は腕のいい料理人（コック）だという。だけど私たちのなかで、スーザンに叱られないのは、シャーリーだけだもの。

フェイス・メレディスは立派にふるまっている。フェイスとジェムは本当に婚約したらしい。彼女は目をきらきらさせて動き回っているけれど、その笑顔は、母さんのように、少しぎこちなくて、こわばっている。もし私に恋人がいて、その人が戦争に行くことになったら、私は、フェイスみたいに気丈(きじょう)でいられるだろうか。兄さんのジェムでもつらいのに。メレディスのおばさん(13)の話では、ジェムとジェリーが行くと聞いたブルース・メレディスは一晩中泣いたという。それからブルースのお父さんが言った『KのK』というのは、『王様(キングス)のなかの王様(キング)』(14)なのか、知りたがったという。なんて可愛い子だろう。私はブルースが大好き……本当は子どもはあんまり好きじゃない。赤ちゃんにいたっては、ちっとも好きじゃない……だけどそんなことを言おうものなら、世間は、けしからんことでも口にしたみたいに私を見るのだ。そうよ、好きじゃない。この点は正直でなければならない。誰かが抱っこしている可愛くてきれいな赤ちゃんを見るくらいなら嫌じゃない……でも、何があっても、さわらないし、興味もない。ガートルード・オリヴァーも同感だと言う(私の知るなかで、先生ほど正直な人はいない。どんなことでも、決して自分を偽らない)。先生は、赤ん坊は退屈だ、口がきけるようになれば好きになる……でも好きとはほど遠いと言う。母さんとナンとダイは、赤ちゃんが大好きだ。私が好きじゃないなんて、変だと思っているみたい。

　ケネスには、パーティの晩から会っていない。ジェムが町から戻った後、ある夕方、ケネスは家に来たけど、たまたま私は留守だった。私のことは何も言わなかったと思う……少なくとも、彼が私のことを言っていたという話は、誰もしない。だから私もきくまいと決めた……でもそんなことは気にしていない。今となっては、そんなことは、完全に何でもない。肝心なことは、ジェムが従軍を志願して、二、三日もすれば、ヴァルカルティエ(15)へ行くということだけだ……私の大きくて立派なジェム兄さん。ああ、兄さんをとても誇りに思う！

ケネスも、足首のことがなければ入隊しただろう。足首のことは天の佑けだと思う。ケネスのお母さんにとって、彼は一人息子なのだ。出征したら、どんなにつらいだろう。一人息子は志願なんて考えてはいけないのだ！」

リラが虹の谷にすわっていると、ウォルターが両手を後ろに組んで、うつむきがちに、谷を抜けてさまよい歩いてきた。リラに気がつくと、急に向きを変えたが、また突然、こちらに戻ってきた。

「リラ・マイ・リラ、何を考えているの？」

「何もかもが、すっかり変わってしまったわね、ウォルター」リラは物思わしげに答えた。「ウォルターまで……変わってしまった。一週間前、私たちはみんなあんなに幸せだったのに……それなのに……でも……今では、私は、自分のことが、ちっともわからない、自分を見失ってしまったの」

ウォルターは傍らの石にすわり、すがりつくようなリラの小さな手をとった。

「悲しいけれど、古い世界は終わってしまったんだ、リラ。その事実を直視しなくてはならないよ」

「ジェムのことを思うと、たまらない気持ちになるの」リラは言い訳するように言った。「いっときは、それが本当はどういう意味なのか忘れて、わくわくしたり、得意に思ったりするわ……でも、その後、本当の意味が、冷たい風が吹きつけるみたいに私に襲いかかってくるの」

「ぼくは、ジェムが羨ましいよ」ウォルターは不機嫌そうに言った。

「ジェムが羨ましいですって！　まあ、ウォルター……ウォルターまで、行きたいというんじゃないでしょうね」

「ちがうよ」ウォルターは、目の前にひらけた鮮緑色（エメラルド）に輝く谷間をまっすぐに見つめた。「ちがうよ、ぼくは、行きたくない。だから問題なんだ。リラ、ぼくは行くのが怖いんだ。ぼくは臆病者なんだ」

「そんなことないわ！」リラは怒って叫んだ。「誰だって行くのは怖いわ。もしかすると……だって、もしかすると、死ぬかもしれないもの」

「苦しまないなら、そんなことは、構わないよ」ウォルターは小さくつぶやいた。「死ぬこと自体は怖くない……死ぬ前に味わう苦痛が、恐ろしいんだ……死んで苦しみが終わるなら、そんなに嫌ではない……でも、なかなか死ねなかったら！　リラ、ぼくは前から苦痛が怖いんだ……きみも知っているだろう。自分ではどうしようもないんだ……滅多斬りにされたり、あるいは……あるいは、目が見えなくなるかもしれないと思うと、ぞっとするんだ。リラ、ぼくは、こんなことを考えると、立ち向かえないんだ。目が見えなくなって……この世界の美しさを……フォー・ウィンズを照らす月明かりや……もみの木を透かして光っている星や……セント・ローレンス湾のもやを、二度と見られないなんて。ぼくは行かなくてはならないのに……行きたいと思うべきなのに……行きたくないんだ……考えるのも嫌なんだ……だから、恥ずかしいんだ……ぼくは、自分を恥じているんだ」

「どちらにしても、兄さんは行けないわ」リラは悲痛な声をあげた。ウォルターも、しまいには行くかもしれない、という新しい恐れに、胸がはり裂けそうだった。「ウォルターはまだ、ちゃんと治っていないもの」

「もう丈夫になったよ。このひと月、前と同じくらい元気になったと感じるんだ。どんな検査にも通るよ……それがわかるんだ。みんなは、まだ治っていないと思っている……みんながそう思っているのをいいことに、ぼくは、自分の義務から逃げているんだ。ぼくは……女の子に、生まれてくるべきだった」

ウォルターは自分の激しい苦悩を、やっと打ち明けたのだった。

「元気になっても、行くべきじゃないわ」リラはすすり泣いた。「母さんはどうなるの？　ジェムのことで、今でも胸がはり裂ける思いをしてるのよ。ウォルターまで見送ったら、死んでしまうわ」

「ああ、ぼくは行かないよ……心配はいらない。だって、ぼくは行くのが怖いんだ……恐れているんだ。ぼくは自分にきれいごとは言わないよ。きみに正直に話して、気が楽になったよ、リラ。こんなことは、誰にも言えない……ナンとダイに言えば、ぼくを軽蔑するだろう。でもぼくは、戦争にまつわるすべてが、嫌なんだ……恐怖も、苦痛も、醜さも。戦争は、カーキの軍服でもなければ、軍事教練の行進でもない……古い歴史で学んだことが、全部、頭から離れないんだ。夜、眠れずに横になっていると、過去に起きたことが目に浮かぶんだ。惨めさが、ことごとく見えてくるんだ。それに銃剣突撃(16)！　ほかのことは立ち向かえても、これはどうしても無理だ。考えただけで気分が悪くなる……攻撃を受けるよりも、攻撃を与えること……つまりぼくが、銃剣を、人に突き刺すことを思うと、もっと胸が悪くなるんだ」ウォルターは身悶えして、体を震わせた。「いつもこんなことを考えているんだ……でもジェムとジェリーは、一度も考えたことがないんじゃないかな。笑いながら、『ドイツ野郎をやっつける』なんて話しているんだから。でもぼくは、そんな二人の軍服姿を見ると、気が狂いそうになる。それなのに、あの二人は、ぼくが行けないから落ちこんでいると誤解しているんだ」

ウォルターは苦笑いした。自分を臆病者だと感じることは気持ちのいいものではない。リラは彼を抱き、兄の肩に頭をあずけた。ウォルターが行きたくないとわかって、嬉しかった——いっときは心配したからだ。それに兄さんが悩みを、私に——ダイではなく、この私に、打ち明けてくれたことも嬉しかった。リラはもう寂しいとも、自分が除(の)け者だとも思わなかった。

「ぼくを軽蔑するんじゃないかい、リラ・マイ・リラ？」ウォルターは悲しそうにたずねた。リラに軽蔑されると思うと、ダイに軽蔑されるのと同じように心穏やかではいられなかった——すると不意に、この訴えかけるような目をして、思い悩む女の子の表情をした可愛らしい幼い妹を、自分がいかに愛しく思っているか、彼は気づいた。

「いいえ、軽蔑なんかしないわ。だってね、ウォルター、何百人の人が、兄さんと同じ気持ちよ。ほら、前に習った読本(リーダー)の五ノ巻に、シェイクスピアの詩があったでしょ……『勇敢な人とは、恐れを感じない者ではない』って」

「そうだね……でも、『その気高き魂が、恐れを克服するのだ』(17)と続くのだよ。ところがぼくは、そうじゃない。言葉ではごまかせないよ、リラ。ぼくは臆病者なんだ」

「そうじゃないわ！　ずっと前、ダン・リースと取っ組みあいの喧嘩をしたじゃない、思い出して」

「一度、勇気をふりしぼったからと言って、それで一生、こと足りるということはないよ」

「ウォルター、いつか父さんが言ってたわ。兄さんの困るところは、感じやすい性格と、想像力がありすぎるところだって。父さんの言った意味が、今、わかったわ。兄さんは、物事が起きる前から、ありありと感じてしまうのよ……それに耐えられるように助けてくれるものも……空想から兄さんを引き離してくれるものもないまま、たった一人で。うまく言えないけど……でも、それが困るところだって、わかるわ。恥ずかしいことじゃないわ。二年前、砂丘で野焼きをして、兄さんとジェムが手を火傷（やけど）したとき、ジェムは痛がって、兄さんの二倍も騒いだわ。この恐ろしい戦争は、兄さんが行かなくても、行く人はたくさんいるわ。それに長くは続かないでしょうし」

「そう信じられたら、いいんだが。さあ、夕食の時間だ、リラ。急いだほうがいい。ぼくは何もほしくないよ」

「私もよ。一口も食べられないわ。ここで一緒にいさせてちょうだい、ウォルター。誰かと話しあうと、ぐっと気が楽になるもの。ほかの人はみんな、私は赤ちゃんで、何もわからないと思ってるの」

こうして二人が懐かしい谷にすわるうちに、かえでの森の上に、淡灰色にうかぶ薄い雲を透かして、宵の明星が輝きだした。夕露のおりた芳（かぐわ）しい宵闇が、小さな森の谷間にたちこめていった。これはリラの記憶に生涯残る夕べの一つとなった――ウォルターが初めてリラを子ども扱いせずに、一人の女性として話してくれたのだ。二人はたがいに慰めあい、励ましあった。ウォルターは、少なくとも当面は、戦争の惨(むご)たらしさを恐れても、結局、それほど卑(いや)しいことではないという気持ちになった。リラはリラで喜んでいた。ウォルターが苦しい胸のうちを自分に打ち明けてくれたのだ——兄の気持ちに寄り添い、励ますことができたのだ。自分が誰かの大事な人になったのだ。

　二人が炉辺荘に帰ると、ヴェランダに来客が腰かけていた。メレディス夫妻が牧師館から来ていた。ノーマン・ダグラス夫妻も農場から訪れていた。いとこのソフィアも、後ろの薄暗いところにスーザンとすわっていた。ブライス夫人、ナンとダイは留守だったが、ブライス医師はいた。ジーキル博士もいて、ヴェランダの一番上の段で、金色の毛並みに威厳をたたえて腰をおろしていた。一同はもちろん戦争の話をしていた。ジーキル博士だけは、考えを胸におさめ、猫ならではの軽侮(けいぶ)の表情を浮かべていた。このごろでは、人が二人よれば戦争の話になった。内海岬(ハーバー・ヘッド)のハイランドのサンディ爺さん(18)は、一人のときでも戦争の話をした。農場の畑のはるか彼方にいる皇帝(カイゼル)(19)へむけて罵(ののし)るのだ。ウォルターはそっといなくなった。客に会いたくなかった。人に見られるのも気が引けた。しかしリラは、ヴェランダの段にすわった。ガーデン・ミント(20)が夕露をのせて爽やかに香っていた。穏やかな夕べで、暮れゆく金色の残光が、グレンの村を照らしていた。リラは気苦労の多かったこの一週間のいつよりも幸福を感じていた。ウォルターが行くかもしれないという不安に悩まされることは、もうないのだ。

「二十歳若けりゃ、おれも行くんだが」ノーマン・ダグラスが怒鳴った。ノーマンは興奮すると決まって怒鳴るのだ。「このおれが、皇帝（カイゼル）に目にもの見せてやる！　地獄はないと、おれが言ったことがあるか？　もちろん地獄はある(21)さ……何ダースも……何百もある……その地獄に、皇帝（カイゼル）とその一味どもが、落ちるのさ」

「私は、戦争が起きるとわかってましたよ」ノーマン夫人が勝ち誇って言った。「戦争が近づいているって、私はわかってました。だから、ゆく手に何が待ち受けているか、間抜けな英国人どもに、私が言ってやればよかった。あんたには、ちゃんと言いましたよ、ジョン・メレディス、何年も前に、あの皇帝（カイゼル）が何をたくらんでるか(22)。なのにあんたは信じようともせず、皇帝（カイゼル）が世界を戦争に巻きこむことはないと言ったんです。皇帝（カイゼル）のことでは、誰が正しかったですか、ジョン？　あんたかい……それとも私かい？　答えてちょうだい」

「あなたです。認めますよ」メレディス牧師が言った。

「今さら認めたって、手遅れですよ」ノーマン夫人が頭を横にふった(23)。まるでジョン・メレディスがもっと早く認めていれば、戦争など起きなかったと言わんばかりだった。

「英国の海軍は準備万端ですから、ありがたいですな」ブライス医師が言った。

「同感ですとも」ノーマン夫人がうなずいた。「大半の者は何もわかっちゃいなくても、これから戦争が始まると気づいた、先見の明(めい)がある者もいたんですよ」

「イギリスは、おそらく、どうにか、騒ぎにゃ巻きこまれないようにするでしょう」いとこのソフィアが陰気に言った。「あたしごときにゃわかりませんけど、あたしゃひどくおっかないですよ」

「そんなことを言うと、イギリスは、もう騒ぎに巻きこまれて深入りしてると思う人も出てくるよ、ソフィア・クローフォード」スーザンが言った。「あんたの考えることは、理解できませんよ、前からそうだった。私の考えでは、大英帝国(ブリティッシュ)の海軍は、ドイツなんか、あっという間に片付けますよ。つまり今、私たちは、何でもないことに気を揉んでるんです」

　スーザンは吐き出すように言った。ほかの誰でもなく、自分を納得させたいようだった。彼女は、人生の道しるべとなる素朴な生きる哲学をたくわえていたが、この一週間の急な激変から身を守ってくれる備え(そな)は、持ちあわせていなかった。グレン・セント・メアリ村に暮らす正直で働き者の長老派教会信者である一老嬢(オールド・メイド)が、何千マイルも遠く離れた戦争に、何の関係があるというのか？　こんなことに心をかき乱されるのは見苦しいことだと、スーザンは思っていた。

「大英帝国(ブリティッシュ)の陸軍が、ドイツを、やっつけるさ」ノーマンが怒鳴った。「今に見ておれ。

わしらの陸軍が一致団結すれば、本物の戦争というものは、皇帝(カイゼル)が口髭(ひげ)をぴんと立てて(24)ベルリンを行進するのとはわけがちがうって、思い知るさ」

「大英帝国(ブリテン)に、陸軍は、まだありませんよ」ノーマン夫人が強く言った。「私を睨(にら)むことはありませんよ、ノーマン。睨んだところで、牧草の茎から兵隊を作れるわけじゃなし。それに、十万くらいの兵隊じゃ、何百万人もいるドイツ兵にとっちゃ、ほんのひと呑(の)みですよ」

「ひと呑みするにしても、ドイツは何度も嚙むことになって、苦労するさ、きっと」ノーマンは負けずに言い立てた。「それで、歯を折っちまうのさ。いいか、一人の大英帝国人は、十人の外国人に匹敵するんだ。おれなら、両手を後ろでくくられても、一ダースの相手をやっつけてやる！」

「聞くところによると」スーザンが言った。「あのプライアーの爺さんは、この戦争を正しいことだと思ってないそうです。イギリスが参戦したのは、ドイツを妬(ねた)んだからであって、ベルギーで起きた(25)ことなんか、本当は、てんで気にしちゃいないと言ってるそうです」

「どうも、そんな戯言(たわごと)をほざいてるようだな」ノーマンが言った。「おれはまだ、本人の口から聞いたことはないがな。もし聞けば、月に頰髭が、どんな目にあうことやら。おれのご立派な親戚でいらっしゃるキティ・アレック(26)も、同(おんな)じようなことを、のたまってるそうな。もっとも、おれの前じゃ言わない……どういうわけだか、連中は、おれのいるところじゃ、そういう話を好き勝手に言わないんだ。ま、ありがたいことに、ある種の虫の知らせがするんだな、つまり、ぶつぶつ不平をこぼすと体によくないって」

「この戦争は、あたしらの罪を罰するために下されたんじゃないか、心配だねえ」いとこのソフィアは青白い両手を膝の上からほどき、胃のあたりでまた厳かに組み直した。

「この世界の不吉なこと……世も末だよ[27]」

「ここにいる牧師も、同じ考えだな」ノーマンがくっくと笑った。「そうじゃないか、牧師さん？　だからあんたは、先だっての晩、『血を流さねば、罪の赦しはない』[28]という一節をとりあげて、説教したんだろ。もっとも、おれは同じ考えじゃない……席から立ち上がって、あんたの言うことにゃ、なんの道理もないって、叫んでやりたかったが、ここにいるエレンに、押さえつけられたんだ。結婚してからというもの、牧師に生意気な口をきく楽しみが、すっかりなくなっちまったよ」

「血を流すことなしには、どんなこともありえません」メレディス牧師が夢でも見るような口ぶりで穏やかに語ると、聴き手を納得させる意外な効果があった。

「あらゆることが、自己犠牲によって購われなくてはならないと、わたくしは思います。わたくしたちの種族は、苦しみ多い登り道に、血をもってして、一歩一歩を刻んできました。そして今ふたたび、奔流のごとき血を、流さねばならないのです。いいえ、クローフォード夫人、わたくしは、この戦争が、わたしたちの罪への罰として、下されたとは思いません。この戦争は、ある祝福のために……つまり代償を払う価値がある偉大な進歩のために、人類が支払わねばならぬ代償だと思うのです……その進歩を、わたくしたちが生きている間に見ることはなくとも、子どもたちの、そのまた子どもたちが、受け継ぐでしょう」

「ジェリーが死んでも、そんないいご機嫌でいられるかね？」ノーマンが問いただした。彼は生まれてからずっと、こうした放言をしており、言ってはいけない理由をわからせることは不可能だった。「おい、向こうずねを蹴るなよ、エレン。おれは、牧師さんが本気で言ってるのか、それとも説教の上っ面を言葉で飾ってるだけなのか、知りたいだけだ」

メレディス牧師の顔が、小刻みにふるえた。ジェムとジェリーが町へ行った夜、牧師は書斎でひとり苦悩にさいなまれるときを過ごしたのだ。しかし牧師は落ち着いて答えた。

「わたくしがどんな気持ちになったとしても、わたくしの信念を変えることはできません……若者たちが、国を守るために命を投げ出す心得のある国は、彼らの自己犠牲によって、新しい未来を勝ちとるのです、わたくしのこの確信を変えることは、できません」

「ほんとに本気なんだな、牧師さん。おれは常々、人が何かを言ったとき、本気かどうか、わかるんだ。生まれつきの才能でな。おかげで、おれは、たいがいの牧師にとっちゃ、おっかない奴なのさ！　だが、あんたが本気で話していないところを、おれは、まだ見たことがない。その場をとっつかまえたいと、かねがね思ってるんで……どうにか教会に通ってるんだ。その現場を見つけたら、さぞ、すかっとするだろう……このエレンが、おれをまともな人間に躾けようとするとき、言い返す武器になるしな。そうだ、道むこうのエイブ・クローフォードに、ちょっと会ってこよう。では、みなさんに神々の祝福あれ」

　ノーマンが大股に出ていくと、「異教徒の爺め！」とスーザンがつぶやいた。エレン・ダグラスに聞こえても構わなかった。あんなに牧師を侮辱したのに、どうして天から火がノーマン・ダグラスの上に降ってこないか(29)、スーザンには不思議だった。だが意外なことに、メレディス牧師はこの義理の兄を、心底、好いているようだった。

　リラは、大人たちが戦争以外の話をすればいいのにと思った。この一週間、戦争の話ばかりで、少々うんざりしていた。ウォルターが行く心配から解放された今となっては、もうたまらなかった。しかし彼女は——ため息をつきながら——戦争は、あと三、四か月は続くだろうと考えていた。

第6章　スーザン、リラ、犬のマンデイ、決心する

炉辺荘の広い居間は、白い木綿の布が広がって雪がふり積ったようだった。赤十字の本部から、シーツと包帯が必要だと連絡が来たのだ。ナンとダイ、リラは仕事に精を出していた。二階のジェムの部屋では、ブライス夫人とスーザンが家族の用事をこなしていた。二人は涙こそ浮かべなかったが、苦悩のにじむ目で、ジェムの荷造りをしていた。次の朝、ジェムは、ヴァルカルティエへ出発しなければならない。その指令が来ることはわかっていたが、いざとなると、つらかった。

リラは生まれて初めてシーツの縁にしつけをかけて縫っていた。ジェムに出立の指令が来ると、リラは、虹の谷の松林で泣きたいだけ泣き、それから母さんのところへ行った。

「母さん、私も何かをしたいの。私は女の子だから……戦争に勝つためのことは、何もできないけど……家にいても、何か役に立てることをしたいの」

「シーツにする木綿が届いていますから」ブライス夫人が言った、「ナンとダイの敷布作りを手伝えますよ。それからね、リラ、若い娘さんを集めて、青少年赤十字（1）を

組織できないかしら？　若い人は、年上の人たちと活動するより、自分たちだけのほうがいいでしょうし、そのほうがいい仕事をすると思いますよ」

「でもね、母さん……私、そんなこと、したことがないわ」

「私たちはみんな、これから何か月か、今までにしたことないことを山ほど、しなくてはならないのですよ、リラ」

「そうね」――リラは思い切って飛びこんでみることにした――「やってみるわ、母さん……どうやって始めるのか教えてください。私、このところずっと考えてたの。それで決心したのよ。私は精一杯に、勇敢で、英雄的で、無私の心がけでいようって」

　リラの大げさな物言いに、ブライス夫人は笑みを浮かべなかった。ほほえむ気分ではなかったのかもしれないし、あるいは、リラのロマンチックな心構えのなかに、真剣な意志をわずかでもかぎとったのかもしれない。というわけで、リラは今、シーツの縁にしつけをかけながら、青少年赤十字の組織をどのように作ろうか、考えていた。しかも楽しんでいた――縁縫いではなく、組織作りをだ。それは面白かった。またリラは、自分にそんな才能があると知って、驚いていた。会長は誰がいいかしら？　私じゃないわ。年上の女の子たちのお気に召さないもの。アイリーン・ハワードは？　だめね。アイリーンは人気があって当然なのに、どういうわけか、あまり人望がない。マージョリー・ドリューは？　いいえ、マージョリーは気骨がない。いつだって、その前に言った人の意見に賛成するんだもの。ベティ・ミード――落ち着きがあって、有能で、機転がきくベティ――ぴったりだ！　それからウーナ・メレディスは、会計係よ。もし、どうしてもと言われたら、この私リラが書記になってもいい。各委員は、青少年赤十字を組織してから、選ぶことにしよう。しかしリラは、誰がどの委員になるべきか、すでに見当がついていた。会合はみんなの家を持ち回りにして開こう――でも食事はなしよ――この点についてはオリーヴ・カークと一悶着（ひともんちゃく）あるかもしれない――でもすべては事務的に、かつ規則通りに行うように、徹底しなくてはならない。書記のリラが使う議事録には、赤十字がついた白地のカバーをかけよう――それから、寄付を集めるコンサートで、全員が着る制服のようなものがあれば――シンプルで、しゃれたものがあれば、すてきじゃないかしら？

「リラったら、シーツのこっちの端と向こう側の端を、逆向（ぎゃくむ）きに折って、しつけをかけてるわ」ダイが言った。

リラは縫い目を引き抜いてほどきながら、裁縫なんて大嫌いだと思った。青少年赤十字を運営するほうが、ずっと面白い。

そのころ、ブライス夫人は二階で話していた。

「スーザン、憶えている？　ジェムが初めて私に両腕をさしのべて、『マーマ』(2)って呼んだ日のことを……あの子がいちばん最初に話した言葉よ」

「あの可愛い坊やのことなら、私が死ぬ日まで、何一つ、忘れませんとも」スーザンはせつなそうに言った。

「今日は、あの子が、私に来てほしくて泣いた晩のことを、ずっと思い返していたのよ、スーザン。ジェムは生まれてまだほんの数か月だった。ギルバートは私に行かないように言ったわ……赤ん坊は元気だし、暖かくしているから、そんなことをすれば悪い癖がつくと。でも私は行ったの……それで抱きあげたのよ……あの子が小さな腕で、私の首に、ぎゅっと抱きついたあの感触は、今でも憶えているわ。スーザン、もしも二十一年前のあの晩、坊やが私に来てほしくて、泣いていたのに、行ってやらなくて、抱き上げてやらなかったら、とても明日の朝を迎えられなかったわ」

「明日の朝を、どんなふうに迎えることになるやら、私には、てんでわかりませんよ、先生奥さんや。だけど、最後の別れになるだなんて、言わないでくださいましよ。ジェムは外国へ行く前に、休暇で帰って来ますよね？」

「そうだといいけど、はっきりとはわからないわ。帰ってこないものと、覚悟を決めようと思うの。そうすれば、がっかりしてつらくなることはないもの。スーザン、私は明日、笑顔であの子を見送ることに決めたわ。息子が勇気を出して出征するのに、母親は意気地なしで、送り出す勇気がなかった、なんていう思い出を持たせるわけにいかないわ。誰も泣かなければいいけれど」

「私は、泣きませんよ、先生奥さんや、それは確かです。ただ、にっこりできるかどうかは、神さまがお定め次第、みぞおちの感じ方（3）次第ですよ。このフルーツケーキ（4）を入れる場所はありますか？　ショートブレッド（5）は？　ミンス・パイ（6）は？　そのケベック（7）というところに食べ物があろうが、なかろうが、可愛いあの子を飢え死にさせはしませんよ。何もかもが、いっぺんに変わってくような気がしますね？　牧師館の年寄り猫まで亡くなりましたよ。昨晩（ゆうべ）の十時十五分前に、息をひきとって、それでブルースは、胸がはり裂けそうなんですと」

「あの猫ちゃんは、よい猫たちが行くところへ旅立つ頃合いだったのよ。少なくとも、十五歳にはなっていたもの。マーサおばさんが亡くなってから、しょんぼりしていたわ」

「あのハイドの猫めが死んでも、私は悲しんだりしませんよ、先生奥さんや。ジェムが軍服姿で戻ってから、あの猫はほとんどハイド氏のままなんです。そこに意味がありますよ、きっと。ジェムがいなくなったら、マンデイはどうなることやら。あの犬が人間みたいな目をして、うろうろしてるんで、それを見ると、胸がしめつけられますよ。前にエレン・ウェストが、あの皇帝（カイゼル）とやらをこき下ろしてたときは、頭がおかしいと思いましたけど、今じゃ、あの人が怒りまくってたことには筋が通ってたと、わかりましたよ。トランクのこの仕切りは、いっぱいになりました、先生奥さんや。じゃ、私は下へおりて、腕によりをかけて夕はんの仕度をしましょう。今度はいつジェムに作ってあげられるか、わかればいいですけど、そういうことは、私らには、わからないように隠されてるんですね」

翌朝、ジェム・ブライスとジェリー・メレディスは出発した。今にも雨がふりそうなどんよりした日で、空は一面、重苦しい灰色の雲におおわれていた。にもかかわらず、グレン村、フォー・ウィンズ、内海岬(ハーバー・ヘッド)、さらに上グレンや内海向こうからも、ほぼ全員が——月に頬髭を別にすると——見送りに来ていた。ブライス家とメレディス家の人々は、一様に笑みを浮かべていた。スーザンでさえ、神の定めにより、笑顔を装ってはいたが、それが人に与える印象は、泣き顔よりも、痛々しかった。フェイスとナンは青ざめていたが、気丈(きじょう)にふるまっていた。リラは、喉がつかえていなければ、こんなに唇が震えなければ、私も立派にふるまえるのにと思った。犬のマンデイも駅にいた。ジェムは、炉辺荘でマンデイと別れようとしたが、マンデイの必死の懇願(こんがん)にほだされ、駅まで来てもいいと許したのだ。マンデイはジェムの足もとから離れようとしなかった。愛する飼い主の一挙手一投足(いっきょしゅいっとうそく)を見守っていた。

「この犬の目は、見るに忍びないですわ」メレディス夫人が言った。

「この動物は、ふつうの人より、よくわかっているんだよ」メアリ・ヴァンスが言った。

「だって、こんな日を迎えることになると、誰か考えたかい？　こんなふうにジェムとジェリーが行くなんて、あたい、一晩中泣いたよ。あの二人は頭がおかしくなったって、あたいは思うんだ。ミラーまで行くつもりだと変な気を起こしたんで、すぐに説得してやめさせた……ミラーのおばさんのキティ・アレックも、ぐっとくるようなことを少し言ったんだ。キティ・アレックとあたいの意見が一致するなんて初めてだ。こんな奇跡は二度と起きないよ。ほら、ケンも来てるよ、リラ」

ケネスがいることに、リラは気づいていた。彼がレオ・ウェストの馬車から飛びおりたときから、痛いほど意識していた。ケネスは微笑を浮かべて、リラに近づいてきた。

「きみは、笑顔でいる勇敢な妹役、という離れ業をしているんだね、なるほど。大した人数がグレン村に集まったな！　実は、ぼくも、二、三日したら、家に帰るんだ」

ジェムの出発にさえ感じなかった妙な寂しさが、小さな風のように、リラの胸に吹きわたった。

「どうして？　休暇はまだ、あとひと月あるのに」

「そうだね……でも、こんなふうに世界中が燃えているときに、フォー・ウィンズで、ぶらぶらしていても、楽しくないんだ。こんな困った足首のぼくでも、懐かしいトロントなら、何か役に立つことがあるだろう。ジェムとジェリーを見ないようにしているんだ……羨ましくて、気が滅入るから。きみたち女の子は感心だな……涙も見せないし、顔を強ばらせて耐え忍ぶこともない。ジェムとジェリーは、いい後味を残して出発するんだな。ぼくの番が来たとき、パーシスと母さんも、同じようにしっかりしてくれるといいんだが」

「まあ、ケネス……あなたの番がくる前に、戦争は終わりましゅ」

ああ！　また舌足らずになってしまった。ここ一番というときに、また失敗したのだ！　いいわ、これが私の運命なのね。それに、どのみち何でもなかったのだ。ケネスはもう行ってしまった――彼は、エセル・リースに話しかけていた。エセルは朝の七時というのに、この前のダンスで着たドレスでめかし込み、泣いていた。いったい、どうして泣かなきゃいけないの？　リース家の人は、誰も兵隊になっていないのに。リラのほうこそ泣きたかった――でも、泣くまい。あの感じの悪いドリューのおばさんは、いつもの陰気な、すすり泣くような声で、母さんに何を話しているのかしら？「よくもまあ、こんなことに、耐えられますわね、ブライス夫人？　もし、あたしの可愛い息子だったら、あたしなら、とても耐えられませんよ」すると母さんは――ああ、母さんはいつだって頼りになるのだ！　母さんの青白い顔に、灰色の瞳が、ぱっと燃えあがった。「でも、もっとひどいことになったかもしれないんですよ、ドリューの奥さん。息子を説得して、無理矢理行かせる羽目になったかもしれないんですから」ドリューのおばさんは、その意味を理解しなかった。だがリラにはわかった。リラは頭を高くそらした。私の兄さんは、無理矢理行かされるのではないのだ。

気がつくと、リラは一人で立ったまま、通りすぎる人々が語る切れ切れの言葉を断片的に聞いていた。

「マークに言ったんです、兵隊の二次募集があるかどうか、様子を見なさいって。もしあれば行かせますけど……でも、ないでしょうね」パーマー・バー夫人が言った。

「私はヴェルヴェットのきついガードル（8）で作ってもらおうと思って」ベシー・クローが言った。

「主人の顔を見るのが怖いんです。おれも行きたいっていう顔つきをするんじゃないか、心配で」内海向こうの小柄な花嫁が言った。

「とても案じてるんです」気分屋のジム・ハワード夫人が言った。「ジムが入隊するかもしれないと案じたり……しないかもしれないと案じたり」

「戦争は、クリスマスまでに終わるさ」ジョー・ヴィッカーズが言った。

「ヨーロッパの国だけで、最後まで戦えばいいのに」アブナー・リースが言った。

「あいつがガキの時分は、何度もやっつけたんだ」ノーマン・ダグラスが怒鳴っていた。シャーロットタウンの軍にいる高官を指しているようだった。「そうとも、派手に殴ってやったさ。今じゃあれも、大物だがな」

「大英帝国の存亡の危機ですぞ」メソジスト教会の牧師が言った。

「軍服って、たしかに、魅力があるわね」アイリーン・ハワードがため息をもらした。

「結局、これは金儲けの戦争ですからな。カナダ人の尊い血は、一滴も流す価値はありませんな」海岸のホテルから来た見知らぬ人が言った。

「ブライス家の人たちって、のん気だこと」ケイト・ドリューが言った。

「ああした馬鹿な若造どもは、冒険がしたくて行くにすぎんのだ」ネイサン・クローフォードが、がなりたてた。

「わたしは、キッチナーに、全幅の信頼を置いております」内海向こうの医師が言った。

「『ティペラリーへの道、遥かに遠し』(9)」リック・マカリスターが鼻歌をうたった。

この十分間に、リラは怒り、笑い、軽蔑、意気消沈、鼓舞と、立て続けにめまぐるしい感情を味わった。ああ、世間の人たちは——滑稽ね！　何にもわかっていない。「のん気だこと」だなんて、まったく——うちのスーザンは、昨夜は一晩中、まんじりともしなかったのに！　ケイト・ドリューはいつも生意気なことを言うんだから。

リラは、自分が、奇妙な悪夢のなかに入りこんだような気がした。ここにいる人たちは、三週間前、作物の収穫高や、物価や、地元の噂を話していたのに、同じ人たちだろうか？

ああ——汽車が来た——母さんがジェムの手を握っている——犬のマンデイはジェムの手をなめている。誰もが、さよならと言っている——汽車が入ってきた！　ジェムはみんなの前で、フェイスにキスをした——ドリューのおばあさんが興奮して、大声をあげた――男たちは、ケネスの合図で、声援を送った――リラは、自分の手をジェムが握ったのを感じた――「行ってくるよ、クモ」――誰かが、リラの頰にキスをした――ジェリーだと思ったが、よくわからなかった――二人が汽車に乗った――汽車が動き始めた――ジェムとジェリーが、みんなに手をふっている――みんなもふり返している――母さんとナンはまだ笑みを浮かべている、でも、ひっこめることを忘れてしまったような笑顔だ――マンデイは寂しそうに吠えて、猛烈な勢いで、汽車を追いかけようとする。メソジストの牧師が、力ずくで犬の綱を引いている。スーザンは一番上等のボンネットをふりながら、男のように万歳と叫んでいる――頭がどうにかなったのかしら？――汽車がカーブを曲がった。ジェムとジェリーが、行ってしまった。

リラは、はっと息をのんで、我に返った。突然、静けさが広がった。あとはもう家に帰るしかない――待つしかないのだ。ブライス医師と夫人は、二人だけで歩いていった――ナンとフェイスも帰った――ジョン・メレディスとローズマリーも行った。ウォルター、ウーナ、シャーリー、ダイ、カール、リラは、かたまって歩いた。スーザンはボンネットを後ろ前にかぶり、強ばった顔つきで一人で大股に歩いていった。犬のマンデイがいないことに、最初は誰も気づかなかった。気がついてシャーリーが戻ると、犬のマンデイは、駅のそばにある貨物小屋の一つで丸くなっていた。一緒に帰ろうとなだめすかしても、犬のマンデイは動こうとしない。しきりに尻尾をふって、悪く思っていないと示すものの、優しい言葉をかけても、びくとも動かなかった。

「どうやら犬のマンディは、ジェムが戻ってくるまで、あそこで待つことに決めたようだ」シャーリーは仲間のところへ戻ると、そう言って、無理して笑おうとした。

まさしく犬のマンディは心に決めたのだ。ぼくの大切な飼い主は行ってしまった――このぼくマンディは、飼い主と一緒に行こうとしたのに、メソジストの牧師の服を着た悪魔が、故意に、かつ計画的犯意をもって、邪魔をした。だからこのぼくマンディは、ぼくの英雄(ヒーロー)をつれていった、煙と蒸気を吐きだすあの怪物が、また飼い主をつれて帰ってくるまで、ここで待っていよう。

ああ、そこで待っておいで。優しい、物恋しげな、途方にくれた目をした小さな忠犬よ。しかし、まだ少年のようなおまえの友が帰ってくるまでに、幾多の長くつらい歳月が続くだろう。

その夜、先生は、患者のところへ往診に出かけた。スーザンは寝室へ行く途中、敬愛する先生奥さんが「気持ちよく、落ち着いて」いなさるか確かめに、ブライス夫人の部屋へきびきびと入った。スーザンはベッドの足もとに厳(おごそ)かに立ち、厳かな口ぶりで宣言した。

「先生奥さんや、私は決めました、これからは、女丈夫(ヒロイン)になります」

「先生奥さんや」は笑いそうになった――それは明らかに不公平である。リラが同じように勇ましい決意を表明をしたときは、笑わなかったのだから。もっとも、リラはほっそりした体つきに白い服をまとった娘で、花のような顔だちに、星さながらの若い瞳に決意の意気込みが輝いていた。一方のスーザンは、窮屈で粗末な灰色のフランネルの寝巻で、白髪頭には、神経痛よけのおまじないの赤い梳毛ウールのひもを巻いて結んでいた。だがそんなことは、本質的な違いではない。肝心なことは、その心意気ではないか？　とはいうものの、ブライス夫人は笑わないようにこらえるのに苦労した。

スーザンは決意も固く続けた。「私はもう、嘆いたり、泣き言をこぼしたり、神さまのお智恵を疑ったりしません、最近はしてましたけども。愚痴をこぼしたり、嫌なことから逃げ回ったり、神さまを責めても、何にもならないんです。玉ねぎ畑の草とりであれ、政府の切り盛りであれ、私たちは、自分がしなければならないことに、しっかと、取り組まねばならないんです。私は、取り組みますよ。可愛い息子たちは戦争に行ったんです。だからわれわれ女たちは、先生奥さんや、銃後の守りを固めて(10)、動じることなく、毅然とせねばなりません(11)」

第7章　戦争孤児（1）とスープ入れ（2）

「リエージュ（3）、ナミュール（4）……それにブリュッセル（5）まで！」ブライス医師は首をふった。「気にいらないな……これはよくない」

「気を落とさないでくださいまし、先生や。そうしたとこは、よその国の兵隊が守ってたんですから（6）」スーザンはいいことを言った。「大英帝国軍（ブリティッシュ）が、ドイツ軍と激突するまで、お待ちくださいさい。話はがらっと変わります、それは確かですよ」

先生はもう一度首をふったが、沈痛な面持ちはいくらか薄らいでいた。スーザンは、たとえ何百万ものドイツ征服軍が準備万端でおし寄せようとも、「薄い灰色の線」（7）がやぶられることはないと、信じていた。それを、おそらく家族の誰もが無意識のうちに共有しているのだろう。ところが、今日の恐ろしい日に――それはこれからあまた続く恐ろしい日々の一日目にすぎなかったが――大英帝国軍が撃退された（8）というニュースが届いて、一家は呆然（ぼうぜん）として、うろたえ、たがいに顔を見あわせた。

「そんなこと……本当のはずがないわ」ナンはあえぐように言い、まずは信じないことにして、その場をやりすごした。

「今日は悪いニュースがあるって予感がしましたよ」スーザンが言った。「あの猫めが、今朝、理由（わけ）もないのにハイド氏になりましたからね。そういうことは、いい前ぶれじゃありません」

「『破られ、打ち負かされるも、士気はくじかれぬ軍隊なり』」先生が、ロンドンからの特報を小声で読んだ。「こんなふうに英国軍が、言われるとは？」

「こうなると、戦争が終わるまで長くかかりそうですね」ブライス夫人が落胆した。

スーザンの信念は、いっときは打ち沈んでいたが、今また意気揚々と浮かびあがった。

「いいですか、先生奥さんや、大英帝国陸軍は、大英帝国海軍ではないんです[9]。それを、決して忘れてはなりません。それに、ロシア軍も援軍に向かってるんです。もっともロシア人は、知らない人たちですから、どうなることやら、わかりませんけど」

「ロシア軍がパリを援（たす）けようとしても、間に合わないだろう[10]」ウォルターが物憂げに言った。「パリはフランスの心臓だ……それなのに、パリへの道が封鎖されていない。ああ、ぼくが」——彼は急に、言いかけた言葉をとめて、出ていった。

何も手に付かない一日がすぎた。しかし炉辺荘の人々は、もっと悪いニュースに直面しても、「生活していく」ことができるとわかった。スーザンは台所で猛然と働き、先生は往診にまわり、ナンとダイは赤十字の活動に戻った。ブライス夫人はシャーロットタウンへ行き、赤十字の大会に出席した。そしてリラは、虹の谷へ行って、さめざめと泣き、日記に思いの丈（たけ）をつづって気が楽になると、思い出した。私は、勇敢であろう、英雄的であろうと決意したのではないか。そこでリラは考えた。グレン村とフォー・ウィンズを、自分からすすんで回り、赤十字に寄付してくれる品々を集めることは、まさに英雄的ではないだろうか。アブナー・クロフォードの芦毛（あしげ）のおじいさん馬で出かけよう。というのも炉辺荘の馬は、一頭が足が悪く、もう一頭は先生が使うため、クローフォード家の馬しかなかった。そのおじいさん馬は、おっとり、のんびりした、鈍い動物で、ほんの数ヤードごとに立ち止まっては、脚にたかる蠅（はえ）を、別の脚で蹴ってはらうのだ。リラは、ドイツ軍がパリまでわずか五十マイルに迫っている時局というのに、とても我慢できない気がした。しかし彼女は、驚くような結末をもたらすこの用事に、勇敢に出かけていった。

その午後遅く、リラは荷物でいっぱいになった馬車で、海岸通りへ続く草深い小径（こみち）の入口にさしかかった。そこでアンダーソン家へ行く価値があるかどうか考えた。アンダーソン家はひどく貧しく、奥さんが供出できる物はなさそうだった。その夫は、生まれは英国人（イングリッシュマン）で、キングスポートで働いていたが、戦争が勃発（ぼっぱつ）すると、さっさと英国へ渡って入隊（11）して、家に帰ることも、代わりにまとまった現金を送ることもない、という話だった。といってアンダーソン家を抜かせば、奥さんは気を悪くするかもしれない。リラは、立ち寄ることにした。行かなければよかったと、あとで思うところもあったが、最後には、立ち寄ってよかったとありがたく思うことになるのだ。

アンダーソン家は小さな荒れた家だった。まるでわが身を恥じて隠れたがっているように、海岸沿いの傾いたえぞ松林(12)に埋もれていた。リラは、芦毛の老馬を、ぐらつく柵につなぎ、家の戸口へむかった。扉は開いていた。そこで見た光景に、リラはしばし、話す力も、動く力も失った。むこうの奥では、狭い寝室のドアが開いていて、アンダーソン夫人が、乱れたベッドに横たわっていた。アンダーソン夫人は死んでいた。それは疑いようがなかった。扉のそばにすわり、うまそうにパイプ煙草をふかしている、大柄で、赤毛に、赤ら顔のだらしのない肥えた女がぴんぴんしていることも、疑いようがなかった。女はごたごたに散らかった室内で、これといった意味もなく体を前後にゆすっていた。部屋の中央のゆり籠から、耳をつんざくばかりの泣き声があがろうと、てんで注意をはらわなかった。

リラはこの女を見たことがあった。評判も知っていた。コノーヴァー夫人といい、漁村に住んでいた。アンダーソン夫人の大おばにあたり、煙草ばかりか、酒ものむのだ。

リラは衝撃のあまり、踵をかえして逃げようとした。でも、それではなんにもならない。このおばさんは、胸が悪くなるような風采だけど、助けがいるかもしれない——もっとも、助けがなくて困っているようには見えなかったけれど。

「お入り」コノーヴァー夫人は口からパイプをとり、ねずみのような小さな目でリラをぎろりと見た。

「あのう……アンダーソンの奥さんは、本当に、死んでるんですか？」リラは敷居をまたぎながら、おっかなびっくりたずねた。

「ちゃんと死んでるよ」コノーヴァーの奥さんは威勢よく答えた。「三十分前に、くたばっちまった。あたしゃ、ジェン[13]・コノーヴァーを使いに出して、葬儀屋に電話をかけさせて、そいから、浜から人を連れてこいと頼んだんだ。おめさん、お医者の娘だね、そうだろ？　おすわり」

物がちらかっていない椅子は一つもなかった。リラはそのまま立っていた。

「急だった……んですか？」

「ああ、あの役立たずのジムがイギリスへ行っちまって、あの娘はずっと寂しがってた……あの男がいなくなって、あの娘にゃ、かわいそうなことをした、あたしゃそう言ってるんだ。亭主が行っちまったという報せを聞いて、あの娘は死んでもいいと思ったんだな、あたしが思うに。そんで、そこにいるちびは、二週間前に生まれたけんど、あの娘は寝ついちまって、今日、死んだ、誰も思いもしなかった」

「何か、私にできることは……お手伝いできることは、ありますか？」リラはためらいがちに言った。

「あれま、ないよ……おめさんが、子どもの扱いがうまいならともかく。あたしゃ、だめだよ。このちびときたら、昼も夜も、泣き通し。だからほっとくことにしたんだ」

リラはつま先だって、おそるおそるゆりかごに近づき、汚れた毛布を、さらにこわごわとはがしてみた。赤ん坊にさわるつもりはなかった——リラも、「子どもの扱い」は心得ていなかった。するとなかには、みっともない小さな子どもが薄汚(うすぎたな)い古いフランネルにくるまれて、小さな赤い顔を歪めていた。こんなに醜い赤ん坊は見たことがなかった。しかし「いたるところから」、かくもいかがわしい「ここに来た」(14)、寄る辺ない親なき子への憐れみの念が、ふいにリラの心をとらえた。

「この赤ちゃんは、どうなるの?」彼女はたずねていた。

「わからんね」コノーヴァー夫人は忌憚(きたん)なく言った。「ミンは死ぬ前、えらく案じたよ。『ああ、あたしのかわいそうな、赤ちゃんは、どうなるの?』って言うばっかしで、しまいにゃ、こっちが苛々(いらいら)してね。あたしゃ、赤ん坊を世話するつもりはないよ、おめさん。前に、妹が遺(のこ)した坊ずを育てたのに、そいつは役に立つようになるが早いか、ずらかって、こっちが年寄りになっても、ちっとも助けちゃくれない、恩知らずのガキさ。だからミンに言ったのさ、ジムが帰ってきて、子どもの面倒を見るとわかるまで、孤児院へやるしかないねって。信じられるかい、ミンは嫌がったんだ。とにかく、早い話が、そういうことさ」

「でも、孤児院に入れるまでは、誰が赤ちゃんの面倒を見るの?」リラはまたたずねた。

どういうわけか、赤ん坊のゆくすえが気になった。

「あたしがする羽目になるだろうね」コノーヴァー夫人は不満そうだった。パイプをしまうと、そばの棚から黒い壜をとり、臆面もなく、らっぱ飲みした。「思うに、こいつは長くはないよ。弱々しい子だ。ミンは体が弱かった。この子もそうだろよ。たぶん、この赤ん坊に、長いこと手間がかかるこたないよ、いい厄介払い、ってことさ」

　リラは、もう少し毛布をめくってみた。

「まあ、この赤ちゃん、何も着てないわ！」おののいて叫んだ。

「誰が服を着せるんだい、教えてもらいたいもんだ」コノーヴァーの奥さんは棘々しく言った。「あたしにゃ、時間がなかったんだ——ミンの看病に手一杯で。それに、おめさんに言った通り、子どものことは、何も知らないんだ。こいつが生まれたとき、ビリー・クローフォードの年寄り奥さんが来て、産湯をつかわせて、フランネルでくるんでくれた。ジェンも、ちょっこし面倒を見た。この子は充分、暖かだよ。この陽気じゃ、真鍮の猿だって溶けちまうよ[15]」

　泣いている赤ん坊を、リラは黙ったまま、見おろしていた。リラは人生の悲劇に初めて出くわして、胸の底まで打ちのめされていた。不幸な母親が、わが子を案じながら、この不愉快な老女のほかは誰もいないまま、一人きりで死の影の谷へ行ったのだ。そう思うと、胸がつまった。私がもう少し早く来ていれば！　といって、私に何ができただろう——今なら、何ができるだろう？　わからなかった。でも、何かをしなくてはならない。赤ん坊は大嫌いだ——でも、かわいそうな赤ちゃんを、コノーヴァーのおばさんにまかせて帰ることは、どうしてもできなかった——おばさんはまた黒い壜に夢中になっている。誰かが来るころには、酔っ払っているだろう。

「でも私は、ここに残れないわ」リラは考えた。「クローフォードさんが、夕方、この馬を使うから、夕食までに帰らなければならないもの。ああ、何ができるかしら？」

突然、リラは、衝動的に、やけくその決断をした。

「赤ちゃんを連れて帰ります。いいですか？」

「いいともさ、おめさんがそうしたいなら」コノーヴァー夫人は、急に愛想がよくなった。「文句はないよ。連れてってくれ、ありがたい」

「でも……私、この子を抱っこして帰れないんです。馬を走らせなければならないから、落とすんじゃないか心配です。どこかに……この子を入れるかご（バスケット）は、ありますか？」

「ないね、あたしの知る限り。ここにゃ、大したものは、なんもないんだ、言っとくがね。ミンは貧乏だったし、ジムと同じくらい甲斐性なしだったんで。あっちの引き出しを開けりゃ、赤ん坊の服が、少し見っかるよ。持ってくといい」

リラは服をとりだした——安手の薄っぺらい服は、貧しい母（おんな）が精一杯用意したものだった。でも服があっても、赤ん坊を運ぶというさし迫った問題は、解決しない。リラは途方にくれて、あたりを見まわした。ああ、母さんがいれば――スーザンがいれば！そのときリラの目が、食器棚の後ろにある大きなスープ入れにとまった。

「これに……赤ちゃんを入れても、いいですか？」リラはたずねた。

「そうさね、あたしんじゃないけど、いいだろうよ。なるたけ割らないようにしとくれよ……ジムが生きて帰ってきたら、騒ぐかもしんないんで……自分が役に立たないとわかりゃ、きっと帰ってくるさ。あの古いスープ入れは、ジムが英国(イングランド)から持って来たんだ……昔から家にあったと言ってたね。あいつとミンは一度も使わなかった……あれに入れるほどたくさんスープを作らなかったんで……そのくせジムは大切にしてた。あの男は物にこだわりがあるくせに、皿に盛る食べ物が少ないことは、気にしないんだから」

リラは、生まれて初めて赤ん坊にさわった――そして持ちあげ――毛布にくるんだ。落とすのではないか――あるいは――壊すのではないか、緊張して、ぶるぶる震えた。そうして、やっとスープ入れにおさめた。

「窒息するんじゃないかしら？」リラは心配になった。

「そうなったとこで、大して違いはないさ」コノーヴァー夫人は言った。

リラは怖くなり、赤ん坊の顔まわりの毛布を少しゆるめた。赤ん坊は泣き止んでいた。目をぱちくりさせて、リラを見つめていた。みっともない小さな顔に、大きな濃い目をしていた。「風に吹かれないようにすんだよ」コノーヴァー夫人が注意した。「風にあたると、息がさらわれるよ」

そこでリラは、破れた小さな掛け布団で、スープ入れをくるんだ。

「私が馬車に乗りこんだら、渡してくださいませんか？」

「いいともさ」コノーヴァー夫人は、うなり声をあげて、立ちあがった。

というわけで、自分でも赤ん坊嫌いと認めているリラは、馬車でアンダーソン家にやって来て、赤ん坊が入ったスープ入れを膝にのせて馬車で去ったのだ！

リラは、永遠に炉辺荘に着かない気がした。この貧弱な馬は、のんびり進むのだ。スープ入れのなかは、不気味なほど静まり返っていた。赤ん坊が泣かずにいてくれてありがたい反面、たまには、おぎゃーと泣いて、生きている証拠をみせてほしかった。もし窒息していたら！　風が、今では強風となって吹いている風が「息をさらう」のではないか、その恐ろしいことが何なのか、リラにはわからなかったが、掛け布団をはいで見る勇気はなかった。やっと安全な炉辺荘にたどり着いて、胸をなでおろした。掛け布団をとると、スープ入れを台所に運び、スーザンの目の前でテーブルに置いた。

スーザンは、スープ入れをのぞき、生涯でこの一度だけ、衝撃のあまり、言葉が出なかった。

「いったい、どういうことだい？」先生が入ってきて、たずねた。

リラは経緯を説明した。「というわけで、どうしても連れて帰るしかなかったの、父さん」と締めくくった。「あの家に置き去りにするなんて、できなかったの」

「どうするつもりだい？」先生は冷静にたずねた。

リラは、こんな質問が出るとは、予想していなかった。

「うちで……しばらくの間、面倒を見ることは、できるわ……そうでしょ？……手はずが整うまでは」リラは途方に暮れて、とぎれとぎれに言った。

ブライス医師はしばらく台所を行きつ戻りつした。その間、赤ん坊は、スープ入れの白い内側をまじまじと見つめていた。スーザンはやっと生気が戻ってきたようだった。

やがて先生は、リラに向いた。

「小さい赤ん坊というものは、余計な手間と面倒が、家族にかかるんだよ、リラ。ナンとダイは、来週、レッドモンド大学へ行く(16)。母さんとスーザンも、目下の状況では、これ以上、余分の手間を引き受けることはできない。だから、うちに置きたいなら、おまえが、世話をしなさい」

「私に！」リラは困惑のあまり、文法を間違えて言った(17)。「そんな……父さん……私……できないわ！」

「おまえより年端（としは）のいかない女の子たちが、赤ん坊の面倒を見てきたんだよ。父さんとスーザンの助けがいるときは、いつでもたずねていい。でも、おまえが世話ができないなら、メグ・コノーヴァーに戻さなくてはならない。そうなれば、この子の命は短いだろう。この子は弱くて、特別な世話がいるのは明らかだ。孤児院に送っても、生き延びるかどうか。それでもお母さんとスーザンに無理をさせることは、私にはできないね」

先生は、やけに厳めしく断固とした顔つきで台所から出ていった。内心では、大きなスープ入れの小さな住人が炉辺荘に残るだろうと重々承知していたが、リラが、この難局に立派に手腕を発揮する気になるかどうか、見守るつもりだった。

リラは呆然として赤ん坊を見つめながら、すわりこんだ。私が、この子の、世話をするなんて、考えただけでも馬鹿げている。でも——赤ちゃんのゆくすえを心配しながら死んだ、小さくて体の弱いかわいそうなお母さん——そして、あのどうしようもないメグ・コノーヴァーのおばさん。

「スーザン、赤ちゃんには、何をしなくちゃいけないの？」リラは沈んだ声できいた。

「いつも暖かくして、からりと乾いているようにすることです。それから、毎日お風呂に入れてやるんです。お湯は熱すぎても、ぬるすぎてもいけません。二時間おきにお乳をやって、腹痛で夜泣きをしたら、何か暖かい物をおなかにのせてやるんです」スーザンにしては、なんとも力のこもらない、覇気のない口ぶりだった。

赤ん坊はまた泣き出した。

「きっとおなかが空いてるのね……まずは、お乳をあげなくちゃ」リラは夢中で言った。

「教えて、何を用意すればいいの、スーザン？　私がするわ」

スーザンの指示のもと、ミルクと水の分量を調合した。哺乳瓶は、先生の診療室からとってきた。リラは、スープ入れから赤ん坊を抱きあげ、ミルクを飲ませた。自分が幼いころに使った古いかご（バスケット）を屋根裏から持ってきて、いまはすやすや眠っている赤ちゃんを寝かせた。スープ入れは配膳室にしまった。それからまた腰をおろし、じっくり考えた。

よく考えた末、赤ん坊が目をさますと、リラは、スーザンのところへ行った。

「私、自分にできることをやって、確かめてみるつもりよ、スーザン。このふびんな赤ちゃんを、コノーヴァーのおばさんに返すなんて、できないもの。だから教えて。どうやって赤ちゃんを洗うのか、どうやって服を着せるのか」

こうしてスーザンの監督のもと、リラは赤ん坊をお風呂に入れた。スーザンは口は出したものの、手伝おうとはしなかった。先生が居間にいるので、いつなんどき、ひょっこり入って来るかもしれない。先生が固い決意で、こうすべしと言ったときは、従うしかない。スーザンは経験から学んでいた。リラは歯を食いしばって、取り組んだ。赤ちゃんって、なんとまあ、しわとねじればかりなの？　ああ、つかむところが、ろくにない。ああ、つるっとすべってお湯に落としたら、どうしよう――こんなにぐにゃぐにゃだもの！　こんなに泣いて叫ぶなんて、やめてくれたらいいのに！　ちっぽけな体で、こんなに大きな声を出して。金切り声が、炉辺荘の地下室から屋根裏まで聞こえるわ。

「私、赤ちゃんに、そんなに痛い思いをさせてるのかしら、スーザン、どう思う？」リラはみじめな気持ちで聞いた。

「いいえ、お嬢ちゃんや。生まれたての赤ん坊は、たいがい、お風呂を嫌がるもんです。初めてにしては、なかなかこつをつかんでますよ。何をするときも、赤ん坊の背中の下に手を当てること、それから、いつも落ち着いてやることです」

　落ち着くですって！　リラの毛穴という毛穴から、汗がにじみ出ていた。赤ん坊の体をふいて服を着せ、もう一瓶ミルクを飲ませて、いっとき、おとなしくなったころには、もうぼろきれのようにくたびれていた。

「夜は、何をしなければならないの、スーザン？」

　昼間でも充分、大変なのに、夜は想像を越えていた。

「赤ん坊のかご（バスケット）を、お嬢ちゃんの寝台近くのいすに置いて、毛布をかけるんです。夜中に一度か二度、ミルクをあげなきゃいけませんから、石油ストーブを持ってあがったほうがいいですね。どうにもならないようだったら、私をお呼びなさい。先生がどうおっしゃろうと、行ってあげます」

「だけど、スーザン、泣いたら、どうするの？」

　しかし赤ん坊は、泣かなかった。驚くほどいい子だった——おそらく、かわいそうな小さな胃袋が、ふさわしい食糧で満たされたからだろう。赤ん坊はほとんど一晩中寝ていた。リラは眠らなかった。赤ちゃんに何か起きるのではと心配で、寝るのが怖かった。

午前三時にミルクを仕度したときも、スーザンを呼ぶまいと心に決めていた。ああ、夢でも見てるのかしら？　こんなわけのわからない苦難に追いこまれて、私は、本当にリラ・ブライスかしら？　今となっては、ドイツ軍がパリに迫っていても、もうどうでもよかった――パリに侵攻しても、かまわなかった――今はただ、赤ちゃんが泣いたり、喉をつまらせたり、窒息したり、引きつけを起こしたりさえしなければ、それでよかった。でも赤ん坊というものは、引きつけを起こすのではなかったかしら？　ああ、引きつけを起こしたら、どうすればいいの。どうしてスーザンに聞かなかったのかしら？　父さんは、母さんとスーザンの体調ばかり気づかって、私のことはどうなの。リラは苦々しく思った。私は全然寝なくても生きていけるとでも、父さんは思ってるのかしら？　でも、こうなったからには、後戻りするつもりはない――やめるものですか。たとえこの小さくて厄介な生きもののせいで私が死んでも、面倒を見るわ。赤ん坊の衛生学の本を買って、誰の恩も受けない。父さんに、アドバイスなんて求めない――母さんの手も、わずらわせない――スーザンに頼むのも、緊急のときだけにする。みんな、見るがいい！

　かくして二日後、ブライス夫人が家に帰り、リラはどこにいるかスーザンにたずねた。スーザンの澄まし顔の返答に、夫人は、電気ショックでもうけたように驚いた。

「お二階ですよ、先生奥さんや。リラは、ご自分の赤ちゃんを寝かしつけてます」

第8章 リラ、決意する

新しい状況に、家族もおのおのもすぐに慣れ、とくに疑問に思うこともなく受け入れるようになるものだ。一週間たつころには、アンダーソン家の赤ん坊は前からずっと炉辺荘にいたような感じになった。つまり日常生活の日課になったのだ。リラは最初の三晩(ばん)は心配でとり乱したが、また眠れるようになり、決まった時間に自然と目をさまして面倒を見た。まるで生まれてからずっとやっていたように手際(てぎわ)よく赤ん坊の沐浴(もくよく)をして、ミルクを飲ませ、服を着せた。この役目も、赤ん坊も、前より好きになったわけではなかった。今でも赤ん坊が、小さなとかげ、それも壊れやすいとかげか何かのように、おっかなびっくり扱った。しかしその手なみは完璧であり、こんなに清潔で、世話のゆきとどいている幼児はグレン・セント・メアリにいないほどだった。毎日、子どもの体重まで測り、日記に書きとめた。とはいうものの、リラは、あの宿命の日、不親切な運命は、どうして私をアンダーソン家の小径へ導いたのだろうと悲しく思うのだった。シャーリーとナンとダイは、リラが思ったほど、からかわなかった。三人とも、リラが戦争孤児を引きとったこと自体に、呆気にとられているようだった。あるいはブライス先生が釘を刺したのかもしれない。もちろんウォルターは、どんなことでも一度もリラをからかわなかった。ある日は、リラを頼りになる人だとまで言ってくれた。

「ジェムが一マイルも続くドイツ兵に立ちむかうよりも、リラ・マイ・リラ、きみが、五ポンドの新生児（1）の世話に取り組むほうが、ずっと勇気がいるよ。きみの勇気の半分でも、ぼくにあればいいのに」

ウォルターにほめられて、リラは誇らしかった。にもかかわらず、その夜、日記に憂鬱なことを書いた――。

「赤ちゃんのことが、もう少し好きになれたらいいけど。そうすれば、色々なことが楽になるもの。でも好きじゃない。赤ん坊というものは、世話をするうちに好きになると聞いた……でも、そんなことはない……とにかく、私は、そうじゃない。それに足手まといだ……ことごとく邪魔をする。私を縛りつけている……よりによって今は、青少年赤十字を始めるというのに。昨夜（ゆうべ）は、アリス・クローのパーティにも行けなかった、死ぬほど行きたかったのに。もちろん父さんは、そんなにわからず屋じゃないから、いざとなれば、夕方、一、二時間、出かけることはできる。でも、もし一晩の半分を留守にして、スーザンと母さんに赤ん坊をまかせたら、いい顔はしないだろう。でも行かなくてよかった。赤ん坊は腹痛（はらいた）……というか、そんなものを……起こしたからだ、夜中の一時ごろだ。足をばたばたさせたり、体を強（こわ）ばらせたりしなかったから、癇癪（かんしゃく）をおこして泣いてるんじゃないと、モーガンの本(2)で、わかった。おなかが空いたわけでも、体にピンが刺さったのでもない。なのに、顔が紫色になるまで泣くから、私は起き出して、お湯をわかし、湯たんぽをおなかにあてたら、ますます泣きわめいて、哀れなほどやせている小さな足を縮めた。火傷をさせたのか心配したけど、そうじゃないようだ。そこで『モーガン式育児法』には、絶対にしてはならないと書いてあるけど、抱っこして、部屋を歩きまわった。何マイルも歩いた。おかげでもう、くたくたになって、うんざりして、腹が立った……そう、頭に来たのだ。もしあの子が揺さぶってもいいくらい大きければ、揺さぶったかもしれない。でも、まだそんなに大きくないのだ。父さんは往診に出かけて、母さんは頭痛がして、スーザンはご機嫌斜めだ。スーザンとモーガンの意見が違うと、私がモーガンに従うからだ。だから、どうしても、というとき以外は、スーザンを呼ばないことにした。

とうとう、ミス・オリヴァーが部屋に入ってきた。先生は、今は、私の部屋ではなく、ナンの部屋にいる。みんな赤ん坊のせいだ。悲しい気持ちだ。前はベッドに入ってからミス・オリヴァーと長いおしゃべりをしたのに、それができなくて、寂しい。そのときだけ先生を独り占めできたのだ。赤ん坊の泣き声でミス・オリヴァーを起こしたと思うと、申し訳なくなる。だって先生は、今、耐えなければならないことが山ほどあるのだ。グラント氏もヴァルカルティエにいるので、ミス・オリヴァーはつらいのだ。でも先生は、その点、立派にふるまっている。先生は、グラント氏は帰還しないだろうと思っている。そんなミス・オリヴァーの目を見ると、胸が苦しくなる……先生の目は悲劇的なのだ。ミス・オリヴァーは、赤ん坊のせいで目がさめたのではない……ドイツ軍がパリに迫っているので寝つけなかったと言う。ミス・オリヴァーは、ちびの赤ん坊を抱きあげて、自分のひざにうつぶせに寝かせると、背中を二、三度、優しくたたいた。すると泣き止んで、あっという間に眠ってしまい、一晩中、子羊のようにおとなしく（3）寝てくれた。私は眠らなかった……疲れすぎていたのだ。スーザンの口癖を借りると、私は、猫が持ってきたもの（4）みたいな気持ちで、一日中すごしたのだ。

　青少年赤十字を始めるにあたり、ものすごく大変な思いをしている。ベティ・ミードを会長にすることは成功したし、私は書記になった。ところが、ジェン・ヴィッカーが会計係になったのだ。私は彼女を軽蔑している。ジェンは、頭のいい人や、ハンサムな人、有名な人を、ちょっとでも知っていると、名字ではなくて名前（ファースト・ネーム）で呼ぶような子だ……その人たちがいないところで。つまり狡くて、裏表があるのだ。ウーナはもちろん、気にしていない。ウーナはまわってきた仕事は、何でも快（こころよ）く引きうける。自分に役職がつくかなんて、ちっとも気にしない。あの人は天使そのものだ。それにひきかえ私は、ある面では多少は天使だけど、ほかの面では悪魔だ。ウォルターが、ウーナを好きになってくれたらいいけど、彼はそんなふうには意識していないようだ。でもウーナのことを、ティー・ローズ(5)のようだと言うのを聞いたことがある。本当にその通りだ。でもウーナは、人から用事を押しつけられる。ウーナが優しくて、頼まれると嫌がらずにやるからだ。でもこのリラ・ブライスに用事を押しつけるなんて、私なら、許さない。スーザンの言い草を借りれば、それは確かですよ、だ。

私の予想通り、オリーヴは会合のときに昼食(ランチ)を出すべきだと言いはった。私たちは大論争をした。大多数は食事派なので、以来、私にひどく冷たい。みじめな気持ちだ。アイリーン・ハワードは食事に反対したけど、おかげで今、少数派は、ふてくされている。母さんとエリオットのおばさんも、大人の赤十字で、色々な問題を抱えているのかしら。そうかもしれないけど、二人は何があっても冷静に、ただやることを進めている。私も進めよう……だけど私は冷静では、ない……怒ったり、泣いたりする。もっとも、どれも一人のときにやって、この日記に鬱憤(うっぷん)晴らしをする。済んですっきりすると、今に見ていろ、と誓うのだ。私は絶対にすねたりしない。ふくれっ面をする人が大嫌いだもの。とにかく、青少年赤十字が発足して、週に一度、会合を開くことになった。みんなで棒針編みを習う(6)つもりだ。こんなにたくさんのことをやっているのだ。

私はシャーリーとまた駅へ行って、犬のマンデイを家につれて帰ろうとした。でも、だめだった。家族のみんなが試すけど、うまくいかない。ジェムが出発して三日後に、ウォルターが行って、マンデイを力ずくで馬車に乗せて帰り、三日間、閉じこめた。するとマンデイは、ハンガー・ストライキをしたあげく、夜も昼もバンシー(7)みたいに吠えた。仕方なく外に出すしかなかった。そうしなければ飢え死にしてしまう。

　というわけで、マンデイは好きにさせることにして、父さんが、駅近くの肉屋に頼んで、骨とくず肉をやってもらうことになった。うちからも、誰かが毎日のように何かしら持っていく。マンデイは貨物小屋でじっと丸くなっている。でも汽車が来ると、一目散にホームへ走っていき、期待いっぱいで尻尾をふりながら、汽車から降りてくる一人一人のまわりに突進する。また汽車が出ていき、ジェムが帰ってこなかったとわかると、がっかりした目になり、しょんぼりして静かに小屋に戻る。それから横になって、また次の汽車を辛抱強く待つのだ。駅長のグレイさんは、マンデイにすっかり同情して、涙を禁じ得ないことがあると言う。ある日、男の子たちがマンデイに石を投げたところ、どんなことがあっても知らんぷりをするジョニー・ミードお爺さんが、肉屋から肉切り斧をひっつかんで来て、男の子たちを村中追いかけ回した。それからは誰もマンデイをいじめなくなった。

　ケネス・フォードはトロントへ帰ってしまった。二日前の夕方、お別れを言いに来た。私はいなかった……赤ん坊に服を作ろうとしたら、メレディス牧師夫人が手伝おうと言ってくださったのだ。そこで私は牧師館に行っていて、ケネスに会えなかった。そんなことはどうでもいい。だってケネスは、ナンに私への伝言を残したのだ。ぼくからクモにさよならと伝えてくれ、赤ん坊のお母さん役に夢中になって、ぼくをきれいさっぱり忘れないようにと。こんなに軽薄で、失礼なメッセージを残すなんて、二人きりで砂浜ですごしたあの美しいひとときは、ケネスにとっては、何でもないという意味だ。もう彼のことや、あの晩のことを考えるのはよそう。

　牧師館にはフレッド・アーノルドが来ていて、私を家まで送ってくれた。フレッドはメソジスト教会の新任牧師さんの息子で、感じがいいし、頭もいい。あの鼻でなければ、とびきりのハンサムだ。でもほんとにひどい鼻なのだ。普通の話をしているときは気にならないけど、詩とか理想の話になると、話の内容と鼻がかけ離れていて、声をあげて笑いたくなる。そんなのは本当は不公平だ。だってフレッドが言うことはみんな最高にすばらしいからだ。もしケネスみたいな人が言ったら、うっとりしただろう。だから目を伏せてフレッドの話を聞くと、心が奪われる。でも目を上げて、鼻を見たとたん、魔法はとけてしまう。フレッドも入隊を望んでるけど、まだ十七歳だから無理だ。二人で村を歩いていると、エリオットのおばさんに会った。おばさんは、私が皇帝(カイゼル)本人と歩いているのを見かけても、あんなに仰天した顔はしないだろう。おばさんは、メソジストも、メソジストの行いも、すべて毛嫌いしている。それはおばさんの強迫観念だと、父さんは言っている」

　九月一日ごろ、炉辺荘と牧師館で、大出立(だいしゅったつ)[8]があった。フェイス、ナンとダイ、ウォルターが、レッドモンドへむけて出発したのだ。さらにカールは内海岬（ハーバー・ヘッド）の学校へ赴（ふ）任（にん）し、シャーリーはクィーン学院へ戻った。リラは炉辺荘に一人とり残された。もし寂しがる暇があれば、ひどく寂しがっただろう。実際にウォルターがいなくなり、心から寂しかった。虹の谷で語りあってから二人は親密になり、リラはほかの人には言わない悩みをウォルターと話しあったのだ。とはいうものの、リラは青少年赤十字と赤ん坊の世話に追われ、寂しがる暇はほとんどなかった。ときどきベッドに入ってしばらく、ウォルターがいないこと、ヴァルカルティエにいるジェムのこと、ロマンチックではないケネスの別れの挨拶を思って、枕で少し泣くこともあったが、たいがいは涙がこぼれ落ちる前に寝ていた。

「赤ん坊を、ホープタウンへ送る手配をしようか？」赤ん坊が炉辺荘に来て二週間たったある日、父さんがきいた。

一瞬、リラは「はい」と言おうとした。赤ん坊はホープタウンへ送ることもできるのだ——孤児院できちんと面倒を見てもらえるだろう——リラに、自由な昼間と、束縛のない夜が、戻ってくるのだ。でも——だけど——あのかわいそうな若いお母さんは、わが子を孤児院へ送りたがらなかったのだ！それが頭から離れなかった。しかも、赤ん坊は炉辺荘に来てから、目方が八オンス（9）増えたことに、その朝、リラは気づいたのだ。誇らしくて、ぞくぞくした。

「父さんは……赤ん坊はホープタウンに行ったら、生きられないだろうって、言ったわ」

「そうなるだろう。施設の世話は、どんなによくても、どういうわけか、虚弱児は、うまく育つとは限らないんだ。でも、あの子をここに置きたいなら、それはどういうことか、わかっているね、リラ」

「私は、二週間、面倒を見たの──それで半ポンドも体重が増えたのよ」リラは声を大にして言った。「赤ちゃんのお父さんから便りがあるまで、待つほうがいいと思うわ。あの子のお父さんは、孤児院にやりたくないかもしれないもの。祖国のために戦地で戦ってるのよ」

先生とブライス夫人は、リラの見えないところで、おかしそうに、満足の笑みを交わした。以後、ホープタウンの話題は出なかった。

だがそのうち先生の表情から笑顔が消えた。ドイツ軍がパリまで二十マイルに迫ったのだ。侵略されたベルギーでくり広げられた悲惨な話も、新聞に載る(10)ようになっていた。大人たちにとっては、炉辺荘の暮らしも緊張したものになった。

「私たちは、戦争のニュースに、夢中ですよ」ガートルード・オリヴァーはメレディス牧師夫人に語り、笑顔を作ろうとしたが、できなかった。「地図を調べて(11)、指揮のとれた軍を戦略的に進めて、すべてのドイツ軍(12)を阻止することを考えているのですから。でも私たちの作戦のアドバイスは、パパ・ジョフル(13)には伝わらない……だからパリは……きっと……陥落するでしょう」

「ドイツ軍は、パリに到達するでしょうか……何か強力な援軍が、介入してくれないでしょうか？」ジョン・メレディスがつぶやいた。

「私は学校では、夢のなかにいるような気持ちで教えています」ガートルードが言った。「でも家に帰ると、部屋に閉じこもって、歩きまわるんです。ナンの絨毯（じゅうたん）がすり切れて、道ができるくらい。私たちは恐ろしいほど、戦争のすぐそばにいるんです。私たち全員に影響がありますわ」

「ドイツ人どもは、サンリス(14)まで来てんだよ。こうなっちゃ、もう何だろうと、誰だろうと、パリは守れないよ」いとこのソフィアが嘆いた。いとこのソフィアも熱心に新聞を読むようになり、フランス語の地名の発音はともかく、北フランスの地理については、七十一歳になって、学校で教わったことよりも、くわしくなっていた。

「私は、全能の神さまのことも、キッチナーのことも、信じてますから」スーザンが頑として言った。「合衆国に、バーンストーフという男がいて(15)、戦争は終わったただの、ドイツが勝ったのと、言ってるのは、知ってます……月に頰髭も同（おんな）じことを言って、大喜びしてるそうです。でも私なら、取らぬ狸（たぬき）の皮算用(16)は当てにならないと、言ってやりますよ。それに、クマは皮をはがれて皮を売られても長く生きる(17)とも言うんですよ」

「大英帝国の海軍は、どうしてもっと相手をやっつけないんだろね？」いとこのソフィアがなおも言った。

「そりゃあ、大英帝国の海軍でも、水のない陸を、船じゃ行けませんよ、ソフィア・クローフォード。私は希望を捨ててないし、これからもあきらめません。トマスコウ(18)だの、モベイジ(19)だの、変な地名ばっかりですけどね。先生奥さんや、教えてくださいな。R-h-e-i-m-s(20)というのは、ライムズですか、リームズ、それとも、レイムズとか、レムズですか？」

「本当は『ランス』に近いと思うわ、スーザン」

「まったく、フランス語の地名ときたら」スーザンはうめいた。

「ドイツ軍は、そこの教会を、めちゃくちゃにしたそうな(21)」いとこのソフィアがため息をついた。「ドイツ人は、キリスト教徒だとばっかし、思ってたのに」

「教会もひどいけど、ドイツ軍がベルギーでやったことは、もっと極悪非道ですよ」スーザンが険しい顔になった。「ドイツ軍が赤ん坊を銃剣でつき刺したと、先生が新聞で読みなさるのを聞いて、先生奥さんや、ああ、もしジェム坊やだったらって、思いましたよ！　そのとき、ちょうどスープをかき混ぜてたんで、ぐつぐつ煮えてるスープがなみなみと入った片手鍋（ソースパン）を持ちあげて、皇帝（カイゼル）にぶちまけてやったら、さぞすかっとしたでしょうよ」

「明日……明日は……ドイツ軍が、パリに侵入したというニュースが届くでしょう」ガートルード・オリヴァーが口もとを強ばらせて言った。彼女は、まわりの世界が苦しみに燃えていると、その火あぶりの杭に自分も縛りつけられる人物の一人だった。彼女はこの戦争に個人的な関係はあるものの、それを抜きにしても、ルーヴェン(22)を焼き払い、壮麗なランスの大聖堂を破壊したならず者の無慈悲な手に、パリが陥ちると思うと、拷問でもうけるように苦しんでいた。

ところが、翌朝と翌々朝、マルヌの奇跡(23)のニュースが届いたのだ。リラは、赤い大見出しがついた新聞「エンタープライズ」をふりながら、気が狂ったように郵便局から走って帰った。スーザンは外へ飛び出し、震える手で国旗を掲げた。先生は「ありがたい」とつぶやきながら大股に歩きまわり、ブライス夫人は泣き、笑い、また泣いた。「神は御手をおさしのべになり、彼らにお触れになったのです……『ここまではよい……その先はない』(24)と」その夜、メレディス牧師が語った。

リラは二階で、赤ん坊を寝かしつけながら歌をうたった。パリは助かった——戦争は終わったのだ——ドイツは敗けた——こうなれば終結は近いだろう——ジェムとジェリーも帰ってくる。暗雲は去ったのだ。

「こんなに嬉しい晩に、腹痛なんか起こさないでね」リラは赤ん坊に言った。「もし起こしたら、元のスープ入れに放りこんで、ホープタウンに送るわよ……普通貨物便の……朝早い汽車で。あんた、きれいな目をしてるわね……それに、前ほど顔が赤くない、しわだらけでもない……でも、髪の毛はちっともないわ……手は、鳥の小さなかぎ爪みたい……あんたを前より好きってことはないの。でも、あんたのかわいそうな小さなお母さんに、知ってもらいたいわ。あんたは柔らかいかご（バスケット）のなかで気持ちよく寝具にくるまれて、モーガンが許す限りの濃いミルクをもらってて、メグ・コノーヴァーのおばあさんの家で少しずつ弱って死んでいくんじゃないんだって。でも最初の朝、スーザンがいないとき、つるっと手がすべって、あんたをお湯に落として、あやうく溺れさせるとこだったことは、お母さんには知られたくないわ。どうしてそんなにつるつるしているの？　ええ、あんたのことは好きじゃないし、これからも好きにならないけど、ちゃんとした立派な子どもに育てるつもりよ。自尊心のある子どもなら、もっとぽっちゃりするのよ。『リラ・ブライスの赤ん坊は、なんとちっぽけな子だろう』なんて、言われないようにするわ。昨日、赤十字の大人の会で、ドリューのおばあさんに、そう言われたの。あんたを愛することはできなくても、せめて誇らしく思えるようにするつもりよ」

第9章　博士(ドク)、災難にあう

「こうなると、戦争は、来年の春までには終わらないな」ブライス医師が言った。エーヌ川の長期戦が膠着(こうちゃく)状態（1）となったことが明らかになったのだ。

リラは、「表編み四目、裏編み一目」（2）と小声でつぶやきながら、赤ん坊のゆりかごを片足でゆらしていた。モーガンは、ゆりかごに反対だが、スーザンはそうではなかった。スーザンに上機嫌でいてもらうためなら、原則を少しくらい犠牲にしても、それだけの見返りはあるのだ。こうしてリラの古い籠(バスケット)は、ゆりかごに代わった。リラは一瞬、編みかけを置いて言った。「まあ、そんなに先まで、私たち、どうやって我慢できるの？」――それから靴下の片方をとりあげ、編み続けた。二か月前のリラなら、虹の谷へ走っていって泣いていただろう。

ミス・オリヴァーはため息をつき、ブライス夫人はつかの間、両手を握りあわせた。次にスーザンが、はきはきと言った。「いいですか、私たちは、気を引きしめて（3）、力をあわせて助けあわねばなりません。いつも通りの仕事、というのがイギリスの標語(モットー)（4）ですからね、いいですか、先生奥さんや。ですから、私もこれを自分の標語にしたんです。これよりいいものは、そうそう見つからないと思いまして。だからいつも土曜日に作るようなプディングを、今日もこしらえますよ。手間がかかりますけど、それがいいんです。頭を空っぽにしてくれますから。キッチナーが指揮を執って、ジョフルもフランス人にしてはよくやってることを忘れないようにします。私は、ジェム坊やに、ケーキを一箱送って、靴下を一足編み上げますよ。私は、一日で靴下の片方を編むのが精一杯なんです。内海岬のアルバート・ミードの老夫人は、一日で一足半こしらえるそうですけど、あの人は、ほかにやることがありませんからね。いいですか、先生奥さんや、あのおばあさんは何年も寝たきりで、自分は役立たずの金食い虫なのに、まだ死んであの世へ行けないと言って、くよくよしてたのに、それが今じゃ、ぴんぴんして、自分にもできることがあるから生きることにしたと、日の出から日が暮れるまで編んでるそうです。いとこのソフィアですら編み物に夢中ですからね、先生奥さんや。結構なことですよ、腹の前で両手を組んでる代わりに、せっせと編み棒を動かしてれば、陰気な文句もそんなに思いつきませんから。いとこのソフィアは、来年の今ごろにゃ、あたしらはみんなドイツ人になってるよ(5)って言うんで、言ってやりましたよ。この私を、ドイツ人にするには、一年じゃ無理だよ、とね。リック・マカリスターが入隊したのは、ご存じですか、先生奥さんや？　ジョー・ミルグレイヴも入隊するつもりですけど、ただ、そうすると、月に頰髭が、ミランダと結婚させてくれないだろうって案じてるそうです。その頬髭は、ドイツ軍の残虐行為の話は、この目で見るまでは信じない、ランスの大聖堂を壊したのはあっぱれだ、あれはローマン・カトリック（6）の教会だからな、だなんて言ってます。もちろん私はローマン・カトリックの信徒じゃありませんよ、先生奥さんや。れっきとした長老派教会の信者として生まれ育ち、生きて、死ぬつもりです。だけどカトリックの人にも、私たちと同じように自分の教会をもつ権利がありますから、ドイツ人どもが壊す筋合いはありませんよ。考えてもみてくださいな、先生奥さんや」スーザンは悲痛に言葉を結んだ。「この村の私たちの教会の塔が、ドイツ軍の攻撃で倒れたら、私たちがどんな気持ちになるか。ランスの大聖堂が攻撃されて粉々になるのも、同じですよ」

その間にも、世界中いたるところの若者たちが、富めるも貧しきも、身分の低きも高きも、白きも褐色も、笛吹きの呼びかけに後をついていった。

「ビリー・アンドリューズの息子も行くのよ……ジェーンの一人息子も……ダイアナのジャック坊や（7）も」ブライス夫人が言った。「プリシラの息子は日本から（8）出発したし、ステラの息子もヴァンクーヴァーから（9）……それにジョー牧師の息子さんは二人とも（10）よ。フィリッパからの手紙に、うちの息子たちは、母親のためらいなんかお構いなしに『さっさと行った』と書いてあるわ」

「ジェムの手紙には、現時点ではまもなく出発すると思う、それに『命令』が出れば数時間で発たなくてはならないから、その前に遠くへ行く休暇はもらえないだろう、と書いているよ」医師は、その手紙を妻に渡した。

「そんなこと、まともじゃありませんよ」スーザンが憤慨した。「サム・ヒューズ卿(11)は、家族の気持ちなんか、お構いなしでしょうか？　大事な息子をヨーロッパへさらってくというのに、最後に、ひと目、家族に会わせないなんて！　もし私が先生なら、新聞に投書してやりますよ、そうですとも」

「でもそのほうがいいのよ、たぶん」落胆した母は言った。「あの子と、もう一度お別れをするなんて、耐えられないもの……戦争は、あの子が行ったときに思ったほど早く終わらないことが、もうわかりましたから。ああ、せめて……いいえ、よしましょう、もう言わないわ！」ブライス夫人は笑顔を作って、締めくくった。「スーザンやリラのように、私も強い女性になるわ」

「きみたちは、みんな立派だよ」先生が言った。「ぼくは、わが家の女性陣を誇りに思うよ。ここにいるリラ、ぼくの『野の百合』(12)でさえ、赤十字社(13)を全力で運営しているし、カナダのために小さな命を一つ救っている。立派な仕事だよ。アンの娘リラ、おまえの戦争孤児に、どんな名前をつけるのかい？」

「ジム・アンダーソンから手紙が来るのを待ってるの」リラが言った。「自分の息子に、名前をつけたいでしょうから」

ところが秋の日々がすぎても、ジム・アンダーソンから便りはなかった。ハリファックスを船で発ってから一度も音沙汰がなく、妻子の運命に無関心なようだった。とうとうリラが、ジェイムズと呼ぶことに決めた。しかしスーザンは、キッチナーも付けるべきだと考えた。そこでジェイムズ・キッチナー・アンダーソンは、本人よりも幾分、堂々たる名前の持ち主となった。炉辺荘の家族は、すぐに「ジムス」と縮めたが、スーザンはあくまでも「キッチナー坊や」と呼び、ほかは認めなかった。

「ジムスだなんて、キリスト教徒の子どもの名前じゃありませんよ(14)、先生奥さんや」スーザンは納得のいかない口ぶりだった。「いとこのソフィアも、軽薄すぎると言ってます。あの人も、今度ばかりは、まともなことを言ってますね。でも、それを正直に話して、あの人を喜ばせるつもりはありません。その赤ん坊ですけど、赤ちゃんらしくなりましたね。リラはよく面倒を見てますよ、それは認めます。もっとも、リラに面とむかって褒めて、鼻高々にはさせませんよ。先生奥さんや、私は、あの赤ん坊が大きなスープ入れに寝かされて、汚いフランネルにくるまってるのを初めて見たときのことを、決して、ええ、決して忘れませんよ。スーザン・ベイカーがたまげる、なんてことは、そうそうありませんけど、あのときは、たまげました、それは確かです。あの驚いた瞬間は、自分の頭がどうにかなって、幻でも見てるのかと思いました。でも、『いやいや、スープ入れの幻を見た人の話なんて、聞いたことがない。ということは、少なくとも、これは本当のことに違いない』と、気をとり直したんです。先生がリラに、赤ん坊の面倒を見なくてはならないと言いなすったときは、ご冗談だと思いました。リラが本当にやるとも、できるとも、思いませんでしたから。ところが、ご覧の通りですよ。おかげでリラは一人前の女性になってきましたね。どうしてもしなくてはならないことは、できるものです、先生奥さんや」

この締めくくりの格言が真実であると、十月のある日、スーザンはまた証明することになった。その日、医師と夫人は留守だった。リラは二階で、昼寝をするジムスの子守をしながら、裏編み四つ、表編み一つと、たゆまぬ勢いで編んでいた。スーザンは裏のヴェランダに腰かけて豆のさやをむき、いとこのソフィアが手伝っていた。平和と静穏がグレン村をおおっていた。空には銀色に輝く雲が羊毛のように浮かんでいた。虹の谷は、優美な紫色の柔らかな秋のもやのなかに横たわっていた。かえでの木立は色鮮やかに燃えたち、台所の庭をかこむ野薔薇(スイート・ブライア)(15)の生け垣は、えも言われぬ色合いに染まり、見事だった。この世界に争いがあるとは思えなかった。スーザンの忠義な心もくつろいで、いっときはすべてを忘れた。もっとも、前の晩は、カナダ陸軍の第一団をのせた大艦隊がゆく、遥か大西洋上のジェム坊やを思って、眠れなかったが。この日はいとこのソフィアでさえ、いつもほど憂鬱でなく、今日の天気に大して文句はないと認めた。とはいうものの、このいい天気は間違いなく嵐の前ぶれだよ、恐ろしい嵐がすぐくるよ、と言った。「穏やかすぎると、長続きしないもんだ」と。

　この言葉を裏付けるように、二人の後ろで、この世のものとは思えぬ騒々しい音がした。台所から聞こえるドシンバタン、ガランガランという音に、くぐもった金切り声や悲しげなうなり声が入り混じったけたたましさは、とうてい言い表せないものだった。スーザンと、いとこのソフィアは、困惑の顔を見合わせた。

「いったい、これは、何の騒ぎだね？」いとこのソフィアが息をのんだ。

「ハイドの猫めが、ついに気が狂ったに違いない」スーザンがぶつぶつ言った。「私は前からわかってましたよ」

　リラが、居間の横の戸から飛び出してきた。

「どうしたの？」

「よくわかりませんけど、あんたのとり憑かれた獣が張本人なのは、明らかですよ」スーザンが答えた。「とにかく、あの猫に近よるんじゃありませんよ。私がドアを開けて、のぞいてみますから。ほら、また瀬戸物が割れた。いつも言ってるじゃありませんか、あの猫には、悪魔がとり憑いてる、間違いないって」

「あの猫は狂水病(16)だよ」いとこのソフィアが大真面目に言った。「前に聞いたことがあるんだが、気のふれた猫が、三人に嚙みついて……三人とも、恐ろしい死に方をして、インクみたいに真っ黒になったそうな」

スーザンはこれを聞いてもひるまず、ドアを開け、なかをのぞいた。割れた食器の破片(かけら)が、床に散らばっていた。この大惨事は、スーザンがぴかぴかの料理用ボウルを並べている幅広の食器棚(17)の上で起きたようだった。当の猫は、古い鮭缶に頭をすっぽり入れ、狂ったように台所を跳びまわり、かき乱(みだ)していた。叫び声とうなり声を交互にあげながら、闇雲(やみくも)に走りまわり、ぶちあたる物すべてに缶をぶつけたかと思うと、今度は缶を脚ではずそうともがいていた。

この情景のおかしさに、リラは体を折って笑った。スーザンは咎(とが)めるようにリラを見た。

「笑うようなことは、何もありませんよ。この獣(けだもの)は、あんたのお母さんが嫁入りにグリーン・ゲイブルズから持ってきなすった大きな青い混ぜ鉢(ミキシング・ボウル)(18)を割ったんです。ささいな損害じゃありませんよ、私が思うに。でも今、考えるべきことは、ハイド氏の頭から、どうやって缶を外すか、ということです」

「まさか、あの猫にさわるんじゃないよ」いとこのソフィアが叫び、急にびくりとして活気づいた。「そんなことをしたら、あんたが死ぬよ。台所の戸を締め切って、アルバートを呼ぶんだ」

「家で困ったことがあるたびに、アルバートを呼ぶ習わしは、ありませんでね」スーザンは尊大に言った。「ハイド氏は苦しがってるんです。私があの猫をどう思っているにしろ、困って苦しんでるのを、見捨てられませんよ。あれは、気がふれているんじゃありません……少なくとも、いつものハイド氏より、ひどくはありませんから。だけどリラ、あんたは離れてなさい、キッチナー坊やのためです。私ができるだけやります」

そうしてスーザンは、ひるむことなくさっさと台所に入り、先生の古いストーム・コート(19)をつかむと、必死で猫を追いまわし、何度か飛びかかって失敗したものの、どうにかコートを猫と缶にかぶせた。それから缶切りで缶を切りはじめた。一方のリラは、コートにくるまれて暴れる猫を押さえていた。この間、博士（ドク）があげたわめき声は、炉辺荘で聞いたこともないものだった。スーザンは、アルバート・クローフォードがこれを聞いて、自分が猫をいじめ殺していると思うのではないか、気になった。博士（ドク）は自由になったが、怒り心頭だった。これは、自分を辱め（はずかしめ）るために仕組まれたと、あきらかに思っていた。そのお礼に、スーザンに悪意をこめた一瞥（いちべつ）をくれると、台所から飛びだし、野薔薇（スイート・ブライア）の生け垣の茂みに逃げこんだまま、一日中、そこでふてくされていた。スーザンは難しい顔で、割れた食器を掃き集めた。

「ドイツ兵だって、これほど滅茶苦茶（めちゃくちゃ）にはできませんよ」苦々しく言った。「だけど、どんなに忠告しても、悪魔みたいな獣（けだもの）を飼おうとするんだから、嫁入り道具の鉢（ボウル）が割れたって、文句は言えませんね。まじめに働いてる女が、ほんの数分、台所をあけたら、悪魔みたいな猫が、鮭缶に頭をつっこんで暴れまわるなんて、手に負えませんよ」

第10章　リラの悩み

十月は終わり、十一月、十二月と、わびしい日々が重苦しく過ぎていった。世界は戦う軍隊の轟(とどろ)きにうち震えた。アントワープ陥落(1)――トルコの宣戦布告(2)――勇敢なる小国セルビアが奮起し、圧制者である敵に致命的な一撃を与えた(3)。丘に囲まれた、のどかなグレン・セント・メアリ村は、戦地から幾千マイルも離れていたが、日々刻々と変化する戦況の外電に、希望と不安の鼓動が鳴った。

「ほんの数か月前まで」ミス・オリヴァーが言った。「私たちは、グレン・セント・メアリ村の言葉で考えたり、話したりしていたのに、今では、軍事や外交戦略の用語で考えたり、話したりしているんですから」

毎日、大きな出来事(イベント)が一つあった――郵便の到着だ。配達の馬車が、駅から村の間にかかる小さな橋をがたごとやってくる時間になると、スーザンでさえ、新聞が届いて読むまでは仕事が手につかないと正直に認めた。

「そんなときは、編み物をとって、新聞がくるまで一心不乱に編み棒を動かすんです、先生奥さんや。たとえ心臓がトリップ・ハンマーを打つようにどきどきしようと(4)、不安で鳩尾（みぞおち）がなくなったような感じがしようと（5）、頭のなかがぐじゃぐじゃになろうと、編み物ならできますからね。新聞が届いたら、まず見出しを見ます。よかろうが悪かろうが、気が済んで、また家事ができるんです。ちょうど昼食（ディナー）前の忙しいときに新聞が来るのは、困ったものですよ。政府はこの問題をどうにかしてくれてもいいと思います。だけど私が思ったとおり、カレーへの猛攻撃（6）は失敗しましたから、ドイツの皇帝（カイゼル）は、今年のクリスマスは、ロンドンでごちそう（ディナー）を食べられませんよ（7）。ご存じですか、先生奥さんや」スーザンが声をひそめたのは、これから眉をひそめるようなお話をします、という合図だった。「確かな筋から聞いたんです……そうでなければ、牧師さんの噂話を、この私がすることはありませんから……アーノルド牧師は、毎週、シャーロットタウンへ行って、リウマチにきくからと、トルコ風呂（8）に入ってるんですと。トルコと戦争をしているのに、そんな心がけでいいんでしょうか？　あの牧師の教会では、執事（9）の一人が、アーノルド牧師の神学は健全ではない、と前々から申し立てておりましたが、そんなふうに危（あや）ぶむのも、さもありなんと思うようになりましたよ。さて、今日の午後は、ジェム坊やに送るクリスマス・ケーキ（10）の荷造りを、張り切ってしまいますよ。喜んでくれるでしょう。あの大切な坊やが、その前に、泥のなかで溺れ死んで（11）いなければね」

　ジェムはソールズベリー平原（12）の練兵場にいて、泥まみれにもかかわらず（13）、陽気で快活な手紙を何通か送ってきた。そしてウォルターはレッドモンド大学にいたが、リラに届く手紙に明るさはなかった。リラは手紙をひらくたびに、入隊したと書いているのではないかと動揺した。そしてウォルターの憂うつに、リラも憂うつになった。あの日、虹の谷でしたように、ウォルターに片腕をまわして慰めたかった。彼を不幸せにする者はみな憎らしかった。

「兄さんも、いつか行くかもしれない」ある午後、リラは虹の谷に一人ですわり、ウォルターの手紙を読みながら、暗くつぶやいた。「いつか行くかもしれない……でも、そんなことになったら、耐えられない」

ウォルターの手紙には、誰かが封筒を送りつけてきて、なかに白い羽(14)が入っていたと書かれていた。

「そんなことをされても当然なんだよ、リラ。その羽を服につけるべきだという気がした……ぼくは臆病者で、それを自覚しているとレッドモンド中に宣言するために。ぼくの学年の男子は、出征している……今も、続々と。毎日、二人、三人が入隊している。ぼくも行こうと、ほとんど決意する日もある……でも、そこで思い浮かべるんだ。ぼくが銃剣で、敵の男を突き刺しているところを……その人は、どこかの女性の夫か、恋人か、息子なんだよ……小さな子どもたちのお父さんかもしれない……ぼく自身の姿も目に浮かぶんだ。滅多切りにされて、焼けるような喉のかわきに苦しみながら、冷たく濡れた戦場で、死体や、死にかけている男たちに囲まれて、独りぼっちで横たわっているところを……そんなことは、ぼくには、とてもできないとわかるんだ。考えることすらできないのに、どうやって、その現実に立ち向かえるだろう？　ぼくなんか、生まれなければよかったと思うことも度々だ。これまで、ぼくにとって、人生は、すこぶる美しいものだった……人生をさらに美しいものにしたいと思っていた……ところが今、人生は恐ろしいものになってしまった。リラ・マイ・リラ、もしきみの手紙がなかったら……きみの心のこもった、晴れやかで、愉快で、面白くて、滑稽で、そしてぼくを信頼してくれる手紙がなかったら……生きることをあきらめていたかもしれない。そしてウーナの手紙だ！　ウーナは本当に頼もしい子だね？　あんなに内気で、悲しげで、女の子っぽいのに、その下に驚くほどの高潔さと、しっかりしたところがある。ウーナには、きみのように思わず笑ってしまうような手紙を書く才能はない。でも彼女の書簡には、何かがあるんだ……それが何か、わからない……でも、少なくとも、手紙を読んでいる間は、ぼくも前線へ行けるような気にさせてくれる何かがあるんだ。ぼくの出征については、一言もふれていない……行くべきだとほのめかすこともない……ウーナはそんな人じゃない。それは手紙のなかにある精神なのだ……手紙にこもっている人格なのだ。でも、ぼくは、行けない。きみには臆病者の兄がいて、ウーナには臆病者の友がいるのだ」

「ああ、ウォルターったら、こんなことを書かなければいいのに」リラはため息をついた。「私も胸が痛むわ。それに兄さんは、臆病者じゃない……ちがう……そんなんじゃない！」

リラは悲しげにあたりを見渡した――木々におおわれた小さな谷間と、その先に広がる誰もいない灰色の休閑地(きゅうかんち)、何を見てもウォルターが思い出された！　小川の流れが曲がっているところにかかる野薔薇(スイート・ブライア)には、赤く色づいた葉がまだ残っている。その茎(くき)には、今しがたまでふっていた優しい雨のしずくが真珠のように光っている。かつてウォルターは、この情景を詩に描(か)いたのだ。風がため息のように吹いてきて、霜枯れに茶色くなった蕨(わらび)をかさこそと揺らし、悲しげに小川のむこうへ消えていった。ウォルターは、十一月のある日、秋風のメランコリーを愛していると語った。あの古い「樹(き)の恋人たち」は今も枝がからみあい、貞節な抱擁をしている。「白い貴婦人」は今では白い枝を広げた大木となり、深みのある灰色の空に美しく立派に立っていた。こうした名前は、ウォルターがずっと前につけたのだ。去年の十一月、ウォルター、リラ、ミス・オリヴァーの三人で虹の谷を歩いたとき、葉の落ちた「白い貴婦人」に銀色の三日月がかかっている光景を眺めていると、ウォルターは、「白樺は、裸を恥じないエデンの園の秘密を、永遠に失わない、麗しい異教徒の娘である(15)」と言った。するとミス・オリヴァーが「詩に書きなさい、ウォルター」と言い、彼は書きあげ、次の日、二人に読んでくれた。

それは短い詩であり、すべての行に小鬼（ゴブリン）(16)のような想像があった。ああ、あのとき、私たちはどんなに幸せだったか！

さあ――リラはやっと立ちあがった――もう時間だ――ジムスが、もうじき目をさます――お昼のミルクを仕度しなくては――小さな肌着（スリップ）(17)にアイロンをかけなくては――夜は、青少年赤十字の委員会がある――編み物を入れる新しいバッグ(18)も仕上げなくてはならない。青少年赤十字でいちばんおしゃれなバッグになるだろう――アイリーン・ハワードのバッグより、ずっとしゃれている――家に帰って、仕事にとりかからなくては。近ごろのリラは、朝から夜まで忙しかった。いたずらっ子のジムスに時間をとられるのだ。彼はどんどん大きくなっている――間違いなく成長している。それに器量よしになったことは、身内の欲目ではなく、明らかな事実だと、リラははっきり感じていた。ときにはあの子を誇らしく思い、ときにはお尻を叩いてやりたいと思ったが、キスをしたことはなかった。したいとも思わなかった。

「今日、ドイツ軍が、ウッヂ(19)を攻め落としました」ミス・オリヴァーが言った。十二月の夕暮れどき、ミス・オリヴァーは、ブライス夫人とスーザンと、暖かな居間で縫い物や編み物にいそしんでいた。「戦争は、少なくとも地理の知識を広げてくれました。私は教師ではありますが、三か月前は、世界にウッヂという場所があるなんて、知りませんでした。そんな地名を聞いても、何もわからなかったでしょうし、関心をもたなかったでしょう。それが今では、よく知っているのです——町の大きさも、位置も、軍事的な重要性も。昨日、ドイツ軍がワルシャワへ向かう二度目の攻撃で、ウッヂを占領したというニュースを読んだときは、がっかりしました。夜、目がさめて、ウッヂのことを心配したのです。赤ん坊が夜中に目をさますと必ず泣くのも、当然ですね。夜中は、色々なことが、ひしひしと心にのしかかって、悪いことにも明るい面はある[20]だなんていう気分には、なれませんから」

「私は、夜中に目がさめて寝れないときは」編み物をしながら本を読んでいたスーザンが言った。「暇つぶしに、皇帝(カイゼル)をいじめ殺してやるんです。ゆうべは、煮えたぎった油でフライにしてやりましたよ。ベルギーの赤ん坊を思って、せいせいしました」

「もし皇帝(カイゼル)がここにいて、肩が痛いと言えば、あなたは真っ先に走って、痛み止めの壜をとってきて、塗ってあげるでしょうに」ミス・オリヴァーが笑った。

「この私が?」スーザンは気分を害して叫んだ。「私がですか、ミス・オリヴァー? 私なら、灯油を塗りたくってやりますよ、ミス・オリヴァー……それで水ぶくれをこさえてやりますとも……きっと、そうしてやります、それは確かですよ。肩が痛いですと、まったく! あの男は、自分がおっ始(ぱじ)めたことを終わらせる前に、体中、痛いところだらけになりますよ」

「ぼくらは、自分の敵を愛せ[21]と習ったがね、スーザン」医師が真面目くさって言った。

「その通りですとも。自分の敵を愛するんであって、国王ジョージ(22)の敵じゃありませんよ、先生や」スーザンは、先生をぺしゃんこにやりこめて気をよくして、老眼鏡をふきながら、ほくそ笑んだ。彼女は頑として眼鏡をこばんでいたが、戦争のニュースを読みたくて、ついにかけたのだ——おかげで特報を一つも見逃さなかった。

「教えてもらえませんかね、ミス・オリヴァー、M-l-a-w-a(23)と、B-z-u-r-a(24)と、P-r-z-e-m-y-s-l(25)というのは、どう発音するんですか?」

「最後のは、誰にもとけない難問ですね、スーザン。あとの二つも、こんなふうかしら、と推測しかできないわ」

「外国の地名ときたら、まったく、まともじゃありませんよ、私に言わせれば」スーザンがげんなりした。

「でも、オーストリア人やロシア人も、サスカチュワン(26)とか、マスコドボイト(27)という地名を、同じように厄介だと思いますよ、スーザン」ミス・オリヴァーが言った。「セルビア軍は、このところ目覚ましいですね。ベオグラードを奪回(28)しましたよ」

「おまけに、オーストリア人どもに痛烈なことを言って、みんなまとめてドナウ川のむこうへ追っ払った(29)んですから」スーザンはよくやったとばかりに言うと、腰を落ち着けて、東ヨーロッパの地図を調べた。一つ一つの地名を記憶に残すために、それぞれの場所に編み棒を刺して、穴をあけた。「ちょっと前、いとこのソフィアが、セルビアはもうおしまいだって言ったんです。私は言ってやりましたよ。誰が疑おうと、すべてを采配(さいはい)なさる神さまが、まだおいでですよと。このセルビアでは、大量殺人があって、おぞましかったそうですね(30)。その人たちはみんな外国人ですけど、大勢の男が殺されたなんて、考えるだに恐ろしいですよ、先生奥さんや……今だって、男が足りないのに」

そのころリラは二階で、あふれそうな思いを日記に書いて、気持ちをなだめていた。

「今週の私は、何もかも、スーザンの言い方をすれば『散々なことになった』。自分のせいでもあるけど、そうじゃないところもある。でも、どっちにしても、同じくらい嫌になる。

この間、新しい冬の帽子を買いに、町へ行った。誰かがついてきて、選ぶのを手伝わなかったのは初めてだった。母さんがやっと私を子ども扱いしなくなったのだ。そして最高にお気に入りの帽子を見つけた……ただもう、うっとりする。天鵞絨(ヴェルヴェット)の帽子で、私のために誂えたような深みのあるこっくりした緑色だ。私の髪と肌の色にきれいに映(は)える。赤褐色(せきかっしょく)の髪の色や、ミス・オリヴァーが言うところの肌の『クリーム色』を引き立てるのだ。この色合いの緑色に出会ったのは、生まれてから一度しかない。十二のとき、こんな緑色の小さなビーバー帽（31）をかぶったら、学校中の女の子が私を羨ましがった。だからこの帽子を見たとたん、どうしても手に入れなければならない気がして……買った。値段はすごかった。ここには書かない。戦争中でみんなが節約している……あるいは節約すべきだと……心がけているときに、やましいことに、帽子にこんなにお金を使ったことを、子孫に知られたくないからだ。

　家に帰って、部屋でまたかぶってみたら、良心の咎(とが)めに、ぎくりとした。もちろん、よく似合っていた。でも、どういうわけか、グレンの教会や、静かな小さな集まりにかぶって行くには、凝りすぎていて、ごてごてしている気がした……つまり、悪目立ちするのだ。帽子屋ではそうは思わなかったけど、自分の小さな白い部屋では、そんな感じがした。しかもすごい値札！　そもそも、ベルギーでは飢えた人たちがいる（32）のに！　母さんは、帽子と値札を見てから、じっと私を見つめた。母さんは、人を見つめることにかけては達人なのだ。父さんの話では、何年も前に、アヴォンリーの学校で、父さんは母さんに見つめられて、恋に落ちたらしい。さもありなんと思う……でも、面白い話も聞いたことがある。二人が知りあった最初のとき、母さんが、父さんの頭に石板を叩きつけたというのだ。少女のころ、母さんはおてんばだったのだ。たしかに母さんは、ジェムが出発するまでは、元気いっぱいだった。話を戻そう……つまり、新しい緑色の天鵞絨(ヴェルヴェット)の帽子のことだ。

『あなたはどう思うの、リラ』母さんは冷静に言った……冷静すぎるほどだった……『帽子一つに、こんなにお金を使って、正しいことかしら。とくに今、世の中がこんな難局にあるというのに』

『自分のお小遣いから払ったのよ、母さん』私は叫んだ。

『それは問題ではありません。あなたのお小遣いは、あなたが要るもの一つ一つを足して、ふさわしい合計金額を出す、という方針に基づいているんです。それなのに、一つの物に、こんなに払ってしまえば、ほかを削る羽目になります。それでは足りなくなるでしょう。でも、あなたが正しいと思うなら、リラ、母さんは何も言うことはありません。あなたの良心にゆだねます』

私の良心にゆだねるなんて、言ってほしくなかった！ じゃあ、どうすればいいのだろう？ もう返品はできない……町の演芸会(コンサート)でかぶったのだから……このまま持っているしかない！ 私は不愉快になり、かっとなった……冷ややかで、平然として、激しい短気を起こした。

『母さん』私は横柄に言った。『私の帽子が、母さんのお気に召さなくて、残念で……』

『帽子が気に入らないのではありません』母さんは言った。『もっとも、若い娘さんには、首を傾げるような趣味だとは思いますけれど……私はただ、この帽子に払ったお値段を言っているのです』

私が話している途中で口をはさまれて、短気はおさまらず、ますます冷ややかに、平然として、激しく、まるで母さんが何も言わなかったかのように続けた。『……でも、もう自分で持ってるしかないの。だけど、約束します。これから三年間、あるいは戦争がもっと続くなら、戦争が終わるまで、帽子は買いません。母さんでさえ』……ああ、『母さん』というところに、いや味をこめてしまった……『私が少なくとも三年もかぶれば、お金を使いすぎたとは、言えないわ』

『三年もたつ前に、あなたは、この帽子に飽きるわ、リラ』母さんがにやりとしたので、癪にさわった。私がかぶり続けないだろうと、ほのめかしたのだ。

『飽きても、飽きなくても、かぶります』私は言った。それから足音を立てて二階へあがり、母さんにいや味を言ったことを思い返して、泣いた。

もうこの帽子が嫌いになっていた。でも、三年間、あるいは戦争が終わるまで、と言ったのだから、三年間、あるいは戦争が終わるまでは、かぶるのだ。誓ったのだから、どんな犠牲を払おうと、誓いを守ろう。

これが一つ目の『散々なこと』だ。もう一つは、アイリーン・ハワードと口喧嘩をしたこと……いや、あの人が口喧嘩をしかけてきた……いやいや、二人とも口喧嘩をしたのだ。

昨日の青少年赤十字は、うちで集まった。会合は二時半からなのに、アイリーンは一時半に来た。上グレンから乗って来る馬車のついでがあったからだという。食事のことで揉めてから、アイリーンは、私にちょっとよそよそしい。それにあの人は、会長になれなくて、むっとしているのも確かだ。でも私は、ことを荒立てないようにしようと決めて、気に留めないようにしてきた。だから昨日、アイリーンが来たとき、彼女がまた感じがよくて優しそうに見えたので、不機嫌をなおしてくれて、前のように仲良しになれたらいいなと思った。

ところがアイリーンは腰をおろすとすぐ、私の気持ちを逆なでしにかかった。あの人が私の新しい編み物入れバッグに、ちらと目をむけたのを、私は見た。アイリーンは嫉妬深いと、女の子たちはいつも口をそろえて言っていたが、前は信じなかった。でも今は、そうかもしれないと思う。

あの人はまず最初に、ジムスに飛びついた……赤ちゃんが大好き、という顔をして……ゆりかごからジムスを抱きあげ、顔中にキスをした。私が、そんなふうにジムスにキスをしてもらいたくないことを、アイリーンはちゃんとわかっていた。衛生的ではないからだ。アイリーンがジムスにしつこくするので、しまいに赤ちゃんがむずかると、彼女は私を見て、意地の悪いうす笑いを浮かべたが、声は猫なで声で言った。

『あら、リラちゃんたら、私が赤ちゃんに、毒でも盛ってるみたいな顔をして』

『まあ、まさか、そんなことはないわ、アイリーン』私は言った……一語一語をわざと優しく。『でもね、あのモーガンは、赤ちゃんにキスしていい場所は、額だけだと言ってるのよ、ばい菌が心配だからよ。だからそれが、ジムスを育てる決まりなの』『あら、私は、そんなにばい菌だらけ？』アイリーンは悲しそうに言った。もちろん私をからかっているのだ。私は腸が煮えくり返りそうになった……でも、怒りを微塵も見せなかった。アイリーンと口論はするまいと決めたのだ。

するとと今度は、アイリーンはジムスをぽんぽん揺さぶり上げた(33)。ああ、モーガンは揺さぶって持ち上げることがいちばん悪いと書いているのに。ジムスをぽんぽん持ち上げるなんて、絶対に許さない。ところがアイリーンが揺さぶったら、面白くないことに、ジムスは喜んだ。にこにこした……初めてにっこりした。四か月になるのに、一度もにっこりしたことがなかった。母さんやスーザンがあやして、どんなに笑わせようとしても、笑顔にならなかった。それが今、アイリーン・ハワードが揺さぶったら、にこにこした！　でも、ありがた迷惑だ！

正直に言うと、にっこりすると、ジムスは別人みたいになった。可愛いえくぼが二つ、ほっぺにできて、ぱっちりした茶色の瞳が笑いでいっぱいになった。アイリーンがえくぼを褒めちぎるさまは馬鹿みたいだった。自分のおかげでえくぼができたと思っているみたいだった。でも私が縫い物に没頭して、嬉しがらなかったので、アイリーンはすぐに揺さぶり上げるのに飽きて、ゆりかごに戻した。ジムスは、遊んでもらった後なので、つまらなくなって泣き出し、午後中ぐずっていた。アイリーンがあの子をほっておいてくれたら、面倒はなかったのに。アイリーンはジムスを見て言った。

『しょっちゅう、こんなふうに泣くの？』……まるで赤ん坊の泣き声を一度も聞いたことがないみたいに言った。

私は辛抱強く説明した。赤ん坊というものは肺を大きくするために、一日にたくさん泣かなければならないのだ。モーガンがそう書いているのだ。

『ジムスが全然泣かなかったら、少なくとも、二十分は、泣くようにしなくてはならないの』私は言った。

『へーえ、まさか！』アイリーンは笑い出した。信じていないようだった。『モーガン式育児法』の本は二階にあった。手もとにあれば、すぐに納得させたのに。次にアイリーンは、ジムスはあんまり髪の毛がない……四か月の赤ん坊がこんなに毛がないなんて、と言った。

もちろん、それは承知している、ジムスはろくに毛がない……今はまだ。でもアイリーンは、毛がないのは私のせいだと言わんばかりの口ぶりだった。そこで私は、ジムスと同じくらい毛のない赤ん坊は何ダースも見たことがあると言った。するとアイリーンは、それなら、いいじゃない、あなたを怒らせるつもりはなかったのよ、と言った……

私は怒ってなんかいないのに。

その後もこんな調子だった……アイリーンは、さりげない当てこすりを言い続けた。彼女は腹を立てると執念深いと、女の子たちがいつも話していた。私は信じなかった。アイリーンは非の打ちどころがないと思っていたからだ。彼女がこんな見下げた真似をするとは、傷ついた。それでも気持ちをおさえて、ベルギーの子どもたちの寝巻を縫うことに専念した。

今度はアイリーンは、誰かがウォルターについて語ったという、最低に意地悪で、最低に卑劣なことを話した。ここには書かない……とても書けない。もちろん、それを聞いてアイリーンは、かんかんに怒ったとか何とか、彼女は言った……でも、あの人が聞いたとしても、それをわざわざ私に教える必要はないのだ。アイリーンは、ただ私を傷つけるために言ったのだ。

ついに私は、感情を爆発させた。

『よくもうちに来て、私の兄さんのそんな話を、言えるものね、アイリーン・ハワード？』私は叫んだ。『絶対にあなたを許さない……許すものですか。あなたの兄さんも、入隊してないくせに……する気もないくせに』

『まあ、リラちゃん、だからこれは、私が言ったんじゃないの』アイリーンが言った。『ジョージ・バーの奥さんが言ったのよ。だから私、奥さんに、言ったの……』

『あなたが奥さんに言ったことなんて、聞きたくないわ。二度と私に口をきかないで、アイリーン・ハワード』

もちろん、そんなことは言うべきではなかった。でも言葉が出てしまった。そこへ女の子たちがそろってやって来たので、私は気持ちを鎮めて、精一杯、女主人役をつとめるしかなかった。アイリーンは、午後はずっとオリーヴ・カーク（34）と一緒で、私にはろくに目もくれずに帰って行った。つまりアイリーンは、私の言葉を真に受けるつもりらしい。それでも構わない。だってウォルターのことで、あんなでたらめをそのまま私に言うような人と、友だちでいたくない。とは言うものの、悲しい気持ちだ。私たちはずっと仲良しだったのだ。最近まで、アイリーンは私に優しかった。でも今、思い違いが、また一つとり払われた。この世に、本当に真実の友情というものは、ないのかもしれない。

今日、父さんが、ジョニー・ミードお爺さん（35）に頼んで、貨物小屋のすみに、犬のマンデイの小さな犬小屋を作ってもらった。寒くなればマンデイは家に戻るだろうと思っていたけれど、帰ろうとしないのだ。マンデイを貨物小屋から連れだそうと、誰がなだめすかしても、数分も離れようとしない。ずっと駅にいて、汽車を全部、出迎えるのだ。そこで私たちは、マンデイが居心地よく過ごせるように工夫した。ジョニーお爺さんは、マンデイが犬小屋で横になったままプラットホームが見えるように作ってくれた。そこに住んでくれたらいいと思っている。

マンデイはすっかり有名になった。町から『エンタープライズ』の新聞記者が来て、マンデイの写真を撮り、忠犬が寝ずの番をしている話をくわしく書いたのだ。記事は『エンタープライズ』に載り、さらにカナダ中に配信された。でもそんなことは、哀れな小さなマンデイには、どうでもよかった。ジェムは行ってしまった……どこへ行ったのか、どうして行ったのか、マンデイにはわからない……でも、ジェムが帰ってくるまで、待つつもりなのだ。これはなんとなく私の気持ちを和ませる。馬鹿げているかもしれないけど、ジェムはいつか帰って来るだろう、そうでなければマンデイが待ち続けるはずがないという気がするのだ。

　ジムスは、私のそばのゆりかごで、いびきをかいている。風邪をひいたのだ……扁桃(アデノイド)が腫れているからではない。昨日、アイリーンは風邪をひいていたのに、あの子にキスをして、うつしたのだ、私にはわかっている。ジムスは前ほど手がかからない。背骨がしっかりして、おすわりもできるようになった。今ではお風呂が大好きで、体をよじって泣き叫んだりしない。にこりともせずにお湯をぱしゃぱしゃして、はね飛ばす。ああ、あの最初の二月(ふたつき)を、いつか忘れることがあるだろうか！　あのころはどうやって暮らしていたのか、わからないくらいだ。でも私はここにいる、ジムスもいる。二人ともこうして『やっていく』つもりだ。今夜、ジムスを着替えさせているとき、ちょっとくすぐってみた……私はあの子を揺さぶったりしない。でもモーガンは、くすぐること

について は書いてない……あの子がアイリーンに笑ったように、私にも笑ってくれるか、試してみたかった。そうしたら、笑ってくれた……ぱっと、えくぼも出た。このえくぼを見られないなんて、ジムスのお母さんは、なんてかわいそうだろう！

今日は六足目の靴下を編みあげた。最初の三足は、かかとのところをスーザンに編んでもらった。でもそれでは手抜きをしているような気がして、編み方を教わった。かかとを編むのは嫌いだ……でも八月四日以来、嫌いなことを山ほどしたのだから、一つくらい増えても、減っても、どうでもいい。ジェムがソールズベリー平原の泥んこを冗談にしたことを思えば、嫌なことでも、一生懸命とりかかれるのだ」

第11章　暗と明

クリスマスに大学生の兄や姉が帰ってきて、炉辺荘はまたしばらくにぎやかになった。しかし全員がそろったわけではなかった――クリスマスの食卓を囲む家族の輪に初めて一人欠けたのだった。引きしまった口もとに恐れを知らぬ目をしたジェムは、遥か遠くにいた。リラは、空っぽの椅子を見るのがつらかった。スーザンは頑固で風変わりな気まぐれをおこし、ジェムの席をいつも通りに用意すると言い張った。ジェムが子どものときから使っている、ねじりのある小さなナプキン・リングと、奇妙な形をした高脚のグリーン・ゲイブルズのグラスも並べた。マリラおばさんがジェムに贈ったもので、彼はいつも使ったのだ。

「大切な坊やのお席を用意するべきですよ、先生奥さんや」スーザンはきっぱりと言った。「あんまり考えこんではいけません。ジェムの心が、このうちにあるのは確かですし、来年のクリスマスには体も戻ってきますから。春に大攻撃が始まるのを待ちましょう。そうなれば、戦争はあっという間に終わります」

一家はそう考えようとしたが、楽しく過ごそうとしても、背後に影が忍び寄っていた。

ウォルターも、クリスマスの休暇中、口数が少なく、沈んでいた。レッドモンドで受けとった匿名の残酷な手紙を、彼はリラに見せた――それは愛国心からの憤りというよりも、悪意が目立つ文面であった。

「さはさりながら、ここに書かれていることは、すべて本当なんだよ、リラ」

リラは、その手紙を奪いとり、暖炉に投げこんだ。

「本当のことなんて、一言も書いてないわ」リラは興奮して言った。「ウォルターは気にしすぎよ……一つのことを思いつめると、心が病んでしまうって、オリヴァー先生も言ってるわ」

「レッドモンドにいると、どうしてもそうなるんだよ、リラ。大学中が戦争で燃えあがっているからね。男子が、徴兵年齢で健康なのに、入隊しないと、弱虫と見なされて、それ相応の扱いを受けるんだ。英文学のミルン教授は、ぼくに目をかけてくださっていたのに、息子さん二人が兵隊になったら、ぼくへの態度が変わったような気がするんだ」

「そんなの不公平よ……だって兄さんは、まだ丈夫じゃないもの」

「体は丈夫だよ。きわめて健康だ。心が耐えられないんだよ。それが不名誉で、恥ずかしいんだ。さあ、泣かないで、リラ。ぼくが入隊するのが心配なら、行かないよ。笛吹きの音色は、ぼくの耳に、昼も夜も響いている……でもぼくは、後をついていくことは、できないんだ」

「兄さんが行ってしまったら、母さんも、私も、胸が張り裂けてしまうわ」リラはすすり泣いた。「それにウォルター、どんな家だって、一人出征すれば、それで十分よ」

　この休暇は、リラにはつらいものとなった。それでも、ナンとダイ、ウォルターとシャーリーが家にいるおかげで、我慢できた。ケネス・フォードからは、リラ宛てに手紙と本が届いた。手紙のある文章に、リラの頰は熱くほてり、胸がどきどきした——しかし最後のところで、すべてに冷や水を浴びせられた。

「ぼくの踝は、新品みたいにいい具合です。あと数か月もすれば、入隊できるくらい、よくなるでしょう、リラ・マイ・リラ。ちゃんと軍服を着たら、いい気分だろうね。これでケン坊やも、全世界に顔向けができるようになって、誰にも借りはなくなるわけだ。というのも、近ごろ足を引かずに歩けるようになって以来、つらいんだ。何も知らない人たちが、『兵役逃れめ！』とでも言わんばかりに、ぼくを見るからね。でもいいさ、そんな顔をされることも、長くはないだろう」

「こんな戦争、大嫌いよ」リラは苦々しく言うと、冬の夕暮れどきの桃色と金色に冷たく光るかえでの森を眺めていた。地面にまき散らされたような赤い夕日に、リラは血痕のある塹壕を思った——その塹壕に、ジェムとジェリーが、近いうちに入るのだ——それからケネスも行く——そう、さらにウォルターも。

「私はわかっている、ウォルターもいつかは行くのだ」哀れなリラは思った。「そうなれば、私は、勇敢になんか、なれない……できない。それ以外のことなら、何にだって立ち向かえる。でもウォルターが行くと考えただけで、何もできなくなってしまう。ああ、早く戦争が終わればいいのに！」

元旦となり、ブライス医師が言った。「一九一四年は去っていった。去年の太陽は晴れやかに昇ったが、血のなかに沈んでいった。一九一五年は何をもたらすだろう？」

「勝利！」スーザンが珍しく、ひと言で言った。

「戦争に勝つと、本気で信じているんですか、スーザン？」ミス・オリヴァーが暗い声でたずねた。彼女は、ウォルター、ナンとダイがレッドモンドに帰る前に会いたいと、この日、ローブリッジから来ていた。このときのミス・オリヴァーは、かなり悲観的で、皮肉っぽい精神状態で、暗い面に目が行きがちだった。

「戦争に勝つと、『信じるんです』！」スーザンが声をはりあげた。「いいえ、オリヴァー先生や、私は信じているんじゃない……勝つと、わかっているんです。だからそんなことは、心配しちゃいません。私がつらいのは、戦争の苦労と、犠牲者のことですよ。神さまを信じるだけど、卵を割らなくては、オムレツは作れませんからね。ですから、神さまを信じること、そして大砲を作ることです」

「神さまを信じるより、大砲を作るほうが、頼りになると思うこともありますけど」ミス・オリヴァーがつっかかった。

「まさか、それはありませんよ、先生や、ありませんとも。ドイツ軍は、マルヌ川に大砲を置きましたね？　でも神さまが、それを解決してくだすったんです。このことを、ゆめゆめ忘れてはなりません。疑う気持ちになったら、思い出してください。椅子の両側をしっかりつかんで、ちゃんとすわって、唱えるんです。『大砲は役に立つが、全能の神はさらによし。皇帝（カイゼル）が何を言おうと、神はわれらの味方なり』とね。私もちゃんとすわって、これを唱えなかったら、どうにかなりそうな日が近ごろは何度もありましたよ。いとこのソフィアは、ミス・オリヴァーみたいに、すぐ悲観的になるんです。昨日は、『ああ、おめえさん、ドイツ軍が、ここまでやって来たら、どうすりゃいいんだい？』と泣き言をこぼすんで、『埋めればいいんだよ』と、ぴしゃりと言い返してやりましたよ。『墓場なら、いくらでも空きがあるんだから』と。いとこのソフィアは、私を不真面目だって言いましたけど、不真面目じゃありませんよ、オリヴァー先生や。私はただ冷静なんです。それに、大英帝国海軍とカナダの若者を信じてるんです。内海岬（ハーバー・ヘッド）のウィリアム・ポロック爺さんと同（おんな）じですよ。あの人はよぼよぼの年寄りで、長いこと病気で、先週のある晩、ひどく弱ったんで、息子のお嫁さんが、もう死んだかもしれないと誰かに言ったんです。そしたら、『畜生め、まだ死んでねえぞ』と怒鳴ったんです……もっとも、オリヴァー先生や、『畜生め』というような、穏やかな言葉じゃありませんでしたけどね……とにかく『畜生め、まだ死んでねえぞ。あの皇帝(カイゼル)が負けるまで、くたばるもんか』と言ったんです。そう、これです、オリヴァー先生や」スーザンは締めくくった。「この心意気こそ、あっぱれですよ」

「あっぱれだとは思いますけど、真似はできませんわ」ガートルードはため息をついた。「戦争の前は、つらいことがあっても、逃(のが)れることができました。しばらく夢の国へ行ったら、生き返った巨人みたいになって(1)戻ってこれたんです。でも今は、この戦争から逃げることはできないんです」

「私もですよ」ブライス夫人が言った。「今ではベッドに入るのが、つらいですわ。これまではベッドに入るのが好きでした。眠りにつく前の半時ばかり、楽しくて、自由気ままで、まばゆいばかりの想像にふけったのです。今でも想像はしますけれど、全然違うことが思い浮かぶのです……塹壕や……血の落ちた雪や……死んだ男の人たちや……息子のジェムが見えるのです。軒さきで泣き叫ぶような風の音を聞くと、西部戦線で、今しも息絶えようとしている人たち全員のことが思い浮かんでしまうのです」

「私はむしろ、寝る時間になると嬉しいです」ミス・オリヴァーが言った。「暗闇が好きなんです。暗いところでは、自分自身に戻ることができるからです……作り笑いをしたり、勇ましいことを言う必要がありませんから。でもときどき、私の想像は手に負えなくなって、ブライス夫人が想像されるようなものが、私にも見えるのです……おぞましいことや……これからやって来る恐ろしい年月が」

「ありがたいことに、私は、お話しするほどの想像力は持ちあわせておりませんでね」スーザンが言った。「その点は、助かりましたよ。新聞によると、また皇太子が殺されるそうです。今度は死んだままでいてくれるでしょうかね？　それからウッドロー・ウィルソンが、また声明を書くそうです(2)。私が思いますに」スーザンは、この気の毒な大統領について語るとき、いつも出てくる辛辣な皮肉をこめて締めくくった。「この人の学校の先生は、まだご存命でしょうかね」

一月、ジムスが五か月になり、リラはベビー服を短くして(3)、お祝いをした。

「体重は十四ポンドよ」リラは喜びいっぱいで発表した。「モーガンの本によると、五か月の重さにぴったりよ」

ジムスが人並外れて可愛くなったことは、誰の目にも明らかだった。小さなほっぺは丸々として引きしまり、ほのかな桃色になった。目は大きく、きらきらして、小さな手の五本指のつけねに、えくぼがあった。髪の毛も増えてきて、リラは口には出さねど、大いに胸を撫でおろしていた。淡い金色のふわふわした毛が頭をおおっているのが、光の具合ではっきり見えた。ジムスはすこぶるいい子で、ふだんはモーガンが書いている通りによく眠り、よく食べて、消化をした。ときどきにっこりすることはあったが、どんなに笑わせようとしても、笑い声はあげなかった。これもリラを悩ませた。モーガンは、赤ん坊はたいがい三か月から四か月で声をあげて笑うと書いているのだ。ジムスは五か月なのに笑おうとしない。なぜかしら？　ふつうじゃないのかしら？

　ある夜遅く、リラは、グレンの新兵募集会から帰ってきた。愛国的な暗誦（4）をしたのだ。もともとは人前で進んで暗誦をしたことはなかった。舌足らずになるのが怖かった。緊張すると、つい出るからだ。そこで上グレンの集会で暗誦をするように初めて頼まれたときは断った。そのあとで断ったことが気になり出した。これは臆病ではないか？　ジェムが知ったら、どう思うだろう？　二日間悩んだ末、愛国協会の会長に電話をかけ、引きうけると伝えた。そこで暗誦をしたが、何度か舌足らずになり、その晩は、虚栄心が傷ついて身もだえし、ほとんど眠れなかった。それから二日後の夜、今度は内海岬（ハーバー・ヘッド）で暗誦した。それからローブリッジや、内海向こうでもした。ときどき舌足らずになることは、もう諦めがついた。本人のほかは誰も気にしていないようだった。それにリラは真剣で、人の心に訴えかけ、瞳がきらめいていた！　リラが、父祖の灰と神々の寺院を守るために（5）戦って死ぬほど、立派な死に方があろうか、と情熱的に問いかけ、名もなき馬齢を重ねるよりは、波乱に満ちた一時（いっとき）のある栄光の人生のほうが価値がある、と胸が震えるような烈しさで聴衆に訴えかけるとき、リラの目が、まっすぐ自分を見たと感じて、入隊する新兵は、一人にとどまらなかった。鈍感なミラー・ダグラスでさえ、ある晩、すっかり興奮し、メアリ・ヴァンスが一時間も説教して正気に戻したのだった。メアリ・ヴァンスは、リラ・ブライスはジェムが前線に行ってつらいという顔をしてるけど、本当につらいなら、ほかの娘の兄さんや友だちをせき立てないだろうにと、痛烈に言ったのだった。

この夜、暗誦をしたリラは疲れて、寒かった。暖かい寝床に音を立てないようにそっと入り、毛布にくるまると、心からありがたかった。もっとも、いつものように、ジェムとジェリーはどうしているか、悲しく思った。やがて少しずつ温(ぬく)もり、うとうとしたとき、ジムスが急に泣き出した——ずっと泣いていた。

リラはベッドのなかで身を縮めて丸くなり、そのまま泣かせておくことにした。自分にはモーガンという拠(よ)りどころがある。これで正しいのだ。ジムスは暖かくて、体も快適だ——どこかが痛くて泣いているのではない——ちょうどいい具合に、小さなおなか(ぽんぽん)もいっぱいだ。そんなときにちやほやしたら、甘やかすだけだ。だから行かないことにしよう。気の済むまで泣いて、くたびれたら、また寝るだろう。

ところがリラの想像力が、彼女を苦しめ始めた。もし私が、ほんの五か月の寄る辺のない小さな赤ん坊で、父親はフランスのどこか(6)、哀れな若い母親は私のことを案じてたのに今はお墓だとしたら。もし私が、暗くて広い、一筋の明かりもささない部屋でかごに寝かされていて、何マイル四方に、見える人も知っている人も誰もいないとしたら。私を愛してくれる人が、どこにもいないとしたら——父親は私を見たことがないのだから、そんなに愛情もわかないだろう。そもそも一言も手紙を送ってこないし、私のことをたずねもしない。私がそんな境遇なら、泣くのではないかしら？　独りぼっちで、寂しくて、見棄てられて、怖くて、泣かずにはいられないのではないかしら？

リラは跳ね起きた。ジムスをかごから抱きあげ、自分のベッドにつれて入った。赤ん坊の手はとても冷たかった、かわいそうな赤ちゃん。するとジムスは、すぐに泣き止んだ。暗闇のなかで、リラが赤ちゃんを抱き寄せると、突然、ジムスは笑い声をあげた――ジムスが笑った――喉を鳴らして、くっくと、嬉しそうに、喜びいっぱいで、本当の笑い声をあげた。

「まあ、可愛い赤ちゃんね！」リラは叫んだ。「だだっ広い大きな暗い部屋で、一人ぼっちで、途方にくれているんじゃないとわかって、そんなに嬉しいのね？」そのときリラは、キスをしたくなり、キスした。絹のようにすべすべした、いい匂いのする小さな頭にキスをした。ふっくらした小さなほっぺにキスをした。小さくて冷たい両手に、キスをした。この子をぎゅっと抱きしめたかった――胸に優しく抱いてやりたかった。前に子猫をぎゅっと抱きしめて胸に抱いたように。何か楽しくて、慕わしく、切ない思いが、リラをとらえた。こんな気持ちになったのは初めてだった。

数分のうちにジムスはすやすやと眠りについた。赤ちゃんの柔らかな規則正しい寝息を聞きながら、リラは、自分に寄りかかっている小さな体が暖かくて、満足しているのを感じた——とうとう——この戦時の赤ちゃんを愛していると気がついた。

「この子ったら……こんなに……可愛くなって」まどろみに誘われながら、リラも眠りの国(7)へ漂っていった。

二月、ジェムとジェリー、ロバート・グラントは塹壕に入り、炉辺荘の暮らしに緊張と不安がさらに増した。三月、スーザンが言うところの「イープレズ」(8)が重大な意味を持つようになった。新聞には連日のように戦死傷者(9)リストが載った。炉辺荘では電話が鳴るたびに、全員の背筋がひやりとした——海外から電報が来た、という駅長の電話かもしれないのだ。炉辺荘では、朝起きると、今日は何が起きるのだろうと、ふと胸を刺すような不安に襲われない者はいなかった。

「前は、朝が来るのを、あんなに喜んで迎えたのに」リラは思った。

ブライス夫人は、白く雪におおわれた虹の谷の上に、煌々と輝く満月を見ると、今、この月は、負傷したか、あるいは死にかけているジェムを見おろしているのではないかと、思わずにいられなかった。それでも、毎日の暮らしと務めは着実に営まれた。またグレンの若者は毎週のように軍服を着て入隊していった。ついこの前まで、にぎやかに遊んでいた学校の生徒たちだった。

「今夜は、身を切るような寒さですよ、先生奥さんや」スーザンが、晴れわたり、星のまたたく、凍てつくようなカナダの冬の夕暮れのなかを戻ってきた。「塹壕にいるあの子たちは、暖かくしているでしょうかね」

「何でもかんでも、戦争の話になるのね」ガートルード・オリヴァーが叫んだ。「もう逃れることが、できないんだわ……天気の話も、戦争につながるんだから。私も、このごろのような暗くて寒い夜に出かけると、塹壕にいる男の人たちのことを、決まって考えるのです……自分の家族や身内だけでなく、すべての人の家族や身内のことを。知り合いが前線にいなくても、同じように感じるのです。寝心地のいいベッドにぬくぬくと入るときは、この快適さが恥ずかしくなるんです。大勢の人がそうではないのに、自分が悪いことをしているようで」

「メレディス牧師夫人に、店で会いましてね」スーザンが言った。「あの一家は、ブルースのことを案じているそうです。あの子は、物事をたいそう強く感じるそうで、飢え死にしかけてるベルギー人を思って、この一週間、泣く泣く寝たそうです。『ああ、お母さん』とすがりついて、『まさか赤ちゃんたちは、おなかを空かしていないでしょうね……ああ、赤ちゃんは、そうじゃないよね、お母さん！ お願いだから、小さな子たちは、ひもじくないと言って、お母さん』と。でも、それは事実ですから、そうじゃないと言うわけにもいかず、困り果ててるそうです。ご家族が、そうしたものをあの子に見せないようにしても、見つけて来るので、慰めようがないそうです。小さな子どもが飢えて死にかけてるなんて、考えるだに、恐ろしいですよ、先生奥さんや」

ブライス夫人は、編み物ごしに暖炉の火をながめた。その炎の灯りは、今では声をあげて笑うわが子の目に映ることはないのだ。彼女は身震いした。それは確かにつらかった。だが、これにも耐えねばならないのだ。

「私だって、あの記事には胸が痛みましたからね、先生奥さんや。だから本当のことじゃないと言って気休めになんて、できませんよ。小説を読んで泣きたくなれば、自分にはっきり言い聞かせますよ。『いいかい、スーザン・ベイカー、こんなのは何から何まで嘘八百だよ』と。でも私たちは、めげずに、やってくしかありませんよ。ジャック・クローフォードは、畑仕事に飽きたから戦争に行くそうです。いい気分転換になればいいですけど。内海向こうのリチャード・エリオットの奥さんは、ご亭主が煙草を吸って客間のカーテンが汚れると四六時中文句を言ったけど、いざ、ご亭主が入隊するとなると、あんなこと、言わなきゃよかったと、後悔してるそうです。ジョサイア・クーパーとウィリアム・デイリーのことは、ご存じですか、先生奥さんや。あの二人は、昔は親友でしたけど、二十年前に喧嘩をして、口をきかないんです。ところがこの間、ジョサイアが、ウィリアムのとこへ行って、素直になって言ったんです。『また仲良くやろうや。今は、うらんでいる時じゃないからな』と。ウィリアムは大喜びして手をさしだし、二人で腰かけて気持ちよく話したところ、三十分もしないうちに、この戦争をどう戦うべきかで、喧嘩になったんです。ジョサイアは、ダーダネルス海峡(10)くんだりまで進軍したのは愚の骨頂だと言い。ウィリアムは、連合国がやったことでまともなのはあれだけだと言い張って。おかげで二人とも前よりもっと腹を立ててますよ。ウィリアムは、ジョサイアのやつは、月に頬髭と同(おんな)じでドイツ贔屓(びいき)だと言ってます。でも、その頬髭は、わしは誓ってドイツ贔屓じゃない、平和主義者(11)だと言ってますけどね。どっちにしたって、先生奥さんや、まともなものじゃありませんよ。もしまともなら、月に頬髭が、その平和主義者になるわけがありませんから、それはたしかですよ。月に頬髭は、大英帝国軍はヌーヴ・シャペルで勝利したが、その戦果よりも大きな犠牲を払った(12)なんて言ってるんです。さらに頬髭は、ジョー・ミルグレイヴに、わしの家に近づくなと言ってます。ジョーが英国勝利のニュースを聞いて、ジョーの父親の旗を揚げたからだそうです。先生奥さんや、お気づきですか？　ロシアの皇帝(13)が、プロイセン風の地名を、プシェミシル(14)に変えましたよ。ロシア人とはいえ、この男にまともな分別がある証拠ですよ。ジョー・ヴィッカーズが店で話してくれたんですが、今夜、ローブリッジの空に、えらく奇妙なものを見かけたそうです。ツェッペリン飛行船(15)でしょうか、先生奥さんや？」

「そうではないと思いますよ、スーザン」

「そうですか、月に頬髭がグレンに住んでなければ、私も気楽ですけどね。あの男は、この前の晩、裏庭で手提げランプをもって、妙な演習みたいなことをしてたそうです。

合図の信号を送っていた、と言う者もおりますよ」

「誰に……何を？」

「ええと、それが謎なんです、先生奥さんや。私たちが寝てる間に全員殺されたくなければ、政府は、あの男から目を離さないようにするべきですよ。では、少し新聞に目を通してから、ジェム坊やに手紙を書きに行きます。私には絶対にしなかったことが、二つありましてね(16)、先生奥さんや。手紙を書くことと、政治の記事を読むことです。それが今では、どちらもきちんきちんとしてますよ。結局、政治にも面白いところがあると、わかりました。ウッドロー・ウィルソンが何を言いたいのかは、わかりませんけど、そのうち答えを出したいと思ってます」

スーザンは、ウィルソンと政治について探求していたが、それを途中でやめる何かに行き当たったらしく、落胆の声をあげた。

「あの悪魔みたいな皇帝(カイゼル)が、結局は、ただのおできだったんですと」

「罰当たりな言葉は、よしなさい、スーザン」ブライス医師が渋い顔をした。

「悪魔みたい、というのは、罰当たりな言葉じゃありませんよ、先生や。罰当たりとは、神さまの名前をみだりに言うことだと理解しておりますがね？」

「そうだな、でも……えへん……上品ではないよ」医師は、ガートルード・オリヴァーに目配せ(ウインク)をした。

「そうですとも、先生。悪魔も、皇帝も……上品じゃありません……この二人が本当に別物ならですけど。だからあの二人のことは、上品な言い方じゃ、言えないんです。というわけで、私はこの言葉を使います。でも、お気づきかもしれませんけど、若いリラがそばにいるときは、こんな物言いはしないよう、気をつけてます。とにかく新聞は、皇帝が肺炎だと書いて国民の期待をもり上げたくせに、今になって、ただのおできだったなんて書く権利はないと言いたいですね。おできだなんて、まったく！　体中、おできが出ればいいのに」

それからスーザンはきびきび台所へ行き、腰をすえてジェムへの便りを書いた。その日に来たジェムの手紙のあるくだりから、彼が家庭の温もりを求めていると感じたのだ。「父さん、今夜、われわれは、地下の古い酒蔵にいます」と書いていた。「膝まで水に浸かっています。ねずみがそこら中にいて……火の気はなく……こぬか雨がふって……気が滅入ります。でもここは、まだましなほうです。今日、スーザンから箱が届いて、どれも申し分のない状態だったので、みんなで大宴会をひらきました。ジェリーはどこかの前線にいて、配給される食糧は、マーサおばさんのいつものより、ひどいそうです。でもここの食事は悪くはありません――ただ、変わり映えはしません。スーザンが、おさるのクッキー(17)をオーブン一焼き分送ってくれたら、一年分の給料を払ってもいいくらいだと伝えてください。でも本当に送る気にさせないでくださいよ、長く持ちませんから。

二月の最後の週から、われわれは攻撃の砲火を受けています。昨日、ある青年が……ノヴァ・スコシアの人です……ぼくのすぐ隣で死にました。近くで砲弾が爆発して、混乱がおさまると、倒れて死んでいたのです……ひどい傷はありませんでした……ちょっと驚いたような顔をしていただけです。こんなことがすぐそばで起きたのは初めてで、ショックをうけて、つらい気持ちになりました。でもここでは、恐怖にも、すぐに慣れます。われわれは完全に別の世界にいるのです。ただ一つ、変わらないものは星だけです……ところがその星も、どういうわけか、正しい場所にないのです。

母さんには、心配しないように伝えてください……ぼくは元気です……すこぶる健康です……ここに来てよかったのです。ここにいるわれわれの向こう側には、世界から一掃しなければならないものがある、そういうことです……一掃しなければ、邪悪が発散されて、暮らしを永遠に毒するのです。どんなに長くかかろうと、どんな犠牲を払ってでも、やり遂げなくてはならないのです、父さん。このことを、ぼくに代わって、グレンの人々に話してください。村の人たちは、束縛を離れて自由になったことが、どういうことか、まだわかっていません……ぼくも入隊したときは、わかっていませんでした。楽しいことだと思っていました。しかし、そうではないのです！　でもぼくは正しい場所にいます……間違いありません。こちらの家々や、庭や、人々に、どんなことが起きたのか、目の当たりにしたからです……そうです、父さん、ぼくは、ドイツ兵どもが虹の谷へ進軍して、グレンと炉辺荘の庭にやって来るところを見たように思いました。かつては、ここにも、いたるところに庭があったのです……何世紀にもわたる美が漂う美しい庭があったのです……それが今はどうでしょう？　破壊され、汚されたのです！　つまりわれわれは、自分が子どものころに遊んだあの懐かしくて大切な場所を、ほかの男の子や女の子にとって安全なものにするために戦っているのです……美しく健全なものすべてをこのままに保ち、守るために戦っているのです。

誰かが駅に行ったら必ず、ぼくの分まで、犬のマンデイを二倍、なでてやってください。あの小さくて忠実な犬が、そんなふうにぼくを待ってくれているとは！　正直なところ、父さん、何千マイルも離れた懐かしいグレンの駅で、ぶちのある小さな犬が、ぼくと同じように夜も寝ずに番をしていると思うと、このところ塹壕ですごす暗くて寒い夜ふけに、限りなく励まされて、意欲がわくのです。

リラに伝えてください。戦争孤児が元気に育って、ぼくが喜んでいると、スーザンには、ぼくがドイツ兵と半風子(18)を相手に、奮闘していると伝えてください」

「先生奥さんや」スーザンが神妙な顔でたずねた。「半風子とは、何ですか？」

ブライス夫人がひそひそ声で答えると、スーザンがおぞましい叫び声をあげた。また夫人が言った。「塹壕生活にはつきものですよ、スーザン」

スーザンは首をふり、神妙な顔つきで黙ったまま出ていった。ジェムに送ろうと封をした小包をまた開けた。目の細かな梳き（す）ぐしを入れたのである。

第12章　ランゲマルク(1)の日々に

「こんなに恐ろしいときでも、春が来て、きれいな景色になるのね」リラは日記に書いた。「太陽は輝いて、小川のほとりの柳の木に、ふわふわした黄色い花穂がついて、庭も美しいのに、フランドル(2)では、あんなに恐ろしいことが起きているなんて、実感がわかない。でも、この今、起きているのだ！

先週は、みんなが苦しかった。イープル周辺の戦闘(3)、ランゲマルクとサン・ジュリアンの戦い(4)のニュースが入ったからだ。わがカナダ軍兵士はめざましい戦績をあげている(5)……と、フレンチ将軍(6)は言っている。連合国軍がドイツ軍に突破されるばかりになっていたとき、カナダ兵が『戦況を救った』のだと。でも私は、誇らしさも、喜びも、何も感じなかった。ただ、ジェムとジェリー、グラントさんの身を案じていた。戦死傷者名簿は、連日、新聞に載るようになった……ああ、こんなに大勢の名前が載っている。ジェムの名前を見つけるのではないかと思うと、とても読めない……というのも、公報が届く前に、戦死傷者名簿に息子の名前を見つけた事例(ケース)がいくつもあったのだ。私は一日(いちにち)か二日(ふつか)、電話に出るのもさけていた。『もしもし』と言ってから相手が答えるまでの短い間が、怖くて耐えられないのだ。そのわずかな間が、百年の長さにも感じられる。『ブライス医師に電報が届いています』と言われるのではないか、いつも怖くてたまらない。そんなふうに私はしばらく弱虫だったけど、母さんとスーザンに電話をまかせっきりなのが恥ずかしくなった。今は、無理して、自分から出るようにしている。でも、やっぱり少しも楽にならない。オリヴァー先生は今も同じように学校で教えて、作文を読み、試験をしている。でも先生の心はいつも、はるか遠くのフランドルにあることを知っている。先生の目の表情が、私の頭から離れない。

それから、ケネスも入隊した。陸軍中尉の任命をうけて、真夏に海のむこうへ渡るつもりだと手紙に書いていた。ほかのことは、あまり書いてなかった……彼の頭には外国へ行くことしかないようだ。出発する前に、もう一度あの人に会うことはないだろう……もしかすると、二度と会えないかもしれない。ときどき、フォー・ウィンズのあの夜のことは、何もかも夢だったのかもしれないと思うことがある。夢だったとしても、何も変わらないだろう……あれは、遠い昔の別の人生で起きたことのような気がする……私以外の人はみんな忘れてしまったのだ。

ウォルター、ナンとダイが、昨夜、レッドモンドから帰ってきた(7)。ウォルターが汽車から降りると、犬のマンデイが一目散に走って出迎えて、狂ったように大喜びをした。たぶん、ジェムも一緒だと思ったのだろう。ほどなくマンデイは、ウォルターにも、ウォルターに撫でてもらうことにも、注意を払わなくなり、ただ立ち止まって、心配そうに尻尾をふりながら、ウォルターのむこうで汽車から降りてくる人たちを見つめていた。その目に、胸が締めつけられた。私たちもよくわからないけど、マンデイが汽車から降りてくるジェムを見ることは、もうないかもしれないと、どうしても思ってしまうのだ。やがて乗客が駅からいなくなると、マンデイはウォルターを見あげて、彼の手を少し舐めた。『ジェムが降りて来ないのは、ウォルターのせいじゃないって、わかってるよ……ぼく、がっかりして、ごめんね』とでも言っているようだった。それからマンデイはとことこ小屋に戻っていった。ちょっとおかしな具合に体を斜めにふって歩くのは、後ろ脚が前脚のむく方向から、それているからだろう。

　私たちはマンデイをなだめすかして家に連れて帰ろうとした……ダイはしゃがんで、マンデイの目と目の間にキスをして、『マンデイ、いい子だから、今夜だけ、私たちと帰ってくれないかしら?』と言った。するとマンデイは言った……たしかに言ったのだ!……『本当にごめんね、でもぼく、行けないんだ。ジェムと、ここで会うって約束したんだ、知ってるでしょ。それに八時に、汽車が来るんだ』と。

　ウォルターがまた帰ってきて、私は嬉しい。もっとも彼は、クリスマス休暇のときと同じように静かで悲しそうだ。でも私は兄さんを精一杯愛して、元気づけて、前のように笑ってくれるようにするつもり。ウォルターは、日ごとに、私の人生にとって大切な人になっていくようだ。

この前の夕方、スーザンが、メイフラワーが虹の谷に咲いてきましたよと何気なく言った。私はたまたま母さんの顔を見ていた。母さんの顔色が変わり、喉がつまったような妙な叫び声を小さくあげた。母さんはふだんは勇気があって、明るいから、心の中ではどう思っているのか、わからない。でもときどき、ちょっとしたことが積み重なっていっぱいになると、その表情の下にあるものが、私たちにも見えるのだ。『メイフラワーですって！』母さんは言った。『去年は、ジェムが、つんできてくれましたね！』母さんは立ちあがり、部屋を出ていった。私は虹の谷へ走っていき、メイフラワーをひと抱えつんであげたかったけれど、母さんが求めているものは、そういうことではないとわかっていた。でもウォルターは、昨夜、家に戻ってきてから、そっと虹の谷へ出かけて、見つけたメイフラワーを全部、母さんにつんで帰ったのだ。誰もこの花の話をしなかったのに……ウォルターは、ジェムが、毎春、いちばん最初のメイフラワーを母さんにつんでいたことを憶えていて、ジェムの代わりに持って帰ったのだ。兄さんがどんなに優しくて、思いやりがあるか、よくわかる。それなのに残酷な手紙を送りつける人たちがいるなんて！

私たちがふつうの暮らしを続けていけるのは、不思議な気がする。海のむこうでは私たちに関係あることが何も起きていないかのように、どんな日も恐ろしいニュースなど来ないかのように。でも生活を続けられるし、実際にそうしている。スーザンは庭に種をまき、母さんと一緒に家の大掃除をしている。私たち青少年赤十字は、ベルギー救援の演芸会（コンサート）を企画している。この一か月、ずっと練習しているけれど、へそ曲がりな人たちのおかげで、問題やいざこざが山ほど起きている。ミランダ・プライアーは対話劇（ダイアローグ）に出ると約束してくれて、自分の台詞を全部憶えたのに、お父さんが猛反対して、娘には一切の協力をさせないと断ってきた。ミランダを責めるつもりはないけど、あの人はもう少し根性があってもいいと思う。たまにはミランダが断固とした態度に出れば、お父さんも降参するだろうに。お父さんは、家事を全部ミランダにしてもらっているのだから、彼女が『ストライキ』をしたら、どうするのだろう？　私がミランダなら、月に頬髭を操縦する方法を見つける……それどころか、馬の鞭（むち）でひっぱたく……ほかに効果的なやり方がないなら、噛みつくかもしれない。ところがミランダはおとなしくて言うことをきく娘だから、その土地で長く生きるに違いない(8)。

　ミランダの代役をする人はいなかった。その役は、みんなが好きじゃないのだ。とうとう私が引き受ける羽目になった。オリーヴ・カークは演芸会（コンサート）の委員で、いちいち私につっかかる。でも私は自分の意見を通して、チャニング夫人に町から来て、うたってもらうように、どうにか頼むことができた。夫人は美しい歌手だから、大勢の人が来てくれて、夫人に支払う謝礼より、収入のほうが多くなるだろう。でもオリーヴ・カークは

「地元のタレント」で十分だと考えているし、ミニー・クローは今ごろになって、チャニング夫人の前でうたうなんて緊張するから合唱に出ないという。まともなアルトは、ミニーしかいないのに！ 私は頭にきて、きれいさっぱり手を引こうと思うこともあるけど、怒りにまかせて自分の部屋で二、三分、はねまわると、気持ちも落ち着いて、またやってみようという気になる。今は、アイザック・リースの一家が、百日咳(9)にかかっているのではないか、気が気でない。あの家の五人が、出し物(プログラム)の重要な役をするのに、そろってひどい風邪をひいているのだ。もし百日咳になったら、どうすればいいの？ ディック・リースのバイオリン独奏(ソロ)は、とっておきの呼び物の一つになるはずだし、キット・リースは、全部の活人画に出るし、リース家の小さな女の子たち三人は、それは可愛い手旗訓練(10)を披露するのだ。私が何週間もかけて教えたのに、その苦労も水の泡になりそうだ。

今日、ジムスに初めて歯が生えた。嬉しくてたまらない。そろそろ九か月になるのに、歯が生えるのがひどく遅いと、メアリ・ヴァンスが当てこすりを言ったからだ。ジムスは、はいはいもするようになった。でもたいていの赤ちゃんがするように這(は)うのではなくて、両手両脚をついて、とことこ進むし、小犬みたいに口にものをくわえて持ってくる。とにかく、はいはいにかけては、ふつうより遅れているとは、誰も言えない……それどころか、ずっと早い。モーガンによると、はいはいの平均は十か月なのだ。この子はとても可愛いので、ジムスのお父さんが一度も顔を見られないのは、気の毒だ。髪の毛もいい感じに生えてきた。巻き毛になるかもしれないという期待も捨てきれない。

この数分間は、日記にジムスと演芸会のことを書いて、イープルや毒ガス(11)、戦死傷者名簿のことは忘れていた。それが今、いっぺんに思い出されて、前よりもっとつらくなった。ああ、ジェムが無事だとわかればいいのに！　前はジェムに『クモ』と呼ばれると、かんかんに怒ったけれど、今なら、ジェムが口笛を吹きながら玄関を歩いて来て、前みたいに『やあ、クモ』って呼んでくれたら、世界でいちばんすてきな名前だと思うだろう」

リラは日記帳をしまい、庭へ出た。春の夕暮れはたいそう美しかった。内海に面して遠くまで続く緑の谷間に夕もやがたちこめ、向こう岸には西日に照らされた牧草地が広がっていた。内海は輝き、こちらは紫に、あちらは青に、そのほかはオパール色に光っていた。かえでの森は、かすみのような新緑が萌え始めていた。リラはもの恋しげな目であたりを見渡した。春は喜びの季節だと誰が言ったのだろう？　春は悲嘆の季節だ。淡い紫色に染まる朝も、星のような黄水仙も、老松をわたる風も、それぞれが悲しい胸に突き刺さる。いつか、この不安から、暮らしが自由になるだろうか？

「プリンス・エドワード島の夕暮れをまた見られて、すばらしいよ」ウォルターがやって来た。「海がこんなに青くて、道はこんなに赤くて、森の奥はこんなに手つかずで妖精があらわれそうなところだったとは、あまり憶えていなかったよ。そうだ、ここは今も妖精が棲んでいるんだね。虹の谷のすみれの下には、妖精がたくさんいるだろうね」

　このときのリラは幸せだった。ウォルターが昔のウォルターのようなことを言っている。彼を苦しめている例のことを、今は忘れてほしかった。

「それに、虹の谷の上の空は、青いわね？」リラは彼の気分にあわせて言った。「青い……青い……あの空がどんなに青いか、言い表すには、『青い』と百回、言わなくてはならないわね」

　そこへスーザンが通りかかった。頭にスカーフを巻き、両手に庭仕事の道具をかかえていた。その後ろから荒々しい目をした博士が、しもつけ(12)の茂みのなかをこっそり尾行していた。

「空は青いかもしれませんけどね」スーザンが言った。「今日はずっと、この猫がハイド氏でしたから、今夜は雨ですよ。その証拠に、肩のリウマチが痛みますよ」

「雨になるかもしれないけれど……リウマチのことなんか、考えないでおくれ、スーザン……すみれのこと考えて欲しいな」ウォルターは愉快に声をかけた……どこか愉快すぎるとリラは感じた。

　スーザンは、ウォルターは思いやりがないと感じた。

「まったく、ウォルター坊や、すみれのことを考えろとは、どういうことか知りませんけど」彼女は苦々しく言った。「リウマチは、冗談事じゃありません。いずれ、ご自分でもわかるでしょう。もっとも私は、痛いだの、苦しいだの、不平たらたらの人にはなりたくありませんよ。そうじゃなくても、今はおぞましいニュースが来るんですから。リウマチはつらいですし、少しもよくなってませんけど、ドイツ軍の毒ガスにやられるよりは、ましですからね」

「ああ、もう、いやだ（オー・マイ・ゴッド）、いやだ！」ウォルターは感情的になって叫び、くるりと向き返り、家へ戻った。

スーザンは頭（かぶり）をふってみせた。こんなことを叫ぶとは、けしからん（13）と思ったのだ。「あの子のお母さんが聞いてなければいいけれど」スーザンは、鍬（くわ）と熊手を片付けながら思った。

リラは目に涙をいっぱいためて、つぼみが咲き初（そ）めている黄水仙のなかに立ち尽くしていた。せっかくの夕方が台無しになってしまった。スーザンが憎らしかった。ウォルターを傷つけたからだ。それに、ジェムは――ジェムは毒ガスにやられたのかしら？　苦しみながら死んでしまったのかしら？

「こんな不安は、もう耐えられない」リラは絶望する思いだった。

しかしリラは、ほかの者たちと同じように、次の一週間も耐えた。するとジェムから手紙が来た。彼は無事だった。

「父さん、ぼくは、かすり傷ひとつ負わずに、生き抜いています。ぼくも、ほかの者も、どうして無事だったのか、わかりません。戦況は新聞ですべて読まれることでしょう……ぼくはそれについて書くことはできないのです。でもドイツ軍は、まだわれわれを突破していません(14)……これからも突破しないでしょう。ジェリーは一度、砲撃に倒れましたが、衝撃をうけただけで、数日で元気になりました。グラントも無事です」

そのジェリー・メレディスからは、ナン宛てに、手紙が来た。「ぼくは夜明けに意識が戻った」と書いていた。「でも自分に何が起きたのかわからず、もう死んだと思った。ぼくは独りぼっちで、怖かった……身の毛もよだつような恐ろしさだった。まわりに死んだ兵隊が大勢、泥んこの灰色の戦場に転がっていた。ぼくは耐えられないほど喉が渇いて……ダビデとベツレヘムの水(15)のことを考えた……それから虹の谷のかえでの下にある、あの懐かしい泉を思った。まるですぐ目の前にあるように目に浮かんだ……すると泉のむこうに、きみがにこにこして立っていた……ぼくはもうおしまいだと思った。それでもよかった。正直なところ、もうどうでもよかった。ただ子どもみたいに怖かった、独りぼっちでいることや、死んだ兵隊に取り囲まれていることが怖かった。それから、どうして自分にこんなことが起きたのだろうと思った。やがて仲間がぼくを見つけて、荷車で運び出してくれた。ほどなく、どこにも異常はないとわかった。明日、塹壕に戻る。塹壕では、間に合う者は、だれでも必要なのだ」

「この世界から笑いが消えていくのね」フェイス・メレディスが言った。彼女は、届いた手紙について話しに来ていた。「ずっと前、あたしはテイラーの老夫人に言ったわ。この世は笑いの世界だって。でも今は、そうじゃない」

「この世界は、苦悩の叫び声をあげていますよ」ガートルード・オリヴァーが言った。

「笑いも少しはとっておくといいですよ、お嬢さんたち」ブライス夫人が言った。「よく笑うことは、よいお祈りをするのと同じくらい効き目がありますからね、ときには……ごくたまにですけれど」小声でつけ加えた。夫人もこの三週間をやっと切り抜けたのであり、その間は笑うどころではなかったのだ——かつてはアン・ブライスにとって、笑いはいつもたやすく、生き生きと浮かんできたというのに。何よりつらいのは、リラが滅多に笑わなくなったことだった——前は笑いすぎだと思っていたのに。この子の娘時代は、ずっと黒雲におおわれているのだろうか？　しかしこの子はなんと強く、賢く、女らしくなっただろう！　根気強く編み物や縫い物をして、不安定な青少年赤十字をたくみに切り盛りしている！　なんと上手にジムスの面倒を見ているだろう。

「十三人の子どもを育てても、あの赤ん坊のようにうまく育てる者はおりませんよ、先生奥さんや」スーザンが真顔で言った。「リラが、あのスープ入れをここに置いた日、リラがこうなるとは、夢にも思いませんでしたよ」

第13章　屈辱のパイ（1）

「心配でたまりませんよ、先生奥さんや」スーザンが言った。彼女は、犬のマンデイに上等な骨つき肉を駅まで持っていき、帰ってきたところだった。「何かよからぬことが起きたんですよ。月に頬髭が、シャーロットタウンから汽車で帰ってきたんですが、やけに嬉しそうな顔だったんです。あの男が人前でにこりとしたとこなんて、見た憶えがありませんからね。もちろん、牛の取引で儲けたのかもしれませんけれど、ドイツ軍がどこかを突撃突破したんじゃないかって、嫌な予感がしまして」

スーザンが、プライアー氏の笑顔とルシタニア号の沈没（2）を結びつけたのは、恐らく正しいことではない。しかしこの沈没のニュースは、郵便が配達された一時間後には広まっていた。グレンの若者たちは、皇帝のしたことに憤慨して逆上するあまり、その夜、一団となってくり出し、プライアー氏の家の窓を一つ残らず打ち壊した。

「私は、あの連中が正しいことをしたとも、悪いことをしたとも言いませんよ」話を聞いて、スーザンが言った。「でも私だって、少しくらい石を投げてもかまわない、という気になっただろう、とは言うかもしれません。一つ、確かなことがあります……沈没のニュースが届いた日、月に頬髭は、郵便局で言ったんです、証人もおります。警告が出ていたのに家でじっとしていなかった者は、あんな目に遭って当たり前だ（3）と、ほざいたんです。先生奥さんや、月に頬髭は、私たちの教会の会員かもしれませんし、実際そのようですけど、これだけは確かです。私が死んでから、あの男が葬式に来たら、私は棺桶（かんおけ）からむっくと起きあがって、出ていけ、と命じますよ。この沈没で、ノーマン・ダグラスは口から泡を飛ばして怒り狂ってます。『ルシタニア号を沈没させた奴らを、悪魔がやっつけないなら、悪魔なんかいたって、役に立たんじゃないか』と、ゆうべ、カーターの店で怒鳴りまくってました。ノーマン・ダグラスは、このわしに反対する者はみんな悪魔の味方だって思いこんでますけど、そういう男は、たまには正しいことを言うもんです。

ブルース・メレディスは、ルシタニア号で溺れ死んだ赤ん坊のことで苦しんでます。あの子は、先週の金曜の夜、何か特別なお祈りをしたようですが、神さまがかなえてくださらなかったので、がっかりしてたんです。ところがルシタニア号のことを聞いて、神さまがどうしてぼくのお祈りに応（こた）えてくださらなかったのか、今、わかったよ……神さまは、ルシタニア号で沈んでいく人たちみんなの魂につきそってあげるのに、お忙しかったんだね、と母親に言ったそうです。あの子の心は、体よりも百年、成熟してますよ、先生奥さんや。ルシタニア号に話を戻すと、あれはどう考えても、ひどい出来事ですよ。なのにウッドロー・ウィルソンは、これについて意見書を書くそうです(4)。だからもう心配はいらないというつもりでしょうか？　ご立派な大統領ですこと！」スーザンは憤懣(ふんまん)やるかたなくお鍋の音を荒々しくたてた。ウィルソン大統領はスーザンの台所では、にわかに嫌われ者になったのだ。

ある夕方、メアリ・ヴァンスが炉辺荘に来て、ミラー・ダグラスの入隊に反対していたのは、全部撤回すると言った。

「あのルシタニア号の事件に我慢できなくて」メアリは語気もあらく言った。「皇帝(カイゼル)が、何の罪もない赤ん坊まで溺れ死にさせるようになったからには、もうやめろと、誰かが言うべきときなんだよ。もう最後の最後まで戦わなくちゃいけない。それがあたいの頭にも少しずつしみこんできて、今は賛成だよ。だからミラーに、あんたが行きたいなら、あたいはかまわないよと言ったんだ。キティ・アレックのばあさんは入隊反対で意見は変わらないだろうけどね。でも世界中の船が潜水艦にやられて、赤ん坊が一人残らず溺れ死んでも、キティばあさんは平然としてるよ。だけど自慢を言わせてもらえば、ミラーを今まで引き留めてたのは、あたいであって、もっともらしいことを言うキティじゃないよ。思い違いかもしんないけど……今にわかるよ」

そしてわかったのだ。次の日曜日、ミラー・ダグラスが軍服姿で教会に入ってくると、隣にいたのはメアリ・ヴァンスだった。メアリはそんなミラーが誇らしくてたまらず、白っぽい瞳が炎のように燃えあがっていた。そのとき、ジョー・ミルグレイヴは二階席下の後ろのほうにいて、ミラーとメアリの二人を見てから、次にミランダ・プライアーに目をむけ、深々とため息をついた。その大きなため息は、ジョーから三列以内の全員に聞こえ、一同は彼の苦しい胸中を知ったのだった。ウォルター・ブライスは、ため息はつかなかった。それでもリラは不安になり、ウォルターの顔色をそっとうかがった。ウォルターの表情に、リラは心臓が切り刻まれる思いがした。その表情は一週間、リラから離れず、心をひりひり痛める暗流となり、しかも心の表面では、近づいてきた赤十字の演芸会（コンサート）とそれにまつわる気苦労に悩まされていたのだ。風邪をひいていたリース家は百日咳にはならず、その心配は解決した。しかしほかにもまだ決まらないことがあった。さらに演芸会（コンサート）の前日になって、チャニング夫人から、申し訳ないが歌いに行けないと手紙が来たのだ。夫人の息子はキングスポートの連隊にいるのだが、肺炎で重症となったため、ただちに行かなければならないというのだ。

演芸会（コンサート）委員会の面々は、呆然として顔を見合わせた。どうすればいいのだろう？

「外部の人たちを当てにするから、こんなことになるのよ」オリーヴ・カークが冷ややかに言った。

「どうにかしなくては」リラは絶望のあまり、オリーヴの冷たい態度も気にしなかった。

「あらゆるところに演芸会（コンサート）の広告を出したのよ……大勢の人がつめかけるわ……町から

大きな部隊も一つやって来る……このままでは、音楽の出し物が足りないわ。チャニング夫人の代わりにうたってくれる人を探さなくては」

「こんなぎりぎりの日程で、見つかるかしら」オリーヴが言った。「アイリーン・ハワードならうたえるけど、引きうけてくれないわ、私たちの赤十字に、あんなふうに侮辱された後だもの」

「私たちの会が、どんなふうに侮辱したというの？」リラは、「冷ややかで、血の気のない口調」と自分で呼んでいる口ぶりで質問した。その冷淡さ、血の気のなさに、しかしオリーヴはひるまなかった。

「あなたが侮蔑したんじゃないの」オリーヴは刺々しく答えた。「アイリーンからすっかり聞いたわよ……あの人、文字通り、胸がはり裂けそうだったそうよ。あなたから二度と口をきかないでくれと言われたけど……アイリーンは、自分が何を言って、何をしたから、こんな扱いを受けるのか、見当もつかないって。だからあの人は私たちの会に来なくなって、ロープブリッジの赤十字に入ったのよ。アイリーンは悪くないと思うわ。だからアイリーンに折れてもらってまで、私たちの急場を助けてほしいとは、私の口からは、頼めないわ」

「まさか、私に、頼めと言うんじゃ、ないでしょうね？」委員の一人、エミリー・マカリスターがくすくす笑った。「アイリーンとは百年も口をきいてないのよ。アイリーンはいつも誰かに『侮蔑』されているのよ。でも、あの人は、たしかに、魅力的な歌い手ね。アイリーンなら、お客さんたちも、チャニング夫人と同じように耳を傾けてくれるわ」

「だけど、リラ、あなたが頼んでも、だめよ」オリーヴが意味ありげに言った。「私たちが演芸会(コンサート)を企画してすぐのころ、四月だったわ、町でアイリーンに会ったの。それで協力してもらえないか、たずねたら、そうしたいのは山々だけど、リラ・ブライスにあんな変な扱いをされた後で、あの人が準備する出し物の手伝いなんて、考えられないと言ったのよ。そうしたら、こういうことになって、演芸会(コンサート)は失敗ね」

リラは帰宅すると、部屋に閉じこもった。心は千々に乱れていた。アイリーン・ハワードに謝るなんて、そんな不面目なこと、するものか！　私も悪かったけど、アイリーンも負けず劣らず悪かったのだ。おまけにあの人は、私たちの口喧嘩を、卑怯にも歪曲して、そこら中に言いふらして、自分は途方にくれて傷ついた犠牲者ぶっている。しかしリラは、自分の言い分は、人に話そうにも話せなかった。そのため、ウォルターへの中傷が絡んでいるので、言いづらかった。そのため、ほとんどの者が、アイリーンのほうがひどい目に遭ったと信じていた。もっとも、前からアイリーンが嫌いで、リラの味方をしてくれる女子も少しいた。しかしそういう人に同情されても、リラはあまり慰められなかった。その同情の言葉には、小さな棘(とげ)があったのだ。前にリラが、アイリーンをかばって、その娘たちと言い争い、アイリーンを崇拝しないと非難した日のことを思い出させるのだ。しかし――このままでは、一生懸命、準備した演芸会が失敗してしまう。チャニング夫人の独唱四曲が、出し物全体の目玉だったのだ。

「オリヴァー先生は、どう思いますか？」リラは八方塞がりでたずねた。

「アイリーンが謝るべきだと思うわ」先生は言った。「でもそれでは、残念ながら、出し物の穴は埋まらないわね」

「私がアイリーンのところに行って、しおらしく謝れば、うたってくれると思うけど」リラはため息をついた。「あの人は人前でうたうのが大好きだもの。でも、嫌味を言うでしょうね……あの人にお詫びに行く以外なら、なんだってするんだけど。でも、行くしかないわね……ジェムとジェリーが、ドイツ兵に立ち向かえるのだから、私だって、アイリーン・ハワードに立ち向かえるわ。プライドは、ぐっと飲みこんで、ベルギー救援のためにアイリーンにお願いするわ。今はできそうもない気がするけど、予感がするんです。夕食後、私がおとなしく虹の谷を歩いて、上グレン街道へ足早にむかう姿が見えるかもしれない」

　リラの予感通りとなった。夕食後、リラは、ビーズ飾りの青いクレープのドレスに、入念に着替えた――プライドよりも、虚栄心を抑えるほうがむずかしいのだ。アイリーンはいつも女子の服の粗探しをするからだ。またリラが九歳のとき母に言ったように、アイリー

「いい服を着ているほうが、お行儀よくふるまうのが簡単」だ。実際に、ずっと楽だった。それに戦闘意欲をもり上げてくれるのだ。

リラは似合いの髪型にととのえ、にわか雨にそなえて長いレインコートを羽織った。しかしその間も、これからの不愉快な面談が気になり、頭のなかで言うべきことをくり返し練習していた。面会なんか早く終わればいいのに――ベルギー救援演芸会(コンサート)なんか開こうとするんじゃなかった――アイリーンと口喧嘩なんかするんじゃなかった。ウォルターへの中傷に対抗するなら、軽蔑の沈黙をつらぬくほうが、よほど効き目があったのに。あんなふうに猛然と食ってかかって、私はなんて愚かしくて子どもじみていたのだろう――これからはもっと利口になろう。でも今は、大きくて不味(まず)い屈辱のパイを、食べなくてはならない。屈辱のパイを食べることは、心と体にはいいかもしれないが、リラは、誰よりも嫌だった。

とはいうものの、日沈前に、リラはハワード家の玄関先に立っていた――屋根の軒先は白い渦巻き模様で飾られ、すべての外壁に張り出し窓が突きでている仰々しい屋敷だった。ハワード夫人は、肉づきのいい、口達者な婦人で、リラを大げさに出迎えて客間に通すと、アイリーンを呼びにいった。リラはレインコートを脱ぐと、炉棚上の鏡にうつる自分を、粗探しをする目でよく見た。髪、帽子、ドレスも申し分なかった――これならミス・アイリーンが馬鹿にするところはない。考えてみれば、以前は、アイリーンがほかの女子の服に痛烈なコメントをすると、なんと才気走って小気味いいだろうと思っていた。ところが今、それが自分に向けられるのだ。

やがてアイリーンがさっそうと滑るように降りてきた。優雅なドレスをまとい、淡い麦藁色の髪は最新流行のおしゃれなスタイルにまとめ、甘ったるい感じの香水の香りを漂わせていた。

「まあ、ようこそ、ミス・ブライス」アイリーンは歯の浮くような声で言った。「思いがけないことで、嬉しいわ」

リラは立ちあがり、アイリーンの冷たい指先をとると、また腰かけた。そのとき、目に入ったものに、リラは、一瞬、気絶しそうになった。ア、ア、ア、アイリーンもすわるとき、それを見て、面白がるような失礼な微笑を口もとに浮かべた。それは、面会が終わるまで消えなかった。

リラの片方の足は、金具の留め金がついた小粋な靴に、青色のごく薄い絹の長靴下(5)をはいていた。ところがもう片方は、がっしりした古ぼけたブーツに、黒い木綿糸の長靴下だったのだ！

哀れなリラ！　彼女は服を着た後に、ブーツと黒い木綿糸の長靴下を履き替えた、というか、替えようとしたが、頭では別のことを考えていた。その結果、こんなことになったのだ。ああ、なんとぶざまなことか――それも、よりにもよって、アイリーン・ハワードの前で――アイリーンは、足というものを初めて見たように、リラの足をまじまじと見つめていた。以前の私は、アイリーンの礼儀作法を完璧だと思っていたなんて！リラは、考えてきた言葉を、きれいさっぱり忘れてしまった。不運な片足をいすの下に隠そうとする努力も虚しく、リラは唐突に、率直すぎる言葉をしゃべり出した。

「あなたに、お願いいちたい(6)ことがあって来たの、アイリーン」

また――舌足らず！　ああ、恥をかく心づもりはしてきたけど、ここまでとは！　限度というものがある！

「そう？」アイリーンは冷ややかな、疑わしげな口ぶりで言うと、浅薄で無礼な目をつり上げ、リラの赤面を一瞬、見つめたが、その目をまた、リラの足もとに下げた。まるで古ぼけたブーツと小粋な靴に心うばわれて目を離せないとでもいうようだった。

リラは勇気を奮い起こした。もう舌足らずにはなるものか――自信たっぷりに、落ち着きはらうのよ。

「チャニング夫人は、キングスポートの息子さんがご病気で、来られなくなったの。だから私は委員会を代表して、お願いに来ました。もしよろしければ、夫人の代わりに、うたって頂けませんか」

「まあ、ぎりぎりになってのお願いね、そうじゃないこと？」アイリーンは例の感じの悪い笑みを浮かべた。

「でも、最初に演芸会（コンサート）を計画したとき、オリーヴ・カークがあなたにお願いしたけど、あなたは断ったわ」リラが言った。

「まあ、あれは仕方がなかったのよ……あのとき……私がお受けできて？」アイリーンは悲しそうに問いかけた。「二度と口をきかないでほしいと、あなたに言われた後よ？　もしお受けしたら、二人とも気まずい思いをしたわ、そうでしょ？」

さあ、今こそ、屈辱のパイを食べて、素直に謝るときだ。

「あんなことを言ってしまって、お詫びをしたいの、アイリーン」リラは落ち着いて言った。「あんなこと、言うべきじゃなかった。ずっと後悔しているの。許してくださる？」

「それで、演芸会（コンサート）でうたえということ？」アイリーンは愛想よく、しかし小馬鹿にしたように言った。

「もし」リラはみじめな気持ちで言った。「演芸会（コンサート）のことがなければ私が謝らなかったと思うなら、その通りかもしれないわ。でも、私はあんなことを言うべきではなかったとずっと思っていたことも、冬中、後悔してたことも本当よ。私が言えることはこれだけよ。それでも許せないとおっしゃるなら、もうお話しすることはないわ」

「まあ、リラちゃん、そんなにきつく言わないで」アイリーンが頼みこむように言った。

「もちろん、許してあげるわ……でもね、私、ものすごくつらかったのよ……どんなにつらかったか、あなたに知られたくなかったくらい。何週間も泣いたわ。それでも私は何も言わなかったし、何もしなかったのよ！」

言い返したい言葉を、リラは飲みこんだ。とにかく、ここでアイリーンと言い争ったところで、どうしようもない。ベルギーの人たちが今、飢えているのだ。

「演芸会(コンサート)を手伝ってくださらない？」リラは無理をしてたずねた。ああ、せめてアイリーンがブーツを見ないでくれたらいいのに！　この話をアイリーンがオリーヴ・カークにするのが、リラには聞こえるようだった。

「こんなに土壇場(どたんば)で、できるかどうか」アイリーンは抵抗してみせた。「新しい曲をおぼえる時間がないんですもの」

「まあ、グレンの人は誰も聞いてないすてきな歌を、あなたはたくさん知ってるわ」とリラは言いながら、アイリーンがこの冬、町へ音楽のレッスンに通っていて、これは見せかけの言い訳にすぎないとわかっていた。「この村では、どれもが新しい曲よ」

「でも、伴奏をしてくれる人が、いないわ」アイリーンはまた言った。

「ウーナ・メレディスが伴奏を弾けるわ」リラが言った。

「まあ、あの人には、頼めないわ」アイリーンはため息をついた。「去年の秋から、口をきいてないの。日曜学校の演芸会(コンサート)で、ウーナが意地悪だったから、交際をやめるしかなかったの」

おや、まあ、アイリーンったら、みんなと仲違い(なかたが)しているのかしら？　ウーナ・メレディスが意地悪をするなんて、考えただけでもおかしいわ。リラは、アイリーンの前で笑いをこらえるのに苦労した。

「それなら、オリヴァー先生が、すばらしいピアニストよ。譜面を見てすぐ、どんな伴奏でもできるの」リラは必死になって言った。「伴奏なら先生がしてくださるから、あなたは明日の夕方、演芸会(コンサート)の前に、炉辺荘で歌の練習ができるわ」

「でも、着ていく服がないのよ。新しい夜会服(イブニング・ドレス)は、シャーロットタウンからまだ届いてないの。あんなに大がかりな催しで、古いドレスなんか着れないわ。古臭くて、流行遅れだもの」

「私たちの演芸会(コンサート)は」リラはゆっくりと語った。「飢えて死にかけているベルギーの子どもたちを救うために開くのよ。その子どもたちのために、一度くらい、古いドレスを着るわけにはいかないの、アイリーン？」

「まあ、ベルギーの記事が届くけど、かなり大げさに書いてあると思わない？」アイリーンが言った。「この二十世紀に、本当に飢えているなんて、あり得ないと思うわ。新聞というものは、いつだって、もっともらしく書き立てるのよ」

　リラは、へりくだるのは、もう十分だと思った。自尊心というものがある。演芸会(コンサート)ができようとできまいと、ご機嫌とりはもうやめよう。リラは、ブーツやら何やらの足で立ちあがった。

「手伝って頂けなくて残念です、アイリーン。でもあなたは受けてくださらないのだから、自分たちで、できることを、精一杯、やるしかないですね」

さあ、これがアイリーンには気に入らなかった。本当は演芸会（コンサート）でうたいたくてたまらなかったのだ。躊躇（ちゅうちょ）してみせたのはすべて、最後にやっと承諾して恩着せがましいありがたみを増すための方便でしかなかった。それにアイリーンは、本当はリラとの仲直りを望んでいた。リラが語る心からの惜しみない賞賛は、アイリーンにとっては、甘やかな芳香のごとき褒め言葉だった。しかも、炉辺荘の訪問には魅力があるのだ。とくにウォルターのような美男の大学生が帰省しているときは、なおさらである。アイリーンは、リラの足を、じろじろ見るのを止めた。

「リラちゃん、そんなに無愛想に言わないで。できることなら、本当にお手伝いしたいのよ。さあ、すわって、ご相談しましょう」

「すみませんが、そうもできないんです。すぐに帰らなくては……ジムスを寝かしつけなくてはならないんです、ええ」

「ああ、そうだったわね……本を見ながら育てているあの赤ちゃんね。あなたは子どもが大嫌いなのに、本当に優しいわね。私があの子にキスしただけで、あなたったら、あんなに怒って！　でも、あのときのことは全部水に流して、また仲良くしましょう？

それで、演芸会のことだけど……私、朝の汽車で町へ行って、ドレスを受けとって、午後の汽車で戻ってくれれば、演芸会までに時間はたっぷりあるわ。あなたがオリヴァー先生に伴奏を頼んでくださるなら。私からは、頼めないもの……あの先生はものすごくお高くとまってて、人を見下しているから、私ごときにはお手上げよ」

リラは、オリヴァー先生の弁護に時間を無駄にすることなく、急に愛想がよくなって夢中で語り出したアイリーンに礼をのべ、いとまを告げた。面談が終わって、ほっとしていた。しかしアイリーンとは、前のような友人には戻れないと悟った。友だちらしくすることは、できるだろう――だが友だちになることはできない。なりたいとも思わなかった。この冬の間、リラは、もっと深刻な別の心配事を抱えながら、その思いの下では、親友が失われた後悔をかすかにおぼえていた。しかし今、それは突然に消えていた。アイリーンは、エリオットのおばさんが言うところのヨセフを知る一族ではなかった。リラは、自分がアイリーンより大人になったとは言わなかった。思いもしなかった。そんな考えがよぎれば、自分はまだ十七で(7)アイリーンは二十歳だから、筋が通らないと考えただろう。しかしそれは事実だった。アイリーンは一年前のままだった――これからもそのままだろう。一方でリラ・ブライスの性格は、この一年に変化し、成熟し、深みを増したのだ。リラは当惑するほどの明確さでアイリーンを見抜いた――つまり彼女の表面的な優しさの下に、心の狭さ、執念深さ、不誠実さ、本質的な安っぽさがあるったのだ。こうしてアイリーンは、忠実な崇拝者を永遠に失ったのである。

リラは上グレン街道を横切り、月が光と影をまだらに落とす虹の谷で独りになって初めて、完全に平静をとりもどした。リラは、背の高い野生のすももの木の下で立ち止まった。木はかすみのように花が咲いて、ほのかに白く美しかった。

「今大事なことは一つだけ……連合国が戦争に勝つこと」大声で言った。「それゆえ、左右別々の靴と長靴下(ストッキング)をはいてアイリーン・ハワードに会いに行ったことは、もちろん議論の余地なく、少しも重要ではない。とはいうものの、私、バーサ・マリラ・ブライスは、この月を証人として、厳かに誓う」――その月にむかって、リラは片手を芝居のように上げた――「これからは、部屋を出る前に、両方の足をよく見ると誓うものである」

第14章　裁きの谷（1）

その翌日、スーザンはイタリアの参戦（2）を祝して、炉辺荘に一日中、旗を揚げた。

「遅いくらいですよ、先生奥さんや、ロシアの戦線（3）がどうなってるか考えますとね。先生奥さんが何とおっしゃろうと、ロシア人は扱いにくい人たちですよ、ニコライ大公（4）は別ですけど。イタリアにとっては、正しい側について幸運だとしても、連合国にとってはそれが幸運かどうか、イタリア人のことがもっとわかるまで、先走ったことは言えませんね。でもイタリアのおかげで、あの道楽老人のフランツ・ヨーゼフ（5）も、いろいろと考えるでしょう。たいした皇帝ですよ、まったく……片足をお墓につっこんでいるのに、大量殺戮（さつりく）をたくらんでるんだから」――スーザンが、悪意をこめて力まかせにパン種を叩き（パンチ）つけてこねた。もし不運にも、フランツ・ヨーゼフがスーザンの手中（しゅちゅう）にかかればげんこをくらったであろう。

ウォルターは朝早い汽車で町へ出かけた。ナンは、ジムスの面倒をその日いっぱい、見てあげると言って、リラを自由にしてくれた。リラは一日中、目のまわる忙しさだった。グレン公会堂で演芸会（コンサート）の飾りつけを手伝い、最後の確認を数え切れないほどした。

晴れわたる美しい夕方となった。噂によると、プライアー氏は『どしゃぶりになればいい』と言って、娘のミランダの犬をやたらに蹴とばしたという話だった。リラは公会堂から走って帰り、急いでドレスに着替えた。最後になって、すべてが驚くほどうまくいっていた。今はアイリーンも、下の階でオリヴァー先生と歌の練習をしている。リラは浮き浮きして、幸せだった。この瞬間は西部戦線のことも忘れていた。何週間もの努力が実り、ついに大成功をもたらすのだ。達成感と勝利感をかみしめていた。リラ・ブライスには演芸会の出し物を組みたてる手腕や忍耐力はないと考えたり、ほのめかしたりする人もいることを、リラは知っていた。そういう人たちに、わからせたのだ！ドレスに着替えていると歌のひと節を口ずさんでいた。リラは自分がとてもきれいだと思った。クリーム色の丸いほほは、興奮に、ほんのりときれいな桃色に染まり、わずかのそばかすも目立たなかった。赤褐色の髪はつややかに輝いていた。その髪には、野生林檎の花(6)がいいか、真珠の小さなヘアバンドがいいか、迷いに迷って、野生林檎に決めた。その白く蠟のようになめらかな花のひと房を、左耳の後ろにさした。さあ、最後に足を見なくては。大丈夫、両方とも上靴をはいている。リラは眠っているジムスにキスをした――この子の顔は、なんて可愛くて小さくて、暖かくて薔薇色で、すべすべでしょう――それから丘を駈けおり、公会堂へむかった。もう人が集まり始めていた――すぐに満場になった。リラの演芸会は華々しい成功をおさめようとしていた。

最初の出し物三つは、大当たりだった。リラは舞台裏の控え室から、月に照らされた内海を見はらしながら、自分の暗誦の稽古（リハーサル）をした。一人きりだった。ほかの出演者はステージの反対側の大きな控え室にいた。突然、柔らかなむき出しの腕が、そっとリラのウエストにまわったかと思うと、アイリーン・ハワードが、リラのほほに軽いキスをした。

「リラ、きれいね、今夜のあなたは、まるで天使みたい。それにあなたって、根性があるのね——ウォルターが入隊したので、がっかりして、耐えられないと思ったのに、涼しい顔をしてるんだもの。あなたの図太さの半分でも、私にあればいいのに」

リラは身動きもできずに立ち尽くした。何の感情もわかなかった——何も感じなかった。感情の世界が空っぽになっていた。

「ウォルターが……入隊」——そう語る自分の声が、聞こえた——それからアイリーンの気取った小笑いが聞こえた。

「あら、知らなかったの？　てっきり知っているとばかり。それなら言わなかったのに。私ったら、いつもへまをするのね？　そうよ、ウォルターは今日、そのために町へ行ったのよ……夕方、汽車のなかで、ウォルターが話してくれたわ。この私に、一番最初に話したのよ。まだ軍服は着てなかった……軍服が不足してるのよ……でも一日（いちにち）か二日（ふつか）で手に入るでしょう。ウォルターはみんなと同じように勇気があるって、私は前々から言ってたのよ。ウォルターが町で何をして来たか聞いて、私まで、ウォルターが誇らしかったわ、リラ。あら、リック・マカリスターの朗読が終わったわ。急いで行かなくては。私は次の合唱で、伴奏をひきうけたの……アリス・クローがひどい頭痛で」

アイリーンは行った――ああ、よかった、いなくなった！　リラはまた一人になり、先ほどと何も変わらず月光にきらめいている夢のように美しいフォー・ウィンズの内海を見た。感情が蘇（よみがえ）ってきた――あまりにも激しく、刺すような苦しみであり、体を引き裂く痛みのようでもあった。

「とても耐えられない」リラは言った。しかしその次に、おぞましい思いがよぎった。でも、私はたぶん、耐えられるだろう、そして私の前には、忌まわしい苦しみの歳月が続くだろう。

ここを出なくては――急いで家に帰らなくては――一人きりにならなくては。こんなときに舞台に上がって、手旗訓練の伴奏や、朗読や、対話劇（ダイアローグ）をするなんて無理だ。私が帰れば、演芸会（コンサート）の半分がだめになる――でも構わない――どうなってもいい。これが私、リラ・ブライスだろうか――つい数分前まで、あんなに幸せだったのに、今は悲嘆に暮れているこの人物が？　ステージでは、四重唱が「われら、この古き旗を倒させじ」(7)をうたっている――その歌声は、どこか遠いところから聞こえてくるようだった。私はなぜ泣けないのだろう？　ジェムが出征すると言ったときは泣いたのに。もし泣くことができれば、今、私の生命を摑まえている恐ろしい何かから逃げられるのに。それでも涙は出なかった！　私のスカーフとコートはどこかしら？　ここから逃げ出して、傷ついて死んでいく獣のように、身を隠さなければならない。

　こんなふうに逃げだすなんて、卑怯者のすることでは？　突然、この問いかけが、まるで他人からつきつけられたように、リラの胸にわきあがった。リラはフランドルの前線の惨状を思い浮かべた——ジェムやジェリーたちが、敵の砲火を浴びながら力をつくして塹壕を守っている姿を思った。もし私が、こんな小さな義務から逃げだしたら——赤十字の出し物を進めるという、ささやかな義務を果たさなかったら、兄さんたちは、どう思うだろう？　それでもリラは、ここにいられなかった——できなかった——でも、ジェムが出征したとき、母さんが言ったではないか——「われわれ女が勇気を欠いて、男が恐れ知らずでいられようか？」と。だけど、こんなことに——こんなことには、耐えらない。

　リラはしかし、戸口へむかう途中で足をとめ、窓辺へもどった。ちょうどアイリーンがうたっていた。美しい声だった——あの人がもつ唯一の本物である美しい声が——甘く澄んで、高らかに、公会堂中に響きわたっていた。次は女の子たちの「妖精のドリル」だった。私は舞台に上がって、伴奏が弾けるだろうか？　頭が痛くなってきた——喉が焼けるようだった。ああ、アイリーンは、どうしてこんなときに話したのかしら。

今話しても、何の役にもたたないのに？　アイリーンはいつも残酷なのだ。今になって思えば、母さんが私を見る顔つきが妙だったことに、今日、何度も気がついていた。でも忙しくて、その意味まで考えなかった。今、わかった。母さんは、ウォルターがなぜ町へ行くのか、わかっていた。でも、演芸会(コンサート)が終わるまで、私に言うつもりはなかったのだ。母さんには、なんという精神力、忍耐強さがあるだろう！

「私はここに残って、最後までやりとげなくてはならない」リラは、冷たくなった両手を握りしめた。

その夜の続きは、熱に浮かされた夢のようだった。体は大勢にかこまれていたが、心は魂の拷問部屋にいて、孤独だった。それでもリラは、手旗や「妖精のドリル」の伴奏をつとめあげ、よどみなく自分の朗読をした。さらにアイルランドの老婆の奇怪な衣裳をつけて、ミランダ・プライアーが出なかった対話劇の役を演じた。しかし稽古のときは言えた独特の「アイルランド訛り」の言い回しは、入れなかった。朗読は、いつもの情熱と訴える力に欠けていた。聴衆を前にして立つリラに見えたものは、ただ一人の顔だけだった――母さんの隣にすわり、黒っぽい髪をした麗しい青年の顔だ――塹壕のなかにいるその顔が見えた――星影のもとで冷たく死んで横たわるその顔が見えた――監獄で悲嘆しているその顔が見えた――その顔の目から光が失われていくのが見えた――そうした数多(あまた)のおぞましい情景を見ながら、リラは、数え切れないほど旗を飾ったグレン公会堂に立っていた。その面差し(おもざし)は、髪にさした野生林檎(クラブ・アップル)の乳色の花よりも真っ白だった。出番の合間は、小さな楽屋を落ちつきなく行き来した。演芸会(コンサート)は、いつか、終わりが来るのだろうか！

　ついに終わった。オリーヴ・カークが飛んできて、百ドル集まったと歓喜して告げた。

「それはよかった」リラは機械的に答えた。それから人混みから離れた――ああ、ありがたい、やっと離れられる――ウォルターが出口で待っていた。ウォルターはだまってリラと腕を組んだ。二人は月夜の道をたどっていった。沼地で蛙(かえる)がうたっていた。二人のまわりにぼんやりと銀色に照らされた故郷の野辺(のべ)が広がっていた。春の夜は麗しく、心惹(ひ)きつけるものがあった。リラには、その美しさが自分の苦しみを侮蔑しているように感じられた。これからは永遠に月の光を憎むだろう。

「もう知っているんだね？」ウォルターが言った。

「ええ、アイリーンが言ったの」リラの喉がつまった。

「この夕べが終わるまで、知らせたくなかったんだ。でもきみが『ドリル』の舞台に出たとき、聞いたのがわかった。リラ、こうするしかなかったんだ。ぼくは、ルシタニア号が沈没してからのぼくのままで、これ以上、生きていけないんだ。女の人たちや子どもたちが、氷のように冷たい過酷な海で死んで、浮かんでいるところを想像したとき……でも最初は、人生に物憂いものをおぼえたよ。こんなことが起きる世界から逃げ出したいと……この呪われた埃を、自分の足から永遠にはらい落としたい(8)と。でもそのとき、行かなくてはならないとわかったんだ」

「ウォルターが行かなくても……ほかにいるわ……たくさん」

「そういうことじゃないんだよ、リラ・マイ・リラ。ぼくは、自分のために行くんだ……自分の魂を救って、生かすために。もし行かなければ、ぼくの魂は、小さくて、卑劣で、生気のないものに萎縮してしまうだろう。そうなれば、ぼくが恐れていた失明することや、手足を失うことや、そうしたことより、もっとつらいんだ」

「もしかすると……死ぬ……かもしれないのよ」リラはこんなことを口走った自分が嫌になった――こんなことを言うことは弱虫で卑怯だとわかっていた――しかし今夜、心がぴんと張りつめた後では、本音を抑えることができなかった。

「遅く来るも、早く来るも
最後に来るものは、ただ死のみ」(9)

ウォルターは詩の一節を語った。「ぼくが恐れているのは、死ぬことではない……それはずいぶん前、きみに話したね。人はたかが命のために、高すぎる代償をはらうこともできるんだ、妹よ。この戦争には、恐ろしいほどの醜悪さがたくさんある……それを世界から一掃する力になりたいと思って、ぼくは行くんだ。人生の美しさを守るために戦うんだ、リラ・マイ・リラ……それが、ぼくの使命だ……もっと崇高な使命もあるかもしれない……でもこれがぼくの使命だ。ぼくはその使命を、人生とカナダのために尽くすべきなんだ、それを果たさなくてはならないんだ。リラ、ぼくは今夜、ジェムが行ってから初めて、自尊心をとり戻すことができた。今なら詩が書けるくらいだ」ウォルターは笑った。「去年の八月から、一行も書けなかった。でも今夜のぼくは、詩心にあふれている。妹よ、勇気を出しておくれ……ジェムが行ったとき、きみはあんなにしっかりしていた」

「でも今は……違う……の」リラは一語ずつ止めなければ、わっと泣きじゃくりそうだった。「私は……もちろん……ジェムが……大好きよ……でも……ジェムが……行ったときは……戦争が……すぐ終わると……思ってた……でも……あなたは……いちばん大切な人だもの、ウォルター」

「きみは、ぼくを助けるために、勇気をださなくてはいけないよ、リラ・マイ・リラ。今夜のぼくは有頂天だ……自分に打ち勝った興奮に酔いしれている……でも、そうではないときもあるだろう……そんなとき、きみの助けが要るんだ」

「いつ……行って……しまう……の？」最悪なことは、早く知ったほうがいい。

「まだ一週間は行かない……まずキングスポート⑽に行って訓練を受ける。海外へ渡るのは七月半ばごろだと思う……ぼくたちにはわからない」この若者の目には、どうやって生きていけばいいのか、見定めがつかなかった。

一週間――あと一週間しか、ウォルターといられない！

炉辺荘の門に入ると、ウォルターは老松の陰で立ちどまり、リラを引きよせた。

「リラ・マイ・リラ、ベルギーとフランドルにも、きみのように可憐で、清らかな娘たちがいたんだ。その娘たちの運命がどうなったか、きみも……きみでさえ、知っているね。ぼくらは、こうしたことが、世界が続く限り、二度と起きないようにしなければならないんだ。ぼくを助けてくれるね、いいね？」

「やってみるわ、ウォルター」リラは言った。「ええ、私、きっとやってみるわ」

リラはウォルターに身をよせ、肩に顔をあずけながら、そうしなければならないと悟った。そのとき、そこで受け入れたのだ。ウォルターは行かなくてはならない――美しい魂と、夢と、理想をいだいた私の美しいウォルターは行く。だが、遅かれ早かれこうなることを、リラはずっと前からわかっていた。日当たりのいい野原に雲の影が落ちて、その影が逃れようもない速さでみるみる近づいてくるのを見るように、このことが自分に近づいてくるのを……刻々と近づいて……やって来るのが……見えていたのだ。リラはこの苦悩のさなかにあっても、胸の奥まったところに久しぶりに安堵をおぼえるのに気がついた。冬の間中、その胸には、自分でも気づかない鈍い痛みが潜んでいた。でも、これからは、誰も――もう誰も、ウォルターを、兵役逃れとは言わないのだ。

その夜、リラは眠れなかった。炉辺荘では、ジムスのほかは誰も眠らなかっただろう。肉体は段階をおってゆっくり成長していくが、心はひとっ飛びで成熟する。一時間で、すっかり成長をとげることもある。この夜から、リラ・ブライスの心は、苦しみに耐える包容力、強さ、忍耐力をそなえた大人の女性の心となった。

やるせない夜明けが訪れた。リラは起きあがり、窓辺によった。下には大きな林檎の木があった。桃色の花盛りで、大きな円錐型に咲き広がっていた。何年も前、少年だったウォルターが植えたものだった。虹の谷のむこう、朝雲のかかる内海の岸辺には、朝日にきらめく小波（さざなみ）がうちよせていた。その上には、最後に残った星が一つ、遠く冷たく美しく光っていた。ああ、世界は美しい春だというのに、なぜ胸のはりさける思いをしなければならないのだろう？

そのとき、リラを、愛（いつく）しみ護（まも）るような両腕が抱きとめた。母さんだった――青ざめて、目を大きく見開いた母であった。

「ああ、母さんは、どうやって、耐えることができるの？」リラは夢中で叫んだ。

「リラちゃん、私は何日も前から、ウォルターが行くつもりだとわかっていたのですよ。だから時間の余裕があったのです……最初は反発して、それから、仕方がないと思う時間があったのです。私たちはウォルターを手放さなくてはならないのです……ウォルターは、家族の愛の呼びかけより、もっと偉大で、もっと力強い声に呼ばれているのです……ウォルターは、その呼び声に耳を傾けたのです。犠牲をはらうウォルターに、私たちがさらに苦しみを与えてはいけないのですよ」

「ウォルターの犠牲よりも、私たちの犠牲のほうが、大きいわ」リラは熱く言った。「だって兄さんたちは、自分を差しだすだけよ。でも私たちは、兄さんたち二人を捧げるのよ」

ブライス夫人がこたえる前に、スーザンが、ノックなぞという気取った礼儀はお構いなしに、ドアから顔を出した。彼女の目は、疑いようもなく赤かったが、こう言っただけだった。

「ご朝食をお運びしましょうか、先生奥さんや？」

「いいえ、結構よ、スーザン。すぐおりるわ。知っているかしら……ウォルターが入隊したのよ」

「はい、先生奥さんや。昨晩、先生が話してくださいました。全能の神さまが、こんなことをお許しになるとは、神さまなりの理由があるのだと思います。それを私たちは甘んじて受け入れて、努めて明るい面を見るようにしなくてはなりません。少なくとも、ウォルターは詩人をやめるかもしれませんからね」――スーザンはいまだに、詩人も宿無しも同じ穴の狢（むじな）だと思いこんでいた――「それだけでも結構なことですよ。でも、神さまのおかげですね」スーザンは声をひそめた。「シャーリーはまだ年端（としは）もいかないから、行かずにすみますよ」

「それは、シャーリーの代わりに、ほかの女性の息子が行くことを、神さまに感謝するという意味かい？」医師が戸口で足をとめてたずねた。

「まさか、違いますよ、先生や」スーザンはきっぱりと言った。それからジムスを抱きあげた。ちょうど赤ん坊が濃い瞳をぱっちり開けて、えくぼのよった両手をさしのべたのだ。「私が夢にも思っていないことを、私が言ったことにしないでくださいまし。私はありふれた人間で、先生と議論なぞはできませんけど、私は、ほかの人が戦争に行かなければならないことを、神さまに感謝なぞいたしません。私がわかっていることは、ただ一つ、私たちが皇帝（カイゼル）の民（たみ）になりたくないなら、兵隊に行かなくてはならない、ということです……というのも、モンロー主義[11]というのが何だろうと、頼りになりませんよ、その後ろにはウッドロー・ウィルソンがいるんですから。先生や、あのドイツ人どもを、声明文なぞでとっちめるなんて、絶対に無理です[12]。だから今は」スーザンは、やせた両腕にジムスを抱いて、元気よくおりていった。「泣くだけ泣いて、言いたいことを言ったら、元気を出しますよ。上機嫌には見えないかもしれませんけど、なるたけ上機嫌に見えるようにやりますとも」

第15章 夜が明けるまで

「ドイツ軍が、プシェミシルを、また奪回(1)しましたよ」スーザンが新聞から顔をあげて、絶望の息をはいた。「ということは、また野蛮な名前で、あの土地を呼ばなくちゃならない(2)ってことですよ。郵便が来たとき、いとこのソフィアも居合わせてましてね、このニュースを聞くと、腹の底から、ふかぶかとため息をついて言ったんですよ、先生奥さんや、『あーあ、てことは、ドイツ軍は、次はペトログラード(3)をぶんどるよ、間違いないね』と。だから私は、『私には地理の知識は、たいしてないけど、プシェミシルからペトログラードまで歩けば、かなりの距離があると思うよ』と言ってやりました。いとこのソフィアは、またため息をついて、『ニコライ大公は、あたしの見立て通りの男じゃなかったね』なんて言うんで、『大公に聞かれないようになさい、気を悪くなさるよ、そうじゃなくても、苦労が山ほどおありなんだから』と返したんです。でも皮肉を言っても、いとこのソフィアを元気づけることはできませんよ、先生奥さんや。あの人は三度目のため息をついて、うめき声まじりに『だけどロシア軍は、どんどん後退してるじゃないか』って言うんで、私は『そうだよ、それがどうしたんです？　ロシアには、退却する土地がたくさんあるんです、そうでしょ？』と切り返しましたよ。とはいうものの、先生奥さんや、いとこのソフィアには言えませんけど、東部戦線の戦況は好ましくありませんね(4)」

好ましいと思う者はいなかった。この夏の間、ロシア軍は後退につぐ後退を重ね――その気がかりは長く続いた。

「郵便が来るのを、いつかまた、ふつうの気持ちで待てるようになるのかしら……楽しみに待つとは言わないまでも」ガートルード・オリヴァーが言った。「私には、夜も昼も頭から離れない心配があるんです……ドイツ軍はロシアを叩きのめした後、その勢いに乗って、東部戦線の兵力を、西部戦線にむけるのではないでしょうか？」

「そうはなりませんよ、オリヴァー先生や」スーザンが女預言者の役目を引きうけた。

「まず第一に、全能の神さまが、お許しになりません。第二に、ニコライ大公が、もっともあの人は、色んな点でがっかりしましたけど、見苦しくない規律のとれた退却方法をご存じです。ドイツ軍に追われているとき、これは役に立ちますよ。ノーマン・ダグラスに言わせると、ロシアの大公は、ドイツ軍をおびきよせて、味方一人を失っても敵十人をやっつけるつもりだそうです。だけど私が思うに、大公は、もうどうしようもないんで、目下、できることをやってるだけでしょう、私らと同じですよ。というわけで、取り越し苦労はいけませんよ、オリヴァー先生や。苦労なら、うちの玄関口まで来て、居すわってるんですから」

七月一日、ウォルターはキングスポートへ発った。ナンとダイ、フェイスも、夏休みの間は赤十字の仕事について留守だった。七月中旬になると、ウォルターが、出発前の一週間の休暇で帰ってきた。リラはウォルターがいない間、この一週間を待ちもうけて暮らしたのだ。ついにその一週間が来て、リラは渇いた喉を潤すように一分一分を味わい飲みつくした。眠る間も惜しかった。せっかくの貴重な時間を無駄にする気がしたのだ。悲しみはあっても、美しい一週間だった。胸を刺すような忘れがたい時間がつづいた。リラは、ウォルターと長い散歩を楽しみ、語らい、そして黙ったまま共(とも)にすごした。そうしてウォルターを独占することができた。リラは、自分の思いやりと理解に、ウォルターが強さと心の慰めを見いだしていることを知った。自分がウォルターにとって大切な存在だとわかり、驚きに満ちた喜びがあった。そう思うと、耐えがたいときでもリラは心強く、ほほえむ力が――ときには笑い声をあげる力もわいた。ウォルターが行ってしまったら、涙の限りに泣いて、慰めとするかもしれない。でも彼がいる間は、泣くのはよそう。夜も泣くまいとした。朝、ウォルターがリラの目を見て、泣いたことを気(け)どられないようにするためだ。

ウォルターが家ですごす最後の夕暮れ、二人は虹の谷へ出かけた。小川の土手で「白い貴婦人」の下にすわった。そこには過ぎし日に遊んだ愉快な饗宴(きょうえん)のなごりが、あの曇りなき歳月のままにとどまっていた。その宵（よい）、虹の谷は、いつになく目もあやな夕焼けが広がっていた。やがて美しい灰色の夕もやのなかに星が瞬きはじめた。それから月がほのかにさしたり、翳ったり、またあらわれたりして、こちらの小さな谷と窪地を照らすかと思えば、あちらに暗い天鵞絨（ヴェルヴェット）のように深い影をなげかけた。

ウォルターはあたりを見まわし、その魂が愛する美を、ひたむきな目で見つめていた。

「ぼくは『フランスのどこか』に行ったら」彼は言った。「この静かで、露のおりた、月明かりのふりそそぐ景色を思い出すよ。もみの木立のバルサムの匂いや……月の白い光がさす穏やかさや……そして『力強き山々』(5)を……これはなんと美しく古い聖書の句だろう。リラ！　まわりのこの懐かしい丘をごらん……子どものころ、この丘を見上げて、あの向こうに、どんなに大きな世界がぼくらを待っているのだろうと思ったね。この丘はなんと静かで、力強いだろう……なんと忍耐強く、変わらないだろう……まるで立派な女性の心のようだ。リラ・マイ・リラ、この一年間、ぼくにとって、きみがどんなに大切な存在だったか、わかっているかい？　行く前に、きみに言っておきたいんだ。もしきみがいてくれなかったら、もし優しくて、愛情深くて、ぼくを信じてくれるきみの心がなかったら、ぼくはこの一年を、生き抜くことはできなかった」

リラはあえて話しかけなかった。わが手をウォルターの掌（てのひら）にそっと重ね、握りしめた。

「だからね、リラ、ぼくが、神を忘れた男たちがこの世に作りだした地獄へ行ったとき、ぼくをいちばん力づけてくれるのは、きみを思うことだよ。この一年、きみは勇敢で辛抱強い人だということを、身をもって示してくれた、これからもきみはそうだよ、ぼくはわかっているんだ……だから、きみのことは心配しないよ。たとえ何が起きようと、きみは、リラ・マイ・リラだとわかっている……たとえどんなことが起きようとも」

リラは、涙とため息はこらえたが、かすかな震えは止められなかった。それを見てウォルターは話をやめるころだと気づいた。短い沈黙のうちに、二人は言葉には出さない約束をかわした。彼は言った。

「じゃあ、堅い話はもうよそう。これからのことに目をむけよう……戦争が終わって、ジェムとジェリーとぼくが、元気に家に帰ってきて、みんながまた幸せになるときのことを考えよう」

「私たち……前と同じようには……幸せにはなれないわ」リラが言った。

「そうだね、同じにはならないね。戦争の手にふれられた者はみな、まったく同じ幸せに戻ることはないだろう。でも、もっとすばらしい幸せだと、ぼくは思うよ、妹よ……それは自分で勝ちとった幸せだからだ。ぼくたち、戦争の前は、とても幸せだったね？炉辺荘のような家庭があって、父さんと母さんのような両親がいれば、幸せにならずには、いられないもの。でもあの幸せは、人生と愛情が授けてくれた贈り物であって、本当の意味では、ぼくらのものではなかった……人生がいつでも奪いとることができる幸せだったのだから。でも、自分の義務(つとめ)を果たして、自分で勝ちとった幸せは、決して奪われることはない。それをぼくは、入隊してわかったよ。先のことをあれこれ考え出すと、怖くなることもある。でも五月のあの夜以来、ぼくは幸せなんだ。リラ、ぼくがいない間、くれぐれも母さんに優しくしておくれ。戦争のときに母親でいることは、つらいことに違いないからね……兵隊の母親、姉や妹、妻や恋人たちは、いちばんつらい思いをしているんだ。リラ、可愛い妹よ、きみは、誰かの恋人なのかい？　もしそうなら、ぼくが発つ前に、教えておくれ」

「いいえ」リラは答えた。だが次に、もしこの語らいが最後になるかもしれないなら、ウォルターに正直でありたいという思いに駆(か)られた。リラは、月明かりの下でもわかるほど顔を赤らめた。「でも、もし……ケネス・フォードが……私を、恋人にしたいと、望んでいるなら……」

「そうだったのか。でもケンも入隊しているね。かわいそうなリラ、まわりの色々なことがつらいんだね。でもぼくは、悲しい思いをする女の子を残していくわけではないから……その点はありがたいよ」

　リラは、丘の上の牧師館に目をやった。ウーナ・メレディスの窓の灯りが見えた。リラは、あることを告げたい誘惑にかられた――それから、言ってはならないと気がついた。これは自分の秘密ではない。それに、はっきり知っているわけでもない――憶測(おくそく)にすぎないのだ。

ウォルターはあたりを、名残惜しげに、愛しげに、見わたした。ここは彼にとって常に大切な場所だった。あの懐かしいころ(6)、ここでみんなして、なんと愉快にすごしただろう。思い出のなかの幻の子どもたちが、今も月がまだらの影を落とす小道を歩いて、揺れる枝ごしに楽しそうな目で覗いているようだった。ジェムとジェリーは、日に焼けた裸足の男子生徒で、小川で釣りをして、古びた石かまどで鱒を油で焼いていた。ナンとダイとフェイスは、えくぼをうかべ、潑剌とした目をして、子どもらしい美しさがあった。そして優しく内気なウーナ、蟻や昆虫に熱中しているカール、少々言葉づかいは悪くて毒舌だが気立てはいいメアリ・ヴァンス——過ぎし日のウォルター自身は、草に寝ころび、詩を読みながら、空想の宮殿をさまよい歩いていた。彼のまわりに、みんながいた——みんなが、目の前にいるリラと同じように、はっきり見えた——いつか薄れゆく黄昏のなかを、笛を吹きながらこの谷をおりていく笛吹きを見たように、くっきりと見えていた。あのころの愉快な子どもの幽霊たちは、ウォルターに言った。「ぼくらは、昨日の子どもなんだよ、ウォルター……今日の子どもたちと、明日の子どもたちのために、一生懸命、戦ってね」

「ウォルターったら、どこにいるの？」リラが叫び、小さく笑った。「戻ってきて、ここに戻ってきてちょうだい」

ウォルターはわれに返り、長い息をついた。それから立ちあがり、月に照らされた美しい谷を見まわした。まるで、この谷の魅惑を一つ残らず、頭と心にきざみこむように――銀色の空にそびえたつ大きな黒い羽毛のようなもみの木、品格ある「白い貴婦人」、懐かしい魔力をのせて踊るように流れていく小川、貞淑な「樹(き)の恋人たち」、手まねきをして誘っている悪戯好きな小道。

「ぼくは夢のなかで、この谷を、このままに見るだろう」彼はそう告げると、谷に背をむけた。

二人は炉辺荘に帰った。メレディス牧師夫妻が来ていた。ガートルード・オリヴァーも別れの挨拶にローブリッジから訪れていた。誰もがほがらかで明るかった。だがジェムが出征したときのように、戦争はじきに終わると言う者はいなかった。彼らは戦争について何も語らなかった――しかし思うのは戦争のことだけだった。最後に、ピアノのまわりに集まり、すばらしき古き賛美歌（7）をうたった。

「ああ　神は、すぎし幾年(いくとせ)の　われらの助け
　未来の月日(つきひ)の　われらの希望(のぞみ)
　吹く嵐より守る、われらの避難所
　そして、われらの永遠(とわ)の棲家(すみか)」

「魂がふるい分けられるこの時代には、私たちはみんな、神さまのもとに帰るのですね」ガートルードが、ジョン・メレディスに言った。「以前の私は、長い間、神さまを信じていませんでした。神の存在を信じていなかったのです……神さまとしてではなく……ただ科学者の言う、人格をもたない偉大な創造主としてのみ考えていたのです。でも今は、神の存在を信じています……信じないではいられないのです……神のほかに頼るものは何もないのですから……謙虚に、ひたすらに、無条件に信じています」

『幾年(いくとせ)の昔より　われらの助け』……『昨日も、今日も、とこしえに、変わることなし』(8)」牧師は優しく言った。「わたしたちが神を忘れようと……神は、わたしたちを憶えていてくださいます」

次の朝、グレン駅で、ウォルターを見送る人は多くはなかった。軍服姿の青年が出征前の最後の休暇をすごして、この早朝の汽車に乗ることは、ありふれた光景になっていた。ウォルターの身内のほかは、牧師館の人々とメアリ・ヴァンスだけだった。メアリは一週間前、覚悟を決めた笑顔でミラーを送り出したばかりで、今の自分には、こういう別れでは、どうふるまうべきか、専門家として意見をのべる資格があると考えていた。

「肝心なことは、にっこりして、何(なん)でもないみたいに、ふるまうことよ」メアリは炉辺荘の人々に語った。「男の子は、めそめそされるのが大っ嫌いだからね。ミラーは、あたいが泣きわめくなら駅に来なくていいって言ったんで、あたい、あらかじめ泣くだけ泣いてから、最後に言ったんだ。『幸運を祈ってるよ、ミラー。あんたが帰ってきたら、あたいが心変わりしてないって、わかるよ。もし帰ってこなくても、あんたが出征したことを、あたいはこれからもずっと誇らしく思ってるよ。だからどっちにしても、フランス娘と恋に落ちたりしないようにね』って。ミラーは、そんなことはしないって誓ってくれたけど、色気たっぷりの外国のはすっぱ娘は、何をするだか、わからないからね。あーあ、とにかく、ミラーが最後に見たあたいは、精一杯にこにこしてるあたいだよ。あの日は一日中、笑顔に糊をつけて、アイロンをかけたみたいな感じだったよ」

メアリの忠告とお手本にもかかわらず、ブライス夫人は、ジェムのときは笑顔で送ったものの、ウォルターには笑みを浮かべられなかった。だが少なくとも泣く者はいなかった。犬のマンデイは貨物小屋の犬小屋から出てきて、ウォルターのそばにおすわりした。ウォルターが話しかけるたびに、勢いよく尻尾をふってホームの床板にうちつけ、「あなたがジェムを探し出して、つれて帰ってくれると、わかってますよ」と言うように、信頼のまなざしでウォルターを見あげていた。

別れを告げる段になった。カール・メレディスが「おまえ、じゃあ、またな」とほがらかに言った。「むこうの連中に、元気でやってくれって、伝えてくれ……もうじき、ぼくも行くから」

「ぼくもだよ」シャーリーが一言告げて、日焼けした片手をさし出した。それを聞いたスーザンは蒼白になった。

ウーナは、黙ったままウォルターと握手した。そして物思いに沈む、悲しみを帯びた濃い青色の瞳で、ウォルターを見つめた。だがしかし、ウーナの目は、もともと物思いに沈んでいるのだ。ウォルターは、カーキの軍帽をかぶった美しい頭をかがめて、ウーナに接吻した。それは兄が妹にするような温かくて親しい友だちのキスだった。ウォルターがウーナに口づけをしたのは初めてだった。そのつかの間、もし誰かが見ていれば、ウーナの顔に、胸の思いがあらわれ出たことに気づいただろう。しかし誰も気づかなかった。車掌が「ご乗車願います」と叫んだ。誰もが明るくふるまおうとしていた。ウォルターが、リラにむいた。リラは、兄の両手をにぎりしめ、じっと見上げた。この戦争という夜が明けて、影が消えるまで(9)、ウォルターの顔を再び見ることはないのだ——その夜明けは、墓場より手前のこの世に訪れるのか、墓のむこうのあの世に訪れるのか、リラには知る由もなかった。

「さようなら」リラは言った。

その言葉が唇をよぎったとき、長い年月の別れを通してこの挨拶にそなわった悲しみは失われ、古い昔から愛しい者を愛し、その者のために祈った女性すべての愛の甘さを帯びたのだった。

「ぼくにたびたび手紙を書いておくれ。それからジムスを、モーガンの指導に忠実に育てておくれ」ウォルターは軽やかに言った。まじめな話は、昨夜、虹の谷で語り尽くしたのだ。しかし、最後の瞬間、ウォルターはリラの頰を両手でつつみ、妹のけなげな目の奥深くを見つめながら、静かに、優しく語った。「きみに神さまの御恵みがありますように、リラ・マイ・リラ」と。結局、このような娘たちを生み、育んだ国のために戦うことは、つらくはなかった。汽車が駅を出ていくとき、ウォルターは列車の後部デッキに立ち、一同に手をふった。リラは一人はなれて立っていたが、そこへウーナ・メレディスがやって来た。ウォルターを誰よりも愛する二人の娘が、冷たくなった手をつないで見送るうちに、汽車は木の茂る丘を曲がり、消えていった。

それからリラは、虹の谷で朝の一時間ばかりをすごしたが、そのときのことは誰にも言わなかった。日記にも書かなかった。家に戻ると、あとは一日中、ジムスのロンパース(10)を縫ってすごした。夕方、リラは赤十字の委員会に出て、そっけなく事務的にふるまった。

「リラを見てると」あとでアイリーン・ハワードがオリーヴ・カークに言った。「ウォルターが今朝、前線に行ったばかりだなんて、とても思えないわ。人情味のない人もいるのね。でもそうした人には、そのほうがいいのよ。私も、リラ・ブライスみたいに、物事を軽く考えられたらいいのにって思うわ」

第16章　現実とロマンス

「ワルシャワが陥落した[1]」八月の暑い日、郵便を持ってきたブライス医師があきら め顔で言った。

ガートルードとブライス夫人は肩を落とし、たがいに顔を見交わした。リラは、モーガン流の食餌法にのっとって念入りに滅菌したスプーンで、ジムスに離乳食をあたえていたが、そのスプーンを無頓着にもばい菌のついているお盆に置き、「まあ、そんなことが」と言った。先週の外電で、そうなるとわかっていたが、青天の霹靂のような悲劇的な口ぶりだった。ワルシャワが陥ちることはあきらめていたつもりだったが、いざそうなると、いつものようにひょっとすると、と一縷の望みをかけていたことを思い知った。

「さあ、気をとり直しましょう」スーザンが言った。「私たちが思うほど、ひどいことじゃありませんよ。昨日、『モントリオール・ヘラルド』に、三段の長さで載った外電を読みましたら、ワルシャワは、軍事的な観点では、ちっとも重要じゃないそうです、先生や」

「私もその外電に、大いに励まされましたわ」ガートルードが言った。「もっとも、その記事は、何から何まででたらめだと、読んだときからわかっていましたけれど、たとえ嘘でも、いい報せなら慰められるような心境なんです」

「それなら、オリヴァー先生に必要なものは、ドイツの公式発表だけですね」スーザンは皮肉を言った。「私はもう、あんなものは見向きもしません。ちょっとでも読むと、腹が立って、仕事するのに頭がまわりませんから。このワルシャワ陥落のニュースも、おかげで午後の予定をやる気がそがれましたよ。悪いことは重なるもんですね。今日はパンを焼くのに失敗して……ワルシャワが陥落……おまけに、ここにいるキッチナー坊やが、今、喉をつまらせて死にそうになってますよ」

ジムスはたしかに、ばい菌もろともスプーンをのみこもうとしていた。リラは上の空のままジムスを助け、また食事をあたえようとしたところ、父さんが何気なく語った言葉にはっと胸がおどり、不運なスプーンをまた落とした。

「ケネス・フォードが、内海向こうのマーティン・ウェスト(2)のところに来ているよ」と医師は言ったのだ。「ケネスの連隊(3)は、前線へむかう途中だが、何らかの理由で、キングスポートで足止めになっているんだ。それでケネスは、休暇をとって島に来た(4)んだよ」

「うちに来てくれたら、いいわね」ブライス夫人が声を高くした。

「休みは、一日か二日しかないだろうよ、たぶん」医師は特に注意もはらわずに言った。

リラの顔がにわかに赤らみ、両手がかすかに震えていることに、誰も気づかなかった。誰よりも注意深く、目を皿のようにして子どもを見ている親でさえ、目と鼻の先で起きていることにすべて、気がつくわけではないのだ。リラは、ずっと不愉快な目にあっているジムスに、三度目に食事をあたえようとしたものの、頭にあったことは——ケンは島を離れる前に、私に会いにきてくれるかしら？ということだけだった。彼から便りは、長らくなかった。私のことなんか、すっかり忘れたのかしら？もし彼が来なかったら、忘れたということだ。もしかすると——実家のトロントには、ほかに女の子がいるのかもしれない。もちろん、いるのだろう。それなのに彼のことを思っているなんて、馬鹿みたい。彼のことを考えるのはよそう。もし彼が来たら……それで結構よ。よく遊びにきた炉辺荘に、別れの挨拶に来ることは、ただの礼儀よ。もし彼が来なかったら……それも結構よ。たいしたことじゃない。誰もやきもきするものか。これできれいさっぱり解決した——ちっとも興味なんかないわ……しかしこうして思案していた間、ジムスは、あくせくぞんざいに食事をあたえられ、モーガンが見たら心臓が縮みあがっただろう。ジムスも嬉しくなかった。彼は几帳面な子どもで、スプーン一杯ずつ食べるたびに、間をあけて息をするのに慣れていたのだ。ジムスは嫌がったが、どうしようもなかった。今のリラは、幼児の世話と食事について、やる気がなかった。

そのとき電話が鳴った。電話が鳴ることは珍しくなかった。炉辺荘では、平均して十分おきにかかってくる。それなのにリラは、またジムスのスプーンを落とし——今度は絨毯の上に——電話口に飛んでいった。誰よりも早く出ることに命がかかっているような勢いだった。ジムスは、我慢もこれまでと、大声をあげて泣き出した。

「もしもし、炉辺荘ですか？」

「はい」

「きみかい、リラ？」

「そうでしゅ……そうでしゅ」(5)——ああ、ジムスったら、ちょっとの間でも泣き止んでくれないのかしら？　どうして誰かが来て、あの子の口をふさいでくれないの？

「誰だか、わかる？」

もう、わかるに決まってるわ！　その声が、わからないはずがないでしょ？　どこにいても——いつ聞いても。

「ケン……でしょう？」

「そう。こちらにちょっと来てるんだ。今夜、炉辺荘に行って、きみ（ユー）に会えるかな？」

「もちろんよ」

ケネスの言う「きみ（ユー）」は、単数形の「きみ（ユー）」かしら、それとも複数形の「あなたがた（ユー）」かしら？(6)ああ、ケネスは何を言ってるの？——今すぐ、ジムスの首をひねってやりたい。

「いいかい、リラ、まわりに人が大勢いないように、してくれるかい？　わかったかい？　この迷惑な田舎の電話では、これ以上は、はっきり言えないんだ。受話器が一ダースも外れているからね」

わかったかい、ですって！　もちろん、わかりましたとも。

「やってみるわ」リラの声は震えていた。

「じゃあ、八時ごろにうかがいます、さよなら」

リラは電話を切ると、ジムスのもとへ飛んでいった。しかしご機嫌ななめのジムスの首をひねることはなかった。それどころか、赤ん坊を椅子から抱きあげ、自分の顔に押しあてると、ミルクのついた口もとに大喜びでキスを浴びせ、ジムスを抱いて狂ったように部屋中、踊りまわった。ジムスが安堵（あんど）したことに、そのあとは、リラも正気（しょうき）にもどり、食事の残りをきちんと食べさせ、ベッドに入れ、ジムスが一番好きな子守歌をうたってやって昼寝をさせた。午後は、赤十字のシャツを縫いながら、さまざまな夢がふくらむ水晶の城を、虹色に輝かせながら思い描いていた。ケンは、私に会いたがっている——私一人だけに会いたがっているのだ。そんなことは簡単だ。シャーリーは邪魔はしない。父さんと母さんは牧師館に出かけることになっている。オリヴァー先生はお邪魔虫なんて絶対にしない。ジムスは毎晩七時から朝の七時まで寝ている。ケネスを、ヴェランダでもてなすことにしよう――月夜の晩だもの――私は白いジョーゼット（7）のドレスを着て、髪はアップにしよう――ええ、そうしよう――そうできなければ、うなじのところで、髷（シニヨン）にまとめよう。それなら、母さんも反対しないでしょう、きっと。ああ、なんてすてきで、ロマンチックかしら！　ケンは、私に何かを、言うつもりかしら――そうよ、何かを言うにちがいないわ。そうでなきゃ、どうしてわざわざ私だけに会うの？　雨がふったら、どうしよう――そう言えば今朝、スーザンは、ハイド氏の文句を言っていた！　青少年赤十字のおせっかいな誰かが、ベルギーの人やシャツのことで相談にきたら？　最悪なことに、フレッド・アーノルドが、ひょっこり来たら？　あの人はときどきやって来るもの。

ついに夕方になった。すべてが望み通りの夕べとなった。先生と夫人は牧師館へ行き、シャーリーとオリヴァー先生はどこかへ出かけた。スーザンは日用品を買いに店へ、ジムスは夢の国に行った。リラはジョーゼットのドレスを着て、髪を髷（シニヨン）にまとめ、真珠の飾り紐（ひも）を二重に髪にまいた。それから淡い桃色の小さな薔薇を、ひと房、ベルトにさした。ケンはこの薔薇を、記念にほしいと言うかしら？　リラは知っていた。ジェムは、色あせた薔薇を一輪、フランドルの塹壕へもっていったのだ。ジェムが出発する前夜、フェイスが口づけて彼に贈った薔薇だ。

月明かりに照らされ、蔦（つた）の影が落ちる広いヴェランダで、リラはケンを出迎えた。リラはたいそう美しかった。彼にさしのべた手は冷たくなり、舌足らずになるまいと案ずるあまり、挨拶の言葉は、上品ぶった堅苦しいものになった。中尉の軍服を着たケネスは、なんと美男子で、背が高いだろう！　年かさにも見えた——かなり大人っぽく見えるので、リラはしらけた気持ちになった。この立派な青年士官が、私に、つまりグレン・セント・メアリの子どものリラ・ブライスに、何か特別なことを言うだろうと思っていたなんて、滑稽(こっけい)の極(きわ)みではないか？　結局、私は、彼の言ったことを理解してなかったのだ——彼はただ、まわりに大勢の人がいて騒がれたり、名士扱いされるのを望まなかっただけなのだ。おそらく内海向こうで、そんな目にあったのだろう。だから、もちろん、そういう意味だったのだ——なのに私ったら、子どもっぽいお馬鹿さんだから、ケネスは私だけに会いたいと、自惚(うぬぼ)れた想像をしたのだ。ケンはきっと、私が、二人っきりになるために、変にたくらんで、家族を追い払ったと考えて、内心、私を笑っているだろう。

「これは、思った以上に、ラッキーだ」ケネスはそう言うと、椅子の背もたれによりかかり、リラに見とれる思いを、雄弁な瞳に隠すことなく浮かべて、彼女を見つめた。

「てっきり、誰かがまわりにうろうろしていると思っていたよ。でも、ぼくが会いたかったのは、きみだけなんだ、リラ・マイ(ぼくの)・リラ」

リラの夢の城が、またみるみる絵のように現れてきた。この言葉は、間違いようがない。彼が目の前で言ったのだから、確かだ。

「この家には……もう前みたいに……まわりをうろうろする人が、そんなにいないの」

リラがそっと言った。

「ああ、そうだね」ケンも優しく言った。「ジェムとウォルター、それからお姉さんたちもいなくなって……がらんとした空白ができたんだね？　だけど」――彼は身を前に乗りだし、黒い巻き毛が、リラの髪にふれんばかりになった――「ときにはフレッド・アーノルドが、その空白を埋めようとするんじゃないのかい、そう聞いているよ」

　ちょうどそのとき、リラが答える前に、ジムスが大声をあげて泣き出した。二人の真上に、ジムスが寝ている部屋の窓があり、開いていた。あの子が夕方泣くなんて、滅多にないのに。リラは経験からわかっていた。ジムスが激しく泣いているときは、その前からしくしく泣いていたのに、誰も来てくれないので、怒っているのだ。おまけにこんなふうに泣き出すと、最後まで徹底的に泣くのだ。リラはこのまますわって、知らんぷりをしても、らちが明かないと、わかった。あの子は泣き止まないだろう。それに二人の頭の上で、金切り声とわめき声が響きわたっていたら、どんな会話だろうと話にならない。それに私がただすわって、あんなに泣いている赤ん坊をほうっておけば、ケネスは私をひどい薄情者だと思うだろう。ケネスは、モーガンの有益な分厚い本の中身は知らない[8]だろうから。

リラは立ちあがった。「ジムスは怖い夢でも見たのよ、たぶん。ときどきこうなって、いつもとても怖がるの。ちょっと失礼します」

リラは二階へ走って上がりながら、正直なところ、スープ入れなど発明されなければよかったと思った。ところがジムスは、リラを見ると、小さな両腕を頼みこむようにさしのべ、涙を頬にぽろぽろこぼしながらも、泣きじゃくりを幾度かのみこんだ。リラのいらだちは消えた。結局、この赤ちゃんは、かわいそうに、怖かったのだ。リラはジムスを優しく抱きあげ、あやすように揺すってやった。やがてすすり泣きはやみ、赤ん坊は目をつむった。そこでベビーベッドに寝かせようとすると、ジムスはまた目をあけ、泣き叫んで抗議した。これが二度、くり返された。リラは暗澹たる気持ちになった。これ以上、ケネスを下で一人にしておくことはできない——三十分近く置き去りにしているのだ。リラはもうあきらめて、ジムスを抱いて階段をおり、ヴェランダにすわった。一番大切な人がお別れの挨拶に来てくれたのに、この頑固な戦争孤児を抱っこしているなんて、どう見ても滑稽だったが、どうしようもなかった。

ジムスはご機嫌だった。小さな桃色のかかとを、白い寝巻から嬉しげに蹴りだし、珍しいことに、声まで上げて笑っていた。ジムスはたいそう可愛い赤ん坊に育っていた。小さな丸い頭に、金髪の絹のような巻き毛がカールをつくり、瞳が美しかった。

「ほんとうに見ばえのする赤ちゃんだね？」ケンが言った。

「見た目は、とてもいいの」リラの苦々しい口ぶりは、まるでそれだけが取り柄（え）だと言わんばかりだった。ジムスは察しのいい子であり、このあやしい雲行きの気配をかぎとり、それを晴らすのは自分にかかっていると理解した。ジムスは顔をリラにむけ、可愛らしい顔でにっこりすると、はっきり、心をわしづかみにするように言ったのだ。「ウィル……ウィル」（9）

　ジムスが言葉を話した、あるいは話そうとしたのは初めてだった。リラは感動のあまり、ジムスに腹をたてていたことも忘れて、赤ん坊を許し、抱きしめ、キスをした。ジムスはまた可愛がってもらったとわかり、リラに抱きついた。ちょうど居間のランプの光が、ジムスの髪を照らし、金色の丸い後光となって、リラの胸もとに輝いた。

　ケネスは身じろぎもせず、言葉もなくリラを見ていた――その優美で娘らしい横顔、長い睫毛（まつげ）、窪みのある唇、愛らしいあご。リラは淡い月明かりのなかで、ジムスにいくらか頭（こうべ）を垂れてすわり、ランプの灯りが、髪に飾った真珠を細い光輪（こうりん）のように輝かせていた。ケンは、実家の母の机の上にかかる聖母像そのものだと思った。彼は、このリラの姿を胸におさめて、フランスの悲惨な戦場へおもむいた。ケネスは、フォー・ウィンズのダンスの一夜より、リラ・ブライスに強い恋慕をよせていた。しかし今ここで、幼いジムスを腕に抱くリラを見たとき、彼はリラを愛した。自分が彼女を愛していると知った。だがその間、リラはかわいそうに、落胆と恥ずかしさに身の置きどころもなくすわり、ケンとの最後の夕べが台無しになってしまった、なぜ現実は小説本のロマンスとは違うのだろうと思っていた。あまりにみっともなく思われて、彼に話しかけようともしなかった。ケンは、私にほとほと愛想がつきたに違いない。だから石みたいに黙りこくってすわっているのだ。

ジムスはぐっすり眠り、一瞬、希望がよみがえった。これなら居間の長椅子（カウチ）に寝かせても大丈夫だろう。そうしてリラが居間から戻るとしかし、スーザンがヴェランダにすわり、ボンネットの紐（ひも）をほどきながら、しばらく居すわる気配を漂わせていた。

「あんたの赤ちゃんは、寝ましたか？」スーザンは親切心からたずねた。

あんたの赤ちゃんですって！　スーザンったら、もっと気を利かせてくれてもいいのに。

「ええ」独身（ミス）のリラは、無愛想に答えた。

スーザンは、ではこれから自分の務めを果たしますよとばかりに、買い物の包みを葦（あし）のテーブル(10)に置いた。疲れていたが、ここはリラを助けねばなるまい。ケネス・フォードが炉辺荘を訪ねて来たというのに、あいにく全員が出払って、「このかわいそうな子」が一人で相手をしなければならなかったのだ。でも今、スーザンが助けにきましたからね――どんなに草臥（くたび）れていようと、役目を果たしますよ。

「おや、まあ、ずいぶん大きくなったこと」スーザンは、六フィートも背丈がある軍服姿のケンを、恐れもなく眺めた。スーザンも今では軍服姿に見慣れて、また六十四歳ともなれば、中尉の軍服も、ただの服にすぎなかった。「子どもというものは、あっという間に大きくなって、びっくりしますよ。ここにいるリラなんか、もうじき十五ですよ」

「私は今度、十七になるのよ、スーザン」リラはむきになって叫んだ。十六歳と丸々一か月なのに、「あんた方が赤ちゃんだったのが、つい昨日のようですよ」スーザンは、リラの反発など聞き流して言った。「ケン、あんたは、私が見たなかで、いちばんきれいな赤ちゃんでした。もっとも、あんたのお母さんは、あんたの親指しゃぶりをやめさせるのに、長いこと苦労してましたっけ。私があんたに、尻叩き(11)をした日のこと、憶えてますか?」

「いいえ」ケネスは言った。

「まあ、そうでしょうね。小さかったですから……ほんの四つくらいでしたよ。あんたはお母さんとここに来て、ナンをしつこくからかうもんで、しまいにナンが泣き出したんです。私はやめさせようと、あれこれしましたけど、効き目がなくて。もう尻叩きしかないと思って、あんたをつかまえて、膝にうつ伏せに寝かせて、叩いたんです、あんたは大声でわめきましたけど、おかげでナンをかまわなくなりましたよ」

リラは身悶えしていた。スーザンは、自分が説教をしている相手が、カナダ陸軍の士官だと、まったくわかっていないのでは？　明らかにわかってないわ。ああ、ケンはどう思うかしら？

「じゃあ、あんたのお母さんに、尻叩きされたことも、憶えてないでしょうね」スーザンは続けた。その夜のスーザンは、幼いころのことを何が何でも思い出させようとしているようだった。「私は、決して、決して、忘れませんよ。ある夕方、お母さんがあんたを連れて来なさったんです。あんたが三つのころでしたよ。あんたはウォルターと台所の裏庭で、子猫と遊んでたんです。私は雨樋のそばに大樽を置いて、石鹸をつくるために雨水を溜めてたんです。そうしたら、あんたとウォルターが、子猫のことで喧嘩を始めましてね。ウォルターは大樽のこっち側で椅子に立って子猫を持っていた。あんたは向こう側で椅子に立ってたけど、大樽に身を乗りだして、子猫をむんずとつかんで、引っ張ったんです。あんたはいつだって、ほしいものをいきなりとるのが、そりゃあ上手でしたですよ。でもウォルターは子猫をぎゅっと持って、かわいそうな子猫は鳴きわめいたのに、あんたが引っ張ったんで、ウォルターと子猫が大樽の半分まで来たところで、二人ともバランスを失って、大樽のなかに落ちたんです、子猫もろとも。私がその場にいなかったら、そろって溺れてましたよ。私がすっ飛んでって、あんたらと子猫を引きずり出したんで、大事にはなりませんでしたけどね。あんたのお母さんは、二階の窓から一部始終を見てたんで、おりて来て、水がぽたぽた垂れてるあんたを抱えて、見事な尻叩きをしましたよ。あーあ」スーザンはため息をついた。「あのころ、炉辺荘の暮らしは、幸せでしたよ」

「そうでしょうね」ケンは言った。その口ぶりは変にぎこちなかった。彼は取り返しがつかないほど腹を立てているのだと、リラは思った。しかし実際は、わっと吹きだすほど笑いやしないかと、安心して声を出せなかったのだ。

「ここにいるリラは」スーザンは、この不運な乙女に、愛しげな目をむけた。「尻叩きされたことは、あまりなかったですよ。ふだんはほんとにお行儀のいい子でした。でも、お父さんに一度、尻を叩かれたことはあります。診察室から丸薬（がんやく）の壜を二つ持ちだして、どっちが早く全部のめるか、アリス・クローにけしかけたんです。この子の父親が、たまたま入ってきて間に合わなければ、二人は夜までに死んでましたよ。もっとも、実のところ、二人ともすぐに気持ちが悪くなりましてね。でも先生はその場ですぐリラに尻叩きしましたよ。それも徹底的に叩いたので、二度と診察室のものをいじらなくなりました。近ごろは『道徳的説得』という言葉をよく聞きますけど、私に言わせれば、しっかと尻を叩いて、後はがみがみ言わないほうが、よっぽど効き目がありますよ」

スーザンは、家族全員の尻叩きを並べあげるつもりかしら。リラは恨（うら）めしく思ったが、スーザンはその話は切りあげ、次の愉快な話題にうつった。

「そういえば、内海向こうのトッド・マカリスター坊やが、それで死にましたね。便秘薬のフルータティブス[12]をキャンディだと思って、一箱食べたんです。痛ましいことでしたよ」スーザンは真顔で言った。「あんなにきれいな子どもの死体は見たことがありませんね。子どもの手の届くところにフルータティブスを置くなんて、母親が不注意ですよ。だけどあの母親は、粗忽者で有名でしたからね。ある日、新しい青いシルクのドレスを着て教会へ行く途中、野っ原を通って、鳥の巣に、卵を五つ、見つけたんです。それでペチコートのポケットに入れたのに、教会に着いたら、きれいに忘れて、腰かけたんです。ドレスは台無し、ペチコートは言うまでもありません。そういえば……トッドは、あんたのうちと親戚じゃありませんか？　あんたのひいおばあさんのウェストさんは、マカリスター家ですからね。その兄さんのエイモスは、信仰は『マクドナルドの人』[13]でしてね、聞いた話では、ものすごい痙攣みたいなことを起こしたそうです。だけどあんたは、マカリスター家じゃなくて、ウェスト家のひいおじいさんに似てますね。あの人は、脳卒中で、早死にしましたよ」

「お店で、誰かにお会いしたの？」リラは、スーザンの話を、もっと感じのいい方へ変えたいと、一縷の望みをかけて必死で言った。

「メアリ・ヴァンスに会っただけですね」スーザンは言った。「メアリは、アイルランド人にたかる蚤みたいに、ぴょんぴょん跳ねまわってました」

スーザンったら、なんとひどい喩えをして！　まるでうちの家族から、そんな喩えを教わったと、ケネスが思うじゃないの！

「メアリの話を聞いてると、グレンから入隊した者は、ミラー・ダグラスだけみたいな気になりますよ」スーザンは続けた。「あの子は、前から自慢たらたらですから。もちろんいいところもあると認めますよ。だけどメアリが干し鱈を持って、このリラを村中追いかけ回したときは、そうは思いませんでしたよ。リラはしまいに、カーター・フラッグの店の前で転んで、水たまりに、頭っから、真っ逆さまに倒れたんですから」

リラは怒りと恥ずかしさに、体中が冷たくなった。ほかにスーザンが、ここでばらすような恥ずかしい事件が、私にあったかしら？　一方のケンは、スーザンの話に大笑いすることもできたが、自分の愛する人の付添婦人にそんな無礼はすまいと、不自然なほど、しかつめらしい顔つきですわっていた。リラはかわいそうに、彼が怒って、むすっとしているのだと思った。

「今夜、インクひと壜に、十一セントも払ったんです」スーザンはこぼした。「去年の二倍ですよ。ウッドロー・ウィルソン大統領が声明の意見書をたくさん書くからですよ。あの男はインク代が、そうとうかかってますよ。いとこのソフィアは、ウッドロー・ウィルソンはあたしの見立て通りの男じゃなかったって言ってます……だけど、見立て通りの男なんか、いたためしがありませんからね。私はいい年をした独り者ですから、男の人のことはよく知らないし、知ったかぶりもしませんよ。なのにいとこのソフィアは、男に点が辛いくせに、二度も結婚したんです。私に言わせれば、それで十分、元はとれてますよ。先週、アルバート・クローフォードの家の煙突が、大風で倒れましてね。いとこのソフィアは、屋根の上で、煉瓦ががらがら崩れる音を聞いて、ツェッペリン号の空襲だと思って、ヒステリーを起こしたんです。でもアルバート・クローフォードのおかみさんは、いとこのソフィアのヒステリーとツェッペリン号の空襲の二つなら、空襲のほうが、まだましだと言ってますよ」

リラはもはや催眠術をかけられた人のように、ぐったりして椅子にすわっていた。スーザンのおしゃべりは、本人が止める気になれば止められるが、本人以外が早く終わらせることはできないのだ。それをリラはわかっていた。リラは、基本はスーザンが好きだが、今は死ぬほど嫌いで、憎らしかった。もう十時だ。そろそろケンは帰らなければならない——うちの家族も戻ってくるだろう——リラはケンに、フレッド・アーノルドは私の空白を埋めたことはないし、これからもないと、説明するチャンスもなかった。リラの虹色の城は、廃墟となって、まわりに倒れていた。

とうとうケネスが立ちあがった。彼は、自分がいる限り、スーザンも居すわるとわかったのだ。また内海向こうのマーティン・ウェスト家まで、三マイル歩かねばならなかった。リラは、ぼくと二人きりにならないように、スーザンに頼んでこんな真似をさせているのだろうか、とも疑った。つまり、フレッド・アーノルドの恋人であるリラが聞きたくない話を、ぼくに言わせないようにするためだろうと。リラも立ちあがった。そして黙ったままヴェランダの端まで、ケンと歩いた。ケンが、ヴェランダの階段を一段おりたところで、二人は一瞬、立ち止まった。階段は半分、地面に埋もれ、あたりに薄荷（ミント）がしげり、階段にかかっていた。人がたびたび階段を通って薄荷（ミント）を踏むため、香り（エッセンス）がほとばしり、ぴりっとした芳香が、音はなく目にも見えない祝福の精のように二人のまわりに漂っていた。ケンは顔をあげ、リラを見た。彼女の髪は月光にきらめき、その瞳は、彼の心を惹きつける魅力にあふれていた。その瞬間、フレッド・アーノルドとの噂は何でもないと、ケンは確信した。

「リラ」彼は不意に、情熱的にささやいた。「きみは、最高にすてきな人だ」

リラは顔を赤らめ、スーザンに目をむけた。ケンも見た。するとスーザンはこちらに背中を向けていた。ケンは片腕でリラを抱き、彼女に口づけをした。リラにとってキスをされたのは初めてだった。怒るべきかもしれないと思ったが、怒らなかった。代わりにリラはおずおずと、何かをもとめるようなケネスの瞳をのぞきこんだ。彼女のそのまなざしも接吻のようだった。

「リラ・マイ・リラ」ケンは言った。「ぼくが戻ってくるまで、ほかの誰にもキスをさせないと、約束してくれますか？」

「ええ」リラはおののき、胸ときめいていた。

スーザンが向き返った。ケンは腕をほどき、小径へおりていった。

「さようなら」彼は、何でもないように言った。リラも、何でもないようにその言葉を言う自分の声を聞いた。リラは立ったまま、ケネスが庭の小径を歩いて、門を出てゆき、街道へむかうところを見守った。彼の姿がもみの木に見えなくなると、突然、「ああ」と、息づまるような声がもれた。リラは、門へむけて駈けだしていた。走っていくリラのスカートに、甘い匂いの花をつけた草が、まつわった。門から身を乗りだすと、街道をきびきび歩き去っていくケネスが見えた。木の影と月光が縞模様をなすなかを、すらりとして姿勢のいい姿が、月の白い輝きをあびて、灰色に見えていた。彼は曲がり角にさしかかると、足をとめ、ふりむいた。リラが、丈高い白百合のしげみのなか、門のそばに立っているのが見えた。彼は手をふった――彼女もふった――ケネスは曲がり角のむこうへ見えなくなった。

リラはしばし立ち尽くして、銀色のもやにかすむ草原を眺めていた。母さんが、道の曲がり角が好きだ――曲がり角は興味をそそり、心を惹きつけるからと言うのを、リラは聞いたことがあった。リラは大嫌いだと思った。ジェムとジェリーが道の曲がり角のむこうにいくのを見送った――次にウォルター――今度はケンだ。兄さんたち、幼なじみ、そして恋しい人が――みんな行ってしまった、二度と帰らないかもしれないのに。

それでも笛吹きは笛を吹き、死の踊りは続くのだ。

リラがゆっくりとした足どりで家に戻ると、スーザンはまだヴェランダのテーブルで腰かけていた。スーザンはどうやら泣いていたらしかった。

「夢の家で暮らした懐かしい昔を思い出してたんですよ、リラや。あのころ、ケネスのお母さんとお父さんは恋愛中でしたよ。ジェムは小さな赤ちゃんで、あんたはまだ影も形もなかった。ケネスの両親はほんとうにロマンチックな恋愛をしてましたよ。ケネスのお母さんと、あんたのお母さんは、大の仲良しだった。それがこの年まで生きて、その息子が前線へ行くのを見ることになろうとは。ケネスのお母さんは、こんなことになって、まるで若い頃に苦労が足りなかったみたいに。でも私たちは元気を出して、乗り切らなくてはなりませんよ」

リラのなかで、スーザンへの怒りはすべてとけていた。ケンの接吻は、今なおリラの唇に燃えていた。彼がもとめた約束のすばらしい意味に、心も魂も、ときめいていた。そんなときに腹を立てることなどできなかった。リラはほっそりした白い手を、スーザンの日に焼けた働き者の手に重ねて、握った。スーザンは忠実ないい人だ。炉辺荘の人々のためなら命も投げ出すだろう。

「疲れたでしょうから、リラや、早くお休みなさい」スーザンはリラの手をなでた。

「あんたは今夜、あんまりくたびれて、ろくに話もできなかったんですね。私はわかってましたよ。私がいい塩梅（あんばい）に戻ってきて、あんたを助けてあげて、よかったですよ。若い男をもてなすというのも、慣れないと、なかなか厄介（やっかい）ですからね」

リラは、ジムスを抱いて二階へあがった。しかしベッドに入る前に、窓辺に長い間すわり、虹色の城を建てなおし、そこに丸屋根（ドーム）と小塔もつけた。

リラは独りごとを言った。「私は、ケネス・フォードと婚約したのかしら、していないのかしら」

第17章　過ぎ去っていく日々

リラは初めてもらった恋文を、虹の谷のもみの木陰の奥まったところで読んだ。娘にとって初めて恋文をうけとるということは、世慣れた年配者がどう思おうと、十代における重大事件なのだ。しかしケネスの連隊がキングスポートを出港すると、胸が鈍く痛むような不安な二週間がつづいた。日曜日の夕方ごとに、教会で信徒たちが、

「ああ、神よ、われらが叫びを聞きたまえ、
　海の危難にある者のためにあげる祈りを」(1)

と歌うとき、リラの声はかすれるのだった。というのは、この歌詞からは、潜水艦に攻撃された船が無情な波の下に沈んでいき、溺れる人々が、もがき、叫ぶ恐ろしい情景がありありと心に浮かぶのだ。やがてケネスの連隊が無事にイングランドに到着したと報せが届き、そして今、やっと、彼からその恋文が来たのである。手紙の書き出しに、リラは一瞬、天にも昇るような幸福をおぼえ、さらに終わりの一段落を読むと、驚き、胸

のときめき、喜びで、頬が真紅に染まった。手紙の冒頭と結末の間は、とにかく愉快で、話題が豊富であり、おそらくケンがみんなに送るものと同じだろう。けれど冒頭と結末のために、リラは、手紙を枕の下にしのばせて、何週間も眠った。ときおり夜半に目ざめると、そっと手を枕の下にさしいれ、手紙にふれた。そして、こんなにすばらしく洗練された手紙を書ける恋人のいない娘たちを、秘かに憐れみをもって見るのだった。ケネスはだてに有名な小説家の息子ではなかった。彼は、心を打ち、意味深い言葉をわずかに使うだけでものごとを表現する「術をこころえて」おり、書かれている言葉よりもはるかに深遠な示唆があるように思われた。そのため何十回、読み返そうと、気の抜けて、退屈な(2)、つまらないものにならなかった。虹の谷から帰っていくリラは、歩くというより、宙を飛んでいるようだった。

しかしこの秋、こんなふうに気分が高揚するひとときは滅多になかった。もちろん、九月のある日、連合国が西部戦線で大勝利をおさめた(3)という大ニュースが入ると、スーザンが表へ走りでて、旗を揚げたことはあった――旗を掲げたのは、ロシア戦線が敗れてより、初めてだった。しかしこれを最後に、陰々滅々たる数か月、旗を揚げることはなかった。

「おそらく、ついに大攻勢が始まったんですよ、先生奥さんや」スーザンは叫んだ。「ということは、ドイツ兵どもが敗けるのも、もうじきですね。うちの坊やたちも、クリスマスまでに帰ってきますよ。やったー！」

　スーザンは、やったー、と叫んだ瞬間に恥じ入り、このような子どもじみた言葉を口走って申し訳ないと素直に謝った。「けれど実のところ、先生奥さんや、この夏は、ロシア軍の不振(4)やら、ガリポリの退却(5)やらで、ひどかったですから、こんなにいいニュースが来て、ついのぼせてしまったんです」

「いいニュースですって！」ミス・オリヴァーが苦々しく言った。「この大勝利で、息子や、夫や、恋人を亡くした女の人は、いいニュースだと言うでしょうか。自分の家族が、その方面の前線にいないというだけで、私たちは喜んでいるのですよ、まるでこの勝利で、犠牲になった人が一人もいないみたいに」

「いいですか、ミス・オリヴァー、そんな見方をするものじゃありませんよ」スーザンは異議を唱えた。「近ごろ私たちには、喜ぶようなことは大してありませんでしたが、男たちはずっと同じように死んでるのです。哀れないとこのソフィアみたいに陰気にならないでください。いとこのソフィアは、このニュースが来たとき、『やれやれ、こんなのは、ただの雲の切れ間だよ。今週は浮かれても、来週はまたがっくりくるんだから』と言いましてね。それで私は、『いいかい、ソフィア・クローフォード』と言い返しましたよ……あの人に負けるつもりはありませんからね、先生奥さんや……『神さまだって、丘を二つお作りになれば、その間に窪んだとこができますよ、前にそう聞いたことがあります。だからといって、丘に上ったときに、天辺にいることを喜んじゃいけない理由はありませんよ』と。ところが、いとこのソフィアは、愚痴をこぼすばかりで『ガリポーリーの遠征は失敗(6)するし、ニコライ大公は辞めさせられる(7)し、ルーシアの皇帝はドイツ贔屓(8)てことはみんな知ってるし、連合国は弾薬がないし、ブルガリアはあたしらの敵になりかけてんだよ。これでまだお終いじゃないんだ。ていうのは、イングランドとフランスは、命にかかわる罪をおかしたんだから、粗末な衣を着て、灰のなかで、悔い改める(9)まで、罰をうけなきゃなるまいからね』と言うんで、私はまた言い返したんです。『英国もフランスも、軍服を着て、塹壕の泥んこのなかで、自分たちの悔い改めをするでしょうよ。それにドイツ兵だって、悔い改めるべき罪はあると思いますよ』と。そうしたら、いとこのソフィアは、『ドイツのやつらは、全能の神さまが穀物倉をきれいにするためにお使いになる道具(10)だよ』と言ったんで、もう頭に来たんです、先生奥さんや。『全能の神さまは、どんな目的であれ、そんな汚らわしい道具はお使いにならないし、あんたも、ふだんの話のなかで、聖書の言葉をぺらぺら軽々しく使うのは慎みがありませんよ、あんたは、牧師でも長老でもないんだから』と。いとこのソフィアも、しばらくは黙りましたよ、先生奥さんや。いとこのソフィアは、意気地がないんです。その点、あの人の姪っ子とは大違いです。内海向こうのディーン・クローフォードの奥さんですよ。ディーン・クローフォードには男の子が五人おりますけど、今度生まれた赤ん坊も、また男だったんです。親戚一同はもちろん、ディーン・クローフォードも、がっくりきましてね。気持ちは女の子を望んでましたから。ところがディーンの家内は、笑って言ったんです。『この夏、いく先々で、「男子を求む」という貼り紙が、じっとこちらを睨んでました(11)よ。そんなとき、女の子を産めると思いますか？』と。その意気ですよ、先生奥さんや。ところが、いとこのソフィアは、どうせその子も、大砲の餌食になるのが関の山だよ、なんて言うでしょうがね」

　いとこのソフィアは、この陰々滅々たる秋の間、悲観主義を最大限に発揮したため、年季の入った根っからの楽天家であるスーザンでさえ、その陰気な見方を明るいほうへむけるのはむずかしかった。ブルガリアがドイツ側についた(12)とき、スーザンは、「負けたがっている国が、また一つ」と軽蔑するように言っただけだったが、ギリシアの紛糾(13)には、スーザンの人生哲学の力もおよばず、冷静ではいられなかった。

「ギリシアのコンスタンティノス(14)の奥さんは、ドイツ人(15)なんですよ、先生奥さんや。それを知って、私の希望もぺしゃんこになりましたよ。それにしても、ギリシアのコンスタンティノスが、どんな奥さんをもらったか、なんてことを、この私が気にすることになろうとは！　あの情けない国王は、女房の尻の下に、敷かれてるんですよ。どんな男だろうと、そんなところは、いい居場所じゃありませんよ。私は、年寄りの独り者で、そういう者は、独立心を持たねばなりません。さもないと押しつぶされますから。でももし、私が結婚してたら、先生奥さんや、おとなしく、控えめにしてますよ。私に言わせれば、ギリシアのソフィアは、出しゃばり女（16）ですよ」

さらにヴェニゼロスが失敗した（17）というニュースが入ると、スーザンは怒り狂った。

「私なら、コンスタンティノスめに尻叩きをして、生きたまま皮をはいでやります、ええ、やりますとも」スーザンは烈火のごとく叫んだ。

「おやおや、スーザン、驚いたな」先生は気取った顔つきをしてみせた。「きみは礼儀作法を知らないのかね？　国王の生皮をはぐのはよろしい、ぜひやりたまえ。だが、尻叩きは、よしたまえ」

「あの王さまも、子どものころ、しっかり尻叩きをされてれば、今ごろは、もっと分別があったでしょうに」スーザンが言い返した。「だけど王子さまは、尻叩きなんかされませんからね、残念ですよ。連合国が、あの国王に最後通牒を送ったことは知ってます。でも、コンスタンティノスみたいな蛇（18）の皮をはぐには、最後通牒なんかじゃ足りません。あの男も、連合国の封鎖でやっつけられたら、分別がつくでしょうけど、まだまだ時間がかかりますよ。そうしてる間に、気の毒なセルビアは、どうなるんです？」

セルビアがどうなったか（19）、人々は目の当たりにした。その間、スーザンと暮らすことは艱難辛苦(かんなんしんく)であった。スーザンは激高して、キッチナー坊やを別にすると、手当たり次第、人やら物やらに八つ当たりしたのだ。ことに哀れなウィルソン大統領のことは、全力で非難した。

「あの男がやるべきことをやって、もっと早く戦争に加わってれば(20)、セルビアの大惨事なんか、見ずに済んだんです」スーザンは断言した。

「合衆国のような大国が、戦争に突入するのは、大変なことなんだよ、色々な民族がいるからね、スーザン」先生はときどき大統領の弁護にまわったが、弁護する必要があると考えてのことではなく、スーザンをからかうのが楽しいいたずら心からだった。

「そうかもしれませんよ、先生や……おそらく！　でも古い話を思い出しました。ある娘さんが結婚するつもりだと、お祖母さんに話したんです。お祖母さんが、『結婚するということは重大なことだよ』と言ったところ、『ええ、でも結婚しないでいることは、もっと重大なことよ』と娘が言ったんです。それは私も経験から言えます、先生や。だからアメリカ人(ヤンキー)にとっては、大戦に加わることより、参加しないできたことのほうが重大なんだと、私は思います。もちろんアメリカ人(ヤンキー)のことはよく知りませんけど、ウッドロー・ウィルソンがいようが、いまいが、この大戦は、通信教育の学校じゃない(21)ってことを思い知れば、アメリカ人もいつか、何かを始めるでしょう」スーザンは左右の手に、片手鍋(ソースパン)とスープのお玉杓子(たまじゃくし)をもち、威勢よくふりまわした。「アメリカの連中も、お高くとまって戦わず、なんてことは、しませんよ」

十月、薄い黄色に暮れていく風の強い夕方、カール・メレディスが出征した。彼は十八歳の誕生日に、すでに入隊していた。ジョン・メレディスは硬い表情で息子を見送った。二人のわが子が行ったのだ――今は、幼いブルースが残るだけだった。牧師は、ブルースも、その母親も、心から愛していた。しかしジェリーとカールは、彼の若き日の花嫁が産んだ息子であり、ことにカールは、わが子のなかでただ一人、セシリアの目を受けついでいた。カールのその瞳が、軍服の上から愛情深く自分を見つめたとき、青ざめた牧師は、不意に、カールが鰻で悪ふざけをして、後にも先にも一度だけ、息子を鞭で叩こうとした日のことを思い出した。あのとき初めて、カールの目がセシリアの目だと気づいたのだ。そして今、その感慨を新たにしていた。息子の顔のなかから自分を見つめている亡き妻の瞳を、またいつか、見る日はあるだろうか？　カールは、なんと健康的で、すがすがしく、見目麗しい青年だろう！　その息子が出征する姿を――見送る――それはつらかった。ジョン・メレディスには、ずたずたに裂けた戦場に、「十八歳から四十五歳の身体強健な男性」(22)の死体が散らばっているさまが見えるようだった。カールはつい先ごろまで、虹の谷で虫を探し、とかげをベッドに持ちこみ、日曜学校にかえるを持っていってグレンの人々を唖然とさせる小さな男の子だった。そんな息子が、「身体強健な」男性として軍服を着ていることは、どこか――正しい――ことではない気がした。だがジョン・メレディスは、息子が、ぼくは行かなくてはならないと告げたとき、思いとどまらせる言葉を言わなかった。

リラにとっては、カールの出征がこたえていた。二人はいつも親友であり遊び仲間だった。カールはほんの少し年上で、子ども時代を虹の谷で一緒に過ごしたのだ。リラは二人でやったいたずらや悪さを一つ一つ思い出しながら、足どりも重く、一人ぼっちで家路をたどった。雲が強風に流れ、その間から満月がのぞき、突然、不気味な月光がさした。電話線は風に吹かれて、鋭い金切り声をあげている。柵の角で、枯れて灰色の穂となった背の高いあきのきりんそうが揺れながら荒々しく手招きするさまは、年老いた魔女の一団が邪悪な魔法をかけているようだった。以前は、こんな夜はカールが炉辺荘にやって来て、口笛でリラを門まで呼び出したのだ。「月夜だ、楽しくやろう、リラ」と言って、二人で虹の谷へ逃げだしたのだ。リラは、カールの甲虫(かぶとむし)も昆虫も怖くなかったが、蛇にだけは、いつも厳しい一線を引いていた。二人はほとんどどんなことも語りあい、学校で二人はからかわれた。しかし十歳くらいの夕方、二人は虹の谷の古い泉のほとりで、「決して結婚しない」と厳かに約束した。その日、学校で、アリス・クローが、石板に二人の名前を書いて「文字を消した(クロスト・アウト)」のだ(23)。それで出てきた結果は、「双方は結婚する」だった。二人とも嬉しくなかった。そこで虹の谷で誓ったのだが、不都合だという気持ちはなかった。リラはこの懐かしい思い出をふり返って笑った——

それから、ため息をついた。ちょうどその日、ロンドンの新聞から届いた外電に、「目下の状況は、開戦以来、最悪」というありがたい発表があったのだ。まったく、暗澹たる状況だった。グレンからは、来る日も来る日も、リラの知る若者が出征していった。リラは、ただ家で待って、奉仕活動をするほかに、何かできればいいのに、と思った。私も男で、軍服を着て、カールと西部戦線へ急行しているのなら、いいのに！　ジェムが出征したときも、ロマンチックな気分に突き動かされてそう思ったが、あのときは、たぶん本気ではなかった。でも今は本気だ。家で安全に、漫然として待っていると、耐えられない気持ちになることもあった。ひときわ暗い雲から、月が意気揚々とあらわれ、銀色の光と影が、たがいを追いかける波のようにグレン村を流れていった。リラは子どものころ、月夜の晩に、「お月さまは、悲しい、悲しいお顔ね」と母さんに言ったことを思い出した。今も悲しい顔をしていると思った――月は空から、悲惨な光景を見おろして、苦悩と心労にやつれているようだった。月は今、西部戦線で何を見ているのだろう？　敗れたセルビアでは？　砲撃されたガリポリでは？

「もううんざり」その日、ミス・オリヴァーは珍しく苛立ちを爆発させた。「毎日毎日、新しい恐怖や不安があって、神経が張りつめて、恐ろしい拷問をうけているみたい。まあ、非難の目で見ないでください、ブライス夫人。今日の私は、勇ましいところはないんです。落ちこんでいるんです。英国は、ベルギーの運命はベルギーにまかせておけばよかったのです――カナダは、一人の兵士も送らなければよかったのです――われわれの息子たちは、エプロンの紐に結びつけておいて、一人も行かせなければよかったのです。ああ……三十分もすれば、こんな自分が恥ずかしくなるでしょう……でも今は、この一語一句が、本心なんです。連合国が攻撃に出ることは、決して、ないのでしょうか？」

「忍耐というものは疲れた牝馬だが、それでもゆっくり走り続ける[24]」スーザンが言った。

「馬が、世界的な大戦で轟きをあげて、私たちの心を踏みにじっているというのに」ミス・オリヴァーは反論した。「セルビアが息の根を止められようとしているのに、西部戦線の連合国は、手も足も出ない。その戦線でも、一日かけて、塹壕をやっと数ヤード、掘り進むだけ。スーザン、教えてください……苦しみがもう我慢できないところまできたとき……つい発作的に、叫ばずにはいられないとか……罵り言葉を言ったり……何かをぶち壊したい……というような気持ちになることは、ありませんか……今までになったことは、ないのですか？」

「私は、罵り言葉を言ったことはありませんし、言いたいと思ったこともありません、オリヴァー先生や。でも正直に言うと」スーザンは、この一度だけは洗いざらい白状しようと決めたように言った、「バタン、ドシンと大きな音をたてて、せいせいしたことはありますよ」

「それも、罵り言葉を言うようなものだと思いませんか？　何が違うのでしょうか。力まかせに戸を叩きつけることと、ち……(25)」

「オリヴァー先生や」スーザンがさえぎった。人間の力でできることなら、何が何でもガートルードの心を救おうと決意したのだ。「先生は疲れて、気が参ってるんですよ……無理もありませんよ。一日中、うるさくて手に負えない腕白どもを教えて、家に帰れば、戦争の悪いニュースですから。さあ、お二階へあがって、横になりなさいまし。熱々の紅茶と、トーストを少し、持ってってあげます。そうすれば、ドアを叩きつけようとか、罰当たりなことを言おうだなんて気は、すぐにおさまりますよ」

「スーザン、あなたはいい人ね……まさにスーザンのいいところね！　でもね、スーザン、とても気が楽になると思うわ……一言だけ、そっと、低い小さな声で言ったら、ち……」

「足の裏を温める湯たんぽも、持ってってあげましょう」スーザンは断固として口をはさんだ。「それに、オリヴァー先生がお考えのその言葉を言ったところで、気は楽になりませんよ、それは確かです」

「じゃあ、まず、湯たんぽを試してみるわ」ミス・オリヴァーは、スーザンをからかったことを後悔しながら、二階へあがった。スーザンは胸をなでおろした。それから、困ったものだと首をふりながら、湯たんぽの壜にお湯をそそいだ。戦争のおかげで、行儀の目安が、確実に、嘆かわしいほど落ちている。ミス・オリヴァーも明らかに、罵り言葉を口にするところだった。

「オリヴァー先生の頭にあがった血の気を、さましてあげなくては」スーザンが言った。「この湯たんぽに効き目がなければ、からし膏薬（プラスター）(26)でも、試してみましょう」

　ガートルードは気力を奮い起こし、また日常生活を続けた。英国のキッチナー卿がギリシアへ行くと、スーザンは、コンスタンティノスもじきに考えを変えるだろうと予言した。ロイド・ジョージ(27)が、軍の装備、大砲、銃器について、連合国を質問攻めにしたため、スーザンは、これから私たちはもっとロイド・ジョージのことを耳にするようになるだろうと言った。勇敢なアンザック兵団(28)がガリポリから退却し、スーザンは条件つきで、この措置（そち）に賛成した。クート・エル・アマラの包囲戦が始まり(29)、スーザンはメソポタミアの地図をつぶさに調べて、トルコ軍を罵倒（ばとう）した。ヘンリー・フォードがヨーロッパへむけて出発(30)すると、スーザンは皮肉まじりにこき下ろした。英国では、ジョン・フレンチ卿に代わって(31)、ダグラス・ヘイグ卿(32)が就任した。スーザンは、川を渡ってる途中で馬を代えるのはまずいやり方だ、と首を傾げつつ、「でも、たしかに、ヘイグはいい名前ですよ。フレンチというのは外国人に聞こえますからね」と述べた。巨大なチェス盤のキング、ビショップ、ポーン(33)の動きは、スーザンの目を逃れることはできなかった。以前のスーザンは、新聞はグレン・セント・メアリ通信を読むだけだった。「前の私は」とスーザンは悲しげに言った。「プリンス・エドワード島の外で何が起きても、お構いなしでした。ところが今じゃ、ロシアや中国の王さまが歯痛にでもなれば、心配するんですから。ブライス先生が言いなさるように、知識は広がるかもしれません。だけど、たいした気苦労ですよ」

またクリスマスが訪れた。スーザンは祝いの食卓に、主のいない席を用意しなかった。空席が二つもあるのは、スーザンでもこたえたのだ。九月の段階では、空いた席はなくなると考えていたのだから。

「クリスマスにウォルターがいないのは初めてだ」その夜、リラは日記に書いた。「ジェムは、クリスマスにはよくアヴォンリーへ行って留守だったけど、ウォルターがいないことは一度もなかった。今日、ケンとウォルターから手紙が届いた。二人はまだ英国にいる。でも近々、塹壕に入るようだ。そうなっても……私たちは、どうにか耐えられると思う。私にとって、一九一四年以来、いちばん不思議なことは、とても耐えられないと思っていたことをすべて、受け入れられるようになって……当然のように暮らしていることだ。私は、ジェムとジェリーが塹壕にいることを知っている……ケンとウォルターがもうじき入ることも……このなかの誰かが帰ってこなければ、私の胸がはり裂けることも知っている……それなのに、私は生活を続け、働き、計画をたてている……ときには暮らしを楽しむことさえある……本当に楽しいときもある。ほんのいっときだけど、何も考えないときもあるから。でも、それから……思い出すのだ。思い出すと、四六時中、頭を離れなかったときより、もっとつらい。

今日は暗い曇りの日で、夜は荒れ模様になった。ガートルード先生の言葉を借りれば、殺人や駆け落ちにぴったりの状況をもとめている小説家は喜ぶだろう。ガラス窓を流れる雨粒は、まるで顔をつたわる涙のように見える。そして風は、かえでの森でかん高い悲鳴をあげている。

どちらにしても、今年はすばらしいクリスマスではなかった。ナンは虫歯が痛くなり、スーザンは赤い目をしていた。でも、泣いていないと私たちに思わせるために、やけに大げさな浮き浮きした態度をとった。ジムスは、一日中ひどい風邪で、欺瞞性咽頭炎(クループ)になるのではないか、気が気でなかった。十月以降、二度もかかったのだ。初めてのときは、死ぬほど怖い思いをした。父さんも母さんも留守だったからだ……父さんは、家の誰かが病気になるとき、いつもいないような気がする。でも、スーザンは堂々としたもので、手当を知っていて、朝までにジムスはよくなった。あの子には、可愛いよい子と悪戯(イン)っ子(プ)の両方がある。一歳と四か月になって、どこへでもよちよち歩きをして、言葉もかなり話す。最高に愛らしい口ぶりで私のことを『ウィラ、ウィル』(34)と呼んでくれる――それを聞くと、ケンがお別れを言いに来た、あの大変な目にあって、滑稽で、嬉しかった夜を思い出す。あのとき私は腹を立てて、それから幸せだった。今のジムスは、頰は桃色で色白で、目はぱっちりして、髪は巻き毛で、ときどき新しいえくぼが見つかる。スープ入れでうちにつれて来た痩せこけて、黄色くて、みっともない小さな取り替え子（35）と同じ子には、とても思えない。ジム・アンダーソンからの手紙は、まだ誰のところにも来ない。もしジムが戻ってこなければ、ずっとジムスを預かろう。家（うち）中（じゅう）があの子をちやほやして、甘やかして……もしモーガンと私が止めなければ、だめな子になるほどだ。スーザンが言うには、ジムスは見たこともないほどお利口で、ひと目見るなり、悪魔（オールド・ニック）を見分けるという……これは先日、ジムスが、博士（ドク）を、かわいそうに、二階の窓から投げ落としたからだ。博士（ドク）は途中でハイド氏に変わり、すぐり（カラント）の茂みに着地すると、うなり声をあげ、悪態をついた。私は小皿でミルクをやって、ハイド氏のなかにいる博士（ドク）をなだめようとしたけど、見向きもせず、一日中、ハイド氏のままだった。ジムスが最近、やってくれたことは、サンルームにある大きな肘掛椅子のクッションに、糖蜜（モラセス）を塗りつけたことだ。誰も気づかないうちに、フレッド・クローの奥さんが赤十字の用事で来て、すわってしまった。新調の絹のドレスが大変なことになったので、奥さんが腹を立てるのは当然だ。でも奥さんは、いつもの癇癪を起こして、暴言を口走り、ジムスを「甘やかしすぎ」だと酷評するので、私もかっとなりそうだった。でも奥さんがよたよた歩いて帰るまで我慢してから、爆発した。

『肥(ふと)って、ぶかっこうで、嫌なおばあさん』と言ったのだ……ああ、そう言って、なんとすかっとしたことか。
『あの奥さんは、息子さんが三人、前線に行っているのですよ』母さんが咎(とが)めるように言った。
『どんなに失礼なことをしても、それで帳消しになるみたいね』私は言い返した。それから恥ずかしくなった……あの奥さんの息子は全員、出征しているのだから、その点、奥さんは気骨もあるし、忠誠心もある。赤十字でも頼りになる人だ。勇敢な女性たちは誰なのか、全員憶えていることは、なかなか難しいのだ。でも奥さんのあの服は、今年二着目の新しい絹のドレスだ。みんなが『節約と奉仕』(36)を心がけている……あるいは心がけるべき……ときなのに。

近ごろ、緑の天鵞絨(ヴェルヴェット)の帽子を出して、またかぶる季節になった。できるだけ長い間、青い麦わらの水兵帽(セイラーハット)(37)でがんばってきたのだ。緑の天鵞絨(ヴェルヴェット)の帽子なんて、大嫌い！　ごてごてして、悪目立ちする。こんなものがどうして好きだったのかしら。でもかぶると誓った上は、かぶるつもりだ。

今朝、シャーリーと駅へ出かけて、可愛い犬のマンデイにクリスマスのおいしいご馳走を持っていった。今も犬のマンデイは、変わらぬ希望と信念をもって待ちつづけ、見守りつづけている。駅舎のまわりを歩いて誰かに話しかけるときもあるけど、あとは小さな犬小屋の入口にすわって、瞬きもせずに線路を見つめている。私たちはもうマンデイをなだめすかして連れて帰ることはない。無駄だとわかったのだ。ジェムが戻ってきたら、マンデイも一緒に帰るだろう。でもジェムが……二度と戻ってこなかったら……マンデイは、けなげな犬の心臓が打ち続ける限り、駅でジェムを待つだろう。

ゆうべ、フレッド・アーノルドがやって来た。彼は十一月に十八歳になったので、お母さんの必要な手術が終わり次第、入隊するという。近ごろは頻繁にやって来る。彼のことは好きだけど、居心地が悪い。私があの人に好意のようなものをよせていると、彼が思っているんじゃないか、心配なのだ。ケンのことは話せない……だって、結局、何を話せばいいのかしら? とは言うものの、フレッドはもうじき出征するのだから、冷たく、よそよそしくするのも気が引ける。本当に困ってしまう。思えば前は、恋人が何ダースもいたら、どんなに楽しいだろうと思っていた……それが今は、二人でも多すぎると、死ぬほど困っているのだ。

今は料理を習っている。スーザンに教わっている。前も習おうとしたことがあった……いいや、正直に言おう……スーザンが私に教えようとした。この二つは大違いだ。でも何を作ってもうまくいかないので、私が投げ出したのだ。でも兄さんたちが出征したので、兄さんたちのためにケーキやお菓子を自分で作れるようになりたいと、また習い始めた。今度は驚くほどうまくいっている。スーザンは、私がおしゃべりをしないからだと言い、父さんは、今の私は習いたいという潜在意識があるからだという。どちらも正しいと思う。とにかく私は、おいしいショートブレッドとフルーツケーキを作ることができる。先週はやる気がわいて、シュー・クリームに挑戦したけど、大失敗に終わった。天火(オーブン)から出したら、平目(ひらめ)みたいにぺしゃんこだった。クリームを入れたら、ふくらむかもしれないと思ったけれど、そうはならなかった。スーザンは内心、ほっとしたかもしれない。シュー・クリーム作りの女流名人なのだ。だからほかの人が同じくらい上手に作れれば、意気消沈するだろう。もしかすると、スーザンが勝手にいじったのかしら……まさか、そんな疑いをもつのは、よそう。

数日前の午後、ミランダ・プライアーがうちに来て、『害虫シャツ』(38)という魅力的な名前で知られる赤十字の服の裁断を手伝ってくれた。スーザンが、そんな呼び名は上品ではないと言うので、私が、『シラミ肌着』はどうかしら、スコットランド高地(ハイランド)出身のサンディお爺さんの言い方よ(39)と言った。ところがスーザンは首をふり、そのあとで、『私に言わせれば、「シラミ」だの「肌着」だの、年ごろの娘さんが口にすることじゃありません』と、母さんに話すのが聞こえた。というのもスーザンは、先日、ジェムから母さんに届いた手紙に、恐れをなしたのだ。『スーザンに伝えてください。ぼくは今朝、立派にシラミ狩りをして、五十三匹つかまえました！』と書いてあり、スーザンは真っ青になった。『先生奥さんや、私の若い時分には、もしきちんとした人に、不運にも……そのような虫が……わいたら、なるだけ内緒にしたものです。了見の狭いことは言いたくありませんが、先生奥さんや、そんなことは口にしないほうがよろしいと思います』

ミランダは、この害虫シャツを裁っているうちに、次第にうちとけて、悩みを洗いざらい打ち明けてくれた。あの人は絶望していて、不幸せなのだ。ミランダは、ジョー・ミルグレイヴと婚約しているけれど、ジョーは十月に入隊して、シャーロットタウンで訓練を受けている。ジョーが入隊すると、ミランダのお父さんは怒って、『あの男とは交際も連絡も、金輪際、まかりならん』と、ミランダに言い渡したのだ。気の毒なジョーは、今日明日にも外国へ行くので、その前にミランダと結婚したがっている。ということはつまり、この二人は、月に頬髭が禁じた『連絡』をとりあっているのだ。ミランダも結婚したがっているけど、できないので、胸が破れそうだと言う。

『駆け落ちして、結婚すればいいじゃない？』私は言った。そんな忠告をしても、良心は咎めなかった。ジョー・ミルグレイヴは立派な人だし、プライアーさんも、戦争の前は、ジョーに、にこにこしていたのだ。それに駆け落ちをしてしまえば、プライアーさんもすぐ娘を許すことは目に見えている。家事をしてくれる娘に戻ってほしいだろうから。でもミランダは、銀色がかった金髪の頭を悲しげにふって言った。

『ジョーも駆け落ちを望んでいるけど、私にはできないわ。私の母さんが死ぬ前の最後の言葉は、「ミランダ、決して、決して、駆け落ちは、してはならないよ」だったのよ。私、約束したもの』

ミランダのお母さんは二年前に亡くなった。ミランダによると、ご両親は、実のところ駆け落ち結婚らしい。あの月に頬髭が、駆け落ちの主人公だなんて、想像もできないけど、少なくともミランダのお母さんのほうは、後悔して一生を終えたのだ。お母さんは、プライアー氏との生活がつらいのは駆け落ちをした罰だと思い、ミランダに、どんな理由であれ、絶対にしてはならないと約束させたのだ。

もちろん死に際のお母さんと交わした約束を破れだなんて、勧めるわけにはいかないから、ミランダがどうすればいいか、私もわからない。でも、お父さんの留守中に、ジョーに彼女の家へ来てもらって結婚するしかないだろう。ミランダは無理だと言う。お父さんは、ミランダがそんな真似をするかもしれない、と疑っているらしく、一度に長時間、家を空けないという。それにジョーも、一時間前に知らされても、隊の休暇はとれないのだ。

『そうよ、だから私、このままジョーを行かせるしかないの。それであの人は死ぬんだわ……死ぬってわかるの……それで私の胸は、はり裂けるんだわ』とミランダは言って涙をおびただしく流し、害虫シャツをしとどに濡らした！

こんなふうに書くのは、かわいそうなミランダへの同情心が欠けているからではない。

ジェム、ウォルター、ケンに手紙を書くとき、彼らを笑わせようと、できるだけ面白おかしく、ひとひねりして書く癖がついたのだ。ミランダのことは、本当に気の毒に思っている。彼女は青灰色(チャイナブルー)の目をした女の子の精一杯の思いをこめてジョーを愛し、ドイツ贔屓のお父さんを恥じている。私が同情していることを、ミランダもわかっていると思う。というのはミランダは、私に悩みを聞いてもらいたいとずっと思っていた、この一年、私がミランダに思いやりがあったからだという。私は本当に思いやり深くなっただろうか……私は、自分がわがままで、考えなしの娘だったとわかっている。どんなにわがままで、思慮に欠けていたか、今思い返すと恥ずかしくなる。ということは、今の私は、前ほどは悪くないのだろう。

『ミランダを助けてあげられたらいいのに。戦時結婚をうまくやるなんてロマンチックだ。それに、月に頰髭を出し抜いてやりたいもの。でも今のところ、神さまのお告げはない』」

第18章　戦時結婚

「これだけは言えますよ、先生や」スーザンは怒りでまっ青になっていた。「ドイツ軍ときたら、ますます手のつけようがない馬鹿どもになってます」

一家は、炉辺荘の広い台所に集まっていた。スーザンは、夕食のビスケット（1）の材料をまぜ、ブライス夫人は、ジェムに送るショートブレッドをこしらえ、リラは、ケンとウォルターのキャンディを作っていた——以前は、リラの頭のなかでは「ウォルターとケン」という順番だったが、どういうわけか、知らないうちに、ケンの名前が自然と先に出るようになっていた。いとこのソフィアも居合わせて、棒針編みをしていた。いとこのソフィアは、男はしまいにゃみんな死ぬと信じていたが、冷たい足で死ぬよか、暖（あった）かい足で死ぬほうがよかろうと、陰気な顔をしながらも、せっせと編み棒を動かしていた。

こののどかな場面に、医師が飛びこんできた。オタワの議事堂の火事（2）に憤り、興奮していた。スーザンもそのまま怒って興奮した。

「ドイツ兵どもは、今度は、何をやらかすつもりでしょう？」スーザンがたずねた。

「わざわざここまで来て、私たちの議事堂を燃やすとは！　こんな悪辣なことを聞いたことがありますか？」

「ドイツ軍が関与しているか、わからないよ」医師は言った——しかし確信しているようだった。「火事は、ドイツの政府機関がいなくても起きるからね。先週、マーク・マカリスターおじさんの納屋が焼けたが、それはドイツ軍のせいだとは言えまい、スーザン」

「さあね、先生、わかりませんよ」スーザンはゆっくり、もったいぶって、うなずいてみせた。「ちょうどその日、月に頰髭が、その場にいたんです。あの男が帰って三十分後に、火事になった。これはれっきとした事実ですよ……私だって、誰かの納屋が燃えたからといって、証拠もないのに、長老派教会の長老を責めたりしませんよ。でも、マークおじさんの息子が二人とも兵隊になったことも、マークおじさんが新兵募集会で演説したことも、みんなが知ってる事実ですからね、先生や。だからドイツが仕返しをしたいと思っても、不思議はありませんよ」

「あたしゃ、新兵募集会で演説するなんて、とてもできないね」いとこのソフィアが真面目くさって言った。「よその婦人の息子に、出征しろとか、人を殺したり、殺されたりしろ、だなんて、あたしの良心が承知しないよ」

「あんたは、できないんだね？」スーザンが言った。「そうかい、ソフィア・クローフォード。私は、ポーランドで八歳以下の子どもで生き残った者はいないと、ゆうべ読みましたから、どんな人にだって、兵隊に行きなさい、と言える気持ちですよ。考えてもごらんよ、ソフィア・クローフォード」――スーザンは粉だらけの指をソフィアにふってみせた――「八つ……より……下の……子は……一人も……生きて……いない……んだよ！」

「おそらく、ドイツ軍が、みんな食べちまったんだろうよ」ソフィア・クローフォードは、ため息をついた。

「まさか……それは、ないでしょう」スーザンは渋々言った。ドイツ軍がやったと糾弾できない罪があることを認めたくないようだった。「ドイツ軍も、まだ人喰にはなってませんよ……私の知る限りでは。その子らは餓えて、外の寒さで死んだんです、かわいそうな子どもたち。それこそ、あんたの言う人殺しですよ、いとこのソフィア・クローフォード。それを思うと、私が食べる一口一口も、つらくなりそうですよ」

「ローブリッジのフレッド・カーソンが、殊勲章（3）をうけたそうだ」地方紙を読んでいた先生が言った。

「それなら、先週、聞きました」スーザンが言った。「フレッドは歩兵大隊の伝令で、特別に勇敢で大胆なことをしたんです。本人から家族に授章を知らせる手紙が届いたとき、フレッドのお祖母さんのカーソンさんは、ベッドで死にそうだったんです。あとわずかの命となったので、家に来ていた監督派教会の牧師さんが、お祈りをしてほしいか、お祖母さんに聞いたところ、『ああ、はい、はい、祈っていいですよ』と苛々して答えたんです……ちなみにあのお祖母さんはディーン家ですからね、先生奥さんや。ディーン家は、もともと疳が強いんです……『お祈りしてもいいですけど、お願いだから、小さな声で言って、私の邪魔をしないでもらいたいですよ。このめでたい報せのことを考えたいけど、あまり時間が残されてないもんで』と、こうですよ。まったく、アルマイラ・カーソンですよ。フレッドのことを目に入れても痛くないほど可愛がってましたからね。七十五歳だけど、白髪一本なかったそうです」

「それで思い出したわ……今朝、私、白髪を見つけたの……初めてよ」ブライス夫人が言った。

「しばらく前から気づいてましたよ、先生奥さんや。でも言わなかったんです。『先生奥さんは、ほかにもご苦労がたくさんおありだから』と胸のなかで思うに留めたんです。だけど見つけなすったからには、憚りながら、申し上げます。白髪は風格がありますよ」

「私も年をとったのね、ギルバート」ブライス夫人は、かすかな悲しみをにじませながらも笑った。「とてもお若く見えますね、と言われるようになったもの。若い人には言わないわ。でも白髪なんて、気にしないわ。赤毛が好きじゃなかったもの。ギルバートに話したかしら？　何年も前に、グリーン・ゲイブルズで髪を染めたのよ。マリラと私しか知らないの」

「だからあのとき、髪をあんなに短く刈りこんで現れたんだね？」

「そうよ。毛染めをひと壜、ドイツ系ユダヤ人の行商人から買ったの。髪が黒くなると、素直に期待していたら……緑色になって、切る羽目になったの」

「危ないとこでしたね、先生奥さんや」スーザンが叫んだ。「もちろんお若かったんで、ドイツ人がどんなものか、ご存じなかったでしょうが、毒じゃなくて、緑の染料で済んだのは、神さまのありがたいご加護ですよ」

「グリーン・ゲイブルズのころから、もう何百年もたったような気がするわ」ブライス夫人は息をついた。「あのころは、まるで別の世界だった。戦争という亀裂が入って、人生は、戦争の前と後に、分かれてしまった。この先に何があるかわからないけれど……過去とまったく同じということはないわね。私たちのように、人生の半分を、古い世界で生きてきた者にとって、新しい世界は居心地がいいのかしら」

「ご存じかしら？」ミス・オリヴァーが読書から目をあげた。「戦争前に書かれたものは、今となってはことごとく、古く感じられます。まるで『イーリアス』(4)のような古代の作品を読んでいる気さえします。このワーズワス(5)の詩は……上級生の受験勉強クラスで読むので……ざっと目を通したのですが、この詩の古典的な静けさと安らぎ、行間に漂う美しさは、まるで別の惑星のものですよ。今の世界の混沌ぶりとは、宵の明星くらい、かけ離れていると思います」

「今日日、読んでいて心が慰められるのは、聖書だけですよ」スーザンは、ホット・ビスケットを天火にすばやく入れた。「ドイツ兵どもを書いたような節がいくらでもあります。スコットランド高地のサンディ爺さんは、黙示録で語られる反キリストは皇帝のことにちがいないと、断言してますよ。私のつまらない考えですが、先生奥さんや、それじゃ、皇帝ごときを買いかぶりすぎですよ」

それから何日か後の朝早く、ミランダ・プライアーが炉辺荘にこっそり現れた。表向きは、赤十字の裁縫のためだったが、実際は、一人では耐えがたい悩みを、思いやりのあるリラに相談するのだった。ミランダは犬をつれていた——食べ過ぎで、がに股の小さな犬で、小犬のころにジョー・ミルグレイヴからもらったため、とても可愛がっていた。プライアー氏はどんな犬も嫌いだったが、当時はジョーを、ミランダの求婚者としてふさわしいと認めていたため、小犬を飼ってもよいと娘に言ったのだ。ミランダは父を喜ばせようと、父が政治家として崇拝する自由党の指導者ウィルフリッド・ローリエ卿(6)の名前を犬につけた——もっともこの称号は、ほどなくウィルフィに縮められたが、このウィルフリッド卿はよく育ち、よく肥えた。ミランダは甘やかし放題で、誰もこの犬を好かなかった。ことにリラは嫌悪していた。というのは、犬が仰向けに寝転がり、足をばたばたさせながら、すべすべの腹をくすぐってくれと頼むずるいやり方が嫌だったのだ。リラは、ミランダの青白い目を見て、昨夜は泣き明かした証拠だと思い、自分の部屋へあがるように誘った。ミランダは泣き言をこぼしたいのだとわかったのだ。しかしウィルフリッド卿は下で待つように命じた。

「まあ、一緒に来てはいけないの？」ミランダは悲しそうにたずねた。「かわいそうよ、ウィルフィは迷惑はかけないわ……家に入れる前に、あの子の足をよくよく注意して拭いたのよ。知らないところで私がいないと、いつも寂しがるの……それにあの子は……もうじき……ジョーの思い出として……私に残る……たった一つのものになるのよ」

リラは折れた。ウィルフリッド卿は、斑模様の背中の上へ、尻尾を小生意気そうにカールさせ、二人の先に立って、階段をとことこ得意げにあがっていった。

「ああ、リラ」二人で部屋に入ると、ミランダはすすり泣いた。「私、も、も、ものすごく悲しいの。どんなに悲しいか、とても話せないくらい。本当に胸が破れそう」

リラは、長椅子にミランダと並んで腰をおろした。ウィルフリッド卿は、二人の前でおすわりして、生意気にもピンクの舌を突きだし、耳をそばだてていた。

「どうしたの、ミランダ？」

「ジョーが、今夜、最後の休暇で帰ってくるの。土曜日に手紙で知らせてくれたの……ボブ・クローフォードの家に気付で、ほら、うちはお父さんがいるから……それでね、ああ、リラ、ジョーの休暇は、四日しかないの……金曜の朝に出発してしまう……そうしたら、もう二度と、あの人に会えないかもしれない」

「今でも彼は、あなたに結婚してほしいって？」

「ええ、もちろんよ。だから駆け落ちして結婚してほしいって、手紙で頼んできたの。でも、そんなこと、できないわ、リラ、たとえジョーでも無理よ。だから私のせめてもの慰めは、明日の午後、あの人に少しでも会えることだけよ。お父さんは仕事でシャーロットタウンへ行くの。だから少なくとも、最後のお話がゆっくりできるわ……でも、ああ……そのあとは……リラ、私にはわかるの。金曜の朝、ジョーを見送りに行くことは、お父さんが許してくれないわ」

「まあ、明日の午後、ジョーと、あんたの家で結婚すればいいじゃない？」リラがたずねた。

ミランダは驚いてすすり泣きをのみこみ、喉が詰まりそうになった。

「まあ……でも……そんなこと、できないわ、リラ」

「なぜ？」青少年赤十字の組織者にして、スープ入れの赤ん坊運搬人は、一言で質問した。

「だって……だって……私たち、そんなこと、考えたこともないもの……それにジョーは、結婚許可証(7)を持っていないし……私はドレスもないの……黒いドレスで結婚できないわ……私……私は……私たちは……あなた……あなたは……」

ミランダはすっかり混乱していた。ウィルフリッド卿は、飼い主が難儀な目にあっているると見てとるや、頭をそらし上げ、悲しげにキャンキャン吠え立てた。

リラ・ブライスはしばし懸命に、すばやく頭を働かせ、そして言った。

「ミランダ、私にまかせてくれるなら、明日の午後四時、ジョーと結婚させてあげる」

「そんな、無理よ」

「できるわ。やるつもりよ。だけど、私の言う通りにしなくてはならないわ」

「まあ……私……わからないけど……ああ、お父さんに殺されるわ……」

「馬鹿なことを言わないで。お父さんはきっと怒るでしょう。でも、ジョーが二度と戻ってこないことより、お父さんが怒ることのほうが、怖いの？」

「いいえ」ミランダは急にしっかりした態度になった。「怖くないわ」

「私の言う通りにする？」

「ええ、するわ」

「じゃあ、今すぐ、ジョーに長距離電話をかけて、今夜、結婚許可証と指輪を持ってくるように言うの」

「まあ、無理よ」仰天したミランダは泣き言をこぼした。「そんなこと……とても……ひどく、はしたないもの」

リラは小さな白い歯を、かちりと食いしばった。「天よ、私に忍耐をお与えください」とつぶやくと、「じゃあ、私がかけるわ」と大きな声で言った。「その間、あなたは家に帰って、自分でできる仕度をしててちょうだい。私があなたに電話をかけて、うちに来て裁縫を手伝ってと言ったら、すぐに来るのよ」

ミランダは青ざめ、恐れ、しかし必死の覚悟を固めて帰っていった。リラは電話へ飛んでいき、シャーロットタウンへの長距離電話を申し込んだ。驚くほどすみやかにつながった。神さまが、私のすることに賛成なさっていると、リラは確信したが、兵営にいるジョーをつかまえるのに、たっぷり一時間かかった。その間、リラはじれったく歩きまわりながら、ジョーが電話口に来たときに電話線につながっている人は誰もおらず、月に頰髭に話さないことを祈った。

「ジョーですか？　こちら、リラ・ブライスです……リラ……リラです……ああ、心配しないで。よく聞いてください。今夜、あなたは、家に帰る前に、結婚許可証をとってくるんです……結婚許可証ですよ……はい、結婚許可証……それから結婚指輪も。わかりますか？　では、やってくださいますか？　そうです、必ずなさってくださいね……あなたの一回きりのチャンスなんですよ」

リラは大成功に頰を赤くほてらせた――というのも、時間内にジョーの居場所がわからないかもしれない、ということだけが心配だったのだ――それからプライアー家に電話をかけた。今度はそれほど幸運ではなかった。月に頬髭が出たのだ。

「ミランダ？　あら……プライアーさんでしたか！　どうも、プライアーさん、すみませんが、ミランダにお伝えいただけませんか。今日の午後、うちへ裁縫を手伝いに来てくださいと。とても大事なことなんです、でなければ、わざわざミランダにお願いしませんわ。ええ……ありがとうございます」

　プライアー氏はいささか不機嫌に承諾した。だが承諾はしたのだ——というのも彼はブライス医師を怒らせたくなかったのだ。また、ミランダに赤十字の活動をさせないと世間がやかましくなって、グレンにおちおち住んでいられなくなるだろう。一方のリラは台所へむかい、謎めいた表情で戸口を締め切るので、スーザンは怪訝な顔をした。リラは厳かに言った。

「スーザン、今日の午後、ウェディング・ケーキを作ってくださる？」

「ウェディング・ケーキ！」スーザンはきょとんとした。リラは、この前、何の予告もなしに戦争孤児をつれて来た。今度は、急に、夫をつれて来るのだろうか？

「そうよ、ウェディング・ケーキよ……とびきりおいしいウェディング・ケーキよ、スーザン……きれいで、プラムがたっぷり、卵もたっぷり、シトロンの皮(8)が入ったウェディング・ケーキ。ほかのお料理も作らなくては。午前中は私も手伝うわ。でも午後は、お手伝いできないの。ウェディング・ドレスを縫わなくてはならないもの。今は時間が、結婚にむけて一番大事なの」

スーザンは自分はもう年寄りで、こんなショックには耐えられない気がした。

「いったい誰と、結婚するんです、リラ？」スーザンは力なくきいた。

「スーザン、幸せな花嫁さんは、私じゃないの。ミランダ・プライアーが、ジョー・ミルグレイヴと結婚するの。明日の午後、ミランダのお父さんが町へ出かけている間に。戦時結婚をするのよ、スーザン……胸がわくわくして、ロマンチックじゃないこと？生まれてから、こんなに興奮したことはないわ」

その興奮はブライス夫人とスーザンにも伝わり、たちまち炉辺荘に広がった。

「ただちにケーキにとりかかりますよ」スーザンは時計に目をやり、約束した。「先生奥さんや、ケーキの果物を出して、卵を泡立ててくださいませんか？　そうすれば、夕方までにケーキの準備ができて、天火（オーブン）に入れます。明日の朝は、サラダやほかの料理をこしらえましょう。月に頬髭をぎゃふんと言わせるためなら、必要とあらば、夜なべしてでも働きますよ」

ミランダが涙ぐみつつ、息を切らせて到着した。

リラが言った。「私の白いドレスを、あなたが着られるように直すのよ。少し手を加えると、ぴったりになるわ」

二人の娘は仕事にかかった。縫い目をほどき、試着をして寸法をあわせ、仮縫いをして、縫い(9)、全力を尽くした。手を休めずに奮闘した結果、七時にはドレスができあがった。ミランダは、リラの部屋で着てみた。

「とてもきれいね……でも、ああ、ヴェールがあれば、よかったのに」ミランダがため息をついた。「すてきな白いヴェールをかぶって結婚したいって、ずっと夢見ていたの」

善良な妖精が、戦争花嫁の願いを聞き届けてくれたようだった。そのときドアが開き、ブライス夫人が、霞のようなものを、たっぷり腕に抱えて入ってきたのだ。

「ミランダちゃん」夫人は言った。「私のウェディング・ヴェールを、明日、あなたに使ってもらいたいの。懐かしいグリーン・ゲイブルズで私が花嫁になってから、二十四年になりますよ……最高に幸せな花嫁でした……幸せな花嫁のウェディング・ヴェールは、幸運をもたらすと言いますからね」

「まあ、なんというご親切でしょう、ブライス夫人」ミランダは今にも涙がこぼれそうになった。

ヴェールがかけられ、ミランダをゆるやかにおおった。

スーザンは少し顔を出して褒めたが、長居しようとはしなかった。

「ケーキは、天火に入れました」スーザンが言った。「今は、じっと見守るという鉄則を守ってるんです。夕方のニュースによると、ロシアのニコライ大公がエルズルムを占領(10)しました。トルコにとっては困ったことですね。ロシアの皇帝がニコライ大公を首にした(11)とき、なんと馬鹿なことをして、と言ってやればよかったですよ」

スーザンが台所へおりると、すぐさま、どしんという大きな音と、耳をつんざく悲鳴があがった。誰もが台所へ急いだ——医師、ミス・オリヴァー、ブライス夫人、リラ、そしてウェディング・ヴェールをかぶったミランダ。スーザンは、台所のまんなかにぺたんとすわり、唖然、呆然の表情だった。一方、博士は、見るからにハイド氏に変身して、食器棚に立ち、背中を高く持ちあげ、目をらんらんと光らせ、尻尾が三倍にふくらんでいた。

「スーザン、どうしたの?」ブライス夫人が驚いて叫んだ。「転んだの? けがは?」

スーザンは立ちあがった。

「いいえ、けがはありません」スーザンはにこりともしないで言った。「体中をどしんと打ちはしましたがね。どうぞご心配なく。何が起きたかというと……私が、あの畜生めの猫(12)を、両脚で、蹴飛ばそうとしたんです。そういうことです」

一同は金切り声をあげて笑いころげた。先生も笑いが止められなかった。

「ああ、スーザン、スーザン」先生は息を切らせて言った。「きみが、罵り言葉を言うのを、聞くことになろうとは」

「すみません」スーザンは小さくなって言った。「若いお嬢さんお二人の前で、こんな言葉をつかって。でも、あの獣は、畜生めですから、畜生めだと言ったんです。あの猫は、悪魔（オールド・ニック）と同じやからですよ」

「そのうち、あの猫が、バンという音と硫黄の匂い（13）をあげて、消えるとでも思っているのかい、スーザン？」

「そのときがくれば、あの猫も自分の場所へ行きますよ（14）、それは確かです」スーザンは不機嫌に言うと、転んで打った体をゆすりながら、天火（オーブン）へ行った。「あんなふうに、私がどさりと転んだんで、ケーキも揺さぶられて、鉛（なまり）みたいに固くなったかもしれません」

　だがケーキは固くはならなかった。どこをとっても、花嫁のケーキ（15）にふさわしいケーキだった。スーザンはきれいに糖衣掛（アイシング）けをほどこした。次の日は、スーザンとリラは午前中いっぱい働いて、婚礼の宴（うたげ）のご馳走をこしらえた。ミランダから、父親が無事に出かけたと電話があると、早速、料理をふたつきの大きなかごに入れて、プライアー家へ運んだ。ほどなく軍服姿のジョーが、烈しく高ぶった状態で、花婿の付添のマルコム（16）・クローフォード軍曹にともなわれて到着した。かなりの来客があった。牧師館と炉辺荘から全員が来た上に、ジョーの親族は母親もふくめて一ダースも集まっていた。ジョーの母親は「死んだアンガス（17）・ミルグレイヴの夫人」という、おめでたい名前で呼ばれていた。夫が生きている別のアンガス・ミルグレイヴ夫人と区別するためである。その「死んだアンガス・ミルグレイヴの夫人」は、月に頰髭の家との縁組みに、あまり乗り気でなく、むしろ賛成しかねるという面持ちだった。

こうしてミランダ・プライアーは、ジョセフ・ミルグレイヴ兵卒と、彼の最後の休暇中に結婚した。ロマンチックな結婚式になるはずだったが、そうはならなかった。ロマンチックにならない要素があまりに多かったと、リラも認めざるをえなかった。まず第一に、ミランダは、ウェディング・ドレスとヴェールで装っても、平板な顔をした、ありふれて面白みのない小さな花嫁だった。第二に、ジョーは、お式の間中、号泣していた。ミランダは腹が立ってならなかった。ずっと後になって、ミランダはリラに語った。

「あのとき、その場で、ジョーに言ってやりたかったわ。『私と結婚するのが、そんなに嫌なら、無理にしなくてもいいのよ』って。でもジョーは、私を残してすぐ行かなきゃならないことを考えて泣いていたんですって」

第三に、ふだんは人前でまことにお行儀がいいジムスが、人見知りとつむじ曲がりが一緒くたになった疳(かん)の虫を起こし、「ウィラ」に来てほしいと声を限りに泣き出したのだ。誰もジムスを連れだそうとしなかった。結婚式を見たかったからだ。そこで花嫁の付添のリラが、式の間中、抱いていた。

第四に、ウィルフリッド・ローリエ卿が、引きつけを起こした。

ウィルフリッド卿は、部屋の隅(すみ)で、ミランダのピアノの陰にひそんでいたが、引きつけを起こして、その間中、この世のものとも思えぬ、とてつもない不気味な音をあげつづけた。最初は、息がつまった痙攣のような音をくり返し、やがて、奇怪なるゴボゴボいう音となり、最後には絞め殺されているような遠吠えをあげた。メレディス牧師が語る言葉は、ウィルフリッド卿が息継ぎをして、やかましい音がやむときしか聞こえなかった。誰一人として花嫁を見ていなかった。スーザンだけは、うっとりと心奪われたまなざしをミランダにむけていたが——ほかの一同の目は、この犬に釘付けだった。初めのうち、ミランダは緊張して震えていたが、ウィルフリッド卿の発作が始まると、その緊張も忘れた。頭にあったのは、最愛の犬が死にかけているのに、そばへ行けないということだけだった。彼女は、結婚式の言葉を何も憶えていなかった。

　リラは、ジムスを抱っこしていたが、戦争花嫁の付添に似つかわしく、なるたけ感動したロマンチックな顔つきをしようと心がけた。しかしもう無駄な努力はあきらめ、場違いな笑い声をあげないよう我慢することに全力をそそいだ。部屋にいる人を、とくに死んだアンガスの夫人のほうを見ないようにした。というのも、リラが我慢している馬鹿笑いが、突然、爆発して、若いレディらしからぬ金切り声をあげて笑うのではないか、心配だったのだ。

　しかし二人は無事に結婚した。一同は、食堂で結婚式の夕食を楽しんだ。それは贅沢かつ、ふんだんであり、ひと月かけて準備したかに思われた。誰もが何かしら持ち寄っていたのだ。死んだアンガスの夫人は大きなアップル・パイを持参し、食堂の椅子に置いたものの、うっかりそこにすわった。彼女のご機嫌も、結婚式に着る黒い絹のドレスも、悪い具合になった。だがこのパイがなくても、にぎやかな婚礼の祝宴であり、不都合はなかった。死んだアンガスの夫人は、結局、またパイを持って帰った。とにかく、月に頰髭が飼っている平和主義の豚に、自分のパイを食べさせるつもりはなかった。

その夕方、ジョー夫妻は、引きつけがやっと治ったウィルフリッド卿をつれて、フォー・ウィンズ灯台へむけて出発した。灯台はジョーのおじが管理しており、そこで二人はつかの間の蜜月（ハネムーン）をすごすのだ。そしてウーナ・メレディスとリラ、スーザンは食器を洗い、片付けた。食卓に、冷たい夕食と、ミランダがプライアー氏に宛てた憐れみ深い短信を置いて、家路についた。夢見る幽霊のような冬の黄昏が、神秘的なヴェールとなってグレン村をおおっていた。

「私も戦争花嫁になっても、悪くはなかったですね」スーザンが恋愛への憧れめいたことを言った。

しかしリラは、気の抜ける思いだった――おそらく、興奮して慌ただしかった三十六時間が終わった反動だろう。それにどういうわけか、がっかりしていた――結婚式は全体に滑稽であり、ミランダとジョーは涙もろく、平凡だった。

「ミランダが、あの食い意地のはった犬に、どっさりご馳走をやらなかったら、引きつけなんか起こさなかったのに」リラは不機嫌そうに言った。「私はミランダに注意したのよ……でもミランダったら、かわいそうな犬にひもじい思いはさせられない……私に残るのは、じきにこの犬だけになるの、とかなんとか言ったの。もう、ミランダを揺さぶりたかったわ」

「花婿の付添は、新郎のジョーよりも、興奮してましたね」スーザンが言った。「あの付添は、ミランダにむかって、今日の良き日が幾度も巡ってきますように(18)って言ったんですよ。ミランダは嬉しそうに見えませんでしたけど、この状況では、望むべくもないですね」

「とにかく」リラは胸に思った。「ジェムたちみんなに、おかしすぎて死にそうな手紙が書けるわ。ウィルフリッド卿のところで、ジェムは大笑いするでしょう！」

リラは、戦時結婚にはいささか拍子抜けしたが、しかし金曜の朝、ミランダがグレン駅で新郎に別れを告げたときは、満足のいく気持ちだった。その夜明けは、真珠のように白く輝き、ダイアモンドのように透き通っていた。駅の裏手のバルサムの香る若もみの林は、樹氷におおわれていた。西の雪原のうえには、夜明けの冷たい月がかかっていたが、炉辺荘のかえでの森は朝日が昇り、金色の羊毛のように輝いていた。ジョーが、青白い小さな花嫁を両腕にかき抱くと、ミランダはじっと夫を見上げた。リラは不意に、息づまる思いがした。ミランダが取るに足りない、ありふれた平らな顔した人であろうと、そんなことは問題ではなかった。月に頬髭の娘でも問題ではなかった。大事なことは、彼女の目にうかぶ恍惚とした自己犠牲の表情だった——その表情には、いつまでも燃え続ける献身と忠誠と勇気の聖なる炎があった。夫が西部戦線を守っている間、ミランダは幾千もの女たちと一緒に、その炎を、家庭で燃やし続けることを、言葉はなくとも、ジョーに約束していた。

こうした瞬間を見てはならないと、リラは離れた。ホームの端へ行くと、ウィルフリッド卿と犬のマンデイがすわり、たがいを見つめていた。

ウィルフリッド卿は見下すように言った。

「どうしてきみは、こんなに古ぼけた小屋で、うろうろしているのかね。炉辺荘の暖炉の前で、敷物に寝転がって、贅沢にぬくぬく暮らせる(19)というのに？　気取っているのかい？　それとも、固定観念にとらわれているのかな？」

対して、犬のマンデイは簡潔に答えた。

「人に会う約束をしているんだよ」

汽車が行ってしまうと、リラは、かすかに震えているミランダのそばへ戻った。

「ああ、あの人、行ってしまった」ミランダが言った。「もう二度と帰ってこないかもしれない……でも私は、あの人の妻なのだから、あの人にふさわしい人になるつもりよ。私、家に帰るわ」

「私と一緒にうちにいるほうが、いいんじゃない？」リラは心配してたずねた。プライア一氏がこの事態をどう受けとめたか、まだ誰も知らないのだ。

「いいえ。ジョーがドイツ兵に立ち向かえるのだから、私もお父さんに立ち向かえると思うわ」ミランダは度胸がついていた。「兵士の妻は、臆病ではつとまらないの。さあ、おいで、ウィルフィ。私はまっすぐ家に帰って、最悪の事態に立ち向かうわ」

しかし、恐ろしい事態に直面することはなかった。プライアー氏は、家政婦がなかなか見つからないことと、ミルグレイヴ家の多くの親族がミランダを受け入れてくれたこと──さらに、別居手当(20)というものがある点も、考えたのだろう。ともかくプライアー氏は娘にむかって、馬鹿なことをしたものだ、いつか後悔するぞ、と不機嫌に言ったものの、それ以上、悪いことは語らなかった。ジョー夫人はエプロンをかけ、いつも通りに家事にとりかかった。一方、ウィルフリッド・ローリエ卿は、灯台を冬の住まいとしては評価しておらず、いつもの薪箱(まきばこ)裏の居場所へ行くと、戦時結婚が終わって、やれ、ありがたや、と眠りについた。

第19章「奴らを通すな」(1)

二月の灰色に曇った寒い朝、ガートルード・オリヴァーは体を震わせながら目をさました。それから静かにリラの部屋に入っていき、隣にもぐりこんだ。

「リラ……私、怖いの……赤ん坊みたいに怖いのよ……また奇妙な夢を見たの……何か恐ろしいことが私たちを待ちうけているんだわ……私にはわかるの」

「何の夢だったんですか?」リラはたずねた。

「夢のなかで、私はまたヴェランダの階段に立っていたの……灯台のダンスの前の晩に見たあの夢と同じように。すると空に、黒々として、大きな、威嚇するような雷雲(かみなりぐも)が、東のほうからむくむくわきあがってきて、その雲の影が、雲よりも先にこちらへ走ってきたの。私はその影にのみこまれて、氷のような寒さに、ぶるぶる震えていると、そのうち嵐になった……物凄い大嵐だった……目もくらむような稲妻が次々に光って、耳をつんざくばかりの雷鳴がどんどん轟(とどろ)いて、土砂降りの雨になった。私はパニックになって、家のなかへ駈けこもうとしたら、そのとき、一人の男の人が……フランス陸軍の将校の軍服を着た兵士が……ヴェランダの階段を走ってあがってきて、ドアの敷居のところで、私の隣に立ったの。その人は、胸の傷から血が流れて、軍服も血に染まっていた。精も根も尽き果てて、くたくたに疲れているようだった。ところが青白い顔は、決意がみなぎって、やせこけた顔に、目がぎらぎら燃えていた。その人が『奴らを通すな』と、低くて力強い声で言ったの。荒れ狂う嵐のなかで、はっきり聞こえた。そこで目がさめたのよ。リラ、怖いわ……これから春が来ても、私たちが待ち望んでいる大攻撃は始まらないかもしれない……むしろ、フランスが、恐ろしい攻撃をうけるかもしれない。きっとそうよ。ドイツ軍は、どこかを攻撃して、突破しようとするでしょう」

「でも、その男の人は、先生に、奴らを通すな、と言ったんですね」リラは真顔で言った。ミス・オリヴァーの夢を、ブライス医師は笑ったが、リラは一度も笑わなかった。

「その言葉は、予言なのか、それとも絶望の言葉なのか、私にはわからない。でもリラ、あの夢の恐ろしさは、今も、冷たい氷のような手で、私をつかまえているの。私たちは近いうちに、ありったけの勇気をすべてふりしぼることになるかもしれない」

　朝食の食卓で、ブライス医師は、たしかにその夢を笑った——しかし彼は、二度とミス・オリヴァーを笑わなかった。というのはその日、ヴェルダン攻撃(2)のニュースがもたらされたのだ。それから美しい春の幾週間となったが、炉辺荘の人々はみな、不安に我を忘れる思いですごした。フランス軍が決死の覚悟で守る固い防御線に、ドイツ軍が、一歩、また一歩と、じりじり迫りくる絶望のなか、一家そろって戦闘の終わりを待つ日々が続いた。

スーザンの仕事は、炉辺荘のしみ一つない台所でなされていたが、彼女の心は、いつもヴェルダンをとりまく丘にあった。「先生奥さんや」スーザンは夜、一日の終わりに、ブライス夫人の部屋のドアから顔を出し、「今日は、フランス軍が、『からすの森』(3)を守ってくれるといいと思います」と言った。またスーザンは、明け方に起きると、「死せる男の丘」(4)を——こんな名前をつけたのは預言者に違いない——この今も「フランスの前線の兵隊たち」(5)が守っているだろうか、と考えた。今のスーザンなら、ヴェルダン周辺の土地の地図さえ描くことができて、その出来映えは、フランス軍の参謀長も満足するものだろう。

「もし、ドイツ軍が、ヴェルダンを攻め落としたら、フランス軍の士気は下がるでしょうね」ミス・オリヴァーはつらそうに言った。

「まさか、ドイツが攻め落とすことはありません」スーザンは頼もしく言ったが、もしそうなったら、と不安に襲われ、その日は昼食(ディナー)が喉を通らなかった。「そもそも、オリヴァー先生が、夢でご覧になったんですよ、フランスはドイツを通させないと……フランス人が『奴らを通すな』という言葉を実際に言う前に、先生はそれを夢で見たんです。いいですか、オリヴァー先生や、私は、同じ言葉を新聞で読んだとき、先生の夢の話を思い出して、恐ろしくて、体中が冷たくなりましたよ。まるで聖書の時代みたいですよ。

あのころの人は、予言みたいな夢を、しょっちゅう見たんですから」

「わかってます……わかっているんです」ガートルードは落ち着かない様子で歩きまわった。「私も、自分が見た夢が本当になると、信じようとしているんです……でも、悪いニュースがあるたびに、その気持ちも揺らいで、『ただの偶然の一致』だろう、とか……『潜在意識の記憶』にすぎないだろう、なんて考えるんです」

「どんな記憶にしたって、まだ人が言ってもないことを憶えているなんて、ありませんよ」スーザンが言い張った。「もちろん私は、ミス・オリヴァーやブライス先生みたいな学問はありませんよ。だけど、こんなに簡単なことが信じられないなら、学はなくても結構です。でもかりに、ドイツ兵がヴェルダンを攻め取っても、心配はご無用です。軍事的な重要性はないって、フランスのジョフル（6）が言ってます」

「私たちが負けるたびに、この使い古された気安めの文句が、何度も出てくるのね」ガートルードが言い返した。「もう気休めの効果も、なくなりましたよ。この何週間かで、私はゆっくり殺されていくようです。ヴェルダンの殺戮の戦場で、フランスが血を流していると、私まで血を流して徐々に死んでいくような気がするのです」

四月半ばの夕べ、メレディス牧師が言った。「このような戦争が、かつて世界にあったでしょうか？」

「この戦争はあまりにも巨大すぎて、全容はとても把握できませんな」ブライス医師が言った。「これに比べると、ホメロス（7）が少しばかり書いたものなど、お話になりませんよ。トロイ戦争（8）のすべての戦さが、ヴェルダンの要塞でおこなわれたとしても、新聞の特派員は、それをほんの一行で、書くだけでしょう。私は超自然的な能力は信じていませんが」――先生はガートルードに目配せを送った――「この戦争全体の命運は、ヴェルダンの結果にかかっているような予感がしますな。スーザンや、そしてジョフルが言うように、ヴェルダンに、軍事的な重要性はないかもしれない。だが、観念においては、多大なる重要性を帯びている。もしドイツがヴェルダンを制すれば、この大戦を制する。もしドイツがヴェルダンで負ければ、全体の状勢も、ドイツに不利となるのです」

「ドイツは負けますとも」メレディス牧師が力をこめて語った。「観念というものを征服することは、できないからです。フランスは、実にすばらしい。わたくしは、フランスのなかに、蛮行という黒い力には断固として抵抗する、文明という白い力を見る思いがします。そのことを全世界が理解しているがゆえに、われわれはみな息をつめるようにして、その結末を待っているのです。ただ単に、要塞がどちらの手に落ちたか、とか、血に染まった大地を何マイル奪ったか奪われたか、という問題ではないのです」

「私は思うのですが」ガートルードが夢見るような顔で言った。「大きな祝福が、つまり、この戦争の犠牲に見合うような大きな祝福が、私たちの苦しみの報酬として、与えられることはあるのでしょうか？　世界が今、うち震えているこの苦悩は、驚くような新しい時代を産み出してくれる苦しみなのでしょうか？　それとも、ただの無益な、

『百万の百万倍の太陽のかすかなきらめきのなかの
　蟻たちの闘い』(9)

にすぎないのでしょうか？　メレディス牧師、私たちは、蟻塚(ありづか)を壊したり、そこにいる蟻の半分を滅ぼすような災害を、軽いことのように考えています。では、宇宙をつかさどる神さまは、私たちのことを大切なものとお考えでしょうか？、私たちが蟻を考えるよりも大切なものだと」

「あなたは、お忘れですよ」メレディス牧師が黒々とした瞳を光らせた。「無限の力をもつ神は、無限に大きくあられるのと同様、無限に小さくもあられるのです。われわれは、そのどちらでもないゆえに、あまりに小さなものは、あまりに大きなものと同様に、理解できないのです。無限に小さいものの身になってみれば、蟻ですら、巨象(10)ほどの重要性があるのですから。われわれは、今、新しい時代の産みの苦しみを目撃しているのです……しかしそれは、生まれくるすべてのものと同じように、泣き叫ぶ弱々しい命として、生まれてくるでしょう。わたくしは、この戦争の直接の結果として、新し

い天上と新しい地上(11)が生み出されるとは思いません。それは、神のお働きのやり方ではないからです。もちろん神のお働きはあります。ミス・オリヴァー、神の目的は、最後に、なし遂げられるのです」

「健全にして正統だ……健全にして正統だ」スーザンは台所で満足げにつぶやいた。スーザンは、ときには、ミス・オリヴァーがメレディス牧師に説き伏せられるのを見るのが好きだった。スーザンはミス・オリヴァーを好いていたが、彼女は牧師にむかって、あまりにも異教徒めいたことを言うので、こうした問題は、ミス・オリヴァーの本分を越えていると、たまには思い出させたほうがいいと考えていたのだ。

五月、ウォルターから家に手紙が届き、殊勲章(しゅくんしょう)(12)をうけたとあった。何に対して与えられたのか、書いてなかった。しかしほかの者たちがウォルターの勇敢な行動をグレンの人々も知るべきだと気を利かせて、ジェリー・メレディスが知らせてきた。「もし別の戦争であれば、ウォルターの行いは、ヴィクトリア十字勲(じゅうじくん)(13)に値するものです。しかしここでは、日々、勇壮な行いがなされているため、ヴィクトリア十字勲を、ありふれたものにはできないのです」と。

「ウォルターは、ヴィクトリア十字勲(じゅうじくん)をもらうべきですよ」スーザンは大いに憤慨した。ウォルターがこの勲章をもらえなかった責任が誰にあるのか、スーザンは不案内だったが、もしヘイグ将軍にあるなら、この男は総司令官として適任かどうか、スーザンは初めて疑問を抱き始めたのだった(14)。

しかしリラは、嬉しさに我を忘れた。これをなし遂げたのは、私の大好きなウォルターなのだ——レッドモンドで誰かに白い羽を送りつけられた、あのウォルターなのだ。ウォルターは、安全な塹壕から無人地帯(15)へ猛ダッシュして走り、負傷して倒れている戦友を引きずって戻ってきたのだ。ああ、その行動に出たときのウォルターの白くて美しい横顔、すばらしい瞳が、目に浮かぶようだった！　その英雄の妹であるとは、なんという晴れがましさだろう！　しかもウォルターは、これを手紙に書くほどの価値もないと考えているのだ。彼の文面は、ほかのことばかりだった——今となっては、百年も前のように思われる昔の曇りなき日に、二人が親しみ、愛した、ささやかな慕わしいものたちのことだった。

「ぼくは、炉辺荘の庭の黄水仙のことを思っています」彼は書いていた。「きみがこの手紙をうけとるころには、黄水仙が咲いて、あの懐かしい薔薇色の夕空のもと、庭でゆれていることでしょう。その花は前と変わらずに華やかで、金色ですか、リラ？　ぼくには、その花が、血に赤く染まっている気がするのです……こちらのけしの花のように(16)。そして春の囁きの一つ一つが、さながら、虹の谷のすみれのように、落ちてくるのでしょうね。

今夜は三日月です——細くてきれいな銀色の月が、地獄の苦しみのような塹壕の上にかかっています。きみも、かえでの森にかかるこの月を見ているでしょうか？

小さな詩を一篇、同封します、リラ。これはある夕方、塹壕の横穴壕（17）で、小さなろうそくの灯りをたよりに書いたものです――というよりも、むしろ、浮かんで来たのです――自分で書いている気がしませんでした――何かがぼくを道具として書かせているようでした。前にも一、二度、そんな気持ちになったことがありますが、まれなことです。今度ほど強かったことはありません。そこで詩を、ロンドンの『スペクテイター』（18）に送ったところ、掲載してくれ、今日、その一部が届いたのです。きみが気に入ってくれるといいな。外国に来てからぼくが書いた唯一の詩です」

その詩は短いものの、心に訴えかける小篇だった。ひと月のうちに、この詩はウォルターの名前を地球上の隅々にまで広めた。詩はいたるところに印刷された――首都の日刊紙に、小さな村の週刊誌に、難解な文芸批評欄に、「悩み相談室」に、赤十字の募金募集に、政府の新兵募集の宣伝文に。詩を読んだ母親たち、姉妹たちは泣きむせび、若き男子は胸はやらせた。人類の高潔なる心のすべてが、この詩を、大戦の苦しみと希望、憐れみ、目的のすべてを凝縮して、三連の短くも不滅の詩に結晶させたものだと理解した。フランドルの塹壕にいるカナダの一青年が、戦争詩の傑作を書いたのだ。ウォルター・ブライス兵卒による「笛吹き」（19）は、初めて印刷されたときから、古典であった。

リラはこの詩を、今終わったこのつらい一週間のできごとをつづる日記の始めに書き写した。

「とてつもなくひどい一週間だった」リラは書いた。「それはもう終わったことだし、すべてが間違いだったとわかっているのに、それでも残った傷跡が消えないような気がする。でもある意味では、たいそうすばらしい一週間だった。というのも、前は気づかなかったこと……人は苦難のさなかにあっても、かくも立派で勇敢でいられる、ということを、おぼろげながらも知ることができたからだ。私なら、オリヴァー先生のように立派な態度はできないだろう。

一週間前の今日、ミス・オリヴァーは、グラント氏のお母さんから手紙をうけとった。ロバート・グラント陸軍少佐が数日前の作戦で死亡したという海外電報が来た、と書かれていた。

ああ、かわいそうなガートルード！　ミス・オリヴァーは、最初は打ちのめされていた。でもわずか一日後には立ち直り、学校に戻った。先生は泣かなかった……ミス・オリヴァーが涙を流すところを、私は見なかった……でも、ああ、先生の顔、先生の目！『私は仕事を続けなくてはなりません』ミス・オリヴァーは言った。『今はこれが、私の義務ですから』

私なら、とてもそんな高尚なところに達することはできない。

ミス・オリヴァーは一度も弱音を吐かなかった。一度だけ、スーザンが、やっとここにも春が来ましたね、と言うと、先生は言ったのだ。

『本当に、今年も春が来るのでしょうか？』

それからミス・オリヴァーは笑った……恐ろしいような弱々しい笑い声で、まるで死に直面した人があげる笑いのようだった。そして先生は言った。

『まあ、私は自己中心的ですね。この私ガートルード・オリヴァーは、友人を一人亡くしたので、春がいつも通りに来るとは信じられないのです。自分以外の何百万人もの人が苦しんでも春は来るけれど……私が苦しみ悶えているのに……ああ、宇宙は営みを続けるのかしら？』

『ご自分のことをそんなふうに考えてはなりませんよ、先生』母さんが優しく声をかけた。『大きな痛手をうけて、私たちの世界が変わってしまったとき、物事が前と同じように続くはずがないと思うのは、ごく自然なことです。私たちはみんなそんな気持ちになるものです』

するとスーザンの嫌いな、いとこのソフィアおばあさんが声をはりあげた。ちょうどその場にすわっていたので、棒針編みをしながら、ウォルターがよく言っていた、お年寄りの『悪い前兆と悲哀の大鴉(おおがらす)』(20)みたいなしわがれ声で言ったのだ。

『おめえさんは、ほかの人よか、ましですよ、ミス・オリヴァー。だからそんなにつらく思うでないですよ。ご亭主を亡くした人もあるんだ、そんなら大した痛手さ。息子を亡くした人らもいる。でもおめえさんは、ご亭主も、息子も、亡くしちゃいないんだから』

『そうですよ』ガートルードは、いっそう辛辣に言った。『たしかに私は、夫を亡くしていません……夫になったであろう人を亡くしただけです。息子も亡くしていません……私のもとに生まれたであろう息子と娘を亡くしただけです。でも今となっては、その子たちが、私のもとに生まれてくることは、決してないのです』

『そんなことを言って、レディらしくないよ』いとこのソフィアはショックをうけた口ぶりだった。するとガートルードは、けたたましい声をあげて笑い、いとこのソフィアは心底、おののく顔になった。哀れな先生はやりきれず、我慢できなくなり、急ぎ足で部屋を出て行った。いとこのソフィアは、こんな痛手をうけて、ミス・オリヴァーは頭がやられちまったのかね、と母さんにたずねた。

『あたしゃ、気立てのいい亭主に、二人、先立たれたけども、だからといって、あんなふうにゃならなかったよ』

それはそうでしょ！　そのかわいそうなご主人二人は、死ぬとき、やれやれありがたやと思ったに違いないわ。

その夜は、ほぼ一晩中、ガートルード先生が、部屋を行ったり来たりする音が聞こえていた。先生は毎晩、そんなふうに歩いている。でもその晩ほど長く歩きまわったことはなかった。そして一度だけ、ミス・オリヴァーが不意に、恐ろしい小さな叫び声をあげたのが聞こえた。まるで何かに突き刺されたような声だった。私は先生の気持ちになって一緒に苦しんで、眠れなかった。それなのに私は、先生の力になることもできないのだ。その夜はいつまでも終わらないような気がした。でも夜は明けた。そして聖書に書かれている通り、『朝、喜びが訪れた』(21)。正確には朝じゃなくて、午後だった。電話が鳴って、私が出たら、シャーロットタウンのグラント氏のお母さんからだった。あの報せは、まるっきり間違いだった……ロバートは死んでいない、片腕に軽傷をおっただけで、しばらくは安全なところの病院にいて、無事だという。

私は受話器をおろすと、虹の谷へ飛んでいった。本当に飛んでいったのだ……足が地面についた記憶がない。前にみんなで遊んだえぞ松林のなかの空き地のところで、学校から帰ってきたミス・オリヴァーにゆき会ったので、私は肩で息をしながら、先生に伝えた。私はもっと冷静になるべきだった、当然だ。医者の娘が、そんなことをするなんて！　でも感激と興奮のあまり、落ち着いて考えられなかった。ミス・オリヴァーは、銃で撃たれでもしたように、黄緑色の若い羊歯のなかへ、ばたりと倒れたのだ。私はあんまりびっくりしたおかげで……少なくとも、こういうことがあったとき……これからの人生で、もっと利口にふるまえるだろう。とにかく私のせいで、先生が死んだと思った……ミス・オリヴァーのお母さんは若いころ、心臓麻痺で急死したのだ。先生の心臓が動いているとわかるまで、何年もたったような気がした。どんなに怖かったことか！私は気絶した人を見たことがなかったからだ。今、家には、助けてくれる人は誰もいないとわかっていた。ナンとダイがレッドモンドから帰ってくるので、みんなして駅へ迎えに行ったのだ。でも私は、気絶した人の介抱のやりかたを……理論的には……知っていた。もちろん今は、実際にわかっている。幸い、川がすぐそばだったので、一心不乱に、先生に、水をかけた。ミス・オリヴァーは意識をとりもどした。先生はこの報せについて、一言も言わなかった。私もあえて、二度はふれなかった。私はミス・オリヴァーを支えて、かえでの森を歩いて帰り、先生の部屋へあがった。するとミス・オリヴァーは、『ロブが……生きて……いる』と言った。まるで体を引き裂いて言ったような言葉だった。先生はベッドに身を投げ出し、泣きに泣いた。人があんなに泣くのを初めて見た。この一週間、先生が流さなかった涙が、そのとき全部あふれたのだ。昨夜は、ほとんど一晩中泣いていたようだ。でも今朝の先生は、なにかの幻でも見たような顔をしていた。私たちもみんな幸せで怖いくらいだった。

ナンとダイは、二週間、家にいる。それからまたキングスポートにもどって、訓練所で赤十字の仕事をする。二人が羨ましい。父さんは、私だってジムスを育てて、青少年赤十字をやって、ここでも同じくらい立派に仕事をしていると言う。でも私の仕事には、ロマンスが欠けている。二人の仕事にはあるに違いない。

　クートが陥落した(22)。実際に陥落したときは、むしろほっとした。長い間、そうなるだろうと恐れていたからだ。この一日、私たちは打ちひしがれていたが、立ち直って、忘れることにした。いとこのソフィアは相変わらず陰気で、うちに来ては、大英帝国軍ときたら、いたるところで負けてばっかと、うめいて言った。

『いい負け方ですよ』スーザンが怖い顔をした。『一つ負けても、そこからじっと目をそらさずに見続けて、またとり戻すんだから！　とにかく、私の国王陛下とお国が、今の私に、裏庭に植えるじゃが芋の種芋を切るよう、望んでおいでなんだから、あんたもナイフをもってきて手伝いなさい、ソフィア・クローフォード。そうすれば、あんたも気がまぎれて、指揮をしろと頼まれてもいない作戦のことで、悩まなくなりますよ』

　スーザンは気持ちのいいおばあさんだ。気の毒ないとこのソフィアにぴしゃりと釘を刺すところは、見ていて気持ちがいい。

　ヴェルダンでは、戦闘が延々と続き、私たちは希望と不安の間をシーソーのように揺れ動いている。だけど私は、オリヴァー先生の奇妙な夢が、フランスの勝利を予言していると知っている」

第20章　ノーマン・ダグラス、集会で意見する

「どこをさまよい歩いているのかい、ぼくのアン？」医師がたずねた。結婚から二十四年たとうと、まわりに誰もいないとき、彼はおりにふれて、このように妻を呼ぶのだった。アンはヴェランダの階段に腰かけ、果樹の花々が咲き開いて花嫁のようなすばらしい春の世界をうっとり眺めていた。白い花盛りの果樹園のむこうは、黒っぽいもみの若木とクリーム色の野生桜の林が広がり、こまどりたちが盛んに囀（さえず）っていた。はや夕暮れとなり、かえでの森の上には早くも星影が瞬いていた。

アンは小さなため息をついて、われに返った。

「耐えがたい現実から逃（のが）れて、夢のなかで気晴らしをしていたのよ、ギルバート……夢のなかでは、子どもたちがまだみんな家にいて……みんな小さくて……虹の谷で遊んでいたの。今では、あの谷はいつも静まり返っているけれど……昔みたいに子どもたちの澄んだ声や、愉しげなにぎわいが聞こえていると想像していたの。ジェムの口笛や、ウォルターの不思議な歌声（1）、双子の笑い声が聞こえていたわ。このつかの間の幸せのひととき、西部戦線の大砲も忘れて、うたかたの甘い幸せを楽しんだわ」

医師は答えなかった。彼は仕事のためにいっとき、ふと西部戦線を忘れることはあっても、そんなことは滅多になかった。今なお豊かなくせ毛には、二年前にはなかった白いものが増えていた。それでも彼は、深く愛する星のような妻の瞳に笑みかけて、のぞきこんだ――かつて、その瞳は笑いに満ちていたが、今は流れない涙をいつもたたえているかに思われた。

スーザンが、手に、長柄(ながえ)の鍬(くわ)を、頭には、二番目に上等なボンネットをかぶって、やって来た。

「飛行機で結婚式をあげた夫婦の記事を、さっき『エンタープライズ』で読んだんですけど、これは、法的には正しいでしょうかね、先生や」スーザンは心配げにたずねた。

「そう思うがね」医師は大真面目に答えた。

「そうですか」だがスーザンは疑わしげだった。「結婚式というものは、厳(おごそ)かなもので、飛行機みたいな浮わついたものとは相容(あいい)れないと思いますけど。でも昔と同じものなんて、一つもありませんからね。さてと、祈禱会まで、あと三十分ありますから、キッチン・ガーデンへ行って、嫌いな夕方の草取りでもしてきますよ。雑草に鍬(くわ)をふり下ろしながら、トレンティーノ(2)の新しい心配事を、ずっと考えてるでしょう。オーストリアのこのやり口は、気に入りませんよ(3)、先生奥さんや」

「その通りですよ」ブライス夫人は痛ましげに応じた。「午前中ずっと、私の手はルバーブの砂糖煮(プリザーヴ)をこしらえながら、心は戦争のニュースを待っていたの。ところがいざ来ると、身の縮むような思いをしたわ。さあ、私も、祈禱会へ出かける仕度をしなくては」

どの村にも、文字には書かれないその村だけのささやかな歴史がある。悲劇や喜劇、ドラマチックなできごとが、口から口へ、世代をこえて語りつがれていく。それは結婚式や祭りで話され、また冬の炉辺(ろへん)でくり返し語られる。グレン・セント・メアリのこうした口伝(くちづた)えの年代記に、その夜、メソジスト教会で開かれた合同祈禱会の物語が、不滅の場所を占めることになった。

その合同祈禱会は、アーノルド牧師が立案したものだった。冬の間、シャーロットタウンで訓練をうけた郡(4)の歩兵大隊が、ほどなく海外へ出発することになった。そこで、この大隊に所属するフォー・ウィンズ湾一帯の青年たちはみな、最後の休暇で、グレン村、内海向こう、内海岬(ハーバー・ヘッド)の実家に帰っていた。アーノルド牧師は、若者たちが出征する前に、兵隊のための合同祈禱会を開くのがよかろうと、もっともなことを考えた。メレディス牧師も賛成し、この祈禱会がメソジスト教会で行われることが、告知された。グレン村では、祈禱会の出席はあまりよくない傾向にあるが、この特別な夕べ、メソジスト教会は混みあっていた。出席できる者は一人残らず集まったのだ。ミス・コーネリアでさえ来ていた――彼女がメソジスト教会に足を踏み入れたのは、生まれて初めてだった。世界に戦争でもなければ、こんなことは起きないのである。

「以前のあたしは、メソジストが大嫌いでしたよ」夫が驚いて見せると、ミス・コーネリアは落ち着き払って言った。「だけど今は、大嫌いじゃありません。皇帝(カイゼル)だの、ヒンデンブルク(5)だのがいるときに、メソジストを毛嫌いしていても、らちが明きませんから」

というわけで、ミス・コーネリアは出かけた。ノーマン・ダグラス夫妻も行った。そして月に頬髭は、気取って通路を歩いてゆき、前の家族席へむかった。そのさまは、まるで自分がこの建物に格別の名誉を与えていると十分に意識しているようだった。月に頬髭の姿を見て、人々はいささか驚いた。ふだんの彼は、戦争に少しでも関わりがある会合は、ことごとく遠慮するのである。ところがメレディス牧師が、この催しの集まりがよいといいのですが、と言ったため、プライアー氏は、牧師の願いを律儀にうけとめて出席したのである。月に頬髭は、よそ行きの黒いスーツに白いネクタイでめかしこみ、豊かな鉄灰色のきつ いくせ毛を、きちんと手入れしていた。彼の大きな赤い丸顔は、スーザンの無慈悲な感想によれば、いつにも増して「信心家ぶっている」ように見受けられた。

「あの男が、あんな顔つきで、教会に入ってくるのを見た瞬間、何かよからぬことが起きるぞ、とぴんときましたよ、先生奥さんや」と後で、スーザンは語ったのである。

「どんな形になるかは、見当もつきませんでしたけど、あの男の顔つきで、けしからぬことをしに来たことは、わかりました」

祈禱会はしきたり通りに始まり、粛々と進められた。まず最初にメレディス牧師が、いつものように心のこもった熱弁をふるった。続いてアーノルド牧師が、言葉づかいの洗練といい、主題といい、非の打ちどころがないと、ミス・コーネリアでさえ認めずにはいられない演説をおこなった。

それからアーノルド牧師は、プライアー氏に、お祈りの先導役をたのんだ。かねてよりミス・コーネリアは、アーノルド牧師は常識がないと、声を大にして言っていた。ミス・コーネリアがメソジストの牧師を判断するときに、点が甘くなりすぎて間違うということはないが、今回のケースも、大きく外れなかった。アーノルド牧師はたしかに、常識という、身につけているほうが望ましいが、定義しがたい要素を、さほど持ちあわせていなかった。もし常識があれば、あの月に頰髭に、兵隊の祈禱会で先導役を頼む、というような真似は、しないであろう。だがアーノルド牧師としては、メレディス牧師が、メレディス牧師本人の演説の終わりに、メソジストの執事にお祈りの先導を頼んだため、その返礼(6)のつもりだったのだ。

プライアー氏は無愛想に断るだろう、と考える者もいた——もちろん、それだけでも十分に反感を買うだろう。ところがプライアー氏は、元気よく立ちあがり、さも感動したように「祈りましょう」と語ると、すぐさま祈りを唱えはじめたのだ。朗々(ろうろう)とした声が、人々でぎっしり埋まった建物のすみずみまで響きわたった。プライアー氏は流暢(りゅうちょう)な言葉をあふれんばかりにまくしたてた。聴衆が、自分たちが鼻持ちならない平和主義者の訴えに耳を傾けているという事実に気がついて、呆然(ぼうぜん)、愕然(がくぜん)としたときには、すでに祈りは進んでいた。プライアー氏は少なくとも、自分の信念を語る勇気はあったのである。あるいは、あとで人々が語ったところによれば、プライアー氏は、教会でなら、自分は安全であり、ほかの場所なら集団で吊し上げられる恐れから口にできないような意見を発表する絶好のチャンスと考えたのだろう。プライアー氏は祈った。この罪深い戦争が終わりますように――だまされて西部戦線で大量殺人をさせられている愚かしい軍隊が、みずからの非道に目をひらき、まだ間に合ううちに悔い改めますように――人殺しと軍国主義の道へ追いたてられた、ここにご列席の軍服姿の哀れなる若い青年たちを、今のうちに救わねばなりません――。

プライアー氏は、ここまでは妨害もなく語った。聴き手は、まるで体が麻痺したように動けなくなった。さらに、教会ではどんな挑発行為があっても邪魔をしてはならないという教えを生まれたときから叩きこまれていたため、プライアー氏は、誰にも妨げられることなく、最後まで続けるかに思われた。ところが、聴衆のなかの少なくとも一人の男だけは、この神聖なる建物にたいする先天的、また後天的な敬意など、てんで持ちあわせていなかった。ノーマン・ダグラスは、スーザンがしばしばこき下ろすように、まごうことなき「異教徒」であった。だが彼は、過激にして、愛国的な異教徒であった。ノーマン・ダグラスは、プライアー氏の言わんとする趣旨がわかってくると、俄然、狂暴な戦士となった(7)。割れんばかりのうなり声をあげて、横手の席から立ち上がると、聴衆をむき、雷のごとき声で叫んだ。

「やめろ……やめろ……その罰当たりなお祈りを、やめるんだ！　なんという罰当たりなお祈りだ！」

　教会にいた全員の頭があがった。後方にいた軍服の若者が、小さく喝采を送った。メレディス牧師がとがめるように手をあげたが、ノーマン・ダグラスは気にも留めなかった。ノーマンは、彼を制する女房の手をかわして、ひとっ飛びに家族席の前へおどりでると、不運な月に頰髭の、上着の衿をつかんだ。プライアー氏はやめろと言われても、お祈りを「やめ」なかったが、今は仕方なく、やめた。というのも、赤毛の長い髭を憤りに逆立てたノーマンが、プライアー氏の体を、骨が、がらがら鳴るほど揺さぶり、その揺さぶりの区切りごとに、口汚い罵詈雑言を浴びせたのだ。

「この図々しい獣め！(8)」――揺さぶる――「この性悪の、腐れ肉」――揺さぶる――「このつむじ曲がりの、不届き者！」――「この不愉快な、生意気め」――揺さぶる――「この疫病神の、寄生虫」――揺さぶる――「このドイツ贔屓の、くずめ」――

揺さぶる——「この下品な、卑劣野郎……この……この……」

ノーマンは一瞬、言葉につまった。彼が、次に発する言葉は、教会であろうと、なかろうと、星印付き(アスタリスク)(9)で書かねばならないだろうと、一同は思った。ところが、その瞬間、ノーマンは、妻と目があってしまい、とっさに控えめにして、聖書に頼ることにした。「この偽善者め」(10)と、怒鳴り、最後にもう一度、揺さぶってから、月に頬髭を力まかせに突き飛ばした。この不運な平和主義者は、聖歌隊の戸口ぎわまで、すっ飛んでいった。プライアー氏の赤ら顔は、灰色になっていた。だが、追いつめられた氏は、反撃に出た。「こんなことをして、警察に、訴えてやる」プライアー氏は息を切らせて言った。

「やってみろ……やるがいい」ノーマンは吠え、また突進しようとした。ところがプライアー氏はもういなかった。やり返そうとする軍国主義者の手に、二度もかかるのは、御免だった。ノーマンは、この無作法ながらも勝ち誇った瞬間、説教壇をむいた。

「そんなに、仰天しなさんな、牧師さんがた」大声を轟(とどろ)かせた。「こんなことは、おまえさんがたには、できなかった……もっとも、牧師さんにやってもらおうなんて、誰も思っちゃいない……だがな、誰かがしなきゃ、ならなかったんだ。おれが、あいつを放り出して、おまえさんがたも喜んでいるじゃないか……あいつは、がたがた不平をこぼしたり、わけのわからんことをほざいたり、反政府的な扇動と反逆をわめいたりした。

いつまでも、させとくわけにはいかなかったんだ。扇動と反逆だ……誰かが、どうにかしなけりゃ、ならなかったんだ。おれは、このために生まれてきたんだな……やっと、おれに教会の出番が来たのさ。これであとの六十年、黙って教会にすわっていられるさ！　さあ、会を続けておくれ、牧師さんがた。これでもう、平和主義者の祈りでじゃまされることは、ない」

ところがもはや、祈りをするような敬虔(けいけん)な気分は消え去っていた。両牧師はそれをかぎとり、今なすべき唯一のことは、静かに会を終わらせて、興奮した人々を帰すことだと悟った。メレディス牧師は、真剣な言葉を少し、軍服の若者たちにかけた——おそらくはそのおかげで、プライアー氏の家の窓は、二度目の攻撃から救われた——アーノルド牧師は、つじつまのあわない祝福のことばを述べた——少なくとも、言った牧師本人は、つじつまがあっていないと感じた。というのも彼の頭には、巨体のノーマン・ダグラスが、小柄で肥えて丸々とした月に頬髭を揺さぶっている光景が、焼きついていたのだ。それはまるで、大型のマスチフ犬が、肥えた小犬を揺さぶっているようだった。その光景が今も、聴き手全員の頭にあることを、アーノルド牧師はわかっていた。全体的に見ると、この合同祈禱会は、無条件に成功したとは言いがたかった。だがしかし、じゃまの入らない正統な集会が何度も行われても忘れ去られているのに対し、この会合は、グレン・セント・メアリの人々の記憶に残ったのである。

「あたしがこれから、ノーマン・ダグラスを異教徒呼ばわりすることは、絶対に、決して、二度と、ありませんよ、先生奥さんや」スーザンは家につくと言った。「今夜のエレン・ダグラスは、得意そうじゃありませんでしたけど、得意がっていいんですよ」

「ノーマン・ダグラスは、まったく、かばいようがないことをしたな」ブライス医師が言った。「プライアー氏のことは、祈禱会が終わるまで、そのまま、ほうっておくべきだった。あとで、プライアー氏の牧師さんと長老会が処分をする。それが、ふさわしい手順というものだ。ノーマンのおこないは、まったく不適切だし、人聞きは悪いし、無作法だった。でも、いやはや」——医師は頭を後ろにそらして、くすくす笑った。「いやはや、アンお嬢さん、あれは胸がすっとしたね」

第21章 「恋愛はむごい」

「このところとても忙しくて、来る日も来る日も、いいにしろ悪いにしろ、はらはらするニュースが届くので、落ち着いて日記をつけるひまが何週間もなかった。私はきちんと日記をつけたいと思う。父さんが、何年もつけた戦争の日記は、子どもたちに伝える興味深い記録になると言ったからだ。ただ困ったことに、私はこの大事な古い日記帳に、あまり子どもには読まれたくない個人的なことも、二、三、書きたいのだ。私は、礼儀正しさという点では、自分に対してよりも子どもたちに対して、やかましい人になりそうだ！

六月の第一週もひどい一週間だった。オーストリア軍が今にもイタリアを侵略しそうになったのだ。それから、ユトランドの海戦（1）のおぞましい第一報が入って、ドイツ軍は自分たちが大勝利したと主張した。あの日のことは、決して忘れられない。私たちはもう、匙（さじ）を投げてしまった。大英帝国海軍が当てにならないなら、いったい何が頼りになるのだ？『信頼していた友だちから、こっぴどく殴られたような気持ちよ』とミス・オリヴァーが言ったけれど、私たちはみんなそんな衝撃をうけた。めげずにいるのはスーザンだけだ。『あの皇帝（カイゼル）が、大英帝国海軍を打ち負かしたなんて、この私に言う必要はありません』スーザンは小馬鹿にしたように鼻を鳴らした。『そんな話は、ドイツの嘘っぱちです、それは確かです』それから数日後、スーザンが正しかったとわかったのだ。大英帝国は敗北したのではなく、勝利したのだ。おかげで『だから言ったでしょ』と耳にたこができるほど聞く羽目になったけれど、私たちは喜んで我慢した。

スーザンが気を落としたのは、キッチナーの死（2）だった。スーザンが打ちひしがれているのを私は初めて見た。私たちもショックだったけれど、スーザンは絶望のどん底だった。その訃報が夜、電話で届いたとき、スーザンは信じようとしなかった。しかし翌朝、『エンタープライズ』の見出しを見ると、彼女は泣きもせず、気絶もせず、ヒステリーも起こさなかったが、スープに塩を入れるのを忘れた。私の記憶にある限り、スーザンがそんなことをしたことは初めてだ。母さんも、ミス・オリヴァーも、私も泣いたのに、スーザンは冷ややかな皮肉っぽい目で、私たちを見ながら言った。『皇帝（カイゼル）も、その六人の息子たちも、まだみんな生きてて、ぴんぴんしてるんですよ。この世界がまるきり寂しくなったわけでもあるまいに。どうして泣くんです、先生奥さんや？』スーザンの絶望して冷ややかなふるまいは、二十四時間続いた。そこへ、いとこのソフィアが来て、スーザンにお悔やみを言った。

『これは恐ろしいニュースじゃないかえ、スーザン？　あたしらは、最悪の事態を覚悟したほうがいいよ。きっとそうなるよ。おめえさんは前に言ったね……あたしゃ、ちゃんと憶えてるよ、スーザン・ベイカー……あんたは、神さまとキッチナーに全幅の信頼を置いていると言ったんだ。スーザン・ベイカー、これからは、もう神さましかいないんだよ』

ここで、いとこのソフィアは、哀れっぽくハンカチを目に当てた。まるで世界が悲惨な状況に投げ込まれたみたいに。

けれどスーザンは、むしろいとこのソフィアのおかげで救われたようだった。スーザンはびくっとして、正気にもどったのだ。

『ソフィア・クローフォード、お黙り！』スーザンはけわしく言った。『あんたが馬鹿だとしても、神さまに失礼な馬鹿になる必要はありません。今の連合国の支えが神さまだけだ、なんて言って、泣いたりわめいたりするのは、ただの失礼ですよ。キッチナーについては、あの人が亡くなったことは、たしかに大きな損失であって、そこに異議はとなえません。だけど、戦争の結果というものは、一人の人間の命で決まるものじゃないんです。今はロシア軍も来てるから、いい具合に変わりますよ』

スーザンはこう力説すると、自分でも納得して、すぐに上機嫌になった。しかし、いとこのソフィアは首をふった。

『アルバートの家内が、赤ん坊に、ブルシーロフ(3)から名前をつけたいと言ってるんだ。あたしゃ、まずはブルシーロフがどうなるか、見てからにおし、と言ったんだよ。ロシア人というのは、途中でいなくなる癖がある（4）からね』

だが、ロシア軍は善戦して、イタリアを救った。もっともロシア軍が圧倒的な進撃をしているというニュースが連日届いても、前のように国旗を揚げる気分にはならなかった。ガートルードが言うように、ヴェルダンのおかげで、喜ぶような気持ちがなくなってしまったのだ。もし西部戦線で勝利すれば、みんな大喜びするだろうけど。『いつになったら、大英帝国の大攻撃があるのかしら？』ガートルードが今朝、ため息をついた。『ずっと待っているのに……ずっと』

ここ数週間、地元でいちばん大きな出来事は、この郡の歩兵大隊が海外へ行く前に、郡内を路足（みちあし）行進（5）したことだった。シャーロットタウンからローブリッジへ行進してきて、内海岬（ハーバー・ヘッド）をまわり、上（かみ）グレンを通り、セント・メアリ駅まで来た。誰もが行進を見に出てきた。例外は、寝たきりのファニー・クローおばさんとプライアー氏だけだった。プライアー氏は、先週の合同祈禱会以来、教会にも姿を見せなくなった。

歩兵大隊の行進が通りすぎていくのは、見ていてすばらしくもあり、胸が痛みもした。若者も、中年男性もいた。内海向こうのローリエ・マカリスターは、まだ十六なのに、入隊するために、十八歳だと宣言した。上グレンのアンガス・マッケンジーは、確実に五十五歳にはなっているのに、四十四歳だと宣誓した。ローブリッジからは、南アフリカの兵役経験者（6）が二人きていた。内海岬(ハーバー・ヘッド)からは、バクスター家の十八歳の三つ子がいた。この三人が通りすぎると、誰もが声援を送った。フォスター・ブースにも声援を送った。フォスターは四十歳で、二十歳になる息子のチャーリーと並んで歩いていた。チャーリーの母親は、彼が生まれた時に死んだのだ。チャーリーが入隊したとき、父のフォスターは、自分が行かないところへ息子を行かせたことは一度もないし、息子を一人で行かせる最初の場所をフランドルの塹壕にするつもりはない、と言ったのだ。駅では、犬のマンデイが気が狂ったように走りまわり、行く者すべてにジェムへの言づてを頼んでいた。メレディス牧師は挨拶のことばを読みあげ、リタ・クロフォードは「笛吹き」を暗誦した。兵士たちはリタに、熱狂的な喝采を送った。その詩には、『ぼくらは後に続く……ぼくらは後に続く……ぼくらは信念を裏切らない』（7）とあり、私はとても誇らしかった。こんなに立派な、心を打つ詩を書いたのは、私の愛しい兄さんなのだ。それからカーキの軍服を着た兵士たちを見ていると、あの背の高い軍服姿の若者たちは、私が子どものころから一緒に笑い、遊び、ダンスをして、からかってきた男の子たちだろうかと不思議な気がした。あの男子たちに、何ものかが触(ふ)れて別のところへ遠く引き離したようだった。彼らは、笛吹きの呼び声を聞いたのだ。

フレッド・アーノルドも、歩兵大隊にいた。彼のことを思うと、つらかった。彼があんな悲しそうな表情で行ってしまうのは、私のせいだ。仕方がなかったとはいえ、それでも申し訳なかった。

フレッドは、休暇の最後の晩に炉辺荘に来て、きみのことを愛している、ぼくが帰ってきたら、いつか結婚すると約束してくれますか、と言った。フレッドは、必死なまでに真剣で、私は今まで感じたことがないくらい、心苦しかった。約束はできなかった……だって、ケンとのことがなかったとしても、フレッドをそんなふうに好きではないし、好きにはなれないだろうから――でも、フレッドに何の望みも、慰めも与えないまま前線に送り出すのは、残酷で、薄情(はくじょう)に思えた。私は赤ん坊みたいに泣いた。でも……ああ、残念ながら、私には、根っからの軽薄なところがあるに違いない。というのも、私は泣いていたし、フレッドはもの凄く悲痛な顔をしているのに、その最中、頭に浮かんだことは、この先の人生、毎朝、朝食のテーブルごしに、この鼻を見るなんて耐えられない、ということだったのだ。そう、これも子孫に読まれたくない文章だ。恥ずかしいけど、本当の気持ちだ。でも、そんな考えが浮かんで、むしろよかったかもしれない。さもないと、フレッドへの憐れみと後悔にほだされて、つい焦って承諾したかもしれない。もしフレッドの鼻が、あの人の目や口と同じくらいすてきだったら、そんなことになったかもしれない。でも、そんなことになったら、想像もできないほど困っただろう！

かわいそうなフレッドは、私が約束できないとわかると、立派にふるまった……もっとも、そのために、事態はさらに悪くなった。もし彼の感じが悪かったら、私もこんなに苦しんだり、良心がとがめることはなかったのに……もっとも、どうして私が自分を責めなくてはならないのか、わからない。だって、フレッドに少しでも気があると思わせるようなそぶりをしたことは、一度もない。それなのに私は気がとがめた……今もそうだ。もしフレッド・アーノルドが外国から帰ってこなかったら、一生、頭から離れないだろう。

それからフレッドは言った。私の愛情を塹壕に持っていくことができないなら、せめて私の友情をもらったと感じたい、だから自分が行く前に……たぶんこの先、永遠にわたって、一度だけでいいから、さよならのキスをしてほしいと。

前は、恋愛は楽しくて面白いものだと、想像していたなんて、自分でもわけがわからない。恋愛はむごいものだ。かわいそうに、胸破れているフレッドに、私は小さなキス一つ、してあげられなかった。ケンとの約束があるからだ。ひどく冷酷な気がした。そこで私は、もちろん友情はあげるけれど、ほかの人との約束があるから、キスはできないと、フレッドに説明する羽目になった。

彼は言った。『それは……ケン・フォード……かい？』

私はうなずいた。この話をしなければならないのが苦しかった。あれは私とケンだけの神聖で愛しい秘密なのだ。

フレッドが帰ると、私は自分の部屋へあがって、長い間、泣いていた。すると母さんがやって来て、何があったのか知りたいと言う。私は話した。母さんは耳を傾けてくれたけれど、『こんな赤ちゃんと結婚したがる人なんて、いるのかしら？』という表情をありありと浮かべていた。けれど母さんは優しくて、物わかりがよくて、思いやりがあって、ああ、まさに『ヨセフの一族』だった……言葉では言い表せないくらい心が慰められた。お母さんというものは、何よりもすてきなものだ。

『でも、ああ、母さん』私はすすり泣いて言った。『フレッドは、私にお別れのキスをしてほしいと言ったの……でも、できなかった……それが何よりもつらいの』

『まあ、どうして、しなかったの？』母さんは落ち着いてたずねた。『こんなときなのだから、してあげてもよかったと思うわ』

『でも、できなかったの、母さん……だって、ケンが出征するとき、ケンが帰ってくるまでは、誰ともキスをしないと約束したもの』

これもまた、かわいそうな母さんには高性能爆薬のようなものだった。母さんは妙な感じに声をつまらせて叫んだ。

『リラ、まさか、ケン・フォードと、婚約したの？』

『私……わから……ないの』私はすすり泣いた。

『まさか……わから……ないの？』母さんは同じ言葉をくり返した。

そこで母さんにも、すっかり話す羽目になった。この話を人にするたびに、ケンが真剣な気持ちだったと考えるのが、どんどん馬鹿らしくなっていく。話し終えるころには、間抜けで恥ずかしい気持ちになった。

母さんはしばらく、黙ったまま、すわっていた。それから私のそばへきて腰をおろし、抱きしめてくれた。

『泣かないで、可愛いリラ・マイ・リラちゃん。フレッドのことで、あなたが自分を責めることは何もありませんよ。もしレスリー・ウェスト（8）の息子さんが、あなたの唇を自分のためにとっておいてほしいと頼んだのなら、彼と婚約したと考えてもいいと思うわ。でも……ああ、私の赤ちゃん……私の最後の可愛い赤ちゃん……私はあなたを失ってしまったのね……戦争のおかげで、あなたはこんなに早く大人になってしまった』

母さんに抱かれて慰められるくらいだから、私が大人になりすぎるということはないだろう。母さんに慰めてもらっても、その二日後、行進するフレッドを見ていると、私の胸は耐えられないほど痛んだ。

でも、私がケンと本当に婚約したと、母さんは考えてくれたのだ、嬉しい！」

第22章　小さな犬のマンデイは知っている

「灯台のダンスの夜、ジャック・エリオットが戦争のニュースを伝えに来てから、今夜で二年ですよ。憶えていますか、ミス・オリヴァー？」

するとミス・オリヴァーの代わりに、いとこのソフィアが答えた。

「ああ、もちろんだとも、リラ。あの晩のことは、とにかくよく憶えてるよ。おめえさんはここへ飛び跳ねるように下りてきて、パーティのドレスを見せてくれた。あたしゃ言ったろう？　先々何があるか、わからないもんだって。あの晩、おめえさんは、自分に何が起きるか、ちっとも考えなかったろうね」

「そんなことは誰だって考えませんでしたよ」スーザンがぴしゃりと言った。「私たちに予言の力はありませんからね。それに死にかけてる人に、この先、困ったことが起きますよと言うくらいなら、予知力なんか要りませんよ、ソフィア・クローフォード。私だってできます」

「あのころは、戦争は二、三か月で終わると、みんなが思ってたのに」リラが悲しげに言った。「今思えば、そんなふうに考えてたなんて馬鹿みたい」

「もう二年もたつけれど、あのころよりも戦争の終わりに近づいていないわ」ミス・オリヴァーが物憂げに言った。

スーザンが編み棒をかちりと鳴らした。

「いいですか、ミス・オリヴァー、それは道理にかなった言葉じゃありませんよ。戦争の終わりがいつであろうと、私たちは、二年分、終わりに近づいたんです」

「今朝、アルバートが、モントリオールの新聞を読んでたら、戦争の専門家が、あと五年は続くという意見を載せてたそうな」と、いとこのソフィアが気分を引き立てることを言った。

「そんな」リラは叫んだ。それから、ため息をついた。「二年前だったら、『二年も続くはずがない』と言ったでしょう。でもこれが、あと五年も続くなんて！」

「ルーマニアが仲間に入ってくれば(1)、私は仲間になるって大いに期待してますけど、五年どころか、あと五か月で戦争は終わりますよ」スーザンが言った。

「あたしゃ、外国人(げーこくじん)(2)なんざ、信用しないね」いとこのソフィアがため息をついた。

「フランス人だって、外国人ですよ」スーザンが言い返した。「それに、ヴェルダンを見てごらん。あんたがありがたがっている戦争の専門家が、『ヴェルダンが救われることは微塵の疑いもない』と書いてますよ。微塵の疑いもない、だよ、ソフィア・クローフォード。それにこの夏の胸のすくようなソンムの大勝利(3)を思い出してごらん。

大攻勢は行われているし、ロシア軍も健闘してる。ほら、ヘイグ将軍も言ってますよ。将軍が捕虜にしたドイツ軍の士官たちが、ドイツは負けた、と話していたって」

「ドイツ人の言うことなんざ、信用できないね」いとこのソフィアが反論した。「おまえさんは、自分が信じたいから信じてるだろうが、まあ、分別のないこと、スーザン・ベイカー。そもそも大英帝国軍は、ソンムで何百万人という兵隊を死なせたのに、どれほど前進したんだい？(4) 事実をしっかと見るんだ、スーザン・ベイカー、事実を見るんだよ」

「大英帝国軍は、ドイツ軍を消耗させてるんですから、それが続いている限りは、東や西へ数マイル進もうが、関係ありません。私は軍事専門家じゃありませんけど」スーザンは謙遜（けんそん）して言った。「私は専門家じゃないけど、ソフィア・クローフォード、その私でもわかるんだから、あんただって、何もかも悪いふうに見なければ、わかりますよ。ドイツ兵が世界でいちばん頭がいいわけじゃなし。そういえば、上（かみ）グレンのロデリックの話は聞きましたか？ アリスター・マッカラムの息子ですよ。そのロデリックが、ドイツで捕虜になって、先週、母親に手紙が届いたんです。手紙には、ドイツの待遇はとても親切で、捕虜はみんなたっぷり食事をもらっている、とか書いてあって、結構づくしだと思ったところ、最後の署名のところで、ロデリックとマッカラムという名前の間に、『全部、嘘』という意味のゲール語(5)が書いてあったんですと。ところがドイツ人の検閲官は、ゲール語がわからないので、ロディの名前の一部だと思って、自分が騙されているとは、つゆ知らず、手紙を合格にしたんですと。さあ、今日は、戦争のことはヘイグにまかせて、私はチョコレート・ケーキに砂糖掛けをしますよ。できあがったら、棚の一番上に載せましょう。この前、棚の下の方に置いたら、キッチナー坊やがこっそり入ってきて、砂糖掛けをそっくりはがして食べたんです。あの晩は、お茶のお客さんがあったのに、ケーキをとりに行って、目がまん丸くなりましたよ！」

「あのかわいそうな孤児のお父つぁんから、まだ便りが、ないのかえ？」いとこのソフィアがたずねた。

「あったわ。七月に手紙が来たの」リラが答えた。「あの人の奥さんが亡くなって、赤ちゃんは私が引きとったという便りを、ジムは受けとって……メレディス牧師が報せたのよ、それで……すぐに手紙を書いたんですって。でも、その返事が来ないので、自分の手紙が届かなかったに違いないと考え始めていたそうよ」

「そう考えるのに、二年もかかったとは」スーザンが軽蔑の口ぶりで言った。「考えるのに時間がかかる人もいるんですね。ジム・アンダーソンは、二年も塹壕にいるのに、かすり傷一つ負わない。昔から諺に、幸運なら馬鹿者を見ろ(6)と言いますから」

「ジムスのことでは、とても感じのいいことが書いてあって、ジムスに会いたいと書いてあったわ」リラは言った。「だから坊やのことを何もかも伝えて、スナップ写真も送ってあげたの。ジムスは来週、二歳になるの。最高に可愛い子よ」

「おめえさんは、前は赤ん坊が好きじゃなかったのに」いとこのソフィアが言った。

「理屈では、私は、前よりも赤ん坊が好き、というわけじゃないわ」リラは率直に言った。「でもジムスのことは大好き。だからジム・アンダーソンから手紙が来て、あの人が無事で元気だとわかったときは、もっと喜ばなきゃいけないのに、そんなに嬉しくなかったの」

「死んでくれたら、と思ってたんじゃないだろね！」いとこのソフィアは恐れおののいた。

「まさか……とんでもない……そんなこと！　ただ、このまま、ジムスを忘れてくれたらいいな、と思っただけよ、クローフォードのおばさん」

「でも、そんなことになりゃ、あんたのお父ちゃんは、ジムスの養育費がかかるんだよ」いとこのソフィアは注意した。「おめえさんがた、若い者は、まったく、考えなしだこと」

ちょうどこのとき、ジムスが走ってきた。薔薇色の頬に、巻き毛に、キスしたくなる愛らしさで、いとこのソフィアでさえ、条件付きのお世辞の一つも言う羽目になった。

「この子は、今じゃ、ふんとに(7)健康そうだこと。もっとも、ちっとばかし、血色がよすぎるね……肺病病みの顔色とも言える。おめえさんが、この子をつれてきた次の日、私はこの子を見たんだが、まさかおめえさんが育てるとは思わなかった。あんたにできるとは、ふんとに思わなかったんで、うちへ帰って、アルバートの家内に、そう言ったんだ。でもアルバートの家内が言うんだよ、『ソフィアおばさん、リラ・ブライスには、おばさんが考えてる以上のものがありますよ』と。まさにそう言ったんだ。『リラ・ブライスには、おばさんが思っている以上のものがある』って。アルバートの家内は、もとからあんたを買ってるんだよ」

いとこのソフィアはため息をもらした。まるでリラの評価をめぐって、アルバートの家内だけが世界で一人孤立しているかのように。だが、それはいとこのソフィアの本音ではなかった。彼女も自分なりの陰気なやり方で、リラを気に入っていた。だが若い者は抑えつけておかねばならない、抑えつけなければ、社会が堕落するのだ。

「二年前の今夜、灯台から歩いて帰ったこと、憶えている？」ミス・オリヴァーがリラをからかうように小声で言った。

「憶えていますとも」リラは微笑した。やがてその微笑は、夢見るような、心ここにあらずの表情へ変わっていった。リラは別のことを――ケネスと砂浜ですごしたあのひとときを思い出していたのだ。今夜、ケネスはどこにいるのかしら？　ジェムや、ウォルターや、ほかの男の子たちも、あの浮かれ騒ぎと笑いの夜に――あの曇りなき最後の愉快な晩に、懐かしいフォー・ウィンズ岬で踊ったり、月明かりを浴びたりしたのだ。けれど今は、ソンム前線の不潔な塹壕にいて、ネッド・バーのフィドルの音色ではなく、大砲の轟音と撃たれた兵士のうめき声を聞き、懐かしく青いセント・ローレンス湾の銀色のきらめきではなく、炸裂する照明弾の閃光を見ているのだ。男の子たちのうち二人は、フランドルのけしの下に眠っていた——上グレンのアレック・バーと、ローブリッジのクラーク・マンリーだ。入院している負傷者もいた。しかしこれまでのところ、牧師館と炉辺荘の息子たちには、何事もなかった。彼らは魔法で守られて不死身である(8)かに思われた。しかし戦争の何週間、何か月がすぎても、心配が薄れることはなかった。

「これが、熱病の一種なら、二年間かからなければ免疫ができた、と言えるかもしれない(9)けれど、塹壕戦はそうじゃないもの」リラはため息をついた。「あの人たちが初めて塹壕に入った日と同じように、今も危険は大きいし、危険はいつでもあるのよ。それをわかってるから、毎日、苦しいのよ。それでも、これまで怪我もせずにやって来たんだから、このまま生き抜いてほしいと願わずにはいられないわ。ああ、ミス・オリヴァー、今日はどんなニュースがあるのか、朝、心配して起きるのでなければ、どんな感じかしら？　どういうわけか、そんな朝は想像もできないの。二年前は、朝起きると、今日という新しい日は、どんなに喜ばしい贈り物をくれるのかしら、と思っていた。それなのに、楽しいことでいっぱいだろうと思っていた二年間が、これだったのね」

「今のあなたは、とり替えるかしら……この現実の二年間と……楽しいことでいっぱいになるはずだった二年間を？」

「いいえ」リラはゆっくり答えた。「とり替えないわ。不思議……でしょう？……つらい二年間だったのに……それなのに、感謝したいような、妙な気持ちなんです……まるでこの二年間が、苦しみだけでなく、何か貴重なものを、私にもたらしてくれたような気がするんです。たとえ戻れるとしても、二年前にも、あのときの女の子の私にも、戻りたくありません。私が立派に進歩したと考えてるわけじゃないんです……でも、今の私は、あのころのわがままで、浮わついた、つまらないお人形さんじゃない。あのころの私にも人間の心はあったと思います、ミス・オリヴァー……でもそれをわかっていなかった。今はわかっています……それは大きな価値のあることです……この二年間、つらい思いをしたことに、価値があるんです。とは言うものの」リラは言い訳するように小さく笑った。「これ以上、つらい思いはしたくないわ……もっと心を成長させるためだとしても。次の二年間の終わりに、ふり返ってみて、私に与えてくれたものに、また感謝するかもしれませんけど、今はいりません」

「私たちみんなが、そうですよ」ミス・オリヴァーが言った。「私たちは、自分が成長する手段や方法を、自分で選ぶことができないのです。学ぶ教訓にどんな価値があっても、つらい授業はやめたくなりますから。さあ、スーザンが言うように、最善のことが起きると期待しましょう。今は事態がうまくいっているし、ルーマニアが加わったら、びっくりするほど、早く戦争が終わるかもしれないわ」

ルーマニアは参戦した――スーザンは、ルーマニアの国王と女王(10)は、今まで写真で見たどの王族夫婦よりも見目麗しいと、褒めた。こうして夏はすぎた。そして九月初旬、カナダ軍が、ソンムの前線に移された(11)という報せがあり、心配はさらに強く、激しくなった。ブライス夫人は初めて気力が少し衰えた。不安な日々が続くにつれて、ブライス医師は慎重な目で妻を見るようになり、赤十字の骨が折れる活動は、あれもよくない、これもよくないと禁じるようになった。

「まあ、私に仕事をさせてくださいな、ギルバート」夫人は熱心に頼んだ。「働いていると、あまり考えずに済むんですもの。怠けていると、いろいろなことを想像してしまうのです……休むことは、私にとっては、拷問でしかないのよ。私の息子二人は、恐ろしいソンムの前線にいる……そしてシャーリーは、昼も夜も、飛行機の本を読みふけって、何も言わない。でもシャーリーの目に、あの子の決意がどんどん膨らんでいくのが見えるのです。だから私は、とてもじっとしてなどいられないの……だから言わないで、ギルバート」

だが医師は頑として譲らなかった。

「きみが、自分で自分を殺すような真似を、ぼくはさせられないよ、アンお嬢さん。息子たちが帰ってきたときに、この家で歓んで迎える母親にいてほしいんだ。ほら、きみは透けて見えるくらいじゃないか。よくないよ……これでいいかどうか、スーザンに聞いてごらん」

「まあ、スーザンとあなたの二人がかりで来られては、お手上げね！」アンは仕方なく言った。

ある日、輝かしいニュースが来た。カナダ軍がコースレット(12)とマルタンピュイシュ(13)を、多くの捕虜、大砲とともに占領したのだ。スーザンは旗を掲げ、ヘイグが難しい作戦にどの兵士を選ぶべきか、心得ていることは一目瞭然だと言った。しかし他の者は大喜びする気分ではなかった。どんな犠牲が払われたのか、わからないではないか？

その朝、リラは暁(あかつき)のころ、窓辺へより、外を眺めた。乳白色のふっくらしたまぶたは眠たげで重かった。ちょうど夜が明けるところで、世界は、ほかの時間とは異なる姿を見せていた。露がおりて、空気は冷たかった。果樹園と、森と、虹の谷は、神秘と不思議に満たされ、東の丘は、金色の光と銀桃色の影に彩られていた。風はなかった。そのとき物憂げに犬が鳴く声が、駅の方角から、はっきり聞こえた。犬のマンデイかしら？もしそうなら、どうしてあんなふうに吠えているのだろう？リラは身震いした。その鳴き声には、どこか不吉で、悲しげな気配があった。リラは思い出した。ミス・オリヴアーと二人で暗いなかを家へ帰るとき、犬の鳴き声が聞こえて、先生は「あんなふうに犬が吠えるときは、死の天使が通りすぎているのよ」と言ったのだ。リラは心臓の血も凍るような恐ろしさをおぼえながら、その鳴き声に耳をすましてみた。あれはたしかに犬のマンデイだ――リラは確信した。いったい誰のために弔(とむら)いの挽歌(ばんか)をうたって吠えているのだろう――マンデイは、誰の魂にむけて、あんなにも悲痛な別れのあいさつを送っているのだろう?

リラはベッドに戻ったが、眠れなかった。一日中、誰にも語らぬまま、恐怖のなかで警戒して待っていた。リラは、犬のマンデイの様子を見に、駅へ出かけた。すると駅長が言った。

「あんたの犬は、夜中から日の出にかけて、この世のものとも思えない声を、あげてたよ。何があったのか、わからないんだ。女房は目をさますし、わしも一度起きて、行ってみて、犬に、大きな声で呼びかけてみたんだが、やっこさん、見向きもしなかった。月明かりのなか、プラットホームの端っこで、ひとり、しょんぼりすわってた。あのかわいそうな、寂しそうな犬ころは、二、三分おきに鼻先をあげては、胸が破れたみたいに吠えていた。そんなことは、今まで一度もなかった……いつもは、汽車と汽車の間は、自分の小屋で、静かに、おとなしく、寝てるからな。でも昨夜(ゆうべ)、あの犬は、何かを感じたんだな」

犬のマンデイは小屋で横になっていた。リラに尻尾をふり、手を舐めてくれたが、持っていったえさには、口をつけようとしなかった。

「病気なのかもしれない」リラは心配になった。マンデイを残して帰りたくなかった。しかしその日、悪いニュースはなかった――次の日も――その翌日もなかった。リラの不安は消えていった。犬のマンデイは吠えなくなり、汽車を出迎えては、見送る日課をまた始めた。五日もたつと、炉辺荘の人々はまたほがらかな気分になっていいかもしれないと思い始めた。リラは、朝食を作るスーザンを手伝って台所を飛びまわり、澄み渡るきれいな声で歌をうたった。道向こうのいとこのソフィアはそれを聞くと、しわがれ声でアルバートの妻に語った。

「『食べる前に歌うと、寝る前に泣く』(14)って、昔から言うがね」

しかし、リラ・ブライスは、日暮れ前に泣くことはなかった。その日のまだ午後のころ、父さんが灰色にやつれて老けこんだ顔つきでリラのもとに来て、ウォルターがコースレットで戦死したと告げた。リラは突然、哀れな小さなかたまりとなって父の腕にくずれ、意識不明となった。それはむしろ幸いだった。それから長時間、目をさまして苦痛をおぼえることはなかったのだから。

第23章「それでは、おやすみ」(1)

苦悩の激しい炎が燃え尽くし、その灰が、灰色の塵(ちり)となって世界をおおった。リラの若い命は、肉体的には、母よりも早く回復した。ブライス夫人は悲しみとショックのあまり、何週間も床についた。リラは、生活のことを考えなければならない以上は、これからも生活を続けられるとわかった。苦しみのあまり、死んでこの苦痛を終わらせたいと思っても、死ぬことはできなかった。やらなければならない仕事もあった。スーザンが一人で家事をすべてこなすことは無理だった。リラは、日中は、母さんのために冷静さと忍耐強さを衣服のように装った。しかし夜は、夜ごとベッドに横たわりながら、若者らしい苦く、反抗的な涙を流して泣いた。やがて涙も涸(か)れると、リラが死ぬまで胸にひそむかすかな消えがたい痛みが、代わりに場所を占めた。

リラは絶望して、ミス・オリヴァーに泣きついた。「ああ、ウォルターが、世界中のどこにもいないという考えに、どうやったら慣れることができるの?『フランスのどこか』というのも心配だったけど、『世界中のどこにもいない』なんて、考えることもできない」

私の美しいウォルターは——二度と私のところへ帰ってこない——虹の谷で、二人ですわることも二度とないのだ。私が大好きだったあの優しい灰色の瞳は、永遠に閉じてしまった。リラは、ミス・オリヴァーにすがった。この教師は何を言うべきか、何を言うべきではないか、わきまえていた。だがそうした人は稀であり、親切で善意からの弔問や慰問の客が、リラにつらいひとときを味わわせた。

「そのうち乗りこえられますよ」ウィリアム・リース夫人はほがらかに言った。リース夫人には、たくましく頑丈な息子が三人いたが、一人も前線に行っていなかった。

「死んだのがジェムじゃなくて、ウォルターで、ほんとに幸いでしたこと」ミス・サラ・クローが言った。「ウォルターは教会の会員でしたけど、ジェムはそうじゃありませんでしたからね。メレディス牧師に何度も言ったんですよ。出征する前に、ジェムに、真剣に話をするべきだったと」

「お気の毒なウォルターが、死ぬ前に、あんまり苦しまずにすめば、よかったですけど」リース夫人がため息をついた。「何しろ、クラーク・マンリーが死んだときは、何時間も冷たい雪の上に倒れていて、体中が燃えるように熱くて、喉が渇いて、見つけてもらったと思ったら、すぐに死んだんです。かわいそうなウォルターも、そんな目に遭ってなきゃいいですけど……でも、あちらは、この季節は、暑いんですね……ウォルターが気の毒だこと、気の毒だこと」

「わざわざうちに来て、ウォルターを気の毒だなんて、言わないでもらいたいですね」スーザンが台所の戸口から怒って言ってくれて、リラは助かった。もう耐えられないところだったのだ。「ウォルターは気の毒じゃありませんよ。あんたがたの誰よりも恵まれてます。あんたは家にいて、息子たちを出征させていない。あんたの息子さんこそ、かわいそうですよ……かわいそうで、あからさまで、身勝手で、心が狭い……気分が悪くなるくらい気の毒ですとも。それが、あんたの息子たちですよ。裕福な農場がいくつもあって、よく肥えた家畜がいながら、心はノミより小さいんだから……もし心に大きさがあれば、ですけど」

「私は、お悔やみに来たんであって、侮辱されに来たんじゃありません」とリース夫人は言って帰ったが、誰も残念に思わなかった。やがてスーザンの怒りの炎が消えると、彼女は台所にひきさがり、テーブルの前にみじめにすわりこんだ。

「まるで太陽が消えてしまったようだ」スーザンは独り言をつぶやいた。「私が送った最後のケーキを、あの子は受けとることもなかったろう、かわいそうな子だ。あの子が詩を書くことは賛成しなかったけど、それ以外は、生まれたときから、なんの欠点もなかった。あの子がやって困ったことと言えば、豚の背中に乗っただけ。だけどあれはフェイス・メレディスがさせたんだからね。昔は、ウォルターが寝るまでそっと揺すってやったり、暖炉の前であんよを温めてやったもんだ。それなのにドイツ兵どもが殺してしまって、私たちは葬式をして気持ちを慰めることもない。うちでは、先生奥さんが寝込んでいなさるし、リラは死にそうなほど働いているけど、私は先生奥さんの力になってあげることも、リラを止めることもできない。私は……もう……疲れてしまった」

スーザンは忠実な老いた頭をテーブルにのせて、しばし激しく泣いた。それから仕事に戻り、ジムスの小さなロンパースにアイロンをかけた。リラはアイロンをかけるつもりで台所に入ってきて、働くスーザンを見ると、優しくいさめた。

しかしスーザンは頑固に言った。「どんな戦争孤児のためだろうと、リラが働きすぎて死ぬようなことは、させませんよ」

「でも私は、働きづめでいたいの」悲しいリラは叫んだ。「それに、寝なくてもすめばいいのに。眠っている間は忘れていられるけど、次の朝、目がさめると、いっぺんにまた一から思い出して、つらくなるの。いつか慣れるのかしら？　それに、ああ、スーザン、リースのおばさんが言ったことが、頭から離れないの。ウォルターは、ひどく苦しんだのかしら？……ウォルターは前から痛みに敏感だったのに。ああ、スーザン、ウォルターが苦しまなかったとわかれば、私も少しは、勇気と力を奮い起こせるのに」

幸い、その答えがリラにもたらされた。ウォルターの司令官から書面が来て、彼はコースレットの突撃中、一発の弾丸により即死した、と記されていた。同じ日に、ウォルター本人からも、リラに手紙が届いた。

リラは封を切らずに虹の谷へ持っていき、ウォルターと最後に話した場所で読んだ。書いた者が死んでから、その手紙を読むことは、不思議であり——苦しみと慰めが奇妙にまじりあった、苦く甘いものだった。この打撃におそわれてから、リラが初めて感じたことは——弱々しい希望や信念ではなく——輝かしい才能と立派な理想をそなえたウォルターが、今も生きている、前と同じ才能、同じ理想をいだいたまま生きている——ということだった。その思いを打ち壊すことはできなかった——彼のこの才能と理想の輝きが、うばわれることはないのだ。コースレット突撃の前夜に書かれた、最後の手紙からにじみでる彼の人格は、ドイツ軍の弾丸一発で消し去ることなどできなかった。たとえ地上のものとの現世のつながりは断たれても、ウォルターの人格は生き続けるにちがいないのだ。

「われわれは明日、塹壕の壁をこえて突撃します[2]、リラ・マイ・リラ」ウォルターは書いていた。「母さんとダイには、昨日、手紙を書きましたが、どういうわけか、きみには、今夜、書かなくてはならない気がするのです……今夜は何も書くつもりはなかったのですが、書かずにはいられないのです。内海向こうのトム・クローフォードの老夫人をおぼえていますか？　あの人は、何かをしなくてはと『心にかかる』と、口癖のように言っていましたね？　そうです、ぼくはまさにそんな気持ちです。今夜はきみに……ぼくの妹であり、親友であるきみに、手紙を書かなくてはと『心にかかって』いるのです。何かが起きる前に……いや、明日になる前に、言っておきたいことがあるのです。

今夜は、きみと炉辺荘が、不思議なほどすぐ近くに感じられます。ここへ来てから、こんな感覚は初めてです。いつもなら、ふるさとは、はるか遠く彼方に……不潔と血糊のこのおぞましい混沌(こんとん)からは絶望的なまでに遠い彼方に感じられたのです。でも今夜は、ぼくのすぐ近くにあるようです……きみの姿が見えて……きみの話す声が聞こえる気すらします。懐かしいふるさとの丘を白々と照らす静かな月光も見えるのです。こちらへ来てからずっと、静かで穏やかな夜や、何にもさえぎられずに煌々(こうこう)と照らす月明かりは、地上のどこにもないような気がしていました。ところが今夜はなぜかしら、ぼくが前から愛していた美しいものがすべて、ふたたび存在するように思われるのです……これはすばらしいことです。ぼくに、深く、確かで、優美な幸福感を与えてくれます。ふるさとは今ごろは秋ですね……内海は夢見るように広がり、懐かしいグレンの丘には青いもやがかかり、虹の谷は一面にアスターの花が咲いて風に揺れる喜びにおおわれていることでしょう……ぼくらの懐かしい『さらば夏よ』(3)。ぼくは、この呼び名が、アスターという名前よりも、ずっと好ましく思っていました……まるで詩そのものです。

リラ、ぼくに予知の力があったことは知っていますね。きみは笛吹きをおぼえているでしょう……いや、憶えていなくても当然です……まだ小さかったのだから。ずいぶん前のある夕方、ぼくは、ナンとダイ、ジェムとメレディス家の子どもたちと虹の谷にいて、不思議な幻というか、予感というか……なんと呼んでもいいのですが、そうしたものを見たのです。リラ、ぼくは、笛吹きが、後ろに影のような軍勢を引きつれて、谷をおりてくる姿を見たのです。ほかの者たちは、ぼくが見たふりをしているだけだと思っています……でもあの瞬間、ぼくは、笛吹きをたしかに見た。そしてリラ、昨夜も、ふたたび見たのです。ぼくが歩哨の勤務をしていると、笛吹きが、われわれの塹壕から、無人地帯をこえて、ドイツの塹壕へ行進していくところが見えたのです……前と同じように背の高い、影のような姿で、不気味に笛を奏でていました……その後ろから、軍服の若者たちがついていったのです。リラ、ぼくは、笛吹きをたしかに見たのです……あれは空想ではなく……幻でもなかった。男が吹く音色が聞こえたのですから。そして……笛吹きは消えた。でもぼくは、笛吹きを見た……これが何を意味するのか、ぼくはわかったのです……つまりぼくは、笛吹きの後をついていった者の一人だ、ということです。

リラ、明日、笛吹きはぼくに笛を吹いて、『あの世』へつれていくでしょう。それははっきりとわかっています。でもリラ、ぼくは怖くありません。その報せが届いたら、思い出してください。ぼくはここで自由を……恐怖から解放される自由を勝ちとったのです。これからは、もう何も怖くない……死ぬことも……生きることも……もっとも、生き続けるのなら、ですが。この二つのうちでは、生きるほうが難しいと思います……というのは、ぼくにとって、人生はもはや、美しいものにはならないからです。常におぞましい思い出がよみがえり……常に人生を醜く、苦しいものにするものがあるのですから。そうした思い出を忘れることはできないでしょう。でも生きるにしろ、死ぬにしろ、リラ・マイ・リラ、ぼくは恐れません。ここへ来たことも後悔していません。ぼくは満足しています。かつて書きたいと憧れていたような詩を書くことは、もはやないでしょう……でもぼくは、未来の詩人たちのために……未来の働く人々のために……そう、そして未来の夢見る者たちのためにも、カナダを守ることに力を貸したのです……なぜなら夢見る者がいなければ、働く者が成しとげるものもなくなるからです……その未来は、カナダの未来だけでなく、世界の未来です……ランゲマルクとヴェルダンに散った『赤い雨』(4)が豊かな実りをもたらすとき……そのときは、どこかの愚か者が考えるように、一、二年後ではありません。今蒔(ま)かれた種が芽を出して育つのは、一世代後(ひとせだいあと)です。だから、リラ、ぼくはここに来て、よかったのです。今、危機に瀕(ひん)しているのは、海から生まれたぼくの愛する小さな島の運命だけでなく……カナダの運命でも……英国の運命でもなく、人類の運命です。そのためにぼくらは戦っているのです。そしてぼくらは勝利するでしょう……そのことは、一瞬たりとも疑っていません、リラ。なぜならぼくらの側は、生ける者だけでなく……死せる者たちも戦っているのです。こんな軍隊を打ち負かすことはできないのです。

きみには、今も笑顔がありますか、リラ？　そうであるように祈ります。これからの歳月、世界はさらに笑いと勇気を必要とするでしょう。お説教はしたくないけれど……今はそんなときではないのですから。でも、ぼくが『あの世へ行った』と聞いたとき、きみが最悪の事態を乗りこえる助けとなることを、伝えておきたいのです。ぼくは、自分のことだけでなく、リラ、きみについても、予感が働くのです。ケンは、きみのもとに帰ってくるでしょう……将来にわたり、きみには、末永く、幸せな年月が訪れるだろう。そしてきみは、ぼくらが、そのために戦って死んだ理想を、子どもたちに語るだろう……人はその理想のために死なねばならないと同様に、その理想のために生きねばならないこと、さもなければ、この理想のために払われた犠牲が無に帰すと教えるだろう。これは、きみの役目の一つなのです、リラ。そして、もしきみが……そして故郷の娘たち全員が……そうしてくれたなら、ぼくら生きては帰らぬ者たちも、『信念が守られた』(5)と理解するだろう。

ぼくは今夜、ウーナにも手紙を書くつもりでしたが、もう時間がありません。この手紙を彼女に読んであげてください。この手紙は、本当はきみたち両方に……愛しくて、立派で、忠実な二人の娘たちに宛てたものだと伝えてほしい。明日、塹壕の壁を越えて突撃するとき、ぼくは、きみたち二人のことを考えます……きみの笑顔を、リラ・マイ・リラのことを、そしてウーナの青い瞳の揺るぎない表情を……どういうわけか今夜は、あの瞳がありありと目に浮かびます。そう、きみたちは二人とも……きみも、ウーナも、信念を守っていくだろう……ぼくはそれを確信しています。それでは……おやすみ(6)。夜明けに、ぼくらは塹壕の壁を越えて、突撃します」

リラは手紙を何度も読みかえした。ようやく立ち上がったときには、リラの青ざめた若々しい面差しに新しい光がさしていた。リラのまわりに、ウォルターが愛したアスターの花が秋の陽ざしに照らされていた。少なくとも、そのときだけでも、リラは苦悩と孤独から救われたのだった。

「私は、信念を守っていくわ、ウォルター」リラは、はっきりした声で言った。「私は働いて……教えて……学んで……そして笑うわ、ええ、笑ってみせるわ……私の全生涯をかけて。あなたのために、そしてあなたが笛吹きの呼び声についていったとき、あなたが捧げたもののために」

リラは、ウォルターの手紙を、神聖な宝物としてとっておくつもりだった。しかしウーナ・メレディスがこの手紙を読み、リラに返そうとさしだしたときに浮かんだ表情を目の当たりにして、あることを思いついた。でもそんなことが、できるだろうか？　ああ、無理だ、ウォルターの手紙――ウォルターからの最後の手紙を手放すなんてできない。これを彼の形見にしても、身勝手ではないはずだ。手紙の写しでは魂がこもっていないのだから。でもウーナは――ほとんど何も持っていないのだ――そしてウーナの目は、泣くことも、同情を求めることも、できないまま、心底、打ちのめされた女の目だった。

「ウーナ、この手紙がほしい……形見に？」リラはゆっくりたずねた。

「ええ、もしくださるのなら」ウーナは静かに答えた。

「じゃあ……あなたが持っていていいのよ」リラは急いで言った。

「ありがとう」ウーナは言った。彼女はそう語るのみだったが、その声には、リラのささやかな犠牲が報われる響きがあった。

ウーナは、ウォルターの手紙をうけとった。リラが立ち去ると、ウーナは、その手紙を唇に押しあてた。ウーナは、自分の人生に、もう愛は訪れないと知っていた――その愛は、「フランスのどこか」の血に染まる大地の下に、永遠に埋葬されたのだ。ウーナのほかは――リラは知っているかもしれないが――誰もその思いを知らなかった――この先も知ることはないだろう。世間からすれば、ウーナに嘆き悲しむ理由はない。だからウーナは、この果てしない苦しみをできるかぎり隠して、耐えなければならないのだ――たった一人で。けれどこの私ウーナも、信念を守っていこう。

第24章　メアリ、間一髪で間に合う

一九一六年の秋は、炉辺荘の人々にはつらい季節だった。ブライス夫人の健康の回復は遅かった。悲哀と寂寥が一同の胸のうちにあった。しかしみんながそれをほかの者には隠し、明るく「生活を続け」ようとした。リラはよく笑った。炉辺荘の人々は、リラの笑いに騙されなかった。それは心からの笑いではなく、口もとだけの笑いだったのだ。しかしよその人々は、悲しみからやすやすと立ち直る者がいるものだと言った。またアイリーン・ハワードは、リラ・ブライスったら本当に底の浅い人で驚いたわ、と語った。

「だって、あんなにウォルターに入れこんでる様子だったのに、ウォルターが死んでも、ぜんぜん気にしてないみたい。リラが涙を流すところも、ウォルターの名前を言うところも、誰も見てないのよ。ウォルターのことなんか、きれいに忘れたみたい。かわいそうな人……ウォルターの家族なんだから、もっとこたえるだろうと思うのが本当のところよ。この前、青少年赤十字の集まりで、私、リラに、ウォルターのことを話したの……お兄さんは本当にご立派で、勇敢で、すばらしい人でしたね……ウォルターがいなくなって、私の人生は、もう前と同じにならないわ……ほら、私とウォルターは親しい友だちだったでしょ……だって、ウォルターが入隊したことを真っ先に話した人は、この私だったのよって……ところがリラったら、赤の他人の話でもするみたいに落ち着きはらって、『ウォルターは、祖国のためにすべてを捧げた立派で栄光ある多くの男性の一人にすぎません』だなんて平気な顔で言うの。ああ、私も、あんなふうに物事を淡々と受けとめられたらいいけど……でも、そんなふうに生まれついてないもの。私は、とても感じやすいから、ひどくこたえて……絶対に立ち直れないの。リラに、どうして喪服を着ないのか、きいてみたら、お母さんが望んでいないからですって。でも、みんながこの話をしてるのよ」

「だけどリラは、色物は着ていないわ……白しか着ていないわ(1)」ベティ・ミードが反論した。

「白は、ほかの色より、リラがきれいに見えるもの」アイリーンは意味ありげに言った。「そもそも黒は、あの人の肌の色に合わないことは、みんなが知ってるわ。もちろん、だから黒を着ないと言ってるんじゃないのよ。ただ、おかしいわよ。もし私の兄さんが死んだら、私なら、正式な喪服(2)に身をつつむわ。ほかの色なんか、着る気になれないわ。正直に言うと、リラ・ブライスには、がっかりしてるの」

「そういうことなら、私は、がっかりしてないわ」ベティ・ミードがかばった。「リラはすばらしい人だと私は、思うわ。正直に言うと、二、三年前は、どちらかと言うと、見栄っ張りで、くすくす笑ってばかりだと思ってた。でも今のリラは、そんな人じゃない。グレンに、リラほど、私利私欲がなくて、勇気のある女の子は、つまり、徹底的に、我慢強く、『自分の全力を尽くす』人は、いないと思う。リラの才覚と、忍耐と、熱意がなければ、青少年赤十字は、何度も挫折したでしょう……あなたもよくわかってるはずよ、アイリーン」

「あら、私は、リラをけなしてるんじゃないの」アイリーンは目を大きく見開いた。「人情が欠けていると言ったまでよ。あの人も、その点はどうしようもないんでしょ。もちろんリラは生まれつきのやり手よ……みんなが知ってる通りよ。それにリラは指図するのが大好きなのよ……そんな人が必要だということは、認めるわ。私がひどいことでも言ったみたいな目で、見ないで、お願い、ベティ。リラ・ブライスは、あらゆる美徳を体現したような人だって、喜んで認めるわ、それであなたの気が済むなら。ふつうの人なら打ちひしがれるようなことがあったのに、まったく動じないということも、たしかに美徳だもの」

アイリーンの言葉の一部は、リラにも伝わった。しかし前のように傷つくことはなかった。そんなことは問題ではない。それがすべてだった。人生は偉大なものであり、ささいなことにとっておく余地はないのだ。私には守るべき約束と、やるべき仕事がある。この悲しい秋、長くつらい日々を、リラは自分の務めに忠実にすごした。戦争のニュースは、引き続き悪かった。ドイツは、不運なルーマニアに対して、勝利につぐ勝利で、前進していた(3)。「外国人……外国人ですよ」スーザンが先行きを案じてこぼした。「ロシア人も、ルーマニア人も、何人も、みんな外国人ですから、あてになりませんよ。でも、ヴェルダンから後、私は望みを捨てないことにしたんです。それから、先生奥さんや、ドブルジア(4)というのは、川ですか、山脈ですか、それとも空気の状態ですか?」

十一月、合衆国で大統領選挙が行われた。スーザンは熱狂した――その興奮ぶりを、申し訳なさそうに弁解した。

「まさかこの私が、ヤンキー(5)の選挙に興味を持つ日がこようとは、夢にも思いませんでしたよ、先生奥さんや。つまり、この世では自分たちがどうなるか、わかったものじゃない、ということですから、偉そうなことは言えませんね」

そして十一月七日の夜、スーザンは遅くまで起きていた。表向きの理由は、靴下を一足編み上げるからということだったが、ときおりカーター・フラッグの店に電話をかけた。そしてヒューズ(6)が当選したという第一報が入ると、スーザンは重々しく、もったいぶった足どりでブライス夫人の部屋へ上がり、ベッドの足もとから、うわずった小声で言った。

「まだお休みじゃないなら、お知りになりたいと思いましてね。これがいちばんよかったと思いますよ。たぶんヒューズも、いろんな声明を書くでしょうけど、先生奥さんや。どうせなら、もっとましなことを書いてもらいたいですね。私は頬髭が好きというわけじゃありませんけど(7)、人は何もかも思い通りになるわけじゃありませんから」

翌朝、結局は、ウィルソンが再選されたというニュースが入った。スーザンは方向転換をして、また別の楽観主義の風に乗ることにした。

「ええ、知らない馬鹿より、知っている馬鹿のほうが役に立つって、昔から諺に言いますから」スーザンは陽気に言った。「ウッドローが馬鹿だと言うんじゃありませんよ。もっとも、あの人は、生まれつき分別に欠けると思うことはありますけど、少なくとも、書簡を書く達人です。その点、あのヒューズはどうだか、わかりませんからね。万事を考慮した結果、私はヤンキーを褒めましょう。ヤンキーにも良識があるところを見せましたし、私だって、それを認めるにやぶさかじゃありません。いとこのソフィアは、ヤンキーは選挙でルーズヴェルトを選べばよかった(8)のに、ルーズヴェルトにチャンスをやらないなんて、と不機嫌でしたよ。私もルーズヴェルトになってもらいたかったけど、こうしたことは、神さまがお定めになると信じて、満足するべきです……でも、ルーマニアのことは、全能の神さまもどういうお考えか、見当もつきませんね……これは敬虔な気持ちで申し上げるのですよ」

アスキス内閣が辞職(9)して、ロイド・ジョージが首相になった(10)――するとスーザンは、例のことの見当がついた――というか、ついたと思った。

「先生奥さんや、ついにロイド・ジョージが、舵をとりますよ。それを何年も前から、私は祈ってたんです。これで、じきに、いいほうへ変わりますよ。ルーマニアの大失敗のおかげで、こうなったんですね、まさしく。負けても、その甲斐があったんです、それが初めてわかりました。もうぐずぐずしている場合じゃありません。戦争は勝ったも同然です。そう信じてますとも、たとえブカレストが陥落しようが、しまいが(11)」

ブカレストは陥落した――そしてドイツは和平交渉を提案した。これをスーザンは軽蔑して受け流し、そんな提案には、断固として聞く耳をもたなかった。ウィルソン大統領が、有名な十二月の和平の文書(12)を送ると、スーザンはこっぴどく皮肉った。

「ウッドロー・ウィルソンは、和平の仲裁をするつもりですよ、ええ。まず最初にヘンリー・フォードがやろうとして(13)、今度はウィルソンと来ましたか。だけど平和は、インクで紙に書いて作るもんじゃありません、ウッドロー、それは確かですよ」スーザンは、合衆国にいちばん近い台所の窓から、気の毒な大統領に呼びかけた。「ロイド・ジョージの演説を聞けば、皇帝(カイゼル)も、現状がどうなってるかわかるでしょうから、ウッドロー、あんたはその長ったらしい平和の書面は自分の家(うち)にしまっといて、切手代を節約しなさい」

「ウィルソン大統領が、スーザンの意見を、聞けなくて、残念ね」リラが意味ありげに言った。

「そうですとも、リラや。大統領のまわりに、まともな助言をする者がいなくて、まことに残念ですよ。民主党員(14)だの、共和党員(15)だのがいたって、そうした人材がいないのは明らかです」スーザンはまくしたてた。「私には、民主党と共和党の違いはわかりませんよ。ヤンキーの政治は、私なぞが勉強しても、解くことのできない謎です。でも、丸砥石(まるといし)の穴から見てる限りでは(16)、こう言ってはなんですが……」スーザンは疑わしげに頭をふった。「どっちもどっちで、ろくでもないですよ」

「クリスマスが終わって、ほっとした」リラは荒れ模様だった十二月最後の週、日記に書いた。「私たちはクリスマスを恐れていた……コースレットのことがあってから初めてのクリスマスだからだ。メレディス家の人たちを全員、正餐(ディナー)(17)に招いたけど、にぎやかに陽気にふるまおうとする人はいなかった。私たちはみんな口数が少なかった。でも、親しみがこもっていた。それが救いだった。ジムスが元気になったこともありがたい……ありがたくて喜ばしいとも言える気持ちだ……言えるけれど、同じではない。この先、心から喜びを感じることが、あるだろうか。私のなかの喜びの感情は、死んでしまったようだ……ウォルターの心臓を打ち抜いた同じ弾丸で、撃ち殺された気がする。いつの日か、新しい類(たぐ)いの喜びが、私の心に芽生えるかもしれない……でも、昔感じていたような喜びは、もう二度と生き返らないのだ。

今年は、冬がとても早く訪れた。クリスマスの十日前に大吹雪があった……少なくとも、そのときはひどい雪嵐だと思った。でも今となれば、それは本当の嵐の前ぶれにすぎなかった。大吹雪の次の日は晴れて、炉辺荘と虹の谷は、すばらしい景色になった。木々は雪におおわれ、いたるところに大きな雪の吹きだまりができると、それを北東の風が幻想的な形の彫刻にした。父さんと母さんはアヴォンリーへ行った。父さんが、母さんの気分転換にいいと考えたからだ。それに父さんと母さんは、お気の毒なダイアナおばさんに会いたがっていた。おばさんの息子のジャックが、少し前に重傷を負ったからだ。両親は、スーザンと私に家をまかせて出かけて行き、父さんは次の日に帰宅する予定だった。ところが一週間、帰れなかった。その日の夜、また嵐が始まり、四日間、止むことなく吹き荒れたのだ。プリンス・エドワード島では何年かぶりの長い嵐だった。すべてが混乱した……道路は通行止めに、汽車は不通に、電話線は使用不能になった。

ところが、そんなときに、ジムスが病気になったのだ。

父さんと母さんが出かけたとき、ジムスは風邪気味だった。二、三日は悪くなったけど、重症になる危険はないと思った。私は熱をはかりもしなかった。そんな自分が許せない。完全に気を抜いていた。実のところ、そのときの私は、スランプだった。母さんがいなくなったので、気を抜いたのだ。がんばり続けることも、勇敢で元気なふりをすることも、いっぺんに嫌になった。もう無理だと思って、二、三日はほとんどの時間をベッドに突っ伏して泣いていた。ジムスの面倒を見なかった……嫌になるけれど事実だ……私はウォルターとの約束を守る意気地(いくじ)もなく、不誠実だった……もしジムスが死んでいたら、絶対に自分を許せなかっただろう。

父さんと母さんが留守になってから三日たった晩、急に、ジムスの具合が悪くなった……ものすごく悪化した……突然のことだった。家には、スーザンと私しかいなかった。ガートルードは嵐が始まったとき、ローブリッジにいて、戻ってこれなかった。最初は、あまり慌てなかった。ジムスは何度か喉頭炎(クループ)(18)にかかったことがあり、スーザンと私はモーガンの本で、大した苦労もなく治したのだ。でも今回は、すぐ心配になった。『こんな喉頭炎(クループ)、見たことがありませんよ』とスーザンが言ったのだ。

そして私は、と言えば、手遅れになってから、これがどういう種類の喉頭炎(クループ)かわかった。ふつうの喉頭炎(クループ)……つまり医者が言う『偽膜性喉頭炎(ぎまくせいクループ)』(19)ではなく……『真性(しんせい)喉頭炎』で……死にいたる危険な病気だった。それなのに父さんはいない。医者はいちばん近くてもローブリッジだ……電話は通じない……その晩は、馬でも人でも、つもった雪のなかを移動するのは不可能だった。

幼いジムスは、勇敢にも、生きようと立派に闘った……スーザンと私は、思いつく限りの手当をして、父さんの本で見つけた治療も、一つ残らず試した。ところがジムスは悪くなる一方だった。ジムスの顔色を見て、息づかいを聞いていると、胸が引き裂かれるようだった。ジムスは息をしようにも、もう絶え絶えだった……けなげな小さな子どもが……顔は恐ろしいほど青くなり、ものすごく苦しそうな顔をして、小さな両手をさしだして、もがき続けていた……まるで、どうか命を助けてほしいと、私たちに懇願（こんがん）しているようだった。前線で毒ガスを浴びた兵士たちも、こんな顔つきだったに違いない。ふと、そう思うと、その考えが、ジムスを看病していた恐怖と苦悩の間、頭から離れなかった。その間にも、ジムスの狭い喉のなかでは、命とりの膜がどんどん大きく、厚くなって、咳をして吐き出すこともできなかった。

　ああ、私は気が狂ったようになった！　このとき初めて、ジムスが自分にとっていかに大切か、気がついたのだ。それなのに私は完全に無力だった。武器ももたずに、冷酷非情な敵と戦っているような気がした……ドイツの機関銃（マシンガン）を相手に、素手で戦った哀れなロシア兵たちのようだった。

　ついにスーザンは、匙を投げた。

『私たちでは、この子を助けることは、できません……ああ、あんたのお父さんが、いてくだすったら……ジムスをごらんなさい、かわいそうな子！……どうすればいいのか、もうわかりませんよ』私はジムスを見た。この子は死にかけていると思った。スーザンは、ジムスの呼吸が楽になるように、ベッドサークルのなかで抱きあげた。それでも息ができないようだった。可愛い仕草をして、愛らしくて、お茶目な顔つきをした、私の戦争孤児が、目の前で窒息して、死のうとしている。それなのに助けられない。絶望のあまり、私は用意した温湿布(おんしっぷ)を投げ落とした。こんなもの、何の役に立つというのか？　ジムスは死にかけている……私のせいだ……注意して見てやらなかったからだ！

　ちょうどそのとき……夜の十一時というのに……玄関のベルが鳴った。その音は、まさしく、鳴り響いていた……嵐がうなるなかで、家中に響きわたったのだ。スーザンは出られなかった……ジムスを抱いていて下ろせなかったのだ……私が走っておりた。玄関ホールで、一瞬、私は立ち止まった。急に、理屈では割り切れない不安に襲われたのだ。以前、ガートルードが話してくれた不気味な物語を思い出したからだ。先生のおばさんが、ある晩、病気のご主人と家にいたとき、玄関の扉を叩く音がした。行って戸を開けると……何もいなかった……少なくとも、目に見えるものは、いなかった。けれどドアを開けたその瞬間、外は穏やかで、暖かな夏の夜なのに、凍るように冷たい風が吹きこんできて、おばさんのそばを通りすぎ、二階へ上がったように思われた。すぐに叫び声が聞こえた……おばさんが二階へ駆けあがると……ご主人が死んでいた。おばさんは玄関の戸を開けたときに、死に神を入れたと信じていると、ガートルードは話したのだ。

　私がそんなことを怖がるなんて、滑稽かもしれない。でも、気が動転していて、疲れていたので……そのときは、ドアを開けられない……死に神が外で待っている、と思った。でも、一刻を争う事態だ……こんなに馬鹿げたことではいけない……そう思い直して、前へ飛びだし、扉を開けた。

すると、本当に冷たい風が吹きこんできた。雪が渦をまいて、玄関ホールに入ってきた。ところが敷居に立っていたのは、生身の人間だった……頭から足先まで雪をかぶったメアリ・ヴァンスだった……彼女は『死』ではなく『生』をつれてきたのだ。もっともそのときは、そんなことはわからなかった。私は目を丸くして、メアリを見た。

メアリはなかに入り、扉を閉めると、照れくさそうに言った。『あたい、追い出されたんじゃないんだよ。二日前、カーター・フラッグの店に行ったら、嵐がきてそのまま足止めされてしまったんだ。でも、アビー・フラッグ爺さんがうるさくて、苛々するんで、今夜、ここに来ようと決めたんだ。この距離なら、雪のなかを歩いて行けると思ったんで。大した賭けだったけど、ひとたびこうと決めたんで、とことんやり抜いたんだ。今夜は大荒れじゃないか？』

私は我にかえり、急いで二階へ戻らなければならないと気がついた。メアリに手早く説明して、雪をはらっている彼女を残して上がった。二階では、ジムスは、さっきの発作は終わっていたが、私がもどるとすぐ、次の発作が始まった。私はジムスの上にかがみ、両手を揉みしぼった。私はまったくの『役立たず』だった……うめき声をあげて、泣くことしかできなかった……あのときの自分を思い出すと、恥ずかしい。でも私に何ができるというのか？……知っていることは、全部試したのだ……そのとき突然、メアリ・ヴァンスが私の後ろで大声を出した。

『あら、この子、死にかけてるじゃない！』

私はふり向いた。この子が……私の可愛いジムスが死にかけていることを、私が知らないとでも！　その瞬間……メアリ・ヴァンスをできることなら、ドアでも、窓でも……どこからでも、投げ出してやりたかった。しかしメアリは平然と落ちつき払って立ち、あの気味の悪い白っぽい目で、息ができない子猫でも眺めるように、私の赤ちゃんを見おろしていた。私は前からメアリ・ヴァンスが嫌いだった……このときは、憎しみすらおぼえた。

『私たち、あらゆることを試したんですが』哀れなスーザンが疲れたように言った。

『これは、ふつうの喉頭炎(クループ)じゃありませんでして』

『そうよ、これはジフテリア[20]の喉頭炎(クループ)よ』メアリは、はきはき言って、エプロンをつかみとった。『ぐずぐずしてる暇はないよ……あたい、手当を知ってるんだ。何年も前、内海向こうのワイリーのおかみさんと暮らしたとき、ウィル・クローフォードの子どもが、ジフテリアの喉頭炎(クループ)で死んでね。お医者に二人もかかったのに。そしたら、年寄りのクリスティーナ・マカリスターおばさん[21]がその話を聞いて……ほら、このおばさんは、あたいが肺炎で死にかけたとき、あたいを生き返らせてくれた人だよ……すごい人なんだ……お医者なんか、足もとにも及ばないよ……今も、猫を育てることにかけちゃ誰にも負けないよ……そのおばさんが、言ったんだ。もしその場にいたら、私のおばあさんから聞いた治療法で助けたのにって。おばさんは、その治療法を、ワイリーのおかみさんに話したのさ、あたいは一度も忘れたことがないよ。誰よりも物覚えがいいんでね……頭の奥にしまったことが、使うときに出てくるんだ。スーザン、このうちに、硫黄(いおう)(22)はある?』

たしかに硫黄はあった。スーザンとメアリがとりにおりると、私はジムスを支えていた。期待はしていなかった……少しも。メアリ・ヴァンスは、好きなだけ自慢すればいい……あの人はいつも自慢たらたらなのだ……私は、どこのおばあさんの治療法だろうと、今のジムスは救えないと思った……やがてメアリが戻ってきた。メアリは、口と鼻をおおうように厚いフランネルの布きれを結び、スーザンの古びたブリキの深い片手鍋(チップ・パン)(23)を持っていた。鍋の半分に、燃えている石炭が入っていた。

『あたいを、見ててごらん』メアリは得意げに言った。『一度もやったことはないけど、やり方はわかってるんだ。死ぬか、治るかだ……どのみち、この子は死にかけてるけど』

メアリは、スプーン一杯の硫黄を、石炭にふりかけた。それからジムスをつかみ、逆さまにすると、息がつまって目も開けていられないガス(24)の真上に、子どもの顔を下向けにかざした。リラはなぜ飛びだしてジムスをうばいとらなかったのか、自分でもわからなかった。何もしなかったのは、あらかじめ運命で決まっていたからだと、スーザンは言う。その通りだと思う。だって私には、動く力すらなかった。スーザン本人も立ち尽くして、戸口からメアリを見守っていた。ジムスは、メアリの大きくて、しっかりして、有能な手にむんずとつかまれて……ああ、たしかに、メアリはまったく有能だ……もがき苦しんでいた……むせて、ぜーぜーいった……ジムスがいたぶられて死ぬような気がした……私には一時間にも思われた後、実際は長くはなかったが、いきなりジムスは咳をして、命とりの膜を、吐き出した。メアリは、ジムスを上向きに戻すと、またベッドに寝かせた。ジムスの顔は大理石のように白くなり、茶色の瞳から、涙が流れていた……しかし顔色から恐ろしいほどの青黒さは消え、呼吸がすっかり楽になっていた。

『うまくいったじゃない？』メアリは嬉しそうだった。『どんな効き目があるか、わかんなかったけど、一か八か、やってみたんだ。朝までに、もう一回か、二回、この子の喉をいぶすよ、ばい菌を全部殺すんだ。それで、すっかりよくなるって、わかるよ』

ジムスはすぐに眠った……私が最初に案じていた昏睡ではなく、すやすやと眠っていた。メアリは、夜の間に、ジムスを、彼女が言うように『いぶした』。夜明けには、喉はすっかりきれいになり、体温も、ほぼ平熱になった。それがわかると、私はふり返って、メアリを見た。彼女は寝椅子に腰かけ、スーザンが百も承知のことを、偉そうにしゃべっていた。でもメアリがどんなに威張って話そうと、どんなに自慢話をしようと、かまわなかった。あの人には自慢話をする権利がある……私ならとてもできなかったことをやってのけて、ジムスを死の恐怖から救い出したのだ。メアリが干し鱈をもって、私をグレン中、追いかけまわしたことも、もうどうでもよかった……灯台のダンスの晩、私のロマンスを鵞鳥の脂で台無しにしたことも、どうでもよかった。メアリが自分を誰よりも物知りだと自惚れて、四六時中、その話をすることも、どうでもよかった……私がメアリ・ヴァンスを嫌うことは、二度とないだろう。私はメアリのところへ行って、キスをした。

『今度は、なんだい?』メアリは言った。

『なんでもないの……ただ、とても感謝しているの、メアリ』

『そうかい、当たり前だよ、実のところ。あたいが、たまたま来なかったら、あんたら二人は、赤ん坊が手に負えなくて、死なせたところだったよ』メアリは自己満足の笑みを浮かべた。それからメアリは、とびきり上等の朝食をこしらえて、スーザンと私に食べさせてくれた。スーザンの言葉によると、『私たちの暮らしを偉そうに指図』して二日間をすごし、街道が通れるようになると、自分の家に帰った。そのころには、ジムスはほぼ元気になり、父さんも戻ってきて、私たちの話を聞いた。父さんは、父さんが言うところの『おばあさんたちの治療法』を、基本的には軽蔑していた。父さんは少し笑って言った。『これからは、ぼくが重症患者にあたるたびに、メアリは自分のところへ相談に来ると思うだろうね』

このようにクリスマスは、思ったほど悪くはなかった。そして今、新しい年がやって来る……私たちは今も『大攻勢』が戦争を終わらせることを願っている……小さな犬のマンデイは、冷え切ったところで寝ずの番をして体がこわばり、リウマチになったけれど、今も『がんばっている』。そしてシャーリーは、空中戦の撃墜王（25）の功績を読んでいる。ああ、一九一七年は、私たちに何をもたらすだろうか？」

第25章　シャーリー、出征する

「いやいや、ウッドロー、勝利なくして、平和はありません(1)」スーザンは、新聞記事のウィルソン大統領の名前のところに、忌々しく編み棒を突き刺した。「われわれカナダ人は、平和に加えて、勝利も、手にするつもりです。だからウッドロー、あんたはお好きなように、勝利のない平和を手に入れればいいんです」——スーザンはすたすたと歩いていき、大統領をやりこめたいい気分で寝台に入った。しかし数日後、スーザンは熱狂して、ブライス夫人のもとへ駈けつけた。

「先生奥さんや、どう思われますか？　今、シャーロットタウンから電話があって、ウッドロー・ウィルソンが、ついに、あのドイツ大使の男を、しかるべきところへ送ったんです(2)。つまり、戦争ということです。だからウッドローは、頭はともかく、結局、心はまともだったと、考えるようにします。これを祝して、お砂糖をちょっと使って、ファッジ(3)をこしらえますよ、食糧庁が文句を言おうとね(4)。潜水艦の件では、危機的な状況になる(5)だろうと、私は思ってました。いとこのソフィアにも、そう言ってやったんです。ソフィアは、これで連合国の終末が始まる、なんて言うんです」

「ファッジのことを、先生に話してはだめよ、スーザン」アンがにっこりした。「先生は、政府が求めている節約の方針を守るように、家族にも厳しく命じておいでですから」

「わかりました、先生奥さんや。男は一家の主たるべきで、女たちはその命令に従うべきですからね。でも、うぬぼれを言わせてもらえば、私もなかなか節約がうまくなりましたよ」──スーザンは、ある種のドイツ語の言葉を使うようになり、絶妙な効果をあげていた。「とはいうものの、ときには私もこっそり、抜け目のないことをするんです。先日、シャーリーが、私のファッジを食べたがりましてね……あの子は、スーザン印と呼んでます……『最初の勝利があれば、こしらえてあげますよ』と言ったんです。このニュースは勝利のようなものですし、ブライス先生もご存じなければ、気になさいません。私が全責任をかぶります。先生奥さんや、だから気にしないでくださいましよ」

その冬、スーザンは、シャーリーを恥ずかしげもなく甘やかした。週末ごとにシャーリーがクィーン学院から帰ると、大好物を全部こしらえてやったのだ。先生の目をのがれて、また、うまくとり繕って、手とり足とりシャーリーに尽くした。スーザンは、ほかの者にはいつも戦争の話をしたが、シャーリーには、またシャーリーの前でも、絶対にしなかった。しかし、ねずみを見張る猫のように、シャーリーをよく見ていた。ドイツ軍がバポーム突出部(6)から退却を始め、それが続くと、スーザンの歓喜は、彼女が言葉にして表すどんなことよりも、もっと深い何かにつながっていた。明らかに、戦争の終わりが見えてきたのだ——誰かが——出征する前に——戦争は終わるだろう。

「やっと私たちの思い通りになってきましたよ」スーザンは、いとこのソフィアに、勝ち誇って言った。「ついに合衆国が宣戦布告した(7)んです。いくらウッドローが声明文を書くのが達者だとはいえ、いつかはこうなると前から信じてましたよ。あの国は、やる気満々で戦争に加わりますよ、合衆国の人たちは、いざ始めると、そうなる性分ですからね。それに私たちの軍も、ドイツ軍が逃げ出すようにしたんですよ」

「合衆国は善意のつもりだろうけど」いとこのソフィアが嘆いた。「でも、世界中のやる気を集めたって、この春、合衆国を最前線に送ることはできないよ。だからその前に、連合国はおしまいになる。ドイツ軍は、敵をおびき寄せようとしてるだけだ。あのシモンズという男(8)が言うには、ドイツ軍は自分たちが退却することで、連合国軍を不利な状況に追いこんだそうな」

「シモンズという男は、一生かけても守れないような約束を、今までたくさん言ってきたんです」スーザンがやり返した。「そんなシモンズの言うことなんか、気にしません。ロイド・ジョージが英国の首相でいるかぎりは、ロイドは騙されませんからね、それは確かです。状況はいい具合になってますよ。合衆国が参戦したし、連合国はクートとバグダッドを奪い返したし(9)……だから連合国軍が、六月までにベルリンに入っても、不思議はありませんよ……ロシア人もそうですよ。ロシアの皇帝を厄介払いした(10)んですから。私に言わせれば、あっぱれなことですよ」

「それはどうだかね、時がたてばわかるよ」いとこのソフィアは言った。もし誰かがいとこのソフィアにむかって、あんたはスーザンの予言がはずれて恥をかくところを見たいだけで、ロシアが暴政打倒に成功したことや、連合国軍がウンター・デン・リンデン(11)を行進することはどうでもいいのだ、などと言えば、腹を立てただろう。しかしそのときのいとこのソフィアは、ロシア市民の苦悩は知らず、癪にさわるほど楽天的なスーザンが、いつも変わらぬ頭痛の種だった。

ちょうどそのとき、シャーリーは居間のテーブルの端に腰かけ、足をぶらぶらさせていた。日に焼けて、血色がよく、頭の天辺からつま先まで、どこをとってもすこやかな若者だった——彼は落ち着いて言った。

「母さん、父さん、この前の月曜日、ぼくは十八になったんです。ぼくも入隊する頃合いだと思いませんか？」

母さんは青い顔をして、シャーリーを見た。

「私の息子は二人出征して、一人は、二度と帰ってこないのですよ。私は、あなたも差し出さなくてはならないの、シャーリー？」

それは太古から変わらぬ叫びだった——「ヨセフはいない、シメオンもいない。それなのに、そなたらは、ベニヤミンも連れていくのか」(12)。何世紀も昔の老いた族長の嘆きを、大戦の母親たちもくり返していた！

「ぼくを兵役忌避者にするつもりじゃないでしょうね、母さん？　ぼくは、航空部隊に入ることができるんですよ。どうですか、父さん？」

医師は、アビー・フラッグのリウマチの粉薬を調合していたが、その手がふるえた。彼は、こうしたときが来ると、わかっていたが、心の準備はできていなかった。医師は慎重に答えた。

「きみが、自分の義務だと信じていることを、私は引き留めるつもりはない。だが、母さんが行ってもいいと言うまで、行ってはならないよ」

シャーリーは、それ以上は言わなかった。アンは、内海向こうの古い墓地にある小さなジョイスの墓を思っていた——もし、小さなジョイスが生きていたら、今ごろは大人の女性になっているのだ——そしてアンは、フランスに立っている白い十字架のことを、アンの膝もとで初めて義務と忠誠を学んだ小さな男の子の輝く灰色の瞳を思っていた——また、悲惨な塹壕にいるジェムのことを——待っているナンとダイのことを考えた——待っているうちに——待ち続けている間に、輝かしい青春時代はすぎ去っていくのに——アンは、自分がこれ以上、耐えられるだろうかと考えた。耐えられないと思った。私はもう十分など捧げたのだ。

だがその夜、アンは、シャーリーに行ってもよいと伝えた。

この二人は、スーザンにはすぐ話さなかった。スーザンが知ったのは、二、三日たってからだった。シャーリーが、航空隊の制服を着て、台所にあらわれた。スーザンは、ジェムとウォルターが出征したときの半分も騒がなかった。顔色も変えずに言った。

「では、あんたも連れて行かれるんですね」

「連れて行かれる？　ちがうよ。ぼくは、自分で行くんだ、スーザン……ぼくは、行かなくてはならないんだ」

スーザンはテーブルのそばに腰を下ろした。そして老いて節くれた両手を組み重ねたが、それでも手がふるえていた。炉辺荘の子どもたちのために働いたその手は、指が曲がり、ねじれていた。

「そうですね、坊ちゃんは、行かなくてはなりませんね。どうしてそんなことをしなければならないのか、以前はわかりませんでした。今はわかります」

「スーザンは頼もしい人だ」シャーリーが言った。彼は、スーザンが落ち着いて受けとめてくれたことに安堵していた。「ひと騒動」あるかもしれないという少年らしい不安があり、少々、案じていたのだ。シャーリーは口笛を吹きながら、快活に出ていった。

それから三十分後、青ざめたアン・ブライスが台所に入ると、スーザンはまだすわっていた。まわりに汚れた皿がそのままだった。

「先生奥さんや、私はずいぶん年をとりました」昔のスーザンなら、死んだほうがましだと思うようなことを正直に言った。「ジェムとウォルターは、先生奥さんのものです。ですが、シャーリーは、私のものです。あの子が空を飛ぶと思うだけで、耐えられません……飛行機が墜ちたら……体がつぶれて……命がなくなるんですよ。あの子が赤ちゃんだったころ、私が世話をして、抱きしめてやった、あの大切な可愛い体が」

「スーザン……よしてちょうだい」アンが叫んだ。

「ああ、先生奥さんや、お許しください。こんなこと、口にするべきじゃありませんでした。私は、勇敢な人になろうと決めたのに、ときどき忘れるんです。今度のことでは……少し気が動転したんです。でも、もう二度と忘れません。ただ、数日ばかりは、台所仕事がうまくいかなくても、大目に見て頂けましたらと思います。少なくとも」気の毒なスーザンは、失われた信用を回復するため、精一杯の努力をして、こわばった笑みを無理にうかべた。「少なくとも、空を飛ぶことは、きれいな仕事ですよ。塹壕のような不潔で、汚いことにはなりません。シャーリーは元からきれい好きですから、よかったですよ」

というわけで、シャーリーは出征した——ジェムのように大冒険に出かけるような晴れやかさはなく、ウォルターのように自己犠牲の青白い炎に包まれることもなかった。

シャーリーには、冷静で事務的な気配があった。不愉快で嫌なことだが、しなければならないことをする者のようだった。シャーリーは、スーザンにキスをした。五つのとき以来、初めてだった。「さようなら、スーザン……スーザン母さん」

「私の鳶色の坊ちゃん……私の鳶色の坊ちゃん」スーザンは言った。それからブライス医師の悲痛な顔つきを見て、心のなかで苦々しく思った。「あの子が赤ちゃんだったとき、先生は一度、ひどい尻叩きをなすったけど、憶えておいでだろうか。ありがたいことに、私はそんな良心の咎めるようなことは、していませんからね」

医師はそんな昔の躾は、憶えていなかった。しかし往診に出かけるために帽子をかぶるとき、静まりかえった居間で、一瞬、立ち止まった。かつてこの部屋は、子どもたちの笑い声でいっぱいだった。

「ぼくらの最後の息子……われわれの最後の息子」彼は声に出して言った。「気立てのいい、たくましい、思慮深い若者。あの子を見ていると、きまって私の父のことが思い出された。シャーリーが、自分から行きたがったことを、私は誇らしく思うべきだ……ジェムが行ったときは誇らしかった……ウォルターが行ったときですら、そうだった……だが、『わが家は見捨てられて、見る影もない』[13]」

上グレンのサンディ爺さんが、先生に言った「わしは思ってたですよ、先生。今日から、先生の家は、だだっ広くなりますな」

このスコットランド高地(ハイランド)のサンディ爺さんの変わった物言いは、まさにその通りの表現であり、ブライス医師の胸を打った。その夜、炉辺荘は、だだっ広く、がらんとしていた。シャーリーは、冬の間、週末に帰省するほかは、いつもいなかった。家に居たとしても静かだった。その息子がいなくなって、こんなに大きな空洞が生まれた気がするのは——どの部屋もがらんとしてわびしかった——芝生のどの木も、その木の下で子ども時代に遊んだ小さな男の子たちの最後の一人がいなくなって、芽吹き始めた枝でたがいを撫であい慰めているように見えるのは、シャーリーが、最後に残された息子だからだろうか?

スーザンは一日中、そして夜遅くまで、懸命に働いた。それから台所の時計のねじを巻き、ジーキル博士を手荒に外へ出すと、玄関の上がり段に立ち、しばしグレンを見晴らした。村は、沈みゆく三日月の淡い銀色の光を浴びて、夢のように横たわっていた。しかしスーザンの目には、見慣れた丘も、内海も、うつっていなかった。彼女の目は、その晩、シャーリーがいるキングスポートの航空隊宿舎のほうを見ていた。

「あの子は、私のことを、『スーザン母さん』と呼んでくれた」スーザンは思った。「ああ、男の子はみんな行ってしまった……ジェム、ウォルター、シャーリー、それにジェリーとカール。無理矢理行かされた者は、一人もいない。それを私たちは誇りに思う権利がある。でも、誇らしく思ったところで……」スーザンはほろ苦いため息をついた。

「その誇りは、冷ややかな友人だ。それは間違いない」

月が、西の黒雲のなかに沈み、グレンはにわかに影におおわれ、暗くなった——何千マイルかなたでは、軍服のカナダ人青年たちが——生ける者も死せる者も——ヴィミーの尾根(おね)(14)を占拠していた。

ヴィミーの尾根という名前は、カナダの大戦の歴史に、真紅と黄金で記(しる)される地名である。カナダ兵に捕らえられたドイツ兵捕虜が言った。「大英帝国軍は、ここを攻略できなかった。フランス軍も攻略できなかった。ところがきみたちカナダ軍は愚か者だから、戦地を取れないときがあるということが、わからないのだ！」

こうして「愚か者たち」は戦地を取った——そして、犠牲を払った。

ジェリー・メレディスは、ヴィミーの尾根で重傷を負った——銃で背中を撃たれたと、電報にあった。

「ナンが、かわいそう」報せが届いて、ブライス夫人が言った。夫人は、懐かしいグリーン・ゲイブルズですごした幸せな少女時代を思い出した。あのころは、このような悲劇はなかった。今の娘たちは、どれだけ苦しまなければならないのだろう！　それから二週間後、ナンが、レッドモンドから家に帰ってきた。その表情から、この二週間がどんなものだったか、偲(しの)ばれた。ジョン・メレディスも、この二週間で、急に老けたようだった。フェイスは帰省しなかった。彼女は、看護奉仕特派部隊(15)の一員となり、大西洋の海を渡っていた。ダイは自分も行きたいと、父さんの了解をせがんだ。しかし父は、母さんのために承諾（しょうだく）できないと言った。そこでダイは、慌ただしい帰省の後（のち）、またキングスポートの赤十字の仕事へ戻った。

メイフラワーの花が、虹の谷のひっそりした一角に咲いた。リラは花が咲くのを待ちもうけていた。かつては、ジェムが早咲きのメイフラワーを母さんに持っていった。ジェムが出征すると、ウォルターが母さんに贈った。そして去年の春は、シャーリーが、母さんのために花を探した。そして今、リラは、自分が兄さんたちの代わりをしなければならないと思った。しかしリラが花を見つける前に、ある夕暮れ、ブルース・メレディスが炉辺荘を訪れた。両手一杯に繊細（ちいさ）なピンク色の花枝をもっていた。ブルースは颯（さっ）爽（そう）とヴェランダの階段をあがってきて、ブライス夫人の膝に、メイフラワーを置いた。

「持って来てくれるシャーリーが、いないからね」ブルースは、ばつが悪そうにはにかんで、ぶっきら棒に言った。

「だから、持ってこようと思ってくれたのね、可愛い坊や」アンの唇は、震えていた。そしてアンは、自分の目の前で、両手をポケットに入れて立っている、ずんぐりして、黒々とした眉の小さな男の子を眺めた。

「ぼくね、今日ね、ジェムにお手紙を書いたんだよ。ジェムがメイフラワーをとりに行けなくても、心配しないでって」ブルースは大真面目に言った。「ぼくが、ちゃんとするからって。それから、ぼくはもうじき十歳になるし、十八歳になるのも、そんなに先じゃないから、そうなったら、ぼくも戦争に行って、手伝ってあげるんだよ。それでぼくが、ジェムの代わりをしてる間、ジェムを家に帰してあげて、休ませてあげるの。それから、ジェリーにも、手紙を書いたよ。あのね、ジェリーはよくなってるよ」

「そうなの？　ジェリーのことで、いいお便りがあったの？」

「うん。今日、お母さんに手紙が来て、危ないところは切り抜けたって」

「ああ、神さま、ありがとうございます」ブライス夫人は半ばささやくように、つぶやいた。

　ブルースは、興味深げに夫人を見つめた。

「お父さんも、同じことを言ったんだよ、ジェリーがよくなっていると母さんが言ったとき。でも、ミードのおばさんの犬が、ぼくの子猫に怪我(けが)をさせなかったとき、同じことをぼくが言ったら――だって、子猫は、犬にふり回されて、死ぬところだったの――お父さんはとても真面目なお顔をして、子猫のことで、そんな言葉を言ってはなりません、と言ったの。だけどぼく、理由(わけ)がわからなかったの、ブライスのおばちゃん。ぼく、とっても、ありがたい気持ちだったんだよ。子猫のしましまちゃん(ストライピー)を助けてくれたのは、神さまに決まってるもの。ミードの犬は、おっきなあごで、しましまちゃん(ストライピー)をふり回したの。どうして神さまにお礼を言っちゃ、いけないの？」ブルースは思い出して付け加えた。「きっと、ぼくが、とっても大きな声で言ったからだね……だって、しましまちゃん（ストライピー）が無事だとわかって、ぼく、とっても嬉しくて、大喜びしたもの。叫び声みたいになったの、ブライスのおばちゃん。おばちゃんやお父さんみたいに、ささやくように言ったら、よかったのかも。ねえ、ブライスのおばちゃんは」——ブルースはアンににじり寄り、「ささやく」ように声を落とした——「もしできることなら、ぼくが、皇帝（カイゼル）に、何をしたいと思ってるか、わかる？」

「何をしたいの、坊や？」

「今日、学校で、ノーマン・リースが言ったのは、ノーマンなら皇帝（カイゼル）を木に縛りつけて、機嫌の悪い犬をけしかけて、嚙みつかせるって」ブルースは深刻な顔つきになった。「それからエミリー・フラッグは、皇帝（カイゼル）を檻（おり）に入れて、尖（とが）ったもので突（つつ）くって。みんなして、そんなことを言ったよ。でもね、ブライスのおばちゃん」ブルースは、ポケットから小さな四角い手を出して、真剣な面持ちでアンの膝に置いた——「ぼくなら、皇帝（カイゼル）を、いい人にしたいの……とってもいい人に……できるなら、いっぺんに。それがぼくのしたいことだよ。ブライスのおばちゃんは、これが、いちばんひどい罰だと思わない？」

「なんといい子だろう」スーザンが言った。「でもどうして、あの邪悪な悪魔には、これがいちばんひどい罰だと思ったのかい？」

「わからないの？」ブルースは青みがかった黒い目で、じっとスーザンを見つめた。

「もし、皇帝（カイゼル）がいい人になったら、これまで自分がどんなにひどいことをしてきたか、わかって、すごくつらくなって、ほかのどんな罰よりも、不幸せで、悲しい気持ちになるからだよ。悲しくてたまらない気持ちになって……そんな気持ちが、ずっと続くんだよ。だから」ブルースは両手を握りしめ、強くうなずいた。「だからね、ぼくなら、皇帝（カイゼル）をいい人にするんだよ……それがぼくのしたいことだよ……皇帝（カイゼル）には効き目があるんだ、ちょうどぴったりに」

第26章　スーザン、求婚される

西の空に大きな鳥が浮かんでいるように、飛行機がグレン・セント・メアリの上を飛んでいた――その空は澄みわたり、淡い銀色がかった黄色に輝いて、吹く風にさわやかに清められた広大で自由な空間のように見えた。炉辺荘の芝生では、ちょっとした人群れが魅入られた目で空を見上げていた。もっともその夏、上空を舞う飛行機をときおり見かけることは珍しくなかった。しかしスーザンはいつも目の色を変えるのだった。キングスポートからこの島へ飛んできたシャーリーが、あの高い雲のなかに、いるかもしれないではないか？　だがシャーリーはもう海外へ行ったのだ。そこでスーザンは、今見ている飛行機とパイロットに、さほど強い関心はなかったが、それでも畏敬の面持ちで見上げていた。

「思うんですがね、先生奥さんや」スーザンは大真面目に言った。「もし、お墓の下にいるお年寄りが起きあがって、その拍子に、この光景を見たら、なんと思うでしょうかね？　私の父親なら、きっと、感心しませんよ。新式の物は、なんだって信用しませんでしたから。麦を刈るにも、死ぬまで鎌で通しました。麦刈機なぞ、見向きもしませんでした。わしの親父がそれでよかったんだから、わしも十分だ、と言ってたもんです。こんなことを言って親不孝のつもりはありませんけど、私の父は、そんな考え方をして間違ってたと思います。もっとも私も、飛行機を認めるところまでは行きません、軍隊には必要だとしても。もし全能の神さまが、私たちに空を飛ばせるおつもりなら、翼を与えてくだすったでしょう。だけどそうじゃありませんから、人間は固い地面にくっついてなさい、という思し召しですよ、それは明々白々です。とにかく私が、飛行機に乗って浮かれてまわることは、絶対にありませんよ、先生奥さん」

「でも、父さんの新しい自動車が来たら、それに乗って、浮かれてまわることは、ちっとも嫌じゃないでしょ、スーザン」リラがからかった。

「たとえ自動車でも、この老骨は、安心してまかせられませんね。だけど私は、心の狭い人たちのような考えじゃありませんよ。月に頰髭は、この島に自動車を走らせるとは、政府は政権から退け、と言ってます。自動車を見て、かんかんに怒ったそうです。先だって、月に頰髭は、自分の麦畑の狭い脇道を、車がやってくるのを見たんで、柵をひょいと飛びこえて、道のどまん中に、熊手をもって、立ちはだかったんです。車に乗ってた男は、何かの訪問販売員でしてね。頰髭は、自動車に負けず劣らず、訪問販売員を毛嫌いしてるので、車を止めたんです。というのも、頰髭の脇をすり抜けて通れるような幅は、道の両端にありませんし、販売員も、あの男を車でひくわけにはいきませんから。

頬髭は、熊手をもちあげて、怒鳴ったんです。『その悪魔の機械もろとも、ここから出てけ。さもなきゃ、この熊手で、おまえをずぶりと突き刺すぞっ』と。それで先生奥さんや、信じられないことに、そのかわいそうな販売員は、車でバックして戻る羽目になったんですよ、ローブリッジ街道まで、ずっと、一マイル近く。その間、頰髭は、熊手をふりながら、無礼千万なことを口走って、一歩一歩、車のあとを追いかけたそうです。先生奥さんや、私に言わせれば、そんなふるまいは、理性を欠いてますよ」スーザンはため息をついた。「とは言うものの、この島も、飛行機だの、自動車だの、なんだので、昔と変わりましたね」

飛行機は高く舞いあがると、急降下した。それから旋回し、また上昇すると、やがて小さな点となり、夕焼けの丘の彼方へいった。

テーベの鷲がもつ
威厳ある翼に乗りて
広々とした青き空を
王者のごとくわたりゆく(1)

アン・ブライスは夢見るように詩を引いた。

「私は、疑問に思うのですが」ミス・オリヴァーが言った。「飛行機のおかげで、人類は、さらに幸せになるのでしょうか？　人類の幸せは、その配分先が変わっても、いつの時代も幸せの総量は、変わらないと思うのです。『たくさんの発明』があっても、幸せの総量は、減ることも増えることもないと思いますが」

「つまるところ、『神の王国は、あなたの内にあるのです』(2)」メレディス牧師が言った。牧師は、世界が古くから苦しい闘いを続け、そしてもっとも新しく手にした勝利の象徴である小さな点が、少しずつ消えていくさまを目で追っていた。「幸せは、物質的な発展や成功で、決まるものではありません」

「とは言っても、飛行機は、心惹かれるものですね」ブライス医師が言った。「飛ぶという夢は……人類がずっと温めてきた夢の一つですから。夢が、次から次へと実現していく……というか、不屈の努力によって、実現されるのですな。ぼく自身は、飛行機に乗ってみたいですね」

「シャーリーが手紙を送ってくれて、初めて飛行機に乗ったときは、ひどくがっかりしたそうよ」リラが言った。「鳥のように地上から空へ高く上がるんだと、わくわくするような心地を期待してたのに……実際は、自分はまったく動いてないのに、地面がどんどん下に落ちて遠ざかっていくような感じだったんですって。さらに一人で飛行機に乗ったときは、急に、ひどいホームシックになったそうよ。今までそんな気持ちになったことはなかったのに、突然、一人ぼっちで空をさまよっている気がして……家に帰りたい、懐かしい地球へ、人間の仲間のもとへ帰りたい、という強烈な願望がわきあがったそうよ。すぐにそんな気持ちはおさまったけど、最初の単独飛行は悪夢だった、恐ろしいほどの孤独に、ぞっとしたと書いていたわ」

飛行機は見えなくなった。医師は頭を後ろにそらせたまま、ため息をついた。

「あのような飛行家を見送って見えなくなると、自分が、地面を這いずりまわる虫けらになって、地上に戻ってきたような妙な心地がしますよ」彼は妻にふりむいた。「アン、おぼえているかい？　ぼくがアヴォンリーで、初めてきみを馬車に乗せて出かけたときのことを……あの夜、ぼくらはカーモディの演芸会に行ったんだ(3)。きみがアヴォンリーで教えた最初の秋だった。あのときぼくは、額に白い星がある黒い小馬に、ぴかぴか光る新しい四輪馬車をつけて……世界でいちばん誇らしい男だった、文句なしにね。たぶん、ぼくらの孫息子は、自分の飛行機に恋人を乗せて、いとも気軽に、夕方の『ひと乗り』に出かけるだろうな」

「飛行機は、あの小さな銀星号ほど、すてきじゃないでしょうよ」アンが言った。「機械は、機械でしかないもの……でも、銀星号には、人間のような個性があったわ、ギルバート。あの牝馬の後ろにすわって、馬車で出かけたことは、夕焼け雲のなかを飛んでいく以上の何かがあったもの。だから私は、孫息子の恋人が羨ましくありませんよ、ちっとも。メレディス牧師のおっしゃる通りですわ。『神の王国』と……愛の王国と……幸せの王国は……外の世界にはないのですね」

「それに」医師は真剣に言った。「われわれの孫息子は、飛行機に集中しなくてはならないから……手綱（たづな）を馬の背中にあずけて、恋人の目をじっとのぞきこむ、なんてことはできないな。そのうえ、飛行機の操縦は、片手では、できないだろう。そうだとも」

──医師は頭をふった──「だからぼくは、今でも、銀星号（シルバースポット）のほうがいいな」

その夏、ロシア戦線はふたたび敗れた。スーザンは、ケレンスキーが結婚した（4）ときから、こうなると思ってました、と苦々しく言った。

「神聖なる結婚を、けなすつもりはありませんよ、先生奥さんや、だけど男が革命に身を投じたからには、それで手一杯であって、結婚はしかるべきときに延期するというのが筋というものですよ。今回はロシア軍がやられたんです。この事実に目をつぶっては意味がありません。ですけど、ローマ教皇の和平提案に対するウッドロー・ウィルソンの返事（5）を、ごらんになりましたか？　あれは格調の高いものでした。私なら、問題の本質を、こんなにうまく書き表せませんね。今回のことで、ウィルソンのことは全部、許せる気がします。あの男は、言葉の意味を理解していますね、それは確かです。意味と言えば、月に頰髭の新しい噂を聞かれましたか、先生奥さんや？　あの男は、先だって、ローブリッジ街道の学校へ行って、四年生に綴り方（スペリング）の試験をしてみようと、気まぐれを起こしたんです。あの学校は、春と秋に休みがある（6）ので、今でも夏学期があるんです。あの街道沿いは、昔気質（むかしかたぎ）ですからね。私の姪（めい）っ子のエラ・ベイカーが、その学校に通ってるので、話してくれたんです。学校の先生が、頭が痛くて、具合が悪かったんで、新鮮な空気を吸いに表へ出ていき、その間に、プライアー氏が試験をしたんです。子どもたちは、綴り方（スペリング）はよくできたんですが、次に、頬髭が、言葉の意味をたずね出したんで、途方にくれたんです。まだ教わっていない言葉だったので、エラや上級生の生徒たちは、心配になったんです。というのは、子どもたちは先生が大好きなんですが、プライアー氏の兄で、学校の理事をしているアベル・プライアーは、その先生に反対の立場なので、ほかの理事を自分と同じ意見に変えようとしてるんです。だから、もし、四年生が言葉の意味を言えなかったら、頬髭は、この教師は役立たずだと思って、兄のアベルにそう伝えるのではないか、そうなればアベルにとっては、いい口実になると、エラや生徒たちは、案じたんです。だけどサンディ・ローガン坊やのおかげで、うまく切り抜けましたよ。サンディは孤児院から来た男の子ですけど、頭の切れる子でしてね。月に頬髭の人となりを、ぱっと見抜いたんです。だから頬髭が、『「解剖（アナトミー）」はどういう意味ですか？』ときくと、サンディは『胃の痛みです』と、まばたきもせずに即答したんです。月に頬髭は、ほんとに無知な男ですね、先生奥さん。あの男は自分でも意味がわからないものだから、『大変よろしい……大変よろしい』とほめたので、クラスの子たちは、すぐさま事情をのみこんで……少なくとも、三、四人の頭のいい子は、わかって……このおふざけを続けたんです。ジーン・ブレインは、『聴覚の（アクースティック）』の意味は、『宗教的な論争』だと言い、ミュリエル・ベイカーは、『不可知論者（アグノスティック）』は『消化不良の人』、ジム・カーターは、『渋味（アサービティ）』は、『野菜だけ食べる人』といったありさまで、アルファベット順のリストを、最後（しまい）までやったんです。頬髭はそれを全部、鵜呑（うの）みにして、『大変よろしい……大変よろしい』と言うばかりで、しまいにエラは、真顔（まがお）でいるのに死にそうな思いをしたそうです。そのあと先生が戻ってくると、頬髭は、子どもたちの学科の理解力は見事なものです、と先生を褒めて、こちらの先生は学校の宝ですと理事に話すつもりです、言葉の意味をきかれて四年生がこんなにてきぱき答えるとは、『まことに稀（まれ）なことです』と言って、満面の笑みで帰ったそうです。でもエラは、これは秘密だと言って話してくれましたからね、先生奥さんや。秘密を守らなくてはなりませんよ。ローブリッジ街道校の先生のためです。もし頬髭が、自分が騙（だま）されたと知ったら、先生は学校に居られなくなりますからね」

　その日の午後、メアリ・ヴァンスが炉辺荘に来て、カナダ軍が七十高地を占領したとき[7]、ミラー・ダグラスが負傷して、片脚を切断[8]しなければならなくなったと話した。炉辺荘の人々は、メアリに思いやりの言葉をかけた。メアリの熱意と愛国心は、火がつくまでは時間がかかったが、今では誰にも劣らぬ頼もしく明るい光を放って燃えあがっていた。

「片脚しかない夫を持つって、あたいのことを、からかう人もいるよ。だけどね」メアリは、堂々と頭をあげて語った。「あたいは、脚が一ダースある世界中のどんな男の人よりも、一本しかないミラーのほうがいいよ。とは言っても」メアリは考えなおして、つけ加えた。「ロイド・ジョージなら、また話は別だよ。さあ、行かなくちゃ。あんたたちがミラーの話を聞きたいだろうと思って、店の帰りにちょっと寄ったんだ。だけど急いで行かなくちゃ。夕方、麦の穂を積むのを手伝うって、ルーク・マカリスターと約束したんだ。男手が足りないから、畑の収穫は、あたいら娘たちにかかってるんだ。あたい、胸当てつき作業ズボン(オーバーオール)(9)を手に入れたんだ。そりゃあ、似合うよ。アレック・デイヴィスの奥さんは、そんな品のないものは許しませんと言うし、エリオットのおばさんですら、怪訝(けげん)そうに見るよ。でもありがたいことに、世の中は変わってくし、それにあたいにとっちゃ、キティ・アレックをぎょっとさせるほど面白いことはないんでね」

「その話で言えば、父さん」リラが言った。「私は、ジャック・フラッグの代わりに、ジャックのお父さんのお店で、ひと月、働くつもりよ。うちの父さんが反対しなかったら働くって、今日、ジャックに約束したの。そうすればジャックは農家で収穫の手伝いができるもの。私は畑仕事にはあまり役に立たないと思うの……役に立つ女の子はたくさんいるけど……でも私がジャックの店で働けば、彼は時間を自由に使えるわ。うちのジムスは今では、昼間はそんなに手がかからないし、私は夜は、いつも家にいるでしょ」

「おまえが、砂糖や豆の重さをはかったり、バターや卵の売り買いをするのを、好きになるかな？」医師はおかしげに目を光らせた。

「たぶん、好きじゃないと思う。そんなことは問題じゃないの。これは、私の本分を尽くす方法の一つなのよ」

こうしてリラは、フラッグ氏の店で販売台(カウンター)で一か月働いた。そしてスーザンは、アルバート・クローフォードのからす麦畑に通った。

「まだまだ誰にも引けはとりませんよ」スーザンは得意げに言った。「麦の穂を積むことにかけちゃ、私に勝(まさ)る男はおりませんとも。私が手伝いを申し出たとき、アルバートは、大丈夫か、という顔をして、『おまえさんにゃ、仕事がきつすぎるでねえか』と言ったんです。そこで『一日(いちんち)、試して見なさいよ、くそ力を発揮しますよ』と言ったんです」

一瞬、炉辺荘の人々は、そろって黙りこんだ。「外へ出て働く」スーザンの意気込みをえらいと思ったのだ。しかしスーザンは、沈黙の意味を違うふうに考え、日に焼けた顔を赤らめた。

「罵り言葉(10)をつから癖がついたようです、先生奥さんや」スーザンは申し訳なさそうに言った。「この年になって、そんな癖がつくとは！　若い娘さんの前で、悪いお手本ですね。新聞をたくさん読むからですよ。罰当たりな言葉が山ほど書いてありますし、私の若いころみたいに、綴りに星印(11)が使われてませんから。この戦争のおかげで、みんなのお行儀が悪くなりましたよ」

スーザンは、からす麦を積んだ山に立ち、そよ風に白髪をなびかせ、スカートの裾は、安全と便利のために、膝までからげていた――胸当てつきズボンなぞは、もちろん言語道断、である――その姿は美しくも、ロマンチックでもなかったが、そのやせた両腕にたぎる精神は、ヴィミーの尾根を攻め落とし、ヴェルダンのドイツ軍を撃退したカナダ軍の精神と同じものであった。

しかしある午後、プライアー氏が馬車で通りかかり、麦の束を雄々しくほうり投げるスーザンを見たとき、強く心引かれたのは、こうした考え方からではなかった。

「てきぱき働く女だな、あれは」プライアー氏は思った。「若い女子の二人分の価値は、まだある。あれも悪くないな……悪くないな。ミルグレイヴが無事に帰ってきたら、ミランダは家から出ていく。といって家政婦は、女房より金がかかるし、いつ何時わしを見捨てて、出ていくかもしれない。よく考えてみよう」

それから一週間後、ブライス夫人が午後遅く、村から帰ってくると、炉辺荘の門で度肝をぬかれ、立ち止まったまま歩くこともできなかった。尋常ならざる光景が見えたのだ。まずプライアー氏が、台所の角をまわって飛びだしてきた。氏は肥っていて、気どり屋でもあり、何年も走ったことはなかったが、顔中に恐怖の色を浮かべて、走ってきた——恐れるのも無理はなかった。後ろから、復讐の女神のごときスーザンがあらわれ、両手に湯気のたつ大きな鉄鍋をもち、彼女の憤怒の対象に災いをもたらす目をしていたのだ。追う者も、追われる者も、芝生を横切ってきた。プライアー氏は、スーザンより、二、三歩、早く門にたどりつき、門をねじり開けて街道へ逃げた。そこに立ち尽くしている炉辺荘の奥方には、目もくれなかった。

「スーザン」アンは息をのんだ。

スーザンは駆け足を止め、鍋をおいたが、プライアー氏の後ろへむけて、握りこぶしをふりまわした。そのプライアー氏は、スーザンがまだ追いかけてくると思い、走り続けていた。

「スーザン、これは、どういうことですか？」アンはいささか厳しい口調で問いただした。

「よくぞ聞いてくださいました、先生奥さんや」スーザンは怒りさめやらぬまま答えた。

「こんなに気が動転したことは、しばらくありませんでしたよ。あの……あの……あの平和主義者は、図々しいことに、このうちへ来て、それも私の台所に来て、結婚してくれと言ったんです……あの男と、ですよ！」

アンは笑いをのみこんだ。

「だけど……スーザン！　こんなに派手な立ち回りをしなくても、もっと穏便（おんびん）な断り方を……思いつかなかったの？　たまたま誰かが通って、このありさまを見たら、どんな噂になるか、考えてごらんなさい」

「そうですね、先生奥さんや、その通りです。だけど、筋道をたてて考えるどころじゃなかったんで、そこまで頭がまわりませんでした。ただもう頭に来てましたから。中へお入りください、すっかりお話ししましょう」

スーザンは鍋をもち、荒々しく台所に入ったが、腹が立つやら興奮するやらで、まだ震えていた。その鍋はストーブの上に、腹立ちまぎれに、どしんと置かれた。

「少々お待ちくださいまし、今、窓を全部開けて、台所に風を通しますよ、先生奥さんや。ああ、これでましになった。それに手も洗わなくては。月に頬髭が入ってきたとき、握手をしたんです……したくてしたんじゃ、ありませんよ。あの男が、肥（こ）えて脂ぎった手をさしだしたんで、とっさに、どうすればいいか、わからなかったんです。今日は午後の掃除を終えた後、ありがたいことに、何もかもぴかぴかで、しみ一つなかったんです。それで、『染料の鍋が沸いてきたから、敷物にする古布を染めて[12]、夕食前に終わらせよう』と思ったんです。すると、床に影がさしたので、顔を上げたら、月に頬髭が、戸口に立ってたんです。めかし込んで、まるで糊をつけてアイロンをかけたばかりみたいでした。それで先生奥さんや、先ほど言ったように握手をして、奥さまと先生はお留守です、とお伝えしたんです。ところが、あの男は言ったんですよ。

『わしは、あんたに、会いに来たんですよ、ミス・ベイカー』

口もきけないほど仰天しましたよ。意味がわかりませんでしたし、この私に何の用があるのか、想像もつかなかったんです。でも、すわるように頼みました。自分の礼儀作法を守るためですよ。だけど私は、台所のどまん中に立って、あの男を、精一杯、小馬鹿にした目で、じろじろ見てやりました。面の皮の厚い、図々しいあの男でも、少しはどぎまぎしたようです。ところがあの男は、豚みたいな小さな目に恋愛めいた色をうかべて、こちらを見ようとするもんですから、これは怪しいぞと、いっぺんにひらめいたんです。私は初めて結婚の申込みを受けるんだなと、なんとなく、わかったんです、先生奥さんや。私は一度でいいから求婚されて、断ってみたいと、かねがね思っておりましてね。そうすれば、引け目を感じることなく世間の女たちを見られるようになりますから。でも、これでは、自慢になりませんよ。侮辱ですよ。どうにか止めることができたら、止めましたけど、あのときは、先生奥さんや、私も不意打ちをくらって、おぼつかない状況だったんです。聞いた話ですけど、男のなかには、求婚する前に、なにやら言い寄ったほうがいいと、考える者もいるそうですね。プロポーズするつもりだと、さりげなく伝えるために。ところが月に頰髭は、嵐のときはどんな港でもいい、とばかりに、私がどんな男でも、飛びつくと思ったんです。でもこれで、あの男も目がさめたでしょう……ええ、目がさめたでしょうよ、先生奥さんや。あの男も、今ごろは走るのを止めたでしょうかね」

「スーザン、あなたが嬉しくない気持ちはわかりました。でも、あんなふうに家から追い出さなくても、もっと上品にお断りできなかったの？」

「ええ、できたかもしれません、先生奥さんや。私もそのつもりだったんです。ところが、あの男が言った言葉に我慢できなくて、かっとなったんです。そうでなければ、なにも染料の鍋をもって追いかけませんよ。もちろん、プロポーズを受ける気はさらさらありませんでしたよ。やりとりを全部お話ししましょう。先ほど言った通り、頰髭はすわりました。ところが近くのいすに、博士が寝てたんです。寝たふりをしてるだけで、寝てないことは、ちゃんとわかってました。というのは、あの猫は一日中、ハイドでしたから。ハイドは絶対に寝ないんです。ところで先生奥さんや、お気づきですか？　近ごろ、あの猫は、ジーキルよりも、ハイドでいるほうが多いんです。ドイツが勝てば勝つほど、ますますハイドになるんです。その意味は、先生奥さんのご判断におまかせします。それで頰髭は、あの猫をほめて、私の機嫌をとろうと思ったんですね。あの猫を私がどう思っているかも知らないで。あの男は、ぷっくり肥えた手をのばして、ハイド氏の背中をなでて、『なんと可愛い猫だろう』とほめたんです。ところが、その可愛い猫は、あの男に飛びかかって嚙みつくと、おっかないうなり声を長々とあげて、ドアから飛びだしたんです。頰髭は、呆気にとられて猫を見送りながら、『変てこな悪党め』と言ったんです。それは、私も賛成ですけど、あの男に言うつもりはありません。でもあの男は、どんな権利があって、うちの猫を悪党だなんて呼ぶんです？　そこで言ってやりましたよ。『悪党だろうと、なかろうと、あの猫は、カナダ人とドイツ人の違いは、わかってますよ』と。先生奥さんや、こんな当てこすりを言われたら、あの男もうんざりしたと思います、そうでしょ！　ところがあの男には痛くもかゆくもないんです。それどころか、ゆっくり話でもするつもりで、いすにゆったりと気持ちよさそうに腰かけたんで、私は考えたんです。『もし、何かが起きるなら、早いことしてもらって、さっさと済ませたほうがいい。夕食前に、この布きれを全部、染めるんで、こんなおふざけにかかわる暇はない』とね。それで口に出して言ったんです。『もし、私に折り入って、お話がおありなら、プライアーさん、手間をとらずに、言ってもらえると、ありがたいです。今日の午後は、えらく忙しいんで』と。するとあの男は、顔をぐるりととりまいてる赤い髭から、さもにこにこして、私を見つめて言ったんです。『あんたは物わかりのいいご婦人ですな。私も同感です。遠回しに言って、時間を無駄にすることはありません。今日、ここに来たのは、結婚してほしいと、お願いするためです』と、こういうわけなんですよ、先生奥さんや。私は六十四年も待って、やっと結婚の申込みを受けたんです。

そこで私は、その厚かましい男を睨みつけて、『あんたが、世界で最後の男だとしても、あんたとは結婚しません、ジョサイア・プライアー。さあ、私の返事は聞いたんだから、この返事を受けとって、さっさとお引きとりください』と言いました。あんなに面食らった男は、見たことありませんよ、先生奥さんや。するとあの男は、あんまり仰天して、ついぽろっと本音が出たんですね。『おやおや、あんたは嫁にいくチャンスがあれば、大喜びするとばかり思ってたのに』と言ったんです。それで頭に血がのぼったんですよ、先生奥さんや。ドイツ兵や平和主義者にこんな侮辱を言われたら、頭にきて当然ですよね？　私は『出ていけ！』と怒鳴って、あの鉄鍋を持ちあげたんです。あの男は、突然、私が狂ったと思ったんでしょう。そんな私に煮えたぎる鍋をもたせたら凶器になると考えたんですよ。それであの男は逃げ出して、帰りの挨拶も礼儀もおかまいなし(13)、先生奥さんのごらんになった通りです。あの男がまた戻ってきて求婚する気は、もうないと思いますよ。そうですとも、月に頰髭夫人になりたくない女が、少なくとも一人、グレン・セント・メアリにいることを、あの男も思い知ったでしょう」

第27章　待ち続ける

一九一七年十一月一日、炉辺荘

「十一月になった……グレンはすっかり灰色と茶色の風景となった。ただロンバルディ・ポプラだけは、金色の大きな松明(たいまつ)を灯(とも)したように、どんよりした景色のあちらこちらに立っている。ほかの木は葉が全部落ちてしまった。近ごろは勇気をふるい立たせるのがとても難しい。カポレットの惨敗（1）はひどすぎて、スーザンでさえ、慰めとなるようなことを見つけ出せなかった。残りの私たちは、慰めを求めようともしなかった。ガートルードは、『ヴェニスをとられてはいけない、いけない（2）……ヴェニスをとられないようにしなくては』と闇雲(やみくも)にくり返している。そう言い続けていれば、まるで防げるかのように。でも、どうすればヴェニスの陥落を防げるのか、私にはわからない。ところがスーザンはしっかり指摘したのだ。一九一四年当時、敵のパリ占領を防ぐ手立てはないと思われたけれど、結局、パリはとられなかった、だからヴェニスもとられない、と断言したのだ。ああ、アドリア海（3）の美しい女王ヴェニス……この町がうばわれないように、私も願い、祈っている。ヴェニスはまだ見たことはないけれど、バイロン（4）

と同じような気持ちを抱いているのだ……私はヴェニスにずっと憧れていた……私にとってあの町は『心のなかの妖精の都』(5)だった。ヴェニスを恋い慕う気持ちは、ウォルターの影響だろう。彼はヴェニスを礼賛していた。ヴェニスを見ることは、ウォルターの夢の一つだった。私は憶えている……戦争になる少し前の夕方、二人で虹の谷へ行って……いつか一緒にヴェニスへ見物に行って、ゴンドラを浮かべて、月明かりに照らされた通りの間をゆこうと計画したのだ。

戦争が始まってから、毎年秋、味方の軍隊が大打撃をうけている。一九一四年はアントワープ、一九一五年はセルビア、去年の秋はルーマニア、そして今年はイタリアで、これまででいちばん悲惨だ。ウォルターが最後の大切な手紙に書いてくれた言葉がなかったら、私は絶望のあまり諦めていただろう……『ぼくらの側は、生ける者だけでなく、死せる者たちも戦っているのです。こんな軍隊を打ち負かすことはできないのです』とあった。その通りだ、負けるはずがない！　最後は、われわれが勝つのだ！　それを一瞬たりとも疑うまい。疑いを持てば、『信念を破る』ことになるからだ。

近ごろ、私たちはみんな、新しい勝利公債を熱烈に勧誘(6)している。私たちの青少年赤十字はせっせと勧誘にまわって、最初は、けんもほろろに断った頑固な老人たちにも、うまく投資に乗ってもらった。私……この私でさえ……月に頬髭と、交渉したのだ。きっと不愉快な目にあって、断られるだろうと思った。ところが驚いたことに、月に頬髭は、とても愛想がよくて、その場で千ドルの債権を買うと約束してくれた。あの人は平和主義者かもしれないけれど、利子のいい投資話をされると、ちゃんとわかるのだ。たとえ軍国主義の政府の発行でも、五・五パーセントは五・五パーセントなのだから。

父さんが、スーザンをからかって言うには、プライアー氏が改心したのは、勝利公債奨励会でスーザンが演説したからだという。私はそれはないと思う。というのは、プライアー氏は、スーザンに恋人みたいに言い寄ったものの、ぴしゃりと断られてからは、世間ではスーザンに辛辣な態度をとっているのだ。だけどスーザンは、たしかに演説をした……奨励会でいちばん立派な演説だった。スーザンがそんなことをしたのは初めてだ。これが最後だとスーザンは断言している。あの会には、グレン村の全員が出席して、たくさんの演説があった。でも、なんとなく話が平板で、とくに熱意をかき立てるものはなかった。その熱意のなさに、スーザンはがっかりしていた。購入の割り当て高で、この島をトップにしなければならないと強く願っていたからだ。スーザンは、演説に『気合いがない』と、不満げに、ガートルードと私にささやいてばかりいた。やはり閉会になっても、前へ出て、公債の申込みをする者はなく、スーザンは『頭にきた』のだ。少なくともスーザンが語った言葉では、そうだった。スーザンはやおら立ちあがると、ボンネットをかぶった顔をきりりと引きしめて……グレン・セント・メアリで今でもボンネットをかぶっている女性は、スーザンだけだ……皮肉たっぷりに、大声で言った。

『公債を買うよりは、愛国主義を口で唱えるほうが、ずっと安上がりですからね、それは確かですよ。でも私たちは、今、慈善をお願いしてるんです、そうです……あなたのお金を、理由もなく貸してくださいと、頼んでるんです！　この大会のことを、皇帝が聞いたら、さぞかし落胆するでしょうね！』

スーザンは、皇帝のスパイ……おそらくプライアー氏の姿をしているスパイが……グレンで起きることを、逐一、報告していると固く信じていた。

ノーマン・ダグラスが『そうだ！　そうだ！』と叫んだ。後ろのほうにいたどこかの若者が『ロイド・ジョージは、どうなんだ？』と言ったが、その口調が、スーザンのかんに触った。キッチナー亡き今(7)、スーザンお気に入りの英雄は、ロイド・ジョージだったのだ。

『私はロイド・ジョージを、いつ何時たりとも、支持しています』スーザンは言い返した。

『それを聞いたら、ロイド・ジョージは、さぞ、励まされるだろうよ』ウォーレン・ミードが、いつもの不愉快な高笑いをして言った。

ウォーレンのその言い草が、火薬に火をつけた。スーザンの言い方を借りれば、スーザンは『意気ごんで言い返し』、『言いたいことを言ってのけた』(8)のだ。しかも、舌を巻くほどうまい演説だった。とにかく、スーザンの演説は、『気合い』十分だった。スーザンは口がまわりだすと、なかなか達者に熱弁をふるい、男たちをこきおろす様子は面白く、鮮やかな手並みであり、説得力もあった。スーザンは、自分のような人が、何百万人もの自分のような人たちが、ロイド・ジョージを支援している、彼を励まして いるのだ、と語った。それが演説の主旨だった。すてきで愛しいスーザン！　スーザンは、愛国主義と忠義、そしてあらゆる兵役忌避者への軽蔑を生みだす完璧な発電機となり、聴衆たちの上でいっぺんに大放電して、人々に電気ショックを与えたのだ。スーザンは自分は婦人参政権論者ではないといつも言うけれど、その晩のスーザンは、女性の能力を正しく評価して、男性たちを文字通り、縮みあがらせた。スーザンが演説を終えるころには、人々は、彼女の言いなりも同然だった。スーザンは最後に聴衆に命令した……そう、人々に命じたのだ……ただちに演壇へ出て、勝利公債を申し込みなさいと。割れんばかりの拍手の後、ほとんどの人が申し込んだ。ウォーレン・ミードですら、申し込んだ。明くる日、シャーロットタウンの日刊紙に、申込み金額の合計が載った。グレン村が、島のどの地区も抜いて一番だった……確かにスーザンの手柄だった。もっともスーザン本人は、あの晩、家に帰ってから、とても恥ずかしがって、嫁入り前の女にふさわしくない振る舞いをしたと心配になり、実際、『女らしく（レディ）』ないことをしました、と母さんに言ったのだ。

今日の夕方、私たちはみんなで……スーザンを別にすると……父さんの新しい車に初めて乗った。とても楽しかった。もっとも最後に、とある不愉快な老婦人……上グレンのミス・エリザベス・カーのおかげで、みっともないことに、車が溝にはまった……私たちがクラクションを鳴らしても、このご婦人は、手綱をひいて馬車をとめて自動車を通す、ということをしなかった。父さんは、かなり怒っていた。でも私は心の中では、ミス・エリザベスに同情していた。もし私が独身女性で、乙女心の自由気ままな空想に耽りながら(9)、自分の老馬にひかせた馬車に乗っているところへ、後ろから、やかましい自動車が来て、露骨にクラクションを鳴らしたら、手綱を手にとらないだろう。ミス・エリザベスのように、不機嫌にすわったまま、『追い抜くつもりなら、道の端の溝をお通りなさい』と言っただろう。

そして私たちは、溝を通った……おかげで、車輪が砂にはまった……そこで馬鹿みたいに車のなかですわっていると、ミス・エリザベスが馬に声をかけつつ、車輪をがらがら言わせて、意気揚々と私たちから遠ざかっていった。

これをジェムの手紙に書いたら、ジェムは笑うだろう。ミス・エリザベスのことはずっと前から知っているもの。

それにしても……今後……ヴェニスは……救われる……だろうか？」

一九一七年十一月十九日

「ヴェニスはまだ救われていない……今も大きな危険にさらされている。でもイタリア軍はついにピアーヴェ川の防衛線（10）を守った。もちろん軍事専門家は、イタリア軍がピアーヴェ防衛戦を持ちこたえることは不可能であり、アディジェ川（11）まで退却する、と言っている。でも、ガートルードとスーザンと私は、ヴェニスを救わなければならないのだから持ちこたえるはずだ、と言っている。軍事専門家が言うことなど、それが何だと言うのか？

ああ、ピアーヴェ防衛線を持ちこたえると信じられたらいいのに！

われらのカナダ軍は、ふたたび大勝利をおさめた……パシェンデールの尾根（12）を襲撃して、あらゆる反撃をうけても守ったのだ。

私たちの男子は、誰も、この戦闘に参加していない……でも、ああ、死傷者名簿には、ほかの人たちの息子が載っている！　ジョー・ミルグレイヴは、この戦闘に加わったけれど、無事に生き抜いた。でもミランダは、ジョーから手紙が来るまで、不安な日々をすごした。それにしてもミランダは、結婚してから、なんとすばらしく花開いただろう。まるで別人だ。目の色まで濃く、深くなったようだ……ミランダは鮮烈な感情を経験して、目が輝いているのだろう。しかもあのお父さんに、手も口も出させないとは、目を見はる。西部戦線の塹壕が一ヤードでも延びれば、ミランダは必ず旗を揚げる。私たちの青少年赤十字にも、きちんと出席する……そしてミランダは……そう、彼女は……『既婚婦人です』という滑稽な雰囲気を、可愛らしく、面白く漂わせている。でもミランダは、グレンでたった一人の戦時結婚の花嫁なのだから、その満足感を、まわりがつべこべ言う必要はない。

ロシアのニュースは、また悪い……ケレンスキーの政府は倒れて、レーニンが、ロシアの独裁者になった(13)。ともかく、このような灰色一色の秋の日、気がかりで不安なニュースが入って、気が滅入って、希望もないときに、勇気を保ち続けることは、とてもむずかしい。でも私たちは、近づいている選挙を思うと、スコットランド高地(ハイランド)のサンディお爺さんの言葉で言うと、『気分が落ちこむ』ようになった。選挙の争点は徴兵制(14)だから、今までにない刺激的な選挙になるだろう。ジョー・ポアリエの言い方を借りると、『大人になった』(15)すべての女性で、かつ夫、息子、兄弟が前線にいる女性は投票できる。ああ、私も二十一歳ならいいのに！　ガートルードとスーザンは、二人とも、投票できないので憤慨している。

『不公平ですよ』ガートルードがいきり立っていた。『アグネス・カーは、ご主人が出征したので、投票できるんです。あの人は、夫を行かせまいと、あらゆる手を尽くしたのに。それで今度、連合内閣に反対の立場で投票(16)ができるのです。それなのに、私は、投票できません。前線にいるのは恋人で、夫ではないからです！』

スーザンは、プライアー氏のような鼻持ちならない年寄りの平和主義者が投票できて……これから投票する……にもかかわらず、自分はできないことを思うと、物言いも、痛烈だった。

内海向こうのエリオット家も、クローフォード家も、マカリスター家も、お気の毒だ。これまでは、自由党と保守党という、きれいに分かれた別々の陣営を支持していた、それなのに、今は自分たちの拠りどころから引き離されて……あら、変なふうに喩えを混ぜこぜにしてしまった(17)わね……精神的な支えを失ってしまったもの。昔からの自由党員のなかには、ロバート・ボーデン卿(18)に投票しなければならないので、死にそうな思いをしている人もいる……でも、カナダも徴兵制をもつ時期が来たと思うなら、ボーデンに入れるしかない。おまけに徴兵制に反対の保守党員は、かわいそうに、目の敵にしてきたローリエ(19)に票を入れなければならない。それが一部の保守党員にとっては、つらくてたまらない(20)のだ。けれどほかの保守党員たちは、マーシャル・エリオットのおばさんが合同教会に対して至った態度と、まったく同じだ(21)。

おばさんは昨夜、炉辺荘に見えた。前ほどは、ちょくちょくやって来ない。年をとって、こんなに遠くまで歩いてこられないのだ……大好きな懐かしい『ミス・コーネリア』。あのおばさんが年をとっていくなんて、考えると切ない……私たちは、ずっとおばさんが大好きだった。おばさんも、炉辺荘のちびっ子たちを可愛がってくれた。

もともとおばさんは、合同教会に猛反対だった。でも昨晩(ゆうべ)、父さんが、教会が合同することは事実上、決定しました、と言うと、おばさんはあきらめたように言った。『そうですか。でも、世界のどこもかしこも不和と分裂なのに、もう一つ不和と分裂が増えたところで、どうってことはありませんよ。とにかく、ドイツ人と比べれば、メソジストでさえ、好もしいくらいですよ』
私たちの青少年赤十字は、すこぶる順調にいっている。アイリーンが戻ってきたにもかかわらず……あの人は、ローブリッジの青少年赤十字と喧嘩したのだろう。この前、会ったとき、アイリーンは優しい口ぶりで、ちょっとした嫌味を言った……シャーロットタウンの広場を歩いている私を、『緑色の天鵞絨(ヴェルヴェット)の帽子で』わかったというのだ。あの憎むべき、大嫌いな帽子で、みんなが私だと気がつくなんて。この帽子も四年目になった。母さんでさえ、この秋は新しい帽子を買うように言うけど、要らないと答えた。戦争が続くかぎり、冬の間は、この天鵞絨(ヴェルヴェット)の帽子をかぶるのだ」
一九一七年十一月二十三日
「ピアーヴェ川の防衛線はまだ持ちこたえている……それにカンブレ(22)では、ビング将軍(23)が大勝利をあげた。それを祝して、私は旗を揚げた……ところがスーザンはこう言っただけだった。『今夜は、台所の料理用ストーブ(24)に、水を入れたやかんを置いときますよ。キッチナー坊やは、大英帝国が勝つと、きまって喉頭炎(クループ)になるんです。あの子の血管に、ドイツ贔屓(びいき)の血が、流れてなきゃいいですがね。父親の係累(けいるい)は誰も知りませんから』

　この秋、ジムスは喉頭炎(クループ)に、二、三度、かかった……去年のような重症ではない……ふつうの喉頭炎(クループ)だ。あの子の細い血管にどんな血が流れていようと、元気で、健康な血だ。薔薇色のほっぺをして、ふくよかで、巻き毛で、可愛らしい。それにおかしなことを言ったり、滑稽な質問もする。あの子は、台所にある変わったいすが大好きだけど、それはスーザンのお気に入りでもある。だからスーザンがすわるときは、ジムスは立たなくてはならない。この前、スーザンが、ジムスをいすからどかすと、彼は、むき返り、『スーザンが死んだら、ぼく、そのいすにすわっていい？』と真顔で言ったのだ。スーザンは、いくらなんでもひどいと思い、そのときから、ジムスの先祖に懸念(けねん)をもつようになった。先だっての晩は、私がジムスをつれて店まで歩いていった。あの子が夜遅く出かけたのは初めてだったので、星を見て、叫んだ。『ああ、ウィラ、見てごらん、大きなお月さまと、小さなお月さまがたくさん！』と。先週の水曜日の朝は、あの子が起きると、めざまし時計が止まっていた。私がねじを巻き忘れたのだ。ジムスは、青いフランネルのパジャマのまま、びっくりした顔になって、囲いつきのベビーベッドから飛びだし、私のところへ走ってきた。『時計が死んでるよ。ああ、ウィラ、時計が死んでるよ』と、息を切らせて言った。

またある晩は、ジムスは、スーザンと私に腹をたてた。あの子がほしがったものをやらなかったからだ。するとあの子は、お祈りを唱えるときに、腹立たしげに、どしんとすわった。そして『ぼくをいい子にしてください』というところで、『ウィラとスーザンを、いい子にしてください。だって、いい子じゃありませんから』と力をこめて言ったのだ。

私は会う人みんなに、ジムスの言葉を話すつもりはない。同じことを人にされると、うんざりするからだ！　だからいろいろなことをごた混ぜに書く日記帳に、大切にしまっておくのだ。

今夜も、ジムスを寝かしつけていたら、真剣な顔をして私を見上げて言った。『ウィラ、どうして昨日は戻ってこないの？』

ああ、どうして戻ってこないのでしょうね、ジムス？　夢と笑い声に満ちていたあの美しい『昨日』……兄さんたちが家にいて……ウォルターと私は本を読み、そぞろ歩き、虹の谷で三日月と夕焼けを眺めた昨日。あの昨日が戻ってくれれば、いいのに！　でも昨日は、二度と戻ってこないのよ、ジムス坊や……今日は雲におおわれて暗い……そして私たちは明日のことを考える勇気がないのだ」

一九一七年十二月十一日

「今日はすばらしいニュースがあった。大英帝国軍が、昨日、エルサレムを占領した(25)のだ。私たちは旗を揚げた。ガートルードも、このときばかりは、以前の元気をとりもどした。『十字軍の目的(26)が達成されたのを見られたのですから、やっぱり、この時代に生きている価値がありますよ。獅子王に率(ひき)いられた(27)昔の十字軍の亡霊が、全員、エルサレムの城壁に集結したでしょう』

スーザンにも、満足する理由があった。

『エルサレムとか、ヘブロン(28)なら、私も発音できますから、ありがたいですよ。プシェミシルだとか、ブレスト・リトフスク(29)だとかの後ですからね、ほっとします！　というわけで、われわれの軍は、少なくともトルコ軍を退却させたし、ヴェニスは無事ですし、ランズダウン卿の言うことなんか、まともに受けとっちゃいけません(30)。ですから、落ちこむ理由はありませんよ』

エルサレムよ！『イングランドの流星旗』(31)が、汝(なんじ)の上にはためいている……トルコの三日月旗は去った(32)。ウォルターが聞いたら、どんなに胸ときめかせただろう！」

一九一七年十二月十八日

「昨日、選挙が行われた。夕方、父さんが村へ出かけたので、母さんとスーザン、ガートルードと私は居間に集まり、息も止まりそうなほど心配して結果を待った。私たちが結果を知る手立てがなかったからだ。というのは、カーター・フラッグの店の電話は、わが家の電話とは別の線なのだ。そこで店にかけようとすると、決まって交換台が『話し中です』と答えた……それはそうだろう。何しろ、何マイル四方のみんなが、私たちと同じ理由から、フラッグの店に電話をかけようとしているのだから。

十時頃、ガートルードが電話をとると、たまたま内海向こうの誰かが、カーター・フラッグと話しているのが聞こえた。ガートルードは恥をしのんで耳をそばだてて、気持ちを楽にしようとしたものの、諺（こさわざ）にある通り、盗み聞きする者の報い(33)をうけた……つまり、嬉しくないことを聞いたのだ。連合内閣は、西部で票が『まったくとれなかった』という。

私たちは動揺して、顔を見合わせた。連合内閣は西部で勝てなかった、ということは、負けたのだ。

『世界が注目しているというのに、カナダは信用を失いますよ』ガートルードが厳しく言った。

『もしみんなが内海向こうのマーク・クローフォードみたいだったら、こんなことにはならなかったのに』スーザンがうめいた。『あの一家は、今朝、おじさんを納屋に閉じこめて、連合内閣に投票すると約束するまで出さなかったんです。これこそ、効果的な説得というものですね、先生奥さんや』

こうなるとスーザンと私は、じっと休んでなどいられなかった。部屋を歩きまわり、しまいに脚が疲れて、仕方なくすわった。母さんは、時計仕掛け（ぜんまい）の機械のように編み物をしていた。本当は落ち着いて平気なふりを装っていたのだ……そのふりが上手いので、みんながだまされて、母さんを羨ましく思っていた。ところが次の日、母さんが編みかけの靴下を四インチもほどいているのを見た。かかとを編むべきところを、まっすぐ編んでいたのだ！

夜十二時、父さんが帰宅した。父さんは戸口に立ったまま、じっと私たちを見た。私たちも父さんを見つめたけれど、結果をきく勇気はなかった。すると父さんが、ローリエは西部で『まったくとれなかった』、連合内閣が圧倒的多数で政権をとった(34)と言ったのだ。ガートルードが拍手した。私は笑いたくなったり、泣きたくなったりした。母さんの瞳は、昔のように星がまたたくように輝いた。スーザンは、あえぎ声とも悲鳴ともつかない妙な声をあげて、

『これを聞けば、皇帝（カイゼル）も、枕を高くして眠れませんよ』と言った。

私たちはベッドに入ったが、興奮して眠れなかった。実のところ、スーザンは今朝、神妙な顔で言ったのだ。『先生奥さんや、政治は女にはきつすぎますよ』

一九一七年十二月三十一日

「戦争が始まって四度目のクリスマスが終わった。次の新しい年に立ち向かうために、私たちは勇気を奮い起こしている。夏の間は、ドイツがほとんど優勢だったけど、今のドイツは、春の『大攻勢』にそなえて、全部隊をロシア戦線から引きあげているという。その『大攻勢』を待ちわびて冬中をすごすなんて、できそうもない。

今週は、海外から手紙が束になって届いた。シャーリーも、今は前線に出ている。シャーリーの手紙は事実を冷静に淡々と綴っていて、まるでクィーン学院時代にフットボールのことを書いてきたときと同じだ。カールからの手紙には、何週間も雨が降りつづいている、そんな夜に塹壕にいると、ずっと前、ヘンリー・ウォレンの幽霊が怖くて逃げ出した罪滅ぼしに、墓地で夜をすごした(35)ことを決まって思い出す、と書いていた。彼の手紙はいつも冗談と、ちょっとおかしな話でいっぱいだ。カールが手紙を書く前の晩に、大がかりなねずみ狩り(36)があって……ねずみを銃剣で刺すのだ……カールはいちばんたくさんとって、賞をもらった。でも彼には飼い慣らしたねずみが一匹いて、夜はカールのポケットのなかで寝るという。カールは、ほかの人みたいにねずみを嫌がらないのだ……カールは前から、あらゆる小さな生きものと仲良しだった。彼は、目下のところ、塹壕のねずみの習性を研究中で、いつか論文に書いて、有名になるつもりらしい。

ケンは短い手紙を送ってくれた。このところケンからの手紙はみんな割りに短い……それに私の大好きな優しくて、さりげなくて、はっとする言葉も、そんなに書いてない。ケンは、さようならを言いに来たあの晩のことなど、すっかり忘れてしまったのだ、と思うこともある……でも、今でも彼は憶えていて、これからも憶えていると思わせる文章や言葉もある。たとえば今日の手紙には、ほかの若い女性には書かないようなことはなかったけれど、署名のところに、いつもの『草々、ケネス』ではなく、『あなたのケネス』（37）とあった。さて、彼は意図的にSをつけなかったのかしら、それとも、不注意で忘れただけかしら？　考え出すと、夜中まで眠れないだろう。ケネスは今では大尉になった。嬉しくて、誇らしい……でも、『フォード大尉』と言うと、かなり地位が高くて、遠い人のように聞こえる。『ケン』と『フォード大尉』では、別人のようだ。私は、ケンとは婚約したも同然だろう……この点については、母さんがそう考えてくれることが、私の支えであり、砦だ……けれど私が『フォード大尉』と婚約するなんて、あり得ない！

　ジェムも今では中尉だ……戦場で昇進したのだ。新しい軍服を着たスナップ写真を送ってくれた。やせていて、老けて見えた……老けていたのだ……私の兄さんで男の子だったジェムが。この写真を見たときの母さんの顔は、忘れられない。『これが……私のジェム坊やなの……懐かしい夢の家の赤ちゃんなの？』母さんはそう言っただけだった。フェイスからも手紙が来た。彼女はイングランドで看護奉仕特派部隊の仕事をしていて、希望も元気もいっぱいの文面だった。フェイスは幸せと言っても、いいと思う……ジェムとは、彼の最後の休暇に会ったのだ。それにフェイスは近くにいるから、もし彼が負傷しても、会いにいける。それがフェイスにとって大切なことなのだ。ああ、私もフェイスと一緒にいられたら！　でも私の仕事は、この家のなかにある。それに母さんを残して行くことは、ウォルターが望まないだろう。私はどんなことでも、たとえ日常生活の小さなことでも、ウォルターの『信念を守る』ように努力している。ウォルターはカナダのために死んだ……私はカナダのために生きなくてはならない。それがウォルターが私に望んだことなのだから」

一九一八年一月二十八日

「『あれこれ思い悩む気持ちは、大英帝国艦隊を頼りにして預けて、私は、麦のふすま入りビスケット(38)を焼きますよ』今日、スーザンが、いとこのソフィアに言った。ソフィアは、ドイツでは、あるゆるものに打ち勝つ新しい潜水艦(39)が進水したばかりだ、という恐ろしい報せを言いに来ていた。ところがそのときのスーザンは、料理方法の制限が出たおかげで不機嫌だった。スーザンの連合内閣に対する忠誠心が、甚だしく試されていたのだ。スーザンは、政府からの最初の要求は、雄々しく乗りこえた。つまり小麦粉について制限が出ても、明るく言ったのだ。

『私は年寄りですから、新しいことはおぼえられませんけど、ドイツ人を打ち負かすのに役立つというなら、戦時パンの作り方くらい、おぼえますとも』

ところがその後に出た提言は、スーザンの気にさわった。政府の節約方針に従えという父さんの命令がなかったら、きっとロバート・ボーデン卿を軽蔑したことだろう。

『麦藁（むぎわら）なしで煉瓦（れんが）を作れ（40）、という話ですよ、先生奥さんや！　バターと砂糖なしで、どうやってケーキをこしらえるんです？　無理ですよ……ケーキらしいケーキは作れません。もちろん、厚板みたいなものはできますよ、先生奥さんや。だけど今じゃ、砂糖衣（アイシング）をちょっとかけて誤魔化すこともできないんですから。オタワの政府が、私の台所に踏みこんできて、食糧の配給も制限するとは！』

スーザンは、『国王とお国』のため（41）なら血の最後の一滴までさしだすだろうが、自分の大事なレシピまで妥協することは別の問題であり、はるかに重大事だった。

ナンとダイからも手紙……というか、走り書きが来た。二人は忙しすぎて手紙を書く暇もないのだ。試験が迫っているからだ。二人はこの春、教養学部（42）を卒業する。私はどうも一家の劣等生のようだ。でも大学の勉強に憧れたことは、なぜか一度もないし、今だって魅力を感じない。私は野心が欠けているのかもしれない。私が心からなりたいものは、たった一つだけ……いつか、そうなれるかどうかは、わからない。もし、なれなかったら……なにものにもなりたくない。でも、ここに書くのはよそう。考えるのはいいけど、書くことは、いとこのソフィアが言うように、厚かましいだろう。でもやっぱり書くことにする。私は、しきたりも、いとこのソフィアも怖くない！私はケネス・フォードの妻になりたい！　さあ、どう！

それからすぐに鏡を見たけど、顔が赤らんだ様子はなかった。私は、ちっとも女の子らしく作られていないようだ。

今日、犬のマンデイに会いに出かけた。リウマチで体がこわばっているけど、今も駅にすわって、汽車を待っている。マンディは、尻尾をぱたんぱたんと打ちつけて、訴えるように私の目を見つめた。『ジェムは、いつ帰ってくるの？』と言っているようだった。ああ、犬のマンデイ、その質問に答えはないの。それに、私たちがずっと問い続けているほかの質問にも、答えはないのだ。『ドイツ軍が、また西部戦線で攻撃をしてきたら……ドイツが勝つために最後の大きな攻撃をしてきたら、どうなるのだろう？』」

一九一八年三月一日

「『春は、何をもたらしてくれるの？』今日、ガートルードが言った。『春になるのが怖いわ。今までは春が怖かったことはなかったのに。いつか、この不安から解放される暮らしが、来るでしょうか？　だってこの四年間は、不安を感じながらベッドに横になり、不安を感じながら起きたんですよ。不安が、お食事会には招かれざる客として、集会でも歓迎されざる仲間として、いつもまわりにいるんです』

『ヒンデンブルクは、ドイツ軍は四月一日に、パリに進軍するって言ってるよ』いとこのソフィアがため息をついた。

『ヒンデンブルクですと！』スーザンがこの名前にこめた侮蔑（ぶべつ）は、とてもペンでは書き表せない。『四月一日は何の日か、あの男は忘れたんですね？』

『ヒンデンブルクは、今まで、有言実行でしたよ』ガートルードが陰気な声で言うさまは、まるでいとこのソフィアそっくりだった。

『そうですよ。これまでは、ヒンデンブルクは、ロシア人とルーマニア人を相手に戦ってきましたからね』スーザンが言い返した。『でもこれからは、大英帝国人とフランス人を相手にするんです、それまでお待ちなさい。もちろん米国人（ヤンキー）も相手になるんです。米国人（ヤンキー）は、今、全力で戦地へむかってますし、きっと目ざましい活躍をしますよ』

『スーザンは、モンスの戦い[43]の前も、同じことを言ったわ』私は、スーザンに思い出させた。

『ヒンデンブルクは、連合国軍の前線を突破するために、ドイツは百万人の命をかける、と言っているんですよ』ガートルードも言った。『それだけの犠牲をはらえば、大きなのドイツ軍の大きな成功を、私たちはどうやって切り抜けるのかしら。この二か月間、私たちは、味方が一撃をくだすのを、身を縮める思いで待ち続けてきたけれど、戦争の全部の期間を合わせたくらいに長く感じられましたよ。私は一日中、無我夢中で働くのですが、夜中の三時に目がさめて、ドイツの鉄の軍隊がついに攻撃を始めたのではないかと、考えるんです。夜中の三時という時間がなければいいのに。ヒンデンブルクがパリに侵攻して、ドイツ軍が勝ち誇っている様子が目に浮かぶのは、その時間なんです。この忌々(アカースト)しい時間にしか思い浮かばないんです」

スーザンは、ガートルードが言った形容詞に眉をひそめたが、『ア』がついていたのでよし(44)、と結論づけたようだった。

『なにか魔法の水薬でもひと口のんで、三か月ほど、眠っていられたらいいのに……目がさめたら、この大戦争が終わっていたらいいのに』母さんが、もう耐えられないように言った。

母さんが落ちこんで、こんな願望を言うことは……少なくとも言葉にして口にすることとは滅多にない。ウォルターが帰ってこないと知ったあの九月の悲惨な日から、母さんはずいぶん変わった。それでも母さんは、いつも勇気があって、忍耐強かった。その母さんでさえ、もう我慢の限界に来たのだ。

　スーザンは母さんのところへ行って、肩をなでた。『不安がったり、落胆なすっては、いけませんよ、先生奥さんや』スーザンは優しい声をかけた。『昨晩は、私もそんな気持ちになりましたからね。そこで起きあがって、ランプを灯して、聖書を開いたんです。そうしたら、まっ先に目に飛びこんだ節は、なんだったと思われますか？　「そして彼らは、汝に戦いをいどむであろう。しかし彼らは、汝に勝つことはない。なぜなら私は汝とともにあり、汝を救うからだと万軍の主は言われた」(45)だったんですよ。私はオリヴァー先生のように予知の夢を見る才能はありませんけど、そのとき、その場でわかりました、先生奥さんや。これは明らかに神さまのお告げです。ヒンデンブルクがパリを見ることはありません。だから聖書を読むのはもうやめて、ベッドに戻って、朝までぐっすり寝ましたよ、夜中の三時も何時も起きずにね」

　スーザンが見つけた節を、私も、何度もくり返し唱えている。万軍の主が私たちと一緒にいてくださるのだ……さらに、完璧に作られた正しい人々全員の精神(46)もある……ドイツはこんな障壁を相手にするのだから、たとえドイツ軍が、軍勢と武器を西部戦線に全部集めても、打ち負かされるに違いない。気持ちが高揚しているときは、こんなふうに考える。でも、そうでないときは、ガートルードのように、嵐の前の不気味で不吉な静けさを、もう耐えられないと感じるのだ」

一九一八年三月二十三日

「大決戦が始まった!……『すべての最後となる総決戦』(47)だ! 最後というのは本当だろうか? 昨日、郵便をとりに郵便局へ出かけた。どんよりした寒い日だった。雪はなくなったけれど、生命の感じられない灰色の地面はかたく凍っていた。肌を刺すような風が吹いていた。グレンの景色は、どこもかしこも醜くて希望もなかった。

それから黒々とした大きな見出しのついた新聞をうけとった。ドイツ軍が三月二十一日、総攻撃に打って出た。ドイツ軍は、銃器と捕虜をうばったと大々的に主張している。一方の英国のヘイグ将軍は、『激戦、継続中』と報告している。この言い方が気に入らない。

私たちは、集中しなければならない仕事はできないとみんながわかった。そこで猛烈な勢いで棒針編みをしている。これなら機械的にできるからだ。でも少なくとも、不安な気持ちで待ち続けることは終わった……いつ、どこで攻撃があるのか、気を揉むような不安は終わったのだ。総攻撃は始まった……でも、敵が私たちに打ち勝つことは、できないのだ!

ああ、私は自分の部屋にすわり、日記帳を前にして、これを書いているけれど、今夜、西部戦線では、何が起きているのだろう。ジムスは囲い付きベッドで寝ている。窓のまわりでは風が悲しそうに音をたてている。私の机の上には、ウォルターの写真がかかっていて、きれいな深い瞳で私を見つめている。写真の隣には、ウォルターが家ですごした最後のクリスマスに私にくれたモナ・リザの絵をかけている。写真のもう片方の隣には、額におさめた『笛吹き』の詩だ。この詩を暗誦するウォルターの声が聞こえるようだ……この短い詩に、ウォルターは自分の魂をこめたのだ。それゆえに、この詩は永遠に生き続けて、ウォルターの名前を、私たちの国の未来へ伝えるのだ。私のまわりのすべてが静かで、平和で、『家庭的』だ。ウォルターが、私のすぐ近くに感じられる……もし、私と彼の間にかかってゆれている薄いヴェールをさっと開ければ、ウォルターが見えるようだ……ちょうどコースレットの突撃の前夜に、ウォルターが『笛吹き』を見たように。

今夜、はるかに遠いフランスで……前線は持ちこたえているだろうか？」

第28章　暗黒の日曜日

神の恵みの一九一八年(1)、三月のある一週間は、焼かれるような人間の苦しみが続き、世界史のどの七日間よりも激烈だったに違いない。しかもその週には、全人類が十字架に釘で打ちつけられるような日もあったに違いない。その日、地球は天地の激しい震動にうめいたに違いない。あらゆるところで人々の心が恐怖に沈んでいた。

静まりかえって寒々とした灰色の夜明けが、炉辺荘に訪れた。ブライス夫人、リラ、ミス・オリヴァーは教会へいく仕度をした。彼女たちの不安は、希望と確信によって和(やわ)らいでいた。先生は留守だった。真夜中(2)に、上グレンのマーウッド家に呼び出されたのだ。その家では若い戦時結婚の花嫁が、この世に、死ではなく生を与えようと、自分の戦場で勇敢に戦っていた。スーザンは、今朝は家に残りますと言った――スーザンにしては珍しいことだった。

「今朝は、教会へあまり行きたくないんです、先生奥さんや」わけを説明した。「もしも月に頬髭が教会にいて、信心深そうな心満ち足りた顔つきでいるのを見たら、というのも、あの男は、ドイツ軍が勝っていると本人が思ってるときは、いつだってそんな顔をしてますからね、私はもう忍耐も礼儀作法も忘れて、聖書やら賛美歌集を、あいつに投げつけるでしょう。そんなことをすれば、自分のことも、神聖なる教会のことも貶（おとし）めることになります。だから行くのはよします、先生奥さんや。情勢が変わるまでは、教会へ行かずに家にいて、一生懸命お祈りします」

ミス・オリヴァーは、固く凍った赤土の道を教会へ歩きながら、リラに言った。「私も家にいたほうが、よかったかもしれない。教会へ行けば自分のためになるでしょうけど、今日は、『前線は、まだ持ちこたえているかしら』と気になって、ほかのことは何も考えられないわ」

「次の日曜日は、復活祭（イースター）（3）よ」リラが言った。「私たちのこの決意に、死が宣告されるのかしら、それとも、生かしら？」

その朝、メレディス牧師は、聖書の一節「最後まで耐え忍ぶ者は救われるだろう」（4）を語って説教をした。人々を励ます言葉から、希望と確信が鳴り響いていた。リラは、家族席の壁にある「ウォルター・カスバート・ブライスを追悼して献ずる」という記念板（きねんばん）を見上げていると、心が恐怖から立ちあがり、新たに勇気が満ちるのを感じた。ウォルターが何の意味もなく自分の命を犠牲にすることなど、あり得ない。ウォルターには、予言者のように未来を見透す力があり、勝利を予告したのだ。私はその信念をしっかり握りしめよう——前線は持ちこたえるはずだ。

リラは生き返ったような気持ちで、ほがらかとさえ言える調子で教会から帰った。ほかの者も希望がみなぎり、一同は笑顔で炉辺荘に入った。居間には誰もいなかった。ただジムスがソファに眠り、暖炉の敷物には、いかにもハイド然とした博士(ドク)が「厳(いか)めしい安らぎに静まり返って」(5)いるばかりだった。食堂にも、誰もいなかった——さらに奇妙なことに、テーブルに昼食(ディナー)がなかった。食器すらなかった。スーザンは、どこにいるのだろう?

「病気にでもなったのかしら?」ブライス夫人が不安げな声をだした。「今朝、教会へ行こうとしないので、おかしいと思ったのですよ」

台所のドアが開き、スーザンが戸口にあらわれたが、死人のような顔だった。ブライス夫人は不意打ちをうけて叫んだ。

「スーザン、どうしたの?」

「大英帝国の塹壕線が破られて、ドイツ軍の砲弾が、パリに落ちているんです」スーザンはぼんやりと言った。

三人の女たちは呆然とした顔を見合わせた。

「まさか……本当のはずがないわ」リラはあえぎあえぎ言った。

「そんなことになれば……滑稽ですよ」ガートルード・オリヴァーは言った——それから恐ろしい声で笑った。

「スーザン、誰から聞いたのです……いつ、そんなニュースが入ったのです？」ブライス夫人がたずねた。

「三十分前、シャーロットタウンから長距離電話があったんです」スーザンが答えた。「この報せは、昨夜（ゆうべ）遅く、町に届いたそうです。それをホランド先生が電話で教えてくだすって、残念ながら本当だとおっしゃってました。このニュースを聞いてから、何も手につかないんです、先生奥さんや。昼食（ディナー）のお仕度もまだで、本当に申し訳ありません。私がこんなに怠けたのは初めてです。ご辛抱くだされば、すぐに何かこしらえます。だけど、じゃが芋を焦がすかもしれません」

「昼食（ディナー）ですって！　どんな昼食だろうと、誰もほしくありませんよ、スーザン」ブライス夫人が激しく言った。「ああ、こんなこと、信じられない……悪夢に違いない」

「パリが陥（お）ちた……フランスは負けた……この戦争に負けた」リラは、希望も信念も崩れおちた残骸のなかで、つぶやいた。

「ああ、神さま……ああ、神さま」ガートルード・オリヴァーはうめき声をあげ、部屋を歩きまわり、両手を揉みしぼった。「ああ、神さま！」

ほかに言葉は出なかった——ほかの言葉はなく——大昔から変わらぬこの嘆願の言葉だけだった——人が頼りとするものを失ったとき、極度の苦しみと心からの願いから発せられる太古からの叫び声だった。

「神さまが、死んだの？」きょとんとした幼い声が、居間のドアから聞こえた。ジムスが立っていた。眠りからさめたばかりの赤っぽい顔をして、大きな茶色の瞳が不安でいっぱいだった。「おお、ウィラ……おお、ウィラ、神さまが死んだの？」

ミス・オリヴァーは足をとめ、叫び声もやめて、ジムスを見つめた。子どもの目に、脅えたような涙がじわじわ浮かんできた。リラは駈けよって慰めた。一方、スーザンは、身を沈めていたいすから弾けるように立ちあがった。

「いいえ」スーザンは、素の自分をとりもどし、威勢よく答えた。「まさか、神さまは、死んだりなさいませんよ……ロイド・ジョージも死んじゃいません。そのことを、私たちは忘れてましたね、先生奥さんや。キッチナー坊や。事態は悪いとはいえ、もっと悪かったかもしれないんですから。大英帝国陸軍の塹壕線は破られたかもしれませんけど、大英帝国海軍は負けちゃいません。それをしっかと思い出しましょう。私はめげずに元気を出して、何か食べるものをちょこっと一口こしらえますよ。力をつけなくちゃなりませんからね」

一同は、スーザンの「ちょこっと一口」を食べるふりをした。本当にふりをしただけだった。この暗い午後のことは、炉辺荘の誰も忘れられなかった。ガートルード・オリヴァーは部屋を歩いた——みんなが歩いた。スーザンだけは、兵隊用の灰色の靴下をとりだした。

「先生奥さんや、この私が、とうとう日曜日に編み物をしなければならない羽目になるとは。こんなことをするとは、夢にも思いませんでした。何と言われようと、そんな真似は、第三戒(6)を破ることだと思ってましたから。でも破ろうが破るまいが、とにかく今日は、棒針編みをしなくてはなりません。気が変になりそうです」

「編めるなら、編みなさい」ブライス夫人は落ち着かない様子だった。「私もできるなら、するでしょうけれど……できないわ……無理ですよ」

「もっと十分な情報があればいいのに」リラがうめいた。「すっかりわかれば……励みになることも、あるかもしれないのに」

「ドイツ軍がパリに砲弾をふらせている、ということは、わかっているのよ」ミス・オリヴァーが苦々しげに言った。「こうなったからには、ドイツ軍はあらゆるところを撃破して、進んでいて、パリのすぐ近くまで迫っているに違いないわ。ええ、私たちは負けたのよ……その事実を、直視しましょう、過去にほかの国の人々が、自分たちの敗北を直視したように。ほかの国の人々にとっても、正義はその人たちの側にあって、最も優秀で、最も勇敢な者たちを注ぎこんだ……それでも敗北したのです。私たちは、

『過去に敗れた何百万に
　さらに加わる一つとなりぬ』(7)

ですよ」

「そんなふうにあきらめるなんて、私はしないわ」リラが叫び、青白い顔が、にわかに紅潮した。「私は望みを捨てない。私たちは征服されたわけじゃない……そうよ、たとえドイツ軍がフランス全土を侵略しても、私たちは征服されてないもの。私、絶望していたこの時間が、自分でも恥ずかしい。もう二度と落ちこまない。今すぐ町に電話をかけて、くわしいことをきいてみるわ」

しかし町にはつながらなかった。長距離電話の交換手は、狂乱状態となったこの地方の各所からかかる同様の電話に、忙殺されていた。ついにリラはあきらめ、そっと虹の谷へ出かけた。最後にウォルターと語りあったささやかな片隅へ行き、灰色に枯れた草にひざまずき、倒木の苔むした幹に頭をたれてのせた。黒雲から太陽が射して、淡い金色の輝きが谷を満たした。「樹(き)の恋人たち」の鈴は、吹きすさぶ三月の風に、妖精のように気まぐれに鳴った。

「ああ、神さま、力をお与えください」リラは小声で言った。「どうか力を……そして勇気を」それから子どものように両手を組みあわせ、ジムスのように飾らない言葉で言った。「明日は、もっとよい報せを、お願いします」

リラは長い間ひざまずいていた。炉辺荘に帰った彼女は、落ち着きと決意をとりもどしていた。医師が帰宅していた。疲れていたが、意気軒昂だった。ダグラス・ヘイグ・マーウッド坊やが、無事に時の岸辺に上陸したのだ。ガートルードはまだ休みなく歩きまわっていたが、ブライス夫人とスーザンは衝撃から立ち直り、スーザンなどは、イギリス海峡のいくつかの港（8）に、新しい防衛線を築く計画まで、立て始めていた。

「これらの港を守れたら、この事態は、切り抜けられますよ」スーザンは宣言した。

「実のところ、パリには、軍事的重要性はありませんからね」

「やめて」ガートルードが、スーザンに何かで突き刺されたように鋭く叫んだ。「軍事的な重要性はない」という言い古された文句は、こんなときには、不愉快な冷笑そのものに聞こえて、望みを捨てた声よりも、はるかに耐えがたかったのだ。

「塹壕線を破られたということは、マーウッド家で聞いたよ」医師が言った。「だが、ドイツ軍がパリに砲弾を落としているという話は、どうも信じられないな。かりにドイツ軍が塹壕線を突破したとしても、パリに一番近い戦線からパリまで、五十マイルもある。こんなに短い間に、ドイツ軍はどうやって、パリを砲撃できる距離まで大砲を運んだのだろう？　大丈夫だよ、お嬢さんがた、ニュースのこの部分は、本当ではないよ。ぼくが町に長距離電話をかけてみよう」

　先生も、リラと同様、つながらなかったが、先生の見方で一同は少し気が楽になり、夕方をどうにかすごすことができた。夜九時、やっと長距離電話で情報が届き、どうにかその夜も乗り切ることができた。

「塹壕線は、サン・カンタン(9)の手前で一か所、破られただけだ」医師が受話器を置いて言った。「それに大英帝国の軍隊は、規律正しく退却している。これはそんなに悪いことではない。パリに落ちている砲弾については、七十マイルも離れた場所から飛んで来ている(10)そうだ……ドイツ軍が発明した驚くべき長距離砲で、攻撃開始とともに、発射されている。目下、ニュースはこれだけだ。信頼のおける話だと、ホランド先生は言っている」

「これを昨日聞いたら、ぞっとするニュースでしたね」ガートルードが言った。「でも今朝聞いたニュースに比べれば、いい報せと言えるくらいですよ。でも、やっぱり」ミス・オリヴァーは作り笑いを浮かべながら言い添えた。「今夜はあまり眠れそうもありませんわ」

「とにかく、一つは、ありがたいことがありますよ、オリヴァー先生や」スーザンが言った。「いとこのソフィアが、今日は来ませんでしたからね。あれやこれやの全部に加えて、ソフィアまでいたんじゃ、とても耐えられませんでしたよ」

第29章　「負傷および行方不明」

「砲撃されるも、戦線破られず」というのが、月曜日の新聞の見出しだった。それをスーザンは仕事にとりかかる前に何度も唱えて、自分に言い聞かせた。サン・カンタンの敗北による欠員（1）は、のちに補充された。しかし連合国軍は、一九一七年に五十万人の命を犠牲にして獲得した陣地から、後退（2）を、容赦（ようしゃ）なく迫られていた。水曜日の見出しは、「英仏軍、独軍の攻撃を阻止（そし）す」だったが、連合国軍の退却は続いていた。後ろへ――後ろへ――後ろへ！　退却はどこで止まるのだろう？　塹壕線は、また破れるのだろうか――今度は壊滅的なまでに？

　土曜日の見出しには、「攻撃の阻止、ベルリン（3）でさえ認める」とあり、炉辺荘の人々は、この緊迫の一週間で初めて、ふかぶかと安堵の息をついた。

「さあ、これで一週間、乗りこえましたよ……今度は、次の一週間です」スーザンは頼もしい声で言った。

「私は拷問台にのせられた囚人で、やっと手足が無理矢理ひっぱられなくなった（4）ような気持ちよ」復活祭（イースター）の朝、ミス・オリヴァーは教会へ歩きながら、リラに言った。

「でも、まだ拷問台からおりていないから、またいつ何時、責苦(せめく)が始まるかもしれないわ」

「先週の日曜日は、神さまのことを疑ったけど」リラが言った。「今日は疑っていないわ。悪が勝つなんて、あり得ないもの。私たちの側には精神があるし、精神は肉体よりも長持ちすることに決まっているわ」

しかしながら、それから続いた陰鬱な春、リラの信念は、たびたび試練をうけることになった。大決戦は、人々が望むように数日で結着がつくものではなかった。何週間、何か月と延びていった。ヒンデンブルクは、幾度も、幾度も、残忍な不意打ち攻撃をしかけた。その戦果はわずかだったが、警告としては成果があった。軍事評論家は、幾度も、幾度も、情勢は危険極まると発表した。そしていとこのソフィアは、幾度も、幾度も、この軍事評論家の意見に賛成した。

「連合国があと三マイル後退したら、こっちが負けんだよ」いとこのソフィアはむせび泣いた。

「その三マイル以内のところに、大英帝国海軍が錨(いかり)をおろしていますよね？[5]」スーザンがさも軽蔑したように問いただした。

「こういうことに、くわしい人が言ってんだよ」いとこのソフィアは重々しく言った。

「そんな人は、いませんよ」スーザンが言い返した。「軍事評論家なんて、何一つ、わかっちゃいないんです、あんたや私と同（おんな）じですよ。今までだって、数え切れないほど間違えてきたんですから。どうしてあんたはいつも悪い面ばかり見るんです、ソフィア・クローフォード？」

「明るい面なんか、ないからだよ、スーザン・ベイカー」

「おや、ないんですか？　今日は四月二十日だけど、ヒンデンブルクは、まだパリに入っちゃいませんよ、四月一日にはパリにいると、あの男は言ったのに。これは少なくとも明るい面でしょ？」

「私に言わせれば、ドイツ軍がパリに入るのも、そう遠くはないよ。それどころか、スーザン・ベイカー、カナダにもやって来るよ」

「だとしても、この土地は無理ですよ。私が熊手をふりまわしてるうちは、プリンス・エドワード島の土を、ドイツ軍なんぞに、踏ませるもんですか」と宣言したスーザンは、その顔つきも心意気も、単独で全ドイツ軍を敗走させるに等しかった。「そうですとも、ソフィア・クローフォード。正直に言うと、あんたの陰気くさい予想には、もううんざり、飽き飽きしてるんです。もちろん失敗があったことは否定しませんよ。たとえば、パシェンデールは、カナダ軍をあそこに残しておけば、ドイツ軍は奪回しなかったですよ。それにリース川(6)も、ポルトガル軍(7)に任せたのは、下手なやり方でした。でもだからといって、あんたや誰かが、戦争に負けたと言いふらして回る理由にはなりません。あんたと口喧嘩はしたくないんです、こんなときですから、なおさら。だけど私たちは、士気を保たなきゃなりませんからね、私の考えは、はっきり言わせてもらいますよ。あんたが、そんな縁起でもないことばっかり言うなら、あんたの部屋に、聞いてもらいなさい、友だちじゃなくて」

いとこのソフィアは大いに立腹して侮辱をかみしめ、それから何週間も、スーザンの台所にあらわれなかった。おそらくそのほうがよかった。その何週間は、さらに過酷だったからだ。ドイツ軍は、今はここ、次はあちらと攻撃を続け、そのたびに重要地点が、敵の手に落ちるかに見えた。そして五月初めのある日、風と陽ざしが虹の谷でたわむれ、かえでの森が金緑色に萌え、内海は一面に青く小波がたち、白い波頭も見えるころ、ジェムに関する報せが届いた。

カナダ軍の前線で塹壕が奇襲された——それは小規模の攻撃につき、さほど重要ではなく、外電にも記載はなかった。ところが、戦闘が終わると、ジェム・ブライス中尉が「負傷および行方不明」になったと報告されたのだ。

「死んだという報せよりも、ずっと悪いと思うわ」その夜、リラは血の気のなくなった唇でうめいた。

「いいえ……そうではありません……『行方不明』なら、まだ少しは希望がありますよ、リラ」ガートルード・オリヴァーが力強く言った。

「そうね……拷問をうけるような苦しい望みならあるわ。最悪の事態だとあきらめることもできないもの」リラが言った。「ローブリッジのあのお気の毒なアベイ夫人がそうよ。あの人の息子さんは、一年間、『行方不明』なのよ。母親のほかは、みんなが死んだと思っている。お母さんだけは、生きているという希望にしがみついているけど、死んだかもしれないと悩んで苦しくて死にそうなのよ。ああ、ミス・オリヴァー……私たち、ジェムが生きているのか、死んでいるのか、わからないまま……何週間も、何か月も、すごさなくてはならないの？　それに、いつまでも、わからずじまいかもしれないのよ。私は……私には、耐えられない……できないわ。ウォルターに……今度は、ジェム。母さんは死んでしまうわ……母さんの顔を見てください、ミス・オリヴァー、わかるでしょう。母さんは一度も泣いたことがないの。でもこれから心のなかで、死ぬほど血を流すでしょう。それにフェイス……かわいそうなフェイス……どうやって耐えていくのかしら？」

ガートルードは苦悩に身を震わせた。リラの机の上にかかる絵と写真を見上げ、モナ・リザの不滅の微笑が、不意に憎らしくなった。

「こんなことがあっても、あなたの顔から微笑みは消えないの？」ミス・オリヴァーは心のなかで悪態をついた。

しかしリラには優しく言葉をかけた。

「いいえ、お母さまが死ぬことはありませんよ。立派な勇気がおありです。それに、ジェムが死んだなんて、決して信じないとおっしゃっているわ。希望を持ち続けておいでですから、私たちも見習わなくては。フェイスも、きっと望みは捨てないでしょう」

「私は無理よ」リラは嘆いた。「ジェムは負傷したのよ……いったい、どんな見込みがあるの？　かりにドイツ軍がジェムを見つけても……ドイツ兵が負傷した捕虜をどんなふうに扱うか、みんなが知ってるわ。私も希望を持てるものなら、持ちたいわ、ミス・オリヴァー……楽になれるでしょうから。でも、私のなかで、希望は死に絶えてしまったの。何か理由でもなければ、希望は持てない……でも、そんな理由は、何もないもの」

ミス・オリヴァーは自分の部屋へ行った。リラが寝台に横になり、力を少しお与えくださいと悲壮に祈っていると、スーザンがやせ細った影のように入ってきて、傍らに腰をおろした。

「リラや、心配はいりません。ジェム坊やは、死んじゃいませんよ」

「まあ、どうして、そんなことがわかるの、スーザン？」

「わかっているからですよ。私の話をお聞きなさい。ジェムの報せが、今朝届いたとき、最初に頭に浮かんだのは、犬のマンデイのことですよ。そこで今夜、夕食の皿を洗って、パン種をしかけるとすぐ、駅まで出かけたんです。犬のマンデイがいて、夜の汽車を待ってましたよ、相変わらず辛抱強く。さて、リラちゃん、ジェムの塹壕の襲撃は、四日前……この前の月曜ですよ……そこで駅長にきいてみたんです。『この前の月曜日の晩、この犬が遠吠えをしたり、何か騒いだり、しましたか？』と。駅長はちょっと思い返してみてくれましてね、それでこう言ったんです。『いいや、そんなことはなかったな』、『たしかですか？　これは、あんたが考えるより、大事なことがかかってるんです』と言うと、『先だっての月曜日は、うちの牝馬（めすうま）が具合が悪かったんで、わしは一晩中起きてたんだが、あの犬は、うんともすんとも言わなかった。もし吠えでもすれば、聞こえるからな。馬小屋の戸はずっと開けてたし、犬小屋はそのちょうど向かいにあるからな！』とこうですよ。というわけで、リラや、これが駅長の言葉通りですよ。ほら、あのかわいそうな小さな犬は、コースレットの戦闘の後、一晩中、遠吠えをしましたね。あの犬は、ウォルターのことは、ジェムほど大好きじゃなかったのに。ウォルターのためにあんなに吠えて悲しんだ犬が、ジェムが死んだ晩に、小屋でぐっすり寝てると思いますか？　だからリラや、ジェム坊やは死んじゃいません、それは確かです。もしジェムが死んだなら、犬のマンデイは同じようにわかるでしょう。もしそうなら、今でもまだ汽車を待ってるなんて、あり得ませんよ」

そんなことは滑稽だ――不合理で――あり得ない。それにもかかわらず、リラは信じることにした。ブライス夫人も信じた。そして先生は、嘲笑を装って、片笑みをうかべたが、最初に感じていた絶望が、やがて奇妙な確信に変わるのを感じた。たとえ馬鹿げていて滑稽であろうと、なかろうと、けなげな忠犬が、飼い主はきっと帰ってくるとずっと変わらず信じて、今もグレン駅で待っている。それだけで一家は、生きていく気力と勇気を奮い起こしたのだ。常識家は馬鹿にするかもしれない——疑り深い者は「ただの迷信」と小声で言うだろう——しかし炉辺荘の人々は、犬のマンデイはわかっている、という信念を胸に持ち続けたのである。

第30章　潮の変わり目

　スーザンは、炉辺荘の長年見てきた美しい芝生が、この春、鋤（すき）で掘り返され、じゃが芋が植えられたのを目の当たりにして、たいそう悲しんだ。しかし手塩にかけた牡丹（ぼたん）の花壇が犠牲になったときでも、抵抗はしなかった。とはいうものの、政府が、夏時間の法律を可決（1）したときは、難色をしめした。連合内閣よりも崇高な力をもつ神さまというものがあり、スーザンはその神に忠誠を誓っているのだ。

「全能の神さまがお定めになったことを、いじくり回すことが、正しいと思っていなさるんですか？」スーザンは青筋たてて、医師を問いつめた。医師は、法律は守らなければならないよ、と泰然（たいぜん）として答え、法令で決まった通りに、炉辺荘の時計を進めた。しかし、さしもの先生も、スーザンの小ぶりの目覚まし時計にまでは力がおよばなかった。

「あれは、自分のお金で買ったんです、先生奥さんや」スーザンはきっぱり言った。「ですから、あの時計は、神さまの時間で動きます。ボーデン首相の時間じゃありません」

　かくしてスーザンは、「神さまの時間」で起床して、寝て、家事もそれに従って整えたが、食事を出す時間は、不承不承（ふしょうぶしょう）、ボーデンにあわせた。また、その時間にあわせて教会へ行かねばならないことも、スーザンにとっては、この上ない侮辱(ぶじょく)だった。しかし自分でお祈りを唱えるときや、雌鶏にえさをやるときは、自分の時計に従った。そのため、スーザンが医師を見る目つきには、いつも秘かに勝ち誇った表情があった。少なくともこれだけは、先生をしっかと出し抜いたのだ。

「この夏時間とやらに、月に頰髭は、大喜びしてますよ」ある夕方、スーザンが医師に語った。「当たり前ですよ、あれはドイツ人が発明した(2)んですから。これは聞いた話ですが、この前、頰髭の麦畑が、台無しになるとこだったんです……先週のある日、ウォーレン・ミードの乳牛が、頰髭の畑に入りこんで……あれはちょうど、ドイツ軍がシュマン・デ・ダムを占領した日(3)でしたよ。偶然かもしれませんけど、そうじゃないかもしれません……それで、その牛が、麦をめちゃくちゃにしてるのを、ディック・クローの奥さんが、たまたま屋根裏部屋の窓から見かけたんです。最初、奥さんは、プライアー氏に知らせるつもりはなかったんです。牛が麦を食べるのを、いい気味だと思って眺めていた、これは当然の報(むく)いだと思ったそうです。ところがじきに、麦は大事な作物だし、『節約と奉仕』のご時世なのだから、何はともあれ、あの牛を追い出さなければならないと思い直して、下へおりて、頰髭に電話して知らせたんですと。奥さんは、その御礼に、頰髭が言ったことは、何やらあやしげな言葉だったんです。ところが、本当に罵り言葉だったと言うつもりはない、電話口で聞いただけなので、確かだとは言えないと。でも奥さんには奥さんの感じたことがあって、それは私も同じですよ。だけど、その言葉は言いませんよ。ほら、メレディス牧師が見えましたからね。頬髭は、あの牧師さんの長老の一人ですから、口を慎まなくては」

「あなたがたは、新星を、探しておいでですか？（４）」メレディス牧師が近づいてきて、ミス・オリヴァーとリラにたずねた。この二人は、花の咲くじゃが芋畑のなかに立って、空を見上げていた。

「ええ……見つけたんですよ……ほら、あのいちばん高い松の古木の、梢の上です」

「三千年前に起きたことを、今、見てるなんて、すてきじゃない？」リラが言った。「天文学者は、あの新星は、衝突によって誕生したと考えてるそうよ。そんなことを思うと、この私なんて、ほんのちっぽけな存在だという気がするわ」リラは最後に小さく言い添えた。

「星の世界では、そうした見方は正しいかもしれないけど、ドイツ軍がまたパリの近くに迫っている事実は、小さなことにはできないわ」ガートルードが不安そうに言った。

「私は、自分が天文学者でもよかったと思いますよ」メレディス牧師も新星を見上げて、夢見るように語った。

「天文学者には、きっと、不思議な喜びがあるのでしょうね」ミス・オリヴァーも同意した。「いろいろな意味で、この地上から離れた喜びがあるのでしょう。私も、天文学者の友だちが、二人か三人、ほしいですわ」

「天の軍勢（5）の噂話をするんでしょうね」リラは笑った。

「天文学者という人たちは、地上の俗世のことに、深い関心があるのだろうか？」医師が言った。「たとえば、火星の運河の研究者は、塹壕線が数ヤード失われたことの重要性や、西部戦線で勝ったことを、身にこたえるほど、感じないのではないかな」

「どこかで読みましたが」メレディス牧師が言った。「エルネスト・ルナン（6）は、一八七〇年のパリ包囲戦（7）の最中に本を書いていて、『執筆を大いに楽しんだ』そうです。こういう人を、哲学者と呼ぶのでしょうな」

「こんなことも読みましたわ」ミス・オリヴァーが言った。「ルナンは、亡くなる直前、死ぬにあたって唯一の無念は、『きわめて興味深い若き青年であるドイツの皇帝が、生涯に何をなすか、見届ける前に死なねばならぬことである』と書いていますよ。そのエルネスト・ルナンが、もし今日、『幽霊になって出てきて』、その若き青年が、世界はもちろんのこと、ルナンの愛するフランスに何をしたか見たら、一八七〇年のときのように、超然とした心持ちでいられるでしょうか」

「今夜、ジェムは、何をしてるのかしら」リラは不意に思い出して、胸が痛くなった。

ジェムの報せが届いてから、一か月以上がすぎていた。あらゆる手を尽くしても、消息はわからなかった。塹壕が奇襲される前にジェムが書いた手紙が、二、三通届いたが、そのあとは、何の音信もなかった。ドイツ軍は再びマルヌ(8)に陣取り、パリへ刻々と迫っていた。目下の噂では、オーストリア軍がまた、ピアーヴェ川の前線(9)を攻撃しているという。うんざりする思いで、リラは、新星から顔をそらした。こんなときは、希望も勇気もすっかりなくなり――一日たりとも、やっていけない気がする。ジェムに何があったのか、せめてわかればいいのに――わかっていることには、立ち向かうことができる。でも、心配と、不確かさと、どっちつかずの気がかりに包囲されると、気力を保つのはむずかしい。実際、もしジェムが生きているなら、なにかしら連絡が来るはずだ。来ないということは、死んだに違いない。だから犬のマンデイは、わかりようがない……確かめることもできない。ただ……私たちには、年をとって死ぬまで、汽車を待ち続けるだろう。マンデイは、リウマチの哀れな小さな忠犬でしかなく、自分の飼い主の運命がどうなったのか、私たちと同じように何もわからないのだ。

リラは「眠れぬ夜」(10)をすごし、遅くまで寝つけなかった。目をさますと、ガートルード・オリヴァーが窓辺に腰かけて、銀色の神秘的な夜明けに挨拶をしようと、身を乗りだしていた。豊かな黒髪をそなえた、聡明で印象的な横顔が、淡い金色に輝く東の空にくっきりと浮かびあがってきた。ミス・オリヴァーの額からあごにかけての優美な曲線にジェムが見とれていたことを、リラは思い出し、身震いした。ジェムを連想させるものはすべて耐えがたい苦痛をもたらすのだ。ウォルターの死は、リラの心に深い傷を負わせた。だがそれはきれいな傷だった。傷跡は永遠に残るにしても、きれいな傷口というものは、ゆっくりと癒えていく。しかし、ジェムが行方不明であるという苦しみは、別ものだった。そこには毒があり、なかなか癒えない。希望と絶望を交互に感じながら、来ない手紙を——届くことのない手紙を、来る日も、来る日も、永遠に待ち続けるのだ——捕虜の虐待を報じる新聞や——ジェムの怪我の具合を案じるつらさに——何もかもが、耐えがたくなる一方だった。

ガートルード・オリヴァーがこちらにふりむくと、その瞳に妙な光があった。

「リラ、また夢を見たのよ」

「まあ、やめて……いやよ」リラは身をすくめて叫んだ。ミス・オリヴァーの夢はいつも災いを予言するからだ。

「リラ、いい夢だったの。聞いてちょうだい……四年前に見た夢と同じように、私はヴェランダの段々に立って、グレンを見おろしていたの。村は、まだ波におおわれていて、私の足もとを波が洗っていたわ。ところが、見ているうちに、波が、退き始めたのよ……四年前に波が巻きあがって押しよせたときと同じ速さで……どんどん退いていって、セント・ローレンス湾まで退いて、グレンの村が、私の目の前に広がってきたの。美しくて、緑が豊かだった。虹の谷には虹がかかっていて……目がくらむほど鮮やかな色の虹だった……そこで目がさめたのよ。リラ……リラ・ブライス……潮の流れが、変わったのよ」

「信じられたらいいけど」リラはため息をついた。

「恐れを告げる私の予言は、真実（まこと）なりせば
　喜びの予言も、信じたまえ」(11)

ガートルードはほがらかに引用した。「いいこと、私は、この夢を、少しも疑っていないわ」

数日後、イタリア軍がピアーヴェ川で大勝利をおさめた。だが続くひと月の厳しさに、ミス・オリヴァーは、何度も自分の夢を疑った。七月中旬、ドイツ軍がふたたびマルヌ川を越えて(12)来たときは、絶望にうちのめされた。マルヌの奇跡よ、もう一度、と願っても(13)無駄だと、人々は思った。

ところが、奇跡はくり返されたのだ。一九一四年のときと同じように、マルヌで情勢が一変した。フランス軍とアメリカ軍が、夢にも想像できない素早さで、敵の無防備な側面をついて、攻撃したのだ。

「連合軍は、大勝利を二つ、あげたよ」七月二十一日、医師が言った。

「終わりが近づいてきたのですね……そんな気がします……そんな感じがしますわ」ブ

ライス夫人が言った。

「ありがたい、神さま」スーザンが老いた両手を震わせながら握りあわせ、それから小声でつけ加えた。「でも、うちの坊やたちは、戻ってこないんですね」

それでもスーザンは表へ出て、旗を揚（あ）げた。エルサレムの陥落以来、初めてだった。旗はそよ風をとらえて、彼女の頭上に勇ましく翻（ひるがえ）っていた。スーザンは片手をあげ、かつて見たシャーリーの敬礼のように、その旗にむかって敬礼した。「あんたを、はためかせるために、私たちはみんな、何かしら捧げてきたんだよ」スーザンは言った。「四十万人のカナダの男たちが海を渡って……五万人が死んだ(14)。だけど……あんたに、その価値はありますよ！」風は、スーザンの白髪を顔に打ちつけた。全身を包むギンガムのエプロンは美装のためでなく節約を考えて裁断したもの(15)だった。それでもスーザンの姿には、なにかあたりを払うものがあった。勇敢で、恐れにひるまず、忍耐強く、気丈な女たち――これまでの勝利を可能にした女たち――スーザンもそうした女の一人だった。女たちはみな、自分の最愛の者がそれを守るために戦ってきた象徴に敬礼をしたのだ、スーザンはその代表だった。そうした思いが、玄関先からスーザンを見つめていた医師の胸にわきあがった。

スーザンが家にもどろうとふりむくと、医師は言った。「スーザン、この戦争の最初から最後まで、きみは頼りになる人だ！」

第31章　マティルダ・ピットマン夫人

リラとジムスは、汽車の後部デッキに立っていた。列車は、ミルウォードの小さな側線（1）の駅に停まっていた。八月の夕方は暑く、むっとして、混んだ車両は息がつまりそうだった。汽車がなぜミルウォードの側線駅に停まったのか、誰もわからなかった。ここで下りる者も、乗る者も、たえてなかったのだ。四マイル以内に家は一軒しかなく、あたりにはブルーベリーのやせ地（2）と低いえぞ松の木々が、何エーカー（3）も広がっていた。

リラは、シャーロットタウンへ行く途中だった。その夜は友人のところに泊まり、翌日は赤十字の買い物をするのだ。ジムスも連れていた。子どもの手間をスーザンと母さんにかけたくなかったからであり、ジムスを永遠に手放す前に、できるだけ一緒にいたかったからだ。つい先日、ジム・アンダーソンから手紙が来たのだ。彼は負傷して入院中で、前線には戻れないため、できるだけ早く帰ってジムスを迎えにいく、と書かれていた。

手紙を読んで、リラの心は重く沈んだ。心配にもなった。ジムスのことが心から愛しく、どんな方法にしろ、この子を手放すことはつらかった。とは言うものの、ジム・アンダーソンがまた違う男で、子どもにふさわしい家庭をもっていれば、そんなに悪い話ではない。ところが彼は住まいが定まらず、甲斐性もなく、無責任な父親だ。たとえ親切で気のいい男だとしても――ジム・アンダーソンは実際に、親切で、気のいいことを、リラはわかっていた――そんな男にジムスを渡しても、先々の見通しは暗いとリラは思った。この父親がグレンに住むことも、ありそうもなかった。この村に彼の縁戚は一人もいないのだ。イングランドに帰ることもあるかもしれない。そうなれば可愛くて、ほがらかで、大切に育てたジムス坊やと会うことは二度とないだろう。そんな父親と一緒にいて、この子の運命はどうなるだろう？　リラは、自分のもとにジムスを置いてほしいと頼むつもりだったが、アンダーソンの手紙からは、そうなる望みは薄かった。

「グレンに住んでくれたら、ジムスにいつも目をかけてやれるし、しょっちゅう一緒にいられるから、心配しないけど」リラは思案した。「でも、父親はきっとここに住まないわ……だとすると、ジムスには、どんな見込みもないわね。あんなに利口な子なのに……どこで身につけたのか、未来の夢もあるし……怠け者でもない。それなのに父親は一文無しなのだ、ジムスに教育を与えるにしろ、商売を始めさせるにしろ。ジムス、私のかわいい戦争孤児、いったい、あなたは、どうなるの？」

そのジムスは、自分の身の上を、いっこうに案じていなかった。小さな側線駅の屋根を跳びまわるしまりすのおどけた仕草を、嬉しそうに見ていた。汽車が動きだすと、りすちゃん(チッピー)を最後にひと目見ようと、ジムスは、リラの手から自分の手を離し、身を乗りだした。一方のリラは、ジムスの将来を一心に案ずるあまり、子どもに何が起きているのか、注意がおろそかだった。そして何が起きたか、と言えば、ジムスはバランスを失い、デッキのステップからまっ逆さまに転がり、小さな側線駅のホームとは反対側のわらびの茂みに落ちたのだ。

リラはわれを忘れて悲鳴をあげた。自分もステップをかけおり、汽車から飛びおりた。幸い、まだ汽車は、比較的ゆっくりした速度だった。さらに幸いなことに、リラには、汽車の進行方向へ飛びおりる判断力もあった。とはいうものの、土手の下へ無様(ぶざま)に投げ出され、あきのきりんそうとやなぎ蘭(4)がはびこる溝にころがった。

この一部始終を、誰も見ていなかった。汽車は勢いよく走り出し、やせ地のカーブを曲がり、行ってしまった。リラは立ちあがった。めまいがしたが、けがはなかった。溝から這(は)いでて、死に物狂いでプラットホームを走った。ジムスは死んだか、ばらばらになったかもしれない。ところが子どもは、青あざを少しこしらえ、ひどくおびえているほかは、怪我一つなかった。びっくりしすぎて、泣いてもいなかった。ところがリラは、ジムスが無事で、無傷だとわかるや、泣き出して、激しくしゃくりあげた。

「いじわるで、いやな汽車(きちゃ)(5)だね」ジムスはむっとして言った。「それに、いじわるで、いやな、神さまだね」と、しかめっ面を天へむけた。

リラの泣き声に、笑いが加わった。父さんなら、ヒステリー患者と呼びそうだった。

しかしリラはヒステリーになる前に、平静をとりもどした。

「リラ・ブライス、自分が恥ずかしいわ。今すぐ、しっかりなさい。それからジムス、そんなことを言って、だめでしょ」

「だって、神さまが、ぼくを汽車から、放りだちたんだよ(6)」ジムスは恐れもなく言った。「誰かが、ぼくを放りだちたんだ。でも、リラじゃなかった。ということは、神さまがしたんだよ」

「いいえ、そうじゃないわ。あんたが落ちたのは、私の手を離して、前のめりになったからよ。そんなことをしてはだめです、と言ったでしょ。だから、自分が悪かったのよ」

ジムスは、リラが言った通りなのか、考える顔つきをした。それからまた空を見上げて言った。

「そうだったのか、神さま、ごめんね」ジムスは軽やかに謝った。

リラも空模様を見上げていた。雲ゆきが気になった。重苦しい雷雲が、北西の空にわきあがっている。どうすればいいのだろう？　今夜の汽車は、もうない。九時の臨時列車は土曜だけの運行だ。嵐が来る前に、ここから二マイル離れているハナ・ブルースターの家に、たどりつけるだろうか？　一人なら容易いことだ。でもジムスと一緒なら、そうはいかない。あの子の小さな脚で大丈夫だろうか？

「やってみるしかないわ」リラは覚悟をきめた。「嵐がやむまで、側線駅の屋根の下にいることもできるけど、一晩中、雨がふりつづくかもしれない。夜になれば真っ暗になるわ。でもハナの家に着けば、一晩泊めてくれるわ」

ハナ・ブルースター（7）は、かつてハナ・クローフォードだったころ、グレンに暮らしており、リラと一緒に学校に通った。ハナは三つ年上だったが、二人は仲良しだった。彼女は若くして結婚し、ミルウォードへ引っ越した。過酷な労働と赤ん坊たち、ろくでなし（8）の亭主のおかげで暮らしむきは楽でなく、実家には滅多に帰らなかった。彼女が結婚してほどないころ、リラは一度たずねたが、それから何年も、会うこともなかった。それでもリラにはわかっていた。薔薇色の顔をして、親切で、気前のいいハナが住む家なら、自分とジムスを歓迎して泊めてくれるだろう。

リラと子どもは、最初の一マイルは順調に歩いたが、次の一マイルは苦労した。往来の少ない道はでこぼこして、轍（わだち）が深く刻まれていた。ジムスは疲れてしまい、最後の四分の一マイルは、リラが抱きかかえて歩いた。ブルースター家に着いたころには、リラは疲労困憊して、ジムスを小道におろすと、ああ、ありがたいと息をもらした。空一面に黒い雲が広がり、ついに大きな雨粒が落ちてきた。雷の轟（とどろ）きも激しく、大きくなってきた。そのとき、リラは困ったことに気がついた。雨戸が全部おりているのだ。戸口という戸口も、鍵がかかっていた。ブルースター家は、見るからに留守だった。リラは、こぢんまりした納屋へ走っていったが、そこも錠（じょう）がおりていた。逃げこむ場所はどこにもない。白い漆喰（ホワイトウオッシュ）を塗っただけ（9）の小さな家には、ヴェランダも、ポーチもなかった。

すでにあたりは暗くなっている。リラは絶望的な状況に立たされた。

「窓を割る羽目になっても、中に入るわ」リラは覚悟を決めた。「ハナも、それを望むでしょう。雷雨から逃げてここまで来たのに、なかに入れなかったと聞けば、ハナは、ずっと気にするわ」

幸い、本当に家を壊すまでの必要はなかった。台所の窓が軽々と持ちあがったのだ。リラはジムスを抱いてなかに入れ、自分は這うようにして入った。ちょうどそのとき、嵐が本降りになった。

「ああ、見て、雷（かみなり）の小さなかけらが、たくさんだよ」二人の後ろから雹（ひょう）が家に踊りこんできたのを見て、ジムスは嬉しそうに叫んだ。リラは窓をしめ、やっとランプを見つけて、火を灯した。するとそこは、小さいながらも居心地のいい台所だった。片側のドアを開けると、上等な家具調度のある、きれいに片付いた客間だった。反対側は食糧貯蔵庫（パントリー）で、充分な食糧がたくわえられていた。

「自分の家にいるみたいに、くつろぐことにするわ」リラは言った。「ハナなら、そうしてもらいたがるでしょう。軽いお食事をもらって、そのあとも雨がふり続いて、誰も帰って来なかったら、二階の客用寝室へあがって寝るわ。それにしても、緊急事態には、分別をもってふるまうことが何よりも大切ね。ジムスが汽車から落ちたとき、私がぼんやりしていなければ、車両にもどって、汽車を停めてもらったのに。そうしていれば、こんな困ったことにならなかったのに。でもこうなったからには、最善を尽くしましょう」

リラは室内を見まわして、また言った。「この家は、前に来たときより、ずっと立派になったわ。あのころは、ハナとテッドは結婚したばかりだったから、当然ね。テッドは、なんとなく羽振りがよくなさそうだったけど、思ったよりも、うまくやってきたのね。こんな家具が買えるんですもの。ハナのことを思うと、とても嬉しいわ」

雷は遠ざかったが、雨はまだ激しかった。夜十一時になった。家の人はもう帰ってこないだろうと、リラは考えた。ジムスはソファで眠っていた。リラは子どもを抱いて客用寝室へあがり、ベッドに寝かせた。それから自分も服を脱ぎ、洗面台の引き出し(10)にあった寝巻を着ると、もう眠くてたまらず、ラヴェンダーのいい匂いがするすてきなシーツ(11)の間にもぐりこんだ。変わった状況だったにもかかわらず、思いがけない冒険と骨折りをしてくたびれ、もう目を開けていられなかった。数分後には、深い眠りに落ちていた。

翌朝八時まで、リラは眠り続け、はっと驚いて目をさました。荒々しい不機嫌なしわがれ声で、誰かが言ったのだ。

「おい、おまえたち、二人とも、起きろ。これは、どういうことだ」

リラはすぐに、ぱっちり目をさました。こんなにはっきり目がさめたのは初めてだった。三人の人物が、部屋にいた。一人は男で、リラのまったく知らない人だった。大男で、毛むくじゃらの黒い髭をたくわえ、怒った顔でリラをにらみつけている。その隣に、女がいた――長身で、やせて角張った体つき、燃えるような赤毛に、なんとも言い表せない帽子をかぶっていた。女の顔つきは、そんなことができるならの話だが、男より、もっと不愉快そうで呆気(あっけ)にとられていた。後ろに、もう一人がいた――小柄な老婦人で、少なくとも八十歳にはなっていた。華奢(きゃしゃ)な体つきにもかかわらず、印象的な風貌だった。飾り気のない黒い服に、雪のような白髪、死人さながらの白い顔、しかし石炭のように黒い目は、ちかっと光り、生き生きしていた。この老婦人も、二人と同じように驚いていたが、不機嫌な顔つきではないことに、リラは気がついた。

リラは、自分が何か間違いをしでかしたこと――それもとんでもない間違いをしたことに、気がついた。男が、さらに機嫌の悪い声で言った。

「おい、おまえは誰だ。なんの用があって、ここにいるんだ?」

リラは片肘(かたひじ)をついて起きあがった。どうしようもなく慌てていて、決まりが悪く、それが顔に表れていた。後ろにいる黒と白の老婦人が、くっくと笑っているのが聞こえた。

「ということは、あのおばあさんは、本物なんだわ」リラは胸に思った。「あんな人を夢に見るなんて、あり得ないもの」それからリラは声に出して、息も絶え絶えに言った。

「ここは、セオドア・ブルースターさんのお宅では、ありませんか？」

「いいや」背の高い女が、初めて口をきいた。「ここはあたしらの家だよ。去年の秋、ブルースターさんから買ったんだ。あの人たちは、グリーンヴェイルへ引っ越したよ。あたしらはチャプレイというんだ」

かわいそうなリラは打ちのめされて、枕に倒れた。

「失礼しました」リラは言った。「私……てっきり……ブルースターさんが、ここに住んでると思ったんです。ブルースター夫人は、私の友だちなんです。私はリラ・ブライスです……グレン・セント・メアリのブライス医師の娘です。私……私……町へ行くところだったんです……この……小さな男の子をつれて……ところが、この子が、汽車から落ちたので……私も追いかけて飛びおりたんです……でも、誰も気づいてくれませんでした。昨夜（ゆうべ）は、もう家に帰れないとわかって、それに嵐になりそうだったので……この家に来たんです。ところが、お留守だったので……それで……私たち……窓から入ったんです……それで……それで……休ませてもらったんです」

「そのようだね」女が皮肉っぽく言った。

「もっともらしい話をしてるな」男が言った。

「あたしらは、昨日今日、生まれたんじゃないんだよ」背の高い女が付け足した。

黒と白のマダムは何も言わなかったが、二人のひどい物言いを聞くと、体を二つに折って声もあげずに笑い出し、頭を左右にふり、両手をばたばたふった。

リラは、チャプレイ夫婦の不愉快な態度に刺激されて、理性をとりもどしたものの、腹を立てていた。ベッドに起きあがり、えらそうな口ぶりで言った。

「あなたがたが、いつ、どこで生まれたのか、私は知りませんけど、でも、そこで、よほどおかしな礼儀作法を教わったんですね。もし、あなたがたに、人並みの礼儀作法がおありなら、私の部屋から……つまり……この部屋から、出ていってください……私は起きて、服を着ますから。あなたがたのご厄介にはなりません」――リラは精一杯、皮肉をきかせて言った――「もうこれ以上は。それから、食べた分の食事代と一晩泊まったお代は、十分にお支払いします」

黒と白の幽霊のようなご婦人は、両手をたたく仕草をしたが、音はたてなかった。チャプレイの亭主は、リラの口ぶりに怖じけづいたのだろうか――あるいは、お金を払うと聞いて、怒りも和らいだのかもしれない。とにかく、先ほどよりは丁寧に話しかけた。

「よろしい。それが公平というものだ。払ってくれるなら、結構だ」

「その娘に、金を払わせるなんて、そんな真似はさせないよ」黒と白のマダムが言った。

その声は驚くほど、はっきり、断固として、有無を言わせぬ調子だった。「ロバート・チャプレイ、おまえが恥知らずだとしても、あんたの代わりに恥というものを知ってる義理の母親が、いるんだよ。このマティルダ・ピットマン夫人が住んでる家では、誰からも、食費も、宿代もとらない。いいかい、あたしは落ちぶれたかもしれないが、礼節をすっかり忘れたわけじゃないんだ。おまえがけちだということは、アメリアと結婚したときにわかったが、おまえのおかげで、アメリアまで悪くなってしまった。でも、マティルダ・ピットマン夫人はこれまで命令してきたんだから、これからも命令するよ。さあ、ロバート・チャプレイ、ここから出てって、この娘さんに着替えをさせるんだ。それからアメリア、あんたは下へおりて、この娘(こ)に朝食を作っておやり」

いい大人の二人が、こんなに小さな年寄りに情けないほどおとなしく従うさまを、リラは初めて見た。二人は口答えも反抗的な顔つきもせずに出ていった。二人の後ろでドアが閉まると、マティルダ・ピットマン夫人は、また声もなく笑い、愉快そうに体を左右にふった。

「おかしいだろ？」夫人が言った。「あたしはたいていは、あの二人を、ある程度は好きにさせてるんだが、たまには手綱(たづな)を引かなくちゃね。そんなときは、ぐいっと思い切り引くんだ。あの二人に、あたしを怒らす勇気はないよ[12]。あたしがかなりの現金をもってるもんで、全部、自分たちに遺(のこ)してくれるか、気が気じゃないのさ。遺してやるものかね。いくらかは遺すけど、全部はやらないよ。二人を怒らせるためさ。誰に遺してやるか、まだ決めちゃいないが、近いうちに決めなくてはね。八十にもなると、あとは借り物の時間を生きてくんだから。さあ、ゆっくり仕度をなさい、娘さんや。あたしは下へおりて、あのけちな役立たずを監督するよ。あんたが連れてるその子はハンサムだね。弟かい？」

「いいえ。戦争孤児で、私が育ててるんです。母親は亡くなって、父親は海外へ行ったんです」リラは沈んだ声で言った。

「戦争孤児！　ふん！　じゃ、その子が目をさまさないうちに、あたしは静かに出てくよ。泣き出すからね。あたしは子どもに好かれないんだ——一度もない。ちびっ子が自分からあたしに近づいてきたことは、憶えがないくらいだ。あたしは自分の子どももいなくてね。アメリアは、継娘(ままこ)だよ。でもおかげで、子育ての手間は省けたよ。子どもたちがあたしを好いてくれなきゃ、あたしも好かない、おあいこさ。だけど、ほんとにハンサムな子だね」

ジムスは、まるでこの瞬間(とき)を選んだように、目をさました。ぱっちりした茶色の瞳を開けると、瞬きもせずにマティルダ・ピットマン夫人をじっと見つめた。それから起きあがってすわり、可愛いえくぼをうかべて夫人を指さすと、大真面目にリラに言った。

「きれえなおば(レ)ちゃ(デ)ん(ィ)だね、ウィラ……きれえなおば(レ)ちゃ(デ)ん(ィ)だね」

マティルダ・ピットマン夫人は顔をほころばせた。八十をすぎても、褒め言葉には弱いのだ。

「子どもと馬鹿は、本当のことを言うそうだね」夫人は言った。「あたしも若い時分は、お世辞を言われたもんだよ……だけど年をとるにつれて、滅多に言われなくなる。何年も言われたことがないよ。いい気分だね。それじゃあ、坊や、あたしに、キスをしてくれまいかね？」

ジムスは、思いがけない行動に出た。この子は感情をはっきり表にだすことはなく、また炉辺荘の人々にも、キスをするのを嫌がるのだ。ところがジムスは何も言わずにベッドに立つと、肌着姿の丸々とした小さな体でベッドの足もとへ急ぎ、両手をマティルダ・ピットマン夫人の首にのばして抱きつくと、嫌がりもせず、チュッと音をたてて、三度、四度、心からのキスをした。

「ジムス」その奔放（ほんぽう）なふるまいに、リラは仰天し、たしなめた。

「このままでいいんだよ」マティルダ・ピットマン夫人は命じて、ボンネットをかぶり直した。「ああ、あたしを怖がらない者がいるなんて、嬉しいね。誰もが怖がるんだ……あんたもそうだ、隠そうとしているけど。どうしてだろうね？　ロバートとアメリアは、もちろん怖がってる、あたしがわざと怖がらせてるからね。だけどみんなが怖がるんだ……あたしが礼儀正しくしても。それであんたは、この子をずっと、育てるつもりかい？」

「あいにく、そうはならないんです。この子のお父さんが、近々、帰ってくるので」

「いい人かい……その父親は？」

「そうですね……親切で、感じのいい人です……でも、貧乏なんです……残念なことに、これからも、そうだと思います」リラは口ごもった。

「なるほど……甲斐性（かいしょう）なしか……金儲けもできず、蓄（たくわ）えもできずか。なるほど……そうかい……わかったよ。あたしに考えがある。妙案だよ。おまけにロバートとアメリアは身悶（みもだ）えするだろう。あたしには、それがいちばんありがたい。でももちろん、この子が気に入ったんだよ。いいかい、あたしを怖がらなかったんだから。この子は、世話をやくだけの価値があるよ。じゃあ、さっきも言ったように、服を着なさい。仕度がすんだら、おりておいで」

リラは昨日の夕方、転がり落ちたり長く歩いたりしたため、体がこわばって痛んだが、ほどなく自分とジムスの着替えを終えた。台所へおりると、湯気のたつ温かい朝食がテーブルに並んでいた。チャプレイ氏の姿はなかったが、その夫人は、ふてくされてパンを切っていた。マティルダ・ピットマン夫人は肘かけいすに陣取り、灰色の兵隊靴下を編んでいた。まだボンネットをかぶり、勝ち誇った表情をうかべていた。

「さあ、おかけ、お二人さんや、朝ごはんを、たっぷりおあがり」

「おなかが空いていないんです」リラは頼みこむように言った。「何も食べられないと思います。それに、駅に行く時間なんです。朝の汽車がもうじき来ますから。すみませんけど、失礼させてください……ジムスのバターつきパンだけ、一切れ、もらいます」

マティルダ・ピットマン夫人は、編み棒を悪戯っぽくリラにふってみせた。

「すわって、朝ごはんをお食べ」夫人は言った。「マティルダ・ピットマン夫人が命じてるんだよ。誰もがマティルダ・ピットマン夫人には従うことになってるんだ……ロバートとアメリアも。あんたも、従わなくてはいけないよ」

リラは従った。腰をおろして、それからマティルダ・ピットマン夫人の催眠術のような目つきのせいだろうか、まあ悪くはない朝食を食べた。言いなりのアメリアは、無言だった。マティルダ・ピットマン夫人も黙っていた。だがせっせと靴下を編んでは、くすくす笑った。リラが食べ終えると、マティルダ・ピットマン夫人は靴下を巻いた。

「じゃあ、行きたいなら、行っていいよ。だけど、別に行かなくてもいいんだよ。好きなだけ、ここに居ていいんだ。食事なら、アメリアに作らせるからね」

ミス・ブライスは独立心が強い娘で、青少年赤十字の一派からは、いばりんぼうで、「親分気取り」と非難されているにもかかわらず、すっかり怖じ気づいていた。

「ありがとう」リラは、しおらしく言った。「でも、本当に行かなくてはならないんです」

「そうかい、じゃあ」マティルダ・ピットマン夫人は、玄関扉をさっと開けた。「乗り物は用意してあるよ。馬に馬車をつけて、駅まで送ってくように、ロバートに言いつけたんだ。ロバートに何かをさせるのが、楽しくてね。あたしに残された唯一の気晴らしだよ。八十をすぎると、たいていのことは面白くもなんともないけど、ロバートをあごで使うのは別でね」

玄関の前にゴムタイヤの馬車がとまり、こぎれいな二列がけの前の席に、ロバートがすわっていた。彼は、義母の言葉を、一つ残らず聞いたはずだが、そんなそぶりはなかった。

「できれば」リラは、わずかに残る勇気をふりしぼった。「ええと……その……させて……もらえませんでしょうか」するとリラはまた、マティルダ・ピットマン夫人の目つきにたじろいだ。「お支払いを……あの……その……」

「マティルダ・ピットマン夫人は、さっきも言ったよ……言った通りだよ……お客をもてなしたお代は受けとらない。それに、うちに暮らす者にも、受けとらせない。生まれつきのけちんぼで、もらいたくてたまらない連中だろうとね。さあ、町へおゆき。だけど、今度この辺に来たら、忘れずに寄っとくれ。怖がらなくて、いいんだよ。もっとも今朝、あんたがロバートに威勢のいい口をきいたことを思えば、あんたはそんなに怖がっちゃいないと、わかってるがね。おまえさんの気の強さは、気に入った。今どきの娘はたいてい臆病で、怖がりだ。娘時代のあたしは、何だろうと、誰だろうと、怖い物知らずだった。いいかい、この子の面倒をよく見るんだよ。この子は、ありきたりの子じゃないからね。それから、道の水たまりをよけて通るように、ロバートに言っとくれ。新しい馬車に、水はねをつけたくないんでね」

馬車が出ていくとき、ジムスは、マティルダ・ピットマン夫人が見えなくなるまで、投げキスを送った。マティルダ・ピットマン夫人も、子どもにむけて、靴下をふり返した。ロバートは駅までの道すがら、よくも悪くも、一言も言わなかったが、水たまりのことは憶えていた。リラは側線駅でおりると、礼儀正しく礼を述べた。だがロバートはふんと鼻を鳴らしたのみで、馬の向きをかえて帰っていった。

「ああ」――リラはふかぶかと息をついた――「またリラ・ブライスに戻らなくては。この数時間は、ほかの人になっていたもの……誰だかわからないけど……きっと、あの変わったおばあさんが創りだした人物よ。私、おばあさんに催眠術をかけられたんだわ。このことを手紙に書いたら、ものすごい冒険話になるわね」

それからリラはため息をもらした。今、手紙を送る相手は、ジェリーとカール、シャーリーの三人しかいないことを思い出して、切なくなったのだ。ジェムなら――マティルダ・ピットマン夫人を面白がるだろうに――ジェムは、どこにいるのだろう？

第32章　ジェムからのたより

一九一八年八月四日

「灯台のダンスから今夜で四年になる——戦争の四年間。けれど三倍も長く感じる。あのとき私は十五だった。今は十九だ。過ぎ去ったこの四年間は、私の人生でいちばん愉しい年月(としつき)になると思っていたのに、戦争の歳月だった——恐怖と、悲しみと、不安にかられた年月だった——でも私は強さと性格という点で、少しは成長したのではないかと、謙虚(けんきょ)に願っている。

今日、玄関ホールを通ったら、母さんが、父さんに私のことを話しているのが聞こえた。わざわざ聞くつもりはなかった——でも玄関を通って二階へ上がるとき、聞こえたのだ——立ち聞きをする者には何も聞こえない、というのは、そういうことなのだろう——とにかく私をほめる言葉だった。それを母さんが言ってくれたのだから、この日記に書きとめて、勇気がくじけたときの励みにしよう。私は落ちこむと、自分が見栄っ張りで、身勝手で、意志が弱くて、何の取り柄もない、という気持ちになるからだ。

「リラは、この四年の間に、立派に成長しましたよ。前はあてにならない若い女の子だったのに、今は役に立つ女らしい娘になって、あの子は私の慰めですよ。ナンとダイは大きくなると、少しずつ離れていって……家に帰ることもほとんどないけれど……リラは、どんどん私に近づいてくれて、私たちは親友なのですよ。あの子がいなかったら、この大変な年月をどうやってすごせたか、わからないわ、ギルバート」

そう、母さんは、こんなふうに言ったのだ——私は嬉しくて——申し訳なくて——誇らしくて——謙虚な気持ちになった！　母さんが私をそんなふうに思ってくれるなんて、すばらしい——でも私は、その褒め言葉に値しない。ちっとも立派じゃないし、強くもない。不機嫌になったり、いらいらしたり、悲しんだり、絶望したりすることが、たびたびある。うちの家族の精神的な柱となったのは、母さんとスーザンだ。でも私も、少しは手助けをしたと思うと、嬉しくて、ありがたい。

戦争のニュースは、このところずっといい。フランス軍とアメリカ軍が、ドイツ軍をどんどん後退させている。あんまり好調なので、これがいつまで続くだろうかと、心配になることもある——四年近くも惨敗だったので、こんなふうに成功が続くと、信じられない気持ちになるのだ。

私たちは、大騒ぎして喜ぶことはない。スーザンはいつも旗を揚げるけれど、家族は静かなものだ。大喜びするには、私たちはあまりにも大きな犠牲を払っているからだ。その犠牲が無駄になっていないことを感謝するのみだ。

ジェムからは何の便りもない。でも私たちは望みをもっている——ほかにできることはないからだ。でも、私たちみんなが思っていることがある——それを口には出して言わないけれど——つまり、そんな望みをもっているなんて、馬鹿げているのではないかということだ。何週間もたつうちに、そう感じることがどんどん増えてきた。おまけに、この先も、ジェムの消息はわからずじまいかもしれないのだ。そう思うと、何よりもつらい。フェイスは、どうやって耐えているのだろう。フェイスからの手紙を読むと、彼女は一瞬たりとも希望を捨てていない。けれど私たちと同じように、不安になって、暗い気持ちなることもあるはずだ」

一九一八年八月二十日

「カナダ軍がまた戦闘に入っている。メレディス牧師は今日、電報をうけとった。カールが軽傷を負って入院しているという。どこを負傷したのか書いてない。それは異例なことで、みんなが心配している。

最近は毎日、新しい勝利のニュースがある」

一九一八年八月三十日

「今日、メレディス牧師に、カールから手紙が届いた。怪我は『ほんの軽傷』だという

――でもそれは右目で、永遠に視力が失われたのだ！

『片目でも、昆虫の観察には十分です』カールは明るく書いている。それはそうかもしれない、もっとひどいことになったかもしれない！　両目だったかもしれない！　それでも私は、カールの手紙を見たあと、午後はずっと泣いていた。カールのあのきれいで恐れを知らない青い目が！

慰めもひとつあった――カールは前線に戻らなくてもいいのだ。退院したらすぐに帰還する――私たちの兵隊のなかでは一番早い。あとの人たちは、いつ戻ってくるのだろう？

でも、二度と帰ってこない者も、一人いる。たとえ戻ってきても、私たちには見えないのだ。ああ、でも、その人は、ここに帰ってくるだろう――カナダの兵隊たちが帰国するとき、影の軍隊も一緒に戻ってくるのだ――倒れた者たちの軍隊が。私たちの目に見えることはない――でも、彼らも帰ってくるのだ！」

一九一八年九月一日

「昨日、母さんと私はシャーロットタウンへ行って、映画『ハーツ・オブ・ザ・ワールド』[1]を見た。私ったら、ひどいへまをしてしまった――私が死ぬまで、父さんはからかうだろう。映画はそれほど真に迫っていたのだ――私は夢中になるあまり、目の前で演じられる場面（シーン）のほかは何もかも忘れてしまった。映画の終わりのほうで、ものすごくはらはらする場面があった。ヒロインが恐ろしいドイツ人兵士に引きずられていき、もみ合いになったのだ。ヒロインがナイフを持っていることは、わかっていた——いざというときのために、隠し持つのを見たからだ——この娘がどうしてナイフをとりだして、悪者（わるもの）にとどめを刺さないのか、わからなかった。ナイフのことを忘れてしまったのかもしれない。いちばんはらはらする場面で、私は、ついわれを忘れて、混んだ劇場で、いきなり立ちあがり、声を限りに叫んだのだ——『ナイフは長靴下のなかよ……ナイフは長靴下のなかよ！』と。

　おかげで騒然となった！

　面白いことに、私がそう言ったちょうどそのとき、娘はナイフをひっつかみ、兵士を突き刺したのだ！

　劇場中が笑った。私はわれに返り、恥ずかしくて、座席に倒れこむようにすわった。母さんは体をゆすって笑っていた。私こそ、母さんを揺さぶってやりたい気持ちだった。母さんはどうして、私がこんな馬鹿な真似をする前に、ぐいと私を引っぱって、口をふさいでくれなかったのだろう。母さんは、そんな時間はなかったと言い訳している。

　ありがたいことに映画館は暗かったし、私を知ってる人は誰もいなかったと思う。私は自分が、分別と自制心のある女らしい人になっていると思ってたのに！　そうなりたいと本気で願っているけど、まだ道のりは遠いことは明らかだ」

一九一八年九月二十日

「東では、ブルガリアが講和をもとめ、西では大英帝国軍が、ヒンデンブルクの前線を打ち破った(2)。そしてここ、グレン・セント・メアリでは、ブルース・メレディス坊やが、すばらしいと思われることをした——その背後に愛があるから、すばらしいと思われるのだ。今夜、メレディス牧師夫人が見えて、話してくださった——母さんと私は、泣いてしまった。スーザンは立ちあがり、料理用ストーブのまわりの鍋釜でがちゃがちゃ音をたてた(3)。

以前からブルースは、ジェムをひたすら敬愛していて、戦争の長い年月の間も、ジェムを忘れたことがなかった。犬のマンデイと同じように、ブルースも、彼なりのやり方で、ずっとジェムを慕(した)っていたのだ。私たちはあの子に、ジェムは帰ってきますよ、といつも話してきた。ところが昨夜、ブルースは、カーター・フラッグの店で、あの子の伯父のノーマンが、ジェム・ブライスは絶対に戻ってこないから炉辺荘の人たちもあきらめたほうがいい、と明言するのを聞いたのだ。ブルースは家に帰ると、泣きながら眠りについた。そして今朝、あの子のお母さんは、ブルースが裏庭へ出ていくところを見かけた。悲しそうな、覚悟を決めた表情で、可愛がっている子猫を抱いていた。メレデイス牧師夫人はそのときは深く考えなかったが、あとでブルースが帰ってくると、見るも痛ましい顔で、小さな体を震わせて、泣きじゃくりながら、しましまちゃんを溺れさせたと、言ったのだ。

『どうしてそんなことを？』メレディス牧師夫人は叫んだ。

『ジェムが帰ってくるようにと思って』ブルースは泣きじゃくって言った。

『しましまちゃんを捧げ物にしてさしだしたら、神さまはジェムを返してくださると思ったの。だから溺れさせたんだ……でも、ああ、お母さん、ものすごく苦しかったよ……でもこれできっと、神さまは、ジェムを返してくださるね。だって、しましまちゃんは、ぼくのいちばん大事なものだもの。ぼく、神さまにお話ししたんだよ、ジェムを返してくださるなら、しましまちゃんをさしあげますって。だからジェムを返してくださるでしょう、お母さん？』

かわいそうなブルースに、メレディス牧師夫人はかける言葉もなかった。捧げ物をしても、ジェムは戻らないかもしれない——神さまは、そんなやり方はなさらないとは、とても言えなかった。そこで夫人は、すぐに叶えられると期待してはなりませんよ——ジェムが戻ってくるまで、ずいぶん長くかかるかもしれませんからね、と言って聞かせたのだ。するとブルースは言った。

『一週間より長いことはないよ、お母さん。ああ、お母さん、しましまちゃんは、とてもいい子猫だったね。可愛い声で、ごろごろ言ったね。だからきっと、神さまは気に入って、ジェムを返してくださるね？』

メレディス牧師は、ブルースの神への信仰心への影響を懸念し、夫人は、願いが叶えられなかったときのブルース本人への影響を心配している。そして私は、このことを思うたびに、泣かずにはいられない。あまりにも崇高で――悲壮で――立派だからだ。けなげで、献身的な坊や！　あの子猫を大切にしていたのに。もしこれが無駄になったら――多くの犠牲が無駄になっているらしい――ブルースの胸は、はり裂けるだろう。あの子はまだ幼いから、神さまは、私たちが願った通りに応えてくださらないことも――自分が愛するものを神に明け渡しても、取引をしてくださらないことが、まだわからないのだ」

一九一八年九月二十四日

「私は朝からずっと窓辺にひざまずいて、神さまへの感謝を何度も、何度も、捧げた。昨夜から今日にかけて喜びがあまりに大きくて、苦しいほどだった――大きな喜びを受けとめるには、私たちの心は大きさが足りないかのように。

昨晩の十一時、私は部屋にすわって、シャーリーへ手紙を書いていた。みんなはもう寝ていた。父さんは外出していた。すると電話が鳴った。母さんを起こす前にと、私は走って玄関へいった。電話にでると、長距離電話だった。『こちらはシャーロットタウン電信局です。ブライス医師に、海外電報が来ています』と言ったのだ。シャーリーのことが、思い浮かんだ——心臓の鼓動が止まった——するとその男性は『オランダ（４）からです』と言った。

電文はこうだった。

『いま着いた。ドイツから逃げた。元気。手紙送る。

ジェムズ・ブライス』

私は気絶しなかった。倒れず、悲鳴もあげなかった。喜びも驚きも感じなかった。何も感じなかった。ウォルターの入隊を聞いたときのように、感覚が麻痺していた。受話器を置いて、ふり返った。すると母さんが、母さんの部屋の戸口に立っているのが見えた。古い薔薇色のキモノをはおり、髪は長くて太い三つ編みにして背中に垂らし、目がきらきらして、若い娘のように見えた。

『ジェムからでしょう？』母さんは言った。

どうしてわかったのだろう？　私は電話口で、『はい……はい……はい』のほかは、何も言わなかったのだ。どうしてわかったのか、母さんは、自分でもわからないけれど、ぴんときたそうだ。母さんは起きていて、そこへ電話が鳴り、ジェムからのたよりだとわかったのだ。

『ジェムは生きている……元気よ……オランダにいるの』私は言った。

母さんは玄関ホールへ出てきて、言った。

『あなたのお父さんを電話で呼び出して、教えてあげなくては。上グレンにいらっしゃるのよ』

母さんは落ち着きはらって、もの静かだった――私が想像していたようなことは何もなかった。でもそのあとの私も、想像とは違っていた。ガートルードとスーザンを起こしに行って、知らせた。スーザンは「神さま、ありがとうございます」と、まず最初に言ってから、次に『犬のマンデイは知っていると言ったじゃありませんか？』と言い、それから、『下へおりて、お茶を一杯いれますよ』と言った――スーザンはさっさとおりて、寝巻のままお茶をいれた。本当にいれたのだ――それから母さんとガートルードに飲ませた――でも私は自分の部屋にもどり、ドアを閉めて鍵をかけてから、窓辺にひざまずき、泣いた――ガートルードにいい報せが届いたときに、先生がそうしたように。

復活の朝(5)、どんな気持ちがするか、私にもやっとわかったと思う」

一九一八年十月四日

「今日、ジェムから手紙が届いた。家についてから六時間のうちに、手紙はぼろぼろになった。女性の郵便局長が、ジェムから便りが来たとグレン中の人々に話し、ニュースを聞きたいと、みんながやって来て読んだのだ。

ジェムは、太ももに重傷を負った――それからドイツ軍につかまって、収容所へ送られたが、高熱にうかされて、自分に何が起きているのか、どこにいるのか、わからなかった。何週間もたってから意識をとりもどし、手紙を書けるようになった。そこで手紙を書いた――でもそれは、ここに届かなかったのだ。ジェムは捕虜収容所で、ひどい扱いはうけなかった――食事が粗末なだけだった。食べものは、わずかの黒パン、茹でたかぶ、たまに黒い豆の入ったスープが少しだった。それなのに私たちは、その間、毎日三度三度、いすに腰かけて、たっぷりした贅沢な食事をとっていたのだ！　ジェムはできる限り手紙を書いて送ったが、返事が来ないので、私たちに届いていないのではないか、心配になった。そこで体が丈夫になるが早いか、脱走を試みたが、つかまって連れ戻された。一か月後、一人の仲間とまた試みて、うまくいき、オランダにたどり着いたのだ。

ジェムは、すぐに帰ることはできない。電報に書いたほど完全には元気でなかったのだ。怪我がきちんと治っていないため、イングランドの病院でもっと治療をうけなくてはならない。でもいずれ元気になると書いている。私たちは、ジェムは無事で、いつか家に帰ってくるとわかった。これですべてががらりと変わった！

今日は、ジム・アンダーソンからも手紙が来た。イングランドの女性と結婚して、除隊した、花嫁をつれてカナダへまっすぐ帰るところだという。私は嬉しいのか、悲しいのか、わからない。花嫁がどんな女性なのか、すべてはそこにかかっている。もう一通、謎めいた手紙をうけとった。シャーロットタウンの弁護士からで、『故マティルダ・ピットマン夫人』の遺産の件で、早急に面談に来られたし、とある。

ピットマン夫人の訃報の記事は――心臓発作だった――数週間前、新聞の「エンタープライズ」紙で読んでいた。弁護士からの呼び出しは、ジムスに関係があるのではないだろうか」

一九一八年十月四日(6)
「今朝、町へ行ってピットマン夫人の弁護士と面会した――小柄で、やせた、か細い男性で、亡くなった依頼人を語る口ぶりに深い敬意がこめられているところを見ると、この人もロバートやアメリアと同じく、夫人に押さえつけられていたのだろう。夫人が亡くなる少し前に、この弁護士は、新しい遺言書を作成した。ピットマン夫人は三万ドルの財産を所有し、大部分はアメリア・チャプレイに遺した。しかし五千ドルを、私に委託して、ジムスに遺したのだ。利子は私がふさわしいと思うジムスの教育にあて、そして元金は、彼が二十歳になる誕生日に、本人に支払われる。ジムスは本当に、生まれながらに幸運だ。コノーヴァー夫人のところでゆっくりと死んでいくところを、私に救われた――ジフテリア性喉頭炎(クループ)で死ぬところを、メアリ・ヴァンスに救われた――汽車から落ちたときは、生まれ持った星回りのおかげで救われた。彼はわらびの茂みに転がり落ちただけでなく、すばらしい遺産のなかにも転がりこんだのだ。マティルダ・ピットマン夫人が言っていたように、そして私もいつも思っているように、ジムスはありきたりの子どもではなく、彼にそなわった運命もありふれたものではないのだ。

こうしてジムスは財産が与えられた。かりにジム・アンダーソンが、ジムスの遺産を浪費したくとも、できないようになっている。だからイングランド人の新しい継母が善良でさえあれば、私の戦争孤児の未来は、安心できるだろう。

これをロバートとアメリアはどう思うだろうか。これからは家を空ける前に、窓という窓に釘を打ちつけるような気がする」

第33章　勝利！

『凍える風と暗き空の』(1)ような一日ね」ある日曜日の午後——正確には十月六日(2)、リラは引用して語った。その日はぐっと冷え込み、居間の暖炉に火を燃やした。するとと明るくゆれる小さな炎の数々が、すっかり外の物憂さを和らげてくれた。「今日は十月というより、十一月みたい……十一月はとてもつまらない月だもの」

いとこのソフィアも来ていた。スーザンを再び許したのである。マーティン・クロー夫人も来ていた。こちらはわざわざ日曜日に訪問したのではなく、スーザンのリウマチの薬を借りるために寄っていた——先生から手に入れるより安上がりなのだ。

「今年は、冬が早いかもしんないよ」いとこのソフィアが予言した。「マスクラット(3)が池のまわりに、ものすごく大きな巣をこさえてるからね。それが何よりの証拠だよ。あんれまあ、このジムスが、大きくなって！」いとこのソフィアは、子どもが成長すると困ったことになるとでもいうように、ため息をついた。「これの父親は、いつ来るんだい？」

「来週よ」リラが答えた。

「そうかい。このかわいそうな子を、継母が、いじめなきゃいいが」いとこのソフィアは、またため息をついた。「でも、どうだか……わからないよ。とにかく、この子は、このうちでの待遇と、よそでの扱いが違うって、きっとわかるよ。リラ、おまえさんは、この子を甘やかして、わがままにしたんだ。つきっきりで、何から何まで、世話をやくんだから」

リラはただ微笑して、ジムスの巻き毛に、頰を押しあてた。彼女はわかっていた。優しい心根で、ほがらかなジムス坊やが、甘やかされたわがままな子どもにはなっていないと。しかしその笑顔のかげで、リラは案じていた。リラ自身も、新しいアンダーソン夫人について、あれこれ考え、どんな女性なのか、胸中、穏やかではなかった。

「ジムスを可愛がらない女に、この子を渡すなんて、できないわ」リラは反発するように思っていた。

「雨になりそうだね」いとこのソフィアが言った。「この秋は、もう嫌になるほど雨ふりだったのに。根菜のとり入れ(4)をする者は、骨折りだよ。あたしの若いころは、こんなんじゃなかった。あのころ十月は、大概、いい天気だった。だけども今は、昔とすっかり季節が変わっちまって」

いとこのソフィアの陰気な声をさえぎって、電話のベルが鳴った。ガートルード・オリヴァーが出た。「はい……何ですって？　何ですって？　本当ですか……公式ですか？　ありがとう……ありがとう」

　ガートルードはふり返り、芝居がかった仕草で、部屋にいる一同をむいた。濃い瞳がきらきら光り、日に焼けた顔は、感動に赤く輝き出した。そのとき急に、太陽が厚い雲からあらわれ、その陽ざしが、窓の外の真紅に色づいたかえでの木を透かして、ふりそそいだ。赤く染まった光が、この世ならぬ不思議な炎のように、ガートルードを包んだ。まるで神秘的で壮麗な宗教的儀式をとりおこなう女司祭（おんなしさい）のようだった。

「ドイツとオーストリアが、講和を求めています」ガートルードが言った。

　リラはしばらく熱狂した。飛びあがり、部屋中を踊りまわり、手を叩き、笑い、泣いた。

「おすわり、子どもや」クロー夫人が言った。この夫人は何事があろうと、興奮したことがなく、そのために人生行路において、苦労や歓喜の多くを味わいそこなっていた。

「ああ」リラは叫んだ。「この四年間、絶望と心配で、何時間も部屋を歩きまわったけど、今は嬉しいから、歩かせて。この瞬間を思えば、長くてつらい年月（としつき）にも価値はあったのね。それに後で、ふり返るためにも価値があるんだわ。スーザン、旗を揚げましょう……それから、このニュースを、グレン中の人たちに知らせなくては」

「これからは、ほしいだけ、お砂糖を食べていいの？」ジムスが一生懸命にきいた。

　忘れられない午後となった。報せが伝わると、興奮した人々が村を走りまわり、炉辺荘に押しかけた。メレディス牧師一家もやってきて、夕食もつきあった。みんながしゃべり、だれも聞いていなかった。いとこのソフィアは、ドイツ軍とオーストリア軍を信用しちゃいけないよ、これはいつものたくらみの一環だよ、と反論したが、誰も耳を貸さなかった。

「この日曜日のおかげで、三月のあの日曜の埋め合わせになりましたね」スーザンが言った。

ガートルードは、リラにむかって、夢でも見るような顔で言った。「本当に平和が訪れたら、いろんなことが、退屈で、気の抜けた感じになるんじゃないかしら。この四年間は、恐怖や不安や、悲惨な敗北や、あっと驚くような勝利を何度も経験したから、そうじゃなくなると、精彩を欠いて、つまらなくなるんじゃないかしら？　毎日、恐ろしいニュースが届くのを心配しなくていいなんて、妙な感じで……ありがたくて……でも、物足りないでしょうね」

「まだあと少しは、心配する必要があると思うわ」リラが言った。「まだ何週間かは……平和は来ないもの……まだ平和にはならないわ。この何週間の間に、また恐ろしいことが起きるかもしれないもの。私、興奮から目がさめたわ。私たちは勝利した……でも、ああ、私たちは、なんという大きな犠牲を払ったことでしょう！」

「自由を手に入れるためには、高すぎる代償ではないわ」ガートルードが静かに言った。

「高すぎると思うの、リラ？」

「いいえ」リラは小さな声で言った。彼女は、フランスの戦場に立つ小さな白い十字架を思い浮かべた。「いいえ、生き残った者たちが、その犠牲には価値があったと自分たちに示して……そして『信念を守る』なら、高すぎることはないわ」

「その信念を守っていきましょう」ガートルードは言った。そして彼女はいきなり立ちあがった。食卓が静まりかえった。その静けさのなかで、ガートルードは、ウォルターの有名な詩「笛吹き」を暗誦した。それから、メレディス牧師が立ちあがり、グラスを掲げた。

「乾杯しましょう」牧師は言った。「声なき軍隊のために……笛吹きの呼びかけに応じて行った青年たちのために。『彼らは、われわれの明日のために、自分たちの今日を捧げた』(5)のです……この勝利は、彼らのものです！」

第34章　ハイド氏は自分の場所へ、スーザンは新婚休暇へ

十一月上旬、ジムスは炉辺荘を去った。リラは涙を滂沱と流して見送ったが、その胸に不安はなかった。二番目のジム・アンダーソン夫人は、まことに感じのいい、可愛らしい女性で、こんな妻をもらったジムは果報者だと、人々はむしろ驚いたのだ。夫人は、薔薇色の頰に青い瞳をして、すこやかで、ゼラニウムの葉のように丸く、こぎれいだった。リラは、この人ならジムスを任せられると、一目でわかった。

「私は子どもが好きなんですよ、お嬢さん」夫人は心から言った。「子どもに慣れてるんです——弟と妹を六人、うちに残して来たんです。ジムスは、可愛い子ですね。こんなに元気に、ハンサムに育てて、ご立派です。わたしはわが子みたいに大事にして、可愛がりますよ、お嬢さん。ジムにはちゃんとさせます。あの人は働き者なんです……ただ、仕事につかせて、お金の管理をする者が必要なんです。私たち、村を少し出たところに小さな農場を借りましたので、そこに落ち着くつもりです。ジムは、イングランドに居たがったんですけど、私は『ノー』と言ったんです。新しい国に住んでみたいと憧れてましたし、カナダは私にぴったりだと、前から思ってたんです」

「近くに住んでくだすって、とても嬉しいわ。ジムスをちょくちょく寄越してくださいませんか？　あの子を心から愛してるんです」

「そうでしょうとも、お嬢さん。あんなに可愛い子は見たことがありませんよ。あなたがこの子にしてくだすったことは、ジムも私も承知してますから、恩知らずな真似はしませんよ。お嬢さんが会いたいときは、いつでも連れて来ますし、子育てのアドバイスでしたら、いつでもありがたく聞きます。この子は、まずはあなたの赤ちゃんです。だから一緒に分けあって、やっていけるようにしますよ」

　こうしてジムスは去っていった――スープ入れも一緒だったが、なかには入らなかった。それから休戦のニュースが届き、グレン・セント・メアリの村ですら熱狂した。その夜、村では大きな篝火（かがりび）を焚いて、皇帝（カイゼル）の人形を作って燃やした[1]。漁村の若者たちが集まって砂丘全部に火をつけると、壮大に輝く大火となり、七マイルも広がった。炉辺荘では、リラが笑いながら部屋へかけあがった。

「さあ、これから、レディらしくない許しがたいことをするわよ」と言うと、箱から緑色の天鵞絨（ヴェルヴェット）の帽子をひっぱりだした。「この帽子を、部屋中、蹴っ飛ばしてまわって、形も何もなくすの[2]。生きている限り、この色の緑は、二度と身につけないわ」

「誓いをちゃんと守って、勇気があるわ」ミス・オリヴァーが笑いかけた。

「勇気なんかじゃないの……意地になってたの……むしろ、恥ずかしいわ」リラは楽しそうに蹴った。「母さんに見せつけてやりたかったの……母親に見せつけるなんて、さもしいわね……なんて親不孝なふるまいかしら！　でも、これで母さんに見せつけることができたわ……それに、私自身にも、少しは見せつけることができたのよ！　ああ、ミス・オリヴァー、このほんの少しの間、私はまた若くなった気がするの……若くて、軽薄で、お馬鹿さんの私に。十一月はみっともない月だって、私は言ったでしょ？　でも、一年でいちばんすてきな月よ。ほら、虹の谷で鳴っている鈴の音を聞いて！　あんなにはっきり澄んで聞こえたことはなかったわ。平和を祝って、鳴っているのね……新しい幸せのために……懐かしくて、愛しくて、まともで、家庭的なものをとりもどしたことを祝って、鳴っているのね、ミス・オリヴァー。ええ、今の私は、まともじゃないわよ……まともなふりもしないわ。今日は世界中が熱狂する魔法にかかっているの。じきに冷静になるわ……私たちは『信念を守って』……新しい世界の建設にとりかかるのよ。でも今日だけは、興奮して、喜びましょう」

陽ざしの明るい外からスーザンが、大満足の顔つきで入ってきた。

「ハイド氏がいなくなりましたよ」スーザンが言い渡した。

「いなくなった！　死んでしまった、ということ、スーザン？」

「いいえ、先生奥さんや、あの獣は、死んだんじゃありません。でも、二度と見ることはないでしょう」

「謎めいたことを言わないでちょうだい、スーザン。何があったの？」

「それがですね、先生奥さんや、今日の午後、あの猫は、裏口の段々にすわってたんです。ちょうど休戦協定に署名された（3）というニュースが入った後だったので、いちばんハイド氏らしい様子でした。ええ、見るもおぞましい獣（けだもの）でしたよ。するとそこへ、突然、ブルース・メレディスが竹馬に乗って、台所の角をまがってやって来たんです。あの子は近ごろ、竹馬に乗れるようになったんで、私に見せたくて来たんですよ。ハイド氏はそれを一目見るや、ひとっ飛びで、裏庭の柵をこえて、かえでの森へまっしぐらに、大きく跳ねながら、耳を後ろに寝かせて走っていったんです。あんなに怖気（おぞけ）づいた生きものは、見たことがありませんよ、先生奥さんや。それから帰ってこないんです」

「まあ、帰ってくるわ、スーザン。たぶん怖い目にあったおかげで、おとなしくなって」

「そのうちわかりますよ、先生奥さんや……そのうちわかります。いいですか、休戦協定に署名されたんですよ。それで思い出しました。月に頬髭は、ゆうべ、脳卒中で麻痺（4）が出たんです。天罰だとは言いませんよ、私は全能の神の相談役じゃありませんから。でも、人それぞれの考え方がありますからね。これからは、月に頬髭のことも、ハイド氏のことも、グレン・セント・メアリでは、あまり話題にのぼらなくなりますよ、先生奥さんや、それは確かですとも」

たしかに、ハイド氏の消息はなかった。怖くて帰れないことはまずないだろうから、撃たれたか、あるいは毒にあたったか、そのような暗い運命に見舞われたのだろうと、炉辺荘の人々は結論をだした――ただスーザンだけは、あの猫は「自分の場所へ行った」(5)だけだと、言い続けていた。リラは悲しみ、嘆いた。あの金色の毛並みをした堂々たる猫が大好きだったのだ。おとなしいジーキル博士だけでなく、怪しいハイド氏も好きだった。

「さて、先生奥さんや」スーザンが言った。「秋の大掃除は終わりましたし、庭の手押し車も、地下室に片付けました。そこで、戦争の和平を祝して、新婚休暇(ハネムーン)を頂こうと思うんです」

「新婚休暇ですって、スーザン?」

「はい、先生奥さんや、新婚休暇です」スーザンは、はっきりくり返した。「夫を手に入れることは無理でしょうけど、なんでもかんでも損をするつもりはありません。だから新婚休暇をもらいますよ。シャーロットタウンへ行って、結婚した弟の家族のとこへ行くんです。弟の家内が、この秋ずっと病気を患(わずら)ってるんですが、死ぬのか助かるのか、わからないんです。その家内という人は、いざというときまで、どうなるか、誰にも言ったためしがないんですよ。だからあの人は、うちの身内に好かれないんです。だけど、念のために、会いに行ったほうがいいと思いましてね。私は一日以上、町にいたことは、この二十年ありませんし、時流にとり残されないように、大評判の活動写真の一つも見たほうがいいと思うんです。だけど夢中にはなりませんから、ご心配にはおよびませんよ、先生奥さんや。二週間ほど、留守にするつもりです、それだけのお暇を頂けるのなら」

「もちろん、ゆっくり休暇をとる資格はありますよ、スーザン。一か月のほうがいいわ……新婚休暇には、ちょうどいい長さですよ」

「いいえ、先生奥さんや、二週間で十分です。それに、クリスマスの三週間前には、家にもどって、ちゃんとした準備をしなくてはなりませんから。今年は、これぞクリスマス、というクリスマスをしますよ、先生奥さんや。うちの坊やたちは、クリスマスには帰ってこられるでしょうか？」

「いいえ、無理でしょうね、スーザン。ジェムとシャーリーは、春まで帰れないと二人とも手紙に書いているもの……シャーリーが帰ってくるのは、真夏になるかもしれないわ。でもカール・メレディスは帰ってくるし、ナンとダイもいるのですから、また盛大にお祝いをしましょう。全員のお席を用意しましょうね、スーザン、戦争一年目のクリスマスにしたように……そうよ、全員のいすよ……永遠に空いたままの私の可愛い息子の席も、みんなと同じように作りましょう、スーザン」

「あの子のお席を、忘れるものですか、先生奥さんや」スーザンは目もとをぬぐうと、「新婚休暇」の荷造りに出ていった。

第35章 「リラ・マイ・リラ！」

カール・メレディスとミラー・ダグラスは、クリスマスの直前に帰還した。グレン・セント・メアリでは、ローブリッジから来てもらったブラス・バンドと、戦場ではなく内地で書かれた挨拶で、二人を駅に出迎えた。ミラーは義足だったが、きびきびふるまい、晴れ晴れとした顔をしていた。ミラーは肩幅が広く、堂々たる風采（ふうさい）の男に成長していた。その胸につけている殊勲賞（しゅくんしょう）を見たミス・コーネリアは、ミラーの家柄の不足は大目に見て、メアリとの婚約を口には出さずとも認める気持ちになった。メアリは少しばかり気取っていた——とくにカーター・フラッグが、ミラーを店の番頭として店にむかえたので、なおさらだった——だが誰一人として、メアリをねたまなかった。

「こうなると、農場はできないからね」メアリは、リラに言った。「だけどミラーは、また落ち着いた生活に慣れれば、店を切り盛りするのも気に入るだろうって言ってるよ。それにキティばあさんよりも、カーター・フラッグのほうが、つきあいやすい主（あるじ）だからね。あたしらは、この秋結婚して、もとのミードさんの家に暮らすんだ。張り出し窓があって、屋根は二重勾配（マンサード）(1)で、グレンでいちばんすてきな家だって、ずっと思ってたんだ。まさかそこに住むなんて、夢にも思ってなかったよ。もちろん借りるだけだよ。だけど思った通りにうまくいって、カーター・フラッグがミラーを共同経営者にしてくれたら、いつか自分たちの家にするつもり。あたいの生い立ちを考えれば、あたいもそれなりに出世したじゃない？　あたいは商店主の奥さんになりたいと思ったことはないけど、ミラーはけっこう野心家なんだ。だからあの人を支える奥さんになるつもり。ミラーが言うには、フランスで二度見するような娘さんは見かけなかったし、離れていた間はずっと、あたいのことだけ考えて、胸がどきどきしたんだって」

ジェリー・メレディスとジョー・ミルグレイヴは、一月に帰ってきた。その冬の間、グレンとその周辺から出征した若者たちが、二、三人ずつ帰郷した。出征したときと同じ姿でもどった者はいなかった。幸い負傷をまぬかれた者でさえ、そうだった。

ある春の日、炉辺荘の芝生に黄水仙が風にゆれ、虹の谷を流れる小川の岸に白と紫のすみれが甘く香るころ、グレン駅に午後の小さな普通列車がのんびり入ってきた。その汽車に乗ってグレンにくる客は非常に稀であり、出迎えの者はいなかった。ただ、新任の駅長と、黄色と黒の小さな犬がいるだけだった。その犬は、四年半の長きにわたって、グレン・セント・メアリ駅に蒸気をあげて入ってくる列車を、ひとつ残らず出迎えてきたのだ。この犬は何千という汽車を迎えてきたが、ずっと待っている若者は帰ってこなかった。それでも今なお、犬のマンデイは、希望を失わない目で、じっと見守りつづけていた。おそらくは、犬の心がくじけることもあっただろう。しかも犬は年老いて、リウマチになっていた。汽車が出ていき、また犬小屋へもどるとき、その足どりは弱々しかった――今では、小走りに行くこともなく、のろのろ歩き、頭はうなだれ、意気消沈した尻尾も、昔のように元気いっぱいに上がっていることはなかった。

一人の乗客が汽車からおりてきた――背の高い男で、色の褪せた中尉の軍服を着て、かろうじて気がつく程度に、片脚を引きずっていた。顔は日に焼け、額まわりの赤い巻き毛に、白髪がまじっていた。新任の駅長は、気になってこの男を見た。軍服姿の若者が汽車からおりてくるのは見慣れていた。にぎやかな群衆が出迎える者もあれば、この男のように、帰郷を報せなかった者は、ひっそりと静かにおりてくることもある。だがこの兵隊の態度と風貌には、ある種の風格があり、駅長は興味をひかれ、この男は何者だろうと、多少の関心をよせた。

黄色と黒のものが駅長のわきを、すっ飛んでいった。犬のマンデイは、体がこわばっているだって？　犬のマンデイは、リウマチだって？　信じられない。犬のマンデイは、歓喜のあまり若返り、狂ったようになった小犬だった。

マンデイは、背の高い兵士に飛びついた。吠えても、喜びのあまり、喉がつまっていた。マンデイは地面に身をなげだし、歓迎に喜び狂って、もがいた。兵隊の軍服の脚によじのぼろうとして、滑り落ち、腹ばいになったが、激しい興奮のあまり、小さな体がばらばらになりそうだった。マンデイは、兵隊のブーツを舐めた。中尉は口もとに笑顔を、目には涙をうかべて、ようやく小さな犬を両腕のなかに抱きあげると、犬のマンデイは軍服の肩に頭をのせ、吠え声とも、すすり泣きとも、つかない妙な声をあげながら、日に焼けた首をぺろぺろなめた。

犬のマンデイの話は、駅長も聞いていた。この帰還兵が誰か、わかった。犬のマンデイの長かった寝ずの番は終わった。ジェム・ブライスが帰ってきたのである。

「私たちはみんな、とても嬉しくて……悲しくて……ありがたい」リラは一週間後、日記に書いた。「でも、スーザンはまだ立ち直っていない……あの日はたくさん働いたため、夕食は『有り合わせ』にしようとしたちょうどその晩、ジェムが帰ってきたのだ。そのショックから……一生、立ち直れないだろう。あのときのスーザンといったら、忘れようにも、忘れられない。食糧庫から地下室まで、狂ったように駈けまわり、おいしい食べ物のストックがないか、探したのだ。食卓に何がならんでいるか、誰も気にも留めなかったのに……とにかく、誰も食べることができなかった。ジェムを見ていることが、肉であり、飲み物だった。母さんは、ジェムが消えはしまいかとばかりに、目を離さなかった。ジェムが……そして犬のマンデイがもどってきて、夢のようだ。マンデイは一瞬たりともジェムから離れようとしない。ジェムの寝台の足もとで眠り、食事のときはそばでおすわりしている。日曜日は、ジェムと一緒に教会へ通い、うちの家族席まで行くと言ってきかない。ジェムの足もとで寝ているのだ。お説教の最中に、マンデイは目をさまし、もう一度ジェムの歓迎をしなければならないと考えたらしく、飛び起きて、わんわん吠え、ジェムが両腕に抱きあげると、やっと静かになった。誰も嫌がらなかった。礼拝の後、メレディス牧師がやって来て、マンデイの頭をなでた。

『信仰と、愛情と、忠誠は、それがどこにあろうと、貴重なものです。この小さな犬の愛は、宝物ですよ、ジェム』

ある晩、私はジェムと、虹の谷で色々なことを話した。そして前線で怖くなったことはあるか、きいてみた。

『怖いだって！　何十回もあったよ……ぞっとするほど恐ろしくて、気持ちが悪くなるほどだった……怖がりのウォルターを笑っていたこのぼくが。知ってるかい、ウォルターは前線に出てからは、一度も怖がらなかった。ウォルターは、現実のことには、決して怯えなかった……自分が創りだした想像だけが、ウォルターを怖がらせたんだ。ウォルターは連隊のなかでいちばん勇敢だったと、連隊長が話してくれた。リラ、ぼくは家に戻るまで、ウォルターが死んだという実感がわかなかった。今、ウォルターがいなくて、ぼくがどんなに寂しいか、きみにはわかるまい……ここにいるきみたちは、彼がいないことに、ある意味では、もう慣れている……でもぼくにとっては、まだ新しいことなんだ。ウォルターとぼくは一緒に大きくなった……兄弟であると同時に、親友だった……だから今こうして、子どものころに好きだったこの懐かしい谷にいると、もう二度とウォルターに会えないということが、しみじみと胸にこたえるんだ』

ジェムは秋に大学にもどる。ジェリーとカールもそうだ。シャーリーも大学に行くだろう。シャーリーは七月に帰ってくると思う。ナンとダイは先生を続ける。フェイスは九月前に帰ることはないだろう。帰ってきたら、フェイスも教壇にたつと思う。というのは、ジェムが医学部を終えるまで、二人は結婚できないからだ。ウーナ・メレディスは、キングスポートで家政学のコースをとることに決めたらしい……ガートルードは、恋人の少佐と結婚することになって、見るからに幸せそうだ……本人も、『恥も外聞もなく幸せ』と言っている。でも私は、そんな先生の姿は、とても美しいと思う。今はみんなが、これから何をするか、計画や、希望を話している……以前よりも真面目に。この何年かは、失われたけれど、いまでも興味をもっていて、最善を尽くして、それをなし遂げようと決意しているのだ。

『ぼくたちは、新しい世界に入ったんだ』とジェムは言う。『新しい世界は、古い世界よりも、いいものにしなくてはならない。それはまだ、なされていない。それなのに、もうなし遂げたと思っている人もいる。でもその仕事は、まだ終わっていない……始まってもいない。古い世界は壊れた。だからぼくらは、新しい世界を建設しなければならない。何年もかかるだろう。ぼくは、うんざりするほど戦争を見たから、戦争の起きない世界を作らなければならないとわかっている。ぼくらは、プロイセンの軍国主義(2)に、致命傷を与えた……でもそれはまだ死んでいない。それに、ドイツだけに限ったものでもない。古い理念を追い払うだけでは不十分なんだ……新しい理想をとり入れなくてはならない』

私は、ジェムの言葉を日記に書いている。それをときどき読み返して、『信念を守る』のが難しい気持ちになったときに、勇気をもらうのだ」

リラは小さく息をついて、日記帳を閉じた。ちょうどそのときは、信念を守るのが難しい気分だったのだ。ほかの人たちはみんな、自分の人生を築くための立派な目標や、抱負をもっているように思えた——しかしリラには、なかった。リラは、ひどく寂しかった。寂しくて、たまらなかった。ジェムは帰ってきた——けれど、一九一四年に出征したときの、よく笑う少年の兄さんではなかった。それに今はフェイスのものだ。ウォルターは二度と帰ってこない。ジムスさえ、手もとにはいない。リラは急に、自分の世界がだだっ広くて、空っぽに感じられた——実際、そうだった。昨日、モントリオールの新聞で、二週間前に復員した兵士の名簿を読んでいたら、ケネス・フォード大尉の名前を見つけたのだ。その瞬間から、世界がだだっ広く、空っぽに感じられてならなかった。

ということは、ケンは帰っているのだ——それなのに、帰るという手紙もくれなかった。カナダにもどって二週間もたつのに、一言も便りがない。ということは、彼は忘れてしまったのだ——忘れるといっても——握手と——キスと——まなざしと——いっときの感情につきうごかされてかわした約束しかないけれど。どれもこれも、くだらないものだ——私はうぶで、ロマンチックで、世間知らずのお馬鹿さんだったのだ。そう、これからは、もっと利口になろう——もっと賢くて——もっと慎重で——男たちと、そのやり方を、もっと軽蔑しよう。

「私もウーナと一緒に行って、家政学を勉強するほうがいいわね」リラは窓辺に立って考えた。窓の下には、柔らかなエメラルド色の若い蔦がからみ、そのむこうに、虹の谷が、見事なライラック色の夕焼けのなかに横たわっていた。今のところ、家政学にはさほど魅力は感じないけれど、新しい世界の建設を前にして、女の子も何かをしなくてはならない。

玄関のベルが鳴った。リラはしぶしぶ階段へむかった。出なくてはならなかった——家に誰もいなかったのだ。でもこのときのリラは、来客は考えただけでも嫌だった。ゆっくりと階段をおりて、扉を開けた。

軍服の男が、上がり段に立っていた——背の高い男で、濃い色の瞳と髪、日焼けした頬には細い傷跡が白く走っていた。リラは一瞬、ぽかんとしてその人を見つめた。誰かしら？

知っている人のはずだ——この人には、たしかにどこか、見慣れたところがあった——

「リラ・マイ・リラ」その人は言った。

「ケン」リラは息をのんだ。もちろん、ケンだった——でも、ずっと大人びて見える——とても変わった——その傷跡——目もとや口もとのしわ——さまざまな思いがどうしようもなく渦巻いた。

ケンは、リラが差しだした、ためらいがちな手をとり、彼女を見つめた。四年前はやせていたリラが、丸みを帯びて、美しい均整のとれた体つきになっていた。女学生を残していったのに、一人の女性になっていた——すばらしい瞳、窪みのある唇、薔薇の花のような頬をした女性——どこから見ても美しく魅力のある女性——彼の夢の女性だった。

「リラ・マイ・リラだね？」ケネスは思いをこめてたずねた。

感動に、リラは頭からつま先まで揺さぶられた。喜び——幸せ——悲しみ——恐れ——この長かった四年間に、リラの心を苦しめたあらゆる感情が、一瞬にして胸にわきあがり、魂の奥底が突き動かされた。答えようとしたが、最初は声が出なかった。それから——リラは言った。

「そうでしゅ」

訳者によるノート——『アンの娘リラ』の謎とき——

エピグラフ（題辞）と献辞

（1）「今もわれらの胸には、彼らの若き姿が、永遠(とわ)にのこる／かくも輝かしく、青春の命を捧げし者たちの」シアード……カナダの女性詩人、小説家ヴァーナ・シアード（一八六二～一九四三）の詩「若き騎士たち」の一～二行目。大戦中にフランスやフランドル地方で戦った兵士を賞賛する作品。［RW／In］

（2）一九一九年一月二十五日の夜明け、私のもとから去った／……真実の友にして、比類なき個性、誠実で勇気ある人／フレデリカ・キャンベル・マクファーレンの思い出に捧げる……フレデリカ・キャンベル（一八八三～一九一九）はモンゴメリのいとこ。プリンス・エドワード島（以下、島）パークコーナーにあるキャンベル家は、モンゴメリの亡き母の妹（叔母）の嫁ぎ先であり、モンゴメリは子どものころから遊びに行き、末娘のフレデリカと親しかった。モンゴメリは、キャンベル家で一九一一年に結婚式を挙げ、結婚後に島に里帰りするとキャンベル家に泊まった。フレデリカは島で教師を務め、ケベック州のマクドナルド・カレッジで家政学の学位を修め、マクファーレンと結婚。オンタリオ州リースクデイル村で、モンゴメリが牧師の夫と息子たちと暮らす家にしばしば滞在して親交を続けたが、第一次大戦中に流行した新型インフルエンザ「スペイン風邪」で急死。献辞の「私の元から去った」の文言に、最期を看取った悲しみが込められている。享年三十六だった。

第1章

（1）グレン村「通信」ほか　Glen "Notes" and Other Matters

ジーキル博士は、ハイド氏にならず……『ジーキル博士とハイド氏の奇妙な事件』（一八八六）はスコットランドの作家R・L・スティーヴンソン（一八五〇〜一八九四）の怪奇小説。ジーキル博士は自ら開発した薬を飲むと、悪人のハイド氏に変身する。本章では飼い猫の名前で、猫が凶暴なハイド氏にならなかったという意味。ジーキル博士のモデルの男性ブロディの家がエディンバラ中心部にある。モンゴメリは本作発行の十年前の一九一一年、新婚旅行で近くのホテルに滞在した。

（2）**五インチ幅**……一インチは二・五四㎝、五インチは、十二・七㎝。

（3）**調和のとれた差し込みレース**……エプロンの生地と生地の間に、すそのふちどりのレースと調和のとれたレースを差し込み入れたもの。

（4）**フェルディナント大公**……オーストリア・ハンガリー帝国（以下、オーストリア）の皇太子フランツ・フェルディナント（一八六三〜一九一四）。この皇太子夫妻はサラエボでセルビア人の民族主義者によって暗殺され、オーストリアは報復としてセルビア王国に宣戦布告、第一次世界大戦（以下、大戦）の発端となる。

（5）**サラエボという奇妙な名前の土地**……Sarajevo　英語の発音は「サーライェヴォウ」。現在のボスニア・ヘルツェゴビナの首都。当時のボスニア・ヘルツェゴビナは、オーストリアに統治支配されていた。

（6）**霜の男**（ジャック・フロスト）……Jack Frost　直訳「霜のジャック、霜の男」。霜のおりる厳寒を擬人化した言葉で、日本の「冬将軍」に相当。欧州の伝承では、氷柱（つらら）の髪をした白髪の老人などの姿で、霜、氷、雪をもたらす男。本章のように、雌猫の名前としては奇妙。

（7）**人を惑（まど）わすあやかしであり罠（わな）だ**……英国の法律家、裁判官、政治家のトーマス・ダンマン男爵（一七七九～一八五四）の言葉。［RW］

（8）**濃い黄色の毛並みに、オレンジ色の縞があり**……いわゆる茶トラの猫。

（9）**カッサンドラさながらの不吉な言葉**……カッサンドラはギリシア神話のトロイ王女で、予言能力があり、トロイの滅亡という不吉な予言をしたが無視された。本章でもスーザンの予言は無視される。

（10）**家の守護神**……Deity of the Portal　家の入口で守護する神。

（11）**エジプトのスフィンクス**……元々はギリシア神話の女面獅身の怪物で、通る者に謎をかけて解けない者を殺した。エジプトのピラミッドにある人頭獅身の石像はギリシア神話から命名。『炉辺荘』第32章（25）、『虹の谷』第29章（4）。

(12) **フェイス・メレディス嬢**……メレディス牧師一家の長女。

(13) **ジェラルド・メレディス**……牧師一家の長男。愛称はジェリー。

(14) **ジェム・ブライス**……ブライス家の長男、ジェイムズ・マシュー・ブライス。

(15) **教養学部**……大学の一般教養科目。語学、文学、哲学、歴史など。医科はこの修了後に学ぶ。

(16) **かぎ針で方眼編み**……かぎ針編みで正方形のマスを編みながら、そのマスを長編みなどで埋めて模様を作る技法。白い糸でレース編みにすることが多い。

(17) **ローズマリー・ウェスト**……ウェスト家の次女。『虹の谷』でメレディス牧師と結婚。

(18) **ブルース**……男子名。スコットランド王ブルース・ロバート一世（一二七四～一三二九）が知られる。この王は、一三一四年にイングランド軍を破り、スコットランドの独立を護った。スコットランド愛国的な名前。メレディス家はスコットランド系。

(19) **伯母のエレン**……エレンはウェスト家の長女。黒髪に黒い眉。ブルースは甥。

(20) **腸チフスは治りにくい**……サルモネラ属の腸チフス菌が経口感染して発症する伝染病。高熱と全身衰弱が数週間続く重い病気で、舌苔、赤い発疹、腸出血などがあり、完治に約一か月かかる。『愛情』でギルバートも罹患。

(21) **グリーン・ゲイブルズにいたころ、ジョージー・パイに挑まれて、バリー家の屋根のてっぺんを歩いて折った足首です**……『アン』第23章。足首を骨折した。

(22) **リウマチ**……自分の免疫で手足の関節が痛んだり腫れたりする。三十代から五十代の女性に多く発症する。以前は高齢女性の病気と思われていた。

(23) **おばのアレック・デイヴィス夫人**……『虹の谷』に登場する裕福で舌鋒鋭い女性、キティ・アレック。

(24) **ロバート・グラント**……ロバートは男子名。スコットランドでは、十四世紀の国王ロバート一世（通称ブルース）、本章(18)。またスコットランド国王ロバート二世は、スコットランド王家スチュアート家の始祖。スチュアート家最後の女王がアン女王。グラントはスコットランド系に多い名字。

(25) **異教めいたこと**……キリスト教では夢占いなどの神秘主義は異端視される。

(26) **神は愛なり**……新約聖書「ヨハネの手紙一」第四章第八、十六節［RW／In］

(27) **雌牛をローブリッジの墓場に放し飼いにして**……死者を土葬にした墓場に生えている草を雌牛が食べ、その乳でバターやチーズを作り、プライアー氏が食べたということ。

(28) **バルカン諸国**……バルカンは地中海と黒海の間にある大きな半島。ブルガリア、ルーマニア、セルビア、ボスニア・ヘルツェゴビナ、クロアチア、スロベニア、アルバニア、ギリシア、オスマン帝国（以下、トルコ）の一部などの国々がある。

(29) **いつも殺したり殺されたりだ**……バルカン半島は複雑な民族構成から様々な紛争があり、ヨーロッパの火薬庫と呼ばれた。

（30）**晴雨計**……気圧計のこと。目盛りのついた表示板には気圧の数字のほか、高気圧の所には晴れ、低気圧の所には雨と書かれ、超低気圧には嵐と表記される。

第2章　朝の露　Dew of Morning

（1）**朝の露**……英文学では朝は人生の若い季節、露は純真な精神。章題は十代半ばの若いリラの純真な心、悲惨な戦争を知る前の無垢な心を示唆する。また賛美歌「朝の露のようにみずみずしく」米国の賛美歌作者ウィリアム・オグデン（一八四一〜一八九七）がある。

（2）**スコットランド松**……ヨーロッパアカマツ。幹が赤い。炉辺荘にあるこの木は、本作の後に書かれた『炉辺荘』第8章（2）、第12章、第13章にも描写。アンはスコットランド系。

（3）**豊かな黒髪は、ねじり編んで頭に巻きつけていた**……an enormous masses of black hair twisted about her head　ねじりをかけた髪や三つ編みの髪を頭に巻きつけた髪型。

（4）**ソネット**……十四行からなる抒情詩。イタリアでは十四世紀の詩人ペトラルカが女性ラウラに捧げたソネットが知られる。英国ではシェイクスピア、ワーズワス、キーツらもソネットを書いた。

（5）**「リラ・マイ・リラ」**……Rilla-my-Rilla　意味は「リラ、私の、リラ」。本名のマリラ Marilla は聖母マリア Mariaに由来。本作ではリラの母性愛が発揮される。ちなみに植物のリラ（これはフランス語、英語はライラック）はlilasで、綴りも発音も異なる。

（6）**強調**……原文では斜体（イタリック）で強調を表すが、日本語では傍点が強調を表すため、傍点付きで訳した。本作後に書かれた『風柳荘』二年目第10〜12章でも一部の言葉を強調して話す若い娘ヘイゼルが登場。

（7）**人生の盃においてもっとも苦い一滴**……米国のアフリカ系女性作家ハリエット・ジェイコブス（一八一三〜九七）の自伝『奴隷少女の生涯の事件』にこの言葉がある。cupには盃のほか、人生の経験、運命などの意味がある。［In］

（8）**ワーズワスにとっての妹ドロシー**……英国詩人ウィリアム・ワーズワス（一七七〇〜一八五〇）の妹ドロシー・ワーズワス（一七七一〜一八五五）。彼女は兄を敬愛し、湖水地方の兄の家で暮らした（口絵）。彼女は詳細な日記をつけたことで知られ、その記述をもとにワーズワスは代表作の一つ「黄水仙」などの詩を書いた。そのためこの場面で、リラは兄ウォルターに日記を見せていると語っている。

（9）**テニスン**……十九世紀英国の桂冠詩人アルフレッド・テニスン（一八〇九〜九二）。テニスン作品は『アン』に長編詩『国王牧歌』、『青春』に「角笛」、『愛情』の冒頭に「白昼夢」など多数登場。

（10）**犬のマンデイ**……月曜日（マンデイ）に炉辺荘に来たことから命名。

（11）**『ロビンソン・クルーソー』**……英国の作家ダニエル・デフォー（一六六〇〜一七三一）の小説『ロビンソン・クルーソーの人生と冒険』（一七一九）。主人公が乗った船が難破して南洋の孤島に漂着、自給自足で生活、金曜日に出会った原住民をフライデー Friday と名づけキリスト教を教える。デフォーはモンゴメリやアンと同じ長老派教会の信徒。

（12）**コリー**……スコットランド原産。高さ約六十㎝。首から胸が白い。牧羊犬、愛玩犬。

（13）**セッター**……イギリス原産。高さ約六十㎝。『夢の家』第28章（15）でアンはギルバートにスコットランド・セッターを贈る。

（14）**ハウンド犬**……大型の猟犬で、狩りに同行する。『炉辺荘』第6章（5）。

（15）**ニューファンドランド犬**……カナダ東海岸ニューファンドランド島産の大型犬。元々は漁師の使役犬。利口で泳ぎが上手く温厚な気質で知られる。黒い長毛に覆われ、水難救助にも使われる。

（16）**働きもせず紡ぎもせず**……新約聖書「マタイによる福音書」第六章第二十八節「あなたはなぜ服のことで思いわずらうのか。野の百合がどう育つのか、ごらんなさい。それは働きもせず紡ぎもしない」より。［RW／In］

（17）**幸せが続きますように**……Rap wood　直訳「木をコツコツ軽く叩きなさい」。英語のおまじないで、自慢話やいい話をした後、その幸運が続き、悪いことが起きないように机などの木製品を叩く。木には精霊が宿るとされ、魔除けの意味合い。

第3章　月明かりの宴　Moonlit Mirth

（1）**フォー・ウィンズの灯台**……セント・ローレンス湾に面したケイプ・トライオン灯台と思われる。第五巻『夢の家』でジム船長が灯台守をつとめた。『夢の家』『炉辺荘』『虹の谷』地図。

（2）**ドイツとフランスの戦闘**……大戦の前から、欧州では、ドイツ、オーストリア（共にドイツ語圏）の同盟国側と、フランス、イギリス、ロシアの二つの陣営が対立関係にあった。さらに本作第1章に出てきた一九一四年六月のサラエボ事件でオーストリアの皇太子が殺害されると、オーストリアがセルビアに宣戦布告し、この二大勢力の対決姿勢がより明確になった。

（3）**新聞**……かつての新聞は戸別配達ではなく郵便局に届き、取りに行った。本作では郵便と一緒に家庭に配達される。

（4）**ボーア戦争**……第一次と第二次は一八八〇年〜一九〇二年。英国が南アフリカの一部を支配しようと、この地域を治めていたボーア人（オランダ系白人）を相手に戦った帝国主義戦争。南アは英国の植民地となった。カナダからは一八九九年〜一九〇二年の第二次ボーア戦争に七千三百人が初の海外派兵として志願兵が出征。リラは赤ん坊のため記憶にない。『虹の谷』第7章（8）。

（5）**上靴**……slippers　屋外を歩く靴 shoes ではなく、屋内のパーティなどで履く上靴。

（6）**フォードのおばさま**……オーエン・フォードの妻、旧名レスリー・ムーア。

（7）**タフィー作り**……taffy-pull　タフィーはキャラメルのような飴。材料の黒砂糖や糖蜜（モラセス）に水と少量の酢を入れて煮詰め、最後にバターを混ぜ、その生地を手でさわれるまで冷ましてから、バターを塗った両手で引っ張って（pull）長く伸ばし、また重ねて伸ばして練りあげてから小さく切り、一口サイズのタフィーを作る。子どもが喜ぶ昔ながらの作り方で、大人のパーティでドレスアップした女性が台所で作るのは、フェイスのように少々興ざめ。

（8）**元の夢の家の下の入り江**……夢の家は島北西部のフォー・ウィンズの内海（現名称はニュー・ロンドン湾）の西岸に位置する。セント・ローレンス湾に面した灯台までドレスの女性が歩くと遠いため、入り江から舟で行く。

（9）**キモノのガウンと寝室の室内履き**（ベッドルーム・シューズ）……日本の上質な絹の着物は十九世紀より欧米に輸出、寝室用ガウンとして着用。寝室用の室内履きは布製の柔らかな靴やスリッパなど。

（10）**ドイツが、フランスに宣戦布告したぞ**……一九一四年七月二十八日にオーストリアがセルビアに宣戦布告をすると、オーストリアを支持するドイツが八月一日にロシアに宣戦布告、八月三日にドイツがフランスに宣戦布告した。

（11）**おまえが空想した笛吹き**……『虹の谷』第8章と最後の第35章でウォルターは笛吹きがくると空想。笛吹きは若者を戦争へ連れだす存在や気運の暗喩。

（12）**『北の海の古き成熟した母』**……北の海に浮かぶ古い歴史があり文化的に成熟したイギリスをさす。カナダはもともとは英国領のため母国は英国。

（13）**グレイ**……英国の政治家エドワード・グレイ（一八六二〜一九三三）。一九〇五年から一六年に外務大臣をつとめ、対独強硬政策をとり、大戦でドイツに宣戦。

（14）**百人のバッグパイプ吹きと共に、皆々（みなみな）と**……Wi' a hundred pipers and a' and a'。スコットランド民謡「百人のバッグパイプ吹きと共に」の歌詞。バッグパイプはスコットランドの伝統楽器。歌詞は愛国的で、イングランドとの国境を越えてカーライル城まで進む。［RW／In］

（15）**ポプラ**……ヤナギ科ハコヤナギ属の各種の木をさす。一般にポプラと訳されることが多い。微風にも揺れ、さわさわ音をたてる。イエスの十字架の木材とも言われ、花言葉は「悲嘆」「哀悼」、本作の展開を暗示。

（16）**十年以上、あそこに下がってるんですよ**……冬の橇につける鈴を虹の谷の「樹（き）の恋人たち」にかけた。『炉辺荘』第23章、『虹の谷』第3章など。

（17）**ミルトンのエデンの園で、アダムとイヴが聞いた、あえかなる天上の音楽**……英国の作家ジョン・ミルトン（一六〇八〜七四）の長編叙事詩『失楽園』（一六六七、七四）のうち、一六七四年版第五巻に「あえかなる天上の音楽」がある。アダムとイヴの堕落と楽園追放をピューリタン精神から描く。［RW／In］

（18）**黒っぽいキャラコ地**……キャラコ地は模様をプリントした木綿布。黒っぽい生地は夫を亡くした女性が着用することが多く、いとこのソフィアも同様。

（19）**スカーフ**……日本語の正方形の絹スカーフと異なり、英語のスカーフは首や頭にまくもの全般でマフラー、ショール、スカーフ、ネクタイなど。

(20) **あたしらは、近ごろの娘っこみたいな、けちけちしたもんは着なかった**……この場面の一九一四年の女性服は細身のデザインだが、十九世紀は生地をふんだんに使った分量のあるドレスが流行した。

(21) **クレープ地**……絹のちりめん織り。英語では絹生地をさすことも多い。

(22) **レースのオーバードレス**……ドレスの上に重ねるレース地などの透けた薄地のドレス。『炉辺荘』第40章でアンは、薔薇のつぼみ模様のスリップドレスの上に、青林檎色のチュールレースを重ねる。

(23) **バルカン戦争**……the Balkan War　原文では単数形だが、バルカン戦争は大戦の前に、一九一二年、一三年と二度あり、両方をさす場合は wars と書かれる。オスマン帝国（トルコ）がヨーロッパに所有した支配地などの領有権を巡って起きた戦争で、大戦の遠因ともなった。第一次バルカン戦争は、オスマン帝国が、ブルガリア、セルビア、ギリシア、モンテネグロのバルカン同盟側と戦い、ロンドンで条約締結。第二次戦争はバルカン同盟内の戦闘で、ブルガリアと残りの三国が敵対した。

(24) **暗くて星が光っている私のお墓になる場所を、誰かが歩きまわっているのね。昔の迷信で説明がつくわ**……急に身震いをした時は、誰かが自分の墓になる場所を歩いているとする迷信。十八世紀にロンドンで発行されたアイルランドの作家ジョナサン・スイフトの書物にも見られる。

（25）**フットボール**……football　二十世紀初頭のカナダでは二つの競技が考えられる。サッカー association football と、カナディアン・フットボール Canadian football。どちらも十九世紀半ばにはカナダで一般的だった。一方、モンゴメリが卒業した師範学校プリンス・オブ・ウェールズ・カレッジの後身ホランド・カレッジ内の校史展示パネルでは、football(rugby)とあり、ラグビーの可能性もある。

（26）**ウォルターが、ダン・リースを打ちのめして評判になってより憎んでいるのだ……**『虹の谷』第17章でウォルターはダン・リースと殴り合いの喧嘩をして勝つ。

（27）**左手は月明かりに照らされた砂丘の頂きと窪みがつらなり、右手にはインク色に翳る岩場の海岸と、水晶のごとき入り江があった……**灯台からは現在も同じ光景が見られる。

（28）**フィドル**……バイオリンと同じ楽器。スコットランドやアイルランドの民謡や踊りで弾かれることが多い。『夢の家』第16章（4）。

第4章　笛吹き、笛を吹く　The Piper Pipes

（1）**海峡をわたり、砂浜へいった……**内海がセント・ローレンス湾につながる岸辺の左側に灯台、右側に砂浜の砂州がのびている。『夢の家』口絵。『夢の家』『炉辺荘』『虹の谷』地図。

（2）**ジャック・エリオット**……ジャックはジョン（聖書のヨハネ）、ジェイムズ（聖書のヤコブ）などの愛称。エリオットはスコットランド人の名字。

（3）**マギル大学**……カナダ東部ケベック州モントリオールにある名門大学、一八二一年創立。スコットランド出身の商人ジェイムズ・マギルに由来する校名。この大学からは多くの学生が大戦に志願兵として参加、戦死者も多く、学内に戦争記念館が作られた。『風柳荘』三年目第14章（5）。

（4）**アラン・デイリー**……アランはブルトン語由来とも言われ、ケルト的な名前。デイリーはアイルランド人に多い名字。

（5）**『夜には歓楽の声あり』――『静まれ！　聞け！　弔(とむら)いの鐘が鳴るがごとき深い音色を』**……英国詩人ジョージ・ゴードン・バイロン（一七八八～一八二四）の長編詩『貴公子ハロルドの遍歴』の第三巻（一八一六）第二十一節の最初の行と最終行より。ベルギーでにぎやかな宴が開かれるも、三日後、フランスのナポレオン軍は、イギリスとドイツの連合軍にワーテルローで大敗北する。同じ節の「すべては結婚式の鐘のように愉しく過ぎ」が『アン』第21章に引用され、これも不穏な展開を暗示する。［RW／In］

（6）**イギリスが、今日、ドイツに宣戦布告した**……一九一四年八月四日。ドイツ帝国がフランス攻勢のために西へ進み、中立国ベルギーに侵入したことを受け、イギリスはドイツに宣戦布告した。原文のイングランドは狭義には英国南部のイングランドをさし、北部のスコットランド、西部のウェールズ、アイルランドと区別するが、広義にはこれらの連合体であるイギリスUnited Kingdomをさす。

（7）**ジョサイア船長**……ジョサイアはユダヤの王ヨシアの英語名。意味は神の支持。

（8）**ロブスターの罠**……ロブスター（フランス語でオマール）は島の特産品。細い木材と網で組み立てた罠の中に魚の切り身を入れて海底に沈め、ロブスターが入ったところを引き上げる。『アン』第1章（18）。

（9）**一等星**……恒星の中で最も明るく見える星で、シリウス、スピカなど。六等星の百倍の明るさ。メアリ・ヴァンスの白い瞳を一等星だと思うミラー・ダグラスの恋心。

（10）**ジェム・ブライス**……初版ではジェム・メレディスと誤植。

（11）**戦争は何年も続かないよ……ひと月かふた月で終わるだろう**……開戦当初は、一九一四年内に終わるという楽観論が優勢だったが、実際は一八年まで続く。

（12）**ドイツが二十年かけて準備してきた戦争**……もともとドイツは多くの領邦国家に分かれていたが、一八七一年にドイツ帝国として統一され、第三代の皇帝ヴィルヘルム（英語読みはウィルヘルム）二世が在位した一八八八年から植民地主義、軍国主義を進めた。

（13）**カナダがドイツの植民地になる**……カナダはヴィクトリア女王統治の一八六七年に英国植民地から自治領となった。そのため本国イギリスがドイツに敗北すれば、カナダがドイツの植民地になるかもしれないと、モンゴメリは一九一四年八月五日の日記に書いている。ちなみに大戦後、連合国側の日本は、同盟国側のドイツに勝ち、ドイツの植民地だった中国の青島（チンタオ）や太平洋諸島を獲得した。

(14) **「これもまたいつか過ぎ去る」**……米国の賛美歌作者ランタ・ウィルソン・スミス（一八五六～一九三九）による賛美歌の題名。大きな悲しみがあっても、この苦難もいつか過ぎ去るという意味。古くからの格言でもある。

(15) **大英帝国**……British Empire　英国本国とかつての植民地や自治領を含めた名称。現在は公式には使用されず、英連邦 the Commonwealth と称される。

(16) **マーク・ウォレン**……マークは新約聖書『マルコによる福音書』の著者とされるマルコの英語名。ウォレンはイングランドとアイルランドに多い名字。

(17) **白樺岬**……島南部の町ヴィクトリアの近くに白樺岬があるが、本章の舞台は島の北海岸。

(18) **ヘイゼル・ルイソン**……ヘイゼルは女子名。意味はハシバミの木、ハシバミ色（薄茶色）。ルイソンはウェールズとアイルランドに多い名字。文脈からルイソン家は灯台守の親戚でシャーロットタウンから保養に来た一家。

(19) **プライドを持つと、痛い思いを我慢しなきゃならない**……デンマークの作家ハンス・クリスチャン・アンデルセン（一八〇五～七五）の創作童話「人魚姫」の英訳版に同じ一節がある。十五歳の人魚姫が初めて海上へ行くとき、尾ひれに牡蠣の貝殻を八つ付けられ、痛いと言うと、姫の祖母がこの台詞を語る。本章で十五歳のリラが初めて大人のパーティに出て、銀の上靴を履いて足が痛くなることに対応。［In］

（20）**フレンチ・ヒール**……ハイヒールの中央がくびれてカーブしたヒール。または体重が土踏まずの部分にかかるように靴底が湾曲したヒール靴。本章では前者と思われる。

（21）**鵞鳥の脂**……農家が飼育する鵞鳥を絞めて取った肉の脂から作る。あかぎれなどの塗り薬。農場の素朴なイメージ。『炉辺荘』第36章（4）。

（22）**コールド・クリーム**……白い油性クリームで化粧落としやマッサージなどに使う。名称は肌に冷たいことから。鵞鳥の脂に対して、しゃれた化粧品のイメージ。

（23）**ユニオン・ジャック**……英国国旗。イングランドの聖ジョージ旗（白地に赤十字）、スコットランドの聖アンドリュー旗（青地に白斜め十字）、アイルランドの聖パトリック旗（白地に赤斜め十字）を合わせたもの。当時のカナダは赤いカエデの国旗（一九六五年制定）はなく、ユニオン・ジャックやユニオン・ジャックが左上についた赤地の旗などが使用された。

第5章　「行軍の音」　"The Sound of a Going"

（1）**「行軍の音」**……旧約聖書「サムエル記下」第五章第二十四節「茂み越しに行軍の音を聞いたら、攻めかかれ。主がペリシテの陣営を討つために、お前に先んじて出陣されるのだ」（新共同訳）より。イスラエルのダビデ王が敵対するペリシテ人を攻めて打ち破る。[In]

（2）**時は、胸の鼓動で数えるべきである**……イギリスの詩人フィリップ・ジェイムズ・

ベイリー（一八一六～一九〇二）の代表作『フェスタス』（一八三九）第五幕より引用。ゲーテの「ファウスト伝説」に基づいて執筆。［RW／In］

（3）**ちゃんとした自制心をもって**……with a right good will　直訳は「正しい善意をもって」、英国の賛美歌作者H・アーネスト・ニコル（一八六二～一九二六）の同名の賛美歌。歌詞「正しい善意をもって（ちゃんとした自制心をもって）、われらに仕事をさせてください。たとえ苦役はつらく、長くとも」

（4）**『われわれ女が勇気を欠いて／男が恐れ知らずでいられようか？』**……米国詩人ケイト・タッカー・グッド（一八六三～一九一七）の詩「カレブの娘」（一九一四）第九連より。［RW／In］

（5）**丘々の祭壇一つ一つ**……アイルランド詩人ジョージ・ウィリアム・ラッセル（一八六七～一九三五）の詩「夜明け」（一九〇六）の三行目「最後に、丘々の一つの祭壇に火がともり」がある。［In］

（6）**雌鶏（めんどり）が残りものを食べてくれるにしても**……当時の農村では、雌鶏を飼って卵と鶏肉を食糧としたが、雌鶏の餌は、野菜屑、固くなったパン、食べ残しのパイなど何でも与えられた。炉辺荘ではスーザンが餌やりをしたと思われる。

（7）**戦争は三年続くと、キッチナー卿が言っている**……キッチナー卿は、ホレイショー・ハーバート・キッチナー（一八五〇～一九一六）。アイルランド生まれの英国の元帥で、第二次ボーア戦争で総司令官（一九〇〇～〇二）、大戦が始まると陸軍大臣に任命された。大戦は短期に終わるという楽観論に対して、三年は続くと予測した。大戦初期に志願兵を募ったポスターに、「ブリトン人よ、キッチナー（ポスターではキッチナーの似顔絵）はあなたを求めている。祖国の陸軍に入隊せよ！　国王陛下万歳」と書かれ、一九一四年だけで四十八万人の兵を集め、キッチナー陸軍と呼ばれた。ブリトン人は、大ブリテン島の古代ケルト族、転じて英国人、大英帝国人。

（8）**カーキの軍服**……以前は赤い軍服が利用されたが、十九世紀半ばに英国植民地インドの英国兵がカーキ色の軍服を着用、ボーア戦争でも英国兵がカーキ色を着たことから、カーキは軍服を意味するようになった。

（9）**赤十字**……戦時に敵味方の区別なしに負傷兵を救助する目的で設立された国際的組織。モンゴメリ日記によると、モンゴメリも大戦中に赤十字の活動に従事し、戦地に送る慰問袋などを準備した。

（10）**『私がダグラスの娘ではなく、ダグラスの息子であれば／したであろうことをするために、彼は行くのです』**……スコットランドの詩人・小説家サー・ウォルター・スコットの長編物語詩『湖上の麗人』第四曲第十節で、ダグラスの娘エレンが語る言葉。モンゴメリは弟の出征にあたり、日記にこの言葉を書いている。モンゴメリは一九一一年に本作の舞台カトリン湖を訪れた。［RW／In］

（11）**ハルツームのキッチナー**……ハルツームはアフリカのスーダンの首都で青ナイルと白ナイルの合流点にある。キッチナー率いる英国軍はスーダンを征服、彼はスーダン総督となり、ナイル河畔に新市街を建設、「ハルツームのキッチナー」と呼ばれた。
(12) **軍服姿のジェムを見たとたん、その場でハイド氏に変わった、それがこの猫の正体を示す証拠だ**……猫は英国側の軍服を見て凶暴になったため、その正体は敵国ドイツ寄りという意味。以後もスーザンは、この猫はドイツ優勢に喜び、負けると凶暴になると考える。
(13) **メレディスのおばさん**……ローズマリー・メレディス（旧姓ウェスト）。
(14) **「KのK」というのは、「王様のなかの王様」**……「KのK」K. of K. はハルツームのキッチナー Kitchener of Khartoum の頭文字をとった略語。しかしブルースは「王様のなかの王様」（意味は、神）と間違えている。本章（11）。
(15) **ヴァルカルティエ**……カナダのケベック州にあるカナダ軍基地。大戦の開戦間もない一九一四年八月、志願兵の軍事訓練キャンプとして作られ、兵士は多数のテントで寝起きした。ケベック港に近く、ここから兵士と軍馬が欧州へ出征した。
(16) **銃剣突撃**……銃剣は、ライフル銃の先に短剣がついた武器。接近戦において、歩兵が刃先を敵兵に突き刺して攻撃。
(17) **『勇敢な人とは、恐れを感じない者ではない』…（略）…『その気高き魂が、恐れを克服するのだ』**……シェイクスピアの言葉ではなく、スコットランドの詩人、劇作家ジョアンナ・ベイリーが十六世紀イタリアの戦さをモチーフに書いた悲劇『バジル伯爵』（一七九八）より。［RW／In］

(18) **ハイランドのサンディ爺さん**……ハイランドはスコットランド北西部と西部のヘブリディーズ諸島を含めた地域。モンゴメリの家系はハイランドに含まれる西部スカイ島からカナダに移民した。サンディは男子名で、アレグザンダーの愛称であると同時に、スコットランド人をさすあだ名。

(19) **皇帝（カイゼル）**……ドイツ帝国の皇帝ヴィルヘルム二世（一八五九〜一九四一、在位一八八八〜一九一八）。プロイセン（英語でプロシア）王・ドイツ皇帝のヴィルヘルム一世の孫。帝国主義的政策をかかげ軍事化して植民地拡大のため海外に進出、大戦に突入するがドイツ革命と敗戦で退位、オランダに亡命。『虹の谷』第13章（9）（11）。

(20) **ガーデン・ミント**……家庭菜園で育てるミント、薄荷。羊料理のミント・ソース、肉料理の付け合わせ、デザートの風味付や飾りに使う。

(21) **地獄はないと、おれが言ったことがあるか？　もちろん地獄はある**……『虹の谷』第16章でノーマンは、フェイスを通してメレディス牧師に地獄の説教を依頼する。

(22) **あんたには、ちゃんと言いましたよ、ジョン・メレディス、何年も前に、あの皇帝（カイゼル）が何をたくらんでるか**……ノーマン夫人（当時のエレン・ウェスト）が、ドイツの皇帝が戦争を始めると、メレディス牧師に語る。『虹の谷』第13章。

(23) **ノーマン夫人が頭を横にふった**……頭を横にふる仕草は不賛成、不納得などを示す。

(24) **皇帝（カイゼル）が口髭（ひげ）をぴんと立てて**……男性の長い口髭を油で固めて左右の両端を跳ね上げたもの。皇帝ヴィルヘルム二世がこの髭を蓄えていたことからカイゼル髭と呼ばれる。

(25) **ベルギーで起きた**……大戦開戦によりパリ攻略をめざすドイツ軍がベルギーに進軍し、兵士だけでなく子どもや女性も殺害した。カナダの新聞でも報じられ、モンゴメリはベルギーでのドイツ兵の蛮行を一九一四年九月十三日の日記に書いた。ドイツのベルギー侵略により英国はドイツに宣戦布告して参戦、カナダも参戦する。

(26) **おれのご立派な親戚でいらっしゃるキティ・アレック**……ノーマン・ダグラスの親戚で裕福なアレック・デイヴィス夫人。彼女はもとはダグラス姓でノーマンの親戚、アレック・デイヴィスと結婚。『虹の谷』第2、4章など。

(27) **世も末だよ**……The times are waxing late.　直訳「世の中は次第に終わりに近づいている」。十二世紀のラテン語の一節が賛美歌「世界は邪悪」の歌詞に入ったもの。［In］

(28) **『血を流さねば、罪の赦しはない』**……新約聖書「ヘブライ人への手紙」第九章第二十二節「こうして、ほとんどすべてのものが、律法に従って血で清められており、血を流すことなしには罪の赦しはありえないのです」（新共同訳）。［RW／In］

(29) **どうして天から火がノーマン・ダグラスの上に降ってこないか**……旧約聖書の「創世記」で退廃と悪徳の町ソドムとゴモラに天から火がふってきて滅ぼされる。「列王記」では預言者エリヤの前で神に背く者に天から火がふってくる。

第6章　スーザン、リラ、犬のマンデイ、決心する　Susan, Rilla, and Dog Monday Make a Resolution

（1）**青少年赤十字**……Junior Red Cross　大戦中に米国で始まり、児童や生徒が赤十字の博愛と奉仕の精神から、ヨーロッパの戦災国の少年少女と兵士やその家族に赤十字社を通じて品々を送った。カナダなどにも広がり、戦後も平時活動として定着。

（2）**『マーマ』**……'mo'er'　お母さん mother の片言で、英語の発音は「マウアー」。

（3）**みぞおちの感じ方**……the pit of my stomach feels　みぞおちは恐怖を感じる所とされる。日本語でも緊張や心配でみぞおちが痛むという表現がある。

（4）**フルーツケーキ**……ドライフルーツを入れて焼くパウンドケーキ。日持ちがする。

（5）**ショートブレッド**……バター分の多い、クッキーに似たスコットランドの伝統菓子。アンの好物。『青春』第19章（6）。

（6）**ミンス・パイ**……小さな丸い甘いパイで、一般にクリスマスの焼き菓子。ジェムは年末まで帰国できないとスーザンが予想していることが分かる。『愛情』第17章（2）、『炉辺荘』第13章（16）。

（7）**ケベック**……カナダ東海岸の州、セント・ローレンス湾をはさんで島の西隣にある。住民の大半がフランス系、州都はケベック・シティ。

（8）**ヴェルヴェットのきついガードル**……十九世紀の女性はウエストを締め付けて細くするコルセットを身につけたが、健康や女性解放や服の流行の変化などの観点から、二十世紀からはガードルが主流となった。この場面では多くの人々が戦争の話をしているが、これを語るベシー・クローはおしゃれの話をしていて、リラの軽蔑を誘う。

(9) **『ティペラリーへの道、遥かに遠し』**……アイルランド系英国人のジャック・ジャッジ(一八七二～一九三八)、そしてハリー・ウィリアムズが一九一二年に書いた歌、一九一四年にレコード録音。ティペラリーはアイルランドの町で、そこからロンドンへ行った若者が故郷と恋人を懐かしむ歌詞。明るく軽快なメロディで人気を博し、大戦中に英国軍の行進曲となり、世界的に流行。日本でも大戦中の一九一七年に浅草オペラで歌われて流行、楽譜「チッペラリーの歌」が発売された。現在でも第一次大戦中の流行歌として映画等で使用。[RW/In]

(10) **銃後の守りを固めて**……tarry by the stuff　直訳「荷物のそばで待つ」。旧約聖書「サムエル記上」第三十章第二十四節「……戦争に行った者の取り分は、荷物のそばで待つ者と同じでなければならない。みな同じように分けあうのだ」より。戦争では、戦地へ行く者と後方で軍事資材を守る者があり、戦利品は両方が同じように分けよ、という意味。本章では、後方の荷物のそばで待つことは銃後の守りを固めるという意味で使われているため、そのように意訳した。[In]

(11) **動じることなく、毅然とせねばなりません**……keep a stiff upper lip　直訳「上唇を固く保つ」。西洋では上唇の震えは弱気の証拠とされ、「上唇を固く保つ」とは、困難に動じることなく毅然とするという意味。

第7章　戦争孤児とスープ入れ　A War Baby and a Soup Tureen

（1）**戦争孤児**……war-baby　戦争中に生まれた子ども。とくに父親が出征中に、父親が不在で生まれた子どもを指すことが多い。本章の赤ん坊は、父は出征、母は病死のため、戦争孤児と訳した。

（2）**スープ入れ**……tureen　スープを入れる大型で、ふたつきの瀬戸物の器。台所で、この容器に熱々のスープを入れ、ふたをして食堂に運び、テーブルで銘々のスープ皿によそう。来客に使われることが多く、美しい絵が描かれている。

（3）**リエージュ**……Liege　ベルギー東部の工業都市で河港がある。大戦でドイツ軍はフランスをめざして西隣のベルギーに入り一九一四年八月四日、リエージュへの攻撃開始。ベルギー軍は町の要塞で徹底抗戦するも、八月十六日に陥落した。激戦地で知られ、一九二一年に当時の日本の皇太子裕仁親王が視察。

（4）**ナミュール**……Namur　ベルギー南部ナミュール州の州都。リエージュの西にあり、州はフランスと国境を接する。ドイツ軍は八月二十一日からナミュール攻撃。ベルギー軍は英雄的な徹底抗戦をするも八月二十二日（二十五日説も）に陥落、ドイツ軍が突破した。

（5）**ブリュッセル**……Brussels　ベルギーの首都。一九一四年八月二十日、ドイツ軍に占領された。一般市民も殺害され、カナダの新聞でも報じられた。

（6）**よその国の兵隊が守ってたんですから**……（3）～（5）のベルギーの土地はベルギー軍が反撃した。英国軍なら撃退したかもしれないという意味でスーザンは語る。

（7）**「薄い灰色の線」**……一八五四年、クリミア戦争中のバラクラバの戦いで、ロシア軍を防御した英国スコットランド高地連隊が「薄い赤色の線」と呼ばれ、敵の攻撃に備えた強固な防御軍を「薄い赤色の線」と呼ぶ。当時の軍服は赤い上着だった。本章の「薄い灰色の線」の由来は不明だが、大戦の英国陸軍兵がカーキや灰色の軍服を着ていたことにちなむものか。

（8）**大英帝国軍が撃退された**……一九一四年八月二十四日、英国軍はドイツ軍の攻撃によりベルギーのモンス、リエージュから撤退。[In]

（9）**大英帝国陸軍は、大英帝国海軍ではないんです**……イギリス海軍は世界の海で勝利した輝かしい戦歴を誇る。古くはスペイン無敵艦隊を撃退、ナポレオン戦争でも勝利。とくに十九世紀から二十世紀初頭は世界屈指の規模を備えた。英国海軍を率いた英雄ネルソン提督の言葉が『青春』第17章（12）に引用される。

（10）**ロシア軍がパリを援けようとしても、間に合わないだろう**……ドイツ軍のパリへの進軍を連合国側の英国とロシア軍が阻止しようとした。

（11）**生まれは英国人で、キングスポートで働いていたが、戦争が勃発すると、さっさと英国へ渡って入隊**……大戦初期のカナダの志願兵の六十五％が、英国からカナダに移民して間もない英国生まれの男性だった。『カナダ史』

（12）**海岸沿いの傾いたえぞ松林**……島の北海岸は海風が強く、木々は陸側に傾いていることが多い。えぞ松 spruce はマツ科トウヒ属の常緑樹、トウヒ、えぞ松を含む。

（13）ジェン……Jen　女性名ジェニファーの愛称。

（14）「いたるところから」、かくもいかがわしい「ここに来た」……スコットランドの詩人・作家ジョージ・マクドナルド（一八二四～一九〇五）の詩「赤ちゃんや、きみはどこからここに来たの」の第一連「赤ちゃんや、きみはどこから来たの？　いたるところから、ここに」のもじり。『風柳荘』でアンは、マクドナルドの小説『北風のうしろの国』についてギルバートへ手紙に書く。一年目第一章（26）。［RW／In］

（15）この陽気じゃ、真鍮の猿だって溶けちまうよ……欧米に猿はいないため、十九世紀から二十世紀にかけて、真鍮の小さな猿が中国や日本の旅行土産として知られた。日光東照宮の見ざる聞かざる言わざるの土産物など。暑さや寒さを表すとき、真鍮の猿の鼻も溶けるほど暑い、真鍮の猿の鼻も凍るほど寒いという言い回しがあった。［In］

（16）ナンとダイは来週、レッドモンド大学へ行く……レッドモンド大学はカナダ本土ノヴァ・スコシア州ハリファクスにあるダルハウジー大学がモデル。レッドモンドは主にアイルランド系の名字。

（17）「私に！」リラは困惑のあまり、文法を間違えて言った……正しくは「私が！」

第8章　リラ、決意する　Rilla Decides

（1）五ポンドの新生児……一ポンドは四百五十四グラム、五ポンドの新生児は約二千二百七十グラム。一般に二・五キログラム以下は低体重児とされる。『夢の家』で生まれたアンの長男ジェムは誕生時に十ポンドあり、この子の二倍の体重。
（2）**モーガンの本**……十九世紀末から、医学と衛生学に基づいた乳幼児養育の本が出版され、乳児死亡率が下がった。モーガンはウェールズとアイルランドに多い名字でケルトのブルトン系。
（3）**子羊のようにおとなしく**……旧約聖書「イザヤ書」第五十三章第七節より。近づいている苦難や死の訪れも知らずに従順に、おとなしくという意味。ここでは、近づいている戦争の激化の苦悩も知らずにという意味合いがある。［In］
（4）**猫が持ってきたもの**……猫が捕まえてくわえてきたネズミなどの獲物、そこから「汚れて濡れたもの」「むさくるしいもの」という意味。くだけた話し言葉で使われる。
（5）**ティー・ローズ**……中国原産のバラを欧州で改良、コウシンバラに近い園芸種のバラ。黄色がかった淡いピンク色の花に、茶の香りに似た繊細な芳香がある。
（6）**みんなで棒針編みを習う**……欧州の戦地にいる兵士に純毛の靴下を細い棒針で編み、慰問のメッセージを入れて送った。
（7）**バンシー**……a Banshee　アイルランドとスコットランドの妖精。家族に死人が出るときに大声で泣いて予言をする女の妖精。ケルト族の家庭にのみ現れるとされる。
（8）**大出立**（だいしゅったつ）……旧約聖書「出エジプト記」の言葉。モーセが、奴隷として虐げられていたユダヤ人を率いてエジプトを出て、シナイ山へむかい神と契約（旧約）をすること。
（9）**八オンス**……一オンスは約二十八・三グラム。八オンスは半ポンド、約二百二十六グラム。

(10) **侵略されたベルギーでくり広げられた悲惨な話も、新聞に載る**……モンゴメリは一九一四年九月十三日付の日記に、ベルギーで子どもの手が切り落とされたというおぞましい記事が新聞に載っている、ドイツ軍は非人道的な行為と犯罪を行っている、と書いている。ベルギー軍の抵抗により、ドイツ軍はフランスへの進軍が遅れ、その時間稼ぎの間に英仏軍はマルヌ会戦を準備、マルヌでは連合国軍が奇跡的に勝利した。第8章(23)。

(11) **地図を調べて**……大戦中のカナダ人は新聞の戦争報道をもとにベルギーなど欧州の地図を開き、聞いたこともない、読み方もよくわからないフランス語の地名の場所を調べて、ドイツ軍の進軍と戦況を確認した。

(12) **ドイツ軍**……Hun army Hun はフン族を意味するが、第一次大戦中と第二次大戦中は、英国側が敵のドイツ兵を侮蔑的に呼ぶ言葉として使われた。ドイツ野郎など。

(13) **パパ・ジョフル**……大戦中の一九一四年から一六年にフランス軍の最高指揮官を務めたジョゼフ・ジョフル(一八五二〜一九三一)。劣勢だった英仏軍を再編成してマルヌ会戦でドイツ軍を撃退したため、親しみを込めて「パパ・ジョフル」と呼ばれた。一九二一年の日本の皇太子裕仁親王欧州訪問の答礼使として翌二二年に来日。

(14) **サンリス**……Senlis フランス北部の町、パリの北北東約五十キロ。傍点(原書では斜体文字)の「リス」は、話し手のいとこのソフィアがここにアクセントを置いて話したという意味。

（15）**合衆国に、バーンストーフという男がいて**……バーンストーフは英語読み。ドイツ語ではベルンストルフ。ロンドン生まれのドイツ帝国の外交官ヨハン・ベルンストルフ（一八六二～一九三九）。駐米ドイツ大使として一九〇八年～一七年に合衆国に赴任。ドイツの外交官のため、本章ではドイツ寄りの発言をしている。

（16）**取らぬ狸（たぬき）の皮算用**……直訳「卵がかえる前の日にひよこを数える」は英語の諺。

（17）**クマは皮をはがれて皮を売られても長く生きる**……一度負けても復活するという意味。本文では、今は英国軍勢が劣勢でも盛り返すからドイツ軍は油断するなの意。

（18）**トマスコウ**……Tomascow　ポーランド中部の都市、日本語ではトマシュフと訳される。大戦中、ドイツの東部戦線（ドイツが東のロシアなどと戦う戦線）の攻撃により占領された。ポーランド語では Tomaszów。

（19）**モベイジ**……Mobbage　フランスの町モブージュ Maubeuge の英語よみ。一九一四年八月二十四日から九月七日、ドイツ軍とフランス軍が戦い、フランス軍は五千人の死者を出して敗れた。

（20）**R-h-e-i-m-s**……フランス北東部シャンパーニュ地方の中心都市。フランス語ではランス、英語読みはリームズ。

（21）**ドイツ軍は、そこの教会を、めちゃくちゃにしたそうな**……ランスにある十三世紀建造のノートルダム大聖堂は、九世紀から十九世紀までルイ十六世など数十人の歴代フランス国王の戴冠式が行われた重要な史跡。一九一四年九月のドイツ軍の空襲による火災で大聖堂が焼け、さらに大戦中の攻撃で破壊。

(22) **ルーヴェン**……Louvain　フランス語はルーヴァン。一九一四年にドイツ軍はルーヴェンで虐殺を行い、市街地とルーヴェン・カトリック大学の図書館を焼き払った。

(23) **マルヌの奇跡**……マルヌ the Marne　フランス北東部を流れるマルヌ川。一九一四年九月、ベルギーを突破してフランスに来たドイツ軍を、フランス軍がマルヌ河畔で食い止め撃退。奇跡的にパリ進軍を防いだ。

(24) **『ここまではよい……その先はない』**……旧約聖書「ヨブ記」第三十八章第十一節「『ここまでは来てもよい、だがその先はない。誇り高き波はここで留めよ』と言った」より。モンゴメリも大戦中の日記に引用。〔RW／In〕

第9章　博士(ドク)、災難にあう　Doc Has a Misadventure

(1) **エーヌ川の長期戦が膠着(こうちゃく)状態**……エーヌ川 the Aisne は、フランスの北東部を流れ、最後はセーヌ川に入る。一九一四年九月、フランス軍がドイツ軍をエーヌ川の後方に敗退させたが、ドイツ軍は河沿いに塹壕を掘って防御態勢を整え、フランス軍が再度、攻撃するも、膠着状態が続いた。

(2) **「表編み四目、裏編み一目」**……メリヤス編みの表目を四目、裏目を一目をくり返すゴム編み。ゴム編みは伸縮性があり、靴下やセーターの袖口などに用いる。

(3) **気を引きしめて**……直訳「腰帯をしめる」は旧約聖書「列王記」にある古風な表現で、意味は「気を引きしめる」。『アン』第31章(6)。[RW/In]

(4) **いつも通りの仕事、というのがイギリスの標語**……大戦中に英国政府が掲げた標語。いつもと同じ仕事と家事を営み、戦前と同じ社会機能を維持することを目的とした。

(5) **来年の今ごろにゃ、あたしらはみんなドイツ人になってるよ**……大戦当初はドイツ軍が優勢だったため、英仏露の連合国は敗れて、英国王を国家元首に頂くカナダはドイツ領になるという悲観論もあった。

(6) **ローマン・カトリック**……ローマ教皇を首長とするキリスト教の宗派。話し手のスーザンは、カトリックを改革して生まれた新教、長老派教会の信徒。

(7) **ダイアナのジャック坊や**……『炉辺荘』第2章で彼は九歳で、大きくなったら兵隊になりたがっているとある。執筆は本作の後で、本作に合わせて書かれている。

(8) **プリシラの息子は日本から**……『夢の家』でプリシラは海外宣教師と結婚して日本にいるとある。

(9) **ステラの息子もヴァンクーヴァーから**……ヴァンクーヴァーはカナダ西海岸ブリティッシュ・コロンビア州にあるカナダ第三の都市。『夢の家』でステラはヴァンクーヴァーで教えているとある。

(10) **ジョー牧師の息子さんは二人とも**……ジョー牧師は、『愛情』でフィリッパ・ゴードンとノヴァ・スコシア州で結婚したジョウナス・ブレイク牧師。

（11）**サム・ヒューズ卿**……サム・ヒューズ（一八五三〜一九二一）は大戦中のカナダ国防大臣。ジェムが行ったヴァルカルティエの基地は彼の指令により設置。

（12）**『野の百合』**……新約聖書「マタイによる福音書」第六章第二十八節「なぜ衣服のことで思い悩むのか。野の百合がどう育つのか、考えてみなさい。働きもせず、紡ぎもしない」より。リラは働きもせず、紡ぎもしなかったが、今は育児と赤十字の活動をしている。［RW／In］

（13）**赤十字社**……原文は a Red Cross Society。

（14）**ジムスだなんて、キリスト教徒の子どもの名前じゃありませんよ**……赤ん坊の本名ジェイムズは聖ヤコブの英語名でキリスト教にゆかりがあり、その省略がジム。しかしジムスという名前はキリスト教と関係がない。

（15）**野薔薇**（スイート・ブライア）……野薔薇に似た園芸種。本文では秋咲きの花が咲いていると思われる。『炉辺荘』第5章（7）でも猫が避難する。

（16）**あの猫は狂水病**（きょうすいびょう）……狂水病は狂犬病の別名。狂犬病に罹患した人間は、水を飲むときに嚥下筋（えんげきん）が痙攣して激痛に苦しむため狂水病とも呼ばれる。狂犬病のウィルスは犬だけでなく、野良猫などの哺乳類が持ち、感染した動物は独特の神経症状を見せる。そのためいとこのソフィアは猫のハイド氏の異常な行動を狂水病だと考えている。人間が狂犬病ウィルスに感染すると致死率は、ほぼ百％とされ、狂犬病ワクチンが普及していない当時は、非常に恐れられた。

（17）**幅広の食器棚**……前に台のついた幅の広い食器棚。上はガラス付きの棚、下は引き出しや収納棚で、その中間に板が前に突き出た台があり、物を置く。

（18）**大きな青い混ぜ鉢**（ミキシング・ボウル）……現在のボウルはステンレス製だが、当時のボウルは焼きもので割れる。黄色など無地の焼きものが一般的だが、アンの嫁入り道具は、白地に青い染め付けが施されたもので、マリラが上等な品を用意したと思われる。

（19）**ストーム・コート**……裏地のついた厚地の防水コート。防寒用で衿に毛皮がある。

第10章　リラの悩み　The Troubles of Rilla

（1）**アントワープ陥落**……アントワープ Antwerp はベルギーの第二の都市。ドイツ軍はパリの占領を目指してベルギーに侵攻、包囲戦の末、アントワープを陥落させた（口絵）。

（2）**トルコの宣戦布告**……トルコは、南下政策を取りトルコ領土を狙うロシアと対立していたため、一九一四年十月二十九日、ロシアに宣戦布告した。そのためロシアが含まれる英仏露の連合国側ではなく、ドイツ側につき、カナダの敵国となった。

（3）**勇敢なる小国セルビアが奮起し、圧制者である敵に致命的な一撃を与えた**……セルビアはバルカン半島にある小国。セルビア人が、オーストリア皇太子夫妻を暗殺し、オーストリアがセルビアに宣戦布告すると、セルビアは、オーストリア軍に反撃し、一九一四年十二月十五日までに侵入軍を撤退させた。本章のこの場面は一九一四年十二月のため、本文の「圧制者」はオーストリア軍。ただしセルビアは翌一九一五年秋以降、ブルガリア、ドイツ、オーストリアの攻撃を受け、オーストリアに占領される。

（4）**心臓がトリップ・ハンマーを打つようにどきどきしようと**……トリップ・ハンマー trip-hammer は、動力（昔は水力）で連続して叩く大きくて強力なハンマー。農業では穀物をつき、錬鉄では鉄の板を叩き伸ばすのに用いる。

（5）**不安で鳩尾（みぞおち）がなくなったような感じがしようと**……英語ではみぞおちは恐怖、不安、ストレスを感じる場所とされる。

（6）**カレーへの猛攻撃**……カレー Calais はフランス北東部のベルギー国境近く、ドーバー海峡に面した港町。英仏海峡の最も狭いところにあり、イギリスと欧州を結ぶ港町として栄えた。大戦中は、イギリスが、ベルギーとフランスの西部戦線に武器と兵員を送る重要拠点となり、ドイツ軍が攻撃した。本章の一九一四年では、攻撃が失敗したと書かれているが大戦中にドイツ軍は占拠した。

（7）**皇帝（カイゼル）は、今年のクリスマスは、ロンドンでごちそう（ディナー）を食べられませんよ**……ドイツの皇帝ヴィルヘルム二世は、母親が英国ヴィクトリア女王の長女であり、子ども時代から何度か英国に渡り、ロンドンで祖母ヴィクトリア女王に面会した。しかし大戦中はイギリスは敵国のため訪問しないという意味。

（8）**トルコ風呂**……スチームをたく蒸し風呂。体を温め、洗った後、マッサージを受けることが多い。スーザンはアーノルド牧師がメソジストの牧師のため元々反感があり、さらに敵国トルコの風習をしているので批判。十九世紀の西洋ではイスラム建築の影響が見られるエキゾチックなトルコ風呂が多くの絵画に描かれた。今の島にはない。

（9）**執事**……新教では信者から選ばれた教会の役員。

（10）**クリスマス・ケーキ**……ドライ・フルーツを入れたケーキ。非常に甘く日持ちがする。表面を砂糖衣やマジパン（アーモンドの粉、砂糖、卵白の練り粉）で覆い、乾燥を防ぐ。

（11）**泥のなかで溺れ死んで**……大戦は塹壕戦となり、攻撃と防御のために掘った塹壕に雨水がたまり兵隊は冷たい泥水にまみれた。

（12）**ソールズベリー平原**……Salisbury Plain　英国南西部の平原地帯。練兵場があった。

（13）**泥まみれにもかかわらず**……英国にある練兵場で、ジェムは実戦に出る前に塹壕戦の訓練をしている。

（14）**白い羽**……臆病者を意味する。大戦中に、非戦論者や出征しない者を白い羽と呼び、非難した。由来は、闘鶏で負けた鶏が首の白い羽を見せるから、あるいは猟鳥で尾に白い羽があるものは下等な鳥だからなど諸説ある。

（15）**白樺は、裸を恥じないエデンの園の秘密を、永遠に失わない、麗しい異教徒の娘である**……エデンの園でアダムとイヴは裸で暮らしていたが、禁断の果実を食べてより裸体を恥じるようになり、エデンの園から追放されることが旧約聖書「創世記」に書かれる。よってキリスト教徒は裸体を恥じるが、葉を落として白い木肌を見せている白樺は裸体を恥じない異教徒の娘とウォルターは書く。

（16）小鬼（ゴブリン）……醜い姿をした悪戯な妖精。

（17）小さな肌着（スリップ）……赤ん坊の頭からかぶせて簡単に着せられる袖なしで白い木綿地のワンピース式肌着。男女とも最初は長いベビー服を着せる。

（18）編み物を入れる新しいバッグ……編み針と毛糸、はさみなどの道具、編みかけなどを入れるカバン。人々が集まって編む際などに持ち運んだ。

（19）ウッヂ……Lodz　ポーランド中部、首都ワルシャワの西南西にある工業都市。ドイツ軍の東部戦線の攻撃で住民が死傷、一九一四年十二月六日にドイツに攻略される。ウーチ、ウッジなどとも訳される。

（20）悪いことにも明るい面はある……直訳「雲の裏側は銀色に光っている」という諺。

（21）自分の敵を愛せ……キリスト教の教え。新約聖書「マタイによる福音書」第五章第四十四節「……あなたの敵を愛しなさい、あなたを迫害する者の祝福を祈りなさい」［RW／In］

（22）国王ジョージ……英国王ジョージ五世（一八六五～一九三六、在位一九一〇～三六）。祖母はヴィクトリア女王、祖父はドイツ貴族アルバート、父は英国王エドワード七世、母はデンマーク王女アレクサンドラ、孫はエリザベス女王二世。大戦の敵国ドイツの皇帝（カイゼル）ヴィルヘルム二世も、ヴィクトリア女王の孫でいとこ。

（23）M-l-a-w-a……ムワヴァ、ポーランド北東部の都市、大戦中はドイツ軍が占領。

（24）**B-z-u-r-a**……ブズラ、ポーランド中部を流れる川。

（25）**P-r-z-e-m-y-s-l**……プシェミシル、ポーランド南東部のウクライナ国境近くにある都市。十八世紀からオーストリアの領土となり、一九一四年八月、ロシア軍がオーストリア軍を攻撃するも要塞に阻まれ、同年十月、ロシアは再度の攻撃により、一九一五年三月にロシア軍が占領。訳語はプシェミスル、プシェムィシルなど。

（26）**サスカチュワン**……Saskatchewan　カナダ中部の州。先住民のクリー語の言葉。モンゴメリは十代に暮らした。『炉辺荘』のあとがき。

（27）**マスコドボイト**……Musquodoboit　カナダ東海岸ノヴァ・スコシア州ハリファクス近くにある地名。先住民ミクマク族の言葉。島の先住民も同じミクマク族。

（28）**ベオグラードを奪回**……ベオグラード（英語名ベルグレイド）はセルビア共和国の首都。ドナウ川とサーバ川の合流点にあり、中央ヨーロッパとトルコをつなぐ交通の要衝。大戦では、一九一四年七月にオーストリアがセルビアに宣戦布告をして攻撃し、十二月二日にベオグラードを占領したが、十二月十五日に、セルビア軍が奪回した。

（29）**オーストリア人どもに痛烈なことを言って、みんなまとめてドナウ川のむこうへ追っ払った**……ドナウ川 Danube（英語名ダニューブ）はドイツ南部に発して、オーストリアの首都ウィーン、ハンガリー、セルビアの首都ベオグラード、ルーマニア、ブルガリアなどを通って黒海に注ぐ。大戦ではドナウ川流域の国々が参戦、同盟国側のドイツ、オーストリア、ブルガリア、オスマン帝国（トルコ）と、連合国側のロシア、セルビア、ルーマニアが戦った。本章では英国側のセルビアがオーストリア軍に反撃して、ドナウ川の向こう岸へ敗退させたことを意味する。

(30) **このセルビアでは、大量殺人があって、おぞましかったそうですね**……一九一四年八月にオーストリア軍がセルビアを攻撃した際、多くの一般市民を殺害し、略奪、放火を行った。

(31) **ビーバー帽**……ビーバーの毛皮の帽子を指すこともあるが、一般にはビーバー帽はビーバーの毛皮をフェルト状にした柔らかな生地で作るつば付き帽。この素材で男性のシルクハットも作られ十九世紀まで流行した。

(32) **ベルギーでは飢えた人たちがいる**……大戦中、ドイツ軍がベルギーを侵攻して鉄道や工場を破壊、深刻な食糧不足となり、米国などが食糧を輸出して支援した。

(33) **揺さぶり上げた**……大人が赤ん坊を膝に抱いて、膝を上下にゆすってはね上げること。新生児の揺さぶりは脳によくないが、ジムスのように首のすわった子どもを優しく揺さぶることは、あやすことの一環でよいとされる。

(34) **オリーヴ・カーク**……原文の名字はキース Kieth とあり、以後もキースが混在するが、後の版ではカークに訂正されているためカークに統一する。カークもキースもスコットランド人の名字。

(35) **ジョニー・ミードお爺さん**……原文では old Joe Mead「ジョー・ミードお爺さん」とあるが、第8章では old Johnny Mead「ジョニー・ミードお爺さん」とあり、誤記と思われる。ジョニーは聖ヨハネ、ジョーは聖ヨセフに由来。

第11章　暗と明　Dark and Bright

（1）**生き返った巨人みたいになって……**英国国教会「祈禱書」の「詩編」第七十八章第六十六節「そして主は眠りから目ざめた人のように目をさました。ぶどう酒で生き返った巨人のように」より。［RW／In］

（2）**ウッドロー・ウィルソンが、また声明を書くそうです……**ウッドロー・ウィルソン（一八五六～一九二四）は米国の第二十八代大統領（一九一三～二一）。彼は声明として、アメリカの中立と戦争諸国の平和的解決を求める文書を出したが、参戦国は提案を拒否した。米国は一九一七年四月に連合国側として参戦するが、本章は一九一五年元旦で、米国はまだ参戦していないため、スーザンは皮肉を語る。大戦後の一九一九年に国際連盟創設を主導してノーベル平和賞受賞。父親は長老派教会の牧師。民主党員。

（3）**ベビー服を短くして……**新生児は足が隠れる長いベビー服を着せ、その後は足先が見える短いワンピース、次にズボン式のロンパースとなる。『夢の家』第40章（4）。

（4）**愛国的な暗誦……**戦争中は愛国的な詩や演説を集めたアンソロジー本が出版され、暗誦された。

（5）**父祖の灰と神々の寺院を守るために……**英国の詩人、政治家トーマス・バビントン・マコーレー（一八〇〇〜一八五九）の物語詩集『古代ローマの詩歌集』の詩「ホラーティウス」第二十七連。『虹の谷』第35章（5）。［RW／In］

（6）**フランスのどこか**……大戦中、兵士がいる正確な場所や戦没地がわからない場合、報告できない場合に「フランスのどこか」と称された。『炉辺荘』第41章（16）。

（7）**眠りの国**……slumberland　眠たい人々が暮らす空想の国。子どもたちに、眠るときはこの国へ入っていくと話して聞かせる。米国の児童文学作家ドロシー・C・ペイン著『小さなフロリダの女の子』（一九〇三）に出てくる。［In］

（8）**「イープレズ」**……“Yiprez”　ベルギー西部、フランス国境に近い町イープル Ypres を、スーザンがこのように発音したもの。大戦では一九一四年秋にドイツ軍が侵攻したが連合国軍が反撃。翌一九一五年春に、再度、ドイツ軍が毒ガスを使って攻撃。イープルの戦いでカナダ軍は初めて本格的に戦闘。大戦の詩として最も有名な「フランドルの野に」は、カナダ人医師の兵士がここで戦死した戦友について書いた詩。

（9）**戦死傷者**……casualties　戦死兵、傷病兵のほか、敵国での拘留、捕虜、行方不明者を含む。

（10）**ダーダネルス海峡**……Dardanelles　エーゲ海とマルマラ海とを結ぶ細長い海峡で、ヨーロッパとトルコのアジア側の境にある。一九一五年に連合国軍がトルコ軍を攻撃したが不首尾に終わった。

（11）**平和主義者**……pacifist　平和主義者のほかに、反戦論者、非暴力主義者、不戦主義者、無抵抗主義者、また良心的徴兵忌避者などの意味がある。

(12) **大英帝国軍はヌーヴ・シャペルで勝利したが、その戦果よりも大きな犠牲を払った**……ヌーヴ・シャペルの戦いは一九一五年三月、フランスで英仏軍とドイツ軍が戦闘。英国軍は戦闘機で航空写真を撮り戦略を練り善戦したが一万人以上の英国兵が死傷。

(13) **ロシアの皇帝**……the Czar　大戦中の皇帝は、ニコライ二世（一八六八～一九一八、在位一八九四～一九一七）。ロマノフ朝最後の皇帝。一九一七年のロシア革命（三月革命）で退位し、帝政が廃止され、社会主義政権成立後に処刑。

(14) **プロイセン風の地名を、プシェミシル**……オーストリア軍（ドイツ語圏）が占領したがロシア軍が奪回。プロイセン的な（ドイツ語風）地名から元に戻したという意味。第10章（25）。

(15) **ツェッペリン飛行船**……ドイツの軍人、飛行船考案者のフェルディナント・フォン・ツェッペリン伯爵（一八三八～一九一七）が開発した飛行船。ドイツ軍は大戦中に百機以上のツェッペリン飛行船をイギリスの偵察、ベルギーとイギリスへの空襲に使用。のちに英国軍は戦闘機で撃墜した。

(16) **私には絶対にしなかったことが、二つありましてね**……手紙を書かないと話しているが、二十年以上後に書かれた『炉辺荘』でレベッカ・デューに手紙を書く。

(17) **おさるのクッキー**……『炉辺荘』第10章（2）。

(18) **半風子**（はんぷうし）……cootie　虱（しらみ）の俗称。虱の一般的な英語では louse。そこで日本語の「虱」

の漢字からついた別名「半風子」と訳した。頭につく場合は、目の細かなすきぐしで梳いて取りのぞくため、スーザンがジェムに送る。

第12章　ランゲマルクの日々に　In the Days of Langemarck

（1）**ランゲマルク**……Langemarck　ランゲマルクはベルギーの西フランドルの村、大戦の西部戦線となる。一九一五年四月の第二次イープルの戦いで、ドイツ軍が初めて毒ガスを使用した場所として知られる。本章ではアンの苦悩の三週間の原因となる。ジェムが毒ガスで死んだかもしれないとみなが案じる。

（2）**フランドル**……Flanders　ベルギー、オランダ、フランスにまたがる地域。英語名「フランダース」。大戦では西部戦線となり激戦地が多い。「虹の谷」第35章（7）。

（3）**イープル周辺の戦闘**……第11章（8）。

（4）**サン・ジュリアンの戦い**……サン・ジュリアンの戦いは一九一五年四月二十四日。カナダ軍がドイツ軍から初めて大規模な毒ガス攻撃を受けた戦闘。［In］

（5）**わがカナダ軍兵士はめざましい戦績をあげている**……サン・ジュリアンの戦いでは、カナダ兵の戦功に対し初めて英国ヴィクトリア十字章（勲章）が授与された。

（6）**フレンチ将軍**……ジョン・フレンチ（一八五二～一九二五）、英国の陸軍元帥（一九一四～一五）。大戦で西部戦線の派遣軍を指揮した。

（7）**ウォルター、ナンとダイが、昨夜、レッドモンドから帰ってきた**……本章の場面は春。島の春の訪れは六月であり、大学の一学年度が終わり、三人は夏休みで帰省。

（8）**ミランダはおとなしくて言うことをきく娘だから、その土地で長く生きるに違いない**……旧約聖書「出エジプト記」第二十章第十二節「あなたの父と母を敬え。そうすれば神である主があなたに与えてくださるその土地で長く生きるであろう」より。ミランダは父の言うことを聞くので、この句のように長生きするという意味。［RW／In］

（9）**百日咳**……子どもの急性感染症。現在はワクチンがある。

（10）**手旗訓練**……手旗信号の訓練。赤と白の旗を持ち、両手を動かして信号を送る。かつては海上や陸上の軍隊で使用され、戦時中の演芸会（コンサート）らしい演目。

（11）**毒ガス**……毒ガスは大戦中にドイツ軍がイープルで初めて使用、英仏軍やカナダ軍に甚大な被害があった。

（12）**しもつけ**……Spirea　シモツケ属の各種の低木の総称。白や桃色の小花が丸く集まって咲く。コデマリなども含み、園芸用の栽培種もある。シモツケソウは別の植物で、葉が掌のように五つに分かれる。シモツケは葉が分かれず細長い。

（13）**こんなことを叫ぶとは、けしからん**……ウォルターは「オー・マイ・ゴッド」と叫んでいる。当時は神の名ゴッドをみだりに言うことはよくないとされ、代わりに、オー・マイ・グッドネスなどと言う。

（14）**ドイツ軍は、まだわれわれを突破していません**……パリ陥落にむかうドイツ軍がフランスやフランドル地方を通過して突破しないように、連合国側が反撃防御して足止めしている。

（15）**ダビデとベツレヘムの水**……旧約聖書「サムエル記下」第二十三章第十五〜十七節に、戦場にいるダビデが、ベツレヘムの城門の傍らにある井戸の水を切望して、水がもたらされるが、この水は命がけで持ってきてくれた者が飲むべきだと言って、飲まない。旧約聖書「歴代誌上」第十一章第十七〜十九節にもある。牧師の長男ジェリーらしい真面目な考え。［RW／In］

第13章　屈辱のパイ　A Slice of Humble Pie

（1）**屈辱のパイ**……鹿などの臓物のパイで、昔は使用人に食べさせたことから、そのパイを食べるとは、甘んじて屈辱を受け入れる、また素直に謝るという意味。

（2）**ルシタニア号の沈没**……ルシタニア号は英国キューナード・ライン社の豪華客船で当時は世界最大規模を誇ったが、一九一五年五月七日、アイルランド沖でドイツの潜水艦Uボートに魚雷で攻撃されて沈没、二千人近い乗客のうち約千二百人が死亡。うち百二十八人が米国人で、約百人の子どもが犠牲になったことから、中立国アメリカが一九一七年に大戦に参戦する要因の一つとなった。

（3）**警告が出ていたのに家でじっとしていなかった者は、あんな目に遭って当たり前だ**……ルシタニア号が撃沈される直前の一九一五年四月二十二日、在米ドイツ大使館は米国の新聞に「警告」を出した。内容は、ドイツ帝国は、イギリス並びに同盟国と戦闘状態にあり、イギリス周辺海域を航行する英国旗や同盟国の旗を掲げた船舶は攻撃対象になるというもので、ルシタニア号の絵をつけて掲載された。［In］

（4）**ウッドロー・ウィルソンはこれについて意見書を書くそうです**……ルシタニア号撃沈で多数の米国人が死亡したことから、ウィルソン大統領はドイツに対して正式な抗議書を送った。ただしこの段階ではまだドイツに宣戦布告はしなかったため、米軍の参戦を求めるスーザンは落胆している。

（5）**長靴下**(ストッキング)……股つきストッキングは第二次大戦後の製品で、その前は膝上までの長い靴下。細いシルク糸製は透明感のある薄い膝上ストッキング、黒い木綿糸製は透明感のない長靴下。英語ではどちらもストッキング。

（6）**お願いいちたい**……athk a favour　正しくは ask a favour。リラは s を th で発音。

（7）**自分はまだ十七で**……実際はリラは十六歳。第16章で十六歳と一か月と語る。

第14章　裁きの谷　The Valley of Decision

（1）**裁きの谷**……直訳「決断の谷、判決の谷」。旧約聖書「ヨエル書」第三章第十四節（新共同訳では第四章第十四節）「おびただしい群衆が裁きの谷にいる。なぜなら裁きの谷では主の日が近いからだ」より。この谷はエルサレム近くにあり、攻撃するために集まった諸国の民に対する、神の裁きの場所。または主が国々の運命を決定する裁きの地。［In］

（2）**イタリアの参戦**……イタリアは、ドイツとオーストリアの同盟国側だったが、一九一五年五月に、その三国同盟を破棄してオーストリアに宣戦布告、一九一六年八月にはドイツに宣戦布告をして連合国側についた。

（3）**ロシアの戦線**……連合国側のロシアは、ドイツ軍とオーストリア軍と東部戦線で戦ったが、ロシアの国内産業の遅れにより武器、弾薬、食糧が確保できず兵士が前線から脱走、国民の暮らしも困窮し、一九一七年三月のロシア革命と帝政廃止につながる。

（4）**ニコライ大公**……ロシア皇帝ニコライ一世の孫、ニコライ・ニコラエヴィッチ（一八五六〜一九二九）。大戦ではロシア軍最高司令官をつとめ、ドイツ、オーストリアとの戦闘を指揮した。ロシア軍の戦死者増加により一九一五年八月に解任される。

（5）**道楽老人のフランツ・ヨーゼフ**……オーストリアの皇帝フランツ・ヨーゼフ一世（一八三〇〜一九一六）、妻は皇妃エリーザベト（一八三七〜一八九八）。サラエボ事件で甥の皇太子フランツ・フェルディナント大公が暗殺された。スーザンが、イタリアのおかげで道楽老人の皇帝がいろいろと考える、と語る理由は、もともとイタリアはオーストリア、ドイツと三国同盟を結んでいたが、それを破棄してオーストリアに宣戦布告をしたことを指す。道楽老人の意味はウィーンにある皇帝の豪華絢爛な宮殿（口絵）や離宮を念頭に置いたものと思われる。この皇帝は大戦中に他界。

（6）**野生林檎（クラブ・アップル）の花**……野生種に近く、花は白、桃色、濃ピンク。小さく可憐、実は小さく酸味が強い。アンが初めてグリーン・ゲイブルズに来た夜、マリラはこの砂糖煮（プリザーヴ）を出す。『アン』第1章（14）。

（7）**「われら、この古き旗を倒させじ」**……"We'll never let the old flag fall" もともとは米国の歌でアルバート・マクナット作詞、M・F・ケリー作曲、一九一五年に楽譜が出版。米国では星条旗の歌だが、カナダでは英国旗ユニオン・ジャックの歌詞に替えて大戦中に流行。本来はピアノ伴奏での合唱だが、行進曲の楽隊演奏も行われた。カナダ版の歌詞は「大英帝国の旗は常に正義を表し、大英帝国の希望は常に平和を求める」と始まり「われら、この古き旗を倒させじ」と終わる。歌詞には「大英帝国の若者は、国の呼びかけに結集する」という一節もあり、この軽快な軍歌が響くなかで、リラがウォルターの出征に衝撃を受けるこの場面は本作中の白眉。［RW／In］

（8）**呪われた埃を、自分の足から永遠にはらい落としたい**……新約聖書「マルコによる福音書」第六章第十一節「しかしあなたがたを迎え入れず、話も聞かない家があれば、そこを離れるとき、彼らに対する証として、あなたの足の埃をはらい落としなさい」より。「足の埃をはらい落とす」とは、軽蔑や怒りをこめて去るという意味。戦争のある世界へのウォルターの嫌悪と厭世観を表す。［RW／In］

（9）**「遅く来るも、早く来るも／最後に来るものは、ただ死のみ」**……スコットランドの詩人・作家サー・ウォルター・スコット『マーミオン』第二巻第三十章。［RW／In］

（10）**キングスポート**……ノヴァ・スコシア州都の港町ハリファクス。『愛情』の舞台。大戦の勃発後、ハリファクスは軍港として整備され、カナダ海軍の管理下におかれ、カナダ兵と物資が欧州へ輸送された。港に、兵士が祖国で踏んだ最後の足跡を示す慰霊記念碑がある（口絵）。

（11）**モンロー主義……**　米国と欧州の相互不干渉。米国大統領ジェイムズ・モンローが一八二三年に提唱。米国ウィルソン大統領は「欧州の紛争に不介入」というモンロー主義を公約に掲げていたため、大戦の前半は参戦しなかった。

（12）**あのドイツ人どもを、声明文なぞでとっちめるなんて、絶対に無理です……**米国ウィルソン大統領は、一九一五年のドイツ軍によるルシタニア号撃沈の後、ドイツの無制限潜水艦作戦を停止すること、中立国（ベルギーなど）とその国民の権利を護ることなどをもとめる抗議文を出した。一九一六年にもドイツに平和的解決をもとめる意見書を出したが拒絶された。

第15章　夜が明けるまで　Until the Day Break

（1）**ドイツ軍が、プシェミシルを、また奪回……**ポーランドのプシェミシルはドイツ軍の東部戦線にあり、主にロシア軍が、ドイツ軍、オーストリア軍と戦闘。一時的にロシア軍が占拠したが、一九一五年五月、ドイツ軍が奪回したことを指す。

（2）**また野蛮な名前で、あの土地を呼ばなくちゃならない……**第11章にロシアの皇帝がプロイセン風（ドイツ語的）の地名をプシェミシルに変えたとあり、それが元に戻ること。

（3）**ペトログラード**……ロシア西部の都市サンクト・ペテルブルクの旧称、一九一八年までは帝国ロシアの首都で、ロシア皇帝の宮殿があった。元々はサンクト・ペテルブルクだったが、一九一四年～二四年一月はペトログラードに、この都市で始まったロシア革命を経て一九二四年からレニングラードに変わり、現在は元の旧称に戻る。

（4）**東部戦線の戦況は好ましくありませんね**……ロシア軍は武器弾薬、食糧不足から脱走兵が増え、ドイツの東部戦線に対して退却していた。第14章（3）。

（5）**『力強き山々』**……strength of the hills。旧約聖書「詩編」第九十五章第四節「神の御手（みて）のなかに地の深き所はあり、力強き山々も神の御手のなかにある」。［RW／In］

（6）**あの懐かしいころ**……lang syne　スコットランド語。英語では long since。遠いあのころ。スコットランド詩人ロバート・バーンズの詩「蛍の光」の原題 Auld Lang Syne。

（7）**すばらしき古き賛美歌**……「ああ、神は、いにしえより、われらの救援（たすけ）」英国の牧師・賛美歌作者アイザック・ワッツ（一六七四～一七四八）作詞、ウィリアム・クロフト（一六七七、八～一七二七）作曲、一七〇八年。本作執筆時期から三百年以上前の歌のため、モンゴメリは古き賛美歌と書いている。［RW／In］

（8）**『昨日も、今日も、とこしえに、変わることなし』**……新約聖書「ヘブライ人への手紙」第十三章第八節「イエス・キリストは、昨日も、今日も、とこしえに変わることのなし」より。［RW／In］

（9）**夜が明けて、影が消えるまで**……エイダ・ヘイバーション（一八六一～一九一八）作詞の賛美歌「夜が明けて、影が消えるまで」を念頭に置いたものと思われる。本章の章題も同様。

（10）**ロンパース**……上下続きの乳児服。長いベビー服から、足の出る短いベビー服、次にロンパースが書かれ、ジムスの成長を表す。『夢の家』第40章（12）。

第16章　現実とロマンス　Realism and Romance

（1）**ワルシャワが陥落した**……ワルシャワは現在はポーランドの首都だが、大戦当時はロシア帝国の一部だった。ドイツ軍が連合国側のロシア軍とポーランドで戦闘、一九一五年八月、ワルシャワを占領した。

（2）**内海向こうのマーティン・ウェスト**……ケネスの母レスリー・フォードの実家は内海向こうのウェスト家。

（3）**連隊**……連隊は地上兵力の部隊で、複数の大隊と戦闘部隊、司令部、補給部隊からなり、指揮官は大佐。

（4）**休暇をとって島に来た**……ケネスの実家はトロントで、キングスポート（ハリファクス）から遠く、当時は容易に行き来できなかったが、島は船便で近い。

（5）「**そうでしゅ…そうでしゅ**」……"Yeth...yeth" リラの口癖で正しくは yes。

（6）**ケネスの言う「きみ（ユー）」は、単数形の「きみ（ユー）」かしら、それとも複数形の「あなたがた（ユー）」**

かしら?……きみ you は単数形も複数形も同じため、ケネスの言葉は「きみに会う」「あなたたちに会う」の両義。

（7）**ジョーゼット**……georgette。薄くて軽い織物で婦人服用、舞台の装飾幕など。ジョーゼット・クレープの略。当時は絹で作られ、現在はレーヨンなどの化繊。

（8）**ケネスは、モーガンの有益な分厚い本の中身は知らない**……赤ん坊が泣くたびにあやすとよくないとする育児法もあったが、ケネスはそれを知らないため、泣くジムスをそのままにしているリラを薄情だと思うのではないかと彼女は案ずる。ギルバートも、ジェムが赤ん坊のころ、彼が泣いても行かないようにアンに話している（第6章）。

（9）**「ウィル……ウィル」**……“Will...Will” リラ Rilla を、ジムスが片言で言ったもの。

（10）**葦（あし）のテーブル**……葦の茎を装飾としてテーブルの脚や卓面などの表面にあしらった机。ヴェランダなど屋外向き。

（11）**尻叩き（スパンク）**……子どもの躾で尻を叩くこと。

（12）**便秘薬のフルータティブス**……fruitatives 便秘薬の商品名。きれいなフルーツ絵柄の缶に入ったものもあり、子どもが間違えて食べる可能性があり、説明書には子どもの手の届かないところに置くように書かれている。

（13）**『マクドナルドの人』**……“MacDonaldite” 語尾の ite は「〜の人」。マクドナルドの人とは、十九世紀の島で説教をしたスコットランド生まれの長老派の牧師ドナルド・マクドナルド（一七八三～一八六七）を崇敬した人々。彼は、カナダ長老派教会からは正式に認められなかったが、スコットランドのゲール語混じりの熱烈な説教と独特の人格で、スコットランド系の島民に慕われ、島の信仰生活に大きな影響を与えた。説教を聴いて陶酔無我の境地となり、痙攣を起こす者もいたため、スーザンが、痙攣みたいなこと the jerks something をよく起こしたと言っている。［In］

第17章　過ぎ去っていく日々　The Weeks wear by

（1）**「ああ、神よ、われらが叫びを聞きたまえ／海の危難にある者のためにあげる祈りを」**……賛美歌「永遠の父よ、強き守り手」の一節。英国の詩人ウィリアム・ホワイティング（一八二五～七八）が、旧約聖書「詩編」にインスピレーションをうけて作詞。米国や英国の海軍で歌われた。［RW／In］

（2）**気の抜けて、退屈な**……シェイクスピア劇『ハムレット』第一幕第二場より。『アン』第26章（1）。

（3）**連合国が西部戦線で大勝利をおさめた**……一九一五年九月から十月、英国軍は西部戦線のフランスの町ロース Loos に大規模な部隊を投入、英国軍が初めて毒ガスを使用、ドイツ軍を突破して町を一時的に占領。

（4）**ロシア軍の不振**……第15章（4）。

（5）**ガリポリの退却**……ガリポリはトルコ西部の半島。一九一五年十一月、英国軍はガリポリ半島からの退却を決める。

（6）**ガリポーリーの遠征は失敗**……ガリポーリーは、いとこのソフィアの発音。同盟国側のトルコ軍は、一九一五年四月より攻撃を始めた連合国軍に対して善戦、連合国軍は二十五万人以上の戦死傷者を出して撤退。この失敗により英国海軍大臣ウィンストン・チャーチル（のちの首相）は辞職した。

（7）**ニコライ大公は辞めさせられる**……第14章（4）。

（8）**ルーシアの皇帝はドイツ贔屓**……ルーシア Roosia はいとこのソフィアが語るロシア Russia の訛り。ロシア皇帝ニコライ二世の皇后はヴィクトリア女王の孫娘、一方、ドイツの皇帝ヴィルヘルム二世もヴィクトリア女王の孫息子のため、いとこのソフィアはドイツ贔屓と考える。しかし英国王ジョージ五世もヴィクトリア女王の孫。

（9）**粗末な衣を着て、灰のなかで、悔い改める**……新約聖書「マタイによる福音書」第十一章第二十一節「……これらの町はとうに粗末な服を着て、灰のなかで、悔い改めたに違いない」より。粗末な服は、昔、懺悔のときに着た。

（10）**全能の神さまが穀物倉をきれいにするためにお使いになる道具**……新約聖書「マタイによる福音書」第三章第十二節。「手に熊手をもって、穀物倉をきれいにして、麦を集めて倉にいれ、麦殻は消えることのない火で焼き払われる」より。[RW／In]

（11）**「男子を求む」という貼り紙が、じっとこちらを睨んでました**……男子を求むというポスターのほかに、英国のキッチナーの顔を大きく描き、「大英帝国はきみを求めてる」という標語のポスターも作られた。

(12) **ブルガリアがドイツ側についた**……一九一五年十月、ブルガリアは、第二次バルカン戦争でセルビア王国に奪われた土地の奪回を目的として、大戦にドイツの同盟国側として参戦、セルビア（連合国側）に侵攻した。

(13) **ギリシアの紛糾（ふんきゅう）**……ギリシアは中立国であり、国王は妻がドイツ人であることもあり非戦の立場だったが、ヴェニゼロス首相は連合国側のイギリスとつながり参戦の立場をとって対立。一九一五年、首相は解任され、選挙を行い、勝利して再度首相につくなど国内に紛糾があった。

(14) **ギリシアのコンスタンティノス**……国王コンスタンティノス一世（一八六八～一九二三）。

(15) **奥さんは、ドイツ人**……妻ソフィア（一八七〇～一九三二）はドイツの皇帝（カイゼル）ヴィルヘルム二世の妹。

(16) **ギリシアのソフィアは出しゃばり女**……皇后ソフィアはドイツ人のため、ギリシアがドイツを敵に回して戦争をしないよう、ギリシア国王を操縦しているとスーザンは推測。当時の一般的な見方。

(17) **ヴェニゼロスが失敗した**……ギリシアの首相エレフテリオス・ヴェニゼロス（一八六四～一九三六）。彼はギリシアの参戦を主張したが、この場面と同じ一九一五年十月に、参戦に否定的な国王が彼を解任した。

（18）**蛇……**英語圏では蛇は旧約聖書「創世記」の蛇から信用できない人物、陰険な狡賢い男などのイメージがある。

（19）**セルビアがどうなったか……**一九一五年十月、ブルガリア（同盟国側）が宣戦布告なしでドナウ川を越えてセルビアに軍事侵攻した。

（20）**もっと早く戦争に加わってれば……**米国の参戦は一九一七年四月六日。この場面ではまだ参戦していない。ドイツ系米国人への配慮、予算、モンロー主義などが背景にあった。

（21）**大戦は、通信教育の学校じゃない……**米国大統領ウィルソンが参戦せずに、同盟国側のドイツに対して和平や終結の声明を送っては断られている状況を、スーザンが答案と添削の郵送をくり返す通信教育の学校じゃないと皮肉っている。

（22）**「十八歳から四十五歳の身体強健な男性」……**志願兵の条件として記載。

（23）**石板に二人の名前を書いて「文字を消した(クロスト・アウト)」のだ……**「文字を消した crossed out」は、文字の上から取り消し線を引いて消すこと。ここでは石板に二人の名前 Rilla Blythe と Carl Meredith を書き、共通するアルファベット（r と i と l と t など）を消し、残った文字から占う遊び。本章では二人が結婚するという結果。

（24）**忍耐というものは疲れた牝馬(めすうま)だが、それでもゆっくり走り続ける……**シェイクスピアの歴史劇『ヘンリー五世』（一六〇〇）第二幕第一場「忍耐強く疲れた牝馬だが、それでもゆっくりと歩くだろう」より。[In]

(25) **ち**……罵り言葉 damn「ちくしょう」と言おうとしたミス・オリヴァーを、スーザンがさえぎったもの。

(26) **からし膏薬**(プラスター)……からし粉末の湿布薬で、湯につけ、からし粉を暖かなペーストにしてから貼った。筋肉痛、関節炎、リウマチなどに効くとされた。

(27) **ロイド・ジョージ**……英国自由党の政治家（一八六三〜一九四五）。大戦中の一九一五年から軍需相として軍需産業への政府介入を強め、一九一六年から陸相。同年、首相となり、英国内に強力な戦時体制を樹立、勝利に導いた。戦後は米国ウィルソン大統領と共にパリ講和会議を指導。

(28) **アンザック兵団**……Anzac　オーストラリアとニュージーランドの軍団 Australian and New Zealand Army Corps の略。両国はカナダと同じ大英帝国で、英国側として参戦、トルコ軍とガリポリ半島で戦闘して敗れる。

(29) **クート・エル・アマラの包囲戦が始まり**……一九一五年十二月に始まり、翌年四月までつづいた戦闘。現在のイラク、チグリス川左岸の都市クート・エル・アマラ Kut-El-Amara に入った英国軍を、トルコ軍が包囲、激戦となり英国が敗れた。

(30) **ヘンリー・フォードがヨーロッパへむけて出発**……米国の自動車製造業者（一八六三〜一九四七）、一九〇三年にフォード・モーターを設立、世界最大の自動車企業へ育成。大戦前半、フォードは、平和主義者として米国内とヨーロッパで反戦活動。

(31) **ジョン・フレンチ卿に代わって**……イギリスの軍人フレンチ将軍は、一九一四年〜

一五年のイープルの戦いでドイツ軍の進軍を止めたものの、約十一万人の兵員が戦死、作戦失敗の責任を問われ引退。スーザンが外国人に聞こえると語る理由は、フレンチは英語で「フランス人」という意味による。

(32) **ダグラス・ヘイグ卿**……ヘイグ（一八六一〜一九二八）は英国の陸軍軍人。大戦ではフレンチ将軍の後任として、一九一五年からフランスやフランドルで英国派遣軍の総司令官をつとめ、一九一六年から陸軍元帥。兵員の膨大な損失を招き、問題視される。モンゴメリは正確に時期を書いている。

(33) **チェス盤のキング、ビショップ、ポーン**……チェスの駒のキング（王）、ビショップ（僧正）、ポーン（将棋の歩に相当）。大戦に参戦している各国の戦況をチェス盤の駒に喩えて表現。

(34) **『ウィラ、ウィル』**……"Willa-will" ジムスが初めてリラを呼んだときは「ウィル、ウィル」だったが、リラに近い「ウィラ」と言えるようになり成長している。

(35) **取り替え子**……民間伝承で、妖精がさらった子どもの代わりに残していく醜い子。

(36) **『節約と奉仕』**……戦争中の政府のスローガン。［RW／In］

(37) **水兵帽**（セイラーハット）……山が低くつばの狭い麦藁帽子。

(38) **『害虫シャツ』**……vermin shirts，害虫はノミ、シラミなど。

(39) **『シラミ肌着』はどうかしら、スコットランド高地**（ハイランド）**出身のサンディお爺さんの言い方よ**……シラミ肌着，cootie sarks，の sarks は、スコットランド語で、直接肌に着る肌着、長いシャツ式寝巻、シュミーズなどの肌着類。

第18章 戦時結婚 A War Wedding

（1）**夕食のビスケット**……このビスケットはクッキーではなく、ホット・ビスケットと呼ばれるスコーン風の焼き菓子。

（2）**オタワの議事堂の火事**……一九一六年二月三日の夜間、議事堂で火災が発生、建物が焼け、死傷者が出た。原因は不明説と事故説がある。

（3）**殊勲賞**（しゅくんしょう）……a Distinguished Conduct Medal　英国陸軍と英連邦（カナダを含む）の軍隊の戦場で、際立った功績をあげた兵士に贈られる。

（4）**『イーリアス』**……Iliad　紀元前八世紀頃、ホメロス作とされるギリシア語の叙事詩。

（5）**ワーズワス**……英国の桂冠詩人ウィリアム・ワーズワス（一七七〇～一八五〇）。

（6）**自由党の指導者ウィルフリッド・ローリエ卿**……カナダ自由党の政治家ウィルフリッド・ローリエ（一八四一～一九一九）。一八六七年の建国後、カナダは保守党政権が続いたが、一八九六年の国勢選挙で自由党が十八年ぶりに勝利して政権を奪回、フランス系のローリエが首相となった歴史が『夢の家』第35章に描かれる。ローリエは一九一一年に首相を退くも、大戦中も政界の有力者で、徴兵制に反対した。第27章（14）。

（7）**結婚許可証**……『風柳荘』三年目第6章（1）。

（8）**シトロンの皮**……シトロンはブシュカンやレモンに似た柑橘類。果実の皮の砂糖煮を刻んでケーキに入れる。

（9）**縫い目をほどき、試着をして寸法をあわせ、仮縫いをして、縫い**……原文の ripping は縫い目をほどくこと。ほどく道具をリッパー ripper という。

（10）**ロシアのニコライ大公がエルズルムを占領**……エルズルムはトルコの都市。大戦中の一九一六年一月から二月の一時期、ロシアに占領された。

（11）**ロシアの皇帝がニコライ大公を首にした**……第14章（4）。

（12）**あの畜生めの猫**……that darned cat　スーザンは罵り言葉 darned を使っている。『虹の谷』でメアリも「畜生め」darn と罵り言葉を使う。『虹の谷』第5章（8）。

（13）**硫黄の匂い**……新約聖書には地獄には硫黄の池があるとされる。『虹の谷』第5章（14）。

（14）**自分の場所へ行きますよ**……旧約聖書「サムエル記上」第五章第十一節「……『イスラエルの神の箱を送り返そう、元の場所へもどそう』……」より。[RW／In]

（15）**花嫁のケーキ**……ウェディング・ケーキの古風な言い方。二つ以上の層があり、アイシングとデコレーションがあるケーキ。

（16）**マルコム**……スコットランドの男子名。十世紀から十二世紀の歴代スコットランド国王の名前と同じ名前。

（17）**アンガス**……スコットランドの男子名、地名。ケルト語由来。

（18）**今日の良き日が幾度も巡ってきますように**……誕生日の祝辞。今日（誕生日）の喜びが何度もありますようにと長寿を願う。『炉辺荘』第14章（20）。これを結婚式で言うと、今日（結婚式）を何度もしますようにとなって逆に縁起が悪い。

（19）**贅沢にぬくぬく暮らせる**……旧約聖書「創世記」第四十五章第十八節「あなたの父上と家族をつれてきなさい。私はエジプトの最良のものをあなたに与えましょう。あなたは贅沢に暮らせるのです」より。

（20）**別居手当**……大戦中に出征した兵士で扶養家族（妻、母親、子）のある者は、日当に加えて、別居手当が軍の階級に応じて支払われた。

第19章「奴らを通すな」“They Shall Not Pass”

（1）**「奴らを通すな」**……大戦の一九一六年二月、フランス、ヴェルダンの戦い（2）でフランスのロベール・ニヴェル将軍が「奴ら（ドイツ軍）を通過させるな Ils ne passeront pas.」と命じた言葉の英訳。フランス軍とルーマニア軍でポスターに使用され、英語でも有名になった。［In］

（2）**ヴェルダン攻撃**……ヴェルダン Verdun はフランス北東部の地名。大戦の一九一六年二月二十一日より、パリ侵攻をめざしてヴェルダンを突破しようとするドイツ軍と、それを阻止するフランス軍が戦闘を続け、両軍で約七十万人が戦死した激戦地。

（3）**『からすの森』**……the Crow's Wood　ヴェルダンの戦場の砲撃戦の地名、（4）「死せる男の丘」の東にある。

（4）**「死せる男の丘」**……Dead Man's Hill　膨大な戦死者を出したヴェルダンの戦場にある丘の名前。元々はフランス語で Le Mort Homme「死せる男」より。

（5）**「フランスの前線の兵隊たち」**……poyloos　フランス語由来の英語で、大戦中の前線のフランス兵士をさす俗語。単数形は poilu、複数形は poilus だが、モンゴメリは敢えて田舎風に間違った英語で書いている。『ランダムハウス英和大辞典』

（6）**フランスのジョフル**……大戦でフランスの陸軍総司令官を務めたジョゼフ・ジャック・セゼール・ジョフル（一八五二〜一九三一）。第8章（13）。

（7）**ホメロス**……紀元前八世紀ごろの古代ギリシアの詩人。英雄叙事詩「イーリアス」で、トロイ戦争のトロイ軍とギリシア軍の戦況を描いたとされる。

（8）**トロイ戦争**……紀元前十三世紀ごろの古代ギリシアとトロイ（トルコ）の戦争。ホメロス作とされる「イーリアス」など様々な古代文学の題材となった。架空の物語とされていたが、一八七〇年からドイツの考古学者シュリーマンがトルコ国内で調査を始め、トロイの遺跡を発掘した。

（9）**『百万の百万倍の太陽のかすかなきらめきのなかの／蟻たちの闘い』**……英国詩人テニスンの詩「広大さ」（一八八五）の第二連「百万の百万倍の太陽のかすかなきらめきのなかの蟻たちの問題」より。［RW／In］

（10）**巨象**……マストドン。絶滅して化石のみ残る。高さ三メートルとされる。

（11）**新しい天上と新しい地上**……新約聖書「ヨハネの黙示録」第二十一章第一節「わたしは新しい天と新しい地を見た。最初の天と最初の地は去っていった。もはや海もなくなった」より。［RW／In］

（12）**殊勲章**（しゅくんしょう）……最高位のヴィクトリア十字勲章に続く二番目の勲章。第18章（3）

（13）**ヴィクトリア十字勲**……英国と英連邦の陸軍の勲章で最高位の勲章で十字架の形。ヴィクトリア女王が統治した時代のクリミア戦争中に制定された。

（14）**ヘイグ将軍にあるなら、この男は総司令官として適任かどうか、スーザンは初めて疑問を抱き始めたのだった**……この後にヘイグが指揮した一九一六年七月からのソンムの戦いでカナダ兵を含め両軍百万人が戦死するも戦果がなくヘイグの評価が下がる。

（15）**無人地帯**……両軍の陣地の間に位置して攻撃をうける危険な場所。

（16）**その花が、血に赤く染まっている気がするのです……こちらのけしの花のように**……後述する戦争詩「フランドルの野に」の赤いけしの花を念頭に置いている。詩は「フランドルの野にけしの花が風にゆれる」で始まる。

（17）**塹壕の横穴壕**（よこあなごう）……塹壕は地面に掘った溝で屋根はないが、横穴壕は板や泥などで屋根をつけた空間で、兵士の休憩、作戦会議などに使われる。待避壕ともいう。

（18）**ロンドンの『スペクテイター』**……英国の政治と文芸を中心とした評論週刊誌、一八二八年創刊。

(19) **ウォルター・ブライス兵卒による「笛吹き」**……本作に「笛吹き」の詩は書かれていないが、モンゴメリが亡くなる直前に一冊にまとめた短編集・詩集『ブライス家は語られる』(完成一九四二年、出版二〇〇九年)の冒頭に「笛吹き」がある。この詩の元になった詩「フランドルの野に」は、大戦中の一九一五年に、カナダのオンタリオ州グエルフに生まれた軍医ジョン・マクレー(一八七二～一九一八)が戦友の無惨な戦死をうけて書き、英国「パンチ」に掲載。英国から北米、世界に広まった戦争詩。「あとがき」[RW/In]

(20) **『悪い前兆と悲哀の大鴉(おおがらす)』**……英国貴族の小説家、劇作家、政治家のエドワード・ブルワー・リットンが十四世紀イタリアの護民官リエンツィを描いた歴史小説『リエンツィ 最後のローマ護民官』(一八三五)第六章からの引用[In]。

(21) **『朝、喜びが訪れた』**……旧約聖書「詩編」第三十章第五節「たとえ夜もすがら泣こうとも、朝とともに歓びが訪れる」より。[RW/In]

(22) **クートが陥落した**……クート Kut はイラクの都市、首都バグダッドの南東、大戦の激戦地。一九一五年～一七年、英国とトルコが争奪戦をくり返す。とくに一五年、トルコ軍がクートにこもった英国軍を包囲し、英国の救出部隊を阻止、一六年四月に英国軍が降伏する。本章に書かれる陥落はこれを意味する。英国は同年十二月に再侵攻、一七年二月にクートを奪回した。

第20章

（1）ノーマン・ダグラス、集会で意見する Norman Douglas Speaks Out in Meeting

ウォルターの不思議な歌声……原文ではヨーデル。ヨーデルは、スイスやチロル地方の山間の民謡で、高音の裏声と低音を素早く交互にくり返す独特の歌唱。アン・シリーズでウォルターがヨーデルを歌う場面はないため、不思議な歌声と意訳した。

（2）**トレンティーノ**……Trentino　イタリア北東部の自治領。大戦前はオーストリアの領土で、一九一五年五月、イタリアは領土獲得のためオーストリアに宣戦布告、多くの戦闘が行われた。連合国が勝利した大戦後の一九一九年、イタリア王国に入る。

（3）**オーストリアのこのやり口は、気に入りませんよ**……大戦当初のイタリアは中立を宣言したが、オーストリアと領土問題を抱えていたため、オーストリアに宣戦を布告。オーストリア海軍は、イタリア沿岸の複数の町を砲撃し、イタリアの駆逐艦を沈没させ、オーストリア軍の飛行機はヴェニスも襲撃した。

（4）**郡**……カナダでは州以下の行政区をさす。プリンス・エドワード・アイランド州には三つの郡があり、西からプリンシズ郡、クィーンズ郡、キングス郡。本作の舞台は中央のクィーンズ郡。

（5）**ヒンデンブルク**……パウル・フォン・ヒンデンブルク（一八四七～一九三四）、ドイツの軍人、陸軍大臣。大戦初期、一九一四年のタンネンベルクの戦いでロシア軍に勝利をおさめて国民的英雄となる。大戦の敗戦後、帝政が廃止されたドイツで大統領に当選。一九三三年、やむをえずヒトラーを首相に任命。

（6）**メレディス牧師が、メソジストの執事に祈りの先導を頼んだため、その返礼**……長老派のメレディス牧師が、祈りの先導をメソジストの執事に頼んだため、お礼にメソジストのアーノルド牧師は、長老派の執事プライアー氏に祈りの先導を依頼した。

（7）**狂暴な戦士となった**……ベルセルク Berserk は北欧伝説の狂暴な戦士。大柄のノーマンのイメージに合わせた言葉。

（8）**この図々しい獣め！**……英国の詩人エドマンド・スペンサー（一五五二～九九）の叙事詩『妖精の女王』第六巻に出てくる言葉。罵倒にも使われる。[RW／In]

（9）**星印付き**……罵り言葉ははばかられ、冒頭の一文字と末尾の一文字をアルファベットで、途中は星印＊＊＊を並べて書いて、曖昧にする。

（10）**聖書に頼ることにした。「この偽善者め」**……偽善者の直訳「白く塗った墓」は新約聖書「マタイによる福音書」第二十三章第二十七節「律法学者とファリサイ派の人々、あなたたち偽善者は災難である！　白く塗った墓に似ているからだ。外側はまことに美しいが、内側は死者の骨やあらゆる清らかならざるもので満ちている」より。妻エレンと目が合ったため、ノーマンは下品な罵り言葉を、聖書の句に変える。

第21章　「恋愛はむごい」　“Love Affairs Are Horrible”

（1）**ユトランドの海戦**……ユトランドはドイツからデンマークに続く半島。一九一六年五月三十一日から六月一日、ユトランド半島沖で、大英帝国海軍とドイツ海軍が行った海戦。ドイツ軍に、無敵とされた大英帝国海軍の巡洋艦クィーン・メアリ号が撃沈され千人以上が戦死。大英帝国海軍は戦闘能力を保持したが、ドイツ海軍は保持できない甚大な被害をうけ、以後は潜水艦戦となる。

（2）**キッチナーの死**……キッチナーの乗った軍艦がスコットランド北部オークニー諸島西でドイツ軍の海中機雷により爆破され沈没した。遺体は発見されなかった。享年六十五。

（3）**ブルシーロフ**……ロシアの将軍アレクセイ・ブルシーロフ（一八五三～一九二六）。大戦中の一九一五年～一七年、当時はオーストリア領だったガリツィア侵攻で名声を得て、一七年五月～七月、ロシア軍最高司令官となる。

（4）**ロシア人というのは、途中でいなくなる癖がある**……大戦の前半ではロシア軍はドイツの東部戦線で善戦したが、途中から軍事物資と兵員の不足に悩まされた。

（5）**路足行進**……行進中に隊形は崩さないが、とくに歩調を合わせずに歩き、会話や歌が許されている行進。

（6）**南アフリカの兵役経験者**……一八九九年～一九〇二年の第二次ボーア戦争の従軍者をさす。

（7）**『ぼくらは後に続く……ぼくらは後に続く……ぼくらは信念を裏切らない』**……前述のカナダ人軍医ジョン・マクレーの詩「フランドルの野に」の第三連に「もし君た

ちが、死せるぼくらの信念を裏切るなら、私たちは眠ることはない」とあり、それを受けて、ウォルターの詩「笛吹き」では、フランドルの野で戦死したカナダ兵の使命の後に、ぼくらは続く、ぼくらは彼らの信念を裏切らない、という意味の節が書かれる、という本作の設定。但し、本作から約二十年の最晩年にモンゴメリが書いた詩「笛吹き」に、この一節はない。［RW／In］

（8）**レスリー・ウェスト**……レスリー・フォードの結婚前の名前。ウェスト家は実家、最初の夫の名字はムーア。『夢の家』第11章。

第22章　小さな犬のマンデイは知っている　Little Dog Monday Knows

（1）**ルーマニアが仲間に入ってくれれば**……ルーマニア王国は、王家がプロイセン（ドイツ）出身のため、戦前は三国同盟側だったが、開戦後は同盟を破棄して中立国となった。しかし一九一四年十月、ルーマニア国王が死去して甥が即位すると、その妻は英国ヴィクトリア女王の孫にあたる英国人だったため連合国側に傾き、ロシアの支援を受けて、一九一六年八月に連合国側として参戦した。

（2）**外国人（げーこくじん）**……furriners（フューリナーズ）と、いとこのソフィアは間違って発音。正しくはforeigners（フォリナーズ）で、スーザンは正しく発音。

（3）**ソンムの大勝利**……ソンムSomme はフランス北部の地名、英仏海峡に注ぐソンム川が流れ、大戦の激戦地。一九一六年七月〜十一月、英仏軍がドイツ軍に対する大攻撃として開始、初めて戦車が使用された。

(4)**大英帝国軍は、ソンムで何百万人という兵隊を死なせたのに、どれほど前進したんだい?**……ソンムの戦いについて、スーザンは大勝利と語るが、実際はいとこのソフィアが言う通り、両軍あわせて百万人が戦死した上に、英仏軍はわずかしか前進できなかった。ソンムの戦いは英国の軍史上最大の失敗、愚行とされる。

(5)**ゲール語**……Gaelic ケルト語派のアイルランド・ゲール語、スコットランド・ゲール語など。ロデリックのマッカラム姓はスコットランド人、アイルランド人に多い。島では古くはゲール語も、教会や家庭で話された。

(6)**幸運なら馬鹿者を見ろ**……「幸運なら馬鹿者を見ろ」に続いて「子だくさんなら貧乏人を見ろ」で一つの諺。

(7)**ふんとに**……reel 正しくは real または really。いとこのソフィアは、brought を brung、creature を creetur など、くだけた言葉で話しているため、田舎風の口調で訳した。

(8)**魔法で守られて不死身である**……シェイクスピアの悲劇『マクベス』第五幕第八場十二行「おれの命には魔法がかけられて守られている」より。

(9)**熱病の一種なら、二年間かからなければ免疫ができた、と言えるかもしれない**……大戦中は「スペイン風邪」と呼ばれた流行性感冒が大流行し、世界で約二千五百万人が死亡したと推計される。(献辞)。

（10）**ルーマニアの国王と女王**……国王はフェルディナンド一世（一八六五～一九二七）、女王は英国ヴィクトリア女王の孫マリー・アレクサンドラ・ヴィクトリア・オブ・エディンバラ（一八七五～一九三八）。

（11）**カナダ軍が、ソンムの前線に移された**……ソンムの戦いの最後の三か月にカナダ軍とニューファンドランド軍（島の東側に位置する島で、現在はカナダ国内の一州、当時は別の国）が投入され、初日でニューファンドランド軍はほぼ全滅。カナダ軍とニューファンドランド軍合わせて約二万五千人が戦死。

（12）**コースレット**……フランス北東部、一九一六年九月、膨大な戦死者が出た激戦地、クルスレット。『炉辺荘』第41章（16）。ここで戦死したカナダ兵慰霊の記念碑がある。

（13）**マルタンピュイシュ**……フランス北東部コースレットのすぐ南東の戦場。モンゴメリは Martenpuich と書いているが現地の綴りは Martinpuich。英国兵士の墓地がある。

（14）**『食べる前に歌うと、寝る前に泣く』**……英語の諺「朝食前に歌うと、夜の前に泣く」から派生した言葉と思われる。一日を喜びで始めると、悲しみで終わる。人生の無常を伝える。本章のリラの明るい歌声からの暗転を示唆。［In］

第23章「それでは、おやすみ」“And So, Goodnight”

（1）**「それでは、おやすみ」**……フランス生まれでイギリスで活躍した漫画家・小説家ジョージ・デュ・モーリエ（一八三四～九六）の小説『トリルビー』（一八九四）の結末の一節「ささやかなぬくもり、ささやかな光は／愛が与えてくれるもの。それでは、おやすみ」より。この小説は貧しい娘トリルビーが邪悪な天才音楽家の催眠術で歌姫になる物語で、ガストン・ルルの小説『オペラ座の怪人』（一九一〇）の原案ともなった。［RW／In］

（2）**塹壕の壁をこえて突撃します**……going over the top　一般の塹壕戦は、地面に掘った深い溝の上から銃口を出して撃つが、その壁（the top）を乗り越えて、地上に出て突撃すること。相手から銃撃されて死亡する危険性が高い。

（3）**『さらば夏よ』**……キク科の草花アスターの別名。花は夏の終わりから初秋の島の野に薄紫色の花を咲かせる。

（4）**『赤い雨』**……バイロン『貴公子ハロルドの遍歴』第三巻第十七連七行「赤い雨がどれほど収穫を豊かにしたことか」より。主人公ハロルドがフランスのナポレオンが敗北した激戦地ワーテルローを訪れるくだり。［In］

（5）**『信念が守られた』**……詩「フランドルの野に」で戦死兵が、正義の戦争を戦ったという信念を、後に続く者たちも守ってほしいと述べる部分に対応。［RW／In］

（6）**それでは……おやすみ**……本章（1）。

第24章　メアリ、間一髪で間に合う　Mary Is Just in Time

（1）**リラは、色物は着ていないわ……白しか着ていないわ**……喪服には、正式な黒喪服のほかに灰色、藤色、白を着る半喪服もあった。リラは半喪服。『青春』第27章（2）。

（2）**正式な喪服**……光沢のない黒い生地を使った喪服で、ヴェール、手袋など一式。半喪服に対して本喪服とも呼ぶ。『炉辺荘』第21章（1）（2）（3）。

（3）**ドイツは、不運なルーマニアに対して、勝利につぐ勝利で、前進していた**……一九一六年八月、ルーマニアはドイツとオーストリア戦に参戦。一九一八年五月まで続き、ルーマニアは甚大な被害を受け、同盟国が勝利、ブカレスト講和条約が締結される。

（4）**ドブルジア**……Dobruja　ルーマニア南東部からブルガリア北東部にまたがる地域で、黒海とドナウ川にはさまれている。ルーマニアが連合国側として参戦すると、ドブルジアは、ドイツ、オーストリアなどの同盟国側に占領された。

（5）**ヤンキー**……当時のカナダでは米国人の俗称。

（6）**ヒューズ**……米国の政治家、法律家のチャールズ・エヴァンズ・ヒューズ（一八六二〜一九四八）。大戦中の一九一六年十一月七日の米国大統領選で、ヒューズは共和党の候補者となり、民主党の候補者で現職のウッドロー・ウィルソンと争い、僅差で、ウィルソンが勝った。

（7）**私は頰髭（ほおひげ）が好きというわけじゃありませんけど**……この頰髭は、共和党のヒューズをさす。民主党のウィルソンとフランクリン・ルーズヴェルトは顔の髭をすべて剃っていたが、ヒューズは口髭、頰髭、あご髭を豊かにたくわえた昔風な風貌が特徴だった。

（8）**ルーズヴェルトを選べばよかった**……米国の政治家フランクリン・D・ルーズヴェルト（一八八二〜一九四五）。大戦中のルーズヴェルトは、ウィルソン大統領のもとで海軍次官をつとめ、ルシタニア号沈没などドイツの潜水艦攻撃に対して、海軍戦力の増強をもとめた。そのため大国の米国参戦をもとめるスーザンといとこのソフィアは、ルーズヴェルトを選べばよかったと語る。

（9）**アスキス内閣が辞職**……アスキスは英国の自由党の政治家、貴族のハーバート・ヘンリー・アスキス（一八五二〜一九二八）。一九〇八年からイギリス首相をつとめ、大戦参戦を決めるも、国内に戦時体制を作らず、ヴェルダン、ソンム、ユトランド沖で苦戦。本章の一九一六年十二月に首相を辞職。

（10）**ロイド・ジョージが首相になった**……英国の自由党の政治家、貴族ロイド・ジョージ（一八六三〜一九四五）は、キッチナーの死去にともない陸軍大臣となり、さらにアスキス首相が辞職すると首相に就任した。戦争遂行のための強力な総力戦体制を国内に作り、英国を勝利に導いた。

（11）**ブカレストが陥落しようが、しまいが**……ブカレスト Bucharest はルーマニアの首都。一九一六年、連合国側のルーマニア軍は、同盟国側のドイツ、オーストリア、ブルガリアなどと各戦線で戦うも敗退して、同年十二月に首都ブカレストで交戦、ドイツ軍などが制圧して陥落した。

（12）**有名な十二月の和平の文書**……一九一六年十二月十八日、米国ウィルソン大統領は、イギリスへ和平のための文書を送り、交戦中の国々に戦争終結のための条件を提示するよう働きかけることを提案した。

（13）**最初にヘンリー・フォードがやろうとして**……米国の自動車王ヘンリー・フォードは、平和を促進するために百万ドルの基金を設立して多くの新聞に反戦記事と広告を掲載。一九一五年には遠洋定期船をチャーターして、著名な平和活動家を欧州へ送り、中立国のオランダとスウェーデンの平和活動家と会談させた。しかし一九一七年に米国が参戦すると、フォードの工場では軍用トラック、大砲などを製造し、米国の戦争遂行を支援した。

（14）**民主党員**……民主党は米国の二大政党。本章のウィルソンとルーズヴェルトは民主党員。大戦の参戦をめぐり、党内では意見が分かれたが、一九一七年のドイツの潜水艦攻撃再開をうけて、ウィルソンは宣戦布告する。

（15）**共和党員**……共和党は米国の二大政党。本章のヒューズは共和党員。共和党内でも参戦の賛否は分かれ、民主党のウィルソンに賛成する党員もいれば、反対の党員もいた。米国の参戦を求めるスーザンが、民主党も共和党も「どっちもどっち」、と言う理由はこの辺りにある。

（16）**丸砥石**（まるといし）**の穴から見てる限りでは**……丸砥石は円形の石板で、中央に小さな穴があり、そこに軸棒を通して石を回転させて刃物をとぐ。この小さな穴から見るとは、狭い視野の限られた知識から見ること。

（17）**正餐**……クリスマスの正餐は、十二月二十五日の昼食。伝統的な献立は七面鳥や鶏の丸焼き、クリスマス・プディングなど。

（18）**喉頭炎**……小児の上気道の感染症で、しわがれた咳が出て呼吸困難となり、死亡することもある。

（19）**『偽膜性喉頭炎』**……細菌、ウィルスで炎症を起こした気管内側の粘膜の組織が膨らんで膜をつくり、気道が狭くなり、呼吸困難となる。『アン』第18章（9）。

（20）**ジフテリア**……dipthery とメアリは言っているが、正しくは diphtheria。ジフテリアは、ジフテリア菌による急性伝染病で、小児がかかりやすい。発熱して扁桃が腫れ、咽頭や喉頭の粘膜に白い偽膜ができ、気道が狭まり呼吸困難となる。

（21）**クリスティーナ・マカリスターおばさん**……『虹の谷』第5章（13）。

（22）**硫黄**……薬用として、皮膚病、にきび、また本章のような呼吸器感染症に使われ、粉末の硫黄が市販された。

（23）**深い片手鍋**……chip pan　チップ chip はフライド・ポテトのこと。この鍋はフライド・ポテトなどの揚げ物に使う深さのある片手鍋。

（24）**ガス**……fumes　硫黄を燃やした無色のガス。有害なため、メアリは口と鼻をフランネルの布でおおっている。ただし硫黄の燻蒸は、干し柿のカビ止めなどにも使われる。

（25）**空中戦の撃墜王**……the aces 空中戦で敵機を多く打ち落としたパイロット。英国空軍では十機以上、米国空軍では五機以上。この大戦では史上初の空中戦が行われた。

第25章

シャーリー、出征する　Shirley Goes

（1）**ウッドロー、勝利なくして、平和はありません**……ウッドロー・ウィルソン大統領が一九一六年十二月の和平の文書では、勝利なき平和、つまり勝利にこだわらずに早く戦争を終結させることを求めた。

（2）**ウッドロー・ウィルソンが、ついに、あのドイツ大使の男を、しかるべきところへ送ったんです**……ドイツが無制限の潜水艦攻撃を一九一七年二月一日に再開したことをうけて、米国ウィルソン大統領は、客船ルシタニア号撃沈で米国人が溺死したこともあり、一七年二月三日に、在米ドイツ大使を本国へ送還した。ドイツ大使はヨハン・ハインリヒ・フォン・ベルンストルフ（一八六二～一九三九）で、一九〇八年から一七年まで駐米大使をつとめた。第8章（15）。

（3）**ファッジ**……砂糖、バター、牛乳、ヴァニラ・エッセンスなどで作るキャラメル風の菓子。モンゴメリ日記でも一部の勝利を祝して、お菓子を作っている。

（4）**食糧庁が文句を言おうとね**……カナダの食糧庁は大戦中の一九一八年に設立。本章の時期は一七年二月のため時期が合わないが、本作執筆は一九年以降のため、モンゴメリの誤記と思われる。食糧庁は戦時の食糧と燃料の安定供給のため節約を呼びかけ、「調理に燃料を使わない日曜日」、「肉のない金曜日」などのモットーを掲げた。

（5）**潜水艦の件では、危機的な状況になる**……潜水艦の件とは、一九一七年二月にドイツが通告した無制限潜水艦作戦のこと。前述のルシタニア号の撃沈はドイツは事前に新聞で警告したが、今後は英仏などの全船舶に対して、警告なしで潜水艦攻撃を行うと宣言、連合国側は危機的な状況となった。

（6）**バポーム突出部**……バポームはフランス北東部の地名。一九一四年九月にドイツが占領したが、一七年三月（本章の時期）に英国が占領。一九一八年四月にドイツが再奪回。

（7）**ついに合衆国が宣戦布告した**……米国は一九一七年四月にドイツに宣戦布告、一八年十一月、ドイツとの休戦協定を結ぶ。

（8）**あのシモンズという男**……米国陸軍のジョージ・S・シモンズ（一八七四〜一九三八）。大戦が始まると視察官として渡仏、米国参戦後はアメリカ遠征軍第二師団の参謀長、一九一八年に大佐、准将となり、功績に陸軍殊勲章を授与される。

（9）**連合国はクートとバグダッドを奪い返したし**……イラクのクートは一九一七年二月、バグダッドは一九一七年三月、大英帝国軍がオスマン・トルコ軍から奪回。第19章（22）。

（10）**ロシアの皇帝を厄介払いした**……大戦中の一九一七年三月にロシア革命が起こり、皇帝（ツァーリ）のニコライ二世は退位。翌年、一家全員が処刑、ロマノフ王朝は断絶した。

（11）**ウンター・デン・リンデン**……ドイツの首都ベルリンの大通り。ブランデンブルク門からドイツ皇帝の王宮に至る、菩提樹の並木道。

(12) **「ヨセフはいない、シメオンもいない。それなのに、そなたらは、ベニヤミンも連れていくのか」**……旧約聖書「創世記」第四十二章第三十六節で父親ヤコブが語る言葉。ベニヤミンはヤコブが最もかわいがった息子。［RW／In］

(13) **『わが家は見捨てられて、見る影もない』**……新約聖書「マタイによる福音書」第二十三章第三十八節「見よ、おまえたちの家は見捨てられて、見る影ない」。［RW／In］

(14) **ヴィミーの尾根**……ヴィミーはフランス北部、西部戦線の戦場。一帯は基本的に平原だがゆるやかな尾根の隆起がある。一九一七年四月九日から十四日まで、カナダ軍が健闘してドイツ軍から奪回したが、カナダ軍の犠牲の象徴とされ、一八六七年のカナダ建国以後初めて、統一されたカナダの国家意識形成に貢献したとされる。

(15) **看護奉仕特派部隊**……V.A.D、Voluntary Aid Detachmentの略で、大英帝国の国々で、軍の管理下ではなく民間で自発的に組織され、女性が志願して戦場近くの野戦病院や英国で負傷兵の看護にあたった。英国の作家アガサ・クリスティ（一八九〇～一九七六）は若い頃の大戦中、英国南西部トーキーでVADの一員として働いた。

第26章　スーザン、求婚される　Susan Has a Proposal of Marriage

(1) **テーベの鷲がもつ／威厳ある翼に乗りて／広々とした青き空を／王者のごとくわた**

りゆく……英国の詩人、古典学者トーマス・グレイ（一七一六〜七一）の詩『ポエジーの進歩』第三部第三連より。ただしモンゴメリの引用はグレイの原文とは若干異なる。テーベは古代ギリシアまたは古代エジプトの都市名。［RW／In］

（2）**『神の王国は、あなたの内にあるのです』**……新約聖書「ルカによる福音書」第十七章第二十一節「（神の国は）ここにある、あそこにある、と言えるものではない。なぜなら、神の国は、あなたの内にあるのです」より。

（3）**ぼくらはカーモディの演芸会に行ったんだ**……『青春』第10章で、アンがカーモディの演芸会へ行ったと、マリラが語るが、ギルバートと出かけた記述はない。

（4）**ケレンスキーが結婚した**……ケレンスキー（一八八一〜一九七〇）。彼は、本章の時期一九一七年三月（ロシア暦二月）のロシア革命の後、臨時政府の首相となった。最初の妻オルガとの結婚は一九〇四年、二人の息子は翌五年と七年に生まれて、一九三九年に離婚。そこでケレンスキーが結婚したというスーザンの台詞は、一九〇五年一月の「血の日曜日」に始まる第一次ロシア革命の混乱のころにケレンスキーが結婚した、という意味か、あるいは婚外の恋愛を意味するのか不明。

（5）**ローマ教皇の和平提案に対するウッドロー・ウィルソンの返事**……大戦中のローマ教皇は、教皇ベネディクト十五世（一八五四〜一九二二）で、一九一六年と一七年に和平を提案。ドイツなどの同盟国側は拒否したが、米国ウィルソン大統領は返事を送り、平和のための教皇の努力に謝意を表し、和平をどう達成するか見解を書いた。これは大戦終結にむけた重要な一歩となった。

（6）**あの学校は、春と秋に休みがある**……手作業で農業をした時代は、種まきの春と収穫の秋は子どもも農作業を手伝うため、学校によっては休みになった。

（7）**カナダ軍が七十高地を占領したとき**……七十高地はフランス北東部の西部戦線の戦場、ヴィミーの尾根（おね）のすぐ北。一九一七年八月、カナダ軍がドイツ軍と戦闘。カナダ軍にとっては最初の大規模な戦闘で、重要な勝利。連合国軍は近くのランス市を見おろす戦略的位置を獲得した。

（8）**片脚を切断**……モンゴメリの異母弟のカール・モンゴメリは大戦に出征、フランスの西部戦線で負傷、片足を切断して帰国した。『虹の谷』あとがき。

（9）**胸当てつき作業ズボン（オーバーオール）**……元々は男性の労働着だったが、大戦中から女性も工場や農業で働き、オーバーオールなどのズボンを着用した。

（10）**罵り言葉**……swearing　スーザンが言った「くそ力 darnedest」は罵り言葉 damned に関連する。『虹の谷』第5章（8）。

（11）**綴りに星印**……第20章（9）。

（12）**敷物にする古布を染めて**……古い布を染めて紐状に裂き、敷物を作る。手法は手織り、三つ編みにして中央から巻いて綴じ付ける、麻布に刺すフックド・ラグなど。

（13）**帰りの挨拶も礼儀もおかまいなし**……直訳「退出の順番は気にせずに」。シェイク

スピア劇『マクベス』第三幕第四場。ここではプライアー氏が挨拶も礼儀もなく慌てて逃げ出したという意味。[RW/In]

第27章 待ち続ける Waiting

(1) **カポレットの惨敗**……カポレットは、スロベニアの村コバリードのイタリア語名。カポレットは大戦のイタリア戦線で、一九一七年十月から十一月、同盟国側のオーストリアとドイツが、イタリアへ向けて進軍、連合国側のイタリア軍が防衛戦を戦ったが、イタリア側は多数の兵士が死傷、大砲や機関銃などの武器も多数失い、惨敗。

(2) **ヴェニスをとられてはいけない**……カポレットの戦闘で惨敗したイタリア防衛軍が後退したため、一九一七年十一月、敵のオーストリア・ドイツ軍は、ヴェニス近くのピアーヴェ川の東側まで進軍していた。

(3) **アドリア海**……イタリア半島とバルカン半島の間の細長い海。ヴェニスが面している。「アドリア海の女王」は、交易で栄えたヴェニスの呼び名。大戦では、ドイツ軍とオーストリア軍が、イタリア東海岸を狙ってアドリア海で砲撃戦を展開、またドイツ海軍の潜水艦Uボートはアドリア海から地中海、大西洋で活動した。

(4) **バイロン**……英国の浪漫派詩人ジョージ・ゴードン・バイロン(一七八八〜一八二四)は、一八一六〜一九年、ヴェニスに滞在。代表作『貴公子ハロルドの遍歴』(一八一二〜一八)でヴェニスの美しさと衰退について記述。「私はヴェニスにて、ため息橋に立つ」が知られる。彼はサンマルコ広場のカフェ・フローリアンも訪れた。

（5）**『心のなかの妖精の都』**……バイロン著『貴公子ハロルドの遍歴』第四巻第十八連第一～二行「私は少年時代から彼女（ヴェニス）を愛した／彼女は私にとって心のなかの妖精の都」より。［RW／In］

（6）**新しい勝利公債を熱烈に勧誘**……カナダ政府は大戦中の一九一五年に、軍資金調達のため戦時公債の発行を始め、本章の一九一七年に「勝利国債」という名称になった。そのためモンゴメリは「新しい」と書いている。

（7）**キッチナー亡き今**……英国陸軍のキッチナーは本章の前年にあたる一九一六年六月、ドイツ軍の攻撃で死去。第21章（2）。

（8）**『言いたいことを言ってのけた』**……出典不明。

（9）**乙女心の自由気ままな空想に耽り（ふけ）ながら**……シェイクスピア劇『夏の夜の夢』第二幕第一場、妖精の王オーベロンの台詞。モンゴメリは、夫の自動車でドライブ中に、馬車の女性に出会った時の模様を、この一節を用いて日記に書いている。［RW／In］

（10）**ピアーヴェ川の防衛線**……ピアーヴェ川はイタリア北東部を北から南へ流れアドリア海へ注ぐ。この川は大戦のイタリア軍防衛線となり、川の東岸までドイツ・オーストリア軍が迫った。一九一七年から一八年の激戦地。

（11）**アディジェ川**……イタリア北部のドロミテ・アルプスに発して南東に流れて、古都ヴェローナを通り、アドリア海に注ぐ（口絵）。

（12）**パシェンデールの尾根**……Passchendaele ベルギー北西部、西部戦線の激戦地で、一九一七年七月からイギリス、カナダ、オーストラリア、ニュージーランド、南アフリカなどの連合国軍がドイツ軍と戦い、一九一七年十一月にカナダ軍が奪取した。カナダ軍はヴィミーの尾根、七十高地で勝利し、精鋭部隊として認められた。連合国軍三十万人、ドイツ軍二十七～三十万人が戦死。

（13）**ケレンスキーの政府は倒れて、レーニンが、ロシアの独裁者になった**……ロシアの政治家、マルクス主義者のウラジミル・レーニン（一八七〇～一九二四）は、一九一七年、十月革命の最高指導者として、政敵ケレンスキーを打倒、ソビエト政権を樹立した。

（14）**選挙の争点は徴兵制**……カナダでは、大戦の長期化と戦死者の増加により志願兵が減って兵員不足となり徴兵制が一九一七年に議会で可決。その是非が、一九一七年の総選挙の争点となった。保守党は徴兵制に賛成、自由党は元首相のローリエなどの反対側と賛成側に分かれた。

（15）**「大人になった」**……who have got de age、話し手のポアリエ Poirier はフランス系の名字のため、英語の the の発音ができず de と話している。また get the age も誤った英語で come of age（成人する）のほうが正しい。

（16）**連合内閣に反対の立場で投票**……十九世紀から二十世紀初めにかけてカナダは保守党と自由党の二大政党だったが、一九一七年十月、徴兵制賛成の保守党に加えて、同じく徴兵制に賛成する一部の自由党員を加えた統一党の連合内閣が作られた。カー夫人は夫の出征を嫌ったため、徴兵制導入の連合内閣に反対の立場で、自由党に投票。

(17) **変なふうに喩えを混ぜこぜにしてしまった**……ここでリラが書いている言葉のうち、選挙の「陣営 camp」は本来は軍隊の「野営地、駐屯地」、そして「拠りどころ mooring」は本来は船舶用語で「船の係留所」。軍隊の言葉の喩えと船舶の言葉の喩えをリラは混在させている。

(18) **ロバート・ボーデン卿**……カナダ保守党の政治家（一八五四～一九三七）。一九〇四年と八年の選挙で保守党は自由党に敗れたが、一九一一年の総選挙で保守党が勝利して、ボーデンは首相となる。本章の一九一七年の選挙では保守党と徴兵制支持の自由党員からなる統一与党を率いて再選された。

(19) **ローリエ**……カナダ自由党の政治家ウィルフレッド・ローリエ（一八四一～一九一九）。カナダの首相は英国系カナダ人が務めていたが、ローリエは初めてフランス系の首相（一八九六～一九一一）となった。ローリエの自由党が、保守党から政権を奪った一八九六年の歴史的な国政選挙は『夢の家』第35章に描かれる。第18章（6）。

(20) **それが一部の保守党員にとっては、つらくてたまらない**……一九一七年の選挙で、ローリエのようなフランス系カナダ人と自由党員の多くは、徴兵制に反対した。そのため徴兵制に反対する保守党員は、保守党と対立してきた自由党に投票するつらい選択を強いられた。

(21) **マーシャル・エリオットのおばさんが合同教会に対して至った態度と、まったく同じだ……**合同教会は、アン・シリーズの主な人物が信仰する新教の長老派教会と、教義の異なるメソジスト教会や会衆派教会などを一つにする計画。牧師夫人のモンゴメリは反対の立場をとり、マーシャル・エリオット夫人（ミス・コーネリア）にその意見を語らせている。『虹の谷』第2章（16）、『夢の家』第6章（20）。本作発行の四年後、一九二五年にカナダ合同教会が成立。エリオット夫人は元々は反対だが容認へ至る。

(22) **カンブレ……**フランス北部の西部戦線。大戦中の一九一七年十一月から十二月、英仏両軍が初めて戦車を大量に使用。結果は英軍が大勝利したわけではなく膠着状態。英軍、独軍それぞれ四万人以上が戦死。

(23) **ビング将軍……**英国の軍人ジュリアン・ビング（一八六二～一九三五）。大戦で英軍司令官をつとめ、ガリポリの戦い、ヴィミーの尾根の戦いでカナダ軍指揮官をつとめる。大戦後はカナダ総督となり英国王代理としてカナダに赴任（一九二一～二六）。

(24) **台所の料理用ストーブ……**薪ストーブに、パン焼きオーブンや鍋を置いて加熱する台、アイロンを載せる台などがついたもの。煙突が二階を通り二階も温まる。水を入れたやかんを置く理由は、夜中にジムスが病気になった時に必要な湯を沸かすため。

(25) **大英帝国軍が、昨日、エルサレムを占領した……**エルサレムは、ユダヤ教、キリスト教、イスラム教の聖地。大戦中のエルサレムはパレスチナの中心都市で、同盟国側のトルコが支配したが、一九一七年十月から英軍がガザ地区を攻撃、十二月にエルサレムを占領した。

(26) **十字軍の目的**……十字軍は、十一世紀から十三世紀にかけて、ヨーロッパのキリスト教徒が、イスラム教徒が治める聖地エルサレムの奪回を目的として第八回（七回説も）まで遠征。第一回の遠征は成功してエルサレム王国を建てたが、以後は失敗。

(27) **獅子王に率（ひき）いられた**……獅子王は英国王リチャード一世（一一五七～九九）。一一八九年の第三回めの十字軍遠征に加わるも奪回できなかった。

(28) **ヘブロン**……パレスチナのヨルダン川西岸の町、死海の西側。ユダヤ人の先祖アブラハムが埋葬された地とされ、ユダヤ教とイスラム教、キリスト教の聖地。大戦ではエルサレムへ通じるヘブロンを英軍とトルコ軍が通過。

(29) **ブレスト・リトフスク**……現在のベラルーシ西部、ポーランド国境近くの町ブレスト。大戦中の一九一八年二月、ここで同盟国（ドイツ、オーストリア、トルコ、ブルガリア）と、ウクライナが講和条約を結んだ。また一九一八年三月には、中央同盟国とロシア共和国、ウクライナが講和条約を結び、ロシアは大戦から離脱した。

(30) **ランズダウン卿の言うことなんか、まともに受けとっちゃいけません**……ランズダウンはアイルランドの名門貴族で、代々大勢のランズダウン卿がいる。ここでスーザンが語る人物は第五代ランズダウン侯爵（一八四五～一九二七）と思われる。彼は、英国に強力な戦時体制を敷いたアスキス首相の第二次内閣で大臣をつとめたが、一九一六年に首相がロイド・ジョージに代わって政権からおりると、甚大な被害をもたらす戦争継続に疑問をもち、ドイツとの早期講和を訴えた。一方、スーザンは戦争継続と英国勝利をめざすため、ランズダウン卿の意見をまともに受けとるなと語る。

(31) 『イングランドの流星旗』……スコットランド詩人トーマス・キャンベル(一七七七〜一八四四)の詩「海軍の歌、汝ら英国水夫よ」より。『愛情』第4章(21)。[RW/In]

(32) トルコの三日月旗は去った……当時のオスマン・トルコ帝国の旗は、現在のトルコと同じような赤字に白い三日月と白い星。エルサレムからトルコ軍が去ったことを意味する。

(33) 諺(こさわざ)にある通り、盗み聞きする者の報い……英語の諺「盗み聞きをする者が、自分のいい話を聞くことはない」より。

(34) ローリエは西部で『まったくとれなかった』、連合内閣が圧倒的多数で政権をとった……票数は州ごとに集計。獲得議席は、カナダ最西部のブリティッシュ・コロンビア州で自由党ゼロ、保守党と自由党の連合内閣十三。中西部サスカチュワン州部で自由党ゼロ、連合内閣十六。しかしフランス系が多い東部ケベック州では自由党六十二、連合内閣三。総計すると保守党と徴兵制賛成の一部自由党からなる連合内閣が勝利したが、英系と仏系は徴兵の賛否で分かれ、国内の分断を招いた。[※]

(35) ヘンリー・ウォレンの幽霊が怖くて逃げ出した罪滅ぼしに、墓地で夜をすごした……『虹の谷』第31章。

(36) **ねずみ狩り**……ネズミはサルモネラ菌など多くの病原菌を媒介し、ノミやダニも寄生。兵士の健康管理と食品衛生のため駆除が必要だった。

(37) **『草々(ユアーズ)、ケネス』ではなく、『あなた(ユア)のケネス』**……『草々、ケネス』の Yours, は、友人間の手紙の結句に使われる気楽な表現。一方で『あなたのケネス』の Your は「あなたのもの」という意味で恋人に対して使う言葉。

(38) **麦のふすま入りビスケット**……戦時中は、小麦の代用品として麦のふすまを混ぜてパンやビスケットを焼き、動物の飼料にも使われた。ふすまは食物繊維、鉄分、亜鉛などのミネラルを豊富に含む。

(39) **あるゆるものに打ち勝つ新しい潜水艦**……ドイツ軍の潜水艦Uボートは大戦中に新しく大量建造された。とくに一九一七年二月の無制限潜水艦作戦以降、連合国側の船舶多数を撃沈。英米は護送船団方式で対抗した。

(40) **麦藁(むぎわら)なしで煉瓦(れんが)を作れ**……煉瓦の材料は土、砂、藁、消石灰など。旧約聖書「出エジプト記」第五章第七節「これからは煉瓦を作るのに藁を与えないように。自分たちで藁を集めさせなさい」より。

(41) **『国王とお国』のため**……「国王とお国」のためは、大戦中のスローガンで、兵士募集ポスターだけでなく商業広告など多くの場面で使われた。[RW/In]

(42) **教養学部**……時代によって科目が異なる。一九一〇年代の北米の大学では人文科学の文学、歴史、心理学など。

(43) **モンスの戦い**……モンスはベルギーの地名。大戦開始直後の一九一四年八月、英軍が西部戦線に派遣した軍隊が、初めてドイツ軍と戦闘、英軍が敗退。

(44) **『ア』がついていたのでよし**……ガートルードが言った形容詞 accursed「忌々しい」は、a がないと curse「畜生」という下品な罵り言葉に似る。

(45) **「そして彼らは、汝に戦いをいどむであろう。しかし彼らは、汝に勝つことはない。なぜなら私は汝とともにあり、汝を救うからだと万軍の主は言われた」**……旧約聖書「エレミヤ書」第一章第十九節。［RW／In］

(46) **完璧に作られた正しい人々全員の精神**……the spirits of all just men made perfect 新約聖書「ヘブライ人への手紙」第十二章第二十三節より。但し、欽定訳聖書にallはない。ここではカナダを含む連合国軍の兵士の強さと士気、銃後の人々の精神を意味する。［RW／In］

(47) **『すべての最後となる総決戦』**……英国詩人ラディヤード・キプリング（一八六五〜一九三六）の詩「英国の決意」（一九一四）の「大決戦の日、すべての最後となる総決戦」より。この詩は、大戦初期のドイツ軍のベルギーへの侵攻と民間人に対する残虐行為に対して書かれた。自由のために戦う英国の決意を示している。［In］

（1）**神の恵みの一九一八年**……the year of grace 1918　直訳「救世主御降生一九一八年」、イエス生誕を紀元とするキリスト教暦、西暦。この年に大戦が終わるため「神の恵みの」とある。

（2）**真夜中**……the wee sma's　スコットランド語。数字が小さな一時、二時、三時など。

（3）**復活祭**（イースター）……キリスト教でイエスが死んで三日後に復活したことを祝う日。春分後の最初の満月直後の日曜日。

（4）**「最後まで耐え忍ぶ者は救われるだろう」**……新約聖書「マタイによる福音書」第十章第二十二節より。［RW／In］

（5）**「厳**（いか）**めしい安らぎに静まり返って」**……英国詩人トーマス・グレイ（一七一六～七一）の詩「吟遊詩人」（一七五七）の一節。［RW／In］

（6）**第三戒**……第三戒とは、キリスト教の十か条の啓示「十戒」の一つ。ここでスーザンが語る第三戒は安息日を守ること。神が山頂でモーセに十戒を与えたことが旧約聖書「出エジプト記」第二十章などにある。聖書に書かれている順番では四番目。

（7）**『過去に敗れた何百万に／さらに加わる一つとなりぬ』**……英国詩人ジョージ・ゴードン・バイロン（一七八八～一八二四）の『オーガスタへの手紙』第十三連第七～八行「でもすべては終わったのです……私は過去に敗れた何百万人の、もう一人に加わったのです」より。［In］

（8）**イギリス海峡のいくつかの港**……英仏海峡のフランスのカレーの港のほか、ル・アーブルの港が大戦の戦場となった。

(9)サン・カンタン……St. Quentin　フランス北部の都市。大戦の西部戦線に位置し、ドイツ軍はサン・カンタンに戦車を投入して、一九一八年三月二十一日、塹壕線を突破。ただし同年秋のサン・カンタンの戦闘では連合国側が優位となる。

(10)パリに落ちている砲弾については、七十マイルも離れた場所から飛んで来ている……ドイツ軍は、パリの北東百五十kmの距離にあるフランス国内のクシーに砲台を作り、巨大な長距離砲を設置。一九一八年三月二十一日、パリへ向けて百八十三発の砲弾を撃ち、パリ市民が避難した。七十マイルは約百十三km。

第29章　「負傷及び行方不明」"Wounded and Missing"

(1)サン・カンタンの敗北による欠員……英国軍の死傷者は約二千五百人から一万三千人。[In]

(2)後退……ドイツ軍のパリ進軍を阻止する西部戦線の連合国側が、パリ方向へ退却すること。ドイツ軍の最新鋭戦車と大型砲弾により、連合国側の塹壕線は後退した。

(3)ベルリン……統一ドイツ帝国の首都。皇帝(カイゼル)の宮殿と議事堂(口絵)があった。

(4)拷問台にのせられた囚人で、やっと手足が無理矢理ひっぱられなくなった……直訳「回転が止まった拷問台にのせられた囚人」。中世の拷問台は、囚人を寝かせる台についたローラーを回転させて拷問台を引き伸ばし、両手両脚を無理にひっぱって関節を外した。拷問台はモンゴメリ作品にしばしば描かれる。

（5）**その三マイル以内のところに、大英帝国海軍が錨をおろしていますよね？**……世界最強の大英帝国海軍が近くにいるのだから負けることはないというスーザンの考え。

（6）**リース川**……the Lys フランスとベルギーを流れ、一部で両国の国境。一九一八年四月のリースの戦闘で連合国軍は、ドイツ軍の春の大攻勢と毒ガス攻撃をうける。

（7）**ポルトガル軍**……リース川の戦闘に参加した連合国は、大英帝国（英国、カナダ、オーストラリア、ニュージーランド、南アフリカ等）、米国、フランス、ベルギー、ポルトガル。当時のポルトガルは農業国で工業化が遅れ、大戦に加わるも苦戦。

第30章　潮の変わり目　The Turning of the Tide

（1）**政府が、夏時間の法律を可決**……夏時間は日照時間を有効に利用するために時計を一時間進める。日没が遅くなり、生産増大と燃料節約となる。カナダでは一九一八年導入、戦後に廃止、現在はユーコン準州など、一部の地域を除いて実施。

（2）**ドイツ人が発明した**……夏時間の発明は諸説あるが、導入はドイツが世界で最も早く一九一六年五月一日に燃料節約のため実施。

（3）**ちょうど、ドイツ軍がシュマン・デ・ダムを占領した日**……シュマン・デ・ダム Chemang-de-dam は、フランスの街道 Chemin des Dames の英語表記。大戦の西部戦線の一部をなす。一九一四年から戦闘があったが、本章の一九一八年五月、ドイツが突破占拠した。

（4）**あなたがたは、新星を、探しておいでですか？**……一九一八年に、ひときわ明るい新星が発見され、わし座V603と命名、話題になっていた。

（5）**天の軍勢**……キリスト教では、大天使ミカエルが率いて悪と戦う天の軍勢。リラが天文学者にかけて笑う理由は、天の軍勢には、天体の太陽、月、星の意味もあるため。

（6）**エルネスト・ルナン**……フランスの宗教史家、哲学者（一八二三〜九二）、『イエス伝』（一八六三）など。

（7）**一八七〇年のパリ包囲戦**……プロイセン王国（ドイツ）とフランスが戦った普仏（ふふつ）戦争では、一八七〇年の開戦から二か月で、プロイセン王国率いる北ドイツ方面の軍隊はパリを包囲した。その経験から統一されたドイツは大戦でもフランスを早期攻略できると考えた。普仏戦争に勝利した北ドイツは南ドイツと統一して、翌一八七一年にドイツ帝国が成立した。

（8）**マルヌ**……第8章（23）。

（9）**ピアーヴェ川の前線**……第27章（10）。

（10）**「眠れぬ夜」**……“white night” フランス語の「nuit blanche 眠れない夜」の英語訳。大戦の西部戦線はフランス語圏。

（11）**「恐れを告げる私の予言は、真実（まこと）なりせば／喜びの予言も、信じたまえ」**……スコットランドの詩人、作家サー・ウォルター・スコット『湖上の麗人』第四曲第十一節

で、アランがエレンに語る台詞。［RW／In］

（12）**七月中旬、ドイツ軍がふたたびマルヌ川を越えて**……次の（13）の第一次マルヌ戦でドイツ軍は阻止されたが、一九一八年に始まるドイツ軍大攻勢で第二次マルヌ戦となるも、米軍参加で、ドイツが敗退。

（13）**マルヌの奇跡よ、もう一度、と願っても**……開戦当初の一九一四年九月、ドイツ軍はマルヌ川を越えてパリへの進撃を試みたが、英仏軍が阻止した。

（14）**四十万人のカナダの男たちが海を渡って……五万人が死んだ**……統計によって異なるが、現在では、出征兵士は約六十三万人、戦死者は五万三千人から六万七千人とされる。

（15）**エプロンは美装のためでなく節約を考えて裁断したもの**……本作の冒頭で、平時のスーザンが差し込みレースの入った豪華な装飾的なエプロンをかけ、戦時中は倹約のために粗末なエプロンをかけている対比が、効果的に描かれる。

第31章

マティルダ・ピットマン夫人　Mrs. Matilda Pitman

（1）**側線**……列車が走行する鉄道本線から分かれた短い線路で、車両の留置、操車、貨物の積み下ろし、車両点検などに使う。本章では側線の上に屋根があり、プラットホームもあることから操車などの駅となっている。

（2）**ブルーベリーのやせ地**……木に実がなる一般的な栽培種のブルーベリーではなく、

高さ二十〜三十センチメートルの低いやぶに実がつく野生種。島のやせ地に自生。

（3）**エーカー**……面積の単位、約四千四十七平方メートル。

（4）**やなぎ蘭**……『青春』第18章（4）。

（5）**汽車**……twain　幼児のかたこと。正しくは train 列車。

（6）**放りだちたんだよ**……frew　正しくは threw「放る」throw の過去形。

（7）**ハナ・ブルースター**……ハナは旧約聖書の預言者サムエルの母ハンナの英語名、善人のイメージ。ブルースターはスコットランド人の名字。

（8）**ろくでなし**……ne'er-do-weel。weel は、英語 well のスコットランド語。

（9）**白い漆喰を塗っただけ**……島の木造家屋の漆喰は日本の漆喰とは材料が異なり、仕上がりも違う。西洋の漆喰は、日本の漆喰や白いペンキとは異なり、やや透明感がある。壁のほかアンティーク家具などにも塗られる。

（10）**洗面台の引き出し**……水道設備がない時代、洗面器と水差しを置いた引き出しつきの台。

（11）**ラヴェンダーのいい匂いがするすてきなシーツ**……『青春』第21章（1）。

（12）**あの二人に、あたしを怒らす勇気はないよ**……マティルダ・ピットマン夫人は「dare 〜する勇気がある」を、古風かつ田舎の方言風の「dast」で話している。またこの段落には文法の間違いもあり、夫人は I mostly lets（正しくは let）them run と話す。そこで古風かつ田舎のおばあさん風の口調で訳した。

第32章　ジェムからのたより　Word From Jem

（1）**「ハーツ・オブ・ザ・ワールド」**……米国のサイレント白黒映画。監督脚本は米国人のD・W・グリフィス（一八七五～一九四八）、出演は米国女優のリリアン・ギッシュ、ドロシー・ギッシュなど。フランスの農村の恋人たちが戦争で引き裂かれ、さらにドイツ軍が砲撃。主に英国で撮影されたが、フランスの塹壕も撮影、機関銃や大砲の砲撃が上映。当時、色々と製作された反ドイツの戦争プロパガンダ作品の一つ。モンゴメリは一九一八年九月五日にトロントで鑑賞したと日記に記載。

（2）**大英帝国軍が、ヒンデンブルクの前線を打ち破った**……モンゴメリは一九一八年九月十九日の日記に「大英帝国がヒンデンブルクの前線を二十二マイルにわたって打ち破った。ドイツ軍の終わりが近づいてきたことを意味するに違いない。長い悪夢がもうじき終わるのだろうか？」と書いている。

（3）**がちゃがちゃ音をたてた**……スーザンが自分のすすり泣きを隠すため。

（4）**オランダ**……大戦では中立国だった。ドイツの隣国。

（5）**復活の朝**……キリスト教での復活は、十字架にかけられたイエスの復活、最後の審判でのすべての死者の復活があり、ここでは後者。

（6）**一九一八年十月四日**……日付は底本を含めた複数の書籍で十月四日だが、グーテンベルク・プロジェクトで公開されている原稿では十月五日。

第33章　勝利！　Victory!

（1）**「凍える風と暗き空の」**……米国の詩人ナンシー・A・ウェイクフィールド・プリースト（一八三六〜七〇）作詞の賛美歌「凍える風と暗き空の上に」（一八六〇）より引用。［In］

（2）**十月六日**……米国ウィルソン大統領が提案した講和条約に同盟国側が応じた。モンゴメリはこの日付の日記で「ドイツ軍とオーストリア軍が講和を求めている」という電話を受けて歓喜したと書いている。

（3）**マスクラット**……muskrats　ネズミ科マスクラット属の齧歯類。北米の沼などに棲息し、草木を積みあげて巣を作る。トガリネズミ科のジャコウネズミとは別の動物。

（4）**根菜のとり入れ**……寒冷地の島では十月は冬の始まりで、人参や蕪、パースニップなど根菜類の収穫を行う。十二月からは氷点下となり地面が凍る。

（5）**「彼らは、われわれの明日のために、自分たちの今日を捧げた」**……古代ギリシアの詩人シモーニデス（紀元前五五六頃〜四六八）が、ギリシア中部テルモピュレの戦いで倒れた兵士の言葉として書いた言葉「あなたがたの明日のために、われわれは自分たちの今日を捧げた」にちなむ。［In］

第34章　ハイド氏は自分の場所へ、スーザンは新婚休暇へ　Mr. Hyde Goes to His Own Place

and Susan Takes a Honeymoon

（1）**皇帝（カイゼル）の人形を作って燃やした**……連合国側の英仏や北米では広場などで焚き火をしてドイツの皇帝（カイゼル）を模した厚紙や木の人形を燃やした。ドイツでは大戦末期に国民の不満から革命が起き、皇帝（カイゼル）のヴィルヘルム二世はオランダへ亡命して退位。帝政は倒れ、ワイマール共和国が成立した。

（2）**形も何もなくすの**……旧約聖書「創世記」第一章第二節「地は形がなく、何もなく、暗黒の表面に暗闇があり、神の霊が水の上を漂っていた」、「エレミヤ書」第四章第二十三節「私は地を見た、ああ、それは形がなく、何もなかった……」より。［RW／In］

（3）**休戦協定に署名された**……一九一八年十一月十一日、連合国とドイツの首席全権がフランスで協定に署名、西部戦線の戦闘が終了した。正式な降伏ではなかったが、ドイツの敗北と連合国の勝利が決まった。

（4）**脳卒中で麻痺**……脳卒中には脳溢血（のういっけつ）と脳梗塞があり、体に麻痺が残ることがある。

（5）**「自分の場所へ行った」**……第18章（14）。

第35章　「リラ・マイ・リラ！」　"Rilla-My-Rilla!"

（1）**屋根は二重勾配（マンサード）**……屋根の傾斜が、上部はゆるやかで、下部は急で、二つの異なる勾配がある。屋根の下半分に窓があることが多い。

（2）**プロイセンの軍国主義**……Prussianism　直訳「プロイセン主義」。プロイセン王国とドイツ帝国に見られる軍国主義、階級主義、保守主義、拡張主義などを合わせたもの。ここでジェムが「ドイツだけに限ったものでもない」と語るこの主義が第二次世界大戦へつながっていく。

・シリーズ各巻の書名は、第一巻『赤毛のアン』は『アン』、第二巻『アンの青春』は『青春』、第三巻『アンの愛情』は『愛情』、第四巻『風柳荘のアン』は『風柳荘』、第五巻『アンの夢の家』は『夢の家』、第六巻『炉辺荘のアン』は『炉辺荘』、第七巻『虹の谷のアン』は『虹の谷』と表記した。

・日本語訳の聖書は、モンゴメリが愛読した欽定版英訳聖書と必ずしも一致しないため、引用の意味を明確にするために、聖書からの引用は、訳者が欽定版の英文を邦訳した。「新共同訳」と記載したものは「新共同訳聖書」の訳文による。

・各項文末の記号は、[RW]は L.M.Montgomery's use of quotations and allusions in the "ANNE" books。ここに記載の出典を確認して誤記を訂正し、訳者が引用の意味を加筆した。[In]はインターネットで本作の英文で検索して一致した文献を調査し、翻訳して訳註に入れた。「※」は、論文「第一次・第二次世界大戦期のカナダにおける徴兵制論争：「移動」としての総力戦と文化的マイノリティー」津田博司著、「京都大学学術情報リポジトリKURENAI紅」二〇一四年一月三十一日による。

・原書でモンゴメリが用いた記号ダッシュ（—）は、地の文章にある場合は「——」、それ以外は「……」と表記した。モンゴメリがアルファベットを斜体文字にして強調した語句は、その訳語に傍点をふった。

・本書の原書は、訳者が一九九一年に、プリンス・エドワード島の古書店で購入したマクレランド社発行の希少古書“Rilla of Ingleside”（発行年記載なし、一九二一年の初版本と同じカバーと装丁）を底本とし、一部は“Readying Rilla:L.M.Montgomery's Reworking of Rilla of Ingleside”(edited by Elizabeth Waterston, Kate Waterston, published by Rock's Mills Press, 2016) を参照した。

訳者あとがき

一、作品の概要

●アン・シリーズ最後の長編小説、第一次世界大戦、リラの成長と恋

本作『アンの娘リラ』（文春文庫、二〇二三年）は、L・M・モンゴメリ著『赤毛のアン』シリーズ最後の長編小説、第八巻 *Rilla of Ingleside*（一九二一年）の日本初の全文訳です。主人公は、原題に「炉辺荘のリラ」とあるように、アンの末娘リラ・ブライスです。本作は、第一次大戦とカナダの銃後の暮らしを、リラの視点から描いた戦争文学であり、また十代の少女リラの成長と恋の物語です。描かれる時代は、一九一四年六月から一九年春までの五年間であり、一四年七月の大戦開始から一八年十一月の休戦協定までを網羅しています。

●戦没兵を讃える題辞、パンデミックで急死した親友への献辞

『アンの娘リラ』のエピグラフは、カナダの女性詩人、作家のヴァーナ・シアードの詩「若き騎士たち」冒頭の二行です。この作品は、第一次大戦（以下、大戦）で命を落とした兵士を讃える六連の詩です。

アン・シリーズにおいては、モンゴメリ晩年の一九三〇年代に書かれた『風柳荘』と『炉辺荘』をのぞく作品の冒頭に、英国と米国の男性詩人による詩の一節がエピグラフとして置かれています。これに対して本作は、シリーズ中で唯一、カナダ人の女性が書いた詩が使われています。

献辞では、モンゴメリは本作を親友フレデリカ・キャンベル・マクファーレンに捧げています。フレデリカは、モンゴメリの亡き母の妹アニーおばさんが嫁いだキャンベル家（口絵）の娘であり、モンゴメリの従妹です。九歳年下のフレデリカは、モンゴメリと同じように教員免許を得て、プリンス・エドワード島で教鞭をとります。一九一二年にはケベック州マギル大学のマクドナルド・カレッジで家政学の学位をとった知性とユーモアと情愛あふれる女性でした。モンゴメリが結婚して島からオンタリオ州リースクデイル村の牧師館へうつると、フレデリカは泊まりにきて子育てを手伝い、親しく交際します。しかし彼女は、大戦中から流行した新型インフルエンザ「スペイン風邪」にかかり急逝したのです。

モンゴメリは一九一九年の日記に、彼女の最期と、生前の思い出を、哀惜の念をこめて綴っています。フレデリカが亡くなる五日前の一九一九年一月二十日、モンゴメリは、版元ペイジ社との問題解決のため、版元がある米国ボストンへ行きます。その滞在中に電話があり、カナダのモントリオールにいるフレデリカが肺炎で重体と知らされます。

モンゴメリはペイジ社との交渉を終えると、汽車でケベック州の病院に駆けつけます。幸い、彼女は意識がはっきりしていて、会話もでき、モンゴメリの冗談に笑い声もあげます。しかし容態が悪化し、一月二十五日の早朝、息を引きとりました。

モンゴメリはフレデリカの最期を看取り、遺体の火葬と葬儀、さらに遺灰をプリンス・エドワード島の実家キャンベル家へ送る手配、遺品の整理もします。フレデリカの夫キャメロン・マクファーレンは出征して、まだ復員していなかったからです。

フレデリカは大戦中の一九一七年に戦時結婚をして、夫はフランスへ。やっと戦争が終わって二か月後、帰還する夫と再会することもなく、三十六歳の若さで急逝したのです。大戦中の苦難の日々を描いた本作を、モンゴメリがフレデリカに捧げた心情に胸打たれます。

●アンの子どもたちの近況を伝える第1章の技法

本作冒頭でアンは何歳でしょうか？　第18章の一九一六年二月に、アンは結婚二十四年と書かれています。彼女は『夢の家』にて二十五歳の九月に結婚しています。ということは、一九一六年二月には四十九歳、三月の誕生日で五十歳でしょうか？　すると第1章冒頭の一九一四年六月には四十八歳前後ではないかと推測されます。

では、ブライス家とメレディス家はどうなったのか。その近況を、モンゴメリは巧みな技法で披露します。つまり家政婦スーザンが、地元紙の通信欄（人々の消息欄）を読みあげ、それを聞いた人々が語りあう形で、読者に伝えるのです。

長男ジェムはレッドモンドの医科一年を終了。次男ウォルターは二年間、教壇にたち、この秋からレッドモンドへ。双子のナンとダイもレッドモンドへ進む前の夏。三男シャーリーはクィーン学院在学中。三女リラは十四歳で、村の学校を出て炉辺荘にいます。

メレディス家では、長女フェイスと長男ジェラルドがレッドモンドの学生。次男カールはクィーン学院を卒業して教師になる前。またメレディス牧師とローズマリーに男児が生まれて次女ウーナが可愛がっていることも語られます。

このように虹の谷で遊んでいた無邪気な子どもたち十人は、若い大人へ成長し、平和と戦争について考え、行動する年ごろに育っているのです。

スーザンが読みあげる新聞記事に、大戦のきっかけとなるオーストリア皇太子暗殺事件がさりげなく入っているところにも、モンゴメリの工夫が光っています。

二、第一次世界大戦と西部戦線について

『アンの娘リラ』の主題の一つは第一次大戦です。前作『虹の谷』で幻のように現れた「笛吹き」がついに笛を吹き、大勢の若者が戦場に行くのです。

大戦の発端はサラエボ事件です。一九一四年六月、ヨーロッパに広大な領土をもち、さまざまな民族の土地を支配していたオーストリアの皇太子夫妻が、バルカン半島のサ

ラエボ（現在のボスニア・ヘルツェゴビナの首都）を訪問中、セルビア人の民族主義者に暗殺されます。

これをうけて七月、オーストリアが、セルビアに宣戦布告。するとロシアがセルビアを支援したため、今度はドイツが、オーストリアの味方について、八月一日、ロシアに宣戦布告。八月三日にはフランスにも宣戦して、ドイツ軍はパリ陥落をめざしてベルギーに進軍します。その侵略行為をうけて、イギリスが八月四日、ドイツに宣戦布告するのです。

こうしてオーストリアとセルビアの局地戦が、欧州の大国に拡大したのです。というのも、その前から、ヨーロッパは二つに分かれて対立していました。オーストリア・ドイツ・イタリアの同盟国側と、イギリス・フランス・ロシアの三国協商側です。それをうけて大戦でも、オーストリア・ドイツの同盟国側と、イギリス・フランス・ロシアの三国協商側（以下、連合国側）が戦ったのです。

さらに、この二つの陣営を軸として、それぞれの国の植民地と旧植民地の諸国、また同盟を結んでいた国も参戦して、日本もふくめて三十二か国が加わり、史上初の世界戦争へ拡大していくのです。

●アンの息子三人が出征した西部戦線

炉辺荘の人々がもっとも多く語る戦場は、アンの息子三人が出征した西部戦線です。

西部戦線とは、ドイツから見て西の前線という意味です。大戦が始まると、ドイツは、まず敵国フランスを攻め落として、早く戦争を終わらせようと考えました。というのも本作第30章でギルバートたちが語る一八七〇年の普仏戦争で、ドイツ北部のプロイセン王国は、わずか二か月でパリを包囲して勝利したため、その後に統一されたドイツ帝国も、大戦では先にフランスを攻略しようと、ドイツから西のベルギーとフランスに軍を進めたのです。

もちろんベルギー軍や英仏軍の徹底抗戦にあい、塹壕戦となります。激戦地はマルヌ、イープル、コースレット（クルスレット）、ヴィミーの尾根など、ベルギーからフランスの北東部のフランドル地方にあります（地図）。

ドイツ軍は、大戦の前半は優勢でパリに近づきますが、一九一六年のソンムの戦い、ヴェルダンの戦いでやぶれ、さらに米国が参戦したころから形勢が変わり、一八年春の総攻撃でもやぶれます。その秋、ドイツは休戦協定をむすび、事実上、同盟国側の敗北で終わります。

西部戦線のほかにも、ドイツ軍が東のポーランドなどでロシア軍と戦った東部戦線、またバルカン半島、トルコのガリポリ、イタリア東部にオーストリア軍が進軍したイタリア戦線、中東アラブの戦線も、本作中で語られます。

陸上だけでなく海戦もあり、ユトランド半島沖の海戦では、アンたちが誇る大英帝国海軍が、百隻をこえる大艦隊で出撃しますが、ドイツ海軍を完璧に撃ち破ることができず、炉辺荘の人々は衝撃をうけます。

この大戦では、潜水艦と魚雷、戦車、機関銃、化学兵器の毒ガス、戦闘機、射程距離の長い巨大な大砲といった大量破壊兵器が初めて使われました。死者は兵士が八百五十三万人、民間人が一千三百万人、あわせて約二千二百万人の命が失われたのです。

終戦の翌年、パリで講和会議が開かれ、ベルサイユ条約がむすばれますが、敗戦国ドイツの戦後処理をめぐって禍根を残し、やがて第二次世界大戦を引き起こすことになるのです。

本作が発行された一九二一年は、終戦からわずか三年です。モンゴメリは巻末の年表のように、大戦の主要事項をすべて本作に盛り込んでいます。発行当時の欧米の読者は、スーザンたちが語る各地の戦場、そこで何があったか、各国の皇帝と軍人と政治家、彼らを批判したり褒めたりする意味をわかっていました。しかし日本人にはわかりづらいため、約五百九十項目の訳註を巻末につけました。炉辺荘の人々の会話を理解する一助となりましたら幸いです。

三、カナダと第一次大戦　銃後の暮らしと女性たち

①カナダはなぜ大戦に参加したのか

カナダは一八六七年にイギリスの植民地から連邦国家となりましたが、自治領であり、外交権はイギリスにありました。そのため英国がドイツに宣戦すると、カナダも大英帝国の一員として参戦することになったのです。

大戦初期のカナダに徴兵制度はありません。しかし若者たちは、アンの長男ジェムのように志願兵として、みずから進んで入隊しました。

英国もカナダも、ドイツの侵略を阻止して平和と自由を取りもどす正義のため、ドイツから祖国を守るために戦うことは名誉であるとして、若者たちは意気揚々と入隊したのです。

しかし、数か月で終わると楽観視されていた戦争は四年も続き、カナダの兵士は悲惨な激戦、消耗戦にまきこまれていきます。しかし勇壮なカナダ兵は、ソンム、コースレット、ヴィミーの尾根の戦いでめざましい戦績をあげ、戦争終盤では攻撃の先頭にたちました。カナダ兵は六万人以上が戦死します。しかしこの貢献から、戦後のカナダは、一九一九年のベルサイユ講和条約会議に、独立した一国として出席し、以後は、自主外交権を獲得することになるのです。

②カナダの銃後の家庭

大戦は、ヨーロッパの戦場から大西洋を隔てた遠いカナダの家庭にも影響をおよぼします。

まず家族の出征です。本作で兵士の母となり息子を送り出すのはアン、腹心の友ダイアナ、『夢の家』のレスリー、大西洋岸ノヴァ・スコシア州にいる『愛情』のフィリッパ、太平洋岸のヴァンクーヴァーにいるステラなど。日本にいる宣教師の妻プリシラの息子は、日本から出征します(日英同盟にもとづき日本は連合国側として一九一四年に参戦)。

息子を送り出した家庭では、新聞で戦況を読んで、一喜一憂して語りあいます。当時は海底ケーブルの敷設、電信技術の発達により、ヨーロッパのニュースは数日後には新大陸のカナダの新聞で報じられたのです。またこの大戦では、欧州の兵士とカナダの家庭の間で膨大な手紙がやりとりされたことも記録されています。

どんなニュースや手紙が届いても、前向きにとらえようと心がけるスーザン、知的で冷静でありながら予知夢を信じるミス・オリヴァー、悲観主義のいとこのソフィア、若いリラたちが意見を語りあいます。たとえ敗北が続いて不安と恐怖に打ちのめされて泣いても、女も子どもも立ちあがり、勇敢であれ、忍耐強くあれと決意して自らを鼓舞する姿が印象的です。

③国家総動員の総力戦

大戦では、戦地の兵士だけでなく、国民も総動員されます。モンゴメリは、戦争が家庭に入っていくプロセスを描きだしています。

戦争が始まるとすぐ、大人たちは赤十字を、娘たちは青少年赤十字を組織して、兵隊ツを縫い、戦地へ送ります。演芸会をひらいて対話劇、合唱、手旗信号を披露して、寄付金を集めます。男性も愛国協会を組織して、朗読会を開き、愛国的な詩を暗誦して青年に入隊をうながします。政府の軍事予算にする戦時国債を購入し、小麦などの食糧を節約し、家の花壇はジャガイモ畑に変えます。日照時間を有効に活用して燃料節約をはかる夏時間の導入、連合国が勝利すると国旗を掲揚します。フェイスは志願看護婦として英国にわたります。村や町には、「男子を求む」という入隊を呼びかけるポスターが貼られ、映画館では戦争のプロパガンダ映画が上映され、文化、娯楽も戦争一色となります。そんな戦時下では、平和と反戦を唱える教会長老のプライアー氏はドイツのスパイと誤解され、平和活動をした米国の自動車王ヘンリー・フォードは奇異な目で見られます。

④女性の社会進出

男子が出征して労働力が不足したため、女性は家庭の外でも働くようになります。リラが食糧品などのよろず屋で、メアリ・ヴァンスとスーザンは農場で働きます。女性は労働のためにズボンもはくようになります。一九一七年の総選挙では、家族が出征した成人の女性に投票権があたえられ、カナダ史上初めて女性が国政に参加したのです。それにしても徴兵制が争点となったこの総選挙で、炉辺荘の人々が徴兵制賛成の保守党を支持している点も興味深く思われます。

このようにモンゴメリは、一筋縄ではいかない戦争の現実を、絶妙なバランス感覚で描いています。つまり当時の戦争賛成、反対、その中間まで、多種多様な意見を幅広くとりあげて、単純ではない現実を描いているからです。たとえばジェム出征の駅で、戦争はイギリスだけに任せておけばよかったと言う人、最前線で人殺しをすることになる兵士を思いとどまらせようとするプライアー氏など。また一人の人間のなかでも千々に乱れる心理も描きだします。たとえばリラは、志願して兵隊になった長兄ジェムをほかの少女の前で誇らしく思う一方で、次兄ウォルターの出征には動揺して泣いて悲しみます。またウォルター本人の死への恐怖という兵隊の正直な本音も描きます。モンゴメリ本人は、必要悪として、やむを得ずの戦争賛成派でしたが、小説では、戦争への正義感だけでなく、ゆれ動く兵隊の怖じ気づく気持ち、彼らを送り出す家族の複雑な心理を書き込んだところに、作家としてのバランス感覚、社会への誠実で柔軟な視線が感じられます。

⑤カナダの第一次大戦記念碑

大戦では多くの男たちが命を落とし、女たちは息子、兄、夫、恋人を喪いました。当時、兵士の遺体と遺骨は帰国しなかったため、彼らの墓はカナダにはありません。そのため国内に多数の慰霊碑や記念碑がたてられました。

たとえば島州第二の町サマーサイドには、島中央のプリンシズ郡からソンムやコースレットなどで戦って死んだ二百人をこえる男性の名前を刻んだ記念碑があります(口絵)。

三男シャーリーはクィーン学院を終えて出征します。この学校のモデルは、モンゴメリが卒業した師範学校プリンス・オブ・ウェールズ・カレッジであり、その学生と卒業生が従軍したことを示す記念銅板が、この師範学校の後身プリンス・エドワード島大学にあります（口絵）。

次男ウォルターが出発したノヴァ・スコシア州キングスポート（モデルはハリファクス）の港からは三十五万人のカナダ兵が船出し、カナダの土を二度と踏めなかった若者が大勢いました。そこで彼らは、この波止場で祖国での「最後の足跡」を残して行ったという記念碑がたてられ、戦没兵の魂を慰めています（口絵）。

四、アンの息子たちの出征、正義の戦争への信念

アンの息子三人は全員が出征します。勇敢なジェムは明るく意気揚々と志願し、大勢の地域の人々が集まり激励するなかを出発します。美と文学を愛する繊細なウォルターは、敵のドイツ兵といえども誰かの大切な家族であり、そんな相手を殺すことを厭（いと）いながらも、ドイツ軍によるルシタニア号撃沈で死んだ女性や子どもたちへの義憤と正義のために、この世界から醜悪なるものを一掃して人生の美しさを守るために、悲壮な決意で入隊します。しかしそのころには出征は日常の風景となり、家族と親しい人だけの見送りで旅立ちます。シャーリーはこの大戦で初めて登場した飛行機に興味をもち、新設

された空軍のパイロットをめざして出発します。十八歳の兵隊シャーリーが、出征前に「スーザン母さん」と初めて呼んだ理由は、これが最後の別れになるかもしれないという思いが、彼の胸によぎったからではないでしょうか。本作のカナダの男子を待ち受ける運命の過酷さ、出征したジェムの帰りを駅で何年も待ち続ける犬のマンデイのけなげさは涙を禁じ得ないところです。

なかでも本作の白眉となる章は、ウォルターの出征をリラが知って衝撃を受ける第14章、戦場のウォルターから届いた手紙をリラが読む第23章です。ウォルターの心理描写は圧巻であり、彼は本作の第二の主人公と言えるでしょう。

ウォルターは、兵役拒否者と思われ、臆病者、卑怯者と後ろ指をさされることに耐えがたい屈辱をおぼえますが、それ以上に自分に絶望しています。兵隊になって外国へ行き、自分が敵兵に傷つけられて苦しんで死ぬこと、自分が人殺しをすることを恐れています。

そんな彼が、自分が戦う意義を見つけ、納得し、「信念」のために突撃に出て行きます。第23章でウォルターは、「われわれは明日、塹壕の壁をこえて突撃します」(日本初訳出)とリラに書き送ります。つまり地面に掘った塹壕から地上へでて、敵の砲弾にさらされる危険な作戦をする壮絶な覚悟を、妹に書き送り、その信念をリラは託されたのです。

五、ウォルターの詩のモデルとなった戦争詩「フランドルの野に」

ウォルターはリラへの手紙に「信念を守る」（第23章）こと、「赤いけしの花」（第19章）について書いています。これらは大戦中に有名になったカナダの詩「フランドルの野に」に基づいています。

フランドルの野に　　　ジョン・マクレー、松本侑子訳

フランドルの野に、けしの花が風にゆれる*
列また列なす十字架のあいだに。
それがぼくらの居るところ。空には
ひばりが舞い、いまなお勇敢に歌うけれど
砲弾とびかう地上では、かろうじて聞こえるのみ。

ぼくらは死者。ほんの数日前は
生きていた、夜が明けるのを感じ、夕日の輝きをながめた。
愛し、そして愛された。けれど今は葬られている
フランドルの野に。

敵との戦いをまた始めておくれ
ぼくらは倒れていく手で、松明(たいまつ)をきみに投げわたそう。
きみたちは、それを自分のものにして、高く持ち続けるのだ。
もしきみたちが、死せるぼくらの信念を裏切るなら
ぼくらは眠ることはない、たとえけしの花が咲こうと
フランドルの野に。

（＊一行目の原文は、風にゆれるblowと育つ grow の二種類がある）

この「信念」は、邪悪と戦って平和な世界を作りあげるという普遍的な理想への信念でしょう。また倒れていく兵士がわたした松明(たいまつ)は、暗闇を照らして人を導く光、人間の叡智(えいち)を象徴しています。リラはこの「松明」をウォルターから受けつぎ、「信念」を守って生きていこうと決意するのです。

詩を書いたジョン・マクレー（一八七二～一九一八）は、モンゴメリと同世代のカナダの軍医、詩人です。彼が生まれ育ったオンタリオ州ゲルフの家は、モンゴメリが本作を書いたリースクデイル村から五十㎞の距離にあり、現在は国定史跡となっています。マクレーは四十一歳で大戦に志願し、毒ガスが使われたベルギーのイープル（フラン

ドル地方）で戦友を亡くし、埋葬をした一九一五年三月、「フランドルの野に」を書きます。詩は同年十二月、英国の雑誌「パンチ」に掲載され、一躍、有名になり、戦時国債や兵士募集のポスターなどあらゆる媒体に引用され、英国から北米にも広がります。

本作第19章でウォルターが書いた詩について、「フランドルの塹壕にいるカナダの一青年が、戦争詩の傑作を書いたのだ。ウォルター・ブライス兵卒による『笛吹き』は、初めて印刷されたときから、古典であった」とあり、これも「フランドルの野に」を連想させます。

この詩は現在でも、大戦が終結した十一月十一日の戦争記念日に朗読され、赤いけしの花は、戦没兵への哀悼と平和の誓いのシンボルとなっています。

六、戦争と恋で成長していくリラ

本作のもう一つの主題はリラの成長です。物語が始まる夏、彼女は十四歳。初めて出かけるダンス・パーティと優雅なドレスに憧れ、気になる異性を思ってときめいている思春期のやせっぽちの女の子です。裕福な家庭で末っ子として育ったために、わがままで見栄っぱりな一面もありますが、明るい気立ての美しい娘です。

最初のころのリラは、ダンス・パーティに置き去りにされたショックと慣れないヒール靴の痛みに泣くような幼さがありますが、戦争が始まると、青少年赤十字を組織して奉仕活動のリーダーとなり、愛する兄さん三人の出征を心を強くもって涙をこらえて笑顔で見送り、悪化していく戦況に一人で泣いた後は母を励まし、戦地の兄を案じつつ彼らを励ますユーモアのある手紙を書き送り、苦手だった料理や裁縫もおぼえて、家政婦スーザンとともに炉辺荘を切り盛りする一人前の大人になっていくのです。

とくにウォルターが戦争の恐怖と臆病な自分への絶望をリラに打ち明けて、彼女がウォルターを励まし慰めるあたりから、リラの内面は大きく変わっていきます。人にわかってもらうことを求めていた幼いリラが、大切な人の苦しい胸のうちを理解して、その人の支えとなることに深い充足感をおぼえるようになるのです。さらに涙をぬぐい、ウォルターから託された「信念」を守って生きようと決意して立ち上がる場面も大きな山場です。リラは四年間のつらい日々を耐え、さらにその苦難を乗りこえ、大きくたくましく成長するのです。

リラは育児によっても変わっていきます。赤ん坊が大嫌いだった彼女が、親がなく死にかけていた赤ん坊をひきとり、親身になって面倒をみるうちに、この赤ちゃんジムスの元気な成長が喜びとなり、やがて深く愛するようになります。

リラの本名は、バーサ・マリラ・ブライス。アンの生みの母バーサと育ての母マリラをモンゴメリは付けているのですから、リラにはもともと母性愛がそなわり、それが豊かに花開いていくのです。

赤ちゃんの小さな命を愛情をこめて育てるリラ。しかしそのとき戦場では、そうして大切に育てられた何百万もの命が失われているのです。赤ん坊ジムスの育っていく一つの命は、大戦で死んでいく膨大な命と、壮絶な対比をなしているのです。

リラのロマンスも本作を読む喜びです。まだ少女の淡く初々しい憧れ、じれったい思い、月夜の初めての口づけ……。このとき白いドレスのリラが、金髪のジムスを胸に抱くと、頭に金色の光輪（こうりん）が光る幼（おさ）な子イエスを抱いた聖マリアに見えた……。これもリラの肉体と精神が大人の女性へ近づいている十代のすこやかな娘らしさ、さらにリラに神の聖なる祝福があることを清らかに伝えています。

『アンの娘リラ』は恋の物語でもあります。肉親のいない孤独な教師ミス・オリヴァーは婚約者が兵隊になり、戦地とのやりとりに感動的な愛のドラマがあります。父親の言いなりだった弱気で地味なミランダ・プライアーが、出征直前の恋人と戦時結婚をした後、落ちついた妻になる姿、ウーナ・メレディスの秘めた恋、メアリ・ヴァンスの真実の恋、またスーザンへの意外な求婚など、本作は何組もの男女が織りなす恋模様が盛りこまれ、戦争の陰鬱さのなかに、生き生きとした恋の生命力が輝いています。そうした恋と結婚のロマンスも、リラを大人の女性へと導いていくのです。

七、モンゴメリの小説技法、対比の劇的な効果

モンゴメリ文学の特徴的な技法に対比があり、本作でも効果的に使われています。

第2章「朝の露」において、モンゴメリは、十四歳のリラに、これからの四年間を人生最良の年にしよう、楽しいことを山ほど楽しもうと語らせます。しかし本作が世に出た大戦後の読者は、その四年間は戦禍の日々となり、リラに試練が襲いかかることを知っています。実に巧みな出だしです。「朝の露」という章題も、朝露のようにきらきら光り、未来への希望に満ちたリラの夢が、草の葉から露がこぼれるように儚く失われることを示しています。

第3章「月明かりの宴」では、初めてのダンス・パーティ、優雅なドレスの娘たち、月が照りわたる夏の夜の海、白い灯台の光と提灯の明かり、若人(わこうど)の笑いの渦、軽やかな踊りの輪、フィドルの陽気な音色と、青春のエネルギーがあふれています。またリラが静かな月夜の浜辺で、好きな人と二人ですごす世界の甘美さ……。しかし第4章「笛吹き、笛を吹く」では、その宴の夜、突然、大英帝国の宣戦が発表されるのです。この風雲急を告げるドラマチックな展開、華やかなパーティと暗黒の戦争の対比の見事さにはうなるばかりです。このパーティに集まった一人一人に過酷な運命が待っている予感にも、読者が戦慄する名場面です。

リラがウォルターの出征を知って衝撃に打ちのめされる第14章でも、同じ対比が意識されています。すなわち、ベルギー支援の演芸会(コンサート)は大成功となり、会場には旗が、つまり英国旗ユニオン・ジャックと当時のカナダ国旗（赤地の片隅に英国旗）が盛大に飾られた華々しい会場に、英国の正義の戦いをたたえる軍歌「われら、この古き旗を倒させじ」のピアノ伴奏と歌声が高らかに響きわたる興奮のさなか、リラは、ウォルターの出征を知らされて顔面蒼白となります。この対比の鮮やかさはどうでしょう。舞台に上がるリラの悲壮な姿は、映画の一場面でも見るようです。

一方で、モンゴメリは抜群のユーモア作家であり、第16章で、リラと恋人青年の二人きりのロマンチックな逢瀬に、何も知らないスーザンが割りこんでくる会話は抱腹絶倒です。いつも愚痴をこぼすいとこのソフィアとスーザンのやりとりもどことなく滑稽であり、ほっと和む味わいがあります。

対比といえば、アンが回想する平和な少女時代と、リラの少女時代の対比も鮮烈です。第一巻の「グリーン・ゲイブルズのアン」はのどかな農場で、マシューとマリラに可愛がられ、腹心の友ダイアナと緑豊かな田園に遊び、ろうそくやランプの灯りで勉強をする牧歌的な十九世紀のヴィクトリア朝でした。

一方、第八巻の「炉辺荘（イングルサイド）のリラ」は、家に電話があり、道に自動車が走り、空に飛行機が飛ぶ二十世紀、近代兵器が使われる世界大戦のさなかに、二度と帰らない娘時代を生きているのです。この対比には、モンゴメリ自身の少女時代でもあった十九世紀への郷愁を漂わせつつ、戦争の不安な日々を生きるリラの酷（むご）い現実がより際立ってきます。

モンゴメリ文学の特長といえば、やはり美しい風景描写であり、本作でも島の自然とフォー・ウィンズの内海(ニュー・ロンドン湾)のため息のこぼれるような描写、どことなく神秘的な文章に魅了されます。

八、第一次大戦中のモンゴメリ、大戦後のモンゴメリ

①大戦中のモンゴメリ

戦争前半のモンゴメリ日記の一部です。

一九一四年八月五日　オンタリオ州リースクデイル牧師館

「イングランドがドイツに宣戦布告した。

ああ神よ、信じられない! 悪い夢に違いない。雷鳴のように突然やってきた。

六月のいつだったたか、セルビア人がオーストリアの皇太子夫妻を射殺したと「グローブ紙」で読んだが、さほど興味を持たなかった。北米大陸にいるほとんどの人たちと同じように。まさかこんなことになるとは。でもまさしく弾丸が世界中に聞こえたのだ……。」

開戦直後の八月十三日、モンゴメリは次男を出産しますが、息子はその日に亡くなり、

日記には母の悲痛な嘆きが綴られます（詳細は『夢の家』あとがき）。

一九一四年九月五日　オンタリオ州リースクデイル牧師館
［戦争のニュースには、決まって憂鬱になる。毎日、ドイツが着々とパリに近づいているというニュースが来るからだ。今では三十マイルまで迫っている。ドイツ軍は、英国とフランスの陸軍を敗退させている。（略）ああ、ドイツ軍はパリに達するだろうか？　どこかの強い軍隊が入ってくれないだろうか？　神の手が触れて、「ここまで、その先はなし」とならないだろうか？　パリが陥落したら、フランスは打ちのめされる。もしそうなればフランスは戦う意欲をなくすだろう。」

一九一六年十二月二十一日
［今日の新聞は全紙、憤慨で白煙が立っていた。、あの年寄りの馬鹿の巨人ウッドロー・ウィルソンが交戦中の大国に和平の書面を送るとは、愚かすぎる！（略）あれはくだらない男で、注目する価値もない、英仏連合も、いずれあの男はだめだと言うだろう。」

本作では、米国大統領ウィルソンが米国の参戦を決めず、和平の書簡を送ってばかりいることに、スーザンが憤慨しています。このように本作には、モンゴメリ日記と一致する描写がかなりあります。そもそも本作には主人公リラの日記が書かれます。モンゴメリは戦争中の日記を参照しながら、小説として場面を立ちあげて創作したことがわかります。

大戦中のモンゴメリは四十代前半であり、執筆と出版、妊娠と出産と、作家としても母としても多忙な日々を送っています。一九一五年には、三男スチュアートが無事に誕生、第三巻『愛情』を米国ペイジ社から出版。一六年は、詩集『夜警（やけい）』が刊行。出版はペイジ社に依頼しましたが、詩集は売れないと難色を示され、カナダのマクレランド社から出ます。以後、モンゴメリはマクレランド社と契約し、著作は同社から刊行されます。一七年、第五巻『夢の家』出版。それから第七巻『虹の谷』を執筆し、一八年秋に戦争が終わります。

②『アンの娘リラ』執筆中のモンゴメリ

日記によると、『アンの娘リラ』の執筆は戦後四か月の一九一九年三月十一日に始まります。戦争の日々はまだ記憶に新しいころです。そして一九二〇年に脱稿、二一年三月にゲラ刷りの訂正。そして単行本として刊行されたカバーには、若い女性のリラが、えぞ松や紅葉したかえでの森にすわり、白い便箋を胸にあてて夢見るようにほほ笑んでいる姿が描かれています。おそらくは虹の谷で恋人から届いた手紙を読んでいるのでしょう。

本作に関するモンゴメリ日記の一部を抜粋します。

一九二一年九月三日

［今日、『炉辺荘のリラ』が届いた……私の十一冊目の本！　たいそう美しい装丁だ。でもあまり成功するとは思わない。世間は、戦争にまつわるものには、もう飽き飽きしているからだ。しかし少なくとも私は、あの四年間のカナダの暮らしを反映させたいと最善を尽くした。この本はフリード（フレデリカ）の思い出に捧げた。彼女に読んでもらえたら、どんなにいいだろう。］

一九二一年十月一日

［『リラ』の書評が届き始めている。これまでのところ書評は良い。］

一九二一年十一月二十四日、トロント、ニーナ・アヴェニュー二番地

［本日、ヴァンクーヴァーにあるカーネギー図書館のダグラス氏という人物から手紙を受けとった。おかげで今日は一日中、気持ちが温かく明るかった。彼は『リラ』について書いている。

「あなたはまことに見事な本を書かれました……あの時代を描いたその場しのぎの文学の多くは、いずれ忘れ去られるでしょう。しかしこの本は長く生き続けると思います。

あなたは戦争中のカナダ人の心情を生き生きと描き出したのです。あの五年の長きにわたる苦しい歳月に私たちが経験した事実を正しく描写なさったのです。さらにあなたは、今生きているどの作家よりも優れたユーモアの輝きを、この歴史の背景に書き添えられました……あのつらかった日々における家庭生活の嵐と緊張に、まるで音や声が聞こえてくるような表現を与えた本は、あなたのすばらしい本だけであります」とても嬉しかった。なぜなら、これこそ私がこの本でなしとげようと努めたことだからだ。」

こうして一九二一年にモンゴメリはひとまずアン・シリーズを書き終えます。一九二〇年代は、新しい主人公エミリー・バード・スターを創りだし、作家志望のエミリー三部作『ニュー・ムーンのエミリー』、『エミリーはのぼる』、『エミリーの求めるもの』を書きます。三〇年代はパット・シリーズとして『銀の森屋敷のパット』、『パットお嬢さん』、さらにアン・シリーズの間を埋めるように婚約時代を描いた第四巻『風柳荘』、第六巻『炉辺荘』と執筆活動を続けます。

九、ウォルターの詩「笛吹き」、モンゴメリの戦争観の変化

そのモンゴメリ晩年の一九三〇年代、ドイツでは、一九三三年にナチのヒトラーが政

権を掌握、三九年にはドイツがポーランドに侵入して第二次世界大戦が始まります。本作の最終章でジェムが懸念した軍国主義（プロイセン主義）により、全世界で六千万人から八千万人が戦死する戦争が始まったのです。

一九三九年ごろから一九四二年春にかけて、モンゴメリが生前最後に書いた本は、短編小説と詩の作品集『ブライス家は語られる』*The Blythes Are Quoted* です。

この冒頭に、モンゴメリは、『アンの娘リラ』でウォルターが書いた詩「笛吹き」を置いています。そして詩に添えて次のようなことを書いています。……読者から「笛吹き」はどこで読めるのか問い合わせが多かったが、詩は実在しない、この詩は最近書いたものだが、むしろ第一次大戦当時より今のほうが意味があるだろう……と。

笛吹き

モンゴメリ、松本侑子訳

ある日、笛吹きが、その谷(グレン)にやってきて……
美しく、長々と響く、低い音色で、笛を吹いた！
子どもたちは、どの家からも出ていき、ついていった
愛する者がどんなに引きとめようと
笛のかなでる調べに、誘われていった

森を流れる小川のせせらぎにでも呼ばれたかのように
いつの日か、笛吹きはまたあらわれるだろう
カエデの木の息子たちに、吹いて聞かせるために！
きみも、ぼくも、またどの家からも若者は出ていき、ついていくだろう
多くは、ふたたび生きては帰らぬだろう
そのなにがいけないというのか、これからも自由の栄冠が、
おのおのの故郷の丘に輝くならば
『赤毛のアンのプリンス・エドワード島紀行』より転載

本作『リラ』には、ウォルターの詩は三連で「信念を裏切らない」という言葉があると書かれています（第21章）。しかし『ブライス家』にモンゴメリが載せた詩「笛吹き」は二連で、「信念を裏切らない」という語句もありません。「信念を裏切らない」ことを絶対的な正義とした本作の「笛吹き」とは異なり、この「笛吹き」は若者の出征について「そのなにがいけないというのか」と、読者に判断をゆだねる微妙な曖昧さがあります。

さらに『ブライス家』の最後は、ウォルターの詩「余波」です。内容は、ウォルター

と思われる兵隊が、少年のような敵兵を刺し殺し、その記憶に苦しむもので、厭戦的な作品です。

　これはモンゴメリの戦争観が、本作を書いた後の二十年間で変わったことを示しています。彼女は、第一次大戦は「偉大なる戦争」であり、犠牲によって世界に平和がもたらされると信じていました。しかし膨大な犠牲の甲斐なく、二度目の世界大戦が始まったのです。モンゴメリの二人の息子は徴兵年齢であり、彼女は息子が兵隊に取られるのではないかと怯えていました。その不安がウォルターの詩「笛吹き」の陰鬱と曖昧さにも表れているようです。

十、『赤毛のアン』シリーズに関連する短編集三冊

　アン・シリーズは長編小説八冊ですが、関連書として短編集が三冊あります。

　まず『アヴォンリー物語』(*Chronicles of Avonlea*、一九一二年、ペイジ社)。これは『赤毛のアン』(一九〇八年)と『アンの青春』(一九〇九年、共にペイジ社)の成功をうけて、モンゴメリが雑誌に発表した二百五十作をこえる短編小説から著者本人が選んだ作品に、アンやアヴォンリーにつながる文章を加えて一冊にまとめた本です。「ロイド老淑女 Old Lady Lloyd」など、忘れがたい名作が収められています。

　続編の『続アヴォンリー物語』(*Further Chronicles of Avonlea*、一九二〇年、ペイジ

社）は、前述の短編集にモンゴメリが入れなかった作品を、モンゴメリと契約が切れていたペイジ社が、著者の意に反して発行した小説集です。モンゴメリは『リラ』執筆中の一九二〇年、ペイジ社を訴える裁判を米国で起こします。私自身は、「ミス・エミリーの小さな茶色の手帳 The Little Brown Book of Miss Emily」、「失敗した兄 The Brother Who Failed」など、しみじみと余韻の残るいい短編も含まれていると思います。

そして前述の『ブライス家は語られる』（*The Blythes Are Quoted*、二〇〇九年、ヴァイキング・カナダ）。これも雑誌などに発表した短編と詩を、ブライス家に関連づけて書き直し、また詩の感想を炉辺荘の人々が語る会話を加えた短編集です。

この本の原稿は、一九四二年四月、マクレランド社に送られましたが、反戦的な詩が含まれているためか、第二次大戦中の当時は発行されず、完全版は没後七十年近くたってから出版され、話題になりました。なかでも短編小説「ありふれた女 A Commonplace Woman」は、モンゴメリの最高傑作の一つだと私は考えます。

十一、『赤毛のアン』シリーズ全八巻の翻訳を終えて

私は一九九一年に『赤毛のアン』の翻訳を始め、二十代、三十代、四十代、五十代、六十代と、三十年以上にわたり、アン・シリーズの訳出、各国での取材調査、研究を続けてきました。『赤毛のアン』から『アンの娘リラ』までの全八巻、原稿用紙にして約

七千枚の訳文と訳註を書くときは、少女時代から愛読してきたアンの物語に携わらせて頂く幸せと喜びに満たされました。同時に、多くの人々が愛してこられたアンの温かく心豊かなイメージを大切にしながらも、モンゴメリの芸術的で凝った英文をすべて訳して彼女の優れた文学性を伝える責任も感じてきました。モンゴメリは、多彩な語彙の一語一語に細かな意味の違いを託したであろうと、同じ小説家として考え、それを文脈から読み解いて訳し、またモンゴメリが英文学から引用した無数の句にこめた仕掛けを訳註に書いた歳月は、モンゴメリの作家としての偉大さを実感する歳月であり、またアン・シリーズの翻訳に尽力された先人の訳業に敬意と感謝をおぼえる年月でした。

モンゴメリの評価は、今、二十世紀カナダ英語文学の作家として、世界的に高まっています。一九九三年にプリンス・エドワード島大学にモンゴメリ研究所が創設され、研究所の主催によりモンゴメリ学会が隔年で開催されています。私は二〇二二年に初めて参加し、日本初の全文訳『赤毛のアン』の翻訳と世界初の注釈付『赤毛のアン』の引用調査の方法について口頭発表をさせて頂きました。その論文が幸い査読審査に通り、掲載される予定です。この二〇二二年の学会には北米、欧州、中東など十八か国の研究者が参加され、モンゴメリ研究によせる熱意と意欲に、震えるような感銘をうけました。そこで二〇二三年の夏はプリンス・エドワード島大学大学院で論文執筆と口頭発表について勉強させて頂き、今後も学会に参加したいと考えています。

『赤毛のアン』シリーズは、十九世紀のアン・シャーリーの誕生と少女時代から、二十世紀のアン・ブライス五十代まで、半世紀をこえる女性の生涯とカナダの激動の時代を描いた壮大な大河小説です。アンの明るく夢見る世界に、本作では暗い影がさしましたが、アンの物語は、つらいことがあっても幸福と喜びを見つけて生きていく哲学を一貫して私たちに教えてくれます。

モンゴメリは一九四二年四月、トロント市内の自宅「旅路の果て荘」にて、六十七歳で他界しました。葬儀はアヴォンリーのモデルとなった懐かしい故郷（ふるさと）プリンス・エドワード島キャベンディッシュの教会で行われ、潮騒の遠く聞こえるこの美しい村の墓地で永遠の眠りについています。

私は島を訪れるたびに墓参して、生きる喜びに満ちた小説を書き残してくださった御礼を申し述べます。すると島の精霊たちのざわめく気配や、辺りの赤土の匂い、吹いてくる清冽な潮風に私の魂が共鳴し、モンゴメリが語る島への尽きせぬ郷土愛、一度きりの限りある命を生きている人間への愛しみ（いつくしみ）の言葉が聞こえてくるのです。本作『アンの娘リラ』からモンゴメリのこの愛の言葉があなたに伝わりましたら無上の喜びです。

二〇二三年、初の全文訳『赤毛のアン』刊行から三十周年の年に、東京の書斎にて

松本侑子

謝辞　Acknowledgements:

I am sincerely grateful to Ms. Rachel Howard, an English teacher from New Zealand, for her advice on my translation and annotations of "Rilla of Ingleside", and to Ms. Rae Yates, a Canadian English teacher, for her instruction in the Anne series and Canadian culture. I would like to heartily thank them for their kindness and warm encouragement to me.

本書の編集と発行にあたり、文藝春秋、文春文庫編集部の池延朋子統括次長に大変にお世話になりました。文藝春秋出版局の花田朋子局長、文春文庫局の大沼貴之局長、翻訳出版部の永嶋俊一郎部長、宣伝プロモーション部の武田昇部長、文庫営業部の八丁康輔部長、そしてご校閲の方々には数々のご協力を頂きました。カバーの細密な絵は、漫画家の勝田文先生に、ジェムを待ち続ける犬のマンデイ、ウォルターがフランドルの戦場で見た赤いけしの花、シャーリーの飛行機を描いて頂きました。背景に十字架が続くカバー、口絵、扉、目次のすばらしいデザインは、ムシカゴグラフィクスの長谷川有香先生に手がけて頂きました。みなさまの見事なお仕事に厚く御礼を申し上げます。最後に、お読み頂いた心の同類のみなさまに心よりの感謝をお伝えして結びといたします。

付録　第一次世界大戦と『アンの娘リラ』の年表

一九一四年

6月　サラエボ事件。セルビア人がオーストリア皇太子暗殺（第1章）

7月　オーストリア、セルビアに宣戦布告。

8月　ドイツがロシアとフランスに宣戦（第3章）。ドイツ軍、ベルギーへ侵攻。英国王ジョージ五世が大英帝国連邦を代表してドイツに宣戦布告（第4章）、カナダ参戦。ベルギーのリエージュ、ナミュール、ブリュッセルがドイツ軍に陥落（第7章）。英国軍がベルギーでドイツ軍に敗退（第7章）。カナダ東部ヴァルカルティエに軍基地設置

9月　ドイツ軍がフランスのランス大聖堂を破壊（第8章）。ドイツ軍がパリまで二十マイルに迫る（第8章）。英仏軍がフランスのマルヌ河畔でドイツ軍を奇跡的に阻止（第8章）

10月　カナダ兵、第一分隊三万以上が大西洋を渡り英国へ（第9章）。トルコ、同盟国側として参戦（第10章）

一九一五年　第三巻『アンの愛情』発行

2月　カナダ兵、フランドルに到着

5月　客船ルシタニア号撃沈（第13章）。イタリアがオーストリアに宣戦（第14章）

4月　カナダ兵、イープルでドイツ軍の毒ガス攻撃を受ける

9月　カナダ兵の第二分隊が出発
10月　ブルガリア、同盟国側で参戦（第17章）
11月　カナダで戦時国債発行。連合国軍がトルコのガリポリからの退却決定（第17章）
12月　カナダ兵第三分隊出発。マクレーの詩「フランドルの野に」発表（第21章）

一九一六年

2月　カナダの国会議事堂が火災で焼失（第18章）。フランスのヴェルダン戦（第19章）
5月　ユトランド沖海戦、大英帝国海軍とドイツ海軍の大海戦（第21章）
6月　英国陸軍元帥キッチナー死去（第21章）、ソンムの戦い（第22章）、連合国軍が初めて戦車を投入
9月　コースレット（クルスレット）の戦い（第22章）
8月　ルーマニア、連合国側で参戦（第22章）
11月　米国大統領選挙、ウッドロー・ウィルソン再選（第24章）。オーストリア皇帝フランツ・ヨーゼフ一世死去（第14章に関連記載）
12月　英国ロイド・ジョージ挙国一致内閣の首相就任、戦時体制を敷く（第24章）

一九一七年　第五巻『アンの夢の家』発行

1月　米国ウィルソン大統領「勝利なき平和」の演説（第25章）
2月　ドイツ、無制限潜水艦攻撃。米国ウィルソン大統領、ドイツと断交
3月　ロシア革命、皇帝退位（第25章）。ドイツ軍、東部戦線の兵力を西部戦線へ向ける

4月　カナダ兵、ヴィミーの尾根占領（第25章）。米国参戦（派兵は翌年8月）（第25章）
10月　カポレットの戦い始まる（第27章）。カナダでボーデン首相の保守党と自由党の連合内閣
11月　カナダ「勝利公債」発行（第27章）
12月　カナダ総選挙、保守党と一部自由党の連合内閣勝利、女性参政権（第27章）

一九一八年

3月　ブレスト・リトフスク条約（第27章）、ドイツ軍、西部戦線で春の大攻勢（第30章）
4月　カナダ空軍設置（シャーリー出征への布石、第25章）
7月　連合国軍、西部戦線で大反撃を始める（第30章）
8月〜11月　「カナダの百日間」で欧州戦線の激戦地で攻撃部隊
11月　ロシアでレーニン独裁、ソビエト政権（第27章）。ドイツ革命、皇帝ヴィルヘルム二世退位、オランダへ亡命。休戦協定（第34章）

一九一九年　第七巻『虹の谷のアン』発行

1月　パリで大戦講和会議開会。フレデリカ・キャンベル・マクファーレン逝去（献辞）
3月　モンゴメリ、本作『アンの娘リラ』の執筆を始める

主な参考文献

英米文学など

"The Macmillan Book of Proverbs Maxims, and Famous Phrases" Burton Stevenson, Macmillan Publishing Company, New York, 1987

'L. M. Montgomery's use of quotations and allusions in the "ANNE" books' Rea Wilmshurst, Canadian Children's Literature, 56, 1989

『マクベス』シェイクスピア、小田島雄志訳、白水社、一九八三年

『チャイルド・ハロルドの巡礼』(貴公子ハロルドの遍歴) バイロン、東中稜代訳、修学社、一九九四年

『マーミオン』スコット、佐藤猛郎訳、成美堂、一九九六年

『湖上の美人』スコット、佐藤猛郎訳、あるば書房、二〇〇二年

『英米文学辞典』研究社、一九八五年

『英米故事伝説辞典』井上義昌編、冨山房、一九七二年

第一次世界大戦と政治

『カナダの歴史　大英帝国の忠誠な長女1713-1982』木村和男著、刀水書房、一九九九

七年
『カナダ史』木村和男編、山川出版社、一九九九年
『カナダの歴史』ケネス・マクノート著、ミネルヴァ書房、一九七七年
『カナダの歴史を知るための50章』細川道久編著、明石書店、二〇一七年
『世界現代史31　カナダ現代史』大原祐子著、山川出版社、一九八一年
『第一次世界大戦』木村靖二著、ちくま新書、二〇一四年
『ドイツ史』木村靖二編、山川出版社、二〇〇一年
『イギリス史』川北稔編、山川出版社、一九九八年
『アメリカ史』紀平英作編、山川出版社、一九九九年
H・P・ウィルモット著『第一次世界大戦の歴史大図鑑』山崎正浩訳、創元社、二〇一四年
論文「第一次・第二次世界大戦期のカナダにおける徴兵制論争：「移動」としての総力戦と文化的マイノリティー」津田博司著、「京都大学学術情報リポジトリKURENAI紅」二〇一四年一月三十一日
電子辞書『ブリタニカ国際大百科事典』ブリタニカ・ジャパン
CD-ROM版『世界大百科事典』平凡社、一九九二年
「Canadian Great War Project」https://canadiangreatwarproject.com/
「The Canadian Encyclopedia」https://www.thecanadianencyclopedia.ca/en

キリスト教と聖書

『聖書』新共同訳、日本聖書協会、一九九八年

"The Holy Bible: King James Version" American Bible Society, New York, 1991

『聖書人名事典』ピーター・カルヴォコレッシ著、佐柳文男訳、教文館、一九九八年

『聖書百科全書』ジョン・ボウカー編著、荒井献、池田裕、井谷嘉男監訳、三省堂、二〇〇〇年

『キリスト教大辞典』教文館、一九六八年改訂新版

モンゴメリ関連

"The Blythes Are Quoted" by L. M. Mongtomery, Viking Canada, 2009

"Lucy Maud Montgomery, The Gift of Wings" by Mary Henley Rubio, Doubleday Canada, 2008

"L. M. Montgomery's Complete Journals, The Ontario Years, 1911-1917" Edited by Jen Rubio, Rock's Mills Press, Ontario, Canada, 2016

"L. M. Montgomery's Complete Journals, The Ontario Years, 1918-1921" Edited by Jen Rubio, Rock's Mills Press, Ontario, Canada, 2017

Rilla of Ingleside
(1921)

by

L. M. Montgomery
(1874〜1942)

本作品は訳し下ろしです。

デザイン　長谷川有香
（ムシカゴグラフィクス）

イラスト　勝田文

RILLA OF INGLESIDE (1921)
by L.M. Montgomery (1874–1942)

文春文庫

アンの娘リラ

定価はカバーに表示してあります

2023年12月10日　第1刷

著　者　L・M・モンゴメリ
訳　者　松本侑子
発行者　大沼貴之
発行所　株式会社 文藝春秋

東京都千代田区紀尾井町 3-23　〒102-8008
TEL　03・3265・1211㈹
文藝春秋ホームページ　http://www.bunshun.co.jp

落丁、乱丁本は、お手数ですが小社製作部宛お送り下さい。送料小社負担でお取替致します。

印刷製本・大日本印刷
Printed in Japan
ISBN978-4-16-792150-7